La jaula de los onas

Carlos Gamerro

La jaula de los onas

Papel certificado por el Forest Stewardship Council®

Primera edición: octubre de 2022

Printed in Spain – Impreso en España

ISBN: 978-84-204-6252-3
Depósito legal: B-13747-2022

Impreso en Unigraf, Móstoles (Madrid)

A L 6 2 5 2 3

A Ian Barnett

—¿Qué hacen aquí? ¿Cómo llegaron?
—Nos cazaron y nos trajeron.

José María Borrero, *La Patagonia trágica*

Los selk'nam en la Exposición Universal. París, 1889.

Capítulo 1
Cartas de París

París, 5 de enero de 1889
Mi querido Jorgito,

Lo escribo tres veces a ver si me lo termino de creer: je suis à Paris. Je suis à Paris. Je suis à Paris. Desde mi ventana en el cuarto piso del Grand Hotel se divisan claramente los Champs-Élysées, el Arc de Triomphe y Les Invalides, y superándolos a todos la demente telaraña bermeja de la Tour Eiffel, que aun sin haber llegado a su altura proyectada ya campea solitaria y soberbia sobre el horizonte de París. Respiro y me lleno los pulmones con el aire más grato de la tierra, bajo en el ascensor y ya estoy en el Café de la Paix, salgo al boulevard y mis pies comienzan a rezar el rosario de nombres que allá apenas nuestros labios osaban profanar: Café de Paris, Glacier Tortoni, Maison Doreé, Café Anglais, Café Riche... ¡Por fin puedo hablar en mi idioma, por fin puedo estar en mi verdadera patria, en la ciudad que es la síntesis del mundo —del mundo creado para los elegidos! No hace dos días que pisé por primera vez mi tierra natal (porque es sabido que se puede nacer parisiense en cualquier lugar del globo) y ya siento que sería incapaz de vivir si me prohibieran vivir en francés. París... es como nacer de nuevo para un argentino.

Pero presiento, mi querido amigo y condiscípulo, que estás leyendo estas líneas de dos en dos, preguntándote por qué no voy al grano de una vez. ¿Y las mujeres, Marcelito?

¿Es verdad todo lo que cuentan los que vuelven, o los que escriben porque ya nunca van a volver? ¿Se comparan las parisinas de carne y hueso o más bien de seda y nácar con las que soñábamos desde acá? La respuesta, mon cher ami, es un rotundo oui. Ni falta hace que te diga que en el fiacre que me trajo desde la estación venía con medio cuerpo afuera, para ver mejor, y la lengua más afuera aún, para qué, a buen entendedor. Y a cada una que pasaba le gritaba algo o le hacía un saludo con la mano y todas sin excepción me lo devolvían con risas y guiños coquetos y algunas hasta me tiraban besitos, imaginando sin duda que se trataba de un compatriota que retornaba feliz tras un largo y penoso exilio: modestas grisettes de sonrisa sumisa que da a entender que cualquier oferta les vendría bien, modosas midinettes con el corazón ardiendo por un amor de folletín, cocottes vistosas como orquídeas con el veneno de su néctar manando de pétalos de carmín, elegantes demi-mondaines que prometen renovar con variedad de escaparate los encantos de una carne nunca igual, todas ahí al alcance de la mano y el bolsillo, tuyas con solo chasquear los dedos o silbar, y tu único problema es que son tantas y tan apetecibles que no sabés por cuál empezar. Y esa misma noche enfundado en un frac planchado como Dios manda por primera vez desde que dejó su tierra natal (vieras lo feliz que se lo veía de volver al hogar) me fue dado aspirar el verdadero olor del perfume francés, pues debe ser auténtico el perfume y auténtica la piel, y sentir clavarse en mí esos ojos bandidos sombreados de carbón, en tanto que los míos apenas podían despegarse del cuello rodeado de uno de esos sencillos lacitos negros que basta verlos para querer sacarle todo lo demás. ¿Su nombre? Es lo que menos importa, porque su nombre es legión; bauticémosla, por comodidad narrativa, con el mote de Lolotte. ¿La mesa? Un discreto reservado del

Café Riche. ¿La comida? Ostras para empezar, marennes vertes de Marseille, s'il vous plaît, un moc-tortue del verdadero, écrevisses bordelaises, pollo trufado, camembert y frutas de estación. El vino: Roederer del principio al fin. ¿Cómo, Marcelito, me preguntarás, acabás de llegar y ya empinaste hasta las heces (qué feo suena, ¿no?) la copa de las delicias de París? No quiero mandarme la parte, menos con vos que me conocés desde que dejamos los pañales (el primero fuiste vos, asegura Trinidad, pero tendrás que admitir que te gané de mano en esto de dejar el chiripá): mi grande entrée al demi-monde la debo enteramente a los buenos oficios de Pedro Manuel Salaberry, que me ha ciceroneado desde que llegué.

En fin, quisiera contarte con lujo de detalles cómo siguió la noche pero todavía tengo que escribirle a tu hermana, ya sabemos cómo se pone cuando vos recibís carta y ella no. Básteme decir, para no dejarte con la intriga, que a la mañana siguiente abrí los ojos a un coro celestial integrado por el traqueteo de los ómnibus sobre los adoquines, los gritos de los vendedores callejeros, el arrullo de las palomas, el piar de los ubicuos moineaux de Paris et, surtout, los suaves ronquidos de la dama del lacito negro y nada más, y cerrándolos de nuevo al comprobar que todo era real me repetí tres veces, como un conjuro: je suis à Paris. Je suis à Paris. Je suis à Paris.

La suite au prochain numéro.

Tu amigo del alma,

Marcelo

P.D.: Quemá esta carta apenas termines de leerla por favor.

París, 5 de enero de 1889
Mi querida Justita,

¿Cómo podría contarte, en el espacio de unas páginas apenas, lo que he visto y sentido desde mi arribo a la Ciudad de la Luz, como con justicia la llaman? ¿Me creerías si te contara que he purificado mis manos en las aguas lustrales del Sena y mis ojos en los vitrales de Nuestra Señora de París, que he visto con mis propios ojos el Museo del Louvre y los Jardines de las Tullerías, el Palacio real y la Columna Vendôme, que he caminado la entera extensión de los Campos Elíseos imaginando que te llevaba de la mano, que pasé bajo el Arco de Triunfo pensando en ti, y recorrí en coche los senderos del Bosque de Bolonia, blanco de la reciente nevada, bosquejando el mapa de los que recorreremos durante nuestra luna de miel? ¡Ah, si estuvieras aquí conmigo, entonces sí que sería perfecta París! Pero si tú estuvieras aquí, ¿qué motivo tendría yo para volver?

El cartón postal que adjunto te ofrece una buena vista del Grand Hotel, donde estoy alojado; el edificio que ves a su derecha es el del Palacio de la Ópera. Para descubrir mi ventana debes contar cinco del lado izquierdo, en el piso superior; pero no me busques en ella: estoy sentado al frente, en el extremo izquierdo del Café de la Paix, justo debajo de la "G" de "Grand". No, no soy yo el de la fotografía, claro está, pues todavía no me he hecho tan conocido como para que me pongan en las tarjetas postales y además se ve que es una imagen veraniega, aquí no se sacan las mesas a la calle en la época invernal pues el frío es mucho más intenso que en nuestra Buenos Aires; pero estoy sentado allí muy cerca, del lado de adentro, mientras te escribo estas líneas. Con cada nueva carta te iré enviando diferentes vistas de París, para que te vayas familiarizando con ella a la par de mí.

En cuanto a mis obligaciones, la única que me ha puesto por ahora el señor embajador, quien como bien sabes es amigo de mi padre (no quisiera decir que le debe el puesto, pero algo de eso hay), es la de familiarizarme con la ciudad, adquirir la costumbre de sus plazas, sus calles y sus cafés, la de hacerme parisiense cuanto antes, en suma, para lo cual me ha puesto bajo la tutela de Pedro Manuel Salaberry, el hermano mayor de nuestro condiscípulo Juan José, en cuya casa de la Calle del Buen Orden nos hicimos tantas veces la rabona tu hermano y yo.

Te dejo ahora, Justita querida, pues París me llama una vez más. No te pongas celosa, pues no debes considerarla una rival: más bien una gran madre que muy pronto nos cobijará a los dos.

Tuyo a ambos lados del Atlántico,

Tu Marcelo

París, 20 de enero de 1889
Mi querido Jorgito,

No sabés la felicidad que me dio recibir noticias tuyas, me alegra saber que todo va bien, que las vacas siguen engordando y los granos madurando y la Bolsa llenándose de patacones, allá, para que yo pueda vaciarla sin culpa, acá. Ya sabés que no concibo fin más alto en la vida que honrar el desprendimiento de mi padre gastándole su dinero del mejor modo posible, y así consumar diariamente el milagro de transmutar el chilled beef en foie gras y el cuero curtido en cravates. Mandale saludos a todos allá en la estancia y si siguen los calores junto un poco de nieve que acá sobra y se la mando en el próximo barco frigorífico. Ah y fijate si podés insinuarle a tu hermanita querida que afloje un poco con las cartas, que me ha estado escribiendo como una por día y no tengo cómo seguirle el tren.

Al principio tengo que decirte que andaba lo que se dice medio boleado: París es un carrousel que gira y gira y muy pronto descubrís que toda la sofisticación y el savoir-faire que creías traer de Buenos Aires no eran más que veleidades de rastaquouère. El primer baldazo de agua fría lo recibí nada menos que de nuestro amigo Pedro Manuel: nos estábamos tomando sendos cognacs en el passage de l'Opéra, donde habíamos entrado para cobijarnos del frío y la lluvia, cuando lo descubro relojeándome la pilcha con cara de poco convencido y le pregunto como quien no quiere la cosa si estaba todo en su lugar. Te aclaro que yo iba pelechado de lo mejor: sastrería de Bazille, zapatos de Fabre, sombrero de Gire, pero aun así mirá lo que me contestó: sí para nuestro Jockey, o el Club del Progreso, pero acá, donde uno siempre es lo que parece, no cuela, y es de necesidad urgentísima que te cambies el forro cuanto antes, así que tomá nota (tomá nota vos también, Jorgito, así cuando vengas te salvás del papelón): el traje en lo de Alfred, avenue de l'Opéra, las camisas es de rigor que sean de Charvet, rue de la Paix, el sombrero de Pinaud y los zapatos de Galoyer, boulevard des Capucines. Y usalo todo un par de días antes de salir, para que adquiera las arrugas que quitan el olor a parvenu. ¡Y yo que me creía un dandy hecho y derecho! ¡Qué lejos que estamos de todo, hermano, y cuánto nos queda por aprender!

Pero en fin, más vale tarde que nunca como dicen así que puse manos a la obra y con la guía de Pedro Manuel me lancé a recuperar el tiempo perdido (todo es tiempo perdido el que no se gasta acá): dejé mis habitaciones del Grand Hotel y me alquilé un appartement en el boulevard Haussmann, a la altura de l'Opéra (una ganga, mil francos al mes), me hice de un faetón de dos caballos y un cochero igualito a Giuseppe Verdi (siempre me pareció que *signore* Verdi tiene pinta de cochero enriquecido, ¿a vos no?) y entonces sí, me zambullí de lleno en el torbellino de París, y ¿qué te puedo decir? Me parece haber vivido en las dos semanas desde que llegué más y mejor que en toda mi vida anterior, tanto la vivida como la soñada: he saboreado el foie gras y las cailles aux pruneaux del Café Riche, los tournedos Rossini de la Maison Doreé, la glace à la crème de marrons del Café Tortoni, el chocolate caliente del Café de Flore y el absinthe del Deux Magots; en el curso de una tarde y una noche cené en una de las brasseries que circundan el Odéon, donde se paga más por la carne de vache que por la de femme, bailé valses alemanes en el bal Bullier y coreé canciones prostibularias con el patrón de Le Mirliton, que nunca se cansa de hacer chistes sobre l'argent des Argentins y para rematar me recorrí, por una apuesta con Tatalo, todas las chambres especiales (a saber: egipcia, morisca, hindú, japonesa, pompeyana, medieval, Luis XV, Directorio e Imperio) de Le Chabanais, la maison close más cara y exclusiva de París, frecuentada entre otros por el futuro rey de Portugal, el embajador de Polonia, algún marajá de nombre impronunciable, artistas y escritores de variada laya y *last but not least* el príncipe de Gales, o Bertie como lo llaman familiarmente las pupilas, tan asiduo que tiene recámara propia con una tina en forma de esfinge, para llenarla de champagne y mademoiselles, y una famosa chaise de volupté de varios niveles que le permite disfrutar de los favores de dos o tres a la vez; otra noche me tocó defender el honor nacional en el Folies Bergère, pues no más entrar una de las coristas me voló la galera de un puntín y no tuve más remedio que lavar la afrenta avec argent, como querría M. Bruant: apenas terminada la función me la traje para notre table y después para mon lit. He experimentado en suma la emoción jamás superada de sentir arrastrada mi alma virgen y simple por el torrente del alma caótica de esta cosmópolis única. ¡Qué maravilla, Jorgito, esto sí que es vivir! Por eso, al que me diga que no le gusta París —viste que nunca falta alguno que quiera dárselas de original— yo le contesto "será porque no te alcanza la renta para vivir acá".

La suite au prochain numéro.

Tu amigo del alma,

Marcelo

P.D.: Quemá esta carta después de leerla, no te vayas a olvidar.

París, 20 de enero de 1889
Mi querida Justita,

¡Qué felicidad la de recibir tus cartas al fin, nada menos que quince juntas, una por día si las he contado bien! Quisiera contestarlas una a una con la debida puntillosidad, pero comprenderás que mis múltiples obligaciones no me dejan el tiempo necesario. Me alegra saber que la tía Mercedes está mejor de sus catarros, y que lo de Arturito no haya sido más que un susto, ¡qué preocupados debieron estar! Yo no estoy sufriendo tanto de los calores porque estamos en invierno, acuérdate que aquí es al revés.

Me preguntas por París. Ah, qué puedo decirte de ella, o más bien, ¿qué puedo no decirte de la sin par París? En mi otra carta te contaba de mis primeras impresiones, pero en ellas estaba apenas una mitad de la ciudad. París es en realidad dos ciudades: está la del turista que guía Baedeker en mano busca menos la sorpresa que la confirmación y solo tiene ojos para lo que vino a buscar: esa es la París de la Ópera y la catedral de Nuestra Señora, de las grandes tiendas y los grandes bulevares, la París que es hoy menos francesa que rusa, estadounidense, española y hasta alemana, que brinca grotesca en Mabille o se extasía ante los desbordes de los cabarets; pero a poco de llegar el visitante curioso y sensible descubre que en la margen opuesta del Sena comienza otra ciudad, menos esplendorosa tal vez, y menos espectacular, pero que guarda todavía, en aquellos rincones que la violencia de los bulevares no ha alcanzado a arrasar, algo del encanto de la vieja París: despliégase allí el Barrio Latino, y los alegres bohemios que lo habitan ni siquiera asomarán las narices del otro lado de los puentes que conducen a las Tullerías o el Louvre, y asegurarán que los habitantes de la margen derecha hablan un idioma distinto y pertenecen a razas no descriptas por la ciencia aún. Cuando la orilla derecha ha cerrado la última puerta tras el último calavera y se dispone a dormir, abren sus puertas la Escuela de Derecho, Louis le Grand, la Sorbona y el Colegio de Francia para que las atraviese el grupo alegre y bullanguero de los estudiantes. ¡Y es tan hermoso mirar el despertar de los barrios del viejo París! Hay más luz tal vez, más espacio y más lujo en el bulevar de los Italianos, en la Plaza de la Concordia y en los Campos Elíseos; pero el encanto sutil de la París que susurra sus secretos al oído de sus amantes está allí donde se alza el domo majestuoso del Panteón, donde la fuente de Médicis asoma entre los plátanos de los Jardines de Luxemburgo, donde los vetustos muros de Cluny se guarecen del sol y del aire de los bulevares. Esta París está a salvo de la vulgaridad que asedia a la otra, pues no la visitan ni los rastacueros, como llaman los franceses a los sudamericanos que vienen a hacer ostentación de su mal gusto y su dinero, ni los americanos del norte, pues los parisienses de la orilla izquierda no tendrían empacho en ponerlos en su lugar, por más gruesas que sean sus billeteras. La otra París se vende al mejor postor; esta, en cambio, se guarda para quienes la saben merecer. Bien ha dicho Honorato de Balzac, el gran escritor francés, "Quien no ha frecuentado la orilla izquierda del Sena, entre la calle Saint-Jacques y la de Saints-Pères, no conoce nada de la vida humana".

Tuyo a ambas márgenes del Sena,

Tu Marcelo

París, 2 de febrero de 1889

Querido Jorgito,

En mis cartas pasadas no llegué a contarte de las nuevas invasiones bárbaras que han puesto sitio a París. No me refiero a los teutones de veinte años atrás, pues de su paso apenas quedan los resabios de una pertinaz parcialidad hacia la música de Wagner y poco más. Los ejércitos son como la langosta, cuando se marchan la hierba vuelve a brotar, pero a los que vienen armados de billetes ya no te los sacás de encima nunca más. Estoy hablando de los americanos claro está, que llegan en tales cantidades que Mr. Bennett ha tenido la audacia o más bien la desfachatez de abrir una oficina parisiense de su *New York Herald*: ahí los verás entrar perdidos y perplejos y salir orondos y sonrientes, pues a sus puertas termina la avenue de l'Opéra y empieza la Quinta Avenida, y no hay nada que le guste más al americano que viajar 20.000 km para encontrarse con lo mismo que dejó atrás: en el pabellón que preparan para la Exposición, me contaba uno de ellos con mal disimulado orgullo, tendrán su propia oficina de correos y telégrafos, sus bureaux de informes y de cambio, su bourbon, su agua helada y todo lo demás. También traerán sus inventos, claro está: en esa monumental catedral del progreso que se llamará la Salle des Machines, el edificio más grande y moderno de la Exposición, habrá una sección especial destinada a las últimas novedades de Mr. Edison, pues la Ciudad de la Luz, justo es recordar, lo es gracias a él, y brilla con luz prestada del sol de Menlo Park; y serán de marca Otis, si algún día los instalan, los ascensores de la Tour Eiffel. Es verdad que todavía se sigue escuchando la frase "riche comme un Argentin" y que el sueño de toda cocotte, dicen por acá, es tener un amante argentino y un perrito pekinés, pero eso es porque nosotros somos de tirar caviar al techo y ellos en cambio siempre exigen *their money's worth*: antes de pagar de más por un artículo de lujo prefieren pagar lo justo por uno de mediana calidad. Noches pasadas estábamos en el Folies con Tatalo y Casto Damián y nuestras respectivas partenaires cuando vemos entrar un hombre coloradote y robusto con una gran rosa blanca en la solapa del frac, un diamante más grande que la rosa en los dedos gruesos como salchichas chicagüenses y un habano descomunal, y como si fuera el único gallo del gallinero va y se sienta entre dos pollitas, o más bien gallinas, que le hacen sitio cloqueando de emoción. Le sonríe el barman, le sonríe el gerente, le sonríe el patrón y él nos mira a todos, sonrientes y no sonrientes, y desde su silla alta como un trono pide sandwichs, pide porter, pide champagne y todo lo que pide se lo embaula entre pechera y espalda así sin más, atándose la servilleta al cogote y eructando como si fuera cerveza el champagne; habla a voz en cuello, en el inglés de allá, y aunque nadie entiende ni jota las dos estupendas pecadoras se ríen a carcajadas y cesan todas las conversaciones en las mesas vecinas (imposible hacerse oír por sobre ese vozarrón), y al final, cansado de monologar, pide más champagne, se lo bebe en dos tragos, paga, deja propina y sale escoltado por sus dos poulets.

Por las calles, en los cafés, en las brasseries, es imposible no reconocerlos por sus modas francesas *made in Chicago*, sus gestos desmesurados, sus voces estentóreas que comandan servicio y lo obtienen al instante sin hacer el menor intento de hablar el idioma del país. Lejos de tratar de pasar por franceses, de *blend in*, como dirían sus primos de este lado del Atlántico, parecería que hacen todo lo posible por proclamar a los cuatro vientos su condición de *Americans*. Y no vayas a creer que a los franceses se les ocurre tacharlos de rastaquouères, pas du tout: ese apelativo lo reservan exclusivamente para nosotros. Es notoriamente injusto: por culpa de una punta de nuestros compatriotas, y de una punta y monedas de nuestros hermanos sudamericanos que pretenden pasar por franceses sin tener con qué, nos la pasamos dando examen mientras los americanos por la misma plata pasan sin rendir.

La suite au prochain numéro.

Tu amigo del alma,

Marcelo

P.D.: Quemá esta carta como todas las demás.

París, 2 de febrero de 1889

Mi querida Justita,

He recibido todas tus cartas puntualmente: fue una buena idea la que tuviste de numerarlas, así puedo llevar la cuenta con absoluta precisión. Si a veces te parece que no las he respondido con la misma puntualidad eso se debe a que pueden tardar hasta un mes en llegarme, y otro tanto para que mi respuesta llegue a tus manos, y por ello no debes esperar que cada carta mía sea una respuesta a la tuya anterior, ya que es esperable cierto desfasaje. Debe ser por ello, seguramente, que no había contestado hasta ahora a tus preguntas sobre la famosa Torre Eiffel. No he podido subir pues no está concluida aún, como puede apreciarse en el cartón postal que te envío, pero he podido aprovechar alguna de las visitas al predio donde se levantará el Pabellón Argentino para prosternarme ante sus pies. Y ya esta es una experiencia sublime: basta con elevar los ojos al cielo a través de ese colosal entramado de metal rojo para que el proyecto se revele como una de las empresas más ambiciosas acometidas por el hombre desde los tiempos bíblicos. Cuatro titánicos pies hunden sus raíces en el suelo de arena: tomando impulso sobre esta firme base, dan un gran salto de casi 60 metros, como si no pudieran contenerse; allí se juntan en arco y unidos ascienden hasta el segundo nivel, que con sus casi 120 metros empequeñece a los monumentos más altos de París. De allí sube la aguja con ímpetu de lanza, más arriba que el monumento de Washington, que era la altura mayor entre las obras humanas, y se hunde en el cielo gris, desde donde caen cada tanto, atravesando el laberinto de su trama, algunos copos de nieve; y todo, de la raíz al tope, es un tejido de hierro. La Torre crece día a día; aun así, es difícil ver el trabajo de construcción. Nieblas pertinaces suelen envolver los talleres encaramados en las alturas, aunque en el temprano crepúsculo de las tardes invernales puede divisarse allá en lo alto el rojo resplandor de las fraguas de los remachadores y escuchar el golpeteo de los martillos sobre las piezas de hierro candente. Esto es quizás lo más sorprendente: la Torre no está rodeada de andamios, pues ella misma es su propio andamio; una grúa montada en el primer estrado levantará las pesadas vigas desde el suelo, allí las recogerá otra grúa montada en el segundo, que será relevada por una tercera... Los obreros suben con ellas, en unas plataformas colgantes que les permiten manejarlas y dirigirlas, o directamente agarrados a la viga con las dos piernas como el marino al cordaje del barco, pero ya a partir del segundo estrado se hace difícil discernirlos, tanto los empequeñecen la altura y la escala de las piezas que manipulan. Así, la Torre parece crecer por sí misma, como una planta de su semilla. Las obras monumentales de la Antigüedad, como las pirámides o las catedrales, traen a nuestras mentes la visión de grandes multitudes colgándose de los andamios o luchando con monstruosas cuerdas, pero esta moderna pirámide se eleva por el poder de la técnica y requiere de una mano de obra reducida, pues la fuerza necesaria para la construcción descansa hoy en el cálculo.

La Torre ha recibido muchas críticas, en especial las reunidas en una carta firmada por trescientas personalidades del arte y la cultura (una por cada metro de su altura), entre las cuales se cuentan los escritores Guy de Maupassant y Alejandro Dumas hijo, el autor de la célebre *La dama de las camelias*; el compositor Carlos Gounod, autor de la ópera *Fausto*, y el arquitecto Carlos Garnier, que diseñó la Ópera de París y más recientemente —¡vaya ironía!— la exposición de la "Historia de la habitación humana" que se desplegará a ambos lados de la torre malquerida. Le dicen chimenea de latón remachado y embudo sentado sobre su fundamento, ostentación ociosa menos digna de París que de Chicago o San Francisco; y Pedro Manuel Salaberry abomina hasta tal punto de su mal gusto que se rehúsa a llamarla por su nombre, recurriendo a paráfrasis (así se dice cuando nombras una cosa mediante circunloquios) tales como "la montaña de escoria" o "ese adefesio infundibuliforme diseñado para dejar boquiabiertos a los rastacueros".

Pero yo creo que en esta mal llamada montaña de escoria se hallan los elementos de una belleza nueva, difíciles de definir porque ninguna de las gramáticas del arte vigentes nos suministra la fórmula para entenderla. Lo más admirable es la lógica *visible* de su estructura: la Torre es un teorema hecho arquitectura. Las viejas torres de piedra, que parecen sostenerse como por milagro, encarnaban los misterios de la fe y los portentos que antaño aterraban a los creyentes; esta de hierro vuelve inteligibles las leyes que rigen la creación, y conociéndolas, se ha vuelto superfluo Dios. Es, en ese sentido, un apropiado símbolo de la Revolución a la que homenajea y que inspiró a repúblicas como la nuestra. M. Eiffel ha dicho a los diarios que ni la escala ni el desafío técnico eran mayores al de los muchos puentes que ha construido, que la única novedad es direccional: se va de abajo hacia arriba antes que de lado a lado. Tiene más razón de la que advierte: su torre es un puente lanzado hacia lo alto, y allá en lo alto nos espera el futuro.

Tuyo en este siglo y el que viene,

Tu Marcelo

París, 12 de febrero de 1889

Querido Jorgito,

Anoche, mi querido condiscípulo y hermano de leche, me he hecho merecedor de la más alta condecoración que esta augusta nación puede otorgar. No, no me refiero a la Légion d'honneur, a esa se la tira por la cabeza al último embajador en hacer la paz definitiva en los Balcanes, o a los emires y sultanes de sus colonias cuando sospecha que están por iniciar una rebelión; no, estoy hablando de algo mucho más serio y trascendente: anoche completé mi educación, anoche recibí el diploma que acredita mi condición de parisiense pur sang. No fue en La Sorbonne sino en el Café Riche, y de manos de M. Chéron, lo cual lo hace más valioso que si me lo hubiera entregado el mismísimo presidente Carnot. Para que estés en condiciones de apreciar en su justa medida el honor recibido tengo que pintarte un retrato al vivo de M. Chéron. M. Chéron es el maître del Café Riche, M. Chéron ha nacido en la Suisse Française, M. Chéron es enorme y augusto como el Mont Blanc. Cuando su portentosa mole se cierne sobre tu mesa, tu vista deberá vagar un buen rato por la nívea extensión de su pechera hasta alcanzar el horizonte negro de su smoking, o de su moño si se anima a ascender, y si osa avanzar más allá se encontrará con un pétreo rostro alpino desde cuyas calvas alturas te contemplarán, enmarcados por el espeso pinar de las patillas, dos ojos azulados y fríos como un glaciar. Se ha sabido de clientes, extranjeros en su mayoría, que al ser atravesados por esa gélida ráfaga fueron incapaces de tener sus aguas y debieron batirse en presurosa retirada antes de transponer el umbral.

Anoche, entonces, una noche como cualquier otra, estábamos sentados a nuestra mesa del salón con Carlitos Bilbao y Tatalo Bengoechea cuando entra en escena nuestro ilustre vecino don Urbano Pedernera, arrastrando una cáfila compuesta por su rotunda cónyuge y hasta media docena de hijas, yernos y nietos. Te acordarás sin duda del personaje: capitán del Ejército Grande, comandante y juez de paz de no sé qué fortín perdido en la frontera norte, caracterizado vecino del Rosario mudado a Buenos Aires para seguir sirviendo como diputado nacional a esta patria que al fin, habiendo iniciado el camino del orden y el progreso en paz, le permite cumplir su viejo sueño de visitar París. Le han dicho que el Riche es el mejor restaurante de la ciudad y se ha arrimado al mismo para zanjar personalmente la peliaguda cuestión, pero apenas toma asiento en la mesa reservada y los niños terminan de atarse las servilletas a los pescuezos comienza su aflicción: sin mediar aviso alguno ensombrece su frágil mesa la hierática mole de M. Chéron, presentándole una carta grande y severa como una lápida, y el hombre que supo saludar con el sable en alto las primeras balas de Caseros y ponerle el pecho a las lanzas de Pincén palidece visiblemente y comienza a tartamudear. Apenas abre la carta su turbación inicial se trueca en desesperación: don Urbano no sabe ni jota de francés, y sus ojos recorren la lista de arriba abajo y de lado a lado como si de un campo de batalla se tratase, buscando más no sea una zanja o zarza donde cobijarse, pero no. Pasea la vista por los rostros de sus comensales buscando apoyo o al menos solidaridad, pero los ojos de todos están clavados en los suyos, esperando que como pater familias se haga cargo de la situación, y finalmente la vuelve a los de M. Chéron que lo consideran con bizantina impasibilidad. El tembloroso dedo de don Urbano se detiene en un ítem seleccionado al voleo, finalmente. Bécasse à la Riche pronuncia M. Chéron lo suficientemente alto como para que lo escuchen en las mesas vecinas y a renglón seguido: très bien, et le potage? Y mientras los ojos implorantes de don Urbano vuelven a recorrer en muda consultación la mesa familiar, sucede lo impensable: un segundo antes de dar otra vuelta al torno de su refinada crueldad con un pausado "Voulez-vous velours?" desencadenando en la mesa una furiosa ronda de siseada consultación ("¿Terciopelo? ¿Nos ofrece comer terciopelo?") uno de los ojos de M. Chéron se cierra en un ostentoso guiño dirigido a nuestra mesa y, más precisamente, à moi. No sé si sabré transmitirte todo lo que sentí en ese momento: a través del minúsculo gesto de M. Chéron el meilleur monde me daba la bienvenida a su selecta fraternidad. Tan arrobado estaba que tardé en advertir el nuevo giro que habían tomado los acontecimientos: buscando ayuda en las mesas vecinas don Urbano había creído detectar en la nuestra algún rostro o al menos rasgo familiar: Muchachós... Disculpez... Alguno de vous est argentino per casualité? ¿Hablez l'español? No terminó de decirlo que el ojo de lince de M. Chéron cayó sobre nosotros y allí permaneció, mientras sus fosas nasales se dilataban en busca de nuevas presas, figurate si podíamos correr el riesgo de quedar pegados al santafesino rastaquouère, y los tres a una nos sacudimos el pelo de la solapa con sendos Comment? Qu'est-ce que vous dites? Je ne comprend pas. Dos veces más tornó a preguntar, y dos veces más lo negamos con creciente énfasis y aun indignación, no dejándole al pobre diablo más alternativa que balbucear oui oui y encomendar su suerte y la de toda su familia al azar de esas palabras cargadas de malignidad: turbot, homard, raie, éperlan... No sé si en ese momento habrá cantado un gallo, pero de ser así, seguro que era un gallo francés.

La suite au prochain numéro.

Tu amigo del alma,

Marcelo

París, 19 de febrero de 1889

Querida Justita,

Gracias por tu última carta y las noticias de casa, me alegra saber que todos están bien y con salud. Envíale mis cariñosos saludos a tus padres y cuéntales, para que puedan ponerse aún más orgullosos de su yerno en ciernes, que tu Marcelito se ha convertido en el hombre de la hora aquí en el seno de la legación argentina en París. Como sabes, nuestro país participará de la gran Exposición Universal que se prepara con un majestuoso pabellón que habrá de erigirse nada menos que a los pies de la Torre Eiffel, y a tal efecto se ha creado una comisión presidida por el Dr. Eugenio Cambacérès e integrada, entre nuestros mayores, por los Dres. Amancio y Santiago Alcorta, Julio Victorica, Mariano Demaría y Manuel Güiraldez, y entre nuestros coetáneos a Manucho Lezica, Carlitos Bilbao, José Luis Velarde, Casto Damián Fernández y Tatalo Bengoechea. Pues bien, ¿podrías creer que con la honrosa excepción del Dr. Cambacérès, quien comprensiblemente no da abasto con sus múltiples obligaciones y además no se encuentra nada bien de salud, ninguno de ellos habla ni bien ni medianamente el francés? ¿Quién, entonces, crees que fue invitado a integrar la comisión directiva, a fin de tratar con las autoridades locales sin desmedro de la imagen del país? ¡Cuánto agradezco ahora las tediosas tardes de verano que pasamos en la estancia conjugando los verbos irregulares bajo la severa vigilancia de M. Talenton! Quizás recuerdes o te hayan contado que una vez tu hermano no quiso veranear con nosotros debido al saludable terror que le inspiraba la palmeta de aquel veterano de Verdún...

Nuestro pabellón será el más grande y lujoso de todos los países americanos: 1.600 m^2, solo en la planta baja, y otros 1.300 en la segunda; es verdad que inicialmente habíamos pedido 6.000, pero aun así es bastante lo que conseguimos, porque la primera idea de los franceses era meternos a todos desde Méjico hasta Tierra del Fuego en un mismo edificio, pero como te imaginarás el Dr. Cambacérès puso el grito en el cielo y amenazó con retirarnos si no nos daban uno para nosotros solos, y como la Exposición ya viene menguada, porque ninguna de las monarquías europeas aceptó el convite de festejar el aniversario de la decapitación en masa de sus nobles y reyes, acabaron por ceder. Después vino la cuestión del diseño: los mejicanos, a quienes tenemos de vecinos, trajeron a sus propios arquitectos para levantar un templo azteca, que son los indios de ellos, completo con sus escalinatas y sus dioses de nombres impronunciables; en cambio los venezolanos, los paraguayos y los guatemaltecos optaron por honrar a la madre patria con pabellones de estilo colonial. Para nosotros, nada de indiadas ni españoladas: todo del mejor gusto francés. Días pasados concurrí con el Dr. Santiago Alcorta al estudio de M. Ballú, el arquitecto a cargo del proyecto, quien al punto desenrolló los planos y nos regaló una pormenorizada descripción del mismo: dada la ausencia de una tradición arquitectónica nativa propone que el Pabellón Argentino sea un muestrario de todas las invenciones que la imaginación es capaz de concebir y la nueva tecnología de construir: se tratará de una edificación realizada íntegramente en hierro y en vidrio, como las más modernas de París, revestida de porcelanas y mosaicos polícromos, y ampliamente dotada de vitrales, que ostentarán motivos patrios eso sí. En el centro se elevará una cúpula celeste y blanca coronada por un sol dorado que relumbrará sobre las copas de los árboles como un faro, habrá cuatro cúpulas más en las esquinas, ornadas de otras tantas esculturas que representan a la navegación, la agricultura y otras manifestaciones del progreso nacional, y al frente sobre el portal de entrada se alzará la obra mayor, un grupo alegórico titulado *La República Argentina*, obra del insigne escultor Jean-Baptiste Hugues.

Me despido por ahora, pues mis obligaciones se han multiplicado y apenas puedo tomarme un respiro para escribirte. Solo lamento que no vayas a estar aquí para la inauguración y ver con tus propios ojos el resultado de mis desvelos.

Tuyo en el norte y en el sur,
Marcelo

París, 19 de febrero de 1889
Querido Jorgito,

Gracias por todas las noticias, mandales un saludo a los muchachos y decile de mi parte a Alfredito que se venga una temporada a darse todos los gustos y después sí, si le quedan ganas que se case nomás. Te cuento que al final me han encontrado algo que hacer en París, aparte, se entiende, de degustar los variados manjares que ofrecen las maisons closes y las brasseries à filles: me han nombrado miembro de la comisión de la Exposición Universal, gracias sobre todo a mi buen manejo del francés. ¡Debería llevarle flores a la tumba a M. Talenton, si solo supiera dónde está! Mis primeras actividades oficiales fueron una visita al arquitecto que construirá el Pabellón Argentino, M. Ballú, y al atelier de M. Hugues, encargado de realizar el grupo escultórico central, una alegoría titulada *La República Argentina* representada por una turgente vaca lechera y una lozana moza, apenas menos ubérrima, lánguidamente reclinada sobre ella. Llegué cerca del mediodía y los agarré a todos en plena labor, al escultor esculpiendo y a la vaca rumiando y a la damisela exhibiendo unos senos que por el frío se veían más duros que el mármol que los inmortalizará. Lo que es a mí te juro, Jorgito, que no sé lo que fue, frente al inesperado encuentro de esa vaca y esas tetas se me aflojaron las piernas y la lengua se me pegó al paladar, y cuando se nos hizo la hora del almuerzo y me invitaron a sumarme a la mesa, la francesita, que ya se había dado cuenta de que no podía sacarle los ojos de encima, dejó caer el manto que rodeaba sus caderas y se quedó un par de segundos como Dios la trajo al mundo, antes de ponerse el vestido y sentarse a mi lado como si tal cosa, y así llegué a enterarme de que se llamaba Charlotte, que vivía en la rue Chaussée d'Antin en Montmartre y que terminaba de trabajar a las seis, y esa misma noche pude cumplir la fantasía de hacer mía esa maravillosa quimera, una República Argentina con acento francés, solo sentí algo la falta de la vaca pero hubiera sido bastante engorroso hacerla cruzar París y subir tres pisos por escalera.

Lo tomo como un buen augurio. Creo que nuestra presentación en la Exposición Universal será todo un éxito.
La suite au prochain numéro.
Tu amigo del alma,
Marcelo

P.D.: No te olvides de quemar esta carta apenas termines de leerla.

París, 2 de marzo de 1889
Querido Jorgito,

Recibí con mucha alegría tu carta del 2 del corriente, y me tranquiliza saber que todo va bien por allá. Yo por acá sigo empeñado en perfeccionar lo que Pedro Manuel se ha dado en llamar mi education sentimental. El otro día por ejemplo estábamos cenando en nuestra mesa del Café Anglais cuando después de mirar en derredor por un buen rato tuve la peregrina idea de preguntarle mediante qué signos inconfundibles podía uno distinguir a las grandes dames de las grandes horizontales, que es como llaman por acá a las más afamadas cocottes. Es muy simple, me contestó, las grandes dames son las que parecen cocottes, y las cocottes son las que parecen grandes dames. Venimos, los dos, de la ciudad-damero, que auspicia las antinomias: la gran señora se opone a la puta y cada una se define por oposición a la otra, y en esa dicotomía se estanca la relación. La tortuosa París, en cambio —lo sigue siendo, a pesar de los bulevares con que han tajeado su faz—, es la ciudad de los pasajes y las paradojas, y si bien las mujeres del haut y del demi-monde pertenecen a diferentes esferas, son esferas que se rozan: los carruajes de las cortesanas salpican de barro a los de las duquesas, y sus palcos están lado a lado en la Opéra o en el Palais-Royal, como lo están sus mesas en los Italianos. Un ambiente tal propicia el movimiento dialéctico: las unas enseñan a las otras y así progresa la sociedad toda. De las grandes dames, las entretenues aprenden modales, refinamiento y cultura, y de las amantes de sus esposos las grandes dames adoptan la vulgaridad de habla y de comportamiento necesaria, no tal vez para recuperarlos, pero sí para hacerse de un amante entre los esposos de sus amigas de menor fortuna. Pues París, debés saber, ha elegido un modo original pero efectivo de honrar el sexto mandamiento: el hombre, si dispone de medios, no tomará por amante a la esposa del vecino, pues eso sugeriría que no puede costearse una querida como Dios manda. Aquí, nada da más prestigio que entrar a los restaurantes, los teatros y los salones con la cocotte mejor cotizada de París colgada del brazo. ¿Y cuál es?, le pregunté yo, porque ya se me estaba haciendo larga la perorata. ¿Cuál es qué?, me preguntó, siendo ahora su turno de mostrar perplejidad. La cocotte más cotizada de París, le respondí con total naturalidad, si hay que mostrarse con ella para que los franceses se fijen en uno entonces la quiero colgada del brazo a la mayor brevedad. Colgártela, lo que se dice colgártela, no va a ser nada fácil me contestó recuperando el aplomo, pero si querés puedo llevarte al lugar donde podrás observarla a tus anchas.

El lugar resultó ser el Variétés, y la obra que allí se daba no era otra que *La Dame aux camélias* interpretada por la divina Sarah. Y era verdad que allí se hallan las mujeres más caras de París, sin pecado y con pecado conseguidas, recibiendo en sus palcos como si estuvieran en sus salons: la entretenue a sus amantes, munidos de los correspondientes bonbons y bouquets; las grandes señoras a sus amigas, para reírse a carcajadas de sus maridos mientras con sus lorgnettes los espían haciéndole la corte, del otro lado de la sala, a alguna famosa entretenue. No es muy diferente de allá, en un punto: el verdadero escenario está en los palcos; si lo que querés es ver la obra, para eso están las plateas, comenta desdeñosamente Pedro Manuel. Salvo, claro está, cuando entra en escena la Bernhardt. Ese siempre me ha parecido el mayor desafío del actor de fuste: lograr que el drama que se desarrolla sobre el escenario parezca, así sea por un instante, más interesante que los que se representan en los palcos que lo rodean. ¡Y qué ojos tiene la judía, y qué voz! Me pregunté si era ella la que Pedro Manuel tenía en mente, pero no podía ser: andará por los cuarenta largos y además ha dicho adiós hace mucho tiempo a sus días de entretenue. Yo barría el teatro con mis gemelos sin llegar a descubrir en el calidoscopio de movimiento incesante ninguna señal que me permitiera identificarla; cuando le pregunté, Pedro Manuel previsiblemente me dijo que lo sabría cuando la viera. Dicho y hecho: promediaba el primer acto cuando advertí que todos los gemelos convergían sobre el escenario como alineados por un imán invisible, y entonces entró, y la temperatura de la sala pareció subir de súbito. No podía haber ninguna duda al respecto, supe al ajustar el foco de los míos hasta que su imagen se recortó con nitidez adamantina: hacía el papel de Olympe, una de las amigas de Marguerite, y verdaderamente parecía que una diosa había descendido de las alturas vestida de seda verde y un chal de cachemira convertido en alas de mariposa, tal era la gracia con que lo agitaba al andar. Una cabeza altiva, como cincelada en mármol, los cabellos negros lustrosos y muy lacios haciendo marcado contraste, cuando las dos estaban juntas, con la cabeza de Medusa de la Bernhardt, los ojos de ese azul que toma a veces el mar contra el poniente, la nariz apenas respingada con las ventanillas muy abiertas, como en ardiente deseo de aspirar la vida entera, los labios queriendo salirse de la boca para morder una manzana o dar un beso, dejando en reposo al descubierto el borde de los dientes blanquísimos, el cuello tan largo y gracioso como el de una garza al momento de atravesar al pececillo de un picotazo certero. Es verdad que su voz no era precisamente de calandria, al menos comparada con el amenazador ronroneo felino de la Bernhardt, y sin lugar a dudas no le llega a la suela de las chinelas en lo que a actuación se refiere —no actúa mal en su registro pero este abarca dos o tres teclas apenas, mientras que la otra es capaz de recorrerte de punta a punta el teclado entero, pero Camille —llamémosla así— exhala en torno suyo un olor de vida, un poderío de mujer que deja a todo el teatro sin aliento, a la mitad femenina de envidia y a la masculina de deseo. Unos pocos gemelos, no muchos, se apartaban cada tanto de ella, pero apuntando todos en la misma dirección: allí estaba él, con todo el empaque de su impecable frac, su moño blanco, la cabeza severamente rasurada y el monóculo concentrado en ella con un orgullo que me recordó el de mi padre cuando desfilan ante sus ojos sus vaquillonas: así que ese es, me dije, pues bien, ya veremos por dónde le aprieta el zapato al franchute. En el intervalo le pregunté a Pedro Manuel si tenía acceso a ella y él me contestó que sí pero nunca a solas, pues el barón de Varville (sigamos con los noms de guerre, por si las moscas) la consideraba de su propiedad exclusiva, y él o alguno de sus criados siempre se hallaba presente cuando ella recibía. Algo inusual, me comentó, porque son pocos los que pueden seguirle el tren a una entretenue de su calibre y estas suelen repartirse entre sus varios amantes, según el grosor de sus billeteras.

Al finalizar la obra nos guarecimos en el Passage des Panoramas donde está la salida de los artistas, y pude verla pasar tomada del brazo del barón, subir con él a un carruaje cerrado y desaparecer llevada al trote por dos soberbios alazanes, sin lograr que se fijara en mí ni por un segundo. Hubiera dado diez años de mi vida por estar en el lugar de aquel maldito viejo, y mientras la miraba alejarse juré que, aunque tuviera que gastar todo lo que poseo, esa mujer será mía algún día.

La suite au prochain numéro.

Tu amigo del alma,

Marcelo

P.D.: No vayas a olvidarte de quemar esta carta apenas la hayas leído.

París, 21 de marzo de 1889
Querido Jorgito,

Acá va una nueva entrega de *Las aventuras de Marcelito en París* o *El Rocambole argentino,* como más te guste. Yo creo que cuando complete la hazaña tendrán que erigir una nueva Columna Vendôme en mi honor, ya no revestida del bronce de los cañones de Austerlitz sino de medias de seda y ligas de mujer.

La noche del día en que vi por primera vez a no diré ese ángel, sino más bien diabla terrestre, casi no pude dormir, elucubrando mil y una maneras de sortear el monóculo del vigilante Argos y darle un tarascón a la manzana prohibida. Podía por supuesto seguirla en mi reluciente faetón por los Champs-Élysées o el Bois, donde suele pasear por las tardes toda envuelta en sus pieles, acompañada por su infaltable perrito pekinés y el barón o alguno de sus lacayos, pero con el tiempo todavía muy frío y los coches cerrados no es fácil ver ni ser visto, y si el tiempo está bueno y baja a caminar, el barón o alguno de sus esbirros la acompañan siempre.

Me di en rondar las entradas del teatro, recurriendo a los billetes cuando fallaba mi encanto y viceversa; una de las acomodadoras tras breve regateo me encaminó hacia la portería, un cuchitril vidriado ante el cual me presenté con mi frac nuevo y mis bombones y mi ramo de lilas, y sin que mediara pregunta la portera me indicó que me sentara a una mesa donde ya se hallaban otros tres caballeros igualmente pertrechados. Apenas levantaron la vista cuando entré, y ninguno respondió a mi saludo; por las caras de velorio parecía menos la antesala del paraíso que la sala de espera de un dentista. La portera, una vieja harpía que iba y venía entre un armario que ocupaba la mitad del cubículo y la cantina que había montado bajo la escalera, tomó mi carta acompañada de los correspondientes billetes y se fue chancleteando en dirección a los camerinos. Tuve que correrla para alcanzarle las flores que siempre arroja, descubriría poco después, en el primer recipiente que encuentra, y los bombones que en cambio abre inmediatamente y se va comiendo por el camino. Escuché, eso sí, las risas de los figurantes que en los entreactos vienen a la cantina, y uno de ellos hasta tuvo el atrevimiento de levantar la copa y guiñarme un ojo brindando por mi éxito. Al rato volvió la vieja, chancleteando como se había ido, con una camelia roja en las manos, que me entregó sin decir palabra. Me empezó a latir el corazón alocadamente, pensando que fuera una respuesta propicia, cuando las risitas de los figurantes y las sonrisas de mis compañeros de mesa me dieron a entender que la cosa no andaba tan bien como creía. Con el rostro oscurecido de cólera (vos me conocés) me acerqué al figurante que me había ofrecido el brindis, un viejo desdentado y amarillo tocado de un bonete grasiento, y cerrándole el cuello de la camisa con dos dedos le pregunté a qué venía tanta risa y, de yapa, por el significado de la camelia bermeja. Me contestó balbuceando que esa era la manera en que Camille rechazaba a sus pretendientes. Había adoptado el código de Margarita: las camelias blancas anunciaban a sus amantes que se hallaba disponible, las rojas, que no se hallaba en los días propicios para recibirlos y estos últimos, desde su paso a manos del barón, abarcaban el mes entero.

Este notorio fracaso me llevó a la conclusión de que su camerino era tan inexpugnable como su carruaje. Podía por supuesto concurrir a su salon, pero mi breve experiencia en la salida de actores y en la portería me había demostrado que si algo le sobraba eran pretendientes: una mujer así está habituada a que la miren, la deseen, la busquen y la sigan, y si todo París lo hace ¿qué diferencia hará uno más o menos? Lo que ella necesita es un cambio de papeles: ser ella la que mira, ella la que busca, ella la que no duerme. Y yo debo convertirme en el objeto de esos desvelos.

La suite au prochain numéro.
Tu amigo del alma,
Marcelo

P.D.: A esta carta quemala dos veces, por las dudas.

París, 28 de marzo de 1889
Mi querido Jorgito,

Y aquí viene una nueva entrega del feuilleton franco-argentino más popular de todos los tiempos. Con Pedro Manuel, que se ha convertido en mi estratega y confidente (vos también, no te pongas celoso, pero no conocés el paño como él, y estás lejos, y las cartas viajan demasiado lento), tras darle vueltas y vueltas al asunto llegamos a la conclusión de que quedaba una sola solución: la escena. Durante las muchas funciones a las que asistí había llegado a memorizar los desplazamientos de Camille, notando que en un momento del cuarto acto, cuando decía "Oui, mais il y a amant et amant" (también me sabía de memoria los diálogos, a esa altura) quedaba a escasa distancia del avant-scène du rez-de-chaussée. Gracias a los buenos oficios de Pedro Manuel, apuntalados por un más que generoso fajo de billetes, pude hacerme por una noche del estratégico palco; unos pocos más bastaron para que Père Grognard, el veterano iluminador de la sala, violara sutilmente la ética profesional apuntando en mi dirección, apenas Camille le diera el pie con la frasecita de marras, la luz tenue de uno de los reflectores, revistiendo la tela opalina de mi jaquet de un halo lunar, y otorgando un brillo de estrellas a la pálida seda de mi cravate: fue como si una aparición espectral, ángel más que fantasma, se hubiera posado en el profano palco del Variétés. Al mismo tiempo la miré con tal obstinación que por un momento los ojos de Camille atravesaron la barrera de las candilejas y me descubrieron allí erguido, inmóvil como una estatua, y siguiendo la dirección de son regard hicieron lo propio media docena de gemelos, incluyendo los de su vigilante Cancerbero. Fue un doble triunfo: había logrado que no solo Camille sino una buena parte de París —del París que importa— se fijara en mi persona.

Desde de esa noche reservé el palco en forma permanente y asistí a todas las representaciones, a veces solo y a veces con Pedro Manuel o alguno de sus amigos bohemios, que invito por compañía o compasión. Con íntima satisfacción comprobé que lo primero que hacía Camille apenas pisaba las tablas era echar una mirada en mi dirección para ver si estaba y sonreírme —la sonrisa no estaba en la obra, era solo para mí— y cada vez que decía su "il y a amant et amant" lo hacía bajo mi balcón, y muy pronto me quedó claro que Mme. Bernhardt estaba al tanto de todo pues miraba con ella y una vez hasta me hizo un guiño. ¡Quién te ha visto y quién te ve, Marcelito! ¡Primero el maître del Riche, y ahora nada menos que la Bernhardt!

Pero en fin, la ceremonia a fuer de repetirse amenazaba con hacerse parte de la obra, todas las noches lo mismo, y la sonrisa de Camille con volverse una mera sonrisa de actriz, cuando un hecho providencial nos permitió avanzar varios casilleros y quedar a la vista de la meta. Desde hacía varios días unos grandes carteles amarillos venían anunciando la realización de una subasta en la rue Feydeau, que tendría lugar tras una defunción. El cartel no especificaba el nombre del muerto pero nadie que fuera alguien en París ignoraba que se trataba de M. Blondeau, un acaudalado comerciante de pieles finas que había muerto arruinado, con el agregado de dos datos: que Camille había sido su querida y que fue ella quien lo llevó a la ruina. El cartel indicaba que en los días previos se podrían examinar los diversos objetos que se habían de subastar, y allá fuimos. Entre todos ellos había uno que convocaba particularmente la atención: una pequeña estatua de alabastro de la diosa Diana sorprendida en su baño por el cazador Acteón, pero no encorvada y pudorosa como es costumbre representarla, sino altiva y sonriente, en la desnudez omnipotente que le habría mostrado antes de convertirlo en ciervo para que sus propios perros lo destrozaran, y nadie en París ignoraba quién había sido la modelo. ¿Adivinaste? Su nuevo protector, que concurriría a la subasta con el único objeto de recuperarla, había querido impedirle que estuviera presente, pero ella por nada del mundo se iba a perder el espectáculo de todos esos hombres disputándose públicamente su desnudez, así que fue por su cuenta, ubicándose en las últimas filas. El barón tampoco logró impedir que asistiera su esposa, que no lo hacía porque le importaran un comino las infidelidades de su marido sino para proteger su patrimonio de los habituales desmanes de su deseo o su ira, y para ello se había ubicado estratégicamente dos filas por delante de la suya. Y allí estaban los tres, sin sospechar que desde la última fila los vigilaba un cuarto jugador.

El clima inicial era frío, a medida que se sucedían unos a otros lote tras lote de productos insulsos, hasta que de pronto oímos gritar al tasador: una escultura de Maurice Barrias, excelente estado, desnudo femenino que representa a la diosa Diana. Mil francos. Una voz surgida de las primeras filas, ya te imaginarás de quién, ofreció mil doscientos. Mil quinientos dije yo sin titubear, y la sala entera se dio vuelta para ver quién había tenido el atrevimiento. Y también lo hizo ella, claro, y al descubrirme me dirigió la sonrisa de todas las noches, solo que esta estaba radiante de encantada sorpresa. Tres mil ofertó el barón como para dar por terminada la contienda y yo para no ser menos cinco mil quinientos; él seis, yo siete; él ocho, yo nueve; él diez y yo, cansado de este regateo más propio de baratijeros judíos que de caballeros, subí la puesta a veinte. El barón no había vuelto a girarse, para negarme la satisfacción de reconocerme como oponente, pero la que sí lo había hecho era la baronesa, solo que no me miraba a mí sino a su marido. Le estaba advirtiendo de las consecuencias de seguir la puja, y el barón se hundió derrotado en su asiento.

Y fue así que el tasador me adjudicó la estatuilla y su modelo una sonrisa casi púdica, la que correspondía al nuevo dueño de su intimidad descubierta. Una hora después ya había mandado a buscar mi compra. En la soledad de mi habitación la despojé de su triple envoltorio de madera, virutas y papeles, y acaricié y besé cada centímetro de su cuerpo, hasta que el mármol frío tomó la temperatura del mío. Los veinte mil francos agotaban mi patrimonio presente, y hasta la munificencia de mi señor padre me pediría cuentas de semejante derroche, pero con Pedro Manuel habíamos diagramado una estrategia que, de salirme con la mía, me permitiría trocar la escultura por la modelo y recuperar la inversión.

Al día siguiente envié a *signore* Verdi con la estatuilla al appartement de Camille, con un ramo y mi tarjeta, y ahí estamos por ahora. El barón, que ya es el hazmerreír de París por haber permitido que un recién llegado del fin del mundo le birle a la vista de todos la imagen de su querida, no podrá dejar pasar este nuevo insulto. Me retaría a duelo si pudiera, pero su esposa jamás lo toleraría: solo tiene permitido morir o matar por ella. Pero si no me reta ni me devuelve el dinero, es como si me hubiera vendido a su querida. Interesante dilema, n'est ce pas? Veremos qué resulta.

La suite au prochain numéro.

Tu amigo del alma,

Marcelo

P.D.: No te olvides de quemar esta carta por nada del mundo.

París, 28 de marzo de 1889

TELEGRAMA COLACIONADO

QUERIDA JUSTITA SI ALGO LLEGARA A SUCEDERME QUIERO QUE SEPAS QUE SIEMPRE DESDE QUE ÉRAMOS NIÑOS TE HE QUERIDO CON TODO MI CORAZÓN Y QUE NO CONCIBO FELICIDAD MAYOR QUE LA DE SER TU ESPOSO Y VIVIR JUNTO A TI POR EL RESTO DE MIS DÍAS.

París, 29 de marzo de 1889

TELEGRAMA COLACIONADO

QUERIDA JUSTITA RECIBÍ TU TELEGRAMA NO HAY NADA DE QUÉ PREOCUPARSE EL QUE YO TE ENVIÉ ERA SOLO PARA EXPRESARTE MIS SENTIMIENTOS DISCULPAS SI TE HE ASUSTADO POR AQUÍ ESTÁ TODO EN ORDEN TE QUIERE Y TE EXTRAÑA TU MARCELO.

París, 30 de marzo de 1889
Querido Jorgito,

Tantas cosas han pasado desde mi última carta que no sé por dónde empezar. La noche del día en que le mandé la estatuilla a Camille recibí la visita de dos caballeros, acompañados de veinte mil francos. Como adivinarás, eran los padrinos del barón: me pagaba *y* me desafiaba, saldaba sus cuentas conmigo para adquirir el derecho de despacharme al otro mundo. Se ve que no le tiene tanto miedo a la baronesa como yo creía, o tal vez fue ella la que lo metió a desafiarme, para sacárselo de encima: Pedro Manuel me despabiló con la noticia de que buena parte de la fortuna familiar es de ella y que volvería a sus manos a la muerte de su marido. Como no sabía muy bien para dónde agarrar, convine con ellos que se vieran con Pedro Manuel al otro día y apenas se fueron salí pitando para su apartamento, y de ahí nos fuimos al de Tatalo. El portero nos mandó para el Chabanais, donde después de varias idas y vueltas nos hicieron pasar al salón morisco, donde nos recibió desnudo y fumando hachís en un narguile mientras contemplaba a dos putas tunecinas entreveradas sobre la alfombra como serpientes, y mientras las mandaba guardar y se ponía su bata lo pusimos al tanto de lo sucedido. Examinó las tarjetas de los dos padrinos, el barón de nosequé y el vizconde de nosecuánto, y cuando me preguntó por los míos y le dije que para eso veníamos se rio bajito y después me preguntó qué arma prefería: como yo era el desafiado tenía derecho a elegir. Sable, le dije, y que fuera a primera sangre, porque si llegaba a matar al viejo además del lío en la embajada se iba a enterar todo Buenos Aires incluyendo a mis padres y los tuyos y tu hermanita querida, aparte nunca tuve muy buena puntería y en cambio con un acero en la mano vos sabés que no me achico ante ninguno. En fin, que mis dos padrinos se reunieron con los del conde y fijaron el negocio para el día siguiente, y después nos fuimos para la Maison Doreé, donde los muchachos organizaron lo que llamaron en broma mi última cena y luego al Folies y el Barrio Latino, y anduvimos dando vueltas en coche hasta las tres de la mañana. En fin, no te la voy a hacer larga porque esto no es una novela sino una carta, y si la estoy escribiendo es evidente que no me han muerto, básteme decir que el duelo se realizó al alba según lo pautado, que el barón era bastante buen espadachín y yo podría haberla pasado bastante mal de no ser por las clases de Herr Schnapp en el Jockey, y que la primera sangre fue la mía. Nada grave, un rasguño en el brazo izquierdo, y eso porque me dejé herir adrede. Te preguntarás por qué: si lo hería yo, la humillación lo volvería capaz de cualquier cosa, en cambio así salvó su honor y se volvió tranquilo a casa, y yo a la mía, donde me esperaba una carta que decía:

> "Querido amigo:
> No sabría precisar el sentimiento producido en mí por lo sucedido.
> Solo sé que deseo verlo lo más pronto posible, y espero venga esta noche.

Hasta luego. El tiempo que ponga en venir me demostrará el interés que por mí se toma.
Camille".

Le hice caso y me tomé mi tiempo: no era cuestión de arrancar bailando al ritmo que marcaba ella. Prendí mi cigarro, entré en mi sobretodo, me puse los guantes con la pausa de un hombre que se respeta, luego llamé a *signore* Verdi mientras leía la dirección al pie de la misiva. En el segundo piso, una coqueta mucama me abrió la puerta y me introdujo sin hacer preguntas en un saloncito: era evidente que me esperaban. No sé cómo hacer para transmitirte la riqueza, la elegancia, y sobre todo el tono de aquella casa. ¡Qué Club del Progreso, ni qué lo de Alvear, ni qué nada! Me parecía andar sobre un colchón y no sobre alfombras. Los cuartos estaban todos forrados de géneros de seda y de tapicerías. Una sala amarilla, otra colorada, otra verde... Y vieras los objetos de arte que tenía: bronces de cuerpo entero, mármoles, alabastros, cuadros de Bouguereau, de Gervex, de Flandrin, ¡el demonio! Nunca me figuré que se pudiera vivir con tanto lujo, a excepción de las testas coronadas y de algún ricacho como Rothschild.

Al día siguiente paseamos por el Bosque de Bolonia en su landó de cuatro caballos, lacayos de calzón corto y perrito pequinés, y a pesar de que el tiempo estaba algo fresco le pedí que bajara la capota, para que todos nos vieran. Bien dicen por acá: "Avoir une maîtresse est une position quasi royale" o, en la versión del Dr. Cambacérès, "Las mujeres son el coche de los hombres. Vivir sin ellas es andar a pie".

La suite au prochain numéro.
Tu amigo del alma,
Marcelo

P.D.: Quemá esta carta como todas las demás.

París, 16 de abril de 1889
Querido Jorgito,

Qué cosa che, no esperaba que se armara semejante lío con la carta que le escribí a tu hermana y mucho menos que se le ocurriría mostrársela a todo el mundo. Decile que esas cosas no se hacen, que las cartas de los enamorados son como el secreto de confesión, y no se te ocurra seguir su ejemplo porque ahí sí que arde Troya con vos y yo adentro. La verdad que no era para tanto, acá no se habla de otra cosa que de la Exposición Universal y la Torre Eiffel y llevado por el entusiasmo le puse un par de cosas que saqué de los diarios, la comparación de la Torre con las catedrales y no sé qué sobre Dios y las leyes de la naturaleza, haceme el favor de aclararle que sigo siendo creyente y a tus padres que no se confundan, que mi estadía en París no me ha vuelto ni communard ni anarquista.

Y disculpame vos por estirarte tanto la entrega del prochain numéro, pero desde que me lié con la francesita la verdad es que no tengo vida más que para ella. Te lo juro por la Virgen, Jorgito, que nunca ni en mis más alocadas fantasías llegué a soñar que podía existir una mujer así, es virtualmente inagotable, no te digo en sus apetitos, aunque de eso tiene como para abastecer al Ejército Grande, sino en la infinita variedad de su inventiva. Ya para la segunda noche el appartement le quedó chico y me llevó de una oreja al Chabanais. Cuando llegamos fue como si la mismísima María Antonieta volviera a Versailles con la cabeza puesta, todos se acercaron a festejar su regreso y después de los besos, los abrazos y los brindis nos hicieron pasar al salón Luis XV, donde sin perder un segundo Camille se despojó de todos sus vestidos menos las botas cuyos cordones demandaban pericia y paciencia y me dio la cabalgata de mi vida, donde a veces hice de jinete y otras de pingo, y apenas hubo recobrado el resuello así como estaba salió al salón, de donde me llegó el sonido de vivas y aplausos, que también recibí yo cuando salí, algo más púdicamente envuelto en una colcha eso sí, y nos fuimos directo para el chambre de Bertie, en cuyo centro se erigía el famoso siège d'amour, el mueble más estrafalario que hayas visto en tu vida: una especie de sillón en dos niveles con soportes y manijas por todos lados que parece corresponder a una anatomía distinta de la humana, ensayamos todas las combinaciones que se nos pasaron por la cabeza, Camille arriba y yo abajo y viceversa, yo de pie y ella acostada boca arriba y abajo, y después lo mismo pero de parada ella, pero nos quedó la sensación de que no terminamos de encontrarle la vuelta, tenía más de acertijo que de prótesis y ninguna de las *Bertie's girls* estaba presente para explicárnoslo. Ya no soy yo, Jorgito, o tal vez soy yo por vez primera, ni yo mismo sé explicar lo que me pasa. Es ridículo, absurdo, vergonzoso, indecente, pero es así. La quiero, no porque sea buena y le deba lo que no estoy dispuesto a pagarle, la quiero porque ella es mujer y yo soy hombre, porque su olor me marea y su contacto me electriza, la quiero porque es joven, porque es linda, porque cuando estoy con ella el grito de la carne retumba en mí con más violencia que nunca, porque tengo hambre de ella, porque nunca conocí una mujer que, como ella, fuera capaz de calmar el ardor varonil y brutal de mis sentidos, cuya posesión me haga entrever una fuente más intensa de delicias. La quiero irreflexiva, ciega, instintivamente, no por ella sino por mí y para mí, para mí solo, para poseerla una y otra vez hasta perderme. Y la idea de su pasado, de que eso que ahora es mío ha sido antes de todos, que medio mundo ha metido allí la mano hasta el codo y ha sacado lo suyo, me desespera y a la vez me enardece, y nunca más que cuando vamos al Chabanais y ella recupera la felicidad inocente de sus días de pupila. No puedo imaginar la vida sin ella, o sí, pero ya no se llamaría vida, y por eso estoy considerando llevármela a Buenos Aires cuando vuelva. No, me apresuro a aclararte, porque se me pase por la cabeza ni por un segundo la posibilidad de faltar a la palabra dada a tu hermana y a tu familia. En algún momento, es verdad, Camille se hizo la ilusión de un matrimonio en regla, pero me bastó una frase para disuadirla: fuiste puta, sos actriz y siempre serás judía. ¿Cómo te parece que va a reaccionar mi señora madre cuando le caiga con el regalito? A poco estuvimos de tener nuestra primera pelea seria, pataleó bastante pero al final entró en razón y convenimos en que lo mejor será que se venga a Buenos Aires para vivir allá como mi querida. Pero no sé, la idea de ocultarla, de tenerla escondida en alguna garçonnière, como hacen nuestros padres con sus amantes, a ella que es la reina de París y acostumbrada a brillar a cielo abierto, me subleva y me indigna. ¡Qué sociedad tan provinciana y tan hipócrita la nuestra! ¡Qué atrasada, qué literal y poco sofisticada, cuando la comparamos con esta!

Ya sé que no sos la persona indicada para venirte con semejantes confesiones, pero de alguna manera es por respeto a tu hermana que lo haría: ni ella podría darme, ni yo querría que me dé lo que Camille me da sin que se lo pida. Ni los perales dan manzanas, ni los manzanos peras; a cada cual lo suyo, como solía decir cínicamente, cuando todavía podía hablar, el Dr. Cambacérès, a las esposas el dinero y a las queridas el tiempo.

Voy a ver si en estos días puedo sentar cabeza, porque la Exposición se nos viene encima y venimos muy atrasados con el pabellón, el Dr. Santiago Alcorta no me dice nada pero las sonrisas de otrora se han trocado ahora en un fruncimiento de ceño casi permanente.

La suite au prochain numéro.

Tu amigo del alma,

Marcelo

P.D.: Esta carta quemala y echá las cenizas al río.

París, 10 de mayo de 1889
Mi querida Justita,

Al momento de escribirte estas líneas la gran Feria ha abierto sus puertas de par en par. Aún falta la conclusión de ciertas instalaciones: en la Galería de Bellas Artes los cuadros no están colgados sino apoyados de cara contra la pared, como si los hubiesen puesto en penitencia por llegar tarde, y una buena parte de las esculturas todavía duermen en sus lechos de virutas; pero la imponente Torre Eiffel se recorta bermeja contra el cielo azul cobalto, las fuentes danzan a su alrededor haciéndole la corte y en la distancia se elevan las cúpulas de turquesa, de oro y de cobre de esta ciudad fantástica que erige su hermosura dentro de la otra, más efímera tal vez, pero no menos maravillosa ni encantadora. Es la agrupación de todas las arquitecturas, la profusión de los estilos, la algarabía y confusión de las gentes, es Chartres y Samarcanda, los jardines de Babilonia y de Granada, el Brasil y Timbuktú, y por sobre todas las cosas es Babel, completa con su torre que quiere llegar al cielo y a cuyos pies te será dado oír el parloteo de las mil y una lenguas de la tierra, pues todas las razas convergen sobre París como en otros tiempos acudían a Atenas, Alejandría o Roma, y quienes creen poder conquistarla, como los prusianos con sus cañones, o los americanos con sus dólares, terminan tarde o temprano conquistados por ella. El ambiente de París, el espíritu de París, son inconquistables, y la ambición del hombre amarillo, del hombre rojo y del hombre negro que vienen a París es ser conquistados. Si la imaginación del escritor francés Julio Verne concibió la eventualidad de circunvalar el mundo en tan solo ochenta días, la Exposición te ofrece la posibilidad de hacerlo en la revolución de apenas uno: puedes recorrer la América del Sur en una mañana, desde los desiertos mejicanos donde florece el agave hasta las selvas brasileñas en cuyas lagunas flota la victoria regia, almorzar en Marruecos, Rusia o la India, recorrer las mejores tiendas de Francia agrupadas en un mismo pabellón para tu conveniencia, pasar revista a la historia de su arte, asomarte al futuro desde la galería del Salón de las Máquinas, y tomar un café bien fuerte en el barrio egipcio antes de subirte al tren que te llevará, como una alfombra mágica, al país de las tierras calientes, donde podrás terminar el día inhalando los aromas de las multicolores cordilleras de especias del zoco marroquí, atendiendo al llamado que salmodia el muecín desde su alto minarete, y cerrar la tarde a la fresca sombra de un huerto de bambú, asistiendo a la hipnótica danza de las bayaderas javanesas, que parecen ellas mismas curiosas piezas de orfebrería, bailando como si no pisaran y moviendo los brazos con la misma delicadeza con que abre y cierra sus alas la mariposa posada en la flor. Parecen joyas que andan, esas gentes en sus trajes de colores, joyas cuyos fulgores son como anuncios de la lumbrera que vendrá: de repente los fuegos artificiales encienden el cielo, ya como sangre, ya como el poniente; el amarillo dora la cúpula de los palacios y el agua de las fuentes se tiñe alternadamente del color de la esmeralda y el zafiro, del topacio y el rubí, danzando para despedir el día y a los miles de visitantes que regresan al hogar pasando bajo los arcos de la gran Torre, y una vez fuera del predio de la Exposición, en su caminata o cabalgata por las calles cada vez más alejadas, y aun desde las ventanas o terrazas de su casa o del hotel, les bastará elevar los ojos al cielo para comprobar que no se trató de un sueño fugaz, porque allá en lo alto la gran Torre enhebrada de miles de bombillas eléctricas relumbra contra el cielo oscuro, como un collar de perlas colgado sobre el escote de la noche, o como esas telarañas que en el campo amanecen curvadas bajo el peso de las gotas de rocío.

En mis próximas cartas te seguiré contando de este mundo de maravillas que mis pobres dotes de observación y expresión apenas abarcan.

Tuyo en oriente y occidente,

Tu Marcelo

París, 10 de mayo de 1889

Querido Jorgito,

Eh bien, llegó el gran día: ya está inaugurada la magna Exposición, si inauguración puede llamarse a esta rendición incondicional ante las turbas de París, más de doscientos mil visitantes calculan los diarios de acá, no era lo que se dice un público selecto pero tampoco se hubiera visto bien que el guarangaje quedara afuera, ya que lo que aquí se conmemora es nada menos que la prise de la Bastille, s'il vous plaît. Lo que es a mí, qué querés que te diga, liberté toda la que el dinero pueda comprar, égalité ninguna y fraternité con mis hermanos y pará de contar. Pero lo más grave fue que los fraternos franceses se olvidaron de extender una invitación oficial a sus hermanos sudamericanos y tuvimos que entrar todos entreverados con la turbamulta de tenderos, obreros y extranjeros de toda laya, sin excluir a rusos, turcos, chinos, los infaltables Américains y unos africanos que de tan negros parecen azules. Al Dr. Amancio Alcorta se le cayó la galera en el apretuje, y yo se la recuperé toda pisoteada por las pezuñas de la multitud. "Su señor padre estaría orgulloso de usted", mascullÓ de puro abombado, ni que fuera San Martín y yo el sargento Cabral.

Con Pedro Manuel y los muchachos nos fuimos derechito al Pabellón Nacional que hubo que abrir así como estaba, porque lo que se dice listo recién va a estar para el 25, el día de nuestra inauguración oficial. El Dr. Alcorta había insistido en colgar en perchas todas las muestras de lana, los cueros de vaca y de carnero, "para mayor comodidad de los juris", con lo cual quedó igualito a un taller de colchonero, mientras que las muestras de cereales en frascos de vidrio y las botellas de vino lo hacían tirar a pulpería. Hablando del tema tuvimos que pasarnos la noche en vela cambiándoles las etiquetas porque algunos dormidos mandaron imitaciones baratas de vino francés con las etiquetas copiadas, date cuenta el papelón. Lo que mejor anduvo fue la heladera gigante, nunca habrán visto tanta carne junta esos muertos de hambre y hacían cola para pararse adelante y salivar. En suma: por fuera un palacio francés y por dentro el almacén de ramos generales más grande jamás visto. Pero lo más chistoso es que a los franceses incluso eso les parecía demasiado, miraban las fotos en las paredes y exclamaban ¡Hay cosas como las de acá! ¡Hay tramways, hay plazas, hay jardines como los nuestros! Y se acercaban a las paredes a escudriñar los periódicos, para ver dónde se habían impreso, y sacaban los libros de los estantes y los hojeaban para comprobar que fueran verdaderos. Los que desentonaban un poco eran la veintena de chinos que nos mandaron, a pesar de los uniformes de estilo francés; igual hay que decir que se comportaron con el debido rigor marcial y los franceses quedaron bien impresionados: habrán supuesto que nosotros también tenemos nuestros regimientos coloniales.

En fin, apenas pudimos nos mandamos mudar para el palais des Arts Libéraux, donde nos esperaban las muchachas y después de dar una vuelta por las secciones de muebles, cristalería y cocina, escuchando los ooohs y ohlàlàs de nuestras copines (no hay nada que hacerle, la mujer por más puta que sea es en el fondo animal doméstico) encaramos para la rue du Caire, un mercado egipcio completo con sus montañas de especias, monturas de cuero repujado, ollas, cerámicas y alfombras, y todo lo quería comprar Camille, y después de regatear media hora por cada ítem y despacharlos para casa y entretenernos un rato con los encantadores de serpientes (siempre me había imaginado que las subyugaban con música seductora y ligera, pero la verdad es que las apabullan a puro berrido de tamborines y cornetas, las aplastan bajo un muro de sonido a las pobres culebras) nos sentamos en uno de los pintorescos cafés a degustar un té de menta y unos cafés con más borra que agua pero que saben a mil maravillas y fue ahí, hermano querido, que de verdad creí que me había muerto y llegado al paraíso, porque al minuto nomás de arrancar la orquesta aparecieron dos huríes de pies desnudos y caderas tan inquietas que a su paso bailaban las mesas y las sillas y hasta el té de las tacitas. Sí, adivinaste, se trataba de odaliscas, lo que bailaban era la famosa danse du ventre y te juro que vale el viaje, para colmo Pedro Manuel no tuvo mejor idea que chusmearme que la misma se origina en los harenes, para levantarle el ánimo a los bajás y hacer por así decir su trabajo por ellos: fue decírmelo él e írmele al humo yo al patrón del café, un turco gordo y terroso con una maceta dada vuelta sobre la cabeza, que lejos de indignarse por la propuesta nos invitó a su mesa y mandó servirnos más té y tras casi media hora de parsimonioso regateo digital cerramos el trato. Me la hice mandar al Chabanais porque tienen salón morisco, y cuando estuvimos allá le tiré unos pesos a Madame Kelly para que nos trajeran la silla de Bertie, no sé por qué se me ocurrió que la egipcia tal vez le pescaba la vuelta. Dicho y hecho: fue nomás verla que en un santiamén me acomodó a mí en el estrado inferior y a Camille en el superior y mientras me bailaba a mí la danse du ventre le bailaba la de la langue a Camille y ahí sí que dimos por inaugurada la Exposición Universal, los fuegos artificiales de esa tarde parecieron chispitas al lado de las llamaradas que nos sacó la egipcia a los dos.

Pero la vida está hecha de altibajos y dos días después (o sea hoy) nos dimos un chasco mayúsculo con las bailarinas javanesas. Los holandeses se trajeron una aldea entera para promover una marca de cacao y otra de ginebra, viven todos juntos en una casa como los gringos en los conventillos, y los artistas, músicos y poetas locales no sé qué les agarró que se han puesto como locos con las javanesas y forman cola para verlas bailar. Es verdad que no les falta gracia cuando sacuden brazos y piecitos al son de una ristra de ollas y sartenes que hacen las veces de gongs, y están bastante simpáticas todas envueltas en sus telas tornasoladas y enchapadas en oro y pedrería con sus casquitos y tocados de plumas y todo lo demás, además están fresquitas y poco galopadas o al menos no se les nota por la edad (la mayorcita tendrá a lo sumo dieciséis) y un poco para ver el porqué de tanto aspamento y otro poco para ver si la tienen horizontal como es fama me arrimé a uno de los holandeses y coloqué el pedido. Nada de regateos, esta vez: tienen su tabla de precios y no se mueven de ahí, igual la saqué bastante barata con la yapa de un porrón de ginebra y una lata de cacao en polvo y nos fuimos con todo para el Chabanais pero no sabés hermano la desilusión, la tienen vertical como cualquier hija de vecino, además cuando se sacó todos los oropeles (lo hizo con mucha aplicación, se ve que les enseñan a cuidar el uniforme de trabajo) no había gran diferencia con las chinas de allá, le ponés un vestidito de percal y un mate en la mano y pasa lo más bien por Rosita la hija del capataz, salvo que Rosita no hace falta que te diga es más vivaracha que una calandria y esta todo lo que bailó en escena lo descansó en notre lit, tanto que en un momento Camille se puso a cachetearla para comprobar si seguía con vida y lo logró: la chinita se tapó la cara con las manos y así me animé a seguir hasta el final, que alcancé con la vista puesta en Camille porque si no era el cuento de nunca acabar. Tal vez fue un error sacarla de su ambiente, no sé, como en Le Chabanais no tienen cuarto javanés pedimos el japonés pero se ve que no da igual. La verdad es que no los entiendo a estos franceses, tienen a las mujeres más apetecibles del mundo a tiro de bragueta y andan con la lengua afuera atrás de una chinita cualquiera, yo qué querés que te diga para esto ni siquiera a Buenos Aires me tenía que arrimar, me quedaba en la estancia y ya. Me parece que M. Gobineau en su clasificación de las razas humanas se olvidó de una desigualdad fundamental: están las razas cogibles y están las razas no cogibles —salvo por ellas mismas, claro.

La suite au prochain numéro.

Tu amigo,

Marcelo

P.D.: Quemá esta carta, como siempre.

París, 21 de mayo de 1889
Querido Jorgito,

Gracias por tu carta del 25 del mes pasado, me alegra saber que todo sigue como siempre por allá. Acá en cambio no paran de pasar cosas, hace una punta de días por ejemplo la ciudad amaneció empapelada de affiches del coronel Mansilla anunciando perentorio "Je viens" desde un medallón dibujado en el pecho de un búfalo al galope. Te confieso que anduve bastante desconcertado porque, en fin, ya sabemos que al coronel le gusta hacerse notar, pero esto era como demasiado ¿no?, anunciarse de semejante modo por todo París, hasta que Camille me hizo ver que no se trataba de nuestro ilustre compatriota sino de *mister* Buffalo Bill, que por acá se hace llamar Gillaume Buffle y también es coronel, mirá qué casualidad, anunciando su *Wild West Show*. Te juro que son idénticos: le ponés al nuestro un sombrero de cow-boy y una chaqueta de cuero con flecos y mostacillas et voilà, ya tenemos nuestro propio *Wild West Show*, que tendríamos que enmendar a *Wild South* digo yo. Imaginate las ganas que podía tener, estando en París, de ir a ver un espectáculo de doma con gauchos gringos, pero Camille se empacó como una mula y no paraba de darme la lata con ces braves peaux rouges y les belles cow-girls, así que nos fuimos para Neuilly a apiñarnos en las gradas bajo un sol que ya comienza a picar —me tengo que encargar el guardarropas de verano de una vez, no puedo dejar pasar un día más— hasta que apareció un ñato de levita y sombrerote vaquero y entró a bocinar en una jerigonza incomprensible, todos nos mirábamos a ver si alguno entendía el chiste, Camille me preguntó si se trataba de alguna lengua indígena y yo me encogí de hombros, no entiendo ni jota de quechua o ranquel y esta pretendía que le tradujera del sioux, hasta que nos cayó la ficha: no era más que un yanqui tratando de hablar en francés. Era evidente que ni él mismo sabía lo que estaba diciendo, apenas le sacamos en limpio algo de l'histoire de l'ouest sauvage, y también de un grand défilé, pero eso solo porque el défilé de marras arrancó ahí nomás, con varias docenas de cow-boys al galope haciendo figuritas con lazos y como cien indios pintarrajeados con más plumas que un numerito del Folies Bergère, dos docenas de vaqueros mejicanos y otras tantas cow-girls, tan pero tan bien encajadas en la silla que te ponían al trote el corazón, y hasta un grupete de tramperos canadienses en trineos tirados por perros, trineos con rueditas eso sí porque Mr. Edison todavía no inventó el medio de hacer nevar en pleno mayo en París, y cerrando la marcha las dos estrellas del show, la tiradora Annie Oakley, que resultó ser medio enana y entró trotando en un petiso criollo —al menos eso me pareció a mí—, y el coronel Mansilla, que estaba desconocido con su camisa colorada, una chaqueta con flecos largos como fideos y unas crenchas que en el Jockey debe llevar recogidas porque nunca se las vi. ¡Grande, coronel! ¡Duro con esos ranqueles!, le grité, con tanto entusiasmo que Camille me preguntó si éramos viejos conocidos.

Los primeros numeritos me hicieron temer lo peor: carreras cuadreras entre cow-boys, indios y mejicanos (ganaban siempre los cow-boys, para mí que estaban arregladas, sabés), enlazada de novillos, jineteada de mulas chúcaras y redomones, vaqueros que pasaban galopando a todo trapo y recogían del suelo lo que les tirara el público, un bastón, algún sombrero, fatalmente alguna liga de mujer, que el mejicano de turno levantó con los dientes, y mientras Camille aplaudía a rabiar yo pensaba para mí si lo vieran al gordo Serapio boleando un toro bravo o al Rufino Fredes ensartando la sortija se quedarían de una pieza, qué cow-boys ni cow-girls, acá el que se quedó dormido fue el Dr. Alcorta, nosotros tendríamos que haber montado un show de gauchos en lugar de tirar la plata en el pabellón, y como la cosa venía medio monótona y la noche antes no había pegado un ojo porque la farra había seguido hasta las primeras luces en el Chat Noir, cada tanto despegaba uno y viendo que todo seguía más o menos igual lo volvía a cerrar. Pero en eso arreció la gritería y abrí los dos para verla a la enana haciendo reverencias y tirando besitos al público mientras ligera como una perdiz correteaba alrededor de una larga mesa con toda la ferretería desplegada de punta a punta, y sin decir agua va empezaron a volar pelota tras pelota y platillo tras platillo y la enana levantaba los revólveres y las carabinas vaciando los cargadores y arrojándolos sobre la mesa sin fallar ni una vez, y todos nos pusimos de pie como un solo hombre para ver mejor, y para cuando terminó los ¡Bravo! ¡Bravo! atronaban la arena y llovían sobre la pista flores y pañuelos y la enana saludó y salió corriendo pero al minuto volvió con otro atuendo y montada en el petiso empezó a dar vueltas a la pista agujereando las cartas que un ayudante sostenía en la mano y después monedas de cinco francos que caían a tierra hechas anillos y para terminar se bajó del caballo de un salto y le voló la manzana de la cabeza a un perrito sentado que hacía de hijo de Guillermo Tell y ahí ya fue la apoteosis, nunca escuchaste un aplauso así, Camille y yo nos abrazábamos y nos besábamos y yo empecé a preguntarme cuánto me costaría alquilarla por una noche a la enana y llevárnosla chez nous, pero después averigüé que la señora es casada y el ayudante es su esposo y que a un franchute que intentó ponerse fresco le hizo el numerito de Guillaume Tell con el chapeau, así que lo pensé mejor. Lo que vino después no estuvo a la altura pero el público ya estaba comprado y aplaudía a rabiar por cualquier cosa y también moi, para qué te voy a mentir, nuestros primos del norte serán todo lo guarangos que quieras pero saben montar un buen *show*, hasta hicieron un malón pero con los indios cabalgando en círculos alrededor de las carretas por la falta de espacio, y también se lucieron los buffles, en los corrales parecen toros con aftosa a los que les han echado unas mantas apolilladas encima para ayudarlos a bien morir pero en estampida y gambeteando los caballos se lucen bastante, qué sé yo. Una vez terminado el espectáculo es costumbre darse una vuelta por el campamento donde vive toda la compañía, instalado dentro de los muros de un viejo fuerte ahí nomás, más de doscientas carpas con todas las comodidades, las de los blancos y los mejicanos espaciosas y cuadradotas y las de los indios como cucuruchos de pommes frites que se le cayeron de la mano a algún gigante que pasó, y las hubieras visto a las cocottes más emperifolladas de París coqueteando con los cow-boys y los vaqueros mejicanos y hasta con los peaux rouges, que andaban en cueros con el calor del ejercicio y la tarde de sol, y los hubieras visto a los distinguidos franceses agolpándose en las tiendas de souvenirs para comprar monturas y sombreros mejicanos o de cow-boys, tocados de plumas, arcos y flechas, ahora andás por el Bois y no ves más que Stetsons y mocasines y monturas de cuero repujado, yo no sé adónde iremos a parar.

La suite au prochain numéro,
Tu amigo del alma,
Marcelo

P.D.: Quemá esta carta.

París, 23 de mayo de 1889
Querido Jorgito,

Pensé que ya lo había visto todo al ver a los parisienses embobados por el cabaret sauvage de M. Buffle, pero todavía faltaba lo peor. Dos noches después cenábamos en el Riche con Tatalo, Casto Damián y las muchachas cuando hicieron su entrada otras tres mozas del gremio —del brazo de tres indios de su show. Sí, Jorgito, leíste bien: *indios* en el Café Riche. Y no te creas que se vinieron habillés pour l'occasion, non, pas du tout, los señores peaux rouges hacían ostentación de sus flecos y sus mantas y sus crines trenzadas y solo les faltaban las flechas y las plumas para completar el tableau. Se sentaron con las muchachas a la mesa que tenían reservada y sin el menor empacho les indicaron que se ocuparan del menú, y recién cuando escuché el ¿Qu'est-ce que tu as? de Camille me di cuenta de que estaba mirándolos con la boca abierta como un palurdo, olvidado del bocado de terrine que se balanceaba en la punta de mi tenedor. Pero entonces suspiré aliviado: había visto por el rabillo del ojo aproximarse la figura augusta de M. Chéron, que sin duda pondría las cosas en su lugar. Fue entonces que mi sorpresa se trocó en estupefacción, pues apenas hubo alcanzado su mesa se inclinó todo sonrisas y melifluo servilismo ante su crinada clientela, chasqueando los dedos para que los mozos acudieran con el champagne que él mismo escanció en las copas que los pieles rojas sostenían en alto como si fueran lords, y no conforme con eso se puso a chacotear con los seis, golpeándose repetidamente la boca con la palma en pantomima de ululación —era evidente que él también había visto el *show*—, y uno de los indios para seguirle la corriente circunvaló sus sienes con un cuchillo de mesa, haciendo luego resbalar sobre su calvicie los frustrados dedos, broma completada por uno de sus compañeros que desenvainando su cuchillo de caza amagó arrancarle la cabellera al mozo que tenía más a tiro para ponérsela al maître, desencadenando en los siete un arrebato de ruidosa hilaridad. La cuestión en resumidas cuentas es que M. Chéron desatendió las otras mesas para ocuparse exclusivamente de sus señorías los peaux rouges y terminaron la noche a puro abrazo y risotada y pasándose su apestosa pipa en ronda como si fuera un mate, tras lo cual salieron los tres indios con las tres cortesanas hacia el landó de cuatro caballos que los esperaba afuera, dejando sobre la mesa una propina digna de un nabab. Y M. Chéron se quedó orondo como si hubiese atendido al mismísimo Sha de Persia con todo su séquito. Recién ahora entiendo por qué los franceses nunca tratan a los americanos de rastacueros, por más guarangos que sean: ellos vienen a venderles barbarie y nosotros apenas a comprarles civilización.

La suite au prochain numéro.

Tu amigo del alma,

Marcelo

P.D.: Quemá esta carta.

París, 25 de mayo de 1889

Querido Jorgito,

Hoy tuvo lugar finalmente la inauguración del Pabellón Argentino, con la presencia de M. Carnot y nuestro vicepresidente, pero no es de eso que quería escribirte, sino de algo bastante perturbador que me sucedió después. Una vez concluida la ceremonia oficial quedamos los miembros de la comisión en libertad de acción y con Camille, que había asistido mezclada entre el público —por nada del mundo iba a perderse el día de gloria de su Marcelito—, nos fuimos a dar una vuelta por los alrededores, y al punto nos llamó la atención una larga cola que serpeaba entre los pabellones de Méjico y Venezuela y llevaba a una especie de carpa de circo que nunca había visto antes o tal vez acababan de levantar, desde la cual flameaban banderas y gallardetes y colgaban letreros que anunciaban "Anthropophages de la Patagonie – Voyez les gens les plus sauvages de la planète" y fue nomás verlo que sentí un vacío en el estómago y una como premonición, y le pedí a Camille que nos alejáramos, pero ella había quedado entusiasmada con los peaux rouges de Buffalo Bill y empezó a darme la lata con su je les aime bien, ces sauvages, y la Patagonie, mais ça c'est dans votre pays, n'est pas? y como no tuve corazón para desairarla, después de que se había comido toda la ceremonia, nos sumamos a la cola que reptaba con lentitud exasperante al rayo del sol, y tras pagar nuestros cinco sous pasamos de la luz deslumbrante a la penumbra de una caverna de lona ocupada en su casi totalidad por una gran jaula de hierro en cuyo interior apenas se discernían unos bultos informes que recién cuando nuestros ojos se acostumbraron a la media luz pudimos reconocer, pero antes nos golpeó el olor, un olor menos de fiera que de clochard, resaltado por varios de los buenos burgueses que hacían gestos exagerados de abanicarse con las manos o pellizcarse la nariz entre risas y mon dieux. Eventualmente llegamos frente a la jaula y pude verlos bien.

Serían nueve o diez, no me acuerdo bien y además estaban todos apelotonados como perros de campo a pesar del calor, y se cubrían con gruesas pieles aunque una indiecita muy joven le daba de mamar a un bebé sin ningún pudor, para gran deleite de las familias bien nutridas y vestidas que venían con sus niños a regarder les sauvages como si fueran las fieras del Jardin des Plantes. Para peor, en ese momento entró en la jaula un chino con un rebenque en una mano y un balde de metal en la otra y comenzó a recitar en mal francés —chileno, cuándo no— Ce sont des cannibales de la Patagonie, capturés à la Terre du Feu, ne craignez pas mes dames et messieurs les barreaux sont très très sûrs mientras les arrojaba pedazos de carne cruda del balde, provocando los ooohs y aaahs de la muchedumbre y hasta algún desmayo; tan horrorizados estaban los buenos citoyens por la voracidad de los antropófagos fueguinos que se hubiera dicho que efectivamente los estaban alimentando con carne humana, ni se daban cuenta de que lejos de abalanzarse sobre los cortes sangrantes los indios los dejaban donde habían caído y si los manipulaban era con visible desagrado; recuerdo especialmente el gesto de una madre arrancando un pedazo con los dientes —nuevos ooohs y aaahs de la multitud, incluyendo a Camille, hubiera querido abofetearla— y masticándolo un poco para ablandarlo antes de ofrecérselo a su criatura, una niña de nueve o diez, que empacada le daba vuelta la cara. En eso un indio joven se incorporó para levantar uno de los pedazos y al hacerlo la piel de guanaco que rodeaba sus caderas se deslizó hasta sus rodillas dejando al descubierto una herramienta nada despreciable: fue la note d'humour que alivió la tensión reinante y los messieurs reían a mandíbula batiente mientras señalaban con el dedo y las mesdames cubrían los ojos de los niños para poder mirar a sus anchas. Algo debe haberse traslucido en mi actitud porque Camille empezó a preguntarme Qu'est-ce que tu as? Y en ese momento la madre del bebé me miró a los ojos y tal vez tomando mi temor y mi asco por compasión se lo desprendió y lo levantó en alto como tratando de decirme no sé qué. ¿Se habría dado cuenta de que era argentino, sabría el suficiente español para hablarme y comprometerme? Tenía que salir de ahí cuanto antes, me dije, pero el destino me tenía reservada otra jugarreta. Habiendo seguramente notado la fijeza con que la miraba un francés en traje de lino blanco y un absurdo casco de corcho como los que usan en África, que se trataba sin duda del empresario, me puso una mano confianzuda sobre el brazo y me susurró al oído con voz meliflua Voulez-vous coucher avec la petite sauvage? No sé cómo me contuve de bajarlo de una trompada; arranqué la manga de su garra y salí presuroso de la carpa de los horrores al aire y a la luz de París. Sentía que me faltaba el aliento, tuve que sentarme en el primer banco, pretextando el hedor y la mala ventilación.

Ahora es de noche y estoy solo, la mandé a Camille a su casa porque no soportaba tenerla cerca y sobre todo temía que se hubiera calentado con los indios y quisiera montarme un numerito en el que yo era el antropófago argentino y ella la francesita náufraga que capturaba en la costa salvaje y me llevaba a mi cueva para devorar. Y te escribo para ver si así se me pasa esta rabia que no me deja dormir. ¿Para esto nos deslomamos levantando el pabellón más lujoso y moderno de toda la Exposición, para que vengan estos franceses hijos de puta a enchufarnos, al pie de la mismísima Torre Eiffel, a estos clochards del mundo indígena? Verdad es que se trata de fueguinos, y por ende es más probable que sean chilenos que argentinos, pero andá a explicarle esas sutilezas al público francés, para el cual Buenos Aires es la capital del Brésil. Y esos indios de mierda, ¿por qué no hacen el menor esfuerzo por mostrarse ante los ojos del mundo civilizado con un mínimo de dignidad? Decenas de pueblos coloniales se exhiben diariamente en esta exposición: los hindúes con sus impecables turbantes, los senegaleses con sus inmaculados albornoces blancos, los chinos con sus sedas tornasoladas, los javaneses con sus tocados de plumas, hasta los pieles rojas con sus chaquetas y mocasines son todos dandies en comparación con esta piara de desarrapados. ¡Habrán sido conquistados, pero supieron conservar la dignidad, y muestran al mundo con orgullo el grado de civilización, mucha o poca, que han sabido alcanzar! ¡Han venido a París por libre consentimiento, pueden pasearse a sus anchas por las avenidas de la Exposición y aun de la ciudad, no tienen que tenerlos encerrados en una jaula para que no se escapen como a fieras del África negra! Imagináteloslos a estos entrando en el Café Riche. ¿Pero cómo comparar la lacónica majestad de los pieles rojas con este gargajo que la América del Sur echó sobre los adoquines de la Ciudad de la Luz? ¿Cómo nos van a tomar en serio los franceses, si ni siquiera indios como la gente les podemos mostrar?

Tengo que dejarte ahora, me han empezado a dar mareos por todo el ajenjo que tomé y que en lugar de calmarme solo ha logrado irritarme más, así que voy a escribirle algo a tu hermana, no sé qué, para salir del paso, y acabarme la botella a ver si me puedo dormir. La suite (no sé cuándo será) como siempre au prochain numéro.

Tu amigo del alma,
Marcelo

P.D.: Quemá esta carta, y después meá las cenizas.

París, 25 de mayo de 1889
Mi querida Justita,

En el día de la fecha tuvo lugar finalmente la inauguración del Pabellón Argentino, en conmemoración de nuestra emancipación, y para la ceremonia inaugural se hicieron presentes el presidente de Francia, M. Sadi Carnot, y nuestro vicepresidente, Carlos Pellegrini, que viajó a Europa expresamente para la ocasión. El acto comenzó con la ejecución de La Marsellesa seguida de nuestro himno nacional, en un nuevo arreglo para bandas militares del célebre compositor Edmond Guion; a continuación se hizo la recorrida oficial por los dos pisos del predio y M. Carnot y los funcionarios que lo acompañaban inauguraron con sus firmas el álbum de visitas. Los miembros de la comisión habíamos estado trabajando contra reloj para que todo estuviera en su lugar para el gran día y anoche prácticamente no pegamos un ojo, pero valió la pena: los visitantes quedaron bien impresionados por el orden y el buen gusto imperantes, elogiaron la correcta disposición de los cueros y las lanas, la variedad y abundancia de las maderas finas y sobre todo el gran frigorífico con sus carnes congeladas, sin igual en todo el predio de la Feria. Una periodista americana que vino a cubrir el evento lo pronunció el edificio más bello de la Exposición, muy superior incluso al de su nación, y el ministro de Relaciones Exteriores francés resumió el sentir general cuando exclamó "¡Ustedes asombran al mundo con sus progresos!".

Debo dejarte ahora, amada Justita, se me cierran los párpados y apenas puedo sostener la pluma del cansancio, pero no quería dejar de escribirte en este día tan importante que significa la coronación de tantos meses de fecunda labor.

Tuyo en la satisfacción de la misión cumplida,

Marcelo.

TELEGRAMA COLACIONADO.

Buenos Aires, 20 de junio de 1889.

QUERIDO MARCELO HA OCURRIDO UNA DESGRACIA. TE CONFUNDISTE DE SOBRE AL ENVIAR LAS CARTAS Y A MÍ ME LLEGÓ LA CARTA DIRIGIDA A JUSTITA Y A ELLA LA QUE ME ESCRIBISTE A MÍ. AL DESCUBRIR EL NOMBRE DE CAMILLE HIZO ALGO IMPENSABLE FORZÓ EL CAJÓN DE MI ESCRITORIO DONDE GUARDABA TUS CARTAS. LAS HA LEÍDO TODAS Y SE LAS HA DADO A LEER A NUESTROS PADRES QUE SE LAS HAN LLEVADO A LOS TUYOS PARA ROMPER EL COMPROMISO. NO SÉ COMO PEDIRTE PERDÓN TODO ESTO ES

MI CULPA. DEBÍ HABER DESTRUIDO LAS CARTAS COMO ME PEDÍAS PERO NO TUVE CORAZÓN PARA HACERLO ERAN MI TESORO MÁS PRECIADO NO HABÍA MAYOR FELICIDAD PARA MÍ QUE ABRIR EL CAJÓN POR LAS NOCHES Y RELEERLAS UNA A UNA. AHORA TODO ESTÁ PERDIDO Y POR MI CULPA. TAL VEZ NUNCA QUIERAS VOLVER A VERME O ESCRIBIRME Y TENDRÍAS RAZÓN. ESTOY DESOLADO. DARÍA CUALQUIER COSA POR VOLVER EL TIEMPO ATRÁS Y REMEDIAR LO PASADO.

TUYO CON INMENSO PESAR
JORGE

Capítulo 2
El largo viaje

Nos habíamos juntado en el café de Hassan, si café puede llamarse a un desparramo de mesas y sillas sobre una serie de terrazas que dan al mar y que ningún marinero que haya pasado por el puerto de Tánger puede desconocer, y saboreábamos sus inimitables cafés o tés de menta contemplando la puesta del sol mientras hacíamos lo posible por animar al inconsolable Ned, que acababa de sufrir una terrible decepción: a poco de regresar a su nidito de amor de la medina tras tres meses de ausencia le había abierto la puerta no su amada Kalila la argelina sino un padre de familia que adujo que los muebles le habían sido cedidos con el alquiler. "Son todas putas, Ned". previsiblemente lo consolaban sus compañeros, soslayando el hecho de que Kalila había sido efectivamente una puta que el bueno de Ned se había propuesto redimir de su doble condición —de puta y de argelina, claro está. Error por partida doble, pero excusable al fin—, un marinero novato no puede convertirse en viejo lobo de mar sin haber abrigado y perdido alguna vez esa doble ilusión. Teniendo yo edad suficiente para ser el padre de cualquiera de ellos, me pareció que vendría a cuento algún relato que abrigara en su seno, como la ostra a la perla, una redonda enseñanza moral que pudiera servirles a la vez de consuelo y de lección. Esta fue la historia que les conté:

"El relato —no sé todavía hoy si llamarlo relato o confesión, no sé muy bien cómo llamarlo, en realidad— me lo hizo en Punta Arenas mi viejo amigo Sam Marsh, cuyos huesos, no diré reposan, pues nada puede permanecer mucho tiempo en reposo en aquellas latitudes, pero tal vez pueda decir que se entrechocan dulcemente con los de tantos otros, mecidos por las gentiles corrientes submarinas, que son la traducción —la traducción, sí— a la lengua de las profundidades de las feroces borrascas que azotan la superficie de aquellos mares en perpetua agitación. Era el comienzo de una de esas largas, interminables noches de invierno en Punta Arenas, fría como saben serlo las noches de allí, no tanto quizás para matarte pero sí para quitarte las ganas de vivir, y los dos intentábamos, sin mucha suerte por cierto, aventar el frío y el tedio apurando sendos vasos de pisco y huachacay —un aguardiente anisado que hace por tu hígado lo que Punta Arenas hace por tu espíritu y no hay mucho más que decir. No sé si alguno de los aquí presentes ha tenido la desgracia de pasar alguna vez por allí... Dichosos ustedes, jóvenes, que tienen la suerte de surcar los mares de un planeta demediado por la apertura del Canal, aunque por el momento los submarinos alemanes empaten el riesgo de los arrecifes, roquedales, huracanes y corrientes traicioneras de los pasos del sur; en fin, lo peor que puede decirse es que gracias al Canal ahora podemos completar en la mitad del tiempo nuestro viaje al fondo del mar. En aquellos tiempos todo barco que hiciera la carrera del Pacífico debía cumplir con la penosa obligación; era el último puerto, no diré civilizado, pues eso sería incurrir en una imperdonable exageración, pero sí el último en cubrir las necesidades más básicas de un barco y su tripulación. Cuatro calles para un lado y cuatro para el otro, de arena cerca de la costa y de barro perpetuo hacia el interior, una dispersión azarosa de casas de madera igual, como si las hubieran echado a puñados a rodar barranca abajo para después asentarlas en el punto en que cada una paró; un solo muelle operable; un solo hotel decente; dos cabarés con dos chicas por pianola y una sola pianola entre los dos; un único garito legal que funcionaba en el cuartel de bomberos y al que solo podía accederse mediando previa invitación; los clandestinos en cambio eran tantos que no se podían contar, porque cada *boliche*, como allí los llaman, era también casa de juegos y burdel, un poco como los saloons de California pero con una diferencia no menor: en estos el marinero, el minero y el pastor pueden perder sus ahorros y también la vida pero obtienen a cambio unas horas de brillo y diversión, durante las cuales —solo durante las cuales— parecen justificarse todos los peligros y privaciones que han sufrido y sufrirán; los *boliches* de Punta Arenas son sórdidos y mezquinos y quienes queman allí sus billetes lo hacen con rabia y desesperación, como si tomaran venganza personal contra todas y cada una de las ilusiones que los llevaron hasta allí. Punta Arenas es la sentina del planeta y hacia ella se escurren los desechos humanos que van barriendo las corrientes y los vientos de todos los rincones de Europa y América: capitanes o pilotos que han perdido sus licencias o nunca las tuvieron en primer lugar, ilusos que han venido a hacer la América y no lograron más que deshacer lo poco que la Europa les dio, criminales fugados y fugitivos que huyen de la persecución, poco importa si injusta o no —nadie hace preguntas al sur del paralelo cincuenta y dos. Ninguno de ellos llega a Punta Arenas con la intención de permanecer allí, y los que la abrigaban en el viaje la pierden al llegar. Es el fin del mundo, qué duda cabe, pero hay que recordar que alguna vez también lo fue este peñón, y que nuestro camarada Ulises pagó muy caro el atrevimiento de haber cruzado su umbral. Me detengo en estos pormenores porque la historia que voy a contarles es la de un hombre así: un hombre sin amarras, cuyos regulares viajes eran, en lo que al curso de su vida se refiere, poco más que una deriva, un hombre sin nadie que lo esperara a su regreso, sin nadie que le escribiera y, lo que es peor aún, sin nadie a quien escribir. En aquel momento yo me había enganchado en el Amadeo, el primer vapor matriculado en Punta Arenas, una nave muy robusta y marinera, de doscientos sesenta toneladas y ciento cincuenta y dos pies de eslora, que iba y venía por los canales fueguinos, a veces por el Estrecho y otras por los pasos del sur, con inédita regularidad —en aquel entonces la navegación de cabotaje se hacía mayormente a vela, y en esa región de océanos en guerra un barco que llevara bien atada la bolsa de los vientos, también conocida como caldera a vapor, era objeto de reverencia, más que de mera admiración. Sam por su parte había logrado salir del vórtice de Punta Arenas, esa Caribdis del extremo sur, y ahora hacía la carrera del Pacífico en un barco inglés. Hacía más de dos años que no nos veíamos, y cuando supimos el uno del otro y nos dimos cita en el boliche de la Negra Lola —un tugurio al lado del cual este tugurio resplandecería como el palacio de Scheherezade— Sam me contó esta historia, haciendo que le prometiera, antes de comenzar, que no la revelaría a nadie; pero la noticia de su muerte, ocurrida hace ya más de siete años, me libera de la promesa que cumplí a conciencia hasta la tarde de hoy.

"Fue el viaje más extraño que jamás me tocó en suerte, me dijo a modo de introducción. No lo decía por el barco, me aclaró, que se trataba de La Araucana, un sólido vapor de cuatrocientas dos toneladas y ciento cuarenta y siete pies de eslora, propulsado por una máquina de vapor de dos cilindros sistema compound, botado en los fiordos de Noruega para acabar sus días en los del extremo sur; tampoco por la ruta, que era la regular de la Compañía del Pacífico, Liverpool-Callao por vía de Burdeos, Río de Janeiro, Montevideo, Punta Arenas y puertos intermedios que no vale la pena mencionar; podría decirse que era por la carga, aun cuando la que ocupaba buena parte de las bodegas era de lo más vulgar:

mierda de pájaro, también conocida como guano si son de los que piensan que la mierda por otro nombre huele mejor. La carga de la que Sam hablaba estuvo durante buena parte del viaje, más precisamente de Punta Arenas a Burdeos, bajo su vigilancia directa... Dije vigilancia, sí... No, no se trataba de presos, la colonia penitenciaria de Punta Arenas había sido desmantelada por sus propios inquilinos, junto con el resto de la ciudad, más de dos décadas atrás; ni tampoco eran marineros amotinados que hubiera que devolver a algún puerto europeo para juzgar. Era, sí, una familia completa de antropófagos fueguinos, con sus armas y sus pieles y hasta un perro de los que usan para cazar, que un aventurero francés devenido empresario circense llevaba a París para mostrarlos en la Exposición Universal... Ya saben, la de la Torre Eiffel. Eran once al comenzar el viaje, sin contar el perro, y nueve al llegar... Sí, claro, yo le hice la misma pregunta a Sam. No se me escaparon, respondió, hicieron todo el viaje cargados de grilletes, como galeotes, los tres niños también. Solo perdonaron al bebé. El capitán, el viejo Robert Murdoch, en ese punto se plantó: si quiere transportar caníbales en mi barco, señor, le dijo al francés, deberá cumplir con las más estrictas normas de seguridad. A mí, decía Sam, me pareció una exageración; pero claro, había que ponerse en el lugar del capitán: no se vería nada bien que a uno de los caníbales se le diera por deambular por el barco y terminara apareciéndosele en el camarote a alguna de las damas de primera durante su toilette. Había uno, era verdad, que era alto y fornido, y en su fiero rostro, al que todavía se adherían restos de pintura, campeaban el guerrero y el cazador, pero este era el más abatido de todos y apenas levantaba la vista cuando se dirigían a él; en cuanto a los demás, su peligrosidad era la que cabe esperar de una pareja de viejos, tres mujeres, un jovencito delgaducho y sumiso, tres niños y un bebé. Nunca en tu vida, me aseguró, habrás contemplado semejantes caras de terror: si hubiesen sido secuestrados por el hombre de la luna y llevados a vivir a aquel satélite, su desconcierto no hubiese sido mayor. Andaban siempre en montón, me contaba, como si su miedo más grande fuera el de desgajarse del tronco común; no te cuento el trabajo que nos costó hacerlos bajar del bote y trepar uno a uno por la escalerilla de popa. Era, me dijo, más difícil entenderse con ellos que con un caballo o un can, sobre todo al comienzo del viaje; hasta costaba buscarles la mirada, y solo con la niña lo logró: era hosca y desconfiada, como si le dirigiera una muda acusación, y Sam se descubrió abrigando el absurdo impulso de pedirle disculpas, sobre todo cuando el herrero fue cerrando uno a uno los grilletes y depositó las llaves en su palma. Yo era el hombre de las llaves, ¿puedes creerlo?, me dijo sacudiendo la cabeza, el cancerbero de esos convictos sin crimen ni condena. A él, no hace falta que les diga, no le simpatizaba en lo más mínimo el encargo, y más viniendo de quien venía, el contramaestre MacMurrough, que lo tenía entre ceja y ceja por algún motivo que no recuerdo bien, conociendo a Sam es probable que alguna vez se burlara de su acento irlandés, y como nunca falta un soplón... Los acomodaron en el entrepuente, si no recuerdo mal, cerca de la escotilla de proa para que con el buen tiempo les entrara algo de aire y de luz; allí también viajaban los animales en pie, lo que ayudaba a disimular el mal olor —estarán de acuerdo conmigo en que siempre resulta más ofensiva la mugre humana que la suciedad animal. Y no se trataba solamente del olor fétido que emanaba de sus cuerpos y las pieles sin curtir: no había manera de enseñarles a hacer sus necesidades en los baldes que les acercaban con ese fin, ni tampoco a vomitar en ellos, cosa que en los primeros días hacían sin interrupción. No había caso: se alejaban todo lo que permitía el largo de sus cadenas y en ese punto hacían todo lo que tenían que hacer.

Más de una vez Sam intentó detenerlos, les gritaba no, no y les encajaba el balde bajo el trasero o el rostro, señalando ¡aquí! ¡aquí! pero no había caso: se aguantaban, sobre todo las mujeres, y apenas se alejaba o se volvía tornaban a enchastrarlo todo sin ningún pudor. Supongo que pensarían que los baldes eran demasiado valiosos para semejante menester, como si a uno de nuestros campesinos lo instaras a defecar en una fuente de loza u orinar en un jarrón. Fue con la niña, finalmente, que pudo hacerse entender. Un día en que volvió a encontrar los condenados baldes reluciendo inmaculados en medio de la mierda y los meados en lugar de enfurecerse y gritar y arrojar los baldes contra los costados de la bodega como era su costumbre se quebró y comenzó a rogarles y a balbucear, como a veces uno hace con un objeto inanimado que se empecina en enervarnos con su inerte obstinación, ¿por qué me hacen esto? ¿No los trato bien yo? ¿Eh? ¿Eh? ¿Se creen que yo *elegí* cuidarlos? ¿Se creen que me *gusta* esta tarea? Y en ese momento, como si en una mente en tinieblas asomase un primer destello de comprensión, la niña tomó uno de los baldes volcados y levantando un poco su falda acomodó su traserito en el borde y clavó los ojos en él, hasta que Sam entendió y se dio vuelta y ahí sí, pudo escuchar incrédulo el tintineo de su pis, sonido que en ese momento se le antojó más dulce que el del oboe. Sonrió con todos los dientes, hizo gestos ampulosos, tomó el balde y se lo puso sobre la cabeza —sin darlo vuelta, claro—, creo que hasta zapateó un poco; y los salvajes, contagiados de su entusiasmo, sonrieron también, quizás por primera vez; y a partir de ese día cada vez que entraba levantaban los baldes apenas inclinados para que pudiera apreciar la ofrenda cotidiana de su caca y de su pis.

"A partir de ese momento Sam sintió que se establecía un entendimiento y como un puente entre la niña y él y, a través de ella, con los demás. No podían comunicarse con palabras, claro está, aunque es dudoso que las de la rudimentaria lengua indígena hubieran podido acomodar todo lo que Sam tenía para decir. Pero quedaba, siempre, el lenguaje de los hechos. Sam robaba comida para ella, dulces sobre todo, que también repartía a sus compañeros de cautiverio para que no le arrebataran los suyos; liberaba a los niños de sus cadenas, para que pudieran moverse libremente por el entrepuente, un par de veces al día, y él mismo los llevaba a ver y a alimentar a las ovejas, los cerdos y las gallinas, lo que les gustaba muchísimo; a veces les mostraba libros con imágenes, que tomaba prestados de la biblioteca del capitán, o mapas, o hacía trucos con naipes, y ellos atendían embelesados, aunque difícilmente pudieran entender el sentido de todo aquello.

"Pasando tanto tiempo con ellos Sam no pudo dejar de notar que la niña, a pesar de los cuidados que le prodigaba, desmejoraba día a día, al igual que sus compañeros. También lo notó el francés, que bajaba cada tanto a controlar el estado de su valioso cargamento, y exigió que les cambiaran la dieta. "Si muere algún pasajero de tercera y los deudos nos dan permiso de guisarlo y servírselo con patatas podemos conversar", fue la respuesta del capitán Murdoch; el francés entonces compró una de las ovejas y la mandó matar, trozar y servírsela cruda —así es como más les gusta, aseguró. Pero o estaba mintiendo o no era tan experto en las costumbres indígenas como pretendía, porque con las primeras luces el marinero de guardia descubrió que salía humo por las rendijas de la escotilla de proa e hizo sonar la alarma. Cuando la luz de nuestras lámparas logró atravesar la humareda que invadía el entrepuente descubrimos que los salvajes habían desmantelado las cajas de madera que les servían de precarios camastros para encender una fogata, en la que alegremente estaban asando las presas de cordero que les habíamos dado. De más está decir que la improvisada barbacoa fue barrida por el chorro de nuestras mangueras, que luego se dirigieron, por orden del capitán, sobre los propios asadores, "para que aprendan la lección". Los pobres salvajes resultaron ser decididamente hidrófobos y levantaron una gritería como si los estuviéramos rociando con vitriolo o querosén; es verdad que para aquel entonces todos tenían profundas llagas allí donde mordían los grilletes y el agua salada debía escocer. Los adultos, quizás, se lo tenían bien merecido, pero ¿qué culpa tenían los niños?, preguntó Sam. Además, después de finalizado el espectáculo de aguas danzantes mis compañeros podían volver entre risotadas a cubierta —había algo cómico, es verdad, en el pavor de esos salvajes ante el inesperado chaparrón— pero era yo el que tenía que lidiar con la madre que infructuosamente trataba de secar a su bebé, con los cuerpos agobiados por el peso de las pieles empapadas que empezaron, de ahí en más, a oler cada vez peor, con los niños que lloraban y se acurrucaron aterrados cuando me acerqué con unas toallas, como en espera de una nueva agresión, y fue la mirada de confianza traicionada de mi niña lo que más me dolió. ¿Cómo hacerle entender que si yo había empuñado contra ellos la manguera había sido solo por orden de un superior? Ni siquiera sabía si el concepto de obediencia podía tener algún sentido para ellos, acostumbrados como debían estar a seguir sus instintos con entera libertad.

"El gran misterio, ahora, era descubrir cómo habían logrado encender el fuego en primer lugar. No quedaba más remedio que registrarlos, y el contramaestre MacMurrough designó a tres o cuatro hombres para la tarea. Por una vez, bromeó Sam, los marineros acatamos una orden sin gruñidos de protesta ni dilación alguna, pues esta incluía a dos mujeres jóvenes y bastante agraciadas que iban prácticamente desnudas por debajo de sus pieles. Pero como bien reza el adagio, no hay rosas sin espinas, pues entre los electos se hallaba el brutal Harrigan, hache-a-doble erre-i-ge-a-ene y orgulloso de su sangre irlandesa, como en la canción: doscientas libras de bestialidad desatada, cuando estaba ebrio; un cerebro diminuto saturado de malicia destilada, cuando no, y nada le procuraba más placer que derramarla gota a gota sobre nuestro buen amigo Sam. Todos ustedes saben, porque son gente de mar, cómo esas pequeñas irritaciones que en tierra provocan los roces pasajeros pueden, por el frotamiento constante de la vida a bordo, inflamarse hasta formar forúnculos que revientan a la menor presión. Los hermanos siameses Chang y Eng habrán sido ejemplo del más puro amor fraternal, qué mejor prueba que la de haber compartido el lecho con sus dos esposas —hermanas, también— y haber llegado a tener más de veinte hijos entre los dos, pero a la larga terminaron hartándose y uno de ellos —no me pregunten cuál— se dio a la bebida para joderle el hígado al otro; ¡imaginen si en lugar de echar su yugo de carne sobre esta armoniosa dupla el Señor lo hubiera puesto sobre los refractarios Caín y Abel! Pues bien: algo así acontecía con el brutal Harrigan y el bueno de Sam; agravado por el hecho de que Harrigan y el contramaestre MacMurrough, como cuadra a los dos únicos paddys en un barco inglés, eran culo y calzón.

"La requisa, o más bien su intento, derivó en un primer forcejeo entre los hombres y el cacique, al que no le cayó nada bien que quisieran manosearle el harén; sin dudarlo acometió a Harrigan y lo tumbó con una impecable zancadilla: se veía que era un avezado luchador. Azuzado por las carcajadas Harrigan se disponía a saltarle los sesos con sus propios grilletes cuando el contramaestre MacMurrough le recordó que a fin de cuentas se trataba de carga y que cualquier daño se descontaría de su paga; luego ordenó a Sam que liberara a las mujeres, para poder apartarlas del grupo y revisarlas con mayor comodidad. Con mucha paciencia, y aprovechando que gracias a su buena relación con los niños habían empezado a confiar en él, logró convencerlas de dejar caer sus pieles, cosa que tras una inicial reticencia se resignaron a hacer. Seguramente temían lo peor, que en este caso no pasó de los silbidos admirativos y comentarios elogiosos con que los marineros agolpados homenajearon a la belleza de esas Venus oscuras: debajo de las pieles no llevaban más que unos diminutos taparrabos que dejaban muy poco librado a la imaginación. Pero nada encontraron, y aunque algún atrevido señaló que para estar seguros habría que retirarlos también, era evidente que apenas alcanzaban a tapar lo que habían sido creados para tapar. El registro de los hombres y de los muchachos, que sí iban completamente desnudos bajo sus capas, dio mejores frutos: tanto al viejo como al cacique les hallaron unas bolsitas que llevaban atadas alrededor de las caderas y que contenían abundante yesca y pedernal. Por supuesto que el contramaestre MacMurrough aprovechó para cargar las culpas sobre Sam, por haber descuidado la guardia y no haber procedido a la requisa de los prisioneros en primer lugar; así que de allí en más se armó un camastro entre las cajas de la bodega para tenerlos bajo su ojo y oído y olfato vigilantes durante las noches también. Porque a los temores de que los salvajes se mandaran una nueva trapisonda se había añadido ahora una nueva preocupación: el involuntario espectáculo dado por las indias había encabritado a los marineros presentes y más aun a los ausentes, debido al pormenorizado y sin duda exagerado relato que los primeros les habían hecho para alardear, y todas las tardes, una vez terminado su turno, se les hizo costumbre venir a pasar el rato al entrepuente, en una improvisada sala de estar que se armaron con algunos cajones, para jugar a las cartas o a los dados mientras degustaban su ración de grog. Era como jugar con un yesquero en un polvorín: para ese entonces habíamos abandonado los mares australes y día a día aumentaba la temperatura y previsiblemente las inocentes Evas fueguinas se despojaban de sus pesadas pieles con mayor asiduidad. La noticia de la inusual carga que llevábamos había corrido entre los pasajeros también, y para aliviar el tedio del viaje y satisfacer su natural curiosidad se les hizo costumbre darse una vuelta por el entrepuente para echar un vistazo a los caníbales o, en el caso de los de primera, de hacérselos subir a cubierta para sacarles fotografías, y la imagen de esos hombres de la edad de piedra sobre la cubierta de un moderno vapor habrá sido tan incongruente como podría serlo la de un cocodrilo echado en una cama con baldaquino o un dromedario sentado a la mesa de un restaurante. Para compensarse por las numerosas incomodidades que el constante flujo de visitantes le causaba, Sam comenzó a cobrar seis peniques por cabeza, y una corona por subir los salvajes a cubierta, pero el franchute apenas lo descubrió puso el grito en el cielo: si alguien tenía derecho a lucrar con los salvajes, era él. Los salvajes serán suyos pero los pasajeros son míos, le replicó el capitán, y prontamente llegaron a un acuerdo: repartirían a partes iguales las contribuciones de los pasajeros, que el criado del francés, un mestizo chileno que se había traído con él, se encargaría de fiscalizar. Los tripulantes, en cambio, tendrían pase libre. No fue una sabia decisión. Estando ya próximos a Montevideo, una noche mientras Sam cenaba vino a buscarlo el mestizo, agitado y con cara de susto: un grupo de marineros envalentonados por el licor estaba molestando a las indias, y cuando Sam bajó descubrió a Harrigan y uno de sus secuaces forcejeando con el cacique mientras otros dos sujetaban a la madre del bebé; sin duda la habrían forzado allí mismo si no los hubieran estorbado los demás. Harrigan cuando lo vio llegar sin inmutarse le demandó la llave, para poder llevarse a las indias a un lugar apartado; si no, aseguró, lo harían allí mismo, frente a los niños y todos los demás. No me hubiera gustado estar en los zapatos de Sam en ese momento, les digo la verdad. Si le daba la llave, estaba dando su anuencia a ese acto indigno; si no, podía poner en riesgo la integridad de su niña, pues ¿quién podía garantizar que, una vez encendida la lujuria de estos hombres sin honor, fueran a detenerlos su inocencia y su corta edad? Está bien, les dijo, pueden llevarse a las mujeres pero el que ponga un dedo encima de los niños tendrá que vérselas conmigo. "Pierde cuidado", le respondió el aborrecible Harrigan, "los niños te los dejamos a ti". Pero no acabaron allí los problemas, porque apenas el cacique entendió lo que sucedía, con un noble rugido se echó sobre el marinero más próximo y envolviéndole la cadena al cuello comenzó a estrangularlo, y se necesitó la fuerza combinada de todos para salvarlo de una muerte segura, cosa que solo desmayando al salvaje a golpes se pudo lograr. Para ese entonces el mestizo, que había partido a la carrera cuando comenzó la trifulca, regresaba corriendo con su amo, y una vez más tuvo que intervenir el capitán. Sobre las indias, cerraron el trato en un dos por tres: irían también a partes iguales, con un descuento especial para los miembros de la tripulación. Fue más difícil llegar a un acuerdo respecto del cacique: el franchute aducía que debía compensárselo por el daño a su propiedad, mientras que el capitán clamaba que era él el damnificado, pues el salvaje había dejado inhabilitado a uno de sus mejores hombres. En eso mentía y decía la verdad —mentira que sirviera para algo, verdad que en Montevideo tuvieron que dejarlo en el hospital. El médico que subió a bordo recomendó que bajaran al indio también, pero a eso se negó el furibundo francés, diciendo que los indígenas le habían costado su buen dinero y vivos o muertos se los iba a llevar con él. La segunda alternativa fue la que primó: fuera porque los golpes hubieran roto algo en su interior, fuera por los calores que se hacían cada vez más intensos a medida que se acercaban al trópico, lo cierto es que se le desencadenaron unas calenturas que en pocos días acabaron con él. Hay que decir que el salvaje dejó este mundo sin una queja, al menos mientras estuvo consciente, como si se hubiera pasado la vida leyendo a los estoicos —eso no lo dijo Sam, lo digo yo. Cuando se acercaba el final, y sus ojos no veían más que el más allá prometido por sus dioses o demonios, vaya uno a saber, el indio viejo, que tenía toda la traza de ser un viejo brujo, comenzó a cantar, o más bien a salmodiar, interminables letanías que hacían imposible conciliar el sueño, tanto que el pobre Sam llegó a desearle una pronta muerte a su paciente, suponiendo que así se callaría de una vez. El desenlace se produjo estando ya anclados en la bahía de Guanabara: Sam había subido su hamaca a cubierta, para descansar de los endemoniados cánticos y atrapar el mínimo soplo de brisa, cuando salió por la escotilla un lúgubre coro de aullidos en el cual costaba distinguir a los humanos de los caninos. Bajó, y era en verdad espeluznante la escena que se presentó a sus ojos a la luz del candil: las mujeres se habían arañado los rostros, los miembros y los pechos, abriéndose profundos surcos por los que manaba abundante la sangre, que se habían esparcido por el rostro adquiriendo el aspecto de verdaderos demonios: nunca como hasta entonces, me dijo Sam, había llegado a vislumbrar en su justa medida el abismo que nos separaba de esos salvajes. Habían envuelto el cuerpo en su manto de pieles, que por ser demasiado corto dejaba las patas afuera; tras breve consulta el contramaestre y el capitán decidieron dejarles el cuerpo hasta la madrugada, sin relajar la vigilancia eso sí, no fuera que sus ritos fúnebres incluyeran un desayuno con el difunto de plato principal, pero por suerte ese no fue el caso y antes de la primera luz lo retiraron para hundirlo en las aguas de la bahía, sin dar parte a las autoridades del puerto, no fueran a decidir que había muerto de alguna peste y los pusieran en cuarentena.

"A partir de ese día y todos los días antes y después del sol proferían sus lamentos las selváticas troyanas, quedamente cuando las rondaba Sam, con aullidos destemplados cuando subía a cubierta para tratar de dormir; más de una vez tuvo que bajar a gritarles y golpear los lados del barco con una barra de hierro para hacerlas callar, pues en la calma de las noches en puerto hasta los pasajeros de popa podían oírlas e iban con sus quejas al capitán. Sam tuvo en esos días especiales atenciones con su pequeña, pues la notaba muy triste y abatida; ya no le sonreía, apenas se levantaba para hacer sus necesidades en el balde —esa costumbre no la había perdido— y casi no quería comer. Para animarla le regaló un primoroso vestido de algodón azul con florcitas blancas, que había adquirido de una familia de tercera, y se lo ponía por las noches, devolviéndola a la madrugada a sus bárbaros atavíos antes de que bajaran el chileno o el francés; también una muñeca de trapo, una negrita de vestido de percal verde y labios de coral, que le compró tras arduo regateo —debieron intervenir los padres, ya que su llorosa dueña por nada del mundo la quería vender— y le complació sobremanera descubrir que de ahí en más nunca se separaba de ella. Pero como no era de extrañarse, aquella atmósfera continuamente atravesada de gritos y lamentaciones, sumada a la impresión que debían causarle las bárbaras laceraciones que diariamente se infligían las mujeres, terminó afectando su salud; y a los pocos días se puso mala. Como todavía estaban en Río de Janeiro, pudieron aprovechar una nueva visita del médico —a dos pasajeros de primera; el franchute jamás lo hubiera hecho venir si tenía que pagarlo él— y el diagnóstico fue que había contraído alguna fiebre tropical, no recuerdo cuál, y que, fuera de hacerla beber mucha agua y tratar de bajarle la temperatura, no había más que aguardar la crisis y rezar. Y Sam rezó, cayó sobre sus rodillas y rezó al Dios por tantos años olvidado por la vida de su pequeña, apartó al viejo hechicero que una vez más había dado inicio a sus fúnebres cánticos y liberándola de sus crueles grilletes la trasladó a un precario camastro que había improvisado junto al suyo. Su mundo entero, hasta ese momento tan ancho y tan indiferente como el mar, se había encogido ahora a las escuetas dimensiones de esa niña y ese lecho, pero por esa niña habría dado el mundo entero. Hacía las más absurdas promesas, promesas que nadie le había exigido... Las de siempre: enmendaría su vida, dejaría el licor, el juego y las mujerzuelas, concurriría regularmente a la iglesia; adoptaría a la niña, además... No se rían, ¿quién de nosotros no ha hecho en algún momento de su vida, promesas así?... Ya te tocará, ya te tocará, la vida es larga y llena de sorpresas, y a veces las más grandes son las que nosotros mismos nos damos. En otros momentos lo ganaba la desesperación, rechinaba los dientes, daba puñetazos en la cama, juraba que si llegaba a pasarle algo a su niña mataría a Harrigan, al contramaestre MacMurrough y al francés. Esto último no fue necesario, felizmente. Fuera porque ya habían zarpado de nuevo, y el aire del océano aventó las miasmas del puerto; fuera porque la enfermedad había seguido su curso, o porque hubieran obrado el milagro sus cuidados y su amor, bajó la fiebre y la niña volvió a abrir los ojos, y cuando lo vio le dedicó una tímida sonrisa de agradecimiento, que en el demacrado rostro de Sam obró el milagro que en un sombrío paisaje de invierno hace un rayo de sol.

"Pero muy pronto problemas de otra índole reclamaron su atención. Poco antes de llegar a Cabo Verde el tiempo principió a ponerse hosco. Desde hacía días se notaban anuncios de un desequilibrio atmosférico: el viento soplaba a intervalos, tan pronto del norte como del rumbo opuesto, o cesaba del todo; el barómetro bajaba lentamente, se estacionaba, subía y volvía a descender. El horizonte se fue oscureciendo poco a poco, y masas de nubes invadieron el cielo hasta formar una bóveda de tinieblas. Hacía un calor infernal, y entre las nubes más lejanas se vislumbraban continuos relámpagos. Aun sin viento, el barco cabeceaba y daba bandazos por el oleaje, y a bordo era difícil mantenerse firme sin agarrarse de las bordas o las barandillas. Cuando Sam bajó a echar un vistazo a sus indios los descubrió también agazapados, en un silencio expectante, como si pudieran olfatear el temporal que se avecinaba y que ya no se hizo esperar: serían las dos de la tarde, y todo estaba en aparente reposo, cuando el huracán comenzó a rugir en el fondo de aquella oscuridad. El mar se convulsionó como si un cataclismo hubiera conmovido sus profundidades; las olas se elevaban una tras otra, crecían y crecían hasta formar vertiginosos acantilados, tanto que parecía imposible que una erección de mera agua pudiera alcanzar tal altura, y entonces se desplomaban sobre cubierta barriéndola de proa a popa como una catarata horizontal; las sacudidas eran violentas y era imposible moverse en cubierta sin riesgo de ser arrancado por una ráfaga huracanada o barrido por la fuerza de las olas, así que Sam decidió descender al entrepuente para procurarse un rollo de cuerda con el cual amarrarse y a la luz enloquecida del candil que oscilaba como una campana vio a sus indios anudados en un ovillo compacto alrededor de la vieja momia que con los ojos clavados en lo alto abría y cerraba la boca como un pescado fuera del agua, y solo acercándose y aguzando el oído pudo escuchar su canto, si canto puede llamarse a ese recitado áspero y monótono que apenas se hacía oír sobre el rugido de las olas y el bramido del huracán.

"Esa noche nadie durmió; acosados por el mal tiempo todos velaban en el barco errante sobre aquella revuelta cordillera de agua; oyendo el rodar de las olas, el lúgubre mugido de los vientos, las quejas continuas del hierro torsionado y, en los infrecuentes respiros que la tormenta se tomaba para soplar con mayor fuerza, el monótono, incesante canto del brujo que parecía acompañar y hasta alentar el temporal. La Araucana con sus cilindros cargados de vapor y sus hornos alimentados con los últimos restos de las carboneras corría sobre las olas y contra ellas, pugnando por contrarrestar con la fuerza de sus máquinas la pujanza del huracán; durante tres días sopló el espantoso ventarrón, y durante tres días lucharon contra el viento y las olas sin dormir, perpetuamente empapados y casi sin probar bocado, pero poco a poco la fatiga iba ganándoles la partida, a ellos y a la nave. Aquella marcha en contra del oleaje, el cabeceo continuo que hacía girar las hélices en descubierto, el embate de las aguas que los golpeaban como formidables martillazos hicieron que las planchas del casco principiaran a separarse y que el agua se fuera introduciendo por las abiertas costuras, en un principio a traición, sin que nadie lo notara, pues el barco todavía gobernaba y hacía frente a aquel tumultuoso oleaje; pero luego los maquinistas dieron la noticia fatal: la inundación amenazaba llegar a los hornos y si estos se apagaban quedarían a merced de las olas, sin máquinas y sin timón. Todo el personal se puso a la faena de picar bombas día y noche, cuatro horas de cada ocho bombeando sin parar; mas aun así el agua seguía subiendo. Tampoco detenía su canto el viejo hechicero: cada vez que Sam terminaba su turno y descendía al entrepuente para arrojarse más muerto que vivo sobre su improvisado camastro lo escuchaba salmodiar lúgubremente, como si para él no existieran la noche y el día, el desaliento y la fatiga, como si lo habitara la misma fuerza que animaba los vientos y el incansable océano.

"Todos ustedes saben, porque es imposible llamarse hombre de mar sin haber pasado alguna vez por ello, que llega un momento en que un barco —hablo, se entiende, de esa profunda e indisoluble unidad del hombre y la máquina— deja, no tanto de dar batalla, sino de darla con mínima inteligencia; cuando empieza a dar manotazos de ahogado, por así decir. La tormenta lleva claramente la ofensiva, y el barco apenas atina a parar o devolver los golpes, sin capacidad de ver más allá. La tormenta le gana no solo en fuerza, sino en variedad de recursos, en versatilidad; parece estar desarrollando una estrategia compleja mientras que el barco apenas da respuestas tácticas; y llega un momento en que este baja los brazos, en que está —cómo decirlo— sumido en un profundo hechizo del cual daría cualquier cosa por salir.

"No hace falta que les diga que no hay hombres más supersticiosos que los hombres de mar, que debemos vérnoslas con una divinidad inestable, cuyos humores son ley. No será casualidad que los caprichosos e impredecibles dioses griegos fueran invento de un pueblo de marineros; hizo falta que llegaran los pastores del desierto para que hoy nos rija una divinidad irascible y vengativa pero que se ajusta a ley... Somos supersticiosos, sí, y nunca más que respecto de los pasajeros que llevamos a bordo; pregúntenle si no a Jonás. Marineros hubo en el pasado que preferían quedarse en puerto antes que compartir la cubierta con una mujer; pues bien, algo similar había sucedido con los salvajes, aun antes de zarpar: más de uno mascullaba entre dientes que nada bueno podía salir de la presencia de esos caníbales a bordo. Las murmuraciones se acallaron en el tránsito inusualmente benévolo por las aguas de los canales fueguinos y la navegación posterior, pero al comenzar la tormenta renacieron con renovado vigor, como un eco de las irracionales fuerzas que poco a poco iban embotando el entendimiento y la voluntad de los hombres de a bordo. Y fue el canto del brujo, incansable, incesante, lo que terminó de desquiciarlos: era él quien había llamado a la tormenta con su canto, era él quien daba aliento al viento huracanado y batía las embravecidas olas con sus brazos; desesperando tal vez de forzar un improbable retorno, su propósito era hundirlos a todos para vengar la muerte del cacique, la violación de las mujeres, la captura y el cautiverio de todos, y tras cuatro días de lucha contra los elementos en ese barco que pieza por pieza se iba descalabrando sobre sus cabezas y bajo sus pies, los marineros, liderados por el brutal Harrigan, perdieron los últimos restos de cordura que les quedaban y como un solo hombre bajaron al entrepuente para tirar al viejo maldito al mar.

"Y fue allí que Sam se halló ante un segundo dilema. Para arrojar a las olas al viejo brujo había que liberarlo de sus cadenas, y él guardaba la única llave, fuera de la del capitán. Harrigan se la demandó con un gesto perentorio, y con idéntica firmeza Sam se negó. Lo amenazó con tirarlo a él también, y no hubiera tenido empacho en hacerlo; pero Sam había escondido la llave, en previsión de semejante eventualidad, y si lo arrojaban a las aguas perdían toda posibilidad de hacerse de ella. Pero Harrigan no era hombre de arredrarse ante nudos gordianos: mandó al pinche de cocina a traer una cuchilla y bramó que trozaría al viejo allí mismo y luego echaría los pedazos al agua y nadie, en el afiebrado grupo que lo secundaba, expresó reparo alguno. Y Sam en ese momento no tuvo ojos más que para el rostro aterrado de su niña, que lo miraba como implorándole que no dejara que se cometiera ante sus ojos semejante atrocidad. ¿Qué podía hacer? Les dio la llave. El viejo, que sabiamente se había callado cuando los marineros irrumpieron en la bodega, se agarró con uñas y dientes a las cadenas que tanto lo habían estorbado y a todo lo que tenía a mano, tanto que parecía haber multiplicado sus miembros por cuatro, y las mujeres y los niños se aferraban a él; finalmente menudearon sobre él tantos golpes y tirones que consiguieron arrancarlo y se lo llevaron manoteando y pataleando pero siempre en un horrible silencio; todo, la resistencia del viejo y de las mujeres, transcurrió en un silencio espectral, y todos los gritos y los gemidos y las maldiciones provenían del bando contrario. Sam se quedó abajo, para calmar a las mujeres y los niños y no asistir al triste espectáculo. ¿Y quieren saber ahora lo más absurdo, lo más gracioso de todo? No bien hubieron arrojado al viejo a las aguas, cambió el viento y comenzó a llover, una lluvia cálida y acariciante, y las aguas se calmaron como por milagro. La Araucana retomó su derrota y al cabo de algunas horas, siempre bombeando sin parar, alcanzaron Cabo Verde, y allí permanecieron un par de semanas para hacerle al barco las reparaciones necesarias y darles a la tripulación y al pasaje su merecido descanso, apenas perturbado por los renovados lamentos de las mujeres y las rabietas del franchute que tornó a reclamar el importe del nuevo indio perdido, reclamo al cual el capitán respondió con irrefutable lógica que él había estado a un tris de perder su barco por causa de su condenada carga, que maldecía una y mil veces el día en que había aceptado llevarlos y que si escuchaba una queja más los desembarcaba a todos en la isla devolviéndole, eso sí, el importe del tramo hasta Burdeos.

"Sin mayores incidentes llegaron finalmente a aquel puerto, destino final del francés y sus salvajes, y aquí podría haber terminado el relato de la improbable amistad de Sam Marsh y la pequeña antropófaga si no fuera porque todo lo que he contado hasta ahora no ha sido más que el preámbulo, y la verdadera historia recién está por comenzar. Ya en los días previos Sam venía sintiendo una inquietud creciente: presa de una constante agitación se la pasaba bajando de la cubierta al entrepuente y vuelta a subir; le costaba dejar a los indios fuera de su vista durante mucho tiempo, a pesar de que las visitas nocturnas de los marineros habían cesado por completo, como si el viejo hechicero les hubiera aguado la fiesta con las salpicaduras de su chapuzón. La última noche la pasó sin dormir, abrazado a su niña como si quisiera infundirle fuerza y entereza para las tribulaciones que se avecinaban. Hubiera querido susurrarle al oído palabras de aliento, pero aun si hubiera podido hacerse entender, ¿qué hubiera podido decirle? En pocas horas le volverían a pedir las llaves, y una vez más las tendría que entregar.

"Pero estos pensamientos angustiosos no eran sino el prolegómeno de los sufrimientos por venir. El francés desembarcó al alba, a arreglar el papeleo en la oficina del puerto, y regresó con dos personajes armados de pesadas cachiporras, de esos que se ofrecen en cualquier puerto para todo servicio, desde cobrar una deuda a romper un mitín. ¿Y era a esas manos infames que debía entregarla? ¿Pero qué opción tenía, al fin y al cabo? Nunca olvidaré, me dijo Sam, la mirada de mi niña cuando metí la llave en la cerradura de su grillete: no de enojo o reprobación, sino de profunda decepción, como si la hubiera traicionado. Pero fue recién al volver a aquella fría y oscura cueva que su presencia había trocado en efímero palacio, y descubrir la muñeca con su vestidito verde tirada entre las maderas y los harapos, que la conciencia de su pérdida cayó sobre él con su peso aplastante, quitándole el aliento, quebrándolo. ¡Se había ido! ¡Ya nunca volvería a verla! Un dolor inédito, inaudito, dobló sus rodillas y doblegó sus espaldas, y de momento permaneció allí, incapaz de incorporarse, aferrado a las cadenas como si ahora lo sujetaran a él. Ustedes deben entender que el pobre Sam, como tantos de nosotros, había vivido, hasta ese momento —estaba próximo a cumplir los cuarenta, esa edad crítica para el varón en que el soltero está listo para casarse, y el casado para escaparse, con la primera que pase— solo para él, para gratificar sus exiguas y sencillas necesidades, en la más absoluta y más vacua libertad. Es difícil de explicar, sobre todo a ustedes, los más jóvenes, la revolución que puede operarse en el alma de un hombre cuando descubre que también se puede vivir para los demás. Todo el amor y la ternura que ha venido atesorando, sin advertirlo, tiemblan un instante al borde del alma y luego se derraman, y es intolerable que lo hagan en la tierra árida: es necesario que haya un recipiente, real o imaginario, en el cual verter el precioso licor. Toda clase de planes y propósitos atravesaban su mente en remolinos y ráfagas en los que convivían los más absurdos proyectos y las esperanzas más descabelladas: hablaría con el capitán, lo convencería con razones irrefutables de la inconveniencia de dejar a la niña en manos de semejante rufián —¡pero ya la había dejado!—, ofrecería, si este no tomaba cartas en el asunto, pagar por su libertad, le daría todos sus ahorros al francés —si solo hubiera ahorrado un poco más, en lugar de dilapidar su pequeño capital en mujerzuelas y tragos en cada puerto que tocaba— y si no alcanzaban empeñaría —¿pero qué tenía él para empeñar?— o pediría prestado, y en medio de las arduas negociaciones en que poco a poco su habilidad y su tozudez iban venciendo la resistencia del ávido mercader, todo se derrumbaba: ya era demasiado tarde. Otras veces se imaginaba robándola al abrigo de las sombras —¿acaso no era suya la llave?— y perdiéndose ambos para siempre en las callejuelas del puerto: la llevaría a Inglaterra, tenía una hermana, en Cardiff si no recuerdo mal, a cuyo cuidado podría dejarla, para que aprendiera el idioma, los modales y todo lo demás; él iría a visitarla entre viaje y viaje, le llevaría regalos de puertos lejanos, tomaría nota de los progresos que serían sin duda notables, dada la longitud de los intervalos, y cuando se hallara en el mar, a merced de las tempestades, sabría que había alguien rezando por él con cada fibra de su ser, alguien que esperaría impaciente, a medida que se acercara la fecha de su regreso, junto al portón de entrada, lista para salir corriendo por el sendero apenas su silueta se recortara sobre el borde de la lomada, para saltar a sus brazos y besar sus manos. En otros momentos era su enojo el que prevalecía, y permitía que Harrigan los insultara, a la niña y a él, insinuando cosas imperdonables, antes de tenderlo de una única y certera puñalada; iría a la cárcel, claro, pero su niña vendría los días de visita y todo sería como antes, salvo que ahora serían suyas las cadenas y de ella los regalos y la compasión; y para cuando saliera, ella ya sería una mujer hecha y derecha y podrían casarse. Pero ásperas o amables, risueñas o dramáticas, paternales o conyugales, todas sus fantasías terminaban estrellándose contra la misma muralla: mañana era ayer, había dejado que se la llevaran sin decir nada, sin hacer nada.

"El último tramo, el más corto del viaje, le pareció interminable; para cuando desembarcó en Liverpool la evidencia era incontestable: no podía vivir sin ella. Tenía que volver a verla, tenía que recuperarla. Razonaría con el francés, le ofrecería todo lo que tenía: si no alcanzaba, trabajaría para él, volvería a limpiar la mierda y los meados de los indios: lo enaltecería ahora como sacrificio lo que antes había vivido como humillación. Si no, amenazaría con denunciarlo a la policía. O lo mataría, en el peor de los casos. Ningún barco zarpaba de inmediato, pero él no estaba para más esperas. Una sucesión de trenes lo llevaron a Dover, un vapor a Calais, un último tren a París, que visitaba por primera vez. No le fue difícil dar con el predio de la Exposición, pues la monumental torre señalaba el punto mejor que cualquier faro; aunque una vez allí tuvo que preguntar muchas veces, pues los antropófagos no estaban entre las atracciones oficiales y el vocabulario francés de nuestro amigo Sam dejaba mucho que desear. Pero no había venido de tan lejos para darse por vencido, hubiese persistido en buscarla aunque tuviera que recorrer la Feria entera, predio por predio y salón por salón.

"Estaban, descubrió finalmente, en una gran carpa que encerraba numerosas atracciones circenses, encerrados en una gran jaula de hierro sumida en la penumbra. Aun así, la detectó al instante, y su corazón empezó a latir más fuerte, imaginando la incredulidad, la sorpresa y luego, la radiante sonrisa de felicidad que iluminaría el rostro de la chiquilla al descubrir frente a ella, contra toda esperanza, al de su amigo y benefactor. Se contuvo, con un supremo esfuerzo de voluntad, de empujar a las personas que lo precedían en la fila, y también, cuando estuvo más cerca, de reconvenir a los que les hacían burla o comentarios soeces, o trataban de llamar la atención de los apáticos salvajes chasqueando los dedos o golpeando los barrotes con sus bastones o paraguas. Y entonces fue su turno, pero para su desesperación la niña mantenía la cabeza gacha, mientras una de las mujeres le revisaba el cuero cabelludo en busca de parásitos. Y Sam gritó, gritó su nombre, agitando en el aire la muñeca, que había llevado consigo, y ella al escuchar su voz levantó la vista, descubrió su rostro entre la masa de rostros que flotaba tras los barrotes —y luego volvió a bajar los ojos al suelo.

"Sam se quedó como petrificado en su sitio, tuvieron que gritarle, que empujarlo, para que siguiera finalmente el lento avance de la fila y como un pelele dejara que la presión de los que lo seguían lo devolviera a cielo abierto. Afuera, el sol le pareció muy extraño, y se preguntó qué hacían todas esas nubes allá arriba y las flores en los canteros. Yo sé que me reconoció, aseguraba ferviente aquella noche en Punta Arenas, pero hizo como si no me conociera; peor, como si yo fuera uno más en esa multitud curiosa e insensible, como si en nada me diferenciara de ellos. En un principio pensé que era por despecho, porque la había abandonado, y que luego, como buena mujer, se le pasaría. Le daría una nueva oportunidad, pagaría otra entrada y esta vez todo sería como lo había esperado. Pero mientras hacía la nueva fila con el nuevo billete en la mano se dio cuenta de que hasta en eso se engañaba. No era despecho: era indiferencia. Lo había olvidado porque ya no le era útil. Se había aprovechado de su cariño para obtener favores para ella y los suyos, y después, una vez que había dejado de servirle, lo había descartado. Esa pequeña salvaje, que tan inocente parecía, lo había usado, lo había manipulado como la más hábil de las rameras. Por eso, cuando estuvo frente a ella una vez más, sin dignarse a llamarla de nuevo y darle la oportunidad de volver a despreciarlo, arrojó la muñeca a través de los barrotes, no como quien hace una ofrenda sino como quien arroja un proyectil; hubiera querido darle en la cara, pero cayó al suelo, apenas a pocos pasos, entre las monedas, las galletas y otras basuras que la gente les arrojaba, y ella ni siquiera levantó la vista para mirarla. Y aquí terminaría la historia de Sam, si no fuera por un breve colofón: bien escarmentado, volvió a su pueblo natal, que estaba en algún lugar de la península de Wirral, si recuerdo bien; eligió una muchacha decente en la que pudiera confiar, llegó a ser padre de dos criaturas y tuvo la suerte de verlas crecer, por un tiempo al menos, hasta que hará unos siete años, como les decía, los arrecifes de Tierra del Fuego se cobraron una nueva víctima, y así es como los huesos del buen Sam duermen junto al casco del barco en el lecho marino. Regresa entonces a —¿de dónde era que eras, amigo Ned?... Regresa a Topsham, cerca de Exeter, y elígete una joven compañera, alguien en quien puedas confiar, elígela con la tranquilidad de saber que un marinero dispone del mundo entero para amores de ocasión, y deja la tarea de salvar y redimir a los nativos a los funcionarios imperiales y a los misioneros, que para eso están. Todos ustedes, mis jóvenes amigos que han decidido seguir la carrera del mar, están destinados a conocer, en el curso de unas vidas que espero sean largas y provechosas, puertos remotos y gentes inescrutables que más de una vez apelarán a su compasión y su generosidad. Pero esto es lo que no deben olvidar: ellos nunca los verán como un salvador o un benefactor, sino como una mina de oro que explotarán sin el menor escrúpulo antes de abandonar; y por eso no se sienten obligados a ninguna gratitud. La amistad desinteresada no entra en sus cálculos. Toda relación con ellos es una transacción. ¿Saben cómo nos llaman, a los blancos? Carnecita, carnecita. En el fondo, son todos caníbales, aunque no todos, antes de devorarnos, tengan la deferencia de ponernos al asador".

Capítulo 3
La madre de las historias

—*Antes de todas las cosas de todos los ríos de todas las montañas de todos los lagos de todos los bosques del frío y la nieve y los vientos, de los hombres y del ancho mar, el mundo era chico, pequeño, y el cielo era claro, transparente*... ¿Cómo, Rosa?... Ah, dice que me olvidé de los guanacos. ¡Qué risa! Imaginate los selk'nam sin guanacos. Dale, seguí entonces... *Antes de los hombres y los guanacos y el ancho mar el mundo era pequeño y el cielo transparente y estaba todavía muy cerca de la tierra, y el cielo y la tierra estaban, así, pegados como*... ¿Cómo se dice, Mary, los dos lados del mejillón?

—Sé menos castellano que tú, Felisa. En inglés decimos shell, valve. ¿Concha?

—Concha es otra cosa.

—¿Qué te ha dicho Rosa?

—"No seas guaranga". No me mires así, que lo dijo ella, no yo. ¿Viste, Mary, cómo entiende el castellano? Y habla un poco, cuando quiere. Pero nunca quiere. Dale, seguí... *El mundo, la tierra y el cielo eran así de pequeños y estaban pegados como el mejillón. No existían el día ni la noche, la luz era siempre como es al amanecer y al atardecer, cuando no se ve el sol. Había plantas, muy pequeñas, y arbustos, como los que hay por acá en el norte de la isla. Pero no crecía nada más*... *Así era el mundo al que llegó Kenós, el padre de todos los hówenh, los antepasados, el primero de todos los hombres que estuvo acá.* Más despacio, Rosa, que así no te puedo seguir... *Kenós era hijo del cielo, el cielo era la madre pero no como una mamá de verdad, se dice así, así decimos los selk'nam porque el cielo lo envolvía como una mamá envuelve al chiquito con su capa... Y el padre fue el sur, porque Kenós bajó a la tierra acá en el sur...* Vino del cielo, sí, eso ya se entendió, ¿verdad, Mary? *Y lo primero que hizo fue recorrer el mundo, todos los rincones de aquel mundo que era pequeño, y liso, y sin agua ni pantanos, así que podía ir caminando a todas partes...* Ya sé que eso todavía no lo dijiste, pero este cuento yo también me lo sé, me lo contaba mi finado papá que era lailuka-ain. ¿Te acordás, Mary?

—La madre de las historias, ¿verdad?

—Lailuka-ain, el padre. Lailuka-am, la madre. Rosa es la última lailuka-am. Ella tiene esa sabiduría que le vino del abuelo, ese que siguió el camino de la ballena.

—El que llevaron contigo a Francia, ¿verdad, Rosa?

—Sí. Todavía dicen, acá en el barrio, cuando viene de visita, "la india esa que estuvo en París".

—Como si se fue de compras.

—Los cazó un francés y los llevó a una exposición que había allá.

—La Exposición Universal.

—Sería como la Exposición Rural de Buenos Aires, ¿no? Rosa era chiquita entonces, ¿cuánto tenías, Rosa, nueve, diez?

—Eso fue en mil ochocientos ochenta y nueve. En la Exposición Universal, cuando construyeron la Torre Eiffel, esa gran torre de hierro, ¿te acuerdas, Felisa, que te mostré la foto? Si entonces tenías nueve, Rosa, eso quiere decir que ahora tienes ochenta y dos.

—En la misión ha de estar el bautismo, hay que pedir. Nunca le gustó la misión a Rosa, se escapaba siempre, ¿no? A mí sí. Yo me quedé hasta que se cerró, fui la última, entonces me dijo el hermano director, el padre Forcina, no podemos mantener a toda la misión para vos sola, ¿no? ¿Por qué no te vas para Río Grande?, acá te enseñamos a hilar, a tejer, a lavar, ganate tus pesos trabajando. Y me vine. Rosa no, le gusta el bosque, por eso se fue para allá, para el lago... Sí, ya sé, ya te dejo seguir contando. Contá... *Kenós, entonces, porque sabía que iban a venir muchos hombres, tenía que agrandar el mundo; entonces levantó el cielo bien alto, tan alto como está ahora, y ensanchó la llanura para que entraran todos los hombres que iban a venir... Él preparó la tierra para los hombres como se limpia y se nivela un lugar en el bosque para levantar la choza.*

—Bonita imagen.

—*Después, Kenós miró el ancho mundo, tan grande, y se sintió solo. Buscó con la vista, así, alrededor de él, y en un lugar de pantanos arrancó un háruwenhos, eso cómo se puede decir, un terrón, un terrón con raicitas, como es la turba, y le exprimió el agua, y con eso formó un she'es, ya sabés, la forma de un pito con las bolas, y lo puso en la tierra... Y después agarró otro terrón y le exprimió el agua para hacer un ashken, la forma de una concha, y los dejó juntos y se fue... A la noche los dos terrones se unieron y así salió el primer hówenh, el primer antepasado, que creció muy rápido y al final del día ya era igual que un hombre... Esa noche el she'es y el ashken se unieron otra vez y nació otro hówenh que también creció muy rápido y fue el segundo antepasado... Y después de un tiempo, cuando ya había muchos hówenh, se unían también el hombre y la mujer y cada vez había más personas. Y como los terrones eran oscuros, y también era oscura el agua del pantano, los selk'nam somos oscuros... Más adelante Kenós fue hacia el norte, y ahí agarró tierra blanca de la playa y formó también terrones. A la noche se unieron y salió una persona, y así cada noche hasta que hubieron muchas... Pero esa gente era blanca como la arena de la playa... Después de eso Kenós empezó a repartir el mundo. Empezó por acá. Esta tierra fue entregada a los selk'nam y acá vivieron hasta hoy.* Bueno, hasta hoy más o menos, ¿no? Porque yo, de tierra no tengo nada, ni una cosa tengo.

—...

—¿Qué te dice Rosa?

—Que tengo tierra en las patas nomás. En el cementerio también, ahí siempre hay tierra para uno. Pero no, no tengo nada, ni eso tampoco. Tengo esta casita, que no es mía pero tampoco me la pueden quitar, me la dejó mi finado marido, el chileno. Él me dice: usted vive acá hasta que se muere. Era más jovencito, él, pero se murió antes. Entonces el juez de paz me la legalizó. Vos también tenés tu casita —Rosa vive en lo de Garibaldi Honte. Él es selk'nam, medio selk'nam, el único selk'nam que le fue bien, bueno, a Rupatini también, los dos tienen sus estancitas, sus ovejas, ahí cerca del lago Fagnano que le decimos Kami, nosotros. Rosa tiene su casa ahí nomás de la de Garibaldi, que le da la leña, le da la carne y lo demás, porque en invierno cae mucha nieve, tanta que a veces no se puede salir. Pero a Rosa le gusta allá. De acá solo le gusta el mar; a veces cuando está lindo y no hay mucho viento nos vamos juntas a ver el mar. Yo cuando me vine acá a la misión no conocía nada; el mar, yo creía que era laguna. ¡Pero cuándo termina esa laguna!, decía yo. Porque por esa época ya no íbamos cerca del mar; antes sí, los selk'nam iban mucho a marisquear, los hombres a cazar lobos, y cormoranes, y si varaba una ballena ni hablar, se juntaban todos; pero después llegaron los koliot y andaban siempre en la playa, en la costa, yo por eso de chiquita nunca fui. Vos Rosa de seguro te asustaste cuando te subieron al barco, ¿cierto? Eso de no ver más que agua, agua, agua por todas partes. Qué susto se habrán pegado. Porque los selk'nam no somos gente de mar, no como los yámana que eran muy marineros, a nosotros el mar nos gusta mirarlo desde la playa, nomás. ¿Qué pasa? Querés seguir, ¿no? Mirala, se le nota en la cara que quiere seguir. Seguí… *Kenós les enseñó a hablar a los primeros antepasados y les dijo cómo debían portarse. Él decidió cuál iba a ser el trabajo del hombre y de la mujer… Kenós dijo: el hombre y la mujer tienen que vivir juntos, así hacen niños, y los padres deben decir a los niños lo que Kenós ha dispuesto… Cuando el niño y la niña han crecido, se casan, entonces nacen nuevos niños… Kenós enseñó todo eso a los primeros antepasados. Y así debían organizarse todos los selk'nam… Así fue desde el comienzo, cuando Kenós todavía estaba acá…* Pero ya no es más así. Primero se terminó la época de los antepasados, después se terminó la nuestra y después no sabemos qué cosa se va a terminar. ¿Querés un bizcochito, Mary?

—No, gracias, ya comí bastante.

—Ahora qué viene, Rosa, se muere Kenós, ¿verdad? Y vuelve a renacer. Como Nuestro Señor. Yo acá eso lo puedo decir, pero si lo decía en la misión las Hermanas se iban a enojar. Yo era la piel de Judas, decían, muy rebelde, las hacía renegar. Y apenas se cerró la misión me fui al hain del lago, nos fuimos con Nelson cuando nos enteramos que se iba a hacer, ¿te acordás, Rosa?, ese que el padre Martín le sacó las fotos. Menos mal que no lo vieron las Hermanas, el libro que nos mostraste del padre Martín, porque si me veían ahí toda pintada a lo salvaje y con las tetas al aire les daba el patatús, y con Nelson ni hablar, los otros salieron con máscaras pero él no. Ese fue el último hain que hicimos nosotros, el último que fui yo. Para vos también Rosa, ¿no? Dicen que hubo otros más, un tiempo después, no sé, yo no los vi. Me alegra que pude estar en un hain, porque yo de chica no lo llegué a ver, era lindo aquello, muy bonito todo, cantábamos todas las mujeres, el háichula, y después al amanecer el yóroheu, y cuando aparecía shoort hacíamos que nos asustábamos y nos escapábamos corriendo. Dos muchachitos solos fueron klóketen esa vez, y también el padre Martín. Yo creo que ese año se hizo para darle gusto al padre Martín, que se había venido de muy lejos para verlo y tomar sus fotos. Fue el único koliot que pisó la choza grande, Rosa, ¿no? Además del señor Bridges y de ese amigo de tu hermano Kalapakte. El padre

Martín nos compró carne, nos compró cordero y tabaco, para todo el tiempo que duró.

—Me parece que Rosa está impaciente por seguir contando de Kenós.

—Sí, sí, ya no interrumpo más… *Cuando ya había muchos antepasados Kenós estaba viejo, muy viejo, se arrastraba como un inválido, y hablaba muy bajito, y cuando hablaba se cansaba mucho, parecía persona enferma de muerte… Entonces pidió que lo envuelvan en su shon y lo pongan en la tierra. Y ahí se quedó echado como muerto, en un sueño muy profundo… Pero cuando pasaron unos días empezó a moverse de nuevo. Primero los labios, hablaba despacito, en susurros, después más fuerte cada vez, al final se levantó y se paró… Y después se lavó todo entero, para sacarse el olor a muerto. Se veía joven, de nuevo fresquito, lleno de ganas de vivir… Igual que el gusano que se envuelve en su capullo de palitos y en verano sale convertido en mariposa, así se despertó… Y todos los que estaban se asombraron y después se pusieron felices. Porque habían llorado mucho, y sentido una gran tristeza, ahora se alegraron tanto más… Después fue lo mismo con los otros antepasados. El que se ponía viejo se hacía envolver en su manto y se tendía en el suelo. Así se quedaba acostado, inmóvil, como muerto… Pero después de unos días se empezaba a despertar. Entonces iba a la choza de Kenós. Kenós lo lavaba y así desaparecía el mal olor. Ahora estaba otra vez joven y fresco… Pero un día Kenós se envolvió en su manto y se acostó en la tierra sin ganas de volver a levantarse. Él sentía nostalgias del cielo y ya quería volver allá… Antes de subir al cielo le enseñó a Chénuke, que era un poderoso xo'on,* un, eh…

—¿Hechicero? Nosotros le decimos chamán.

—Sí, sí, hechicero, sí, *entonces Kenós le enseñó cómo tenía que lavar a la gente que se despertaba del sueño… Porque en aquel tiempo nadie se quedaba muerto. Todos se levantaban y los lavaba Chénuke... Solo cuando habían perdido las ganas de vivir, y ya no querían levantarse más, entonces se convertían en una montaña o un pájaro, en un viento o una roca, en un animal de la tierra o del mar... Otros se fueron al cielo como Kenós, y se convirtieron en estrellas, en nubes, en copos de nieve, en neblina... A veces una familia entera se transformaba en una cadena de montañas o un grupo de estrellas... Ninguno de los antepasados se quedó gente, todos se transformaron, pero se quedaron todos acá en la isla, en la tierra o en el cielo o en el mar... Así siguió todo por mucho tiempo hasta que llegó Kwányip y trajo la muerte verdadera. Desde entonces nadie se levanta del sueño de la muerte, nadie se transforma en ave o en montaña o en nube... Así se terminó la época de los antepasados, de los hówenh, y empezó la nuestra. El que se acuesta ahora en el suelo, ese está muerto de verdad.* ¿Tenés frío? Ahora pongo otro, Rosa, allá ustedes tienen toda la leña que quieren pero acá la tengo que comprar. Si querés te traigo un poncho.

—Tú cuántos hijos tuviste, Felisa, ¿siete?

—Sí.

—¿Y todos se han muerto?

—Tengo una nieta, en Ushuaia. Vive con el papá. Él es chileno.

—¿Y tú, Rosa? ¿Diez?... ¿Y ninguno vive?... Lo siento.

—¿Y vos no has tenido hijos, Mary?

—No, yo no.

—¿No has querido?

—Viajo mucho, por mi trabajo. He pasado mucho tiempo en Centroamérica, en la selva. No es fácil hacer todo eso con niños. ¿Cómo fue, entonces, que Kwányip trajo la muerte? Él vino del norte, ¿verdad?

—Sí, su patria estaba al norte del Estrecho, solo que en esa época había un puente, no sé si de piedra o de hielo, entre las dos tierras, vos dejame, Rosa, que esta parte yo me la sé, *entonces Kwányip cruzó caminando nomás, con su manada de guanacos mansos. Antes acá en el sur solo había guanacos ariscos, y los antepasados cuando no podían cazarlos pasaban hambre. Kwányip no. Sus perros arreaban los animales adelante de él, y cuando tenía ganas, estiraba la mano y ya tenía un guanaco.* Qué suertudo, ¿no? *Nunca tenía hambre, ni tenía que esforzarse para conseguir comida. Junto con Kwányip vinieron sus hermanos,* me acuerdo que eran un varón y una mujer, pero los nombres no, a ver, dame una manito vos... ¡Eso! *Aukmínk se llamaba el hermano, que era el mayor, y la hermana se llamaba Akelkwóin.* Y... Mejor seguí vos, que yo la voy a embarrar... *Un día el hermano mayor se comportó como si quería morir. Entonces Kwányip tomó su manto y lo envolvió, y lo depositó en la tierra... Después de algunos días y noches Aukmínk empezó a revivir. Pero en esas noches Kwányip había podido yacer con su hermana Akelkwóin, y pensó que cuando su hermano despertara ya no podría hacerlo más... Entonces se sentó muy cerca del lugar donde estaba acostado su hermano y se puso a cantar. Todo el día cantaba, y como era un xo'on muy poderoso, su hermano no pudo levantarse de nuevo... Y así fue como Kwányip trajo la muerte al mundo.* ¿Sí?

—No quería interrumpir, pero me ha llamado la atención, yo había leído esta leyenda en el libro de Gusinde y allí se dice que Kwányip no permite que su hermano se levante del sueño senil, pero no dice que fuera por su hermana. No da ningún motivo; parecía puro capricho, o una rivalidad como la de Caín y Abel. Ahora sabemos por qué lo hizo.

—Dice Rosa que el que le contaba las historias al padre Martín era Chikiol, que no era lailuka-ain, por eso se le mezclaban las cosas y cuando no sabía inventaba. Mirá, se ha puesto a llover de nuevo.

—¿Y qué pasó después, con Kwányip y su hermana?

—Decime... *Ahí está, después de matarlo al hermano Kwányip quiso yacer de nuevo con su hermana, pero descubrió que no podía, por la mucha claridad: le daba temor que los vieran y entendieran que era por eso que no lo había dejado despertar... En aquellos tiempos antiguos todavía estaba en el cielo el viejo sol, que era el padre del nuestro, y era mucho más fuerte y poderoso. Se quedaba en el cielo todo el tiempo, nunca se iba a dormir y siempre había mucha claridad... Entonces Kwányip comenzó un canto para hacer dormir al sol. Durante muchos días cantó, hasta que al viejo sol se le cerraron los ojos y se durmió, y en ese ratito de oscuridad Kwányip pudo yacer otra vez con su hermana; pero tuvieron que separarse muy rápido, porque el sol abrió los ojos y volvió la claridad... Entonces Kwányip volvió a cantar; cantó muchos días, y cada día la claridad duraba un poco menos y la oscuridad un poco más, hasta que la oscuridad duró lo mismo que la claridad... Y al poco tiempo Akelkwóin quedó preñada. Pero cuando Chénuke descubrió lo que había hecho Kwányip,* te acordás de Chénuke, ¿no?

—Ese que, el xo'on al que Kenós enseñó...

—*A lavar a la gente cuando se despertaba de la muerte, sí, se enojó muchísimo, y le dijo a Kwányip,* qué le dijo, Rosa... Le dijo *"¿Estás loco? ¿Cómo no dejaste que tu hermano despierte, y venga a mi choza? Yo lo habría lavado y él podía volver a la vida, joven y sano. ¿Qué hiciste, egoísta? ¡Ahora nadie puede resucitar!"... Desde ese momento fueron enemigos. Aunque Chénuke era un xo'on muy poderoso, sus poderes no le alcanzaban para vencer a Kwányip, entonces decidió hacerle un kwáke, un, un daño a su hermana... Se aprovechó de uno de los viajes de Kwányip al norte, de esos para traer más guanacos mansos, y se acercó a la choza donde estaba Akelkwóin y cantó hasta que ella cayó en un sueño profundo... entonces entró y puso la mano sobre el vientre de Akelkwóin, y descubrió que tenía mellizos, y movió las manos y los bebés quedaron atravesados y cuando empezó el parto no podían salir... Kwányip con sus poderes consiguió salvar a los chiquitos pero no a la mamá; entonces él lloró mucho, la llevó a la choza de Chénuke y le pidió: lavala, para que vuelva a vivir. Pero Chénuke se rio con mucha crueldad y le contestó: Fuiste vos el que trajo la muerte de verdad, ahora aguantate… Kwányip estaba muy triste, en señal de luto se pintó todo el cuerpo de rojo, y más tarde, cuando subió al cielo, se convirtió en esa estrella roja que brilla tanto, y su hermana y su hermano y todos los parientes forman una,* ¿cómo es que se llaman las familias de estrellas?

—¿Constelación?

—Eso, una constelación, que brillan todas cerca de él. Ay, me cansé. ¿Podemos descansar un poco? Vos porque lo contás en selk'nam, pero yo lo tengo que contar en castellano que es más difícil, y no soy lailuka-am como vos. De paso aprovecho para hacer otro mate, que este ya se lavó.

—Quería que Rosa me cuente un poco cómo fue lo de París. Luego podemos seguir con las antiguas historias. ¿Cómo fue que los embarcaron, Rosa? ¿Fueron engañados?

—Lo cazaron, dice… Hirieron a su tío Haknich en una pierna, y después cuando los llevaban como no podía caminar como los demás lo mataron ahí adelante de todos. Y su papá, que se llamaba Kal-éluly, reconoció a uno de los cazadores, que él lo había ayudado antes, y se creyó que los iba a proteger, pero no, los subieron a un barco y les pusieron cadenas. Era ese, el francés, Mesié Metre… ¿Cómo decís? Sí, sí, ya sabe; dice que es el de la foto esa, la del libro que nos mostraste.

—Espera que lo traigo.

—¿Ves? Acá está él. El perrito ese que también llevaron. Este es tu hermano Kalapakte, el que se quedó en París, ¿no? Y después volvió con su amigo, ¿cómo se llamaba?… Sí, Kástèle, ese. Y acá está ella, esta niñita acá. Eras úlichen, bonita, ahora estás yíppen, fea como yo, pero más vieja. Shemiken se llamaba, fueron las Hermanas que le pusieron Rosa después, en la misión, Rosa de París, pero a ella le gusta más su nombre: Rosa

Shemiken. Y esta es tu abuela… Tehal, que se murió en la otra ciudad, ¿dónde fue, Rosa?… Sí, Londres, su abuela se murió ahí… Dice que cuando se la llevaron estaba viva y después ese joven que los cuidaba, Benito Leuquén, un joven chileno, les dijo que se murió en el hospital. Vaya a saber, los koliot hacían cosas raras con los selk'nam, querían siempre los huesos. Yo no sé qué quieren los koliot con los huesos de los selk'nam, Kalapakte el hermano de Rosa una vez vio cómo los koliot mataban a un xo'on, ¿cómo era que se llamaba, Rosa?… Eso, Yenijoom, vio cómo lo mataban para sacarle los huesos. Acá al lado de Rosa está su mamá, Orrayen, ¿no? Ella se le murió en el viaje de vuelta, cuando los mandaron de vuelta. Rosa cuando volvió ya eras huérfana; yo también, llegué con mi papá a la misión y al poco tiempo se murió, se morían todos muy rápido en la misión, solo yo y alguno más aguantó. Y acá, esta es tu tía, ¿no? La hermana más chica de su mamá, ¿cómo era que se llamaba?… Apelchen, sí. Ella llegó a volver, se murió después en la misión. Como todos. El bebé se le murió allá en París, ¿no? Era hermano tuyo, Rosa, ¿no?, hijo también de tu papá. Miralo pobrecito al chiquitito con su mamá. Acá dicen que los bebés vienen de París, pero este se fue. Y este niño de acá era Karkemanen, y esta es la mamá… Holke'. Ella no volvió, el chico sí. Yo lo conocí en la misión, José Fueguino lo llamaban allá. Y este de acá, este larguirucho es el hermano, que en la misión le decíamos José María Arco… Taarken. Y hay dos que no están en la foto, porque se murieron antes: el papá de Rosa, que lo mataron los marinos, y el abuelo que era xo'on y siguió el camino de la ballena.

—¿Qué es eso de seguir el camino de la ballena, Rosa? Ya lo habían mencionado antes.

—Eso te lo puedo contar yo. Era la prueba más difícil para un xo'on, la demostración más grande de su poder. Tenía que enlazar una ballena con su canto y arrastrarla hasta la playa, para que quede varada y todos los selk'nam puedan comer hasta reventar. Eso solo lo podían hacer los xo'on más poderosos, ochen-maten los llamaban a los que tenían ese poder... ¿Eh?... Rosa dice que ella recuerda el canto de la ballena, si lo querés escuchar.

—Pues claro. Espera que enciendo la grabadora... Gracias, Rosa, es muy hermoso. ¿Quieren escucharlo?... A mí me parece que salió muy bien, pero si quieres lo hacemos de nuevo. ¿Y qué dice la letra?

—A ver, lo primero es algo como "la ballena está sobre mí... sentada, o apoyada, sobre mí. La estoy esperando. La ballena macho. La ballena, mi padre, me ahoga" y después "el aceite de ballena pronto hará relucir los negros —las piedritas de la playa—, ¡los cantos rodados! de Kasten" —ese es el nombre del lugar. Y hay una parte que hace el sonido de las olas, y otra los gritos de las gaviotas cuando revolotean sobre la ballena muerta. ¿Te acordás del cuento de los dos xo'on mentirosos, Rosa?... Te lo voy a contar, Mary, Rosa siempre se ríe mucho cuando lo cuento. Era un día helado de invierno, cerca de cabo Peñas, ¿no? y la gente que estaban acampando ahí pasaban mucha hambre. Con ellos estaban dos mentirosos que se llamaban... Eso, Koin y Haipenu que decían que eran ochen-maten, y que iban a traer una ballena para que todos comieran. Ese día nadie salió a cazar o marisquear, todos esperaban en la playa, muertos de frío, que viniera la ballena, y los dos xo'on mentirosos hacían el canto que ya escuchaste, daban saltos y hacían como que tiraban de una cuerda muy larga, haciendo mucha fuerza, así, ¿ves?... En esta parte siempre se mata de risa. Ojo que si te caés de la silla ¿después quién te junta? Pero todo era mentira, los dos xo'on estaban burlándose y al final la gente se dispersó, y esa noche comieron, qué habrán comido, Rosa, almejas, algún pájaro, algún cururo, en vez del festín de carne y grasa de ballena que todos esperaban.

—¿Y por qué dicen que tu abuelo siguió el camino de la ballena?

—El abuelo Chonkayayá, porque era ochen-maten, en medio de una tormenta llamó una ballena para que siguiera al barco, y cuando la ballena estuvo cerca él se tiró al mar, a la boca misma de la ballena, y la ballena se lo tragó y lo trajo de vuelta para acá, para Tierra del Fuego, y el abuelo hizo todo el viaje calentito en el vientre de la ballena, y cuando tenía hambre agarraba un pescado y se lo comía. Y él cantaba todo el tiempo, y así guio a la ballena hasta la costa, y allí ella abrió la boca y lo vomitó sobre la playa. A esa no la hizo varar, porque lo había salvado.

—¿Y qué fue lo que pasó en realidad?

—Eso fue lo que pasó.

—¿Y se reencontraron Rosa y su abuelo?

—Nunca, Rosa, ¿verdad?... Rosa cuando volvió de su viaje la llevaron a la misión, y el abuelo se había escondido de los koliot, para siempre, como muchos selk'nam, en los bosques que están al sur del lago Kami; y hay quien dice que ahí siguen estando, viviendo como antes, como vivían los selk'nam antes. Pero no sé... Dice que después que paró la tormenta los bajaron en un lugar, Rosa no sabe dónde, hacía mucho calor, y había muchos negros, de eso se acuerda, ellos nunca habían visto gente negra y se asustaron bastante, los sacaron del barco para limpiarlo y cuando volvieron estaba mejor, más limpio y no se metía tanto el agua, y siguieron navegando y el tiempo se puso más fresco y se sintieron mejor, hasta que llegaron a otro puerto, y ahí ya los hicieron bajar, siempre con las cadenas, y bajaron también Mesié Metre y el joven chileno Benito Leuquén... Los tienen en un lugar, y después los suben en el vagón de un tren, pero no con asientos, ¿no, Rosa? Era en un vagón de carga, con ventana alta, chiquita, no pueden ver nada, adónde los llevan, nada; pero los llevan a París.

—Y allí los pusieron en una jaula, para que los viera la gente que iba de paseo, las familias con niños. Como en un zoológico.

—No, no, como en un zoológico no, porque no podían ver para afuera, ¿no, Rosa? Estaban adentro de una carpa, era más como un circo. Yo fui una vez al zoológico, en Buenos Aires, cuando me llevaron al programa de televisión. Me gustó bastante, lindo, lindo. Yo allá tenía calor, andaba puro blusita nomás. Mis huesos, me sentía bien, diferente, caminaba bien, los huesos resueltos. Y yo al elefante nunca lo había conocido, un bicho tan grande, yo me quedé admirada, una cosa rara, nunca conocí un animal así. Y el pavo, tan lindo que era el pavito, floreada la colita, brilloso. Y ese otro, cómo es que se llama, con el cogote largo, largo. Pero lo que más me gustó fue el subte. ¿Cómo es que se llama, el bicho del cogote?

—¿Jirafa?

—¡Eso! La jirafa era.

—¿Y cómo era, Rosa, ahí en la jaula?

—Estaban adentro todo el tiempo, ¿no, Rosa?... No los sacaban nunca, estaban ahí, sin las cadenas eso sí, porque estaban en una jaula, y todo el día venía gente, mucha gente, familias, con chicos, con bebés, a mirarlos... Al principio se asustaban, dice, les gritaban cosas, les tiraban monedas, para que los miraran golpeaban los barrotes con los bastones, los paraguas; después ya se acostumbraron, después ya no los veían más, veían los barrotes solo... Y pasaron hambre, ¿no, Rosa? Porque les daban poco de comer, papa, galleta, para que tuvieran siempre hambre y comieran la carne cruda y las tripas que les tiraban cuando venía la gente.

—¿Qué dice Rosa?

—Dice que parecía la cueva de Cháskels, el gigante. ¿Esa historia la conocés, Mary?

—La leí en el libro del padre Martin Gusinde, sí, pero me gustaría que me la cuente Rosa, siempre hay diferencias. Después seguimos con París. Eso si no les molesta.

—No, a mí no, a Rosa tampoco me parece. Esa fue otra hazaña de Kwányip, ¿no, Rosa? *Mató al gigante Cháskels que vivía en el sur de la isla. Por ahí cazaba... Pero no comía carne de guanacos, solo devoraba la carne de las personas. Se dedicaba a cazar otros hombres, y cada vez que podía atrapar una persona la mataba... Su choza estaba muy sucia, había huesos, pedazos de carne y tripas humanas, mierda, todo era muy asqueroso de ver... Por miedo a Cháskels, toda la gente se había escapado de la región; los que se quedaban cerca vivían escondidos y no podían salir a cazar, entonces pasaban mucha hambre... este Cháskels era un gigante fuerte. Su honda tenía un gran alcance. Cuando tiraba piedras con su honda alcanzaba a la gente a mucha distancia. Además, tenía perros bravos. Eran muy resistentes para correr... Los perros corrían a las personas mucho tiempo, hasta que se cansaban y se quedaban sin fuerzas. Entonces los derribaban y los llevaban a la choza de Cháskels... Le gustaba especialmente cazar mujeres preñadas y más si estaban de muchos meses. Cuando conseguía cazar y matar una mujer embarazada la arrastraba hasta su choza y la ponía al fuego, con el bebé adentro. Este asado y el de* —¿cómo se llama el bebé cuando todavía toma la teta? Lechón es en los chanchos.

—No creo que tengamos una palabra en inglés. No sé cuál será en español.

—Bueno, eso, eran los asados que más le gustaban. Era muy malvado. Cuando mataba a una mujer, le cortaba la piel ahí entre las piernas y se ponía muy contento si tenía mucho pelo, porque cosía los pedazos unos con otros para hacerse el kócel con que se adornaba la frente... Y su capa estaba hecha con las pieles de todas las personas que había matado, cosidas. Y andaba así por todas partes; y los que lo veían vestido así sentían mucho miedo...

En una de sus correrías se encontró en el bosque con los dos hijos de Kwányip, los mellizos Sasán y Sasín. Entonces pensó: yo a estos me los llevo conmigo, para que trabajen en mi choza... Ahí los hizo trabajar. Cada vez que traía un cadáver humano, los dos hermanos tenían que destriparlo y cortarlo en pedazos. Después él se sentaba junto al fuego y asaba pedazos grandes de carne para él... A los dos hermanos solo les daba las tripas crudas, y ellos las comían porque Cháskels no les daba otra cosa y tenían mucha hambre... Cuando Kwányip se enteró que sus hijos estaban presos de Cháskels, sintió mucha rabia; pero no podía atacarlo directamente, porque era muy fuerte. Entonces esperó un día a que estuviera dormido, y se acercó muy silencioso, y le robó el jaukeyár, que es la piedra para hacer fuego. ¿Cómo se llama?

—Flint, ¿pedernal?

—*Eso, el pedernal, y puso en su lugar una piedra común. Y les dijo a los dos hijos lo que tenían que hacer... Cuando el gigante se despertó quiso hacer fuego para cocinar su carne, pero de la piedra no salía chispa. Entonces se enfureció y mandó a los hijos de Kwányip a buscar pedernal... Era un viaje muy largo, a Caleta Irigoyen. Cuando los dos hermanos llegaron, le gritaron que para hacer más rápido le iban a arrojar las piedras, que estuviese preparado para atraparlas; entonces sacaron las hondas que les había dado Kwányip y cada uno lanzó una piedra a los ojos de Cháskels... Cháskels no estaba preparado porque pensaba que le iban a tirar con la mano; la piedra de Sasán dio en el ojo derecho de Cháskels y la piedra de Sasín en el ojo izquierdo, y así Cháskels se quedó ciego y empezó a bramar; y en ese momento Kwányip le gritó que eso le pasaba por meterse con sus hijos y le empezó a hacer burla... y tanta fue la furia de Cháskels que agarró su propia honda y empezó a lanzar grandes rocas para todos lados como un loco, y donde caía una piedra se abría una rajadura en la tierra y se llenaba de agua... Tiró un piedrón enorme hacia el norte y la Isla Grande se separó de Santa Cruz;*

tiró otro hacia el sur y se formó el canal de Beagle; tiró uno hacia el este y se desprendió la Isla de los Estados; y con la que arrojó hacia el oeste se rompió la tierra y se formaron todas las islas del lado de Chile. Todo eso para destruir a Kwányip y a sus hijos, pero Kwányip les había dicho que se escondieran bien y nadie salió lastimado... Y cuando quedó tan agotado de tirar esas rocas que estaba boca abajo en el suelo y no se podía mover, Kwányip se acercó hasta donde estaba y de un fuerte pisotón le quebró el espinazo. Y después lo cortó en pedazos y lo dio de comer a sus propios perros. Y así termina el cuento. ¿Te gustó, Mary?

—Mucho. Verdad que este Cháskels parece koliot, por las cosas que les hacía a los selk'nam. Lo de darles carne cruda a sus cautivos, por ejemplo, es igual a lo que vivió Rosa.

—Sí, ¿no? La gente tenía que pensar, estos indios, qué brutos que comen la carne cruda, pero era porque no los dejaban cocinar... ¿Qué?... Ah, mirá. Rosa dice que le pidieron a ese joven chileno Benito Leuquén, porque ya para ese momento se hacían entender un poco, sobre todo su hermano Kalapakte, que era muy rápido para aprender, le piden que los deje cocinar, pero él no, no, Mesié Metre los va a castigar, a ellos y a él, entonces cocina él, a escondidas consigue carne y les lleva, de noche, de madrugada, y les pide, ustedes cuando viene la gente ponen cara feroz, agarran la carne cruda y hacen como que la devoran, después no la tragan, después la escupen, disimulado, y cuando limpio me la llevo y la traigo cocida. Y una vez Mesié Metre lo agarró cocinando y lo castigó, pensó que era para él, que les robaba la comida a los indios... Y después vino el frío y se murió el bebé. Y Apelchen no lo quiso soltar, lo tenía envuelto en sus pieles y no lo dejaba ver, y recién el joven Benito Leuquén después de unos días se dio cuenta por el olor, y cuando se fue la gente se metió en la jaula y se sentó al lado de Apelchen y no le dijo nada toda la noche hasta que a la madrugada ella se lo dio... Y pasó el tiempo,

Tehal se enfermó, al principio Mesié Metre no hizo nada pero cuando estaba para morirse vino un doctor, después volvió el doctor, con policías, y discutían con Mesié Metre, vienen más personas a discutir, van y vienen… Y entonces hace eso, el joven Benito Leuquén. Viene de noche, abre la puerta de la jaula y les dice, les muestra la puerta de la jaula y dice afuera, afuera. Y salieron… Rosa, dice que no lo creía, eran todos palacios iluminados y por arriba de eso, muy grande, por arriba de los palacios y de todo el mundo, una torre, toda de fierro, de fierro y de luces, más alta que una montaña, lo más grande que ella nunca vio… Pasaron abajo de la torre y siguieron, todos juntos, y había jardines, y fuentes, y estatuas, y más palacios, ella se agarraba de la capa de la abuela y ya no estaba el joven Benito Leuquén y ahí, ¿no, Rosa? escuchan que les gritan, y silbatos, y empiezan a correr y se pierden, ya solo están ellas dos con el perrito, y pasan por un barrio de casas blancas, con torres, todo muy blanco con la luna, raro, como sueño… Y hay más gritos y silbatos y entran en un palacio, todo de vidrio iluminado, y en el piso de arriba, era el de arriba, ¿no?… Ahí encuentran montones de cueros, como una toldería, y ahí se esconden. Escuchan pisadas corriendo, afuera, y tu abuela te dice escondete, ¿no, Rosa?… Sí, le dice escondete acá y se hace toda chiquita con el cachorro, pasan hombres, van y vienen, se apagan las luces, vuelve el silencio y no se mueven, hasta que empieza a clarear… Y a la mañana llega la gente y las descubren, y las llevaron a un lugar donde estaban todos en una pieza, la mamá y Taarken, Apelchen y Karkemanen con su mamá. Solo no estaban el joven Benito Leuquén y su hermano Kalapakte. Él fue el único que se consiguió escapar. Mesié Metre estaba furioso y le gritaba a un policía, y el policía le terminó pegando para que se callara.

—Es lo menos que le podían hacer. Ojalá hubiera terminado como Cháskels.

Capítulo 4
La jaula de los onas

—Ustedes no se dan una idea de lo que es aquello. Es la tierra más inhóspita del planeta; hasta sus propios nombres la condenan: seno Última Esperanza, isla Desolación, Puerto Hambre, bahía Inútil, cabo Furioso, bahía de los Desvelos, golfo de las Penas, cabo Decepción, El Páramo. El norte de la isla es una estepa árida y fría barrida por perpetuos huracanes; el sur está cubierto de bosques impenetrables donde los árboles vivos luchan por crecer entre los muertos y de ciénagas de turba en las que hombres y caballos se hunden sin remedio. Del mar, poco puedo agregar a lo que ya habrán oído: es el más tempestuoso del planeta, y más barcos han naufragado allí que en todos los demás unidos. Y si por algún milagro los náufragos logran sobrevivir a las aguas heladas y a las olas que incesantemente revientan contra los escollos, su suerte está de todos modos echada: morirán de hambre en las playas desiertas o serán ultimados y devorados por los salvajes. ¿Y todo esto, a cambio de qué? Es una tierra injusta y despiadada, que nada da y todo lo quita, hecha no para poner a prueba al ser humano, sino apenas para degradarlo y sorberle el espíritu. Porque ese es su efecto más insidioso y más perverso: logra que uno, en lugar de odiarla a ella, termine odiando a sus semejantes y a sí mismo... Sí, es una buena pregunta. Qué hacía un hombre como yo en una tierra como esa, yo mismo me la he hecho allí tantas veces, atormentándome con ella, flagelándome con ella. Porque deben saber que yo soy un hombre instruido. He realizado estudios de ingeniería en la École Centrale, la misma a la que acudió Gustave Eiffel... No, no tuve el honor de conocerlo, él es mayor que yo... Me vi obligado a interrumpirlos cuando mi padre nos abandonó, y tuve que convertirme en el único sostén de la familia... Soy el mayor de ocho hermanos... Francés, ya se los dije, nací en Burdeos, pero mi padre era belga, por eso me tomé la libertad de llamarlos compatriotas, por eso quise traer mi espectáculo aquí a Bruselas... No sé de dónde han sacado semejante idea. Es verdad que tuvimos algunos problemas en Londres, por culpa de esos entrometidos de la Sociedad Misionera, pero no es por eso que nos vinimos, ya teníamos acordadas las fechas con el Museo Castan desde hace meses... Está bien, semanas, pero ya estábamos en tratativas... En Londres los salvajes habían repetido el éxito de París, se formaban largas colas para verlos, hasta que se metieron esos malditos misioneros... ¿Y cómo voy a saberlo? No tienen nada mejor que hacer. Se les metió en la cabeza que yo me llevé a los salvajes por la fuerza, que los mantenía prisioneros contra su voluntad, cuando lo cierto es que les salvé la vida, si se hubieran quedado en su dichosa tierra natal ahora estarían todos muertos... Está bien, se me murieron cuatro... Y se me escapó uno en París, sí, pero eso también fue por culpa de los misioneros... Ya se lo explicaré a su debido tiempo... No me estoy haciendo el difícil, inspector Camusot, si quieren se lo explico ahora, estoy tratando de contarles todo en forma ordenada pero si me interrumpen todo el tiempo... No estoy tratando de enseñarles cómo llevar adelante un interrogatorio, estoy seguro de que ambos son profesionales... ¿Cómo? Creí que me habían dicho... Dispense, inspector Bibelot. ¿Usted es Bibelot y usted Camusot, entonces?... Sí, sí, solo quería estar seguro... No, no intento burlarme de ustedes, cómo se le ocurre. El error seguramente fue mío, comprenderán que todo esto me tiene muy alterado. Para empezar, me arrestan sin ningún motivo, a mí, un afamado empresario que ha presentado su espectáculo en la Exposición Universal de París, en el prestigioso Acuario de Westminster y aquí, en Bruselas... ¡No es un circo, es un museo! El Museo Castan, como su nombre lo indica, si ustedes no conocen la diferencia entre un museo y un circo... ¡No sé lo que hacen allí la gallina de tres patas y los enanos peludos, no es asunto mío! ¡Es un museo de curiosidades, nos ofrecieron un lugar a mí y a mis salvajes y nos vinimos! ¡Y ya dejen de llamarme "mi querido maestro", ¿se creen que no me doy cuenta de que me están tomando el pelo?!... No me pongo nervioso. ¿Es una indagación en regla, esta? Porque la hora es algo inusual, ¿qué son, las dos, tres de la mañana?... No tengo reloj, sus hombres me lo confiscaron a la entrada y se han negado a devolvérmelo, más vale que me lo entreguen en perfecto estado, es un reloj muy valioso, ha estado en la familia durante tres generaciones, perteneció a mi abuelo... No, al belga no, a mi abuelo materno, ¿importa eso? Y no contentos con retenerme el reloj, me encierran con los salvajes. ¡Se trata de antropófagos, se los dije con toda claridad, y me encierran en la misma celda que ellos! ... No, no trataron de devorarme, los tengo bien alimentados... No les doy carne humana, qué clase de pregunta es esa, les doy carne de caballo, que es lo más parecido... Nunca probé la carne humana, pero es lo que se dice, todo el mundo lo sabe, la carne de caballo es la que más se parece... No, inspector Camusot, no lo estoy tratando de ignorante, pensé que era *vox populi*... ¿Cómo? Pero si me acaba de decir... ¡Esta bien, Bibelot! ¡Como sea! ¡Tal vez ni siquiera se trate de sus nombres verdaderos! ¡Camusot! ¡Bibelot! ¿Quién ha oído hablar de apellidos tan ridículos?... ¡No se atreva a tocarme de nuevo! ¿Usted sabe con quién está hablando? ¡Tengo amigos influyentes! El cónsul de Francia... Basta... No vuelva a pegarme... Por favor... Eso ya se lo expliqué. Francés, soy ciudadano francés, nací en Burdeos, mi madre es francesa pero mi padre era, o es, no sé si sigue vivo, belga... En Lovaina, según decía, tal vez haya vuelto allí, nunca más tuvimos noticias, por mí que reviente la ciudad entera con él adentro... ¿Su padre? Está bien, no le deseo ningún mal a la ciudad natal de su padre, ni tampoco a su padre, me basta con que reviente solamente el mío... Los cuatro indios no reventaron, como usted dice, pero se me fueron muriendo. A pesar de su aspecto feroz son muy delicados, estos indios, llevaron muy mal el viaje, sobre todo el paso por los trópicos, el barco se detuvo una semana en Río de Janeiro, aquello fue un infierno, imagínense estos aborígenes acostumbrados a un clima ártico... Está bien, antártico, lo mismo da, ¿qué es esto, una lección de geografía? Todavía no me han dicho por qué estamos detenidos. Tengo todos los papeles en regla, mi espectáculo ha sido un éxito de público, todas las capitales de Europa se lo disputan, además del interés que ha despertado en la comunidad científica, han acudido sabios de todo el mundo... Por ejemplo el profesor Joseph Deniker, que concurrió a tomar fotografías y a realizar sus mediciones antropométricas... No, no recuerdo más nombres, pero aquí en Bruselas teníamos una cita marcada con un profesor de la Sociedad de Antropología, y ahora ustedes lo están arruinando todo con este absurdo arresto. ¿A quién se le ocurre meter preso a un grupo de cavernícolas? ¿Qué delito han cometido?... Sí, me imagino que el canibalismo es un delito según las leyes belgas, pero desde su llegada no se han comido a ninguno de sus compatriotas, que yo sepa... No me tomo nada a la ligera, todo lo contrario, nada de esto me hace gracia, me parece un asunto gravísimo que tengan encerrados a estos indígenas en una cárcel que no reúne las condiciones mínimas... Yo les doy todas las comodidades, conozco sus necesidades, he pasado años en su tierra, hasta he convivido con ellos... No, no trataron de comerme, no saltan sobre el primero que pasa y lo devoran, no funciona así, el canibalismo... Yo no sé cómo funciona, pero sé cómo *no* funciona. ¿A usted, inspector Bibelot, le gusta la carne de res, por ejemplo?... ¿Cómo?... Está bien, no lo tome a mal, es que los dos apellidos suenen parecido, Camusot, entonces... Sí, sí, *inspector* Camusot, ¿le gusta, o no le gusta?... No, la carne de res... No estoy tratando de sobornarlos con una cena, es una pregunta *hipotética,* me la puede contestar, ¿sí o no?... Ya sé que aquí son ustedes los que hacen las preguntas, es solo un favor, un favor que le pido, ¿puede hacerme el favor de contestarme la pregunta?... Si le gusta la carne de res, ya se lo dije... Ahí está, me lo imaginaba, tiene el aspecto de ser un hombre que sabe hacerle los honores a un bistec bien a punto. ¿Eso quiere decir que si se pasea por el campo y ve una vaca, le salta encima y le hinca los dientes en la grupa? ¿No? Pues bien, ellos tampoco lo hacen... Hablo de la carne humana. Deben cocinarla, la preparan con mucho esmero, justamente porque la consideran un manjar muy delicado... No, no, yo no probé carne humana mientras viví entre ellos, además fue por poco tiempo, dos días como mucho... No, no me dio curiosidad...Ni un bocadito... Estos indios son gente cándida y confiable, jamás me engañarían. Estoy seguro de que era guanaco... Ah, esta foto me la sacó nada menos que Hippolyte Blancard, el célebre fotógrafo parisino, autor de muchas de las más famosas vistas de la Exposición Universal, entre ellas varias de la Torre Eiffel, que les recomiendo visitar... Entonces sabe de lo que le hablo... Sí, se vendió bastante bien, y es así que mi imagen anda por todo París... Se lo agradezco... Me queda bastante bien, ¿no? Lo compré en un pequeño negocio de la galerie Colbert, el dueño es amigo mío, si les interesa pueden decir que van de mi parte y... ¡Oigan! ¿Se están burlando de mí? Si esto es una indagatoria oficial, ¿por qué no están tomando notas?... ¡No, no sabía que el inspector Bibelot tiene la mejor memoria de toda la policía belga! ¡Su fama no llegó a París, y mucho menos a la Tierra del Fuego!... No estoy siendo sarcástico, inspector Camusot, son ustedes los que... ¿Cómo?... No importa, como ustedes digan, Bibelot, Camusot, lo mismo da... Está bien, ya sé que a usted no, ni a él tampoco... Sí, a cualquiera le molesta que lo llamen por el nombre de otro, disculpen, estoy muy cansado... ¿Los de ellos? Traté de preguntárselos, pero no supimos hacernos entender, así que se los puse yo y les enseñé a responder a ellos. A este jovencito lo llamé Calafate, porque cuando le preguntaba el nombre me hacía un sonido parecido, este es el que se me perdió en París... Es el nombre de una fruta de la región, pequeña, ácida pero bastante dulce, crece en arbustos espinosos... No lo sé, en el campamento minero no se nos daba por hacer mermelada, ¿importa eso? ¿No nos estamos yendo otra vez de tema? A esta vieja le puse Madame Vauquer... No, no, es un personaje de Balzac, me la trajo a la mente, no sé por qué... Estaba demasiado enferma para viajar, se quedó en Inglaterra, en un hospital donde recibe los mejores cuidados... De mi propio bolsillo, claro. A esta niña decidí llamarla Marie, por una de mis tías; esta es Odette y esta de acá Odile, entiendo que son hermanas, no sé si ven el parecido. Al bebé no llegué a ponerle nombre, murió a poco de inaugurada la Exposición, una pena, era el gran favorito de las porteras y las modistillas, muchas de ellas nos traían ropitas que le habían tejido especialmente, imagínense. Este niño es André, y esta, que debe ser su madre, responde al nombre de Caroline... Una de mis hermanas. Y este larguirucho, por último, es Antoine, me trajo a la memoria a un compañero de curso del mismo nombre al que todos tomábamos de punto... ¿Cómo?... Bien, para eso debo retroceder un poco en el tiempo. Como no encontraba ningún trabajo adecuado para sostener a mi pobre madre y a mis hermanos, decidí pasar a América... Estuve en Méjico, luego en el Brasil, siempre realizando trabajos acordes con mis capacidades... Ya se lo dije, realicé estudios de ingeniería, que debí abandonar a causa de la situación familiar, de no haber sido por esa circunstancia yo hubiera podido ser alguien, un hombre de consideración, en lugar de verme reducido a tratar con estos salvajes desagradecidos... No, no se quejan de nada, es decir, no lo sé, no hablo su lengua, nadie habla su lengua, ni siquiera sabemos si tienen lengua, se comunican por gestos y gruñidos. El ilustre Darwin, que fue el primero en estudiarlos en su ambiente natural, escribió que su lenguaje apenas merece el nombre de articulado... No, Darwin no era uno de mis "secuaces", como usted dice. Estoy hablando de Charles Darwin, el renombrado hombre de ciencia británico, autor de *El origen...* No soy quién para zanjar tan espinosa cuestión, inspector Bibelot, no importa si yo creo o no que descendemos de los monos, personalmente me ofende menos la idea de descender de un macaco o un papión que de uno de estos innobles salvajes... ¿Cómo? ¡Está bien, Camusot! No estoy diciendo que usted personalmente descienda de un gorila, estoy seguro de que Camusot es un antiguo e ilustre apellido belga. Esta discusión no conduce a nada, ¿podemos volver a nuestro asunto?... Les contaba de mi viaje a América... Pero si fueron ustedes los que me preguntaron... Está bien, está bien, me salteo las etapas intermedias, llegamos a Buenos Aires, que ardía de fiebre del oro tras el descubrimiento de arenas auríferas en las costas patagónicas. Para mi desgracia logré que un compatriota me escribiera una carta de recomendación para un tal Popper, el hombre que fue el causante de todos mis males... No, no de este, al menos no directamente, si estoy aquí es por culpa de esos misioneros ingleses... Julius Popper, un ingeniero rumano, masón y como si esto fuera poco judío, y como tal su principal objetivo era estafar al mayor número de cristianos... ¿Perdón? Camusot no es un apellido judío, ¿o sí?... Ah, su madre. Perdóneme, inspector Camusot, no tenía ninguna intención de insultar a su raza, tengo el mayor respeto por los grandes hombres... Y también por los pequeños... ¡Nadie lo está llamando pequeño, por qué insiste en tomarlo todo personalmente, así es imposible hablar de nada!... ¿Cómo? ¿Masón? ¿Usted, inspector Camusot, judío, y usted, inspector Bibelot, masón? ¡Ahora solo falta que me digan que los dos son rumanos! ¿Pero por quién me toman? Ustedes me están haciendo esto a propósito, conozco bien su jueguito, no se crean que es la primera vez... No, no tengo antecedentes, nunca estuve en prisión, pero a veces la policía puede detenerlo a uno en la calle sin motivo alguno, y empiezan a hacer preguntas... Vuelvo, entonces, al caballero que les mencioné... ¡No, no Darwin, Popper, Popper! Ese hombre había formado una compañía para buscar oro en la Patagonia, embaucando a algunas de las personalidades más destacadas de la alta sociedad argentina, prometiéndoles fabulosas ganancias; se codeaba con la gente del Jockey Club, dándoselas de conde centroeuropeo... Era el Jockey Club de Buenos Aires, no pretendan demasiado... No, yo no era socio, jamás me metería en ese criadero de rastacueros... ¿Por qué me miran así? ¿Van a decirme ahora que sus dos familias pertenecen a la alta sociedad argentina?... Qué alivio. Esa gente no es capaz de distinguir un conde centroeuropeo de un zapatero enriquecido; pero debo confesar que yo también fui cegado por sus promesas y me embarqué rumbo a El Páramo, donde había instalado sus primeros lavaderos. No saben lo que era eso. Una lengua de arena pelada entre el océano y las aguas de la bahía, barrida por continuos vientos huracanados que a veces lo obligaban a uno a tirarse al suelo para no ser arrastrado. En ese lugar, todo era de Popper: las casuchas donde nos alojaban, las máquinas, la tienda, el ganado. Trabajábamos de sol a sol, siete días a la semana, y Popper se quedaba con dos tercios de todo lo que sacábamos; el resto se nos iba en alojamiento y comida, así que en lugar de enriquecernos, nos endeudábamos. Y si uno quería quejarse ante las autoridades, ¡oh casualidad!, el comisario era el hermano de Popper. Todo eso hubiera resultado aceptable si hubiéramos podido extraer oro en abundancia. Pero no había oro, al menos no en las cantidades que justificaran el trabajo de sacarlo: con suerte, en un buen día se podía llegar al gramo. Lo poco que salía terminaba en manos de Popper, que lo fundía allí mismo: hizo acuñar moneda con el nombre de su compañía de un lado y del otro el suyo, Popper, ¡como si se tratase de un monarca! Se paseaba de un lado al otro del campamento con un uniforme de gala de algún ejército centroeuropeo, supongo que rumano, con un tricornio tocado de una pluma de avestruz, dos pistolas embutidas en sus fundas, una manopla de hierro y un florete colgando del cinto. Ni que estuviéramos en un club de esgrima. Decía que era por si atacaban los indios, o los mineros rivales, pero era para intimidarnos a nosotros, sus propios hombres. No confiaba en nadie, este Popper, ni reconocía en los demás mérito alguno: a mí, que era prácticamente colega suyo, me trataba como a un minero más... Eran casi todos croatas, dálmatas sobre todo, gente embrutecida, hecha a las condiciones de vida más miserables... ¿Su madre? Pero si dijo que era judía... Ah, judía croata. Sí, por supuesto. Gran pueblo los croatas, excelentes compañeros. Los capataces también eran croatas, Martinic y Miyaic. Siempre me confundía sus nombres. De hecho me hacen acordar un poco a ustedes. Para empeorar las cosas llegaban cada vez más aventureros, desesperados de todas las naciones, la hez de la tierra, y establecieron campamentos en los alrededores, en un virtual cerco del nuestro. Como no encontraban nada de oro, pero veían la magnitud de nuestras instalaciones, estaban convencidos que todas las reservas se hallaban dentro del perímetro de nuestro campamento. La batalla se hacía día a día inminente. Popper nos hizo una arenga, juramos morir por él. Esa misma noche desertamos... Cuatro croatas y yo. Llevábamos nuestras armas, para aprovisionarnos de caza y defendernos de los salvajes, y unas pocas provisiones que logramos escamotear de las alacenas de Popper, siempre rigurosamente vigiladas, tres caballos y los últimos puñados de oro que habíamos logrado extraer, claro. Yo le dije a mis compañeros que la mejor alternativa era atravesar la isla de este a oeste, hasta el lado chileno, donde no nos costaría demasiado trabajo encontrar una embarcación que nos llevara a Punta Arenas. El trayecto sería como mucho de setenta kilómetros, pero ellos aducían que no conocíamos el camino —a la ida nos había conducido Popper, y nosotros nos dejamos llevar como niños— y dijeron que sería más seguro seguir la costa hacia el norte, hasta la entrada del Estrecho, donde podría recogernos alguno de los muchos barcos que pasaban, y de ahí no se movían. ¿Alguna vez ha tratado de razonar con un minero croata?... Sí, ya me dijo de su madre, por eso especifiqué "minero". Comenzaba entonces lo más crudo del invierno, y la caza se hacía escasa... Sí, ya llego a los indios, ténganme paciencia, fue largo el camino que me llevó hasta ellos, no fue cosa de desembarcar un día en Punta Arenas y embarcarme al día siguiente rumbo a París con una remesa de onas. Una semana pasamos en aquellas playas desoladas, y no avistamos ni una vela, ni un penacho de humo, nada;

por la zona no había caza, si se exceptúa una especie de grandes ratones subterráneos que devoran con fruición los nativos, pero no éramos duchos en su captura... Más bien al conejo... No, nunca probé rata, al menos no a sabiendas, hoy en día hay fondas que uno nunca sabe lo que le ponen en la mesa, así que no estoy seguro, pero sí conejo. Igual en invierno escasean, así que para alimentarnos tuvimos que sacrificar una de las yeguas. Con las dos restantes emprendimos el camino hacia el Pacífico, como yo había sugerido desde un comienzo, para lo cual tuvimos que desandar todo lo andado. No teníamos ningún mapa, ni siquiera una brújula, las nevadas cada vez más frecuentes borroneaban y confundían los rasgos del terreno, y para peor pronto descubrimos que los salvajes se habían percatado de nuestra presencia y nos seguían. Por las noches hacíamos turnos de guardia, para que no nos pillaran desprevenidos, y se hacía difícil descansar en medio de los continuos sobresaltos. El invierno avanzaba, y con él los vientos helados, y las nevadas cada vez más intensas; se hundía uno hasta las rodillas, a veces hasta la ingle, tratando de caminar en ese espeso manto, y los días eran cada vez más cortos —a las cuatro de la tarde ya no había luz para seguir andando. Hicimos, como pudimos, unos zapatos de nieve con unas tablas, pero aun así el andar se hacía cada vez más penoso, y días hubo en que tras horas de esfuerzos no habíamos avanzado más de dos o tres kilómetros. El frío era atroz, inhumano, y nuestro abrigo insuficiente; encendíamos fuego para calentarnos pero al poco rato este derretía la nieve y se iba hundiendo hasta apagarse en un charco de agua helada. Además, estábamos perdidos, aunque ninguno de nosotros quería admitirlo, y como el sol rara vez asomaba en el cielo perennemente encapotado avanzábamos hacia donde creíamos que estaba el oeste. Para ese entonces nos habíamos comido la última yegua, y sentíamos cada vez más cerca a los indígenas. Uno de los croatas, un muchachón de apenas veinte años, fue el primero en darse por vencido. Se dejó caer, dijo que no quería caminar más, que lo despenáramos allí mismo, antes de marcharnos, pues no quería caer en manos de los salvajes, él sabía lo que le hacían a sus cautivos... ¿Qué? Corrían muchas historias al respecto, después descubrimos que no era para tanto, se ve que habíamos leído demasiadas novelitas del Lejano Oeste, al final los onas resultaron no ser tan salvajes como sus primos del norte... No, yo tampoco llamaría al canibalismo una conducta civilizada, pero por lo que se sabe no someten a sus cautivos a interminables tormentos, y matan a sus víctimas antes de comérselas, como nosotros a las reses... Sí, accedimos a su pedido. Hubiera sido más fácil dejarle una de las pistolas con una bala adentro, pero eso hubiera significado un arma menos... Echamos suertes. Por fortuna no me tocó a mí, sino a uno de los croatas, un viejo marino de nombre Júkic, que quería al muchacho como si fuese su propio hijo... ¿Cómo? ¡No me importa si esto empieza a parecerse a una mala novela de Julio Verne, así fue como pasó, mis padecimientos fueron reales, no las fantasías de un burgués que se enriquece escribiendo libros mentirosos sin salir de su gabinete!... Sí, ya llegamos a los indios. ¿Pueden tener un poco de paciencia?... ¡No, no voy a relatar una por una las agonías de mis compañeros, si tanto los aburre! ¿Qué clase de personas son, no tienen sentimientos?... Está bien. Quedamos Júkic y yo, entonces... No, a los otros dos no los despené yo. ¿No era que no les interesaba el tema? Fuimos sorprendidos por una tormenta de nieve que duró días, y vientos huracanados, nos separamos y los perdimos de vista. Nuestra situación era desesperada. Si nos quedábamos quietos nos tapaba la nieve, y corríamos riesgo de morir por congelamiento, pero ya casi no teníamos fuerza para movernos… Ya llego a los indios. Más bien, ellos llegaron a nosotros. Abrimos los ojos una mañana, Júkic y yo, y nos vimos rodeados de salvajes que nos apuntaban con sus flechas. Así, prisioneros, nos llevaron a su campamento, y por señas nos indicaron que nos quitásemos las ropas junto al fuego, y cuando estuvimos desnudos nos untaron con grasa… Sí, nosotros también pensamos que eran los preliminares para rostizarnos, pero no fue así, al punto nos envolvieron en dos grandes capas de piel de guanaco, nos pusieron mocasines rellenos de pasto seco, para abrigar nuestros pies helados, y nos dieron de comer carne asada… Nos tuvieron con ellos unas dos semanas, calculo, en el momento no teníamos mucha noción del tiempo; después, al volver a la civilización, sacamos la cuenta… ¿Dos días? ¿Cuándo?… ¿Están seguros?… ¡Ya sé que el inspector Camusot tiene la mejor memoria de toda Bélgica! Está bien, fui yo, me confundí… Dos semanas, quedamos en dos semanas… No, nos trataron muy bien. Nos quitaron las armas, por supuesto, y después nunca nos las devolvieron, como ustedes el reloj… Era un chiste. Pero no les guardo rencor por ello… A los salvajes, no a sus hombres… ¡A sus hombres tampoco, pueden dejarme seguir con el cuento!… No, en ningún momento se acercaron a nosotros con intenciones culinarias… No, ni siquiera una lamidita. ¿No se cansan de hacer siempre los mismos chistes? Ya sé que las horas de la guardia se hacen largas, pero ¿por qué no leen los periódicos, o juegan al ajedrez, en lugar de tenerme toda la noche levantado? ¿No podemos seguir mañana?… ¡Pero si ya llegamos a los indios! No, todavía no al momento de embarcarnos rumbo a Europa, pero sí, sí, fueron estos, ahora les explico. El salvaje que nos tomó a su cuidado y que, después entendí, fue el que abogó por perdonarnos la vida, cuando sus compañeros pretendían ultimarnos, era un individuo imponente, medía más de un metro ochenta. De él sí aprendí el nombre, se llamaba Kalelulí... No era el jefe, por lo que he llegado a entender son tan primitivos que no tienen jefes, todo lo discuten y lo deciden en común... Sí, sí, como los anarquistas, ¿es por eso que los encerraron?... Era un chiste. En el lapso de esas dos semanas mudaron su campamento un par de veces, siguiendo los rebaños de guanacos y también a esos topos de los que les hablé antes. No sabíamos en qué dirección marchábamos, pero un día antes del alba Kalelulí y sus compañeros nos indicaron que volviéramos a ponernos nuestros vestidos europeos, harapos mejor dicho, y los siguiéramos. Caminamos varias horas hasta que al fin, tras trasponer una lomada, avistamos el mar. Sentí ganas de gritar "¡Thalassa, thalassa!", como Temístocles... No, no era el nombre de mi compañero, les dije que era croata, no griego... En otro momento se los cuento... ¡No tiene importancia, olvídenlo! Allí los onas se despidieron de nosotros, pues no podían arriesgarse a llegar cerca del pequeño asentamiento minero de bahía Porvenir... ¿Cómo? No, no se trata de que ahora que llegamos a los indios los dejé ir, no es culpa mía si ellos quisieron irse, así fue la historia, ellos van y vienen... Sí, sí, ya vuelven enseguida. Bien, estábamos en los canales fueguinos. De allí nos fue fácil cruzar a Punta Arenas, que estaba convulsionada por un nuevo hallazgo de arenas auríferas, esta vez al sur de Tierra del Fuego, sobre el canal de Beagle. De la noche a la mañana se formaban compañías, a veces bastaba con media docena de hombres y una ballenera. Pero yo había aprendido mi lección, y me había curado de la fiebre del oro para siempre. Júkic, obcecado como buen croata, se unió a una de ellas. Nunca volvimos a vernos. Apenas estuve suficientemente repuesto me uní a un equipo de raqueros... Así se llama a los que se dedican al rescate de los naufragios, viene del inglés *wreck*, que quiere decir naufragio, justamente...

Digamos que usted es capitán de un barco que encalla en algún lugar del estrecho de Magallanes, y logra llegar con vida a Punta Arenas; allí se pone de acuerdo con uno de los muchos empresarios que se dedican al negocio, y él enviará a su gente para recuperar lo que se pueda del naufragio, y de las partes del barco si es que hay que desguazarlo, por un porcentaje extorsivo, que a veces podía llegar al ochenta por ciento. También podía suceder que llegaran noticias de un naufragio y no hubiera sobrevivientes, o estos fueran apenas pasajeros, o tripulantes sin autoridad, en ese caso los restos eran del primero que lograra alcanzarlos; íbamos armados y más de una vez hubo verdaderas batallas campales por la posesión de los restos... Un trabajo embrutecedor y peligroso, más de una vez en el apuro por primerear a los demás nos hacíamos a la mar en condiciones desfavorables y la nave de rescate era barrida por las mismas olas que habían acabado con la naufragada, y los rescatadores debían ser a su vez rescatados, ¿y todo para qué? El sistema no era tan diferente al de los lavaderos de oro. La dos terceras partes del botín, quiero decir el producto, iba para el empresario; el resto se repartía entre los hombres a partes iguales... Sí, por supuesto, si uno tenía la suerte de encontrarse, digamos, una joya o unas monedas, era natural que tratara de sustraerla de la vista de los capataces, empresa nada fácil pues al final del día éramos obligados a desnudarnos para una revisión minuciosa, pero siempre estaba la posibilidad de ocultar algún elemento valioso en una grieta en las rocas, entre las ramas, bajo los guijarros, y volver a buscarlo luego... ¿Dónde dice? ¿Cómo se le ocurre?... ¿Hacen eso?... Está bien, no digo que sea imposible, tal vez unas monedas, hasta un anillo, pero qué me dice de un cáliz, ¿eh? ¿O un relicario? De todos modos es una discusión estéril, nunca encontré nada que valiera la pena el sacrificio. Una vez más mis sueños de honores y riquezas se estrellaron contra las rocas de esas costas desoladas. ¡Pero yo no soy de darme por vencido! ¡Caí muchas veces, pero volví a levantarme, y aquí me tienen!... Sí, en la cárcel. En fin, que resultó ser otro espejismo, y al tercer naufragio infructuoso sin tomarme el trabajo de regresar a Punta Arenas me embarqué en un barco de loberos que pasaba. Se dirigía a los roquedales al norte del cabo de Hornos, una de las regiones más inhóspitas del planeta, y en invierno, que es cuando se realiza la caza, prácticamente inhabitable. Salvo para los loberos, claro. No sé si están familiarizados con la caza de focas... Me lo imaginaba. Lo desembarcan a uno en una playa, cuando los animales están algo retirados del agua; allí hay que acorralarlos, para impedirles alcanzar el mar, y al punto se procede a apalearlos... Con un bichero, un remo, lo que sea. Y esa es la parte más liviana del trabajo. Enseguida hay que desollar a las bestias, separar la grasa de la piel y ponerla a hervir en un gran caldero para extraer el aceite, y luego salar los cueros, y como la paga es por pieza cobrada hay que hacer todo en una carrera constante contra el tiempo, tanto que no era infrecuente estar desollando un animal y que este empezara a rugir y sacudirse, pues no estaba muerto sino apenas aturdido... No es especialmente peligroso, no, pero es muy cansador; sobre todo, al final del día el brazo duele bastante, en especial la articulación del omóplato, al punto que el dolor no me dejaba dormir por las noches, con la consecuencia de no estar suficientemente lúcido y fresco para la cacería del día siguiente, y el consiguiente riesgo de ser mordido por un lobo macho, o aplastado bajo su peso. Pero el riesgo mayor es el dedo de foca. Observen. Este tuvieron que amputármelo para detener el avance del mal. La piel empieza a agrietarse, a pudrirse, se hinchan las articulaciones, el dolor es insoportable. Los cazadores más experimentados dicen que el riesgo es mayor con los machos viejos, que tienen más grasa, sobre todo si uno se ha herido o cortado, lo cual es a la larga inevitable. Se podría prevenir con solo entregar a cada hombre un par de fuertes guantes, pero no, los señores patrones no pueden permitirse semejante gasto, a fin de cuentas los guantes les cuestan su buen dinero mientras que a los cazadores les sobran dedos. ¿Quién necesita de diez dedos para batir a un pobre animal indefenso en la cabeza y robarle el pellejo? ¡Basta con dos en cada mano, como los cangrejos! ¿Se dan cuenta? Yo, Maurice Maître, educado en los mejores establecimientos de Francia, un hombre nacido y criado entre sábanas de holanda, como suele decirse, perdí uno de los dedos de mi mano en un comercio innoble, y ni siquiera pude acudir a un médico; allí mismo, sobre esa playa desolada, un compañero tuvo que cortármelo con una cuchilla de cocina. El horrible crujido todavía resuena en mis oídos. Y así estaban las cosas en la Tierra del Fuego: lo del oro había resultado un espejismo, se acababan los lobos marinos y con el gradual advenimiento de los vapores los naufragios iban raleando. Fue entonces que a un iluminado se le ocurrió soltar unas ovejas sobre las costas del Estrecho, para ver qué pasaba, y al poco tiempo, sin que tuviera que mover un dedo, tenía centenares. Esa era, entonces, la respuesta: el oro blanco. El único problema, claro, eran los indios. Para hacer lugar a las ovejas había que correr a los guanacos; sin guanacos, los indios pusieron los ojos en esos guanacos tanto más gordos, de carne tanto más tierna, que se dejaban atrapar con tanta mayor facilidad, que tan generosamente habían traído esos impredecibles blancos para regalarlos. Al poco tiempo los estancieros estaban ofreciendo una libra por el par de orejas de indio, ¿comprenden? Aquello fue una fiesta. Un solo hombre, un escocés cuyo nombre no recuerdo, Mac algo, lo apodaban Chancho Colorado, sacó en apenas un año cerca de cuatrocientas cincuenta libras. Saquen ustedes sus cuentas. Y además, como recompensa, los Menéndez, que son los grandes terratenientes de la zona, lo nombraron capataz de una de sus estancias. Todo iba viento en popa, el negocio prosperaba, hasta que empezaron a aparecer por ahí indios sin orejas, y los estancieros pusieron el grito en el cielo... No, no creo que haya habido intención de engaño, al menos no al principio. Lo que debe haber pasado es que alguno de los cazadores por atolondrado se cobró las orejas sin asegurarse de que su indio estuviera bien muerto, o el indio despertó cuando lo cortaban y no le dio el ánimo para matarlo de nuevo; lo mismo sucedía a veces con las focas, como les dije. Sea como fuere, a partir de ese momento las orejas dejaron de ser moneda de curso legal, y si el cazador quería cobrar tenía que llevar la cabeza, lo cual era muy poco práctico, por el peso y porque en verano no se conservan; así que se terminó acordando que se pagaría por el pene y el par de testículos, y de pechos en las mujeres... Ah, las manos, si se trataba de niñas... La verdad es que nunca escuché de un caso semejante. En teoría puede ser, pero en la práctica debería tratarse de una mujer de manos muy pequeñas, si uno quería cobrar doble... O de una niña de pechos muy grandes, claro... De todos modos, andar cazándolos de a uno a la larga no rendía. El escocés en esto era más astuto: una vez lo alertaron de una ballena varada cerca de la estancia y enseguida hizo correr la noticia entre las tribus vecinas; él apostó a sus hombres bien escondidos entre las rocas y cuando empezó a subir la marea los indios quedaron atrapados entre esta y el fuego; solo en ese día él y sus hombres hicieron como treinta libras. También sabía envenenar los cadáveres de guanacos y ovejas, generalmente con estricnina, y dejarlos para que los encontraran los indios; el problema con este sistema es que a veces los indios se iban a morir lejos y había que andar buscándolos a campo traviesa para cobrarse las piezas... Y con todo, tampoco era un modo de volverse rico... Está bien, quizás al principio, pero después podían pasar días sin avistar un solo salvaje; y además en el último tiempo apareció la competencia de los misioneros... No, ellos no los mataban, al menos no directamente; lo que hicieron fue doblar la apuesta: pagaban el doble por indio vivo que por indio muerto, y así fue que muchos cazadores se convirtieron en arrieros... Los iban llevando y una vez que llegaban a la costa los embarcaban hacia la isla donde está la misión. En el transcurso de mis viajes me había reencontrado con algunos de mis viejos camaradas de mis tiempos de lobero, uno era polaco, Kozlowski, y dos dálmatas, uno era Covacevich y el otro... Está bien, está bien. Cuando se acabaron las focas, pasamos a los indios... No, no estoy diciendo que fuera lo mismo. Íbamos dos a caballo, armados con winchesters, para lidiar con los guerreros, y detrás, sí, venía la infantería con sus garrotes y bicheros... Sus flechas no valen gran cosa, aunque a corta distancia podían producir heridas profundas y a veces hasta la muerte, sobre todo las de punta de vidrio. Ni siquiera lanzas tienen... Un momento, tampoco exageremos, no estamos hablando de buenos salvajes inofensivos. Los indios, a la par de ser cobardes y traicioneros, saben ser sanguinarios y despiadados. No se puede confiar en ellos. Miren, les doy un ejemplo. Un grupo de mineros acampaba cerca de El Páramo, cuando se acercan dos salvajes, sin armas, dándoles a entender que estaban hambrientos; los mineros gentilmente se avienen a compartir con ellos sus magras raciones, y cuando todos están yantando fraternalmente surgen más salvajes de la espesura y los ultiman con sus flechas; luego pueden imaginarse la fiesta que se dieron. ¡En eso al menos no mentían, venían a pedir comida y la obtuvieron! ¡Y después me preguntan por qué los llevo encadenados!... ¡No, a mi dedo no se lo comieron ellos, ya les dije que fue el dedo de foca! ¡Eso no tiene ninguna gracia! ¡Miren cómo quedó!... ¡Ya sé que no pueden verlo, a eso me refiero!... No, yo iba en uno de los caballos, participaba en la batida, pero nunca lastimé a nadie, todo lo contrario, ¿quieren saber lo que hice?... Entonces escuchen. Hacía ya dos días que veníamos siguiendo a una familia en la región que se extiende desde San Sebastián a bahía Inútil, la misma donde nos habíamos perdido con los cuatro infortunados croatas, y siempre lograban evadirnos; era evidente que su líder era especialmente hábil, pero nuestros perros no eran de darse por vencidos fácilmente, y los alcanzamos al alba del tercer día. Los vimos, desde la altura, atravesar un descampado; serían diez o doce, y los lideraban dos guerreros, uno de ellos, se podía apreciar a la distancia, un gigante de casi dos metros. Encontraron un mal refugio detrás de unas rocas, y desde allí empezaron a disparar sus flechas, pero como habíamos tomado la precaución de acercarnos contra el viento, no corríamos mucho riesgo. Pero el otro jinete, el polaco, se acercó demasiado y una de ellas se clavó flojamente en el hombro de su caballo, haciéndolo encabritarse; enardecido, apenas el birrete de uno de los dos guerreros asomó por encima de la piedra le voló la cabeza de un balazo certero. El otro hizo algo extraño: se irguió, agitando las manos desarmadas no en dirección a mi compañero, sino en la mía, con expresión expectante y casi sonriente. Mi compañero estaba por dispararle de todos modos, cuando lo detuve con un grito. Acababa de reconocer a Kalelulí. Y a su familia. Imagínense ahora mi dilema: ¿cómo podía dejarlos morir, cuando me habían salvado la vida? Pero tampoco podía dejarlos ir, y privar a mis compañeros de su merecida recompensa. Dos días hacía que seguíamos a este grupo, soportando las inclemencias del tiempo y toda clase de privaciones. Fue entonces que vi la jaula... No, no había ninguna jaula allí, quiero decir que tuve una visión... Sí, en efecto, yo creo que fue un rapto de inspiración divina... Yo me había venido interiorizando, por los periódicos que esporádicamente llegaban a nuestras manos, de los progresos de la Exposición Universal, y del proyecto de la gran torre de hierro de trescientos metros que la coronaría. Y en ese momento sentí algo parecido a lo que habrá sentido Arquímedes al saltar desnudo de la bañera... ¡No, no frío, el ardor de haber descubierto la solución genial a una situación desesperada! Esos indios, que habían sido símbolo y cifra de esa tierra maldita, y de todos mis fracasos, se convertirían en mi pasaporte de regreso. ¡Y por añadidura, la solución de mi dilema ético! ¡Todo encajaba! Le ofrecí, a mis compañeros, dos libras por indio vivo, en lugar de la exigua libra que cobrarían por el par de testículos o pechos... o de manos, sí, o de manos... No, no, dejarlos en libertad hubiera sido condenarlos a una muerte segura; si no a nuestras manos, tarde o temprano hubieran perecido a las de alguna de las otras bandas de cazadores que batían la zona... Logré hacerle comprender, a mi amigo Kalelulí, que era mejor que se dejaran acompañar por nosotros, que seríamos su escolta, y hubieran visto cómo se reflejó la gratitud en su rostro cuando comprendió que no corrían peligro, él y los suyos, que conmigo estarían a salvo. Serán salvajes sanguinarios, pero hay cabida en sus almas... Sí, yo abrigo la convicción de que las tienen —para sentimientos nobles como la gratitud y la confianza. Así se dejaron conducir mansitos como corderos hasta Puerto Porvenir, y de ahí a Punta Arenas. Me costó un poco conseguir pasaje, pues no era muy factible que aceptaran alojarlos en una cabina de tercera, como si se tratara de pasajeros normales. ¡Imagínense! Para ellos la manija de una puerta, una litera rebatible, una palangana con su jofaina son como una maquinaria compleja. Finalmente, un capitán más amable que el resto o tal vez apenas más codicioso se avino a acondicionar una de las bodegas destinadas al transporte de ganado. Exigió, eso sí, que viajaran encadenados. No fue mi idea llevarlos así, como falsamente se me acusa, fue una exigencia de su parte... ¡Temía que se escaparan en medio de la noche y nos asesinaran a todos en nuestras camas, desencadenando luego una orgía caníbal en el barco a la deriva! En el viaje, que fue sin incidentes... Está bien, se murieron dos indios. A Kalelulí se lo llevaron unas fiebres... ¿Y qué le parece? Le debía la vida... Eso no se lo permito. ¡Lejos de traicionarlo, yo le salvé la vida!... Al otro lo tiraron al mar... Los marineros... Usted sabe lo supersticiosos que son, entramos en una borrasca que duraba días, no lográbamos avanzar, más de una vez pareció que nos íbamos a pique, y se les metió en la cabeza que era por los indios. Querían tirarlos a todos, y yo me opuse, poniendo en riesgo mi propia vida... Pero con el hechicero no pude, decían que era el causante de la tormenta. Y lo más curioso es que apenas lo tiraron empezó el buen tiempo. En el viaje tuve tranquilidad para madurar mi proyecto: una jaula donde los hombres de la edad de piedra fueran exhibidos lado a lado de la gran torre, o quizás, en la torre misma. En las obligadas horas de ocio le escribí al señor Eiffel una carta, de la cual guardo copia —siempre escribo mis cartas por duplicado, pues no confío en el correo. Si quieren se la leo. Está entre los papeles que me secuestraron, ahí, no, esa no, en la carpeta amarilla. A ver, sí, es esta. ¿Están listos? *M. Gustave Eiffel, París, dos de marzo de mil ochocientos ochenta y nueve. Mi querido maestro.* ¿De qué se ríen? No le veo ninguna gracia. ¿Acaso les parecen risibles los logros de un Eiffel, al cual podría caracterizarse sin exageración como el Napoleón de los constructores modernos? Al lado de él, todos somos enanos mediocres... No, no lo digo por ustedes. No empiecen... Está bien, solo yo soy el enano… Y mediocre, sí, no me olvido. ¿Están contentos? ¿Puedo seguir leyendo? *Mi querido maestro.* ¡Ya basta! *Mi nombre es Maurice Maître. No creo que usted haya oído hablar de mí, pero seguramente lo hará en breve, pues muy pronto seremos vecinos: su gran monumento y mi humilde contribución a las maravillas de la Exposición Universal pronto se levantarán lado a lado. Me explico: en breve arribaré al predio de la gran Feria con un conjunto de indígenas de la lejana Tierra del Fuego, los cuales debido a su notoria peligrosidad —se trata de tribus que practican el canibalismo— deberán ser exhibidos en una gran jaula de hierro. Estos hombres representan, como lo ha afirmado nada menos que Charles Darwin, el grado más bajo de civilización y progreso del que el ser humano es capaz, pues debajo de esto ya no podemos hablar propiamente de especie humana, y el gran Darwin dudaba seriamente de extenderles el certificado de pertenencia, creyendo haber descubierto en ellos el eslabón perdido entre nosotros y los simios. He aquí la palabra clave: eslabón. La creación es una gran cadena, y todos —subrayo,* todos*— estamos comprometidos en ella. Me considero un hombre de ideas avanzadas; contra mucho de lo que se afirma y escribe hoy en día, no creo que civilización y barbarie constituyan una dicotomía: se trata más bien de dos polos o extremos entre los cuales hay gradaciones casi infinitas. Uno de estos polos lo ocupan sin duda mis salvajes, el otro, de modo igualmente indudable, la maravillosa erección que usted ha legado al mundo. La jaula que encerrará a mis fueguinos será, de alguna manera, el complemento y contrapeso secreto de su torre; al verla, al contemplar a los seres abyectos que se acurrucan dentro, y elevar luego la vista al pináculo de su torre que se pierde en el cielo, el visitante de la Exposición podrá abarcar, de un solo vistazo, el largo camino que la humanidad ha recorrido desde sus inicios hasta el presente. ¿Cuánto mejor, y más clara y contundente, sería esta ilustración, si trabajáramos jun-*

tos para hacerla notoriamente visible? De qué manera, me preguntará usted. Pues bien, he aquí lo que se me ha ocurrido: si usted se dignara diseñar la jaula que albergará a mis caníbales, otorgándole su sello inconfundible, si construye la jaula con el mismo estilo, como una torre Eiffel cerrada y en miniatura, evocando —me tomo el atrevimiento de sugerir— la característica tienda cónica de los indígenas, el mensaje se grabará con el peso de una plancha de hierro y se fijará con remaches en la conciencia de los visitantes... El resto son las consabidas fórmulas de agradecimiento y despedida. ¿Y? No está mal, ¿verdad?... No, no me contestó. Seguramente nunca llegó a sus manos, deben llegarle cientos de cartas por día, que sus asistentes destruirán sin tomarse el trabajo de leerlas, o se habrá perdido en el correo. Pero quise leérsela para que puedan darse cuenta de que soy un hombre de ideas, no un vulgar mercachifle o promotor de espectáculos circenses... ¿Cómo?... No, yo nunca abusé de las indias... ¡De los indios tampoco, por quién me toma!... Sí, es verdad, pasábamos meses, a veces años, sin contacto con mujeres, excepto las prostitutas de Punta Arenas... ¡Eso es asunto mío!... Sí, el ona-nismo, ja ja, ¿se cree que es el primero al que se le ocurre el chiste? Estuve presente, sí, en algún remate en Punta Arenas... Para los prostíbulos... Al menos tienen casa y comida, y nadie va a comérselas. Además, no les importa en lo más mínimo. En la tribu, lo mismo les esperaba a mano de cualquiera que sintiera la inclinación, fuera vecino, amigo o pariente. ¡Sí, incluso de sus padres o hermanos, para ellos el parentesco no es ninguna barrera, todo les da lo mismo!... Esos son infundios, en ningún momento prostituí a las mujeres... Ese muchachito, ese chileno al que saqué de la miseria, ¿sabe lo que hizo, ese desagradecido, en París, después de la denuncia de los misioneros? ¡Abrió la puerta de la jaula, y dejó escapar a los salvajes! ¡Por todo el predio de la Exposición, se dispersaron! ¡Imagínense el peligro para los miles de visitantes!... No, no se devoraron a nadie, no se comen a las personas crudas, primero debe cocinarse, como toda carne... Yo se la daba cruda porque era parte del espectáculo. Si les servía boeuf bourguignon, ¿alguien iba a creer que eran antropófagos? Además, se la comían con gusto... Al menos nunca se quejaron... Ya les dije que no hablo su lengua, que no tienen lengua, pero tenían maneras de hacérmelo saber, podrían haberse negado a comer, o vomitado... Sí, nos costó un trabajo enorme, a mí y a la policía, buscarlos uno a uno y devolverlos a su jaula, y a uno de ellos, el muchachito apodado Calafate, nunca pudimos hallarlo. Todavía debe andar suelto por las calles... No, no creo que se haya comido a ningún niño, al menos no salió en los diarios, se imaginan que sería noticia... Miren, yo no puedo hacerme responsable de lo que pueda pasar, yo los tenía en su jaula bien seguros, si ahora por culpa de esos misioneros entrometidos hay un caníbal suelto en el Bosque de Bolonia no es asunto mío... ¿Los padres de la criatura? ¿De qué criatura? ¡Pero si todavía no se comió a nadie!... No, no creo que solo sea cuestión de tiempo... ¿Responsabilidad legal? ¡La responsabilidad es de ese chileno que les abrió la jaula, que él responda ante los padres del niño!... ¡No sé qué niño, ustedes me salieron con lo del niño, no hay ningún niño!... No estoy nervioso, ustedes me ponen nervioso... Sí, era mi empleado, pero yo no puedo hacerme responsable de todo lo que haga... Escuchen, esta discusión es ociosa, ¿les parece que la dejemos para cuando el caníbal fugado efectivamente se coma a alguien?... ¿Detención preventiva? ¿Me quieren decir que van a tenerme encerrado hasta que aparezca ese muchachito? ¿Y si no aparece nunca?... ¿Qué? ¡No, de ninguna manera! Esos salvajes son míos, los traje hasta aquí con gran costo, y a riesgo de mi propia vida por momentos, ¿y ustedes quieren que se los regale a esos misioneros?... ¿El pasaje de regreso? ¿Pero ustedes qué tomaron?... ¡Yo no cometí ningún delito!... ¿Instigación al canibalismo? ¡Pero si ellos ya eran caníbales! ¡Y yo les daba carne de caballo!... No, no creo que corran peligro... Está bien, pero el guanaco es algo más pequeño... ¡Se trata de un muchacho! ¡No va a comerse el caballo de nadie!... Y lo que hice allá, si es que hice algo, no es asunto suyo. Tierra del Fuego no está bajo jurisdicción belga, que yo sepa. Y si cortábamos orejas, o manos, o lo que fuere, al menos se lo hacíamos cuando estaban muertos. Porque cualquiera diría que no estamos donde estamos, ¿no? ¿A ver, les dicen algo las palabras "Estado libre del Congo"? ¿La posesión privada, subrayo, *posesión privada*, de su querido rey Leopoldo? ¿Las manos cortadas de hombres, mujeres y niños *vivos* usadas como moneda de cambio? ¿El arrasamiento de aldeas enteras, por el faltante de uno o dos colmillos de elefante? ¿Miles, decenas, cientos de miles de muertos al año, regiones enteras despobladas, todo para llenar, no las arcas del estado, sino los bolsillos de su alteza real? ¡No me toquen! Si vuelven a ponerme un dedo encima... Basta. Está bien, me calmo... No quise ofender a su rey... ¡Está bien, retiro lo dicho! ¡Qué más quieren!... No, ya les dije, los salvajes son míos. Si quieren pagarme por ellos, podemos discutirlo... ¿Trata de esclavos?... Ah, es ilegal según las leyes belgas. ¡No me digan! ¿Por qué no se lo recuerdan a su querido rey?... Basta, basta... Sí, prometo no volver a meterme con su alteza. Déjenme en paz, quiero dormir, quiero irme a casa. Está bien, ¿saben qué? hagan lo que quieran con sus malditos salvajes, se los regalo con moño. ¡Para lo que me sirven ahora, seis indios más muertos que vivos que no asustarían a un niño de pecho! Me sacan un problema de las manos... Sí, sí, díganme donde tengo que firmar y firmo. Eso sí, si esperan que ponga un centavo para mandarlos de vuelta, pueden esperar sentados. ¿Ustedes saben lo que me costó traerlos? ¡Y encima no quisieron devolverme por los pasajes de los dos que me mataron! Todo mi capital, puse en este negocio, y apenas salí hecho... No es asunto mío, que se pongan los amables misioneros, ya que se desviven por hacer buenas obras. No, ya sé, se me ocurre una mejor idea. Tírenle de la manga a los chilenos, o a los argentinos. ¡A ver si después de pagar una libra por cabeza para sacárselos de encima van a pagar seis o siete para llevarlos de vuelta!

Capítulo 5
La enfermera

Por fin se murió, la india vieja, la verdad es que era lo mejor que podía pasarle. El Dr. Weber supo de entrada que no había esperanzas. "La dejaron acá para sacársela de encima", dijo, "como hacen con los enfermos y los viejos cuando retrasan la marcha de la tribu. En eso al menos ha tenido suerte: mejor morirse aquí, con todos los cuidados, que devorada por fieras salvajes". "O por sus propios congéneres", propuso el Dr. Lewis. "Es verdad. En su mundo los viejos y los enfermos no son una carga para nadie", agregó el Dr. Weber, "pero aquí nos vemos obligados a poner a su disposición una cama, y comida, y vestidos, y la atención de médicos y enfermeras, todo a costa de los contribuyentes. Francamente, creo que ese francés que huyó a Bélgica con el resto de la tribu debería ser obligado a solventar todos los gastos que causa al erario". Yo no dije nada, ninguno me pidió mi opinión y no sería bien visto que una simple enfermera discrepara con tan eminentes doctores, pero como yo soy una de las que la recibió cuando la trajeron, y pude ver el terror que se reflejaba en su rostro, las miradas de desesperación que echaba a uno y otro lado, y escuché sus gruñidos y gritos, siento que hubiera preferido las fieras. Al menos con ellas hubiera sabido a qué atenerse: son parte de su mundo. Yo no entendía lo que decía, ninguna de nosotras podía entenderlo, pero por los gestos, la voz y la mirada era evidente que estaba implorando. Pero implorando qué, ese es el punto. "Tranquila, tranquila", le decía la matrona, "nadie va a hacerte daño, lo primero es sacarte esos vestidos". Vestidos era una mentira piadosa, estaba envuelta en una capa harapienta, hecha con los retazos de la piel de alguna fiera, y no llevaba nada debajo, a excepción de un trozo de cuerda alrededor de la cintura, y en los pies los restos de unas chinelas de soga deshilachada, aunque es verdad que las sucesivas costras de mugre mitigaban su desnudez y quizás hasta la abrigaran, y el hedor, el hedor era espantoso, estamos acostumbradas a los pobres y a los mendigos pero nunca creí que un cuerpo humano pudiese oler de aquel modo, en un momento me tuve que retirar por las arcadas —pero apenas la matrona puso una mano sobre su capa y ella advirtió que pretendíamos arrebatársela se aferró a ella con todas sus fuerzas y se puso a chillar de un modo que helaba la sangre, tironeábamos y forcejeábamos pero no había manera, Lucy intentó separarle los dedos uno a uno y la vieja le mordió el brazo, hubiera sido gracioso si no fuera tan horrible, durante días, después, Lucy les hizo la vida imposible a los doctores, suplicándoles entre lágrimas que la enviaran con el Dr. Louis Pasteur a Francia, hasta que el Dr. Lewis la convenció de que la india no tenía ninguno de los síntomas de la rabia. Después de la mordida la matrona pidió cloroformo y mientras ella la sujetaba yo sostuve sobre su rostro la toalla empapada, bien amplia y bien ancha para que no pudiera morderme. Para desvestirla nos untamos alcanfor bajo las narices; yo le saqué el trozo de cuerda, primero traté de desatarla pero los nudos ya no eran más que grumos de sebo y mugre, aun así no fueron necesarias las tijeras, bastó un tirón fuerte. Las prendas la matrona las mandó quemar de inmediato y con el baño hicimos lo que pudimos, eran capas y capas de inmundicia, parecía que no se había lavado nunca en su vida, fregamos y rasqueteamos hasta quedar rendidas. Y luego la peinamos, lo cual se dice fácil pero rompimos dos peines y tuvimos que hacer un uso liberal de las tijeras, para dejarla mínimamente presentable, y luego con Susan —no hubo manera de convencer a Lucy de que volviera a acercársele— le pusimos una bata blanca almidonada y la acostamos sobre sábanas inmaculadas, amarrándola eso sí a la cama con correas, no fuera a ponerse violenta al despertarse. Pero lo que sucedió fue mucho peor. Abrió los ojos, forcejeó para soltarse y cuando descubrió que no era posible empezó a llorar sin un sonido, sin movimiento alguno; las lágrimas afloraban a sus ojos y rodaban por las arrugas de su cara. Ya no quiso comer; la desatamos, pero tampoco se movía; apenas conseguimos que bebiera un poco de agua, se orinaba y defecaba en la cama, pero no parecía importarle, ni nos estorbaba ni nos ayudaba cuando la limpiábamos. Como los viejos muy viejos, cuando su mente se ha ido, solo que era evidente que ella estaba en sus cabales: era su alma la que ya no estaba. Habría vuelto a su tierra, me imagino, a sus selvas, sus montañas o sus mares, no tengo idea de cómo será su mundo: la Patagonia, dijo el Dr. Weber, porque se lo dijeron unos misioneros que vinieron a verla, a mí esa palabra no me dice nada, apenas evoca un lugar muy lejano y desolado. Pero esa desolación era al menos suya. Las otras enfermeras lo toman a la ligera, hablan de la india loca, dicen que jamás imaginaron que pudiese existir un ser tan primitivo, tan bruto, tan ignorante. Imagínate, dicen, se agarraba a esos harapos malolientes como si fueran su tesoro más preciado. Pero lo eran, lo eran: eran todo lo que le quedaba. Cuando se los sacamos le arrancamos el alma, y solo le dejamos ese cuerpo desnudo, y limpio, y peinado; ni siquiera la tierra que llenaba sus arrugas le habíamos dejado. Hacía bien en chillar, y pelear, y morder la india vieja. Hay momentos en que una se agarra a lo que sea, a su locura, a su vicio, a su mugre, como si fueran las propias entrañas; no porque sea valioso, no porque sea útil, sino apenas porque tiene que haber algo que no puedan sacarte.

Capítulo 6
La cocina macabra

La primera de tus preguntas, amigo Otto, es fácil de responder: estoy acompañando a este salvaje de regreso a su hogar, y él me acompaña en mi viaje al mío —al nuevo quiero decir. Nuestros caminos son opuestos y simétricos: él regresa a su patria y yo abandono la mía, tal vez para siempre. La segunda pregunta se contesta fácil, también: nos conocimos en lo alto de la Torre Eiffel. Ahora por supuesto van a querer saber cómo llegamos los dos allí. Mi presencia no tiene nada de misterioso, como van a ver; la de mi amigo Kalapakte, en cambio, lo es tanto, es tan improbable y asombrosa y fuera de toda norma, que solo una historia la podrá explicar, historia que si están dispuestos a escucharla servirá para aligerar un tanto la espera a la cual nos condena esta infranqueable barrera de hielo que nos tiene varados aquí. Comienzo por lo más simple entonces: yo estaba allí porque fui uno de los que levantaron la gran Torre, uno de sus *riveurs* o remachadores. Trabajábamos en equipos de tres: el *chauffeur* manejaba la fragua y ponía al rojo blanco las piezas de metal, el *riveur* propiamente dicho las aporreaba con su gran maza de hierro, haciendo volar las chispas como fuegos de artificio, y el *teneur de tas* mantenía la cabeza del remache en su lugar, tarea esta última a cargo de un servidor. Pero para la época en que conocí a mi buen amigo Kalapakte aquí presente la construcción había terminado, y apenas unos pocos habíamos sido retenidos para tareas de mantenimiento y reparación. En eso estábamos, una fría madrugada de octubre, encaramados en uno de los nidos de vigas más altos, tiritando a más no poder —me corrijo, en este barco he tiritado más, y en la Torre también, durante la construcción habíamos tenido que trabajar en lo más crudo del invierno, con remolinos de viento y nieve silbándonos alrededor, el metal tan frío que las manos desnudas no podían tocarlo sin dolor, pero los *riveurs* nos desplazábamos por ese laberinto dentro de nuestras carpitas portátiles como nómades por una estepa de hierro vertical, y el calor de la fragua y el metal candente nos libraban de las peores inclemencias; allí mismo podíamos calentar el café y las viandas y dentro de todo lo pasábamos bastante bien, mejor al menos que los otros compañeros que trabajaban sin abrigo ni protección; créanme si les digo que cada mañana cuando tras una larga marcha bajo las estrellas heladas del cielo de París divisaba las fraguas de mis compañeros relumbrando a través de las brumas que envolvían la Torre, como velas en un inmenso árbol de Navidad, y escuchaba el carillón de sus martillos reverberando sobre el metal, mi corazón subía más rápido que mis pies, movido por el anhelo de estar cuanto antes con ellos allí. Fue uno de los mejores trabajos que he tenido; el señor Eiffel es un hombre justo y decente, y me entristece mucho verlo envuelto en este escándalo del Canal; nos conocía a todos por el nombre y jamás nos encomendaba una tarea que él mismo no se atreviera a realizar. Daba admiración y orgullo verlo trepar por escaleras y andamios con la misma agilidad con que nuestro Misha trepa por aparejos y jarcias, aunque estén enteramente enfundados en hielo, ¿eh, Misha? ¿Ves algo desde allá arriba?... ¡Avísanos si por lo menos se despeja un poco esta neblina pertinaz! Verdad es que este mismo arrojo podía a veces volverlo insensible a los reparos de los demás, como sucedió cuando pasada la marca de los cien metros demandamos aumento por riesgo y él nos lo negó alegando que para el caso lo mismo daba caer de cien o cincuenta, porque matarnos nos matábamos igual. Fue la única huelga que tuvimos que hacerle, y a los pocos días se arregló para satisfacción de todos y la Torre siguió creciendo hacia el cielo, así que para mí fue motivo de jactancia y felicidad contarme entre los elegidos para cuidarla una vez concluido el trabajo principal. El día del que les hablo estábamos asegurando unas planchas y barandas que se habían aflojado con el incesante tráfico de visitantes cuando nuestro *riveur*, un gigante alsaciano de larga barba rubia llamado Josef, nos pidió que hiciéramos silencio, y cuando obedecimos —a esa hora, en lo alto de la Torre, este podía ser casi sobrenatural, diríase que se hallaba uno a cinco mil metros de altura sobre una cumbre nevada, y no apenas a trescientos sobre las calles de París— escuchamos, o más bien sentimos en la vibración del metal, pasos que subían, sigilosos y afelpados como los de un gato; no porque hubiera nada furtivo en el andar de mi amigo Kalapakte —ya habrán adivinado que se trataba de él—, esa es, simplemente, su manera de andar: pertenece a una raza de cazadores y desde pequeños les enseñan a moverse sin ruido, por las presas que puedan aparecer; es verdad que ahora, calzado con nuestras botas de suela, mete bochinche como el que más, pero entonces llevaba unos suaves mocasines que él mismo se había fabricado con el pellejo de los incautos felinos que pululan por Les Invalides, rellenos de pasto seco para mayor abrigo y comodidad. Ahora, subir a la Torre por escalera se había vuelto para nosotros una experiencia cotidiana, cuando la construcción... No quise decir descansada, Gustav, son mil seiscientos peldaños en total, pero los subíamos todos los días y el asombro de la Torre se había ido borrando por la rutina y la repetición; así que es con cierto esfuerzo, apelando a los recuerdos de mis primeros días, que intentaré recrear para ustedes lo que pudo haber visto y sentido mi amigo Kalapakte al subir por primera vez.

El primer tramo es el más corto, pero pudo no haber sido el más fácil: más que la fatiga lo habrán demorado el asombro y acaso el pavor; vista desde abajo la Torre parece una aplastante red de metal lista a caerte encima apenas toquen su sombra las puntas de tus pies, y a poco de comenzado el ascenso te internas en una espesura de vigas que ningún machete podrá cortar —recuerden que estamos intentando verla con los ojos de un hijo de la selva—, cada tanto se abre un claro en el formidable follaje metálico y obtienes una vista panorámica del Sena que serpea a sus pies, de los tejados más cercanos, de las torres gemelas del Palais du Trocadéro y los efímeros parques y palacios de la Exposición, que en cuestión de días el fin del encantamiento habrá de borrar. No es mucho lo que puede verse mientras se sube, pues el mundo, si te atreves a atravesar con la vista la apretada malla de parantes y vigas, se ha facetado en una intrincada red geométrica, como si la Torre hubiera agregado a las tres conocidas una cuarta dimensión, así que recién cuando emergió al primer estrado le fue dado apreciar la vista abierta de París a vuelo de paloma o de gorrión, con sus innumerables monumentos, sus torres y cúpulas de cobre encendido por el primer sol, las siluetas de los escasos transeúntes y carruajes, breves y nítidas como esos autómatas que atraviesan con su andar sincopado los panoramas de los escaparates de la ciudad y, más allá, las verdes colinas que la rodean y un vago horizonte de brumas bajas que los ojos de Kalapakte se esforzaron inútilmente en penetrar —y eso que tiene una vista de águila, como ya han podido comprobar. Todo esto lo habrá impresionado por su majestuosa belleza, ¿eh, Kalapakte? *Je les raconte votre première ascension a la Tour, oui*; fueron muchos los visitantes de países exóticos que quedaron extasiados ante ese cuadro sin igual, entre ellos el sha de Persia y los pieles rojas de Buffalo Bill; pero lo que mi amigo Kalapakte buscaba no podía verse desde allí.

Tampoco desde el segundo estrado, al que accedió tras trescientos ochenta escalones más; desde su amplia plataforma, tal vez surcada por las últimas golondrinas que no acababan de partir, los transeúntes le habrán parecido afanosas hormigas arremolinadas alrededor de un hormiguero monumental; los majestuosos castaños, apretadas coles o lechugas; los carruajes, lentos escarabajos de élitros laqueados: diríase que la ciudad entera ha sido encerrada en una esfera de cristal, y el rumor de sus calles, el repiqueteo de las voces de niños, el espectral tañido de sus campanas llamando a la oración, en una cajita musical; pero ninguno de esos era el sonido que Kalapakte anhelaba escuchar, así que una vez más suspiró decepcionado y se dispuso a seguir.

El tercer tramo es una vertiginosa aguja de doscientos metros a través de la cual la escalera sube en apretado zigzag; la sensación de ascenderla por primera vez no es de este mundo y no sabría con qué compararla... Tal vez pueda decir que es como penetrar un sueño de metal, pues si el metal pudiera soñar, soñaría la Torre Eiffel. Ya sé que no tiene sentido, Otto, no me mires así. Pero tal vez tampoco la Torre tenga sentido. ¿Para qué sirve? ¿Qué hace allí? fue la pregunta que se hicieron y siguen haciendo muchos de los sabios y artistas más grandes de París. Pero a esta pregunta que derrotó a tantos Kalapakte hubiera podido responder con la mayor sencillez... Todo a su debido tiempo, ya estamos por llegar. Estamos, ahora, a doscientos setenta y seis metros de altura: desde ese nido de águilas los montes Samois, Valérien y Montmartre semejan modestos montículos grises, el bosque de Saint-Germain se desvanece entre brumas azules, y el Sena se ha vuelto un tranquilo arroyuelo surcado por barcazas de juguete. Porque lo más llamativo, a esas alturas, es la calma que parece haber descendido sobre la ciudad, y el silencio perfecto que la envuelve. Esos puntos, las personas, ¿han olvidado la prisa que tenían cuando empezamos a subir? Esa barcaza cargada de arena blanca, ¿cómo es que tarda tanto en pasar? Ningún sonido delata la vida de las gentes que allá abajo despiertan para comenzar su día; diríase que un sueño repentino ha hechizado la gran ciudad, aquietándola como las aguas de un lago cuando el viento deja de soplar...

Hasta aquí les he pedido que intenten ponerse en el lugar de un salvaje que acaba de sortear los mil seiscientos escalones que separan a la Edad de Piedra de la modernidad; ahora les voy a pedir que se pongan en el mío, y traten de imaginarse mi sorpresa al descubrir, en lo alto de la construcción más nueva del mundo, a un troglodita envuelto en pieles, recién salido de su cueva al parecer. No se trata de una mera comparación pintoresca, no. Verán, a la entrada de la Exposición, a ambos lados de la Torre, se desplegaba en dos largas alas, de unos doscientos metros cada una, la Historia de la vivienda humana de monsieur Garnier, desde la era de las cavernas y las cabañas de la Edad de Piedra hasta los palacios y *hotels* de la actualidad, pasando por la choza congoleña, el tipí del piel roja, la casa egipcia, la cabaña rusa, el *palazzo* veneciano y muchos más. Y aquí cabe hacer una importante aclaración: cuando descubrimos a Kalapakte en lo alto de la Torre, nos sorprendimos sin duda, pero se trató de una sorpresa encantada, antes que incrédula, porque de alguna manera ya sabíamos de su existencia. Me explico. Desde hacía varios días había empezado a circular, entre el numeroso personal que manejaba la gran Feria, y también entre los visitantes, la leyenda del troglodita suelto —algo así como el Fantasma de la Ópera, pero de la Exposición Universal. Un barrendero había tocado las cenizas tibias de una modesta fogata, mezcladas con chamuscados huesos de paloma, entre los muros de cartonpiedra de la vivienda incaica; un visitante rezagado había vislumbrado, a la luz incierta del crepúsculo, su silueta furtiva en los frondosos jardines; otro, cruzando a gatas el umbral del iglú; un guardia lo había sorprendido descolgándose por los palafitos de la choza lacustre, y silbato mediante había convocado a sus compañeros a una infructuosa persecución. Yo me quedé observándolo unos minutos mientras iba y venía de un lado al otro del amplio cuadrángulo, como buscando algo que no podría dejar de ofrecerle el privilegiado mirador; me acerqué con mucha cautela, para no asustarlo, y tosí para alertarlo de mi presencia. Se dio vuelta para mirarme, luego volvió su vista a las lejanías. No hubo en sus ojos alarma, ni siquiera sorpresa. Había, sí, una tristeza profunda, una decepción como de niño… ¿No lo adivinan? ¿No es evidente? Alguien le había dicho, o él mismo había llegado a creer, al verla crecer hasta el cielo, que desde lo alto de la gran Torre se podía ver el mundo. Había subido a ella con la certeza de que desde allí podría divisar su tierra y así encontrar el camino de regreso al hogar.

Hubo un solo momento, me dijo después, cuando tuvo las palabras para hacerlo, en que le pareció estar cerca. Fue, me dijo, cuando cerró los ojos, y escuchó el silencio que el susurro del viento y el leve zumbido del metal hacían más perfecto y más profundo: entonces, sí, pudo sentir por un instante que estaba de nuevo en su tierra, porque ese silencio era el de sus vastos bosques mudos, y el susurro el de las estepas barridas por el viento que nunca deja de soplar.

"¿Qué buscas aquí?", le pregunté en francés, y él respondió "*chez moi*", que quiere decir "mi casa"; esas dos palabras, y la expresión de su rostro, me dijeron todo lo que necesitaba saber. Debo aclararles que incluso en aquella época podía entender y contestar preguntas, formular pedidos, o seguir instrucciones muy simples; como han visto es un imitador nato, puede repetir cualquier cosa que le digan, copiando también los gestos y la entonación, y así llegó a hablar esta suerte de papiamento que le conocen, en el que naufragan frases rotas del inglés del barco que lo trajo, del español de sus cuidadores y del francés que escuchaba diariamente, todo flotando en el caldo de una lengua desconocida por mí, sin duda la suya original. Era evidente que yo estaba ante un representante de uno de los tantos pueblos coloniales exhibidos en la Feria, encerrados en una jaula como fieras en el caso de él y los suyos; al parecer lograron escaparse, una noche en que la puerta quedó mal cerrada, y se dispersaron por el predio de la Exposición; en la confusión de la huida Kalapakte se separó del grupo y se escondió en la aldea de monsieur Garnier; mas cuando quiso regresar al lugar de su cautiverio —pues prefirió volver al encierro a prolongar tan aterradora soledad— descubrió que la jaula estaba vacía y la carpa a medio desmantelar. Volvió entonces a esa extraña ciudad hecha de las casas de todos los hombres del mundo y habitada por ninguno, y subsistió alimentándose de lo que podía hallarse en los tachos de basura y de los gatos y palomas que lograba cazar, hasta la madrugada en que concibió el plan de subir a la Torre para ver si desde allí podía divisarse su hogar.

La cuestión, ahora, era decidir qué hacer con él: no queríamos entregarlo a la policía o a las autoridades de la Feria, pues estas no harían más que devolverlo a quienes lo habían esclavizado, o encerrarlo en una celda o en un hospicio tal vez; pero en media hora la Exposición abría sus puertas y minutos después la Torre se volvería, como todos los días, un fervoroso hormiguero de humanidad. Podríamos, por supuesto, habernos lavado las manos del asunto, como hicieron nuestros demás compañeros, pero decidimos adoptarlo, Josef y yo… No lo sé, es difícil de explicar. Supongamos que te levantas como todas las mañanas y descubres que han dejado un bebé abandonado en tu puerta, en la proverbial canastilla. Podrías pensar, ¿por qué habría de hacerme cargo? Lo mismo podrían haberlo dejado en tu puerta que en la del vecino. Pero desde el momento en que lo han dejado en la tuya, se ha convertido en tu responsabilidad. Dios, en quien no creo, el destino, que no sé si existe, o la vida, simplemente, lo han cruzado en tu camino, y si ahora lo abandonas sería como abandonar a tu propio bebé. Y además, es divertido inventarse desafíos, sobre todo si se trata de ayudar a los demás. El mío, ahora, es devolver a Kalapakte a su tierra. No hay porqué. Es un capricho. ¿Satisfecho?

Hablando de desafíos, el primero era conseguirle ropa apropiada para circular por las calles sin despertar alarma ni curiosidad. Por suerte un compañero había traído su ropa de calle para pasear por la Feria con su novia, y aceptó dejarnos la de trabajo al finalizar su turno; hasta entonces decidimos que lo mejor sería bajar a Kalapakte al primer piso y dejárselo a las muchachas del restaurante alsaciano, muchas de ellas amigas de Josef. Bajamos a toda carrera, sorteando los peldaños de dos en dos, y llegamos justo cuando subía el primer ascensor cargado de visitantes que, si alcanzaron a divisarlo a través de los hierros cruzados, habrán pensado que se trataba de una de las tantas atracciones de la Exposición. Fuimos a buscarlo al terminar nuestro turno, y lo descubrimos sentado en el rincón donde se preparaban los postres y los pasteles, rodeado de apuestas jovencitas que le hacían toda clase de mimos mientras lo hartaban de golosinas, y que pusieron el grito en el cielo cuando nos lo quisimos llevar. *Tu ne perds pas ton temps à gagner le coeur des jeune filles, eh Kalapakte?* Le habían dado un baño, allí mismo, en una de las grandes piletas de lavar, aduciendo que el olor penetrante que despedía podía impregnar los pasteles y los *macarons*, pero sin duda querían manosearlo y disfrutar de su turbación —aunque muy turbado no se lo veía, hay que decir. Habíamos decidido que lo mejor era llevarlo con nosotros a la rue de la Charbonnière, hasta tanto pudiese hacernos saber adónde quería ir. Allí tenían su apartamento Josef y su madre, y con ellos vivía yo, en un cuartito que me alquilaban, en un enorme edificio de cinco pisos que semeja un hospital o un cuartel, con tiendas y talleres de todas clases en los de abajo, algunos dando a la calle y otros al gran patio interior. El trayecto podía cubrirse en poco más de una hora de caminata, pero aquella tarde nos llevó casi dos, por el empecinamiento de Josef en pasear a Kalapakte por todos los mojones de las luchas callejeras de la Comuna, en las que había participado veinte años atrás: el Palacio de Orsay, cuyas ruinas calcinadas contemplamos desde la margen derecha del río; los jardines donde una vez se levantó el Palacio de las Tullerías al que, ese sí, habían logrado quemar hasta los cimientos; la Columna Vendôme, que él mismo había ayudado a derribar y donde se hallaba la barricada que defendía, y el reconstruido Palais-Royal; si era por él lo llevaba hasta el cementerio de Père Lachaise, a depositar un clavel rojo al pie del Mur des Fédérés, donde tal vez descansaran, abrazados a los de sus compañeros, los huesos de su hermano mayor: nunca se halló su cadáver y su madre decidió, para tener dónde llorarlo, que estaba allí; pero como ya se venía la noche y había empezado a caer una llovizna menuda logré convencerlo de dejar el programa para algún domingo de sol. Josef se había salvado de los fusilamientos por su corta edad, pero lo deportaron a Nueva Caledonia, donde hizo tan buenas migas con los nativos que llegó a apoyarlos en alguna de sus revueltas contra el dominio francés. Ya saben lo que dicen, hay más de un compañero que basta que le pongan un negro al lado para que se vuelva burgués, y creo que esa era la intención al mandar a los *communards* al Pacífico sur, pero con mi amigo Josef les salió el tiro por la culata; nos burlábamos de él diciéndole que habían declarado la amnistía solo para sacarlo de la isla y mandarlo de vuelta a París, donde podrían vigilarlo mejor. Decía que Kalapakte le recordaba a sus amigos canacos y por eso de entrada le había caído bien; tomándolo del hombro le mostraba, en cada uno de los lugares, el emplazamiento de las barricadas, las rutas de avance de las tropas de Versalles, de la retirada de las fuerzas obreras, dramatizando con exclamaciones lastimeras y gestos melodramáticos los combates y los fusilamientos, cuando los hubo; Kalapakte prestaba a todo una atención amable pero algo ausente, la misma que dedicaba a las calles, los grandes edificios, los puentes sobre el Sena y las plazas arboladas que le señalaba yo; la ciudad de París debía parecerle tanto o más fantástica que la que se levantaba dentro de los límites de la Exposición; no sé hasta qué punto era capaz de verla, en realidad.

La madre de Josef no demostró la menor sorpresa al vernos llegar con este extraño visitante: me imagino que después de haber buscado el rostro de su hijo entre las montañas de cadáveres, y de suponerlo deportado de por vida a una colonia penal, con tal de tenerlo a su lado estaba dispuesta a tolerarle cualquier excentricidad. A la noche, después de la cena, Josef y yo encendimos nuestras pipas y debatimos los pasos a seguir, mientras Madame Laurent acompañaba la conversación con el delicado entrechocar de sus bolillas —se dedicaba a tejer y reparar encajes, la buena señora— y con sus esporádicos pero siempre atinados comentarios. Lo primero, naturalmente, era tratar de averiguar de dónde venía. "*Où est chez toi?*", le preguntamos, a lo que iluminándosele el rostro respondió "K'ósher, K'ósher", lo cual admito que un poco me desconcertó —por un momento pensé que me había topado con un miembro de una de las tribus perdidas de Israel… Después te lo explico, Otto. También repetía "Háruwen, Háruwen". *¿Est-*

ce que je le prononce bien, Kalapakte? Ah, bien. Estoy tratando de aprender su lengua; me será sin duda útil cuando me halle entre su gente, y además ayuda a pasar el rato... No Alfred, no he intentado enseñarle alemán, bastante tiene el pobre con el francés y el inglés. ¿Dónde está K'ósher?, le pregunté entonces, ¿América, Asia, África? ¿Las islas del Pacífico?, agregó Josef esperanzado. ¿Pero qué sentido podían tener esas voces para quien no sabe el idioma, ni la forma del mundo tal vez? Era como un niño perdido que no sabe decir a quienes lo hallaron dónde queda su hogar. El problema de nuestro salvaje Ulises no era tanto cómo regresar a su Ítaca, sino descubrir en qué punto del vasto planeta se encontraba su isla o, lo que viene a ser más o menos lo mismo, cómo decir "Ítaca" en una lengua que pudiésemos comprender. "Muéstrenle un mapa del mundo", propuso Madame Laurent, y no terminó de decirlo que Josef y yo intercambiamos una mirada de inteligente complicidad: al menos ya teníamos por dónde empezar.

Me llevé a Kalapakte a mi cuarto: mi cama, aunque estrecha, podía acomodarnos a los dos, arreglo que el intenso frío hacía mucho por recomendar; pero él prefirió envolverse en su capa y dormir en el suelo. Me desperté varias veces, y siempre lo veía mirando el techo con los ojos abiertos y una vez también levantado, contemplando desde nuestro pobre ventanuco los llovidos tejados de París —ya habrán notado que duerme con un ojo sí y el otro no, por así decir. Estaba desnudo, pero parecía indiferente al aire helado; lo cual reforzó mi suposición de que provenía de las regiones más frías del planeta: Escandinavia, Siberia, Alaska tal vez. A la mañana tomamos nuestras herramientas y nuestras viandas —Madame Laurent tuvo la gentileza de preparar una para Kalapakte también— y nos unimos a la gran marea obrera que todas las madrugadas baja por los bulevares hacia las calles de París.

Amanecía cuando llegamos al predio de la Exposición; esta vez subimos a Kalapakte con nosotros, tras explicarle al capataz la situación; gracias al atuendo que le habíamos armado con una de mis blusas, un par de pantalones y una chaqueta de Josef que le había tomado Madame Laurent, y un par de botas viejas que habían sido de su marido, rellenadas de trapos para adaptarlas a sus pies, resultaba menos conspicuo y podíamos encomendarle tareas simples como alcanzarnos las herramientas o cuidar y avivar el fuego, en lo que mostraba una notable habilidad. Cuando terminó nuestro turno nos dirigimos a un pabellón cercano que albergaba nuestra esperanza de solución: un globo terráqueo realizado en escala de uno en un millón, lo que da un diámetro de dieciocho metros y una circunferencia de cuarenta, el más grande jamás construido, sí; estaba rodeado por una rampa helicoidal que permitía recorrerlo de polo a polo y así estudiar sus continentes, sus islas, sus montañas, lagos y ríos, las plataformas submarinas y fosas oceánicas, y también las principales ciudades, vías férreas, caminos, cables submarinos y vías de navegación, los yacimientos de hierro, cobre, plata, oro y carbón. Tomamos el ascensor hasta el Polo Norte y quedamos los tres con el mundo a nuestros pies. *Où est chez toi?*, le preguntamos una vez más, y poniendo a prueba mis inferencias señalé alternadamente Canadá, Groenlandia, la tierra de los lapones, Siberia y el norte de Japón; pero no notamos que se hiciera en el rostro de Kalapakte la menor luz; entonces bajamos por las montañas y praderas de los Estados Unidos, por las estepas rusas y el desierto mongol; ascendimos las Rocallosas y los Andes, los valles del Himalaya y la meseta del Tíbet, porque el hábito del frío podía deberse a la altura antes que a la latitud; alcanzamos los confines del planeta y saltamos, finalmente, a las islas más australes y el continente de las nieves eternas, donde bien pueden habitar tribus ignotas no descubiertas por el hombre blanco aún. Kalapakte se mostró muy animado, subía y bajaba por la rampa, ponderaba distintos rasgos del mapa con palabras que no podíamos entender, le gustaba sobre todo el lento movimiento del gran globo, que gracias a un complejo sistema de engranajes un solo hombre girando una manivela podía operar, pero su animación era apenas general: disfrutaba del espectáculo de la gran pelota de colores como podría disfrutar del movimiento de una calesita o un globo aerostático; de hecho hasta el día de hoy no estoy seguro de que haya visto en ella una réplica del mundo: tal vez él y los suyos imaginan que la Tierra es plana, o con forma de tortuga; y antes de reírnos de su simplicidad recordemos que lo mismo pensábamos nosotros apenas cuatrocientos años atrás.

Lo llevamos, luego, pues todavía quedaba un poco de luz, a la exhibición de las moradas del hombre de la que ya les hablé; aquí se mostró menos animado, pues ya conocía el lugar; señaló en principio la caverna del troglodita y la choza lacustre, lo cual en poco nos ayudaba pues se trataba de viviendas que remiten a un remoto pasado común de la humanidad; nuestras esperanzas se avivaron cuando señaló animado la casa del inca y contestó afirmativamente cuando le preguntamos si había vivido allí, mas luego respondió de la misma manera ante el tipí del piel roja y el yurt mongol, y entendimos que se trataba de las viviendas que había ocupado en los últimos días, no en su existencia original. ¿Qué pasa ahora? ¿Nos movemos, sí o no?... Ah. Sigo con el cuento entonces. Esa noche, Madame Laurent tuvo otra de sus buenas ideas: tal vez si lo llevábamos al museo o al zoológico podría reconocer a alguno de los animales de su tierra, lo cual nos daría alguna pista sobre cuál podía ser; y como el día siguiente era domingo nos fuimos los cuatro al Jardin des Plantes. Primero recorrimos el sector de las fieras, atentos a cada una de las reacciones y gestos de Kalapakte; quedó deslumbrado ante las grandes bestias africanas, como los elefantes, la jirafa, el rinoceronte y el avestruz; pero cuando le pedimos que las nombrara no fue capaz, así que colegimos que su interés se debía al asombro antes que a la familiaridad. Tuvimos mejor suerte con las criaturas de los climas fríos, como habíamos previsto: el zorro y la nutria convocaron su atención, como así también el búho y el cormorán; pero fue ante el estanque de los lobos marinos y los pingüinos que pudimos finalmente corroborar mi presunción: no solo los señaló con una inconfundible sonrisa de familiaridad, también repitió sus nombres varias veces, *aiwawén* por el lobo marino y *kaste* por el pingüino, *Il est bien dit, Kalapakte?... Pardon, ahewáwen, oui. Il faut avoir de la patience, mon ami. Je fais de mon mieux.* En eso estábamos cuando uno de los guardianes, un viejo de frondoso bigote gris, se nos acercó con los ojos desorbitados clavados en Josef, como si estuviese viendo un fantasma o una aparición: "Josef, Josef, ¿eres tú? ¿No me reconoces?". "¿Dardelle?", respondió Josef incrédulo. "Pensé que los burgueses te habían fusilado". "¡Y yo a ti!", decían mientras se abrazaban llorando. Resultó ser que los dos habían participado de la quema del Palacio de las Tullerías, repartiendo los barriles de pólvora por las habitaciones, los patios y las galerías y rociando paredes, muebles y pisos con petróleo y alquitrán: después, había bastado con acercar un fosforito para que ardiera hasta los cimientos, mientras los modernos nerones cenaban sobre las terrazas del Louvre contemplando las llamas y brindaban por la conflagración. Allí mismo, en el Jardin des Plantes, durante el terrible cerco de París, se habían dedicado a abatir una a una a las pobres bestias cautivas, una vez que los parisinos habían consumido el ganado atesorado en el Jardin d'Acclimatation y todos los caballos de la ciudad; los mejores restaurantes ofrecían en su menú platos tan exóticos como el guisado de canguro, las costeletas de oso a la pimienta y el camello en barbacoa, holocausto culinario que culminó con el sacrificio de los dos elefantes Cástor y Pólux; Kalapakte, cuando se lo conté, concibió una admiración casi idolátrica por Josef y Dardelle; para él, un hombre capaz de matar una fiera de ese tamaño es casi un semidiós; claro, nunca habrá oído hablar de las balas dum-dum. Durante ese período siempre se las ingeniaban para hurtar algunos cortes para las gentes del pueblo; más tarde, cuando la Comuna, todo era para estas, aunque por aquella época ya no quedara qué matar, salvo los simios, que respetaron por su aparente humanidad, y las alimañas del albañal, que terminaron completando el menú: el gato con guarnición de ratas era uno de los platos que más salían, rememoraban entre risotadas los dos. Estaban tan contentos de volver a verse, de descubrir que ambos habían escapado de las balas del terror burgués, que aquellos padecimientos se habían vuelto motivo de nostálgica evocación.

Apenas terminaron de ponerse al día Josef le explicó el motivo de nuestra visita, y Dardelle tras echar un somero vistazo a Kalapakte nos pidió que fuéramos con él. Nos llevó hasta un edificio cuadrangular cuya entrada principal estaba custodiada por dos enormes esqueletos de ballena; pero no entramos por ahí sino por una puertita lateral que apenas abierta exhaló una espesa bocanada de vapor con un apetitoso olor a caldo, lo que nos recordó que no probábamos bocado desde el desayuno. "¿Estás ahí, Bertrand?", preguntó nuestro guía, y sin esperar respuesta se internó en el corazón de la tibia nube, donde terminamos encontrando al tal Bertrand sudando la gota gorda mientras revolvía el contenido de una gran marmita de hierro, destinado sin duda a alimentar a las fieras. Una vez hechas las presentaciones y explicado el motivo de nuestra visita monsieur Bertrand nos arreó hasta una especie de gabinete polvoriento cuyas paredes estaban revestidas hasta el techo de calaveras y huesos humanos; de no ser por el amplio ventanal vidriado que se abría en uno de los lados, y de las etiquetas que colgaban de cada pieza, hubiérase dicho que habíamos descendido a las catacumbas de alguna iglesia medieval. Apenas los vio, Kalapakte pegó media vuelta y salió disparado, obligándonos a salir corriendo tras él. Separándonos, lo buscamos por los jardines y el zoológico, donde finalmente lo halló Dardelle, sentado frente al corral de las llamas, que son... Sí, pero sin joroba, y con orejas como de liebre. Yo cuando llegué me senté a su lado y lo abracé, porque vi que estaba temblando, y no precisamente de frío; tratamos de calmarlo como pudimos, suponiendo que su miedo se debía a alguna antigua creencia o superstición relativa a los restos humanos. Pero tenía un origen más reciente, y motivos más concretos, me enteré después, cuando fue capaz de contarme, o más bien yo de entender: poco tiempo antes de ser capturado, él y una de sus hermanas habían visto, desde su escondrijo entre las rocas, cómo unos exploradores que hablaban esa misma lengua —no, no la nuestra, el francés— mataban de un disparo a un anciano de su tribu que habían logrado capturar, y luego lo trozaban y evisceraban como se hace con una presa para cocinarla; pero después, para su inmensa sorpresa, los vieron arrojar los trozos de carne al río y poner a hervir los huesos. Eso, me confesó, les inspiró un temor mucho mayor, porque si hasta ese momento habían tenido a los *koliot*... Ah, así nos llaman, a nosotros, a los blancos —si habían pensado que los *koliot* eran grandes malvados, ahora comprendían que además estaban locos, lo cual era mucho más aterrador. Kalapakte cree que los *koliot* como aquellos coleccionan los huesos de su gente para realizar sus hechicerías y tenerlos en su poder, y todos mis intentos de convencerlo de que lo hacen con fines puramente científicos han chocado contra el muro de su terror y su superstición. A mí personalmente me cuesta creer que hombres de ciencia o aun exploradores sean capaces de asesinar a otro ser humano a sangre fría para quedarse con sus huesos y exhibirlos en un museo, como si se tratara de un animal, y es probable que Kalapakte haya fabulado un vínculo causal entre dos hechos separados; quizás la muerte del anciano se produjo en un enfrentamiento con los blancos, que una vez que estaba muerto decidieron darle a esa muerte tal vez inevitable alguna utilidad: es difícil establecer la distinción entre matar a un nativo *y después* quedarse con su esqueleto y matar a un nativo *para* quedarse con su esqueleto; como fuera, no hubo manera de hacerlo volver al osario de monsieur Bertrand, así que lo dejamos al cuidado de Madame Laurent, que tampoco tenía demasiadas ganas de regresar al lugar de los huesos, para que pasearan entre los animales un poco más.

Nosotros fuimos con monsieur Bertrand, que había vuelto a su cocina y sonrió cuando le explicamos el motivo de nuestra visita. "Ah sí, han venido al lugar indicado", dijo, "el doctor De Quatrefages y su asistente el doctor Hamy son los más grandes craneólogos de la actualidad, su monumental *Crania ethnica* no les será sin duda desconocido; yo mismo los he visto arrojarse los cráneos el uno al otro, desafiándose a clasificarlos con la mayor celeridad; y no hablo solo de los tres grandes grupos, blanco, negro y mongol, sino de divisiones mucho más sutiles: el doctor De Quatrefages fue capaz de establecer, de un determinado cráneo, no solo que pertenecía a las razas americanas sino que provenía del sur de Tierra del Fuego, diagnóstico que fue corroborado por el doctor Deniker, nuestro nuevo bibliotecario, que participó de la misión al cabo de Hornos tiempo atrás. Hoy, por ser domingo, no se encuentran en el lugar; pero si regresan mañana no dudo que podrán atenderlos y evacuar todas sus dudas. Yo no soy más que un humilde *ouvrier*, pero tengo ojos para ver y oídos para escuchar, y raro sería que después de tantos años de asistir a sabios tan insignes no se me hubiera contagiado algo de su saber. Vean esta calavera, por ejemplo, dijo pasándole el cucharón a Josef para que revolviera en su lugar —Agárrenla, agárrenla que no muerde. ¿A quién creen que perteneció? No digo el individuo; eso ni siquiera el doctor Broca, si reviviera solo para ello, sería capaz de establecerlo; lo que quiero decir es la raza, el sexo y la región. Yo no me atrevería a parangonarme con sabios tan distinguidos; mi cerebro, cuando le llegue la hora de comparecer ante el juez supremo —hablo de la Ciencia, no de Dios—, seguramente pesará menos que los de ellos en la balanza, ese día lo sabremos con exactitud... Es un bello cráneo, díganme si no. Clásico, me atrevería a decir. Tomen nota del ángulo facial, de cómo la frente se continúa prácticamente en línea recta con la nariz; presten atención a la relación ancho-largo, por otro nombre índice craniano: yo la estimaría en cero setenta, como mucho setenta y dos; un elegante cráneo dolicocéfalo, en suma, de líneas esbeltas, diríase diseñado ex profeso para surcar con soltura el mar de las ideas; en cuanto a la capacidad craniana, habría que medirla para estar seguros; el doctor Broca prefería pesar los cerebros frescos, pero en este caso hemos llegado con más de veintitrés siglos de retraso, así que solo nos queda llenarlo de semillas de mostaza o perdigones; pero quien mucho ha medido, como es mi caso, pues fue mi humilde mano de mecánico la que rellenó y vació los cientos de cráneos que ingresaron en las estadísticas de *Crania ethnica*, es capaz de estimarla a golpe de ojo, y no cabe duda de que en este caso estamos hablando de valores muy elevados, mil quinientos centímetros cúbicos o más; consideren asimismo la nobleza y altura de la frente, indicativa del alto desarrollo del lóbulo anterior, sitio de las facultades intelectuales y el raciocinio: todo indica que nos hallamos ante el cráneo de un griego antiguo, libre de esa mezcolanza de sangre turca o eslava que tanto ha rebajado a los de la actualidad. Ahora veamos este otro, para comparar: tomen nota del marcado prognatismo y la exagerada inclinación del ángulo facial, que a ojo ubicaría entre ochenta y setenta grados; por debajo de los setenta, les aclaro, ya no estamos hablando del hombre sino del orangután; observen la estrechez de la frente y el marcado ángulo del hueso nasal; de la capacidad craneana mejor ni hablar, después de llenarlo nos sobrarían suficientes granos de mostaza para abastecer Dijon, o suficientes municiones para abatir a todos los patos de la Camargue; ¿quién dudaría que estamos en presencia de un negro africano, el punto más bajo, con la posible excepción de los aborígenes australianos y los fueguinos sudamericanos, en la escala de la evolución? Es notoriamente alargado, eso sí, más aun que el de nuestro amigo griego se podría decir; lo cual daría por tierra con la postulación de Retzius, que veía en la dolicocefalia un índice de nórdica superioridad; pero aún esta aparente anomalía es pasible de discriminación: como podrán observar a simple vista, el cráneo griego presenta un mayor desarrollo del área frontal, mientras que el del africano se elonga hacia el área posterior, que es la sede de las funciones bestiales o instintivas; se trata de la consabida diferencia entre la dolicocefalia frontal o caucásica y la negroide u occipital, es decir, entre la verdadera inteligencia y la mera astucia, entre el amor altruista y la lujuria, entre el coraje frontal, racional, magnánimo y susceptible de ser atemperado por la piedad, y la ferocidad occipital, instintiva, salvaje y cruel. Los doctores De Quatrefages y Hamy han elaborado minuciosas tablas que permiten hacer las clasificaciones con gran exactitud, así que como ven han venido al sitio indicado para determinar la procedencia de su amigo; el único problema, ahora, es convencerlo de que se deje trozar y cocer a fuego lento, así los doctores podrán aplicar sus instrumentos y sus tablas a sus huesos como harán en breve con los de esta bella bayadera, que solía encantar a todos en la Exposición y ahora solo danza al compás de las burbujas del hervor", y fue entonces que Josef, que había seguido revolviendo, levantó el cucharón, en cuyo extremo se balanceaba una pequeña cabeza humana de la que colgaban en jirones restos de cabello y de piel. Yo tuve que salir corriendo, para vomitar, y Josef salió detrás de mí, maldiciendo a voz en cuello a nuestro cínico anfitrión; cuando nos reencontramos con Kalapakte y Madame Laurent, frente a la cerca del elefante, preferimos ahorrarles los detalles y reemprendimos el regreso al hogar. Habíamos vuelto a fracasar, pero cada fracaso nos acercaba un poco más a la meta: el providencial encuentro de mi amigo Josef con su viejo compañero de correrías nos señalaba un nuevo camino: lo que necesitábamos, ahora, era encontrar algún hombre de ciencia que fuera capaz de identificar a Kalapakte sin necesidad de hacer sopa con él.

Recordé entonces que un tal Pierre Petit, uno de los más afamados fotógrafos de la Exposición, hombre que conocíamos bien, pues había fotografiado la Torre desde todos los puntos imaginables y desde todos los puntos de la Torre la ciudad y el predio de la Exposición, se había dedicado también a retratar a los visitantes exóticos, a pedido, como él mismo solía vanagloriarse, de los más afamados hombres de ciencia de París. Hacía rato que no se lo veía por la gran Feria que día a día iba acercándose a su fin, pero no fue difícil obtener la dirección de su estudio, que resultó estar en la rue Cadet, camino a nuestro hogar, así que por allí pasamos el día siguiente, pero el dueño de casa se había ausentado, dejando a uno de sus hijos en su lugar; marcamos cita para el otro día y entonces pudimos conocer a monsieur Petit, que no hacía honor a su nombre —"petit" en francés quiere decir pequeño— pues resultó ser un hombre considerable, que la espesa barba e imponente melena agrandaban aún más. Nos escuchó atentamente, y tras observar a Kalapakte desde todos los ángulos nos preguntó si podíamos pedirle que se desnudara, a lo cual este se negó, no por pudor sino por miedo, porque lo consideraba el preámbulo para ponerlo a hervir. No me interesa fotografiarlo disfrazado de obrero francés, se quejó monsieur Petit, una foto así no tendría ningún interés, y entonces le dijimos que Kalapakte había conservado sus atavíos. Nos pidió que volviéramos con ellos al día siguiente; esta vez sí, envuelto en sus pieles, tocado con su gorro y calzando sus mocasines, Kalapakte se dejó fotografiar, no sin trepidación, pues es sabido que los salvajes ven en el aparato fotográfico un arma que les va gastando el alma; pero ya lo habían fotografiado muchas veces en el viaje en barco y luego en la jaula así que sabía que al menos la vida la iba a conservar. Como contraprestación monsieur Petit nos entregó una tarjeta en la que había anotado una dirección del cours la Reine, una de las avenidas más elegantes de París. Y al otro día —digo al otro día para simplificar, no todos los días podíamos ocuparnos de ayudar a Kalapakte, a veces llegaba la noche y seguíamos en lo alto de la Torre arreglando esto o aquello, y no siempre podíamos llevarlo con nosotros; más de una vez se quedó a acompañar a Madame Laurent, que se había aficionado a su compañía; poco a poco se fue acostumbrando al edificio y sus rutinas, jugaba con los niños, que venían a cada rato a buscarlo, a veces también lo hacían sus madres, que trabajaban en los talleres o en labores y se lo llevaban para que les diera consuelo y compañía. Por algún motivo los maridos, que hubieran hecho una carnicería de volver a casa y encontrar a sus mujeres a solas con cualquier otro hombre, no se oponían a la presencia del joven salvaje y tal vez le acariciaban la cabeza al pasar o lo invitaban a la taberna a tomar una cerveza. Al otro día entonces, como decía, llevamos nuestros mejores vestidos para cambiarnos apenas terminado nuestro horario de trabajo, pues no es todos los días que uno tiene la oportunidad de tocar la puerta de un príncipe, y mucho menos de uno que sea descendiente directo del gran Napoleón; Kalapakte cargaba además con el lío de sus atavíos nativos, que monsieur Petit había recomendado que lleváramos con nosotros, pues serían sin duda de gran utilidad a la hora de establecer su procedencia. Nos abrió un lacayo de librea, y un somero vistazo a nuestras fachas y un oído apenas deferente a nuestras explicaciones le bastó para decirnos que el señor no estaba en casa y darnos con la puerta en las narices. Entonces le dijimos a Kalapakte que se desnudara y lo envolvimos en su capa, completando el atuendo con su gorro y mocasines; volvimos a tocar el timbre, esta vez poniéndolo a él bien adelante, y el mismo lacayo nos pidió que aguardáramos y tras unos minutos abrió la puerta y nos hizo pasar —por la entrada de servicio, eso sí. No voy a aburrirlos con la descripción de los ambientes que atravesamos, la palabra lujo se queda corta, monsieur Napoleón es uno de los hombres más ricos de París, no merced a su propia fortuna sino a la de su difunta esposa, que había muerto a poco de nacer la hija de ambos, una niñita de seis o siete años llamada Marie, que me impresionó por su mirada inteligente e inquisitiva cuando en un momento de la consulta se asomó a la biblioteca porque le habían dicho que había un cavernícola en la casa y no se lo quería perder. Su padre escuchó en silencio el resumen que le hicimos de las circunstancias de nuestro encuentro con Kalapakte, de aquellas particularidades de su patria que habíamos llegado a entender o inferir, la alternancia de estepa y bosques, la vida nómade, la dependencia de la caza, los lobos marinos, ballenas, zorros, pingüinos y cormoranes que había reconocido en el museo y el zoológico; algunos nombres: *Háruwen, selk'nam, Ooshooia*… A pesar de la atención que prestaba a nuestras palabras el príncipe tenía un aire ausente y levemente irreal, como si nunca estuviera del todo allí; quizás era su manera de decirnos que la presencia de dos obreros parisinos en su palacio era una anomalía tan inexplicable que más valía consignarla de entrada a los dominios del sueño o la alucinación; aunque tal vez fuera un estado más permanente, como si el contraste entre su persona y la de su infinitamente más famoso ancestro lo contagiara de irrealidad. "Este diagnóstico", dijo al fin, "es todo un desafío, pues nunca se da el caso de que un salvaje aparezca así, de la nada, como caído de la luna; siempre contamos al menos con algún dato cierto acerca de su procedencia, su raza, sus costumbres. Es como presentarle a un enólogo una botella sin etiqueta y pedirle que identifique la procedencia precisa de un vino que jamás ha probado en su vida, o al capitán de un barco que navegue sin instrumentos en una oscuridad total. Es por eso que he decidido aceptarlo: es la oportunidad de probar que la antropometría es una ciencia exacta, que a cada raza corresponde un conjunto de parámetros objetivos que permiten asignarle un lugar preciso en la grilla clasificatoria y en la escala de la evolución". Le pidió a Kalapakte que se colocara erguido, de frente y de perfil, contra una tabla cubierta de marcas y números, primero con sus vestidos y luego desnudo. Esta vez Kalapakte accedió sin protestar, se veía que el ambiente refinado y elegante, los estantes cargados de libros hasta el techo, la calma profesional y la urbanidad de nuestro anfitrión le inspiraban confianza, o tal vez lo intimidaban, lo cual a los efectos prácticos venía a ser lo mismo. El asistente tomó las fotografías y luego comenzó el examen propiamente dicho, que fue realizado por el príncipe con un rigor y una exactitud ejemplares, debo decir. Empezó por la cabeza; midió las diversas circunferencias con una cinta métrica, los diámetros frontal y lateral con un compás y las medidas más finas —órbitas, orejas, labios, nariz— con un calibrador; le indicó a su sirviente que le contara los dientes, y tirara de su lengua para medirla en su máxima extensión; todo lo iba anotando en una ficha llena de casilleros, y cada tanto realizaba cómputos con la ayuda de una regla de cálculo; tomó luego las medidas del cuerpo, altura total, brazos extendidos, cuello, partes del brazo y de la pierna, dedos, falanges y uñas; cotejó el color de su piel con una tabla, el de su cabello con otra; sometió a sus ojos a unos minutos de penumbra antes de exponerlos a una luz cegadora y violenta; tomó, por último, la medida de sus genitales, o más bien lo hizo su sirviente por él, y después, en un procedimiento realizado con tanta circunspección que era evidente que no lo hacían por primera vez, hizo venir a una joven y bella criada para que se los sobara, y el sirviente tomó las nuevas medidas; como se imaginarán, habían cambiado mucho —no te rías, Hans, seguramente sobrepasan a las tuyas, cuando quieras hacemos la prueba. El pobre Kalapakte soportó todo con gran estoicismo, como un paciente sometiéndose a una dolorosa curación; Josef y yo permanecimos todo el tiempo de pie: el príncipe no nos había ofrecido asiento y nosotros no se lo pedimos; aunque es verdad que nuestras ropas estaban escrupulosamente limpias, hubiera sido un sacrilegio profanar con nuestros traseros obreros los brocados de sus sillones Luis catorce, quince o dieciséis, la verdad es que nunca supe la diferencia y no es algo que me interese averiguar. Acabado el examen el príncipe se abocó a consultar una serie de volúmenes, de tablas, esquemas y fotografías, con recurso frecuente a su regla de cálculo y realizando numerosas anotaciones. Y cuando hubo concluido, se reclinó hacia atrás en su asiento y emitió con oracular laconismo su diagnóstico: "*Esquimau polaire*". Y así pudimos saber que Kalapakte es un esquimal del extremo norte, y es por eso que estamos aquí. El príncipe, antes de despedirnos, nos pidió que nos mantuviéramos en contacto, pues para la Exposición Universal del nuevo siglo acariciaba el proyecto de realizar una muestra ordenada y comprehensiva de todos los pueblos del orbe, completa con sus habitaciones, utensilios, animales y cultivos si los hubiere, que ilustrara la larga marcha de la humanidad desde los hombres más primitivos hasta el presente: el gran defecto de la actual Exposición, explicó, era que las exhibiciones de los pueblos primitivos se dieron en forma aislada y desordenada, más propia de un circo o una feria de atracciones que de un zoológico o un museo de ciencias; mientras que la única exhibición que respetaba las filiaciones y las jerarquías evolutivas, la "Historia de la habitación", de monsieur Garnier, se había presentado deshabitada. Si Kalapakte, a quien parecía haberle hecho gran provecho el viaje, pues se lo veía desenvuelto y saludable, se avenía, una vez regresado a su patria, a convencer a sus congéneres de acompañarlo, el príncipe se comprometía a solventar él mismo los gastos del pasaje, y de entregarle una porción de las ganancias, bajo la forma de bienes perdurables, a su regreso al hogar. Me acordé entonces de aquel Anacharsis Cloots que cien años atrás se había presentado ante la Asamblea Nacional a la cabeza de treintaiséis extranjeros de todas las razas, proclamando la hermandad de los pueblos y la república universal; la idea del príncipe recogía algo de su espíritu, solo que la fraternidad que invocaba no era la del derecho sino la de la ciencia universal.

No hay mucho más que contar. Josef hubiera querido venir con nosotros, pues el trabajo en París escaseaba tras el cierre de la Exposición, pero no quería abandonar a su madre después de haberla dejado sola tantos años. La buena señora lloró en la víspera de nuestra partida, creo que se había aficionado especialmente a Kalapakte, que le recordaba a su hijo desaparecido. Con el dinero que había ahorrado y algo más que nos prestaron los Laurent tomamos pasaje a Nueva York, y allí deambulamos por los muelles hasta hallar un barco que nos traiga hasta aquí. ¡Miren! *Regardez, Kalapakte*! *¡Kaste! ¡Kaste! Nous arrivons*! ¡Ahí están los primeros pingüinos!... ¿Cómo? ¿Alcas? ¿Y qué diablos son las alcas? ¡No me van a decir que esos no son pingüinos!

Capítulo 7
Carta de París

París, 28 de febrero de 1890

Mon cher Maneco,

Muchas gracias por tu carta del 2 del pasado mes, que he leído con el deleite de siempre, envíales mis saludos a nuestros *copains* y diles que espero que se den una vuelta por acá, pues los extraño mucho, y especialmente a ti. En realidad lo que más me gustaría sería poder visitarlos, debe ser que el invierno se me hace largo y me trae la nostalgia de nuestros largos veraneos, en la estancia o en el mar; pero mientras mi señor padre no me levante la interdicción deberá prolongarse mi exilio europeo. Mientras tanto, estoy tratando de convencer a Tatalo o Casto Damián de acompañarme al norte de África: Marruecos, Argelia, tal vez Egipto. Es lo menos que me merezco, tras haber dado término a la hercúlea tarea de desmantelar y embalar el enjaezado elefante blanco, por otro nombre Pabellón Argentino, que durante los últimos meses se bebió la leche de nuestros desvelos; y si bien considero que exagera el coronel Mansilla cuando lo acusa de haberse bastado él solito para causar la crisis económica, tampoco me atrevería a jurar que no haya contribuido a inclinar la balanza con su peso. En un principio se nos había dado la orden de dividirlo en lotes y subastarlo como chatarra: final a todas luces indigno, como el de ese majestuoso y fantasmal galeón llevado a su último fondeadero por un remolcador mezquino y mugriento, tal lo retrata la tela de Turner; pero la Providencia, encarnada en la figura del señor intendente de Buenos Aires, interpuso su mano salvadora, munida de los imprescindibles billetes, y tal parece que los más de seis mil bultos en que ha quedado troceado nuestro patrio pabellón viajarán en breve hacia la madre patria, cual hijo pródigo nacido en el extranjero.

Al que también parece que tendremos que desmontar y enviar de regreso en lotes es a nuestro común amigo Marcelito. La verdad es que el pobre me da pena: primero el lío aquel de las cartas cambiadas, que puso fin a su compromiso con la tontita de Justita; de buena se salvó, fue mi primer pensamiento, pero el pobre andaba desconsolado; después, la noticia de las cuantiosas pérdidas de su padre en el juego de la bolsa, y la novedad que de ahí en más debía afrontar el desafío de seguir dándose la gran vida en París con el sueldo de la embajada, ante la cual noticia no tardó en empacar sus armiños y mandarse a mudar su querida; y ahora este duelo del que salió tan mal parado, con perdón del buen chiste. Lo más gracioso del asunto es que se le metió en la cabeza que la culpa de todo la tienen unos indios con los que se había topado por aquellos días, exhibidos en una jaula a pocos pasos del Pabellón Argentino: asegura que la vista de aquellos pobres diablos lo había turbado hasta tal punto que se confundió de sobres, aunque a veces va más lejos y asegura que los indios le echaron algún maleficio, la cosa es que desde ese momento les tomó ojeriza y hasta trató de hacer cerrar la carpa donde los exhibían, alegando que su proximidad iba en detrimento de nuestros esfuerzos por presentar una imagen del país acorde con el gusto europeo. ¡Cómo da la lata Marcelito con el gusto europeo! Lo que es yo, te aseguro que desde su llegada traté de instilárselo por todos los medios, pero fue en vano: lo único que le interesaba era meterla en cuanto agujero se le pasara por delante, siempre que fuera femenino, y no era capaz de dar dos pasos sin tropezar con su tercera pierna. *Eh bien,* cuando bajen a dos tal vez consiga andar derecho. *Pardon, pardon,* ya sé que no debería hacer bromas al respecto, pero... *C'est l'ennui! Ce monstre délicat!* Me aburro en París, *mon bel ami*, me aburro mortalmente. Tú me dirás que peor es aburrirse en Buenos Aires, y yo no podría estar más de acuerdo: pero el tuyo es un aburrimiento esperanzado, pues todavía puedes soñar con París; en cambio, a mí, ¿qué sueño me queda? *Je suis l'Empire à la fin de la décadence.* Para colmo de males no paran de lloverme cartas de Jorgito, que se acusa de todo e implora noticias de su querido amigo, que ha dejado de contestarle las suyas. ¡Qué tedio! Bien administradas, las propias culpas pueden tener algo de voluptuoso, pero no hay nada más monótono que las culpas ajenas. Eran condiscípulos de mi hermano Juanjo, los dos, y más de una vez cuando venían a casa nos cruzamos en algún corredor, con el Jorgito, y era como palomita torcaza en la mano: asustadizo pero nada arisco —te paso el dato por si te sirve. Marcelito, en cambio, no entiende de placeres sutiles. Debo confesar que lo alenté y hasta lo secundé en sus correrías, con la secreta esperanza de que los chismes sobre nuestros excesos llegaran a oídos de mi padre y este los tomara como indicio cierto de mi pronta enmienda; y un poco por eso y otro poco para no aburrirme me propuse hacerle de Pigmalión y pulirlo, en la medida de lo posible; pero lo que nunca pude hacerle entender es que el perfecto acabado del caballero sudamericano debe incluir alguna traza de rastacuerismo, pues de lo contrario la admiración de los franceses será, como mucho, la acordada a una falsificación perfecta. Con nuestro pabellón pasó algo parecido: quiso posar de galo y no pasó de galicismo. "*Une vraie françoiserie*" fue el único comentario que le pude arrancar a M. de Goncourt en el curso de su visita —se ve que quiso hacer un juego de palabras con "*japonaiserie*" pero muy bien no le salió; en fin, si es verdad que "*L'homme de génie n'a jamais d'esprit*", como afirma M. Zola, la genialidad de M. de Goncourt y, por qué no, del mismo M. Zola, están fuera de toda duda. Por eso sostengo que no nos hubieran venido mal un par de indios, aunque no, seguramente, de los que tanto turbaron a nuestro atribulado compañero: debo confesarte que movido por la curiosidad me hice una escapada para verlos y quedé decepcionadísimo. Fue todo uno, estar frente a ellos y evocar las palabras de Lear: "*L'homme n'est donc rien de plus que ceci? Toi, tu es la créature même: l'homme au naturel n'est qu'un pauvre animal, nu et bifurqué comme toi*". "*Tu es la créature même*", he ahí el problema: esos indios eran tan reales que no parecían verdaderos. Una vuelta, en casa del maestro (y respondiendo a tu pregunta, sí, sigo siendo el único sudamericano en ser admitido a sus exclusivos *mardis*) saltó el tema de la autenticidad de los productos de la Exposición Universal, a partir de un comentario del ofídico Whistler, que sugirió que la *Histoire de l'habitation*, que se desplegaba a ambos lados de la Torre, "era una inmejorable ilustración de la ininterrumpida marcha del buen gusto francés, desde la cabaña de la Edad de Piedra al Palais Garnier", a lo cual Huysmans replicó que era justamente el toque francés y de *décor d'opéra* de las creaciones de M. Garnier y otras tantas de la Exposición lo que las volvía auténticas, y la discusión fue y vino hasta que el maestro, que hasta entonces no había soltado prenda, interpuso su críptico pero definitivo "nunca podrán cerrarse sobre las piedras del palacio las páginas del libro".

Claro que nuestro amigo Marcelo no estaba para discusiones estéticas, habiéndose empeñado en una nueva campaña del desierto para limpiar a la Exposición Universal de indios; ya casi había convencido al embajador de formalizar una queja cuando le ganaron de mano, aunque por motivos bien diferentes, los misioneros ingleses. Parece que de paso por la Exposición se toparon con los indios y lograron hacerse entender lo suficiente como para averiguar que habían sido traídos contra su voluntad y eran retenidos por la fuerza —como si los barrotes de la jaula no fueran lo bastante elocuentes al respecto. No conozco al detalle la secuencia de los hechos; por lo que sé fueron primero a patalearle al dueño del circo, que los habrá mandado donde te imaginas, luego a las autoridades de la Exposición y después al Pabellón Chileno, donde se los sacaron de encima con la pregunta, muy atinada por cierto, de qué certeza tenían de que los indios fueran chilenos y no argentinos, así que así como estaban se vinieron para el nuestro, donde me tocó atenderlos. Apenas entendí de qué se trataba los mandé al piso de arriba para hablar con Marcelito, que a la sazón se hallaba también presente: los gritos retumbaron en el pabellón entero, y no habían pasado cinco minutos cuando vimos salir a los ingleses lívidos de furia. Deben haber ido directo a la policía, que se presentó esa misma noche para encontrarse con la jaula abierta y los antropófagos correteando cual manada de guanacos por el predio de la Feria. Y acá viene lo más divertido: a la mañana siguiente, casi mediodía por cierto, sube Marcelito a su despacho y siente un olor familiar, como de catinga de negro o asafétida. Sus ojos se desvían hacia el denso cortinado de cueros de vaca y vellocinos, se acerca con creciente agitación y lo descorre con un movimiento enérgico para encontrarse con una india vieja, con una chiquilla abrazada a su pecho, las dos mirándolo con ojos empavorecidos, y como si esto fuera poco un perro piojoso que gruñe y le muestra los dientes. Marcelito bajó casi rodando por las escaleras, llamando a gritos a la policía, me contaron los chinos de la guardia, medio compungidos: parece que todas las noches cuando cerraba la Feria el pabellón volvía a abrir sus puertas y tenían pase libre las putas, los macrós y los tahúres, y en alguna de esas idas y venidas se habrán colado las indias. Marcelito les gritó cuantas guarangadas conoce, que no son pocas, y amenazó con mandarlos fusilar por abandonar su puesto, pero después los dejamos ir con una reprimenda: a fin de cuentas esa iba a ser la única oportunidad de sus vidas de disfrutar París y la *chinoiserie* también tiene derecho a divertirse. A los indios lograron recapturarlos a todos, o casi, y aduciendo las molestias y el riesgo clausuraron el espectáculo y el empresario se los llevó a Londres, como si quisiera refregárselos a los misioneros ingleses, que recogieron el guante y a través de su Foreign Office siguieron haciéndonos la vida imposible, provocando con cada nuevo telegrama renovados paroxismos en nuestro amigo Marcelo —el señor embajador lo había encargado del asunto, a sugerencia mía. Ya sé, ya sé, no debí haberlo hecho, sobre todo en vista de las consecuencias, pero bien sabes que cuando el diablo me tienta no puedo contenerme. La cosa pareció apaciguarse por algún tiempo, hasta que a mediados de este mes cayó la bomba: indios y patrón habían sido arrestados en Bruselas y se nos reclamaba ahora, a nosotros y a los chilenos, que nos ocupáramos del problema. Según constaba en la declaración del susodicho, los indios habían sido capturados en San Sebastián —o sea de nuestro lado— y embarcados en Punta Arenas —o sea del de ellos—; así, los chilenos argumentaban que los indios eran argentinos, y por ello nos tocaba a nosotros cargar con el paquete; nuestra posición era que al ser embarcados en Punta Arenas, y con permiso de las autoridades chilenas, la responsabilidad de repatriarlos caía sobre ellos. A la tercera visita de los ingleses Marcelito se sacó definitivamente de las casillas y los arrastró hasta un fiacre que paró en la vereda y de ahí a la legación chilena; yo me colé a último momento porque intuí que podía haber jaleo.

Por el camino entretuve a los ingleses con frases amables y vacuas, tratando de tapar las de Marcelito que mascullaba entre dientes chilenos hijos de puta, ahora me van a oír ya saben dónde se pueden meter a sus indios de mierda y otras guarangadas por el estilo que se puso a repetir a los gritos en el despacho del secretario Francisco Villalobos, un joven muy cortés y de una belleza que quita el aliento, tanto que yo estaba a punto de ofrecerle que nos quedábamos con los indios si aceptaba cenar conmigo, pero antes de que pudiera formular mi propuesta ya se habían ido a las manos y Marcelito lo retaba a duelo.

Asistía al chileno el derecho a elegir las armas, y eligió pistolas. Mal pronóstico: Marcelito se lleva mucho mejor con los aceros, como sabemos. Quedamos para la madrugada del día siguiente, en el Bois, a quince pasos. Como sacamos la pajita más corta, al chileno le tocó disparar primero. Lo acomodé a Marcelito como cuchillo de filo, con el brazo doblado cubriéndole el costado, y me alejé lo más que pude, porque al chileno le temblaba tanto el suyo que era capaz de salirle para cualquier lado el tiro. Y así fue: apuntó tan bajo que le voló la rodilla izquierda al pobre Marcelo, y ya no hubo más tiros. Mientras el médico lo examinaba y le practicaba las primeras curaciones, Casto Damián y yo nos fuimos a parlamentar con los chilenos; con los padrinos, porque el apuesto duelista se había ido a vomitar tras unos árboles y lloraba como un chico: mi primer impulso fue ir a consolarlo, pero recapacité y decidí dejarlo para mejor momento. Los chilenos se daban por satisfechos en lo que al honor respecta; yo les dije que con el honor no nos metíamos, pero si querían evitar un incidente diplomático que terminara en guerra íbamos a tener que discutir un par de cositas. El acuerdo fue el siguiente: a Marcelo lo hirieron en un atentado anarquista —vienen como anillo al dedo en estos días, los anarquistas, para cargarles cualquier muerto— y los indios eran declarados ciudadanos chilenos de pleno derecho, quedando a cargo de sus legítimos representantes las gestiones y los gastos de repatriación al terruño; yo por mi parte me puse en contacto con un oficial de la policía belga, que es uno de los nuestros y se comprometió a poner a dos de sus mejores hombres a trabajar sobre el francés para convencerlo de que los suelte. ¡Pobre Marcelo! Los médicos concuerdan en que habrá que amputar, si se quiere frenar el avance de la gangrena. No tuvimos corazón para darle la mala noticia, cuando estaba en condiciones de comprenderla; ahora lo arrasa la fiebre y delira y desvaría, casi todo el tiempo sobre los indios y sus maleficios. De más está decir que de todo esto ni una palabra a él o los suyos: imagínate si llega a enterarse de que vendimos su pierna por el precio de seis pasajes de tercera para los indios, o tal vez siete — al parecer hay uno que falta, se escapó aquella noche y todavía no lo encuentran. En fin, que se ocupen los chilenos.

Y eso será todo por ahora, querido amigo, cuando tenga buenas o malas nuevas volveré a escribirte. Aunque en lo que respecta a Marcelito, como todo indica que en breve te estará llegando en encomienda, pronto serás tú el encargado de tenerme al día con las noticias.

Tuyo siempre,

Pedro Manuel Salaberry

Capítulo 8
La noche polar

Hace frío en el infierno
Las memorias del Dr. Frederick A. Cook,
descubridor del polo norte

Capítulo II: Mi primera noche polar.

Upernavik – El gobernador – El esquimal blanco – Atrapados en bahía Melville – Peary sufre un accidente – Los Acantilados Rojos – Los primeros esquimales auténticos – La noche polar – Atravesando el Gran Hielo – El regreso

Llegamos bajo el sol radiante de la dos de la mañana a Upernavik, el último asentamiento civilizado, es decir, con presencia oficial danesa, en la costa oeste de Groenlandia; por aquel entonces se reducía a cuatro casas y una iglesia de madera encaramadas sobre los peñascos, alrededor de las cuales se desparramaban las carpas y los iglúes de piedra de los nativos —los de nieve son viviendas apenas temporarias que levantan cuando viajan o van de cacería. Algunos nos observaban desde la costa, y entre ellos divisé uno cuyos rústicos atavíos no alcanzaban a disimular sus rasgos europeos. El gobernador Hovgaard subió a bordo para darnos la bienvenida y nos invitó a almorzar a su casa. Era un joven de mi misma edad, que había tomado posesión de su cargo apenas el mes anterior, tentado por un título que solo un destierro como aquel le podía otorgar; su particular orgullo y, pronto se haría evidente, su única ocupación visible, era llenar el impecable uniforme oficial y mantener el puntilloso protocolo como si se hallase en un elegante despacho de Copenhague, en lugar del borde mismo de la Ultima Thule. Excusándose de no poder agasajarnos como correspondía, por no haber tenido aviso de nuestra visita, descorchó una botella de Liebfrauenmilch "para brindar por mis ilustres visitantes" y presentó a la señora Peary un bouquet de flores silvestres atado con una triple cinta roja, blanca y azul, en honor a nuestra bandera. Un año después, cuando volvimos a pasar por allí, había quedado reducido a un despojo trémulo estragado por el escorbuto y la espera, que no hacía más que vagar por la costa escarchada oteando el horizonte en su uniforme raído y lleno de manchas, escoltado por una nativa que portaba en su capucha un bebé de tez clara y ojos azules sobre el cual los incrédulos ojos del gobernador Hovgaard dejaban caer de tanto en tanto la corroboración de su paternidad despavorida. "Pensé que ustedes eran mi barco", murmuraba al borde de las lágrimas, "pensé que eran mi barco".

En el transcurso de la comida le pregunté por el esquimal blanco que había avistado desde cubierta: me contó que había llegado en el primer ballenero de la temporada, acompañado por uno verdadero, y que ambos esperaban pasaje al norte para que este pudiera reunirse con los suyos. Le había ofrecido al joven Karl, que así se llamaba, una de las cabañas deshabitadas, invitación que naturalmente no estaba en condiciones de extender a su cobrizo amigo, por lo que aquel declinó el privilegio y ahora ocupaba con este uno de los iglúes de piedra. Si lo que nosotros estábamos buscando, añadió, eran esquimales auténticos que nos enseñaran a sobrevivir en el extremo norte, era lo mejor que podía ofrecernos —hasta venía con intérprete incluido. Los demás, dijo desestimándolos con el tono, no eran más que mestizos: corrompidos por el alcohol y la vida fácil que les brindaba la tutela danesa, y por el comercio carnal con loberos y balleneros las mujeres, habían perdido las virtudes espartanas de sus ancestros, junto con todas sus habilidades y tácticas de supervivencia. Además, las tribus del norte, que vivían aisladas desde hacía siglos, hablaban un dialecto diferente, con lo cual ninguno de los locales nos serviría de mucho "allá arriba". El comandante Peary lo juzgó un hallazgo providencial: si lográbamos enrolar a ese nativo en nuestra expedición iríamos adelantando en el conocimiento del idioma y una vez establecida nuestra base del norte podría ayudarnos a encontrar y reclutar a sus congéneres. Y así fue que al día siguiente, cuando zarpamos, llevábamos a bordo a dos nuevos pasajeros.

Karl era oriundo de Frankfurt, de familia judía, y aunque se venía ganando la vida como obrero y marinero, igualmente podría haberse desempeñado como librero u oficinista: era inteligente y culto, y leía con voracidad todo lo que le pusieran en las manos; conversábamos en alemán, el mío algo oxidado por falta de uso; y en inglés, que él estaba aprendiendo, cuando teníamos compañía; para comunicarse con su amigo recurría a un francés veteado aquí y allá de español, inglés y el dialecto de los esquimales norteños. A mi pregunta por el origen de esta peculiar *lingua franca* contestó con un relato que hubiera juzgado inverosímil, de no serlo aún más la presencia de ambos en la orilla del mundo conocido: se habían encontrado en la Exposición Universal de París, donde Karl trabajaba en la construcción de la Torre Eiffel y su amigo Kalapakte era exhibido con sus semejantes en una jaula de la que logró fugarse, eventualmente; no pudiendo determinar cuál fuera su procedencia, Karl decidió llevarlo a lo de un experto, nada menos que el príncipe Roland Bonaparte, quien lo identificó como esquimal polar, y aquí estaban. Como yo había sido contratado en la doble condición de médico y etnólogo, me pareció una buena oportunidad para ejercitar mis aptitudes, y le pregunté si Kalapakte nos permitiría medirlo y tomarle unas fotografías. Se encogió de hombros, cuando Karl le tradujo: se ve que ya se estaba habituando a las peculiaridades de los *koliot*, como nos llaman en su lengua. Los citamos, pues, en la cabina principal, cuando hube desembalado mis aparatos de medición, y preparado su Kodak el comandante Peary, y le preguntamos si le molestaba desnudarse, lo que hizo sin trepidación, a pesar de que la señora Peary se hallaba presente. Su marido tomó sus fotos y yo mis medidas: resultó ser algo más alto que los promedios calculados por Klutschak y por Boas, aunque estos corresponden a los esquimales del oeste y del centro, respectivamente; a golpe de ojo, además, sus rasgos y delineación muscular tenían más de amerindio que de mongólico, aunque ello también admite mucha variación, pudiendo algunos esquimales pasar a simple vista por bella coola o kwakiutl y otros por chinos o japoneses; pero otra cosa eran las mediciones, claro —al menos eso creía. Acto seguido dimos comienzo al curso de *selk'nam*, como denominan a su particular dialecto; íbamos señalando las partes del cuerpo, las prendas, los objetos y él suministraba los términos correspondientes, aunque a algunos de estos últimos, claro, los nombraba en francés o en inglés, ya que no tenían equivalente en su lengua. También le proponíamos frases simples como "somos amigos", "venimos en paz" o "¿tienen comida?", aunque Peary se emperraba en construcciones del estilo "Soy el comandante Peary de la marina de los Estados Unidos y vengo en busca de hombres dispuestos a todo para hacer retroceder las fronteras de lo desconocido", que dejaban a nuestro informante sin palabras y a Peary mascullando algunas impublicables, tras las cuales solía levantarse ofuscado a salir a conferenciar con el capitán o evaluar el progreso de la nave. Los demás aprovechaban su ausencia para excusarse con distintos motivos, como ir a ver si aparecía alguna foca u oso polar sobre los cuales ejercitar la puntería, y al final solo quedamos Henson y yo. Es verdad que también nosotros pronto abandonaríamos el estudio del enrevesado idioma de Kalapakte, que no nos resultaría tan útil como esperábamos —al menos no creo que a Henson le haya servido nunca de mucho. A mí me sería de relativa utilidad en el futuro —pero de eso tendré ocasión de hablar más adelante.

Para ese entonces ya nos habíamos topado con el fatídico campo de hielo de bahía Melville, donde tantos barcos que buscaban el Pasaje del noroeste habían terminado sus días, atrapados y muchas veces triturados por sus gélidas quijadas. La banquisa se presentaba a veces delgada y lisa como una sábana bien estirada que el S. S. Kite, especialmente acondicionado para esta clase de navegación, cortaba con la soltura de una tijera de sastre, tanto que podíamos bajar al hielo y andar por delante de la proa en movimiento, charlando despreocupadamente como si se tratara de un paseo campestre; Verhoeff iba más lejos y se echaba en su camino para correrse a último momento, como los niños que juegan a acostarse sobre las vías cuando el tren se acerca; pero la más de las veces la costra se encabritaba en una aglomeración de grandes placas superpuestas, como los tejados de una gran ciudad vista desde una buhardilla, y tratar de atravesarla era como querer cruzar la ciudad caminando sobre los techos: una ciudad, además, que no sabía estarse quieta, pues cambiaba continuamente de forma por el embate de las olas y de los vientos, plegándose como un acordeón por la presión de los témpanos vecinos y de los icebergs que la atravesaban en todas direcciones como grandes castillos sueltos, o desgajándose en anchas grietas que tanto podían abrirse ante nosotros como las puertas del cuento árabe como cerrarse para impedirnos a la vez el paso y el regreso. En tales casos el Kite debía andar a los topetazos como un carnero, retrocediendo para tomar envión y avanzando a toda máquina para martillar el hielo hasta partirlo, o montarse en él y deslizarse por su superficie como un patinador hasta dar con una falla y quebrarlo con su peso. El avance era más lento de lo previsto: como si se hubiesen puesto de acuerdo, cuando el hielo se adelgazaba la niebla se espesaba y viceversa, y con la niebla había que detener la marcha por completo, pues al riesgo de los icebergs se sumaba el de los innumerables islotes rocosos que no figuraban en ninguna carta, muchas veces invisibles bajo la nieve y el hielo.

Una tarde, durante una de nuestras lecciones de *selk'nam*, penetramos en una vía de agua que parecía llevarnos directamente al mar abierto, y el Kite entró a navegar a todo vapor, hendiendo el hielo esponjoso y flojo como si fuera manteca; Peary, exultante, había subido una vez más a conferenciar con el capitán Pike, cuando sentimos un crujido y un grito ahogado y nos precipitamos todos a cubierta. Uno de los timoneles luchaba con la rueda mientras el otro sostenía a Peary, cuyo rostro estaba lívido y desencajado como una máscara partida al medio: el timón había chocado con un gran trozo de hielo, arrancando la rueda de la mano de los timoneles, y la caña del timón, girando bruscamente, había aplastado la pierna derecha de Peary contra las paredes de la timonera, fracturándole ambos huesos bajo la rodilla. Entre todos lo llevamos a la cabina principal, donde se la entablillé lo mejor que pude, tras administrarle una generosa dosis de morfina, y ahí mismo le improvisamos un camastro, y otro a su lado para la señora Peary, pues no había modo de llevarlo a su cabina. La pregunta que todos nos hacíamos, ahora, era si este accidente no traía aparejado el fin de nuestra empresa. ¿Podría un rengo atravesar el Gran Hielo corriendo detrás de un trineo de perros? Aunque la última palabra, en esto como en todo, la tendría Peary, yo sabía que mi opinión de médico sería decisiva. La fractura era de las buenas, los huesos no se habían salido de lugar, y como debíamos pasar al menos seis meses en el campamento antes de acometer el cruce del Gran Hielo, supuse que para entonces ya estaría sana. El problema era si surgían complicaciones: una vez que el Kite nos desembarcara en el punto elegido y emprendiese el regreso quedaríamos aislados por un año al menos, sin posibilidad de asistencia alguna. Informé de esto a los Peary: estuvieron de acuerdo en seguir adelante.

El viaje transcurrió sin otros incidentes, salvo alguna que otra distracción para aliviar el tedio: un día apareció el largamente esperado oso polar, un hermoso ejemplar joven cuyos ojos, nariz y garras color carbón hacían nítido contraste con el pelaje color crema, galopando incauto hacia ese objeto nunca visto, sin advertir o más bien entender los diez o doce rifles que lo apuntaban; unos pasos antes de estar a tiro una gaviota sobrevoló su cabeza y pegó un brinco como jugando a atraparla, tan inocente era de la suerte que lo aguardaba. El primer disparo abrió un largo surco rojo en su cabeza, el segundo dio en una de sus patas delanteras, inutilizándola. Se paró en seco, pegó media vuelta y cayó de bruces; enseguida empezó a correr hacia el agua y, a medida que las balas entraban en su carne, a arrastrarse, dejando sobre la nieve un largo reguero bermejo. Fue Gibson, quien había saltado del barco apenas empezaron los disparos, el que le dio el tiro de gracia, enterrándole a corta distancia una bala en el cuello; tras él saltó Kalapakte cuchillo en mano, y se puso a bailotear alrededor de la bestia agonizante, presa de una excitación incontenible. Acabados sus estertores comenzó a cuerearlo y luego, entre las nubes de vapor que exhalaba su carne, a cortar el enorme corpachón en trozos, detectando siempre el punto justo donde la hoja del cuchillo podía atravesar las articulaciones limpiamente: esa noche las felicitaciones se repartieron entre él, Gibson y Henson, que había preparado el guiso. Le pedimos consejos sobre la mejor manera de preparar la piel, que los esquimales usan para hacer sus abrigados pantalones; tras una serie de preguntas y respuestas en la lengua que compartían, Karl nos explicó que la preparación de las pieles era tarea de las mujeres, que tras secarlas al aire y al fuego y rasparles la carne y la grasa las masticaban del lado del cuero, una y otra vez, durante días, hasta dejarlas blandas como la gamuza; Verhoeff, tratando de hacer una gracia, le preguntó a la señora Peary si prefería empezar por la pata o por las orejas y esta se levantó ofendida y salió de la cabina: ya comenzaban las tensiones que tan difícil harían la convivencia durante la larga noche que nos esperaba.

Los hielos nos cerraron definitivamente el paso a la altura de la bahía McCormick, y dedicamos dos o tres días a recorrer la costa en bote, buscando el lugar más adecuado para establecer nuestro campamento, habida cuenta de que deberíamos pasar allí un año al menos. Nos decidimos, finalmente, por un punto que bautizamos los Acantilados Rojos, y una vez que desembarcamos todo lo nuestro el Kite partió, haciendo sonar sus sirenas, dejándonos librados a nuestra suerte y pericia. Levantamos una casa de madera de dos habitaciones: una pequeña para los Peary y otra mayor que hacía las veces de cocina y comedor e incluía las cuchetas de "los muchachos", como nos llamaba la señora Peary. Los dos nuevos reclutas se acomodaron en una carpita que levantamos al reparo de la pared trasera; abrigados ambos por una gran capa de pelaje espeso a la que Kalapakte sumaba un bonete de piel color ceniza, y el calor adicional de los dos enormes terranovas de los Peary, se las arreglarían bastante bien hasta que empezaran los verdaderos fríos, cuando podrían construirse un iglú y, de paso, enseñarnos cómo hacerlo.

Dos semanas después salimos en viaje de exploración en una de las balleneras, dejando al cada vez más intratable Peary al cuidado de su esposa y de Henson; Astrup, por su parte, se quedaría para realizar sobre sus esquíes reconocimientos en los alrededores. En una de las islas de la bahía logramos cazar una buena cantidad de patos, tantos que Gibson y Verhoeff se pusieron a discutir quién era el que más había abatido, hasta que Verhoeff tuvo la mala idea de acusar a Gibson de mentiroso y Gibson la peor de arrojar al agua a Verhoeff. Por suerte había una playa de arena cerca, con suficiente resaca y líquenes para hacer un fuego a cuyo rescoldo pudimos asar los patos y secar, en parte, al aterido Verhoeff; tras comer hasta hartarnos todos, salvo nuestro húmedo amigo que tiritaba junto al fuego, nos echamos a dormir a pata suelta. Nos despertó un grito suyo, alertándonos de la presencia de un oso que atraído sin duda por el olor de la comida merodeaba nuestro campamento; pero lo que finalmente apareció en la mira de nuestros rifles fue una pequeña cabeza morena cubierta de largo cabello enmarañado, seguida de un cuerpo menudo enteramente enfundado en ajustados vestidos de pieles. Le ofrecimos un trozo del pato pero no se atrevía a acercarse, aunque se veía que se moría de ganas de hincarle el diente. Entonces se adelantó Kalapakte, hablándole en su lengua mientras blandía la suculenta presa crujiente. Inmediatamente se iluminó el rostro del otro, que contestó con otro torrente de palabras, tomó de sus manos el trozo de pato y desapareció tras los peñascos, lo que nos dio gran contento, especialmente a Karl, que creía ver cumplido su sueño. Le preguntó a Kalapakte si lo conocía, y este negó vehementemente; si se trataba de una tribu vecina, dijo que no le parecía; finalmente, cuando le preguntó de qué habían hablado, Kalapakte dijo no tener ni idea. ¿Quieres decir que esta tampoco es tu gente?, gimió Karl incrédulo, y Kalapakte sacudió la cabeza. *Son name esta Ikwa,* dijo finalmente con una gran sonrisa.

Reapareció Ikwa, al cabo de un rato, acompañado de su mujer, Mané, y dos niñas, Anadore de dos años y Noya de seis meses; su perro, su carpa, kayak, trineo y demás utensilios; y tras acabar con los patos y conversar un rato más con nuestro "intérprete" aceptaron subir en el bote con todo y encaramos el regreso. Gibson y Verhoeff, hermanados por el remo y el disgusto, habían depuesto sus diferencias para echar pestes contra Karl, acusándolo de habernos engañado, haciéndonos perder el tiempo estudiando una lengua inútil y zampándose nuestras preciosas provisiones; Karl estaba tan abatido por su fracaso y el fin de sus esperanzas —ya no había más al norte más esquimales— que remaba sin decir palabra; Kalapakte por su parte seguía charlando animadamente con Mané e Ikwa, como si el asunto no lo concerniera en absoluto. Con los años he llegado a la conclusión de que hacía rato que sabía que habían errado el rumbo, pero por delicadeza no le decía nada a su amigo. El problema, de todos modos, era serio: si Peary llegaba a enterarse los desterraría inmediatamente del campamento, sin importarle en lo más mínimo que ello equivaliera a condenarlos a una muerte segura; además tendría palabras duras para conmigo, llamándome etnólogo de pacotilla incapaz de distinguir un esquimal de un etíope y otras lindezas por el estilo. Les propuse, entonces, a mis compañeros, hacernos los tontos mientras fuera posible, recordándoles que ellos se habían hecho la rabona de buena parte de las lecciones, que ni Karl ni Kalapakte tenían motivos para engañarnos, no representando para ellos ninguna ventaja quedar varados en el Ártico durante más de doce meses; en cuanto al sustento, seguramente los esquimales, ahora que empezaban a acercarse, los ayudarían a procurárselo. A regañadientes dieron su acuerdo: Verhoeff estaba dispuesto a aceptar cualquier cosa que fuera en menoscabo de Peary, y a Gibson, habiéndose reconocido con Kalapakte en la gran hermandad de los cazadores, poco se le daba de dónde proviniese; Karl, cuando le comuniqué nuestra decisión, se deshizo en agradecimientos.

Engañar a Peary no sería difícil; nunca en su vida prestó a los esquimales más atención de la imprescindible, a pesar de que llegaría a tener entre ellos mujer e hijos; eran, como todos nosotros —y esto incluía, me temo, hasta a la mismísima señora Peary—, instrumentos que le permitirían alcanzar su objetivo, y si detenía en ellos la vista era como lo haría sobre los esquíes del trineo o la salud de los perros. Su esposa era más despabilada, pero seguramente su atención se concentraría en aprender de Mané las técnicas de tratar las pieles y hacer los vestidos. Astrup, por su parte, cuando no andaba dando vueltas con sus esquíes apenas podía apartar los ojos embobados de Peary. El mayor peligro era Henson: a pesar de que Peary lo trataba como su "muchacho" de color, o quizás precisamente por eso, Henson lo servía con celo furibundo: no porque tuviera alma lacayuna, sino todo lo contrario: sabía que solo gracias a Peary había sacado la cabeza del arroyo, y que sin él volvería a hundirse en él, irremediablemente. Como sabía que Peary lo tenía en menos —nunca, en los veinte años que viajaron juntos le dio el liderazgo de una expedición, y llegó a escribir que los negros pueden ser fieles seguidores pero pésimos conductores— Henson se agarraría de cualquier oportunidad para demostrarle lo que valía. Nunca se privaría de desenmascarar una conspiración en su contra. O al menos yo así lo creía.

Por el momento, de todos modos, la algarabía que produjo la llegada de nuestra primera familia de esquimales aventó toda sospecha: Mané se instaló con las niñas en la casa de madera para ayudar a la señora Peary en el tratamiento de las pieles, lo que como Kalapakte nos había anticipado consistía básicamente en masticarlas hora tras hora y día tras día, e instruirla en la confección de los vestidos; Ikwa por su parte nos enseñaba a rastrear el reno y el buey almizclero, el zorro polar y la liebre, a navegar en kayak y manejar el trineo. A instancias mías Kalapakte se le pegó como estampilla, para ver si aprendía: la parte de la caza le salió bastante bien, al kayak no quiso subirse y al primer intento con los trineos se enredó con las correas y cuando Ikwa dio la señal de partida casi se ahorca con ellas; sus animales, que tenían más de lobo que de perro, no se dejaron engañar por el falso esquimal y lo cribaban a dentelladas cada vez que intentaba ponerles los arneses, y solo el látigo del verdadero impidió que lo devoraran vivo.

Al helarse la bahía comenzó la temporada de focas, e Ikwa nos mostró cómo acecharlas al borde de los respiraderos: había que sentarse durante horas con el arpón en alto sin moverse ni hacer ruido, y clavárselo en la cabeza apenas asomaba el hocico, procurando que la bestia herida no lo arrastrase a uno bajo los hielos: entre nosotros, solo el eximio cazador Gibson logró dominar la difícil técnica, y eso al cabo de muchos yerros; Kalapakte, en cambio, atrapó su primera foca al cabo de una semana, y tanto gusto le tomó al asunto que siempre podía vérselo inmóvil como una estatua al borde de algún respiradero, envuelto en todas las pieles de que disponía, mientras su amigo zapateaba y resoplaba, a cierta distancia para no hacer ruido. Fabricó, además, una honda para abatir aves, y mientras duró la luz pudieron añadir patos, alcas y perdices a nuestra dieta; y también un arco con sus flechas, para lo cual le regalamos, a escondidas de Peary y Henson, una larga vara de tejo, de las reservadas para los trineos y las herramientas. Comenzó por cortarla de su misma altura, pasando luego a desbastarla con un raspador de hierro, haciendo cada tanto una pausa para calentarla a la débil llama de la lámpara y arquearla para acentuar el alabeo; el acabado incluyó una sucesión de acanaladuras de afiladas aristas, como de columna dórica. Para la cuerda recurrió al tendón de la pata delantera de un gran reno macho abatido en el verano por Gibson, que retorció en una trenza muy ajustada y ató a ambos extremos del arco, para que al secarse lo tensara en su curvatura definitiva. Utilizó la madera sobrante para los astiles de las flechas, raspándolos con una valva de almeja afilada hasta dejarlos derechos como husos, y emplumándolos con pluma de ganso a la que había arrancado las barbas inferiores. Lo más fácil fue el material para las puntas: le bastó con los pedazos de una botella rota. Golpeándolos con un percutor les daba una forma aproximada; luego tomaba dos varillas, una larga de punta roma, otra corta y más fina, que se había fabricado con los huesos del mismo reno: con la primera fue martillando cada trozo de vidrio con sumo cuidado, desprendiendo fragmentos cada vez más pequeños, hasta darle la forma de un triángulo isósceles, con un corto pedúnculo en la base; con la segunda no golpeaba sino que hacía presión, desgajando escamas diminutas hasta liberar del vidrio roto una gema facetada y traslúcida, que encajaba en la muesca del astil y amarraba con un tendón pacientemente masticado que al secarse la sujetaba con firmeza. Había aprendido este arte tan sofisticado de su padre, famoso artesano de la tribu, nos contó cuando le preguntamos. Entre los que asistimos a las distintas etapas de este proceso estaba Ikwa, que lo siguió con atención absorta, como si le viniera en un sueño; los inuit de otras regiones habían conservado el uso del arco y de la flecha, pero los de las circumpolares, sin acceso a la madera, lo habían perdido, aunque no olvidado, pues subsistía en sus relatos y leyendas; la expresión de su rostro era la de quien ha crecido escuchando relatos que incluyen algún objeto misterioso y mítico, el Santo Grial, la lámpara de Aladino, y un día mágicamente lo ve materializarse ante sus ojos. Kalapakte lo instruyó en su manejo, fabricando unas flechas terminadas en puntas de cuero, para practicar sin dañar las preciosas de vidrio, y se pasaban horas tirando juntos. Se lo ofreció, finalmente, a cambio de unas pieles, unas tajadas de carne y piel de morsa, la lámpara de aceite y unas raciones de carne de foca podrida y llena de gusanos que este había escondido el verano pasado bajo unas piedras y que ambos devoraron con delectación de *gourmets* mientras los demás nos esforzábamos por contener las arcadas. Desde el comienzo habían congeniado, manteniendo la costumbre de conversar animadamente cada uno en su lengua, y con el correr del tiempo era evidente que se iban entendiendo; de hecho Ikwa nunca perdió la convicción de que Kalapakte era uno de los suyos, tal vez de alguna tribu de allende el Gran Hielo, sobre el cual ningún esquimal se aventuraba, o de las islas del lado americano de la bahía; y su convicción hizo mucho por aventar cualquier posible sospecha de Henson y los Peary.

Con el avance del frío Ikwa pudo enseñarnos a fabricar los iglúes. Lo primero era encontrar nieve de la consistencia adecuada: si cercana a la del hielo no podía cortarse; si aguachenta y floja, las paredes no se sostenían. Separaba los bloques con un cuchillo de hueso dentado con mango de marfil, una pieza única y de gran belleza; Peary, apenas puso los ojos en él, ofreció cambiárselo por un vulgar serrucho curvo de esos que se venden por cincuenta centavos en cualquier ferretería y que Ikwa, tras probarlo, aceptó encantado. Karl quiso advertirle del engaño, pero yo le murmuré en alemán que se callara: bastante tenía ya con mantenerlos a él y a su amigo a cubierto de las sospechas de Henson, y además la nueva herramienta le permitía a Ikwa realizar la tarea en la mitad del tiempo: los esquimales no eran ni tontos ni ingenuos; apenas demoraban la vista en las telas, los espejos, las cuentas de colores que desplegaba ante ellos la señora Peary, pero se les iba tras el hierro y la madera, mucho más valiosos, por escasos y por útiles, que el marfil y las pieles. Aun así, era notorio que Peary se aprovechaba de las condiciones del intercambio: nada le hubiera costado entregar cinco palos de madera, en lugar de uno, por cada elegantemente retorcido cuerno de narval; tres aros de barril, en vez de uno solo, viejo y oxidado, a cambio de una bellísima cabeza de arpón, tan blanca y pulida que parecía un chorro de leche congelado en plena caída.

El patrón se repitió con los demás esquimales que empezaron a llegar en sus trineos cuando el estrecho de Smith terminó de congelarse: Kayunah con su esposa Makzangwa y la hija de ambos, Tookymingwah; Kyo, el hermano de Ikwa, y su hijo Keshu; la viuda Klayuh con sus dos hijas; y Mahoatchia y Mekhtoshay el tuerto, famoso cazador de osos, con sus respectivas esposas, Inaloo y M'Gipsu, que intercambiaban anualmente. Ikwa y Kayunah fueron los que hicieron el mejor negocio: cambiaron sus carpas de verano y sus kayaks, que no necesitarían hasta la primavera siguiente, por un rifle para cada uno y suficientes cartuchos para abatir a todas las focas que necesitaban para hacerse otro kayak y otra tienda; Kyo ofreció dos perros a cambio de otro, pero no lo obtuvo hasta que agregó el trineo, varios colmillos de morsa y una lámpara de piedra, mientras que los demás debieron conformarse con una serie de herramientas como cuchillos, serruchos y taladros de hielo. Peary había tomado el encargo de recolectar artefactos y restos humanos para la Exposición Colombina de Chicago, que conmemoraría el Cuarto Centenario del Descubrimiento de América; le habían pedido, además, que se trajera algunos esquimales vivos, para exhibirlos acompañados de sus artefactos típicos y de los animales que pudieran suministrar los zoológicos en préstamo. Karl y Kalapakte aceptaron sin dudarlo, pues de lo contrario quedarían varados para siempre en tierra desconocida, a ellos pronto se sumaron Kyo y Keshu: el padre andaba la mar de contento con la noticia y se la pasaba hojeando nuestras revistas para enseñarle al hijo todo lo que verían.

El otoño trajo furiosas tormentas, intensas nevadas y vientos monótonos y continuos. Los días eran todo crepúsculo: el sol, cuando se hacía visible, era para asomarse apenas, describir un breve arco en el cielo y ocultarse nuevamente; con el tiempo emergía solamente la mitad de su disco, después un borde de uña y finalmente un espectro, porque lo que veíamos no era más que un espejismo proyectado por la atmósfera saturada de cristales de hielo. El último día me encontró con los esquimales en la helada orilla, la vista fija en la muesca postrera, y cuando esta terminó de hundirse tras los hielos se elevó un lamento general que parecía provenir menos de las gargantas de los presentes que de la tierra misma: el sol se había ido y hasta dentro de tres meses no volveríamos a verlo. Un velo de ceniza había caído sobre el paisaje aterido, donde apenas podían vislumbrarse en la penumbra las siluetas de los iglúes, las hondonadas y curvas de la nieve azul que amortajaba la tierra, las placas del hielo marino quebradas y apiladas como lápidas en un antiguo cementerio. Aquí y allá se destacaban sombras violáceas, algunas acurrucadas, las cabezas ocultas en sus capuchas, otras erguidas, con los brazos extendidos, congeladas en el gesto de llamar al que se iba. El aire denso y sombrío, casi líquido de tan frío, se veía surcado de lamentos, arrullos y gemidos. Así será, pensé en aquel momento, cuando los últimos hombres se congreguen a las orillas de un mar blanco y duro, en algún desierto ecuatorial que será, como este, un desierto de hielo, a decir adiós al sol que se apaga para siempre. Entendí entonces que el mundo no desaparecerá en una gran conflagración, como temen y tal vez anhelan los cristianos, ni en una apoteosis de sonoridades wagnerianas como la que los nórdicos asignan retrospectivamente a sus ancestros, sino que se apagará gradual e inexorablemente como una lámpara que se va quedando sin aceite.

Con la llegada de la noche polar los esquimales entran en un prolongado período de duelo, en el cual rememoran con minucioso dolor las pérdidas y calamidades ocurridas desde el invierno precedente. Sería inexacto decir que recuerdan a sus muertos, porque lo que hacen es comunicarse directamente con ellos: cada una de sus llamadas, risas, invocaciones y súplicas está dirigida a una sombra querida, a la cual le cuentan todo lo acaecido en el año, los nacimientos, las muertes, las grandes cacerías y las hambrunas, disimulando el propio dolor para llevarles alegría y consuelo, como quien ríe y bromea con un enfermo sin cura. Porque con la diferencia entre la noche y el día se borra también la frontera entre el mundo de los vivos y el de los muertos, y los espíritus que habitualmente solo nos visitan en sueños salen a vagar por los hielos. En su mundo la tarea de hablar con los muertos recae sobre las mujeres, como la de llorarlos en el nuestro: a lo largo de la costa, apostadas sobre las rocas que daban al agua abierta, o inclinadas sobre las vías retintas que surcaban la banquisa, las que habían perdido a algún ser querido bajo las aguas cantaban, susurraban o cuchicheaban acompañando el acompasado chapaleo, pues una vez que la superficie del agua se congelara del todo las almas de quienes así perecieron quedarían aisladas bajo el hielo hasta la primavera. Mientras recorría la orilla reconocí a Klayuh, parada detrás de un peñasco sombrío, el rostro vuelto hacia los últimos rastros lavados del crepúsculo. Grandes lágrimas redondas como las de las focas rodaban por su rostro, mientras canturreaba con voz queda. Su marido había sido arrastrado por la línea del arpón hacía cinco lunas, pero no era a él a quien le hablaba, sino a la hija de dos años que se había visto obligada a asfixiar, pues teniendo otras dos que alimentar ningún hombre la tomaría por esposa mientras llevara una tercera en la capucha.

Mientras las mujeres llenaban el aire exterior de lamentos, en los iglúes los hombres celebraban los eventos más significativos del año con cánticos y danzas a la luz mortecina de las lámparas de aceite. Las encendían a comienzos del invierno y no las apagaban hasta la primavera, llenándolas diariamente de aceite de foca o de ballena —el preferido es el de narval, que da una llama alta y limpia, que humea apenas— y cambiándoles cada tanto la mecha de musgo. A su luz errática y parpadeante cada figura proyectaba sobre las paredes del iglú grotescas sombras ebrias: algunos lloraban desconsoladamente, otros prorrumpían en carcajadas histéricas o bailaban y se bamboleaban, a veces poniéndose de pie y tambaleándose como borrachos, otras oscilando de la cintura para arriba como algas en la marea. Las mujeres a su vez regresaban de la playa, purgadas de pena, se secaban las lágrimas y sonriendo débilmente se abocaban a sus tareas. Recuerdo haber sentido un poco de envidia: hubiera querido hablarles con la misma familiaridad a Elizabeth y a nuestra criatura, como a veces había hecho en sueños pero sin la ilusión de creerme junto a ellas para despertar al desengaño de su ausencia. Mi pena, tal vez por no alcanzar el paroxismo, nunca terminaba de consumirse; los nativos, en cambio, acabados sus transportes de dolor se sumergían en un profundo letargo del que regresaban al mundo de los vivos con renovados bríos.

Pronto comenzamos a sentir los efectos adversos de la oscuridad permanente; cada mañana nos daba más trabajo levantarnos de la cama, cada noche era más difícil conciliar el sueño. Día a día la comida se nos hacía más insípida, tragarla era un esfuerzo y digerirla una proeza. Las señas vitales se volvieron erráticas y confusas: las pulsaciones disminuían a una frecuencia cadavérica o se disparaban sin ningún motivo, se debilitaba la voluntad, se lentificaba el pensamiento, el menor esfuerzo nos quitaba el aliento. Nuestra piel se volvió pálida y verdosa, e hidrópicos nuestros cuerpos; los músculos se ablandaban y perdían fuerza. Las encías se hinchaban, las hemorragias nasales eran frecuentes y no había cómo detenerlas. Diagnostiqué una forma de anemia que precede al escorbuto, cuyas causas por aquella época todavía no habían sido claramente establecidas por la ciencia médica. Pero para algo debía servirme mi doble condición de médico y de etnólogo: observé que ninguno de los esquimales presentaban síntomas parecidos, a pesar de estar sometidos a la misma falta de luz y el mismo clima. Descartando una improbable inmunidad de origen racial, la única diferencia notoria entre ellos y nosotros era la dieta. La suya consistía en un 100% de carne y de grasa, un 70% de la cual consumían cruda o semicruda, mientras que la nuestra consistía en legumbres secas, conservas varias, harinas, carne bien cocida y pemmican. Le planteé mi hipótesis a Peary y la desechó con sorna y suficiencia: no éramos salvajes para revertir a la práctica de comer carne cruda. Por mi parte, a escondidas, comencé a hacerlo, y convencí a Gibson y a Verhoeff de imitarme —Kalapakte y Karl, que comían con los esquimales, tampoco exhibían ninguno de los síntomas, y hacia el fin de la noche polar todos nosotros estábamos mejor de salud que los que habían seguido la dieta Peary. La larga noche y el obligado encierro hacían cada vez más difícil la convivencia y sacaban lo peor de cada uno: Peary se iba poniendo cada vez más paranoico y colérico, su señora más puntillosa y pudibunda, Henson más servil y fisgón que nunca, Astrup más descolorido y obsecuente, Gibson prepotente y Verhoeff quejoso y llorica. Yo por mi parte había perdido toda gana de vivir, de moverme, sentía que me había enterrado en vida y no tenía ánimos para tolerar, y mucho menos involucrarme, en las perpetuas rencillas en que se erosionaba día a día la gran empresa en la cual nos habíamos embarcado con tantas expectativas; así que muchas noches tomaba la bolsa de dormir de piel de reno que Mané me había hecho y me iba a acostar bajo las estrellas, lo cual no dejaba de tener sus riesgos —los osos polares solían acercarse al campamento, atraídos por el olor de la comida, y una vez mi propio aliento embolsado soldó mi cabello a la capucha y la capucha al suelo, y al despertar descubrí que no podía moverme y tuve que pedir ayuda a gritos. Pero la más de las veces me quedaba mirando el laberinto de las estrellas hasta perderme y desaparecer en él, y así sentirme cerca de Elizabeth y de nuestra criatura, olvidando por un rato que yo estaba vivo y ellas muertas. En la punta de la Osa Menor relumbraba Polaris, imagen celeste del elusivo punto matemático alrededor del cual gira el mundo y también —nadie lo ignoraba— nuestra empresa: para Peary, alcanzar el extremo boreal de Groenlandia era apenas la primera etapa en la conquista del polo norte. Debemos recordar que antes de que yo revelara la incógnita, y Peary refrendara un año después mi descubrimiento, nadie sabía a ciencia cierta qué había allá arriba. Algunos creían que bajo la profunda costra de hielo se extendía, como en la Antártida, un continente de tierra firme, aunque la deriva de la Jeannette, hundida cerca de las costas de Siberia y cuyos restos reaparecieron años más tarde en Groenlandia, parecía probar que era todo hielo o, incluso, mar abierto, como supusieron el capitán Kane y Julio Verne: en su novela, el polo norte se encuentra en el cráter de un volcán, y su héroe, para alcanzarlo, debe arrojarse adentro. ¡Morir abrasado en el polo, paradójico destino! Pero es que el polo norte es el lugar de las paradojas: un lugar sin este, norte ni oeste, donde el sur es la única dirección posible; sin longitud, pues en él todos los meridianos se juntan; sin noche ni día, pues duran seis meses cada uno; una posición que solo puede fijarse en el cielo, pues el suelo se mueve constantemente bajo nuestros pies, y a veces por más rápido que avances te encuentras retrocediendo, un punto imaginario e inútil en la región más desolada del planeta, para llegar al cual cientos de grandes hombres sacrificaron sus vidas. A Peary le gustaba compararse con Colón, como si hubiera alguna proporción entre el vasto continente que este había descubierto y ese absurdo vacío central que él y yo perseguiríamos. No le guardo rencor, ahora que está muerto, pues sé que en sus ataques, en sus latrocinios, en su sistemática destrucción de mi reputación y de mi vida, nunca hubo animosidad personal alguna: lo mismo les hubiera hecho, si le ganaban la carrera a esa meta que consideraba suya por derecho divino, a Nansen, Amundsen, Scott o Houdini. No era un hombre malvado, sino meramente simple: su alma apenas daba cabida a la ambición de ser el primero en llegar al polo. Todavía recuerdo —cómo olvidarla— la mirada de jubilosa ferocidad que me echó cuando, en un viaje posterior, la expedición de rescate organizada en 1901 para localizarlos a él y a su esposa, de los cuales no se tenían noticias desde hacía meses, examiné sus pies sin dedos y le dije que tendría que olvidarse de alcanzar el polo sobre esos muñones. "Es exactamente al revés, *doctor*", me dijo. "Ahora que se los he sacrificado, no tengo más remedio". Era un hombre eminentemente práctico, pero el utilitarismo, llevado a estos extremos, no se distingue de la locura mística. Creo que solo América podía producir un hombre como ese. Recuerdo que en aquel momento pensé en Ahab, en un Ahab capaz de sacrificar gozoso su pierna con tal de tener un motivo para perseguir a la bestia: su mayor temor, cuando se cruzaba con otro ballenero, era que le hubieran matado a *su* ballena. Cada acto de Peary, cada decisión, cada renuncia estaban orientadas hacia ese objetivo único, y cuando estaba a punto de alcanzarlo aparecí yo, un hombre como cualquiera, y le birlé el trofeo en sus narices. ¿Cómo no iba a odiarme, cómo no querría destruirme? Ese ha sido mi único crimen: haber alcanzado el polo norte un año antes que Peary; por él me expulsaron de las principales asociaciones de exploradores, por él mancharon mi nombre y me despojaron de todos mis títulos, por él tuvimos que divorciarnos con Marie, para proteger sus escasos bienes, por él mis hijas ya no llevan mi apellido, por él esta cárcel donde escribo, para matar el tiempo interminable, esta biografía que quizás nunca publique.

Volvió, por etapas, el día; terminaron de soldarse los huesos de Peary, terminó de agriarse la vida en la cabaña, y hacia fines de abril estábamos listos para arrojarnos contra el formidable escudo de hielo que cubre la isla entera, con excepción de la estrecha franja costera. Logramos escalar la vertiginosa muralla helada con mucho esfuerzo, bordeando un glaciar por el que se derramaba como melaza helada el hielo continental sobre la superficie marina, sembrándola de icebergs y témpanos. Tras atravesar esta franja de hielo quebrado surcada de insondables abismos azules se alcanzaba finalmente la vasta planicie interior, blanca y vacía como un desierto salino. Los esquimales sienten un temor supersticioso por este gran campo de hielo, y jamás se han aventurado en él; sus vidas enteras trascurren entre el mar y sus bordes. Nunca tuvieron, por otra parte, razón alguna para hacerlo: no hay allí animales que cazar, territorios vírgenes que habitar, y si de atravesar la isla se trata es mucho más fácil dar el largo rodeo por la costa que intentar esa travesía. Así que nos acompañaron hasta la base de los acantilados de hielo y allí se quedaron, lamentándose como si nos perdieran para siempre —se los veía muy sorprendidos cuando nos vieron volver a las pocas semanas, y al principio no querían acercársenos, creyendo que fuésemos espíritus; una vez que comprobaron que seguíamos siendo seres de carne y hueso nos preguntaron por la salud de sus muertos, que habitan esa tierra sin sombra vedada a los vivos. Peary tenía algo de razón: fuese una característica racial, como él suponía, fuera producto de su cultura y leyendas, el esquimal, que estaba físicamente mucho mejor dotado que nosotros para las condiciones extremas, no estaba por temperamento preparado para soportar el vacío absoluto del Gran Hielo. Porque a poco de adentrarse uno en ese helado Sahara no quedan más de tres cosas en el mundo, fuera de los hombres y los perros: la vasta y continua extensión de blanca nieve, la vasta y continua extensión de cielo azul, y un sol que da vueltas y vueltas sin ponerse nunca. Podía viajar uno en línea recta el día entero y sentir que se hallaba siempre en el mismo punto. El viento incesante levantaba corrientes de nieve que debíamos vadear como un río, envueltos en un ensordecedor siseo permanente; cuando soplaba con particular intensidad podían elevarse y envolvernos por completo, obligándonos a acampar y cavar hacia arriba todo el tiempo para mantener abiertos los respiraderos. Eso, si hacía tiempo despejado, y soleado, y acaso velaba la clara inmensidad celeste un delicado plumaje de semitransparentes cirrus; pero cuando la bóveda del cielo se cubría de nubes nacaradas, cerrándose como la valva de un molusco, el paisaje adquiría una cualidad fantasmagórica que justificaba los temores de los nativos: el espacio se disolvía por completo en la luz tersa, que parecía venir de todas partes y de ninguna; los cuerpos no daban sombra, los ojos no veían el suelo, los sonidos se asordinaban y retumbaban en nuestro cerebro. Cuando Peary decidió seguir solo con Astrup, y nos ordenó a Gibson y a mí pegar la vuelta, sentí cierta decepción, pero también alivio. Y cuando años después me lancé a la conquista del polo, preferí seguir la ruta de las islas y del inestable mar helado, antes que volver a poner los pies sobre el Gran Hielo.

Algo más de dos meses duró la ausencia de nuestros compañeros, y fueron muchas las veces que en ese tiempo los dimos por muertos. La más angustiada era sin duda la señora Peary, que iba y venía entre nuestra base y las diversas postas que habíamos establecido para ayudarlos en su regreso. Volvió el Kite, como estaba previsto, subieron a bordo la señora Peary y Henson, que se había quedado casi ciego por la nieve; volvieron, finalmente, Astrup y Peary, después de haber divisado el extremo norte de Groenlandia desde un punto que bautizaron Bahía de la Independencia, por haberlo alcanzado un 4 de julio. Solo faltaba Verhoeff, que había partido en viaje de exploración geológica al valle de los Cinco Glaciares, desafiando la prohibición de Peary de aventurarnos solos por ellos. Nunca más supimos de él. Una de nuestras expediciones terminó descubriendo sus huellas, adentrándose en uno de los glaciares, y eso fue todo. Recordé entonces las palabras que un poco en serio, un poco en broma, había pronunciado tras una de sus tantas reyertas con los Peary: "Antes que volver en el barco con esta gente prefiero quedarme acá para siempre". Dejamos, menos por él que por nosotros, provisiones para un año en un paraje que bautizamos Cairn Point, para que tuviera medios de subsistencia si por algún milagro seguía con vida.

El 24 de agosto nos embarcamos junto a los nuevos pasajeros: Kyo y su hijo Keshu, Kayunah, Makzangwa y su hijita, que se habían decidido a último momento, y Karl y Kalapakte, por supuesto. Desembarcaron con nosotros en Filadelfia, y todo ese verano quedaron a cargo de Peary, que los llevó primero al Museo de Historia Natural de Nueva York, luego a una granja en las afueras. El calor y las enfermedades hicieron su tarea, y uno a uno se fueron muriendo todos menos Keshu, que quedó huérfano, y Kalapakte, que ya había vivido largo tiempo entre los blancos. Fueron enviados a Chicago, eventualmente, donde los exhibieron junto a otros esquimales en la Exposición Colombina, y nunca más supe de ellos.

Durante años tampoco tendría ninguna pista sobre el origen de Kalapakte, pero ese misterio, al menos, lograría resolverlo. A fines de 1897 la Bélgica ancló en Ushuaia, Tierra del Fuego, el asentamiento que marca la frontera austral de la civilización, así como Upernavik señala la boreal. Yo viajaba, una vez más, como médico y etnólogo de la expedición, y en mi calidad de tales me apersoné en la misión anglicana y, unos días después, en la estancia Harberton del reverendo Thomas Bridges, quien había fundado ambas para refugio de nativos. Y allí me encontré, finalmente, con la gente de Kalapakte: se trata de los onas, un pueblo de cazadores que habitan el interior de la isla, y apenas los vi reconocí la gorra y los mantos de guanaco, los arcos bellamente acanalados, las delicadas flechas, reconocí los inconfundibles acentos guturales de la lengua del hombre con quien había compartido un año en el Ártico, y hasta pude intercambiar con ellos algunas palabras, las pocas que recordaba de nuestras lecciones fallidas. Le pregunté al reverendo Bridges si tenía noticia del extraño caso, y me contó que conocía la historia de los onas llevados a París, algunos de los cuales habían sido traídos de vuelta y entregados a los misioneros salesianos, pero no sabía de ninguno que hubiera llegado al Ártico y luego regresado a Tierra del Fuego por sus propios medios. Volví a preguntar por ellos un año después, de regreso de nuestra primera noche polar en el continente austral; el reverendo Bridges había muerto, pero hablé con uno de sus hijos —no recuerdo su nombre ahora—, quien tampoco supo darme noticias de Kalapakte y su fiel amigo Karl; me entregó, sí, el preciado diccionario de su padre, que presenté ante la comisión de la Bélgica y estaba por publicarse cuando los chacales de Peary, que no me pierden pisada, lanzaron el infundio de que intentaba hacerlo bajo mi nombre, intromisión que tuvo por único resultado que el proyecto quedara en suspenso y el manuscrito se perdiera en el laberinto de la guerra europea. Muchas veces, en los años subsiguientes, me he preguntado qué habrá sido de los jóvenes amigos que rescatamos de las heladas costas de Groenlandia para perderlos en los populosos laberintos de América. Quiera Dios que hayan encontrado el camino de regreso, que algún ángel que adoptara la forma humana solo para ello haya podido identificar a Kalapakte como ona y señalarle Tierra del Fuego en el mapa, y así haya concluido felizmente su extraña odisea.

La historia tiene un breve colofón. La vista de Henson no mejoraba, y algunos meses después de nuestro regreso se me apareció en mi consultorio de Brooklyn, prácticamente ciego; Peary se había desentendido de su suerte y venía a solicitar mi ayuda. El tiempo que duró su tratamiento, que fue de unos dos meses, se alojó en mi casa, y pude descubrir a un hombre mucho más agradable y agudo que el que había perdurado bajo la densa sombra de Peary. Si no nos hicimos amigos, fue porque él tenía decidido volver a su servicio, y sabía que yo intentaría disuadirlo. Una vez, cuando le estaba haciendo las mediciones oftalmétricas y lo felicitaba por sus progresos, murmuró entre dientes "gracias a usted, doctor, ahora no tendría ninguna dificultad en distinguir un falso esquimal de uno auténtico".

Una conversación entre Lucas Bridges y Karl Bauer. Harberton, abril de 1906

LB: Fue acá mismo. La mañana de Año Nuevo me asomé a la ventana de la cabaña de Cambaceres y vi un barco encallado en el Canal. Cuando me acerqué en el bote pude ver que a bordo todo era confusión: el capitán y los tripulantes gritaban órdenes en francés y corrían de un lado al otro, lo cual no era nada fácil porque el barco estaba escorado en un ángulo muy agudo y sobre cubierta apenas había espacio para moverse. Habían bajado un bote, con un ancla pequeña amarrada a popa, y desde el barco les daban cadena: querían echar el ancla lo más lejos posible, para ver si después lograban moverlo con el malacate. Los hombres del bote remaban con todas sus fuerzas, y los de cubierta los alentaban; el bote lograba alejarse unos metros pero después el peso de la cadena que descansaba en el fondo lo traía de vuelta, y así entre remada y remada avanzaba lo mismo que retrocedía: no se le había ocurrido a ninguno de los marineros, ni a los oficiales, cargar la cadena en el bote y soltarla a medida que se alejaban. En medio de todo ese lío se asomaba muy tranquilo, apoyado en la barandilla, un hombre de unos treinta años. Era el único que parecía haber notado mi presencia, y empezó a hablarme en inglés con acento americano. Le expliqué que habían encallado en la pleamar, y como la marea seguía bajando, jamás podrían salir de ahí si no aligeraban el barco. Se puso a deliberar con el capitán, como si la idea les resultara más bien extraña: en realidad era el único curso de acción posible. Se habían encajado en un bajío señalado por una lengua de tierra y un banco de algas bien visible; después se les escaparía un bote con la marea alta, porque se olvidaron de atarlo: la verdad es que eran bastante *chambones*. Finalmente estuvieron de acuerdo: yo me vine a Harberton a buscar la barcaza que usábamos para transportar provisiones y a unos cuantos yaganes y onas para que nos ayudaran. Sobre cubierta había de todo: grandes pilas de carbón, trineos, esquíes, tiendas de campaña y toda clase de equipos, porque el barco era el S. S. Bélgica, que iba en misión científica a la Antártida. Mientras esperábamos a que subiera la marea vinieron a Harberton el capitán, Adrian de Gerlache; ese explorador noruego, Amundsen, y el doctor Cook, que además de médico era el etnólogo de la expedición y se interesó vivamente en el trabajo de mi padre, en especial en su diccionario yagán-inglés, en el que trabajó toda su vida. Habrá leído, señor Bauer, el libro de Darwin.

KB: Leí *El viaje del Beagle*, y le leí las partes sobre los indios de Tierra del Fuego a Kalapakte. Se revolcaba de risa...

LB: No me sorprende. Ahí dice que los yaganes son tan rudimentarios que su lengua constará de cien palabras a lo sumo; pues bien, el diccionario de mi padre llegó a reunir unas treinta y dos mil, tantas como las de cualquier lengua europea, y la gramática y los conceptos son igualmente complejos. Yo nunca llegué a dominar el yagán como él, pero me defiendo bastante bien en la lengua de los onas, y no se imagina lo rica y compleja que es, qué elegante y elaborada. Darwin creía que a una forma de vida primitiva correspondían una mentalidad y un lenguaje primitivos; difícil creer que uno de los hombres más brillantes de su tiempo pudiera equivocarse tanto, pero así son los prejuicios: están tan arraigados que el genio sirve para confirmarlos, antes que para disiparlos. El doctor Cook se ofreció a llevarse el diccionario para hacerlo publicar en Estados Unidos, pero mi padre temía que la única copia se perdiera para siempre en los hielos de la Antártida, y le prometió entregárselo cuando regresaran. A mí me invitaron a ir con ellos, y la verdad es que me tentaba ser uno de

los primeros hombres en explorar esas tierras desconocidas, pero lo que había visto no me inspiró demasiada confianza y decidí quedarme. Lo bien que hice: quedaron atrapados en el hielo durante todo el invierno, aunque después Cook me dijo que el capitán los hizo encallar a propósito, para que fueran los primeros en invernar en la Antártida. Volvieron con dos o tres hombres menos, pero volvieron, un año y medio más tarde. El doctor Cook se quedó un tiempo entre nosotros, estudiando las costumbres de los yaganes y los onas, sacándoles fotos y tomándoles las medidas. Atendió a los enfermos, también; entre ellos a Shemiken, la hermana de Kalapakte que se llevaron con él Francia. En esos meses había muerto mi padre, durante un viaje a Buenos Aires, y para honrar su promesa le entregué su diccionario al doctor Cook. Nunca más tuve noticias hasta que no hace mucho me escribió el director de algún museo americano alertándonos que Cook pretendía publicar el diccionario de mi padre como obra suya. Por suerte la comisión de la Bélgica hizo lugar a nuestro reclamo, y el diccionario, si sale algún día, saldrá bajo su nombre. Un hombre encantador, este Cook, pero como dicen los criollos, medio *chanta*.
KB: Puede ser, lo que sí sé es que de no ser por el doctor Cook habría dos cuerpos más en las tumbas del Ártico. Me corrijo, uno, porque Peary se habría llevado el esqueleto de Kalapakte para vendérselo al mejor postor.

Río Grande, 1962

—¿Querés otro mate, Mary?

—No gracias, Felisa, yo ya estoy bien. Rosa nunca me contó de su viaje a Buenos Aires.

—Ella no quería ir, pero el esposo sí. A Aneki lo conoció en Harberton, ella se había escapado otra vez de la misión, porque ya no aguantaba más a las Hermanas, era mucho de escaparse, Rosa. Ahí vino el gobernador, a pedir que le presten unos indios para una exposición que se hacía en Buenos Aires, y el señor Lucas les preguntó si querían ir a Kiyotimink, hijo de Kaushel, y su mujer Halchic, y sus hijos Keëlu y Haäru, y también fueron Rosa con Aneki, con sus káuwi, arcos, flechas y hasta los perros se llevaron. Esa fue la causa de la desgracia, porque se pelearon con unos perros de allá, que estaban rabiosos, y así llegó la rabia a la isla, que antes no se conocía. Pero a Rosa lo que más le impresionó, además de lo de los perritos, fue el lugar donde los llevaron: era el mismo edificio donde se habían escondido con su mamá en París, la noche que se escaparon de la jaula. Decía que al principio se asustó muchísimo, pensaba que la habían engañado y el barco la había llevado de vuelta a París, que iba a volver Mesié Metre a meterlos en la jaula y darles de comer carne cruda. Pero no, en Buenos Aires los trataron muy bien, y les dieron regalos, y venía mucha gente a verlos y también fueron a estudiarlos esos que nos sacan fotos y nos toman las medidas. ¡Nos toman las medidas y después nunca nos hacen la ropa, digo yo! ¿Pero cómo es posible, Mary, que la casa fue la misma? ¿Pueden llevar una casa entera de París a Buenos Aires?

—Es posible, Felisa. Se trataba sin duda del pabellón argentino. Es como esas casas de acá, que se arman y se desarman, solo que más grande. Así que la experiencia de Buenos Aires no fue tan traumática.

—Lo malo fue cuando volvieron. En Buenos Aires los perros rabiosos habían mordido a Kiyotimink y se puso igual de loco que los perros, tanto que todos creyeron que lo había embrujado un xo'on muy poderoso, porque nunca se había visto morirse a un indio así. Y su papá, Kaushel, de la impresión se puso enfermo también. Todo esto lo supe por Rosa y también por Nelson, mi marido, que entonces era chiquito y pasaba mucho tiempo allá en Harberton. Kaushel estaba todo el tiempo echado en su choza, también estaba enferma su hija Kiliutah; el señor Bridges, que lo visitaba siempre, le hizo un techo de chapas, por las lluvias, pero Kaushel le pidió que lo sacara porque le gustaba mirar las estrellas cuando no podía dormir. Después llegó ese doctor, inglés creo que era, no me acuerdo cómo se llamaba…

—Ese debe ser el doctor Cook. Bridges habla de él en su libro.

—Ha de ser. Ese doctor le dijo que Kaushel y Kiliutah no podían curarse, pero les dio unas pastillas, para que no sufrieran tanto. Y también lo atendió a mi Nelson, que se estaba quedando ciego, el pobre, y le pudo salvar uno de los ojitos. Y a partir de ahí los Bridges le pusieron Nelson, nunca entendí muy bien por qué.

—Un chiste inglés. Nelson fue un famoso almirante. Era tuerto.

—Ay, qué risa. Y yo toda la vida llamándolo Nelson sin saber de dónde.

Capítulo 9
La confesión de Jorgito

—No te atormentes más, Marcelo, no soporto verte así. No fue un error tuyo, lo de las cartas. Fui yo.

—¿Cómo que fuiste vos?

—Yo cambié los sobres. Digo, cambié las cartas de sobre. La que me escribiste a mí la puse en el sobre dirigido a Justita, y al revés. Lo que nunca imaginé era que se le ocurriría forzar el cajón de mi escritorio.

—¿Pero por qué?

—Estaba celoso.

—¿De mí?

—De ella. No podía soportar la idea de que fuera tuya y yo no. No sé cómo empezó, yo creo que fueron tus cartas, tus apasionadas y ardientes cartas. ¿Nunca pensaste en el efecto que tendrían sobre mí? Me pasaba el día espiando la llegada del cartero desde la ventana. Veía París con tus ojos, saboreaba sus manjares con tu boca y tu lengua, a través de tus oídos entraban en mí las melodías más sublimes y en tu cuerpo gozaba de sus mujeres más deseables. Poco a poco, se fue operando una transformación. Cuando te imaginaba con una mujer, yo era ella, y no vos. Fui Lolotte, fui la modelo del escultor, fui la bailarina egipcia y la bayadera javanesa; fui, finalmente, Camille, con una sola diferencia, en el caso de esa perra ingrata: yo nunca te habría abandonado en tu aflicción. Te digo más: si fuera posible, ahora mismo me cortaría una pierna para devolverte la que perdiste. Sé que todo fue mi culpa, que si no fuera por esta vil acción mía nunca te hubieras metido en ese duelo absurdo y todo lo demás. Yo… practicaba el onanismo después de leerlas, acaso vestido con un corsé que le hurtaba a mamá, o faldas y enaguas que robaba de los canastos de la ropa sucia. ¿Te acordás del escándalo que armó Justita, por el rasgón del vestido de novia, que la acusó a Carmencita de probárselo a escondidas? No fue la pobre Carmencita, fui yo, y cobarde que soy dejé que la echaran por un crimen que no cometió. ¿Pero cómo confesar ante mi familia que había intentado ponerme el vestido de mi hermana, para fantasear que en la noche de bodas éramos vos y yo? Estoy enfermo, lo sé, soy un monstruo y debería estar encerrado en algún loquero, pero eso no es nada al lado de la culpa que siento al haberte causado un daño irreparable: me importa un comino la felicidad de mi hermana, que no se merecía la dicha y el honor de compartir el lecho con alguien como vos, pero tu pierna, tu bella pierna que se fue, y con ella ese entusiasmo y esas ganas de vivir que a todos contagiabas, reemplazadas ahora por esta negra amargura y constante aflicción…

—No sigas. No fuiste vos.

—Pero si acabo de decirte…

—Fueron ellos.

—¿Ellos quiénes?

—Los indios. Todo esto es culpa suya. La sentí caer sobre mí, su maldición, cuando los tuve adelante. Y fueron ellos los que pusieron esas ideas en tu cabeza. Solo cuando acabemos con ellos tendrá fin esta pesadilla.

Capítulo 10
Una carta de Franz Boas

Chicago, 14 de julio de 1893

Queridos padres,

Les pido disculpas por no haberles escrito antes, las últimas semanas he estado atareado como nunca y apenas si podía ver a los niños por las mañanas, pues estaban invariablemente dormidos cuando llegaba a casa, y los domingos, si lograba escaparme de la Feria. Helen y Ernst ya están completamente recuperados; la pequeña Hete mejora con los días y confiamos en que ya estará en su peso cuando vuelvan los fríos. Les agradezco nuevamente su ayuda, todo marcha mejor con una segunda niñera, ha sido una etapa muy dura para Marie, que apenas ha podido contar conmigo en los meses que siguieron a este difícil parto.

Pero al fin, me complace anunciarles que con mucho esfuerzo, corriendo contra reloj y más de dos meses después de lo previsto, Sísifo y su roca han alcanzado la cima: el pasado día 4 inauguramos el pabellón de antropología, lo que convierte a la Exposición Universal de Chicago en la primera del mundo en contar con uno organizado según principios estrictamente científicos. ¿Y pueden creer que desde la dirección tuvieron el descaro de echarnos en cara la demora, cuando fueron ellos la única causa, arrinconándonos metro a metro cuadrado hasta sacarnos de la Ciudad Blanca y desterrarnos a las orillas del parque, a un edificio que ni siquiera estaba terminado cuando se inauguró la Exposición? El profesor Putnam la ha rebautizado "La catástrofe del señor Higginbotham" y vive echando pestes contra el ineficiente director y todos sus secuaces. Por suerte pudimos aprovechar el tiempo adelantando las construcciones al aire libre, y para el día de la inauguración estaban listas las reproducciones de las ruinas mayas, de las moradas de los acantilados y la villa kwakiutl a orillas del lago, con su gran cabaña decorada, sus canoas, sus tótems y, lo más importante, sus habitantes: los diecisiete adultos y los dos niños llegaron unas tres semanas antes de la inauguración y pudieron honrarla con una primera ceremonia, y desde entonces entretienen a los visitantes con sus representaciones y danzas, que me han permitido avanzar en el conocimiento de su fascinante cultura.

En cuanto al "escándalo" de Peary y los esquimales por el que me preguntabas en tu última carta, padre, te hago un breve resumen de lo sucedido. En el curso de nuestro encuentro en Boston yo le había comentado, así al pasar, que si se proponía recolectar artefactos y piezas de vestuario durante su expedición a Groenlandia sería interesante que invitara a venir a alguno de los esquimales más septentrionales, que apenas han tenido contacto con los europeos; pues bien, el hombre me tomó al pie de la letra y se trajo de vuelta no uno sino seis: tres adultos, un joven y dos niños, y se presentó de improviso en casa con todos ellos, aparentemente con la idea de que debíamos alojarlos. Como yo estaba en Cambridge trabajando con Putnam en el diseño de esta muestra, le tocó a Marie lidiar con la situación: Peary se mostró bastante sorprendido cuando le dijo que yo no estaba, como si diera por hecho que una vez colocado el pedido yo no me movería de casa durante los próximos quince meses a la espera de su arribo. Por mi parte me enteré por un cable que rezaba: "He llegado. Sus esquimales sanos y salvos. Aguardo instrucciones. Peary". Tras un fuego cruzado de telegramas encontramos una solución temporaria: el Sr. Jessup aceptó alojarlos en el Museo de Historia Natural hasta que estuviéramos en condiciones de traerlos para Chicago y montar una muestra viviente como la de los kwakiutl. Pero los ocho meses que debieron transcurrir desbarataron nuestros propósitos: alojados desde fines del verano en el sótano del Museo, primero sufrieron el calor y la humedad, después el frío: cuando los trasladaron a un piso superior, y luego a una granja de las afueras, ya era tarde: todos habían enfermado de pulmonía, que derivó en una tuberculosis fulminante en el caso de los adultos y la niña, y en el curso del invierno se fueron muriendo uno a uno. No habían terminado de enfriarse los cadáveres que Peary ya estaba negociando su venta, aunque antes tuvo que llegar a un acuerdo con el hospital, que también reclamaba el usufructo. Los esqueletos de la pareja y su hija fueron adquiridos por el Museo, aunque Peary tuvo la gentileza de consultarnos antes pues, dijo, la primera opción era nuestra; en el mismo telegrama me pedía instrucciones para remitirnos el cuarto cuerpo y preguntaba qué habíamos decidido hacer con Kalapakte y Keshu, como se llaman el jovencito y el niño. No es fácil tener una discusión con el comandante Peary, y menos por telegrama, así que decidimos adquirir el esqueleto, que mal no nos venía para la sección de antropometría, y logramos colocar a los dos sobrevivientes en el "Mundo esquimal" de Midway Plaisance, donde se habían producido algunas bajas: no les había sentado mucho mejor el verano chicagüense a los esquimales de Labrador que el neoyorquino a los de Groenlandia. Si bien no son de su grupo, y hablan una lengua diferente, pensamos que se sentirían mejor entre ellos que solos en Nueva York, entre gentes desconocidas. Viajaron en el mismo tren que los envíos, sin sospechar que incluían los huesos del padre del niño: las autoridades del Museo, para no traumatizarlo innecesariamente, habían montado un funeral simbólico en los jardines, colocando un tronco adentro del féretro. Pero alguno de los empleados habrá vendido el dato a la prensa, porque un buen día se presentó intempestivamente en nuestro pabellón, por entonces en pleno montaje, un periodista del *San Francisco Examiner* arrastrando al lloroso esquimalito, demandando en su nombre la devolución de los restos de su padre. Fue la señal de largada para que la prensa amarilla se lanzara sobre nosotros con titulares sentimentales y sensacionalistas como "Devuélvanme el cuerpo de mi padre" y "El huérfano esquimal dice que cuando sea grande matará a Peary". Putnam demostró papeles en mano que el esqueleto había sido adquirido de modo completamente legal y era por lo tanto inajenable, proponiendo, a modo de compensación, darle pase libre al pequeño Keshu para visitarlo siempre que quisiera, una vez que estuviera montado en su vitrina. En fin, quizás estuvo un poco duro, pero es la única manera de tratar con esta gente. Por suerte el niño confía ciegamente en su compañero de viaje, el muchacho llamado Kalapakte, este por su parte cuida de él y nos da aviso cuando andan rondando los buitres de la prensa.

Su caso, si bien no alcanzó notoriedad pública, como el del pequeño huérfano, resulta mucho más interesante desde el punto de vista científico. Aunque se hallaba ataviado en todo como un esquimal norteño, demostraba un conocimiento avezado de sus habilidades y costumbres y parecía llevarse la mar de bien con ellos, al punto se me hizo evidente que la lengua en la cual les hablaba, si bien incluía muchísimas palabras comunes, era de base enteramente distinta —hay una unidad esencial entre los diferentes dialectos esquimales, desde los de Alaska y los del centro, que son los que mejor conozco, hasta los del oeste y este de Groenlandia, y la lengua de Kalapakte era de otra familia. Desnudo, además —y con los recientes calores todos los esquimales suelen andar como Dios los trajo al mundo, al menos fuera del horario de visitas—, saltan a la vista algunas diferencias, aunque seguramente mi ojo no las habría notado si mi oído no le hubiera dado el alerta. En estos ratos de ocio suele vérselo en compañía de un joven europeo, que resultó ser compatriota nuestro; una vez que le comuniqué mis sospechas, y me comprometí a no desenmascarar a su amigo —tendría que hacerlo si se tratara de nuestro pabellón, diseñado con el mayor rigor científico, pero este no es el caso del "Mundo esquimal" de Midway Plaisance: los pantalones de sus esquimales son de piel de oveja y sus iglúes de yeso— se avino a contarme su historia, que es tan increíble que no dudo que les interesará: al parecer Kalapakte y su familia fueron arrancados de su tierra y exhibidos en la Exposición Universal de París; en algún momento logró evadirse de la jaula donde los tenían encerrados como animales y vivió escondido en el predio de la Feria, alimentándose de palomas y gatos hasta que lo encontró su amigo, de nombre Karl Bauer, y se lo llevó a su casa. Entonces comenzó una larga peregrinación en busca de la persona que pudiera determinar su procedencia, pues hablaba una lengua desconocida y nada le decían nuestros nombres y nuestros mapas. Y así fueron a caer en manos del afamado botánico, geógrafo, espeleólogo, etnólogo o más bien enólogo francés Roland Bonaparte, uno de esos desahogados diletantes que pretenden dárselas de científicos y que tras realizar sus mediciones del modo más riguroso y hacer sus cálculos exactos y consultar sus tablas exhaustivas decidió que era un esquimal polar y los mandó al norte de Groenlandia, donde quedaron varados hasta que los recogió la expedición de Peary. ¡Y resulta que Kalapakte es de las antípodas, nada menos que de la Tierra del Fuego! Karl, que se sentía en parte responsable, me preguntó si el error consistió en haber consultado a un aficionado que no supo tomar bien las medidas, pero sobre ese punto no me fue difícil tranquilizarlo:

si para algo me ha servido compilar las estadísticas sobre las más de 17.000 mediciones realizadas por nuestro equipo a lo largo y a lo ancho de Canadá y los Estados Unidos, aparte de para poner pan en nuestra mesa, ha sido para convencerme de la chapucería de mis colegas que pretenden una clasificación unívoca de las razas según parámetros objetivos y, como si eso fuera poco, la determinación de las características intelectuales y emotivas de cada raza a partir de dichas medidas. La antropometría así entendida es, mal que le pese a tu amigo Jürgen, apenas más seria que la frenología, esa ciencia exacta que ha logrado establecer correspondencias precisas entre las protuberancias del cráneo del examinado y los prejuicios del cráneo del examinador. No por amateur es Bonaparte más asno que los asnos profesionales como Galton, Hamy, Lombroso y Vacher de Lapouge, que siguen llenando aulas y salones de conferencias con sus rebuznos, discutiendo si los cráneos dolicocéfalos son más evolucionados que los braquicéfalos o dictaminando sobre la capacidad civilizatoria de cada raza según la cantidad de perdigones que hayan podido embutirles en la mollera. Resulta irónico que me haya convertido en una de las principales autoridades de una disciplina de cuyos presupuestos descreo y cuyas conclusiones desprecio; pero en fin, es evidente que para demoler un edificio hay que saber de arquitectura.

Pero para volver a nuestros amigos, apenas tenía tiempo para dedicarles una atención esporádica y fluctuante, con decenas de personas entrando y saliendo y requiriendo mis directivas sobre cada pequeña cosa, así que los conduje al primer piso, donde se apilaban las cajas de material bibliográfico todavía sin clasificar, y comencé a sacar libros, álbumes y carpetas que incluyeran fotografías, y les pedí que hicieran lo mismo: así pasaron por nuestras manos revistas y boletines de diferentes museos y sociedades antropológicas, libros de exploraciones, álbumes de fotos de los nativos del Pacífico norte, de los esquimales, los nativos de Surinam y los lapones —estas últimas, irónicamente, tomadas por nuestro amigo el príncipe. Algo me decía que venía del sur del planeta, pero no quería incurrir en el error de mi ilustre colega, y preferí abrir al máximo el espectro, en lugar de circunscribirlo, para que fuera él quien decidiera: búscate, Kalapakte, a ver si te encuentras, le dije. No podía permanecer todo el tiempo con ellos, pero cada tanto pasaba y echaba un vistazo, pues me intrigaba grandemente el resultado. Tuvimos un primer acierto con las fotos de unos fueguinos tomadas por Le Bon en el Jardin d'Acclimatation de París; me acerqué corriendo cuando escuché la exclamación de Kalapakte, y pregunté si ya se había encontrado; dijo que no, pero que eran vecinos suyos. "Así que eres de la Tierra del Fuego", murmuró Karl como saliendo de un largo sueño, pero yo me apresuré a prevenirlo: "Es posible, pero queremos más pruebas. Acuérdate de Waterloo". Volví a mis quehaceres hasta que me convocó un nuevo llamado, esta vez de Karl. Habían abierto una caja que contenía material de la Exposición de París, que habíamos solicitado por haber sido la primera en incluir exhibiciones al vivo, y Kalapakte sostenía entre las manos un cartón postal de esos que se venden a los turistas, que mostraba un grupo de nativos envueltos en pieles, vigilados por un europeo disfrazado de explorador que sostenía una especie de fusta o puntero. Interrogué a Karl con la mirada; asintió con un gesto. Kalapakte señalaba la figura más próxima al europeo. El parecido era indudable. *C'est moi*, dijo finalmente, con una sonrisa.

La leyenda impresa en el reverso de la postal era tan truculenta como imprecisa: "Antropófagos de la Patagonia capturados por el explorador franco-belga Maurice Maître", pero con los datos que teníamos ya no fue difícil identificar a la gente de Kalapakte: se trata de los onas, pueblo de cazadores del interior de Tierra del Fuego, ya mencionados, aunque sucintamente, por Darwin en su *El viaje del Beagle*, y aun hoy poco conocidos por la ciencia. Karl y Kalapakte no sabían cómo mostrarme su agradecimiento, aunque para mí no había significado ningún gran esfuerzo. Le pregunté a Kalapakte si no le molestaría que le tomáramos las medidas y algunas fotografías, ya que no teníamos a su gente en nuestros registros, aunque indiqué a mis asistentes que no lo hiciéramos en el salón de los huesos, por los que nuestro visitante sufre una aversión comprensible, y me quedé preguntándome qué más podía hacer por ellos, pues tenían ahora el desafío de llegar a la distante Tierra del Fuego.

Y aquí viene la parte más graciosa: días pasados visitó nuestras instalaciones el "afamado etnólogo" Roland Bonaparte, y tras ser homenajeado por los kwakiutl con su danza caníbal y tomar sus fotografías se dejó conducir a Midway Plaisance donde, le dije, tendría ocasión de encontrarse con un viejo conocido. No lo reconoció, al principio, pero cuando le recordé quién era Kalapakte se mostró muy complacido, tanto que no tuve corazón para decirle la verdad, y lo dejé ir muy ufano por su acierto. Karl se rio de buena gana cuando le conté lo sucedido. Le hemos dado trabajo aquí, pues ha demostrado ser inteligente y despierto; previniéndolo, eso sí, de que no nos subleve a sus compañeros de trabajo, pues mucho me temo que nuestro joven compatriota profese el ideario anarquista, del cual esta ciudad, como es de público conocimiento, es un fervoroso caldo de cultivo. Kalapakte, por su parte, se pone todos los días su uniforme de trabajo y cumple su horario ilustrando el uso del arpón, fabricando arcos y flechas, construyendo iglúes con bloques de yeso, tan esquimal como el que más.

En lo que a mí respecta, las perspectivas son halagüeñas. Tras el cierre de la Exposición, programado para el 30 de octubre, todas nuestras colecciones serán trasladadas al Palacio de Bellas Artes, que se convertirá en la sede del nuevo Museo Field, en el cual Putnam da por descontado me ofrecerán el cargo de director del Departamento de Antropología. Así que pueden dejar de preocuparse por el futuro de su hijo y su familia. Entiendo que tus dudas y reparos sobre mi elección, padre, tienen su fuente en el deseo de tenernos cerca, pero si bien a veces me he sentido frustrado o desanimado nunca me abandonó la certeza de haber tomado la decisión correcta. En este país está todo por hacerse, y disponen de la voluntad y de los medios para hacerlo. Tal vez en Alemania podría, con el tiempo —mucho más tiempo del debido, por ser judío— llegar a ser una de las figuras destacadas de mi disciplina, pero esa se me aparece como una ambición más bien mezquina: a lo que aspiro es a renovarla completamente, a crear una antropología moderna y verdaderamente científica, y eso, en la Alemania actual, en la Europa actual, es prácticamente imposible. Además, mi área de competencia son las culturas americanas, y con Chicago por base podré dedicar los veranos al imprescindible trabajo de campo —salvo cuando nos toque volver a casa para visitarlos, se entiende.

Y eso será todo por ahora, queridos padres; querría quedarme conversando durante horas con ustedes, pero debo madrugar mañana. Les mando miles y miles de saludos, a los dos y a mis queridas hermanas, y a Wilhelm que seguramente estaría feliz de pasar algún tiempo con los esquimales, aunque no se trate de los mismos que conocimos juntos. Y prometo a partir de ahora escribir más seguido.

Su Franz

Capítulo 11
Vera

La conocieron en una fiesta a beneficio de la huelga de la Compañía Pullman, realizada en las afueras de Pullman Town porque el señor Pullman no permitía los bailes populares dentro de los límites de su ciudad modelo. Llegaron orientándose por el elusivo reclamo del violín, que persiguieron y muchas veces perdieron en las incertidumbres del viento y de las calles nuevas, y ya a la vista del escorado galpón, por la luz que se derramaba de las puertas abiertas junto con los compases de la mazurca. Apenas entraron la vieron desplazándose con soltura entre las parejas de bailarines, envuelta en un sencillo vestido negro que daba chicotazos sobre su cuerpo empapado de transpiración, pero no fueron los pies descalzos que se deslizaban temerarios sobre los tablones astillados, ni la ensortijada cabellera que echaba chispas como una colada de acero fundido, ni siquiera los dos jopos de vello cobrizo que crepitaban bajo sus axilas y parecían comunicar a los brazos su vivacidad los que arrancaron de Karl un tributo de muda admiración —aunque también era cierto que al calor de esas dos pequeñas hogueras la boca al punto se le secó— sino más bien la mirada confiada y sabedora con que la pelirroja abarcaba a las parejas danzantes y al público que oscilaba alrededor, la media sonrisa esbozada más para sí misma que para los demás: si de algo dudaba esta muchacha no era de su capacidad de arrastrar cuerpos y almas tras los vaivenes de su violín. Parecía no haber reparado en su presencia, pero al llegar al final del tema alcanzó en tres ágiles zancadas la tarima donde se ubicaban el flautista y el acordeonista, tomó el cigarro de labios de este y tras dos ávidas chupadas lo dejó en sus manos junto con el violín, para luego caminar hasta ellos, abrir los brazos y decir, primero en ruso y luego, al ver que no entendían, en alemán:

—¿Y ustedes muchachos? ¿Qué vinieron, a mirar?

Karl nunca en su vida había tenido ocasión de maldecir con tal vehemencia el hecho de no saber bailar. Kalapakte era igualmente torpe pero careciendo de vergüenza se largó a la pista a pegar saltos junto a la colorada y revolearla por el aire, arrancándole aullidos y carcajadas tales que llegado el final de la pieza un muchachote rubio de mentón belicoso se creyó obligado a desprenderse del grupete que venía contemplando la escena entre murmuraciones y sacudidas de cabeza y abordarla. Al punto las mejillas de la muchacha se pusieron a tono con su pelo, y su compatriota se vio de golpe zurrado por una andanada de ruso que lo hizo recular hasta el círculo de criticones y hundirse en él, perseguido por la conflagración que había encendido. Karl descubrió una pareja de viejos que seguía la discusión con amplias sonrisas; cuando les preguntó si podían traducirle el hombre asintió.

"Ella dice ¿qué, porque es anarquista no se puede divertir? A ver si me ves que tengo cara de monja. ¡Así que por la causa! Mi causa es la libertad de hacer...", hizo una pausa para consultar con su mujer, y se mataron de risa los dos, "... de hacer lo que se me canta la cajeta, si no para qué la revolución, a ver si ahora para hacerle huelga a burgueses vamos a tener que someterse a moral burguesa también".

Los asistentes tomaban partido, algunos por la colorada y otros por su vapuleado consejero, y la discusión fue y vino, en ruso y en alemán, en inglés y en ídish; Karl se puso de parte de ella, al igual que Kalapakte, que lo hizo por solidaridad y porque era evidente que la rusa lo calentaba también; y cuando los ánimos se aquietaron se encontraron en una misma mesa los tres, compartiendo una jarra de cerveza negra que era la que más le gustaba a Kalapakte, mientras la rusa atacaba un bistec casi crudo de más de dos dedos de espesor. Tenía el cabello húmedo como si se lo acabara de secar con una toalla después de lavarlo.

Se hacía llamar Vera, como todas las jóvenes rusas con propensiones revolucionarias por aquel entonces, "un poco por la nihilista que lo llenó de plomo al hijo de puta de Trépov, y un poco más, ahora que la Zasúlich se nos ha hecho marxista y está en contra de la violencia, por la heroína de *¿Qué hacer?* de Chernyshevski, ¿lo leyeron?". Karl asintió, sin demasiado entusiasmo porque más allá de algunas ideas interesantes se le había hecho bastante cuesta arriba el novelón; Kalapakte también, aunque no entendía ni jota porque estaban hablando en alemán. "Pero mi verdadero modelo", siguió ella tragando su bocado, "es Rajmétov, ya saben, el que viaja por toda Rusia tomando los trabajos más duros —leñador, sirgador, herrero, carpintero— para hacerse uno con el pueblo y transformar su cuerpo y su mente en herramientas para la revolución".

—¿Y te acostumbraste a dormir en cama de clavos, también?

—Todavía no, pero si de templar el cuerpo se trata las chinches de la casa de mi tía no dejan nada que desear.

Como su héroe, se alimentaba exclusivamente a base de bifes crudos y hacía varias horas de ejercicios físicos por día; les ofreció su bíceps para que lo comprobaran. A su pedido desnudaron los suyos, y tras una palpadita somera los desafió.

—¿A los dos? —se rio Karl.

—Sí, pero no a la vez, eh —aclaró muy seria.

Apenas se corrió la voz la pista se vació de bailarines, porque hasta el flautista y el acordeonista se acercaron a mirar; como el juego no estaba permitido las apuestas se hacían en rondas o invitaciones u otra clase de favores, a discreción del apostador. Karl entró demasiado confiado y en el primer asalto Vera le torció el brazo hacia atrás, y aunque apeló a todas sus fuerzas no logró más que demorar el momento en que con un rugido de triunfo la rusa lo avasalló; Kalapakte tuvo mejor suerte, porque era un luchador avezado y porque en todo lo que se refería a los *koliot* confiaba menos en los prejuicios que en la observación: había advertido que su contrincante apostaba a que los varones entrarían displicentes al combate y no podrían reponerse a tiempo, como le había sucedido a Karl. El ardor de la pelirroja era a la vez su fuerza y su debilidad: si uno era capaz de resistir el primer asalto después solo era cuestión de sostener.

—No importa —refunfuñó tras vaciarse de un trago la cerveza que le trajeron para consolarla—. Esto recién empieza, dentro de un año los quiero ver a los dos. No voy a permitir que algo tan burdo como la fuerza física conspire contra la igualdad.

—Pero tu ambición es hacerte más fuerte que los hombres, ¿o me equivoco? —preguntó Karl.

—Claro. ¿Te crees que no los conozco? Solo si nos hacemos más fuertes nos van a tratar como iguales, ¿o no?

Pasando al inglés, que le daba bastante trabajo, le preguntó a Kalapakte de dónde venía, y cómo eran las cosas en su tierra; este le contestó que allí los hombres se dedicaban a la caza y a la guerra, y las mujeres a la crianza de los niños, el acarreo y la preparación de la comida, lo cual le arrancó a la rusa un bufido de decepción: "Otro más. Tenía esperanzas de que fueran un matriarcado, pero no importa, en nuestro palacio de cristal la vamos a pasar todos tan bien que hasta los primitivos y los salvajes se van a querer convertir". Fue ahí que Karl se enteró de que su nueva amiga era devota de Fourier, además de Chernyshevski, y le gustó todavía más. "Hay que pensar que estamos apenas en el quinto período, y se supone que son treintaidós. Yo, qué quieren que les diga, ya estaría bastante contenta de llegar al seis, vieron que Fourier promete la abolición de la familia, la emancipación de las mujeres y el inicio de las corporaciones amorosas... ¿Yo? Galante por lo menos, aunque creo que bacante me sentaría mejor, ¿no les parece?... No, no, te veo cara de fiel, fuiste hecho para esposo, aunque con un poco de ganas podrías aspirar a damisela o como sea que se llame la categoría equivalente en el caso del varón... No toco más por hoy, ya saben que según Fourier dos horas es el límite para cualquier actividad. Y tres es la unidad mínima de toda estructura social. Eso sí, tienen que ser dos hombres y una mujer... Eso no lo dice Fourier, lo digo yo... Porque a cualquiera de ustedes lo ponen entre dos mujeres y se cree un sultán... Es así como digo. Poligamia es opresión, y monogamia también. ¿A ustedes no les sobrará un colchón, por casualidad?".

Y fue así que esa misma noche la muchacha de cabello color de fuego se fue con ellos a su casa de Pullman Town. Los dos amigos se habían mudado allí a principios del invierno, a poco de cerrada la Exposición; el dinero que habían llegado a juntar no les alcanzaba para viajar en tren hasta San Francisco y de ahí en barco a Punta Arenas, que era la ruta más segura, ni tampoco para tomar el tren hasta la más cercana Nueva York y embarcarse rumbo a los puertos sudamericanos de Montevideo o Buenos Aires, desde donde podrían, les habían dicho, encontrar un barco que los llevara a Tierra del Fuego; les alcanzaba, sí, para un pasaje, pero Kalapakte no quería saber nada con viajar solo. Karl consiguió trabajo de mecánico en la fábrica de coches Pullman, que a pesar de la crisis había vuelto a tomar personal; Kalapakte no había tenido la misma suerte y tras probar y dejar diferentes empleos —ayudante de panadero, albañil, barrendero— encontró uno compatible con su nomadismo y aversión por la rutina: el de repartidor de periódicos. No tenía horarios ni jefes, y el sistema era la sencillez misma: compraba cien diarios a cincuenta centavos y los vendía a uno cada uno, obteniendo, si conseguía vender los cien, una ganancia de otros cincuenta; no era mucho, pero diez o doce dólares mensuales hacían la diferencia que les permitía vivir.

Todavía discutiendo sobre los falansterios y con Vera tocando de a ratos el violín atravesaron las precarias veredas, que a veces no eran más que tablones entrecruzados sobre el barro, doblando y redoblando las esquinas hasta llegar a la mejor iluminada y aseada Pullman Town, y una vez allí al segundo piso de la casa que Kalapakte y Karl le subarrendaban a una nutrida familia italiana. Arrastraron uno de los dos colchones a la sala principal, para que la muchacha tuviera algo de privacidad; privacidad que en su caso poco tenía que ver con el pudor, descubrieron a la mañana siguiente, cuando habiendo sido despertados por una serie de rítmicos bufidos la encontraron haciendo lagartijas con un solo brazo, desnuda salvo por los pechos que se había fajado para que no rozaran el piso; cuando terminó la serie se incorporó de un salto y Karl pudo completar su brújula de fuego con el cuarto punto cardinal.

—Tuve que rasgar una de las sábanas —dijo Vera indicando la única prenda con el mentón—. Espero que no les moleste, hoy mismo les traigo unas nuevas. Bueno, ¿qué están mirando? Ayúdenme a sacármela, ¿quieren?

Con manos que le temblaban un tanto Karl hurgó en el nudo a su espalda hasta encontrar la punta y tiró, haciendo que Vera girase como un trompo hasta desenrollarse, dando todavía un par de vueltas hasta detenerse frente a los dos. Sus pechos eran tan hermosos que le dieron ganas de llorar. Sin darse por aludida Vera fue hasta su vestido y embocándolo en brazos y cabeza lo dejó caer.

—¿Tienen algo para el desayuno o bajo a comprar? No sé cómo se organizan ustedes, yo me ofrezco a hacerlo un día de cada tres, si les parece bien; lo mismo podemos hacer con la limpieza y todo lo demás. A la tarde puedo ir a buscar mi baúl, pueden ayudarme si se lo permiten sus tareas, si no me arreglaré. Eso sí, tendríamos que ir buscando un lugar más grande, de cuatro ambientes, así tenemos cada uno el suyo y uno en común, y ponemos como regla que cada uno tiene que pedir permiso para entrar al espacio del otro, como hacen Vera y Lopújov en *¿Qué hacer?*, ¿les parece?

Karl se quedó sin palabras: la había invitado a pasar la noche porque se había hecho demasiado tarde para volver a Chicago y en el espacio de cuatro frases no solo se había mudado con ellos sino que los mudaba también. Pero la mirada de Vera era la misma que dirigía a los bailarines por encima de las cuerdas de su violín, y también era la misma la voluntad de Karl de resistir. Negociaron un tres ambientes, al final, explicándole que se habían acostumbrado a dormir juntos después de pasar la noche polar en el iglú.

—Pero entonces, cada vez que me acueste con uno de ustedes, ¿el otro qué hace, se queda a ver?

Karl y Kalapakte se miraron mudos. Con cierta dificultad Karl encontró las palabras para explicar que en ese caso el otro podía dormir en la sala común, o en el cuarto de ella si no era molestia.

—No sé, no me gusta que se metan en mi cuarto cuando no estoy. Bueno, ya le encontraremos la vuelta supongo. Pero sigo pensando que tres habitaciones sería mejor.

Esa misma tarde trajo su baúl, y a la noche descubrieron que la cuestión de los espacios comunes y privados no era tan complicada de resolver: Vera quedó tan encantada al enterarse de que Karl y Kalapakte se habían hecho amantes durante su prolongada convivencia ártica que rogó, porfió y pataleó hasta que accedieron a volver a hacerlo frente a ella, aunque solo fuera para darle el gusto, y cuando Kalapakte penetró a Karl Vera que ya se había desnudado y comenzado a frotarse el triángulo de fuego se deslizó debajo de él, envainándolo en el envión; después de que Kalapakte se vació en él y él en ella y se fundieron en uno los tres, Karl se reencontró consigo mismo aplastado entre los dos y lloró, porque supo que nunca en su vida volvería a ser tan feliz.

La mañana siguiente, aprovechando la ronda diaria que le tocaba como miembro del comité de huelga, salieron a buscar el nuevo apartamento. En un día resplandeciente como aquel, el barrio modelo levantado por el señor Pullman para solaz de sus obreros ostentaba su mejor faz: las parejas se paseaban de la mano por las anchas veredas, pobladas de árboles jóvenes en el esplendor de su follaje veraniego, las familias hacían pícnics y los niños jugaban en los parques salpicados aquí y allá de florecidos arbustos y canteros: la huelga hacía de cada día un domingo, y aunque faltaran los víveres y el dinero sobraban el entusiasmo y la solidaridad. A lo largo del recorrido, a la par que Karl hablaba con la gente y atendía sus reclamos y preguntas, le fueron mostrando a su invitada los viveros donde crecían los árboles y los arbustos de la ciudad jardín, gracias al abono fabricado con los desechos de los doce mil habitantes —el señor Pullman abominaba de todo desperdicio, fuera de tiempo, dinero o material, "hasta la mierda debe dar ganancia" era uno de sus lemas—, entraron al moderno Edificio de los Pasajes, que imitaba los de París y concentraba las tiendas donde los vecinos podían comprar todo lo que necesitaban; el suntuoso teatro de decoración morisca y la acogedora biblioteca con sus más de ocho mil volúmenes; pasaron frente al lujoso hotel Florence y a la iglesia de piedra verde abierta a todos los cultos, las hileras de las casas de los operarios, cada una amplia, luminosa y aireada, con su patio y su jardín; y ya más al norte, cerca de los talleres, las viviendas aún más holgadas de los capataces, los ingenieros y los directivos; una postal idílica, en suma, de la relación armónica entre capital y trabajo, la promesa de América hecha realidad.

—¿Es tan así? —preguntó Vera.

—Sí —contestó Karl—, como la casita del bosque de Hansel y Gretel.

Las casas podían ser limpias, luminosas y aireadas, admitió, y la mayoría tenía gas, agua corriente y calefacción, pero por todo había que pagar, y los precios eran mucho más altos que los del resto de la ciudad, y todo se les descontaba por adelantado, así que si tu salario era de treinta o cuarenta dólares tal vez no llegaban a tu bolsillo más de diez. Al desayunarse de cómo funcionaba el sistema, Karl había tratado de buscarse algo fuera de la ciudad, pero cuando encontró un lugar en Roseland y dio aviso al inspector, este le hizo saber que quienes despreciaban la hospitalidad del señor Pullman renunciaban al privilegio de trabajar para él; tampoco tenían derecho a comprar las casas, ni de quedarse en ellas si los despedían, desde ya. La mercadería costaba entre veinticinco y treinta por ciento más que en los barrios de los alrededores, y si bien no estaba expresamente prohibido comprar afuera, los supervisores siempre terminaban enterándose, mejor no preguntarse cómo, y de golpe el trabajo de uno, hasta entonces impecable, se plagaba de defectos y había que rehacerlo una y otra vez, y las horas de trabajo subían a doce y a catorce sin pago adicional; hacerse socio de la acogedora biblioteca costaba tres dólares al mes, que ninguno de los trabajadores podía pagar; la iglesia estaba abierta a todos los cultos aprobados por el señor Pullman, es decir a un puñado de denominaciones protestantes, aunque como ninguna estaba dispuesta a ponerse con los trescientos dólares mensuales del alquiler Dios seguía sin bajar a Pullman Town; solo circulaban los diarios tolerados por él, cada vez menos desde que la prensa amiga se iba quedando sin argumentos para justificar su proceder; en el teatro solo se daban las obras aprobadas por el señor y la señora Pullman y al director por poco lo pusieron de patitas en la calle cuando les fue con la idea de hacer *Casa de muñecas*, y eso que se trataba de la versión donde Nora tras dar el portazo volvía y pedía perdón; de todos modos ninguno de los trabajadores podía pagar la entrada y lo mismo valía para el hotel y su restaurante, reservados para el personal jerárquico y los invitados del señor Pullman, que llegaban en sus vagones palaciegos, se paseaban por la ciudad admirándose y hasta escandalizándose de lo bien que vivían los trabajadores allí ("No sabía que el marido de Hattie se había hecho socialista, ¿ustedes sí?"), asistían a algún concierto o representación y cenaban y se alojaban en el hotel, que era el único lugar donde se despachaban bebidas alcohólicas: el señor Pullman había dictaminado que la suya sería una ciudad seca, para sus obreros al menos, y esta aridez se extendía a la música, el baile, las conferencias sobre los derechos de las mujeres o el control de la natalidad, las asambleas gremiales y la prostitución. Como solían decir los residentes, nacemos en las casas de Pullman, compramos nuestra comida en las tiendas de Pullman, educamos a nuestros hijos en la escuela de Pullman y cuando muramos iremos al infierno de Pullman.

Pero en los primeros meses del año, continuó Karl, descubrimos que no tendríamos que esperar tanto. Cuando recibí mi primer cheque por veinte centavos supuse que se trataba de un error, pero un vistazo a las turbas que asaltaban las ventanillas del banco me alcanzó para enterarme de que en todo caso se trataba de un error general. Me habían aplicado un recorte del cuarenta por ciento pero sin reducción alguna en el alquiler y los gastos, y ese era el resultado: una quincena de veinte centavos. Lo máximo que pudieron lograr quienes reclamaban fue la oferta de endeudarse con la Compañía por un porcentaje del alquiler, lo cual si por una parte les permitía disponer de algún dinero de mano, por el otro los encadenaba a esta en una progresiva esclavitud. Recién entonces entendieron por qué la Compañía había reclutado a troche y moche en plena crisis económica: despidiendo trabajadores se despoblaba Pullman Town, retrasándose el recupero de la inversión; llenándola a reventar y recortando los salarios lograban que estos pasaran de las arcas de la Compañía a las de la ciudad sin otra pérdida que la de algunos pocos centavos en su tránsito por los bolsillos obreros: una especie de *perpetuum mobile* del capital. Lo que más lo angustiaba, confesó Karl, era que de seguir así tendrían que echar mano al fondo de viaje, porque con los ingresos de Kalapakte ya no les alcanzaba; y había otros que estaban peor: la familia de abajo dependía enteramente del sueldo del padre, que el mes pasado había sido de un dólar con veintiséis centavos. Y mientras tanto tenían que seguir trabajando doce horas por día, o más, seis días a la semana; algunas familias se habían ido pero la mayoría decidió esperar: al menos tenían un techo sobe sus cabezas y con la primavera se terminaba el gasto de calefacción, lo que les permitía ahorrar unos seis dólares por mes. Así había pasado el mes de abril, sin otra novedad que la afiliación sostenida de los trabajadores al nuevo sindicato ferroviario: Karl había sido uno de los primeros en firmar, y había instado a sus compañeros y vecinos a seguirlo; hacia fin de mes ya eran más de cuatro mil. El sindicato, que predicaba la mesura y la negociación, desaconsejaba cualquier acto de sabotaje o violencia e incluso la huelga, insistiendo por el contrario en la necesidad de negociar; pero todos sus intentos de acercamiento chocaban con la intransigencia de la Compañía, que se negaba a reconocerlo: los empleados debían negociar las condiciones de trabajo individualmente y el que no estaba de acuerdo era libre de irse, después de pagar su deuda claro está. Como delegado de su sección Karl formó parte de la comisión que se entrevistó con el señor Pullman y el vicedirector Wickes, el cual mantuvo durante toda la reunión una mudez de estatua, limitándose a escuchar cómo su jefe pasaba en cuestión de minutos del apóstrofe bíblico, al razonamiento socrático, a la ablución pilatense y el llorisqueo magdalénico: había invertido toda su fortuna (mentira) en esta hermosa ciudad y así se lo agradecían; las demás empresas despedían a sus operarios y él en cambio había cuadruplicado su número en plena crisis; si no hubieran acudido al sindicato habrían podido arreglar las cosas entre amigos, como siempre, pero ahora lo habían echado todo a perder: la todopoderosa Asociación General de Directores de Ferrocarriles había decidido aprovechar el conflicto de Pullman para quebrarle el espinazo a la recién formada Unión Ferroviaria, y lo amenazaban con no enganchar más coches Pullman en sus trenes si él hacía a sus trabajadores la más mínima concesión: estaba atrapado entre dos fuegos, ¿qué podía hacer? A los pocos días huyó a refugiarse en alguno de sus castillos de la costa este, dejando el manejo de la crisis en manos del señor Wickes. Les habían dado plenas garantías de que los miembros de la comisión gozarían de inmunidad: al día siguiente echaron a tres. El guante estaba arrojado y no tuvieron más remedio que recogerlo: el 12 de mayo al mediodía, como un solo hombre, cuatro mil operarios guardaron sus herramientas y salieron caminando de los talleres. Había comenzado la huelga.

Terminaron su recorrido, y Karl su relato, en el playón donde descansaban los últimos coches Pullman terminados antes de la huelga; Vera nunca había visto uno por dentro y apenas entró se quitó los zapatos y el vestido para sentir la *moquette* bajo sus plantas y los tapizados de seda y terciopelo sobre la piel; esta vez insistió en que fuera Karl quien penetrara a Kalapakte mientras este la penetraba a ella, para equilibrar: era evidente que sus composiciones se regían no solo por el principio de la variedad sino también por el de la más estricta equidad, aunque los extremos a los que pretendía llevarla recién les quedaron claros cuando en uno de los respiros exhaló, tumbada sobre el terciopelo carmesí: "Ay muchachos, si me la siguen metiendo así me van a dar vuelta como un guante y con la pija que me salga me los voy a tener que coger a los dos".

A los tres días se mudaron al nuevo apartamento de la calle Fulton; mientras desempacaban, Vera descubrió la capa y la gorra de Kalapakte, y decidió probárselas para inaugurar la nueva vivienda. Rápidamente se desnudó y se envolvió en la piel de guanaco, colocándose el triángulo de pelaje gris sobre el pubis primero, luego, ante la risotada de Kalapakte y la indicación de Karl, sobre la frente, provocando en aquel un segundo ataque de hilaridad: el *kócel* lo llevaban solo los hombres, le explicó, sería como si Karl se pusiera tu vestido. "Ya lo escuchaste, Karl", dobló la apuesta Vera, y Karl se sintió obligado a protestar aunque sabía que era inútil: había visto en sus ojos el brillo que les daba la caricia del violín, y sentido el paso de su arco por la ojiva de sus muslos. "No, no, quiero que te saques todo y después te lo pongas, así veo bien cómo se te para". Obedeció, ¿a qué demorar lo inevitable? Pero mientras lo hacía sintió cómo lo iba abandonando la atención de ambos. El ribete de pieles agudizaba el sesgo eslavo de los ojos de Vera, haciendo que se viera más rusa que nunca, pero tal vez no fuera eso lo que embelesaba a su amigo: se sentó al lado suyo, comenzando por acariciar, no a ella, sino al ya ralo pelaje de su capa; recién después, sí, hizo a un lado los dos pliegues que la tapaban. Callada, Vera intercambió una mirada con Karl, luego la volvió a Kalapakte: sin prisa, con movimientos precisos, este se despojó de sus ropas y se inclinó encima de ella, que lo esperaba arqueada sobre las pieles. Karl se sacó el vestido, que ya a nadie interesaba, y se apartó apenas un poco a contemplarlos mientras se acariciaba, para gozar con ellos sin entrometerse. Kalapakte llegó el último, pero fue el que llegó más lejos: estaba, lo supo Karl por irradiaciones indudables, otra vez en Tierra del Fuego. "Y además era otoño", precisó cuando le preguntó más tarde, para corroborar, en la intimidad del cuarto compartido.

Con el paso de los días Karl llegaría a apreciar, casi tanto como estos momentos de ardor, aunque con intensidad distinta sin duda, las tardes de felicidad doméstica que en anticipación de la más plena del falansterio (decía Vera) pasaban los tres, tomando té continuamente del samovar que esta le había birlado a su tía. Karl se dedicaba sobre todo a la lectura; apenas declarada la huelga se había encargado de organizar una biblioteca circulante, yendo casa por casa a pedirle a los vecinos que prestaran sus libros; el resultado podía ser menos señorial que el de la biblioteca del señor Pullman pero era más accesible; en cada uno de sus encuentros Karl insistía en que los trabajadores aprovecharan el tiempo libre para instruirse y él mismo practicaba lo que predicaba, leyendo a la vez *La conquista del pan* de

Kropotkin en francés, *Dios y el Estado* de Bakunin en inglés y *Hedda Gabler* de Ibsen en alemán, y por partes releía *La taberna* de Zola, porque transcurría en su antiguo barrio parisino y le traía recuerdos de Josef y su madre. Vera practicaba el violín en su cuarto, cuando no estaba afuera tocando o posando: suplementaba sus erráticos ingresos de *saloons* y bailes modelando para las clases del Instituto de Arte, "de ahí me vendrá la costumbre de andar desnuda", bromeaba; de hecho había modelado para una de las esculturas de la Ciudad Blanca, la de la indomable valkiria que cabalgaba las llamas en la alegoría *El fuego desatado* del Edificio Administrativo, "¿quién si no, con estos pelos y estas tetas? ¿No la recuerdan? Uno de estos días tenemos que ir a verme". Le pedían que dejara la puerta abierta, para escuchar; estaba empecinada en sacar la sonata de Tartini, a pesar de que exigía del ejecutante un virtuosismo casi sobrenatural y ella no sabía leer música —la había escuchado solo una vez, de pequeña, en San Petersburgo, y desde ese día, el día en el cual se había prometido para siempre al instrumento de su elección, perseguía sin tregua su sombra huidiza por la planicie infinita de las cuerdas del violín. Kalapakte trabajaba en los arcos y flechas que luego vendía en la ciudad, y nada le gustaba más a Karl que levantar cada tanto la vista de su libro, mirarlo trabajar un rato y volver a la lectura.

Mientras tanto la huelga seguía su curso, ante la aparente indiferencia de la Compañía: ni esta ni la Asociación de Directores mostraban el más mínimo interés en negociar, y ante las reiteradas apelaciones de la Unión Ferroviaria, que por momentos se acercaban a pleitesías y súplicas, la respuesta era siempre la misma: no había nada que arbitrar, nada que negociar, nada que conversar; obligándola al cabo de un mes a decretar un boicot contra los coches Pullman en todo el país: de ahí en más ningún tren que los llevara podría circular. Si la idea era aislar a Pullman, enemistándolo con sus pares, les salió el tiro por la culata: la Asociación de Directores dispuso incorporar coches Pullman en todos sus trenes, sujetándolos con barras, cadenas y candados para que los operarios no los pudieran desenganchar; circulando, para mayor seguridad, con una guardia armada de detectives de la Pinkerton. El sindicato ya no podía echarse atrás, y se vio obligado a declarar una huelga general en solidaridad con los trabajadores de Pullman: en cuestión de días dejaron de circular todos los trenes entre el Misisipi y el Pacífico, y la parálisis se fue extendiendo hacia la costa este, amenazando alcanzar el país entero: era la primera huelga de alcance nacional en golpear a los Estados Unidos, y Vera ya empezaba a hablar entusiasmada de la revolución social y las comunas anarquistas. Entonces la Asociación de Directores hizo su jugada maestra: como entorpecer la circulación del correo constituía un crimen federal, adosaron coches de correo detrás de cada coche Pullman y reclamaron la intervención del gobierno de los Estados Unidos. De nada valieron las protestas del gobernador Altgeld y del alcalde Hopkins, denunciando el artilugio: el presidente Cleveland tomó partido por las compañías de ferrocarriles y a principios de julio comenzaron a converger sobre Chicago los trenes manejados por crumiros y cargados con soldados que para el 4 de julio ya sumaban más de diez mil, convirtiendo a la ciudad en un vasto campamento militar. Por el momento se mantuvieron fuera de Pullman Town: su mandato no era aplastar la huelga sino garantizar la circulación de los trenes correo, es decir, de todos los trenes.

El primer incidente tuvo lugar en los playones de Blue Island, frente a una multitud de curiosos que se había ido congregando desde temprano, arengada por agitadores que apenas los ánimos estuvieron suficientemente caldeados empezaron a dar vuelta los pesados vagones de carga y prenderlos fuego. Las columnas de humo se veían desde Pullman Town.

—¡Ya empezó! —exclamó excitada Vera entrando en Turner Hall, donde Karl y los otros delegados se habían reunido para discutir la situación—. Hace más de una hora que te buscamos —Kalapakte venía con ella—. ¡El pueblo se levantó y está quemando los trenes y las estaciones! ¡Y los soldados se niegan a reprimirlos! ¿Y? ¿Qué hacen? ¿Van a seguir discutiendo mientras nuestros héroes se juegan la vida?

Los demás delegados los miraron en silencio.

—Tus héroes son todos esbirros de la Compañía, policías y oficiales de la milicia. Provocadores. Por eso los soldados no los reprimen —dijo Karl como quien explica lo evidente a un niño.

—Ustedes deberían estar quemando esos vagones. Así no se verían obligados a hacerlo ellos. ¿Y? ¿No vienen?

—Es lo que ellos esperan. Es una trampa, Vera. Apenas pongamos un pie en la zona van a empezar los tiros y terminamos todos entre rejas. Y ni hablar si tienen suerte y alguna bala perdida les mata a alguno, y pueden acusarnos de esa muerte. No queremos ser los nuevos mártires de Chicago.

—Eso se nota. Está bien. Sigan discutiendo nomás, no queremos interrumpirlos. ¿Vamos, Kalapakte?

Karl fue más tarde, y se pasó varias horas buscándolos entre los hierros retorcidos y las maderas carbonizadas y humeantes, con un vacío en el estómago y el corazón entre los dientes, murmurando promesas y súplicas al Dios en el que no creía. Habían ardido, junto con los vagones, las veredas de madera, las casetas de control, dos torres de agua y uno de los galpones de herramientas, y ahora las fuerzas de la ley habían sido reemplazadas por una horda de desarrapados, hombres, mujeres y niños que revolvían los escombros buscando lo que todavía sirviera. Les preguntó por el indio y la mujer de pelo colorado, apostando a que no habrían pasado desapercibidos, pero o no comprendían la lengua en que les hablaba, o no sabían, o afirmaban enfáticamente y por unas monedas lo paseaban interminablemente por el enmarañado laberinto de armazones y rieles, jurando y perjurando que los habían visto exactamente en este o aquel punto. Cuando llegó al apartamento, agotado y deshecho de angustia y de culpa, para encontrarse con su cuarto cerrado y risas y gemidos que le llegaban de detrás de la puerta, pensó que por una vez podría echarse en la cama de Vera, pero como era demasiado alemán para infringir las reglas terminó desplomándose sobre una de las sillas de la sala común, decidido, eso sí, a exigir que de ahí en más los encuentros de a dos tuvieran lugar en el cuarto de Vera, así el que se quedaba afuera podía disponer de su propia cama al menos.

Al día siguiente fue con ellos, para no pasar por las mismas angustias. Los soldados llegaron desde la ciudad en una formación de cinco vagones, erizada de fusiles como un puercoespín. La consigna del sindicato era dejar pasar todos los trenes, aunque vinieran manejados por crumiros y custodiados por los aborrecidos Pinkertons; muchos de los huelguistas habían aplaudido el envío de las fuerzas federales, porque daban garantía de imparcialidad; los más optimistas incluso esperaban que fuera el preámbulo a la estatización de los ferrocarriles, la única solución a largo plazo de sus problemas, según decían, así que los dejaron pasar sin molestias. Apenas algunos muchachones de los barrios más pobres, que en los últimos días se congregaban como moscas en cualquier lugar donde pudiera haber jaleo, les hacían gestos obscenos y les gritaban insultos y hasta volaron una piedra o dos, rebotando con eco metálico contra los lados de la locomotora.

Entonces sucedió lo impensable. Los soldados bajaron las armas y empezaron a disparar, a quienes los habían agredido, a los trabajadores del ferrocarril alineados junto al terraplén, a los vecinos que del otro lado del alambrado iban y venían por la calle o estaban sentados al frente de las casas. Los tres amigos corrieron sin mirar atrás, en dirección a la cercana fila de vagones detrás de la cual podrían refugiarse, rodeados de otros que corrían como ellos. Agazapados tras las ruedas de acero pudieron ver cómo los soldados calaban bayonetas y saltaban a tierra para avanzar sobre el alambrado donde muchos de los fugitivos habían quedado atrapados, tratando de trepar o agolpándose en los escasos boquetes, y abriéndose paso a tiros y pasando sobre los cuerpos caídos avanzaron sobre las casas, siempre disparando. Desde su escondrijo vieron al viejo Warzowski, que los había saludado cuando llegaron, huir hacia el interior de su vivienda perseguido por un chaqueta azul que pateó la puerta y entró tras él; Vera quiso seguirlo y solo aunando esfuerzos pudieron retenerla, porque la rusa luchaba como una tigresa y tenía fuerza. Al cabo de unos minutos lo vieron salir, bajar las escaleras como borracho y perderse en el callejón. Entonces la soltaron, y corrieron tras ella. Una mujer aullaba junto a un cuerpo caído, un niño lloraba sentado en el polvo, dos obreros pasaron corriendo cargando una puerta donde yacía un tercero. Cruzaron el alambrado por uno de los boquetes, luego la calle de tierra, subieron por los crujientes escalones de madera. El viejo estaba tirado boca abajo sobre el tapete, con varios tajos sangrientos en la camisa; de frente no tenía ninguna herida, descubrieron cuando lo dieron vuelta: lo habían matado por la espalda en la sala de estar de su propia casa. Karl le cerró los ojos, todavía abiertos de sorpresa, y le acomodó las manos sobre el pecho; luego tuvo que sentarse en el desvencijado sillón, porque no lo sostenían las piernas.

Vera y Kalapakte lo esperaban sentados en los escalones de afuera, y se levantaron cuando lo sintieron. Camino a la estación Vera pidió que la esperaran un minuto mientras entraba a una tabaquería y despacho de bebidas; salió al cabo de unos pocos minutos, agitando una caja de fósforos como una serpiente de cascabel enfurecida.

* * *

Nadie los paró a la entrada. Saliendo de la estación terminal caminaron con sus alargadas sombras por delante, resguardando los ojos del reflejo del sol en las brillantes paredes blancas y las cúpulas sobredoradas, la frondosa y fantasmal estatuaria, las incontables columnas de los peristilos simétricos. Merodearon por las inmediaciones del Edificio Administrativo, buscando la manera de entrar, pero se cruzaron con un guardia receloso y prefirieron seguir, bordeando la extensa dársena en cuya agua quieta se entrechocaban las góndolas venecianas con sonido hueco y se reflejaba la monumental estatua de catorce metros de la diosa de la libertad, cuya pátina dorada enriquecía de matices cobrizos el poniente.

—Parece la Roma imperial esperando a los bárbaros —susurró Karl.

—Que ya llegaron —murmuró Vera a su vez.

Entraron sin dificultad en el edificio del casino, no había guardias en los alrededores y las puertas habían sido forzadas por los mendigos que se habían adueñado de la Ciudad Blanca tras el cierre de la Feria. Después de recorrer los dos pisos para asegurarse de que no hubiera ninguno dormido hicieron una gran pila de virutas, maderas de embalar y otras basuras contra una de las esquinas. Hasta el momento en que Vera le alargó los fósforos Karl había dudado de lo que iban a hacer; sabía que toda "destrucción de la propiedad" sería magnificada por la prensa y aprovechada por el gobierno para desacreditarlos y justificar la represión; pero en ese momento recordó a los kwakiutl ejecutando sus danzas sagradas frente a un público indiferente o burlón, a Kalapakte y los esquimales sudando en las pieles que los obligaban a usar aun en los días más sofocantes mientras construían sus iglúes de yeso, recordó cómo temblaba el labio superior de Keshu mientras el señor Putnam le explicaba que el esqueleto de su padre había sido adquirido legalmente y no tenía nada que reclamarles, y le pasó los fósforos a Kalapakte.

Desde el lago soplaba una brisa agradable; buscaron un banco con buena vista y se sentaron a fumar, pasándose el cigarro. En un principio el edificio se iluminó por dentro apenas tenuemente, como un farolito chino o una calabaza de Halloween; poco a poco los dispersos penachos de humo blanco que se filtraban a través del techo y las ventanas rotas se fueron oscureciendo y espesando hasta trenzarse en una gruesa enredadera de raíces de fuego, tronco negro y turbulento follaje gris. Uno a uno estallaron los vidrios de las ventanas, y en poco tiempo el viento que aspiraban convirtió al edificio del casino en una rugiente fragua. En cuestión de minutos las columnas del peristilo ardían como velas; fue entonces que por encima del rugido de las llamas escucharon los gritos y los silbatos y un guardia les pasó corriendo al lado, gritando que lo ayudaran a dar la voz porque ninguna de las alarmas funcionaba. Por no despertar sospechas se levantaron y caminaron hasta la punta del muelle, donde obtuvieron una vista panorámica del avance de las llamas que ya habían envuelto a Colón y su cuadriga y alcanzaban la sala de conciertos. A esa altura empezaron a llegar los primeros curiosos, la mayoría en bicicleta, caminando los menos; y al rato, cuando el cielo iluminado hubo propalado la noticia, oleada tras oleada en el tren elevado, como en los viejos días de la Feria. Habían empezado a llegar también los bomberos, haciendo sonar sus campanas y desenroscando sus mangueras mientras los caballos piafaban asustados ante los vertiginosos castillos de fuego, el calor intolerable, las murallas de humo arremolinado. Con un gran rugido se desplomó la cuadriga, lanzando al cielo un torrente de tizones y chispas y provocando el primer ¡hurra! de los espectadores; las brasas voladoras caían en tal profusión sobre el gigantesco Edificio de Manufacturas que los bomberos que corrían por los techos no daban abasto para apagarlas, y una vez que comenzó a arder viró el viento soplándolas hasta el de agricultura, desde el cual saltaron al administrativo y a la estación terminal, mientras que los tizones del Edificio de Manufacturas volaban hacia los edificios de electricidad y minería, que la lancha de los bomberos rociaba desde la dársena con dos elevados arcos líquidos. Cada tanto, alguno de los techos se hundía con un rugido, caía una columna trazando con su cresta en llamas arcos de fuego, o una red de vigas de hierro se convertía en una telaraña de luz antes de plegarse sobre sí misma y colapsar. Los curiosos seguían llegando y formaban cordones sobre la costa y las orillas de la isla, tanto que los bomberos debían repartir sus esfuerzos entre combatir las llamas y mantenerlos lejos; por eso, y porque el incendio se había convertido en una rugiente tormenta de fuego de la que restallaban en dirección imprevisible elásticos látigos ígneos de más de cincuenta metros, no pudieron darle a Vera el gusto de acercarse a ver su efigie envuelta en fuego verdadero. La Ciudad Blanca ardía de punta a punta, la luz de las llamas y su reflejo sobre las aguas iluminándola como en sus días de esplendor las luces eléctricas; entonces Vera sacó el violín de su estuche. A Karl le llevó unos segundos reconocer la pieza, porque nunca la había escuchado en solo de violín y porque excedía las modestas habilidades de la ejecutante: era la secuencia de la inmolación de Brunilda. Una vez más descubrió en los ojos y en la sonrisa de Vera la expresión de orgullo y confianza de aquella noche primera, como si también las llamas danzantes obedecieran las indicaciones de su instrumento. Cada tanto alguna de las altas torres caía como un árbol hachado, se desplomaba una cúpula, regresaba al magma originario una graciosa escultura; a lo que la muchedumbre daba hurras, vivaba y aplaudía.

—¿Ven? —decía Vera en las pausas de la música—. Es la Comuna de Chicago que empieza.

Por no ser aguafiestas Karl contuvo el impulso de recordarle que lo que contemplaban no era más que un apocalipsis de yute, cartón y estuco —por eso, dicho sea de paso, ardía tan bien, y por eso el público aplaudía tan suelto de cuerpo. Sabían que estaban asistiendo a una función teatral, el último y más grande espectáculo de fuegos artificiales de la Feria. Había una diferencia abismal entre quemar esta escenografía de ópera y quemar los palacios de las Tullerías, el Orsay y el Palais-Royal, como habían hecho los *communards*, pagando luego con miles de vidas la profanación. Lo que para ella era un acto político no era para él más que una experiencia estética con música incluida, una versión muy lograda, al menos en lo escénico, de la demandante secuencia final del *Götterdämmerung*.

Pero volvía a juzgarla con ligereza, descubrió enseguida: la rusa era una caja de sorpresas. La Ciudad Blanca ya no era más que una gran quema de basuras, un matorral de negros hierros retorcidos y parvas de brasas humeantes a cuyos lados iban y venían los bomberos con sus carros y mangueras, rociándolo todo una y otra vez, para prevenir posibles rebrotes que pusieran en peligro los pocos edificios que se habían salvado, cuando Vera bajó su violín y contemplando su obra maestra mientras se sacudía algunas cenizas del cabello y el vestido exhaló satisfecha:

—Bueno, esto ya está. Ahora, a matar a Pullman.

* * *

Desde el momento en que Vera pronunció su sentencia Karl ya no supo lo que era dormir, ni tampoco andar despierto. Era como si el sueño y la vigilia hubieran intercambiado sus fueros: de día todo lo cercano se alejaba y lo lejano se tornaba irreal y difuso, las cosas del mundo perdían consistencia y jugaban a esconderse detrás de las de la mente; sus noches en cambio se rendían al asalto de visiones nítidas como navajas e igual de crueles: Pullman pidiendo perdón de rodillas, prometiéndolo todo con tal de salvar la vida (lloraría, estaba seguro, a poco había estado de hacerlo en la entrevista), la Sra. Pullman poniéndole el pecho a las balas para salvar a su marido, los ojos y la boca de este abriéndose desmesurados ante los incomprensibles boquetes sanguinolentos en su inmaculada pechera, sus nietos corriendo a abrazarlo mientras se desangraba en el piso, "¡Abuelo, abuelo!"… Todo eso si elegía dispararle, claro; no era capaz, ni siquiera en la despavorida inventiva del insomnio, de componer el estrago de un atentado dinamitero: el mobiliario desportillado, los jarrones hechos añicos, los cuadros arrancados de sus marcos, las palmeras deshojadas por el huracán de un segundo, el muñeco con la cara de Pullman tirado en el suelo. Los muertos por disparo de arma de fuego, o acuchillados, lo había comprobado ayer apenas, seguían siendo gente, pero el cuerpo arrasado por una explosión se convertía en una cosa entre otras cosas, como si su humanidad le hubiera sido arrancada por la fuerza del estallido. Lo más seguro, si de evitar víctimas inocentes se trataba, era el arma blanca: el problema era que tampoco daba muchas garantías de liquidar a las culpables; de todos modos se sabía incapaz de empuñar un cuchillo y clavarlo en la carne de un semejante, al menos a sangre fría. Disparar era distinto: la presión en el gatillo apenas liberaba la fuerza almacenada en el cartucho; la del cuchillo en cambio era la del brazo y la de este la de una furia o una convicción que Karl no sentía.

—No puedo —le había dicho al volver la noche del incendio, en ausencia de Kalapakte que se había ido a consolar a una vecina cuyo marido, como tantos otros, había abandonado Pullman Town en busca de horizontes más benignos.

—¿Por qué?

—Ya te dije.

—¿Y no sabe llegar solo a Tierra del Fuego?

—Sí, pero no quiere. Está seguro de que nunca va llegar si no es conmigo.

—Está bien. Entonces lo hago yo.

—No, eso de ninguna manera.

—¿Por qué, porque soy mujer? No te olvides que también soy rusa. Las rusas somos buenas para estas cosas.

—Sí, pero los que van a juzgarte son americanos. Y los americanos todavía creen que todas las mujeres nacieron para ser buenas esposas y madres ejemplares. Te van a ver como un monstruo. Van a querer destruirte.

—Eso si me agarran. Es lo que estás pensando, ¿no? Que voy a fallar. Que los atentados son cosa de hombres. Pero les voy a mostrar que nosotras también podemos. ¿Para qué te crees que me estuve preparando?

—Me parece que nos estamos precipitando. Antes de decidir quién lo hace tenemos que decidir si vamos a hacerlo o no.

—Tenemos un voto a favor y uno en contra, parece. ¿Y Kalapakte?

—Él comparte tu opinión, que alguien tiene que matarlo; pero no yo.

—¿Por qué, por el bendito viaje?

—No. Dice que no estoy hecho para matar a nadie.

—¿Y él sí?

—Él sí.

—¿Y yo?

—También.

—¿Y por qué esa diferencia?

—Lo primero, según él, es darse cuenta de cuándo el enemigo se puede derrotar de otra manera, y cuándo no hay más remedio que matarlo. Dice que yo me confundo y siempre apuesto a lo primero.

—¿Y yo no?

—También te pasa de confundirte. Solo que al revés.

—Qué simpático. ¿Y él?

—Nunca mató a nadie, que yo sepa. Pero sin duda lo haría si lo considerara necesario. En el barco, cuando íbamos para Groenlandia, uno de los marineros, Billy se llamaba, me tomó de punto. Más bien me tomó cariño: pretendía gozar de mis favores, pero como yo no quería saber nada se puso violento y trató de forzarme; así que una noche Kalapakte tomó aguja e hilo de enfardar y lo cosió a su hamaca, sin despertarlo —ya sabemos lo sigiloso que puede ser—, de los pantalones, las mangas, el cuello de la camisa; después cosió los bordes de la hamaca como si fuera una chaucha, dejándole afuera solo la cara. Ahí le dio un par de cachetadas, y cuando Billy se despertó en su capullo y quiso pegar el grito descubrió que tenía una navaja en la garganta. Puedo cortar los hilos o cortar tu cuello, le dijo Kalapakte, ¿te doy un poco de tiempo para pensarlo? A partir de ahí estuvo mansito como un cordero, se deshacía en atenciones, para el final del viaje éramos casi amigos.

—Muy lindo. Pero Pullman no duerme en hamaca, que yo sepa, así que vas a tener que buscar otra forma de hacerte amiguito suyo.

Esta primera discusión fue breve y terminó, como muchas dc las subsiguientes, en portazo de Vera: además de su mayor capacidad argumentativa, Karl tenía a su favor su mejor manejo del idioma compartido; pero las realmente agotadoras eran las que seguían después, la noche entera, en la cámara de su mente: el sindicato se había desvivido por evitar robos, desmanes, actos de sabotaje; él mismo había votado las mociones, había hecho rondas de guardia, ¿y ahora iba a atentar nada menos que contra el presidente de la empresa? argüía él; era verdad, se habían comportado como perfectos caballeros del trabajo, aun así el gobierno mandó catorce mil soldados y los cagaron a tiros y metieron presos a los dirigentes y ninguno de los que participaron podría volver a trabajar jamás en ninguno de los ferrocarriles, matar a Pullman era demostrarles a esos hijos de puta que no se la iban a llevar de arriba, contraatacaba ella; Pullman se había refugiado en uno de sus castillos veraniegos, protegido por el escudo formado por su madre, esposa, hijos, nietos: aun si lograban atravesarlo el atentado sería leído desde el sentimiento, no desde la reflexión política: no estarían ejecutando a un enemigo del pueblo sino asesinando a un hombre de familia, suplicaba él; los iremos a buscar adonde vayan, contestaba ella, aunque se escondan en las escuelas y los conventos, sobre todo en los conventos, ahora que lo pienso, así matamos varios pájaros de un tiro; suponiendo que sí, que se decidieran, concedía él, ¿cómo harían? Había que conseguir la plata para el pasaje, la comida y el alojamiento, y ni hablar del arma o la dinamita: eso era ser pobre, descubrir que ni siquiera podías matar a un capitalista por falta de dinero; y ella, me voy caminando si es necesario, de acá a Nueva Jersey, y lo hago con este cuchillo, se lo clavo en las tripas, así de simple. ¿Por qué no volvían a la idea original de fundar un falansterio? Lo que Fourier quería no era acabar con las desigualdades, sino combinarlas, ¿o no?, se iba por las ramas él, tratando de enredarla en la teoría. ¿No decía Fourier que cuando se dieran cuenta de lo bien que se la pasaban todos en el falansterio, los reyes iban a abandonar sus palacios para golpear a sus puertas, y los ricos vender todo para construirlos? Era verdad, simulaba entusiasmarse ella, ¿y si en vez de tirarle una bomba le tiraban el proyecto? Capaz que se prendía. A ver, Karl, ¿te crees que porque leo a Fourier soy una estúpida? Los burgueses hijos de puta no van a soltar una puta moneda si no les damos con la regla en los dedos; aunque Fourier les prometa y reprometa que en el falansterio van a ser dos mil, tres mil veces más felices que en sus palacetes igual se van a querer quedar en sus palacetes, no porque no crean en la felicidad universal, sino porque creen y los aterra, y es eso lo que los hace burgueses: si no pueden alcanzarla a costa de la miseria ajena la propia felicidad les resulta desabrida.

Era raro lo que estaba haciendo: le prestaba su propia superioridad intelectual, o al menos verbal, para argumentar en contra de sí mismo y rebatirse; Vera discutía en su cabeza mucho mejor de lo que podía hacerlo en su propia voz y cuerpo. Cuando Karl hablaba en representación de sí mismo, en cambio, sus razones eran pueriles y ni siquiera merecían el nombre de argumentos: era infantil, era ingenua, su rebeldía no pasaba de ser un capricho de nena; era cosa de rusos, esto de andar tirando bombas a diestra y siniestra, pueblo bárbaro que no sabía resolver las cosas de otra manera; lo estaba manipulando, su sexo se había dado vuelta pero para formar una mano, no un pene, y meterse en él como en un títere; seguramente en su círculo la habían entrenado para ello. En esas noches interminables llegó a odiarla, a maldecir el día en que la había conocido, a decirle una y otra vez que fuera ella, si tantas ganas tenía de matar a Pullman, y desdecirse otras tantas veces; lo que más lo atormentaba era darse cuenta de que si llegaba a hacerlo (y lo haría, al paso que iba: cualquier cosa era preferible a esta tortura) no sería por la Causa, ni por los compañeros, ni por los muertos, sino apenas para darle el gusto: era ella la que prendía la mecha de la bomba, ella la que ponía el arma en sus manos, hasta su oferta de hacerlo ella podía no ser más que calculada astucia. ¿No sería una agente de la Pinkerton? No quiero, no quiero, repetía como un chico: no lo animaba ninguna exaltación, no le henchía el pecho ninguna alegría. ¿Era así como un anarquista encaraba el sacrificio supremo, arrastrándose en círculos quebrados como un perro que ve a su amo acercase con un palo? No sabía qué escenario lo descorazonaba más, si el de su completo fracaso o el de un éxito que solo podía ser relativo. ¿Y cuál sería, llegado el caso, el éxito absoluto? ¿Pullman muerto, Karl libre y convertido en héroe de la clase trabajadora, líder de la revolución social desencadenada por su atentado, Vera postrada de admiración, suya para siempre? "No es por eso que lo hago, señor Pullman", se descubría de golpe diciendo, muchas veces en voz alta, en la habitación en penumbra, pero también en medio de la calle, a pleno día: "Yo sé que usted no es un hijo de puta, perdón, me corrijo, sí es un hijo de puta arrogante y engreído, que nos regala una ciudad como la que siempre soñamos para demostrarnos que no la merecemos y echarnos fuera; que para no defraudar a sus accionistas defrauda a sus trabajadores, porque total nunca va a cruzarse con ellos en la ópera o las carreras; un explotador maniático y exhaustivo que no contento con reciclar nuestra mierda quiere reciclar también nuestros salarios, porque lo desespera que vayan a parar a otros bolsillos que los suyos; que pone a los negros a servir en sus coches de lujo para que sus pasajeros puedan sentirse por un ratito señores del sur esclavista pero no les permite vivir en su ciudad ni trabajar en sus talleres". ¿Te da miedo morir? ¿Es eso?, le había preguntado ella en algún momento. Le había dado vueltas a la pregunta, pero no era eso lo que le quitaba el sueño. Se creía capaz de enfrentar con entereza la horca o el pelotón de fusilamiento, gritando incluso "¡Viva la anarquía!", ¿pero que pasaría si quienes lo atacaban eran los criados de Pullman, el mayordomo, los mozos, la cocinera? Vera creía que una vez caído Pullman la servidumbre prorrumpiría en gritos de júbilo, zapatearían sobre el cadáver, llevarían en andas al justiciero. A veces parecía tonta, costaba hacerle entender que la gente podía tener otros sentimientos que el odio al opresor o la solidaridad obrera; que una solidaridad más primaria, más irreflexiva, podía llevar a los mismos obreros de Pullman a proteger a Pullman si alguien empezaba a dispararle delante de ellos: muchos atentados anarquistas habían sido desbaratados o frustrados en el calor del momento por personas que los hubieran aplaudido si leían de ellos en los diarios del día siguiente.

Pero en algo tenía razón la rusa: con toda la región ocupada por las tropas, con varios incidentes como el de Blue Island (en Hammond, en Danville, crecía día a día la lista de muertos), con los principales dirigentes encarcelados, la batalla estaba definitivamente perdida. El 13 de julio los dirigentes de la Unión Ferroviaria que todavía no estaban presos se reunieron en Chicago y enviaron a la Asociación una comunicación que daba por terminada la huelga: los directores ni siquiera se dignaron a recibirla. Al día siguiente Karl concurrió a la oficina de empleos a solicitar su antiguo puesto, o cualquier otro que quisieran darle. La discusión de la noche anterior había sido la más amarga de todas, sórdida y exasperada como una pelea de pareja; del sindicato, dijo Vera, no esperaba otra cosa; desde que empezó la huelga no habían hecho más que bajarse los pantalones cada vez más abajo, tanto que para seguir bajando hubieran necesitado zancos; pero ellos eran anarquistas, no podían rendirse ante esos hijos de puta, y mucho menos humillarse ante ellos. Karl trató, una vez más, de hacerla entrar en razones: si no trabajaba para la Compañía les quitarían la casa, y no tenían adónde ir; en cambio si se quedaban podían endeudarse por el alquiler, y así ahorrar algo de dinero para el fondo de viaje, y después harían el pagadiós y que les echaran los galgos. No se comparaba con matar a Pullman pero no dejaba de ser una vengancita, desde cierto punto de vista. Nunca pensé que alguien pudiera ser tan patético, fue el único comentario de Vera.

Estuvo tentado de darle la razón, siempre mentalmente, a la madrugada siguiente, mientras esperaba en la larga cola que se había formado frente a la oficina de contrataciones: algunos esperaban desde la noche antes. Difícil imaginar una reunión de hombres más quebrados; parecían, más que desempleados, los últimos rezagados de un ejército en fuga. Nadie lo saludó, aunque varios de los que estaban en la fila lo miraban de reojo con odio desanimado. Podía escuchar perfectamente lo que sus miradas le decían, porque era lo mismo que le había dicho Vera: fuiste uno de los que nos metió en esto y acá estás, esperando turno para lamerles los pies por otro cheque de veinte centavos, al menos podrías tener la dignidad de morirte de hambre o irte para siempre.

También el joven sin mentón y con quevedos de marco de oro que estaba tras la ventanilla lo conocía, lo confirmaba el hecho de que no se dignara mirarlo mientras le hablaba. Empezó por pedirle el carnet del sindicato; Karl, mientras se palpaba los bolsillos sorprendido, solo atinó a pensar que Vera tenía más razón de la que ella misma sabía, ¿tan bien se habían portado que la Compañía había decidido contratar solo a los afiliados? Poco le duró el desconcierto: apenas se lo entregó, el joven sin mentón lo tiró a un tacho que rebosaba de otros idénticos; acto seguido hizo como que hojeaba las planillas antes de decirle, siempre sin levantar la vista: para usted no tenemos nada. ¿Y para qué me pidió el carnet entonces?, preguntó Karl empezando a sentir cómo le subía el calor al rostro. Entregarlo es un requisito para *solicitar* empleo en la Compañía Pullman, contestó impasible el joven sin mentón, pero no garantiza que se lo demos. Entonces devuélvamelo, dijo Karl tratando de controlarse. La Compañía Pullman no reconoce la validez de sindicato o asociación alguna, le contestó el otro, y a renglón seguido, ¡el siguiente! El que lo seguía en la fila trató de abrirse paso, pero Karl lo apartó con el codo. No me voy a ir hasta que me devuelvan mi carnet, dijo entre dientes. El joven sin mentón tampoco lo miró entonces, y volvió a repetir ¡el siguiente!, como si no estuviera; Karl metió las manos por el semicírculo de la abertura y lo agarró del cuello, aplastándole las facciones contra el vidrio en un complejo entramado de moluscos. Si no me devolvés el carnet del sindicato voy a hacerte pasar por este agujero, llegó a decir antes de caer de rodillas y sentir cómo una fuerza invisible lo agarraba de los pelos y lo arrastraba hasta la puerta. Afuera había dos más; primero le pegaron con los puños, sosteniéndolo para que no cayera y pasándoselo para que ninguno se quedara sin el dulce, después lo dejaron caer y empezaron a patearle las nalgas, los riñones, las costillas, la cabeza que se protegía como podía. Ninguno de los que esperaban en la fila movió un dedo para detenerlos, y hasta le pareció que alguno que otro gruñía bien hecho, así hay que tratarlos a estos hijos de puta, pero no estaba seguro porque también le estaban pateando los oídos. Se habrán cansado, eventualmente, porque cesaron los golpes y cuando pudo abrir un ojo su campo visual no abarcaba más que toscas botas obreras. Uno o dos pares de manos lo ayudaron a levantarse, seguramente algunos de los de la cola decidieron que ya había tenido suficiente. Cuando comprobó que podía mover brazos y piernas, y que el ojo izquierdo todavía le permitía ver por dónde iba, empujó a los que lo precedían en la fila, que se mostraron demasiado sorprendidos para protestar o detenerlo, y volvió a meter las manos por el hueco de la ventanilla, agarrando al joven sin mentón de la nariz y de una oreja. Quiero que me devuelvas mi carnet, repitió, y aunque se dio cuenta de que sus palabras no salían como debieran supuso que en contexto resultarían inteligibles. Esta vez le pegaron también con cachiporras y manoplas, dedujo porque los golpes aunque se sentían menos sonaban distinto, y si no intervenían algunos de los obreros presentes lo mataban seguro. No se tomó el trabajo de comprobar si tenía algo roto, porque estaba seguro de que así era; trató de ponerse de pie, logrando hacerlo sin caerse al tercer intento, y comprobó que todavía podía mover el brazo derecho —el izquierdo colgaba a su lado inerte. Entró una vez más, y esta vez estiró el brazo rápido como una culebra a través de la ventanilla y le manoteó la cara al joven sin mentón y ahora también sin anteojos, encerrándolos en un puño. Dame el carnet o los trituro, dijo y trastabilló como un borracho hacia la puerta, cayendo a los pies de sus tres ángeles guardianes que lo esperaban con los puños en ristre pero detenidos en el aire por el desconcierto. Antes de que pudieran descargarlos había salido también el joven sin anteojos, con el carnet en la mano y gritando ¡No le peguen! ¡Pueden romperlos! Tiró el rectángulo de cartón a su lado, sobre la tierra; Karl lo levantó, lo guardó en el bolsillo interno del saco y recién ahí abrió la mano para ofrecer los intactos quevedos a su dueño, que tuvo la deferencia de murmurar no es idea mía nos obligan a hacerlo antes de volverse para adentro a seguir haciéndolo. Los tres matones no se tomaron el trabajo de pegarle de nuevo; uno de ellos mientras se alejaban trató de escupirle encima pero erró, y el salivazo levantó un pequeño cráter en el polvo, como el que hace la primera gota de una tormenta.

Vera le hizo las primeras curaciones, y apenas lo hubo acostado fue a comprar para sus ojos dos bifes crudos: además tal vez tenía una costilla rota o fisurada, no estaba segura; en cuanto al brazo, no sabía qué hacer, el único médico que atendía en Pullman Town era el de la Compañía y no tenían derecho a sus servicios si ya no formaban parte de la gran familia. A lo largo de la tarde le fue doliendo cada vez más, no sabía en qué posición ponerse, ni sentado ni acostado sentía alivio; no le llegaría hasta la noche, cuando vino Kalapakte; tras sacarle con ayuda de Vera la camisa lo revisó, lo puso boca abajo y agarrándolo de la muñeca con firmeza dio un tirón brusco. Cuando Karl despertó del desmayo se sentía mucho mejor, el brazo ya casi no le dolía y podía moverlo, aunque Vera lo obligó a llevarlo en cabestrillo: se lo habían dislocado pero no quebrado, evidentemente.

Su único consuelo fue que había vuelto a ganarse el respeto de Vera, que se reía y lloraba mientras lo llamaba mi pequeño héroe, le daba té a sorbitos, le preguntaba si se había propuesto enfrentarse él solo a todo el ejército de la Pinkerton. Pero Karl no podía disfrutar de sus halagos y mimos, porque recordaba la frase que le pasaba por la cabeza mientras estaba tirado en el suelo y sentía crujir sus articulaciones y huesos: ahora si quiere matar a Pullman va a tener que ir ella. Lo suyo no había sido un acto de valor sino de cobardía, se había ganado el derecho de quedarse en cama tomando tecito y encima pasaba por héroe, y los mimos y las bromas de Vera, lejos de halagarlo, se le clavaban como alfileres (alfileres que la culpa empujaba con saña, para que entraran más profundo). De todos modos, se dijo para tranquilizarse, no había posibilidad de que ella se largara por su cuenta, como tantas veces había amenazado: no tenían ni para el pasaje de ida (siempre y cuando no recurrieran al fondo del viaje, por supuesto).

Esa noche se fue a tocar en alguno de los muchos *saloons* de Roseland, según dijo; Karl no la oyó volver, pero supo que algo andaba mal apenas sintió la mano de Kalapakte sacudiéndolo con delicadeza. En la penumbra lo vio señalar el cuarto de Vera con la cabeza: los sollozos, una vez que uno los había reconocido como tales, eran perfectamente audibles. Golpeó su puerta para pedir permiso, como siempre, la primera vez con las yemas de los dedos, en cauto repiqueteo, luego más fuerte, con los nudillos; recién a la tercera recibió respuesta:

—Hoy no. Estoy cansada.

Avergonzado, aunque todavía no sabía de qué, se volvió hacia su puerta, pero sin alejarse de la de ella, y atrapado en esa oscilación indecisa vio sobre la mesa del comedor el montoncito de billetes arrugados. Los contó: había treinta y cinco dólares.

No había manera de negarse, después de semejante sacrificio, que también era un chantaje, sin duda, agravado, o tal vez mitigado, no podía decidirse, por el hecho de que a la mañana siguiente Vera dijo que lo había hecho inspirada por su propio heroísmo. Pero ya no estaba enojado con ella: era demasiada su vergüenza. En la sección Sociales de uno de los diarios de Kalapakte leyeron que los Pullman darían una gran fiesta en su residencia de Nueva Jersey para celebrar su rotunda victoria sobre los huelguistas; era el momento perfecto, y le daba a Karl un par de días para estar un poco más restablecido. "Solo lamento que no nos hayamos decidido por la dinamita", comentó Vera, "van a estar todos juntos ahí adentro, capaz que hasta el hijo de puta de Cleveland". Compraron el pasaje por quince dólares y el arma por dieciocho, junto con diez balas, en una casa de empeños de Roseland; esa misma tarde se fueron a probarla a los bosques cerca de Blue Island. Karl y Kalapakte habían aprendido a disparar en Groenlandia; les bastó un tiro a cada uno para advertir que salían apenas desviados hacia la derecha y se debía corregir la puntería. Vera pidió que la dejaran, también, porque nunca había disparado un arma en su vida, y aunque era imperativo ahorrar municiones le regalaron dos disparos, porque se los había ganado sin duda; ninguno dio en el blanco —unas piñas que recogieron del suelo— pero al menos se le atenuaron un poco las ojeras y el rictus de amargura de la boca. "Me imaginé que era el último de los tipos de anoche", confesó con una sonrisita.

Esa tarde, tal vez la última que pasarían juntos, compraron de fiado en la tienda de Fisher una botella de vino; y unas tajadas de guefilte fish con jrein y pepinillos y una porción de leicaj a una vecina que cocinaba para afuera. Habían anticipado, quizás, una noche festiva que terminaría con los tres en una de las dos camas, pero a Karl le recordó más bien la cena de despedida con sus padres y hermanas en la víspera de su partida a Francia, y al terminar se dieron castamente las buenas noches y se retiraron a sus respectivas habitaciones. Apenas apoyó la cabeza en la almohada, bajo la cual había colocado la pistola y las balas, Karl supo que se dormiría enseguida: al menos ahora estaba resuelto, si no convencido; la lucha en su corazón y en su cabeza había concluido.

Se despertó al alba sabiendo que había pasado algo malo, tal vez irreparable, y lo comprobó enseguida: la pistola y las balas habían desaparecido. Golpeó la puerta de Vera, abrió sin esperar respuesta: ella no estaba, y peor, la cama estaba hecha con esmero, sin una arruga, como estirada por uno de los camareros de Pullman. Faltaban algunas de sus prendas, y también el violín con su estuche. Solo para corroborar lo indudable, Karl abrió su propia cartera, que había quedado sobre la mesa de la sala común: encontró una carta donde antes estaban el pasaje y el dinero.

Mi querido Karl,

Ya te imaginarás adónde fui, así que no voy a gastar palabras. Cuando leas esto voy a estar en camino. Ya tendrás noticias de mí por los diarios; si tengo suerte no va a figurar mi nombre, pero igual vas a saber que fui yo.

Quiero disculparme por el sufrimiento que te causé en estos días. Como anarquista, no estuve a la altura de mis principios, de no imponerme sobre la libertad de nadie; como modelo de la nueva mujer, dejé bastante que desear, también. ¿De qué vale comer bifes crudos (a todo esto: nunca me gustaron) y hacer gimnasia todo el día, si después voy a quedarme en la retaguardia y mandar al varón al frente?

Si salgo de la trampa en la que por propia voluntad me estoy metiendo (pero quien quiera matar a la araña se arriesga a quedar atrapada en la tela) espero poder acompañarlos en su viaje a Tierra del Fuego; me parece que me va a gustar ese lugar, al menos el nombre me cuadra, ¿no te parece? Tal vez yo también me haga selk'nam, quién les dice.

Deséenme suerte, mis muchachos. No me va a temblar el pulso, pero temo que me falle la puntería. Los quiere,
Su Vera.

Se dirigió a la estación en la vana esperanza de que hubiera perdido el primer tren, o de que este saliera con demoras, y luego patrulló febrilmente los andenes hasta la partida del último que podría haberla dejado a tiempo en destino. Había soldados por todas partes, y los trenes circulaban normalmente, como si la huelga nunca hubiera sucedido. Tal vez Vera tuviera razón y el atentado podía volver a darle impulso, y nuevos bríos a los aplastados trabajadores, y hasta encender la mecha de la revolución tantas veces prometida; pero Karl descubrió que en el fondo de su corazón ya no le importaba en absoluto. Pasó toda la tarde recorriendo las calles de Packingtown, sumidas en la parda luz subfluvial de los mataderos, habitual territorio de caza de Kalapkte, buscándolo en la niebla tenaz impregnada del olor a sangre y cerda chamuscada y la incesante combustión de la antracita. Lo encontró en 46 y Ashland, voceando la noticia que había salido en los diarios de la tarde: presentándose como violinista de la orquesta, una mujer desconocida había irrumpido en Fairview, la residencia de verano de los Pullman sobre la costa atlántica, durante una recepción que brindaban los dueños de casa, y había hecho fuego sobre el mayordomo, hiriéndolo gravemente; los diarios debatían si este era el blanco previsto, y si se trataba de un crimen pasional, o si el verdadero objetivo era el dueño de casa, "que estaba en ese momento parado apenas a la izquierda de la víctima", completó Karl la frase por ellos. "Hoy vendí el doble de diarios", le dijo Kalapakte con una gran sonrisa. Su falta de asombro al verlo allí, cuando debía estar camino a Nueva Jersey, le permitió corroborar que estaba al tanto de la artimaña de Vera; su expresión satisfecha, que lo habían planeado los dos juntos; pero fue recién cuando volvían a casa y su amigo le preguntó con el mayor de los candores cuándo le parecía que podrían emprender el viaje a Tierra del Fuego que Karl se dio cuenta de que había alentado a la muchacha a ir en su lugar para sacársela de encima.

Capítulo 12
Te conozco mascarita

Sainete en un acto

Reparto:
Don pasquale
Don segundo
Don alí
Casero
Vesre
Jodiola
Apellídez
Luz azul
Eva angélica
Ana marga
Martín fierro
Anarquista
Indio
Socialista
Radical
Marianne
Sofía
Propietario
Amigo del propietario
Policías, bomberos, vecinos, niños

Patio de una mansión de dos plantas degradada a conventillo. En el nivel inferior, dos puertas a cada lateral y tres al foro:

la del centro a la calle, las otras a las habitaciones. A izquierda y derecha, pasillos que comunican con otros dos patios. A la izquierda de la puerta de calle una escalera de hierro, evidentemente adosada a posteriori, conduce a la galería del primer piso, con dos habitaciones a cada lado y tres al foro.

En el centro del patio se apilan los muebles de una habitación desalojada: a la izquierda una cama matrimonial bastante baqueteada; encima, un colchón percudido, dos alfombras deshilachadas; al lado, dos mesas de luz con los cantos cascados; sobre ellas, una araña con un brazo amputado; a la derecha sillas de Viena torcidas, sillas de paja desvencijadas; adelante una mesa de trabajo sobre la que pueden observarse relojes pulsera, de bolsillo, de pared y hasta un cucú, herramientas, baratijas y quincalla.

Sentado a la mesa, sobre su banco de trabajo, DON PASQUALE. *Tipo del inmigrante italiano: sombrero oscuro demasiado chico para su cabeza, saco negro estrecho, camisa sin corbata, pantalones duros y botín de elástico. Trabaja sobre el cucú con la lupa incrustada en el ojo, el cuello torcido, la espalda encorvada. Conserva la misma postura contrahecha, que años de trabajo han fijado en su cuerpo, cuando se levanta. Sonríe cuando se aflige, asiente como negando.*

Sentado frente a la primera puerta izquierda, junto al brasero encendido, matea DON SEGUNDO. *Tipo del criollo viejo: bigote espeso, como lustrado, melena entrecana grasienta, chambergo negro con el ala requintada, pañuelo de seda al cuello, alpargatas nuevas, bombacha limpia y planchada.*

Es una tarde de mucho calor. De a ratos se oyen sonidos de cornetas y cencerros, gritos de máscaras, ruidos aislados. De una galería a otra penden guirnaldas de banderines, algún farol de papel; ristras de serpentinas se descuelgan de las barandas y se ovillan en el piso, orladas de papel picado. Es el domingo de carnaval de 1905.

Derecha e izquierda las del público.

DON SEGUNDO: ¿Y tiene para mucho, diga?
DON PASQUALE: Este é un trabajo delicato, ¿lo sai? Piano piano si va lontano.
DON SEGUNDO: No me hable en estranji si quiere que lo entienda. Le digo con la mudanza.
DON PASQUALE: Ah. Stá impaciente di ocupare la camera. Non lo culpo. É una buona camera. Mecore de la suya.
DON SEGUNDO: La mía era uno de los antiguos baños.
DON PASQUALE: Eh sí. Debía ser una brava casa, questa, ante de que la convirtiérano en questo conventillo piojoso. Su baño, per esempio. É má grande de un dormitorio normale.
DON SEGUNDO: Tampoco es pa tanto che.
DON PASQUALE: Má grande que el rancho en que viveba ante seguro.
DON SEGUNDO: Así habrá de ser, si usté lo dice. Pero aura se le dio vuelta la taba, amigo. Yo me quedo con su cuarto y usté en la calle.
DON PASQUALE: É vero, ma... ¿Le dico la veritá? Con questo calore acá afuera se trabaca mecore. Corre uno airecito.
DON SEGUNDO: Eso si no le vuelan todo de un bombazo.
DON PASQUALE: ¿Cuále bombazo?
DON SEGUNDO: Los de agua, amigo, no se asuste que los radicales ya se fueron al mazo. Pero igual, imaginesé si le cai uno sobre la mesa de trabajo, el zafarrancho que le arma.

Por la puerta central del foro aparece desde la calle DON ALÍ, *empujando su parihuela cargada de chucherías varias. Al primer intento las ruedas se le atascan en el marco y cae de bruces sobre la mercadería. Retrocede, vuelve a intentarlo, vuelve a trancarse. Recula hasta la calle. Hace girar la parihuela 180° y ahora tira de ella en lugar de empujar, él logra pasar pero las ruedas vuelven a atascarse.*

Don Alí [*Mascullando*]: Sembre misma gosa isda. Barihuela no basa. Yo dije Sofía, andes mudar medí boerta gonventiyo. Basa, mi dice, basa. Sí, basa, bero comu todu acá; justitu justitu.

Fastidiado, empieza a revisar entre las mercancías hasta que encuentra un pan de jabón blanco. Como ejecutando una rutina, escupe sobre este y se jabona las palmas, frotándolas hasta hacer espuma, que esparce entre el marco de la puerta y las ruedas. Con el mismo gesto de "todos los días lo mismo" don Segundo y don Pasquale se levantan para ayudarlo.

Don Alí: Gracias, don Basquale, gracias, don Sigundu.

Entre los tres tiran hasta hacerla pasar, solo para encontrarse con los muebles de don Pasquale bloqueándole el paso.

Don Alí: ¿Y toda esda borquería de dónde saliú? ¿Yegó más bersona a gonventiyo? ¡Si no cabe más un alfiler acá!
Don Segundo: No se m'haga mala sangre, don Alí, las porquerías son del amigo que nos deja.
Don Alí: ¿Se va, don Basquale?
Don Segundo: Más bien lo echan.
Don Alí [*Súbitamente suspicaz*]: ¿Y su goardo gueda libre?
Don Segundo: Ese cuarto ya tiene dueño, amigo.
Don Alí [*Con resignación anticipada, en tren de "perdido por perdido..."*]: Bero, don Sigundu, usté es solo uno y nosodros guadru, abenas bodemos movernos guando esdamos todos con la mergancía...
Don Segundo: ¿Y por qué no deja las cosas en el carro entonces? Naides se las va a tocar.

Don Alí: No tocan bero mergancía desabarece. ¿Cómo hacen? Misderio. Daliano, crioyo hacen magia que durco no gombrende. Un gondinende mágico, esda Mériga.
Don Segundo: Supongo que no lo dirá por nosotros.
Don Alí: ¡No, don Sigundu, cómo se le ocurre! [*Apunta hacia la galería superior izquierda, se pone el dedo en los labios. En un susurro*]. Ni siguiera hijas están siguras con malandrines.
Don Segundo [*Socarrón*]: Si quiere la mayorcita puede mudarse conmigo, así se la cuido. Y de paso están más holgados.

Sacudiendo la cabeza don Alí empieza a descargar el carromato, trasladando la mercancía hasta la habitación delantera derecha, para lo cual debe pasar entre o sobre los muebles de don Pasquale.

Don Pasquale: Mecore termino este e guardo tutto, para estare listo cuando llegue el carro. Non é fáchile conseguirne uno, con questo carnavale nessuno quiere trabajare.
Don Segundo: Eseto usté.
Don Pasquale: Eh. No sé hacere una otra cosa. He trabajato, e trabajato, e trabajato, e ahora estoy cosí. Desalojato. Là en Italia nos dicébano a Buenosaria yueven le lire, llévano paragua. Sigo aspettando. Nos mostraban el mapa de la Aryentina e nos dicébano guarda, guarda tutta questa terra fértile, entra l'Italia tutta entiera e sobra, vente mile legua e non ch'e nessuno, se l'hanno arrebatato a li indiani qui sonno tutti morti.

Aparece el Casero por el pasillo de la derecha, con un escobillón en la mano. Tipo del inmigrante gallego: tiradores sobre la camiseta de manga larga, pantalón bolsudo, boina, zapatos cuarteados. Pesadamente sube las escaleras hasta la galería superior y se pone a barrer las serpentinas y el papel picado, que va arrojando sobre don Pasquale. Este se desembaraza de ellas y sigue trabajando, sin dignarse mirar hacia arriba. Cuando don Segundo levanta la vista el Casero le hace un guiño cómplice.

DON PASQUALE: Y para cuando yegamo no había terra ni per una maceta, tutti apelotonado acá a Buenosaria a lo conventillo come sardine. ¿E la terra?, preguntamo. "Ya tiene dueño, señor". ¿Ma tutta, tutta? ¿L'Italia intera, repartírono en due anni?
DON SEGUNDO: Esa tierra, amigazo, la conquistamo nosotro a costa de nuestra sangre. [*Se descubre el brazo izquierdo*]. ¿Ve esta cicatriz? [*Don Pasquale la escruta con su lente de relojero. Asiente*]. Quince más como esta tengo en todo el cuerpo; no se las muestro por no ofender el pudor de las vecinas. Cortesía de los manzaneros de Ñancucheo, que me dejaron por muerto; si no era por el padre Beauvoir, José María Beauvoir, que Dios lo tenga en su gloria, que largó los santos óleos y agarró el cauterio y las vendas, hoy no estaba acá para contarla. Mi comandante, el teniente Nogueira, no tuvo tanta suerte: empezaron por sacarle las uñas, después le cortaron los dedos de las manos y los pies, le arrancaron la lengua, le rompieron los dientes y antes de rematarlo le sacaron lo ojos, como los caranchos. Figuresé si íbamos a pasar tantas penurias y jugarnos el pellejo por arrancarle las tierras al salvaje, para después regalárselas a ustedes, que no hicieron nada para ganárselas.
DON PASQUALE: A ostedes tampoco se las regalaron.
DON SEGUNDO: Pa nosotros no era regalo. Era el pago por nuestros servicios.
DON PASQUALE: ¿Y les pagaron?
DON SEGUNDO: No. No nos pagaron.

Don Pasquale se encoge de hombros en gesto de "¿no le digo?" y sigue trabajando.

Don Segundo [*Como quien se reencuentra con sus dichos tras rumiarlos*]: Pero me dieron un conchabo, que no es poca cosa. A don Álvaro Bustos, comandante de nuestra compañía, no le pasó inalvertida la seguridá de mi brazo, y cuando terminamos con los indios me trujo a Buenos Aires pa que le dé una manito con las elesiones.
Don Pasquale: Sí, l'ho visto dirigire il coro nell'atrio del Socorro. Fa cantare hasta lo muerto. Y lo vivo cántano con varia voche.
Don Segundo [*Riendo para sí*]: Y eso no es nada. Conmigo cantaban hasta los radicales. Bueno, eso era denantes; aura se les ha dao por andar a los tiros. Por suerte m'he retirao, ya no estoy pa esos trotes. Y ya que hablamos de trabajar al pedo, digamé, si este trabajito suyo no le da ni pa'l alquiler, ¿pa qué lo hace?
Don Pasquale: Ho achettato el trabajo, debo cumplire. Sé que a ostede puede resultarle una idea un po' strania, un po' inaudita, ma en la mia terra é cosí.
Don Segundo: ¿Y por qué no se quedó ayá, si tanto le gustaba?
Don Pasquale: É la stessa cosa que yo me dico, sempre. ¿Per qué? Nos engañaron. Nos engañamo. Siamo venuti persiguindo l'ideale. ¿Voi sapete cosa é, l'ideale?
Don Segundo: Mejor digameló usté, que parece tenerlo tan claro.

El Casero baja y comienza a barrer entre los muebles. Se agacha a recoger algo: un pequeño y muy femenino antifaz. Se lo prueba. Sonríe. Se lo guarda en el bolsillo.

Don Pasquale: Chercábamo oro, a la Patagonie, per fundare qui, nel Nuovo Mondo, una reppublica libertaria. Ma solo encontramo uno puñado de arena. Il sogno, el oro; la realitá… [*Señala las baratijas desplegadas sobre la mesa*]. L'ideale, c'é la medida del fracaso dell'uomo. É lo único que podemo legare a nuestro hijo.
Don Segundo: ¿El ideal?
Don Pasquale: El fracaso.
Don Segundo: Eso dígalo por usté. Yo al mío le enseñé a ser criollo de ley, y me salió bien derechito. A golpes lo tuve que enderezar a veces, pero lo enderecé.
Don Pasquale: A volte sáleno hijo derecho de lo padre torcido. Non lo dico per osté, claro, lo dico per me.
Don Segundo: M'han dicho que su hijo era bien guapo. Que supo plantársele a los milicos, y que por eso se lo mataron. ¿Fue en una huelga, verdad?

Don Pasquale asiente sin levantar la vista de su trabajo.

Don Segundo: Creamé que lo siento. ¿Era el único? [*Don Pasquale asiente*]. Bueno, al menos le quedó el consuelo de que vivió y murió como hombre. ¿Murió en pelea?

Don Pasquale asiente.

Don Segundo: Si hay algo de lo que nunca ha de arrepentirse un hombre, es de haber sido valiente. Así lo crie yo al mío. Y aura que le están yendo bien los negocios me está dando una manito con la mudanza. Me salió generoso, además de corajudo.
Don Pasquale: Eh, sí. La generositá del figlio é la umiliazione del padre.

El Casero se acerca, barriendo, y golpea repetidamente la mesa con el escobillón. Don Pasquale intenta seguir con su delicada labor a despecho de los sacudones.

Don Pasquale: Per favore, don José. Cualquiera diría que m'está echando.
Casero: Sí, eu lu echo del coarto y osté se me instala aquí. Casi nu poede moverse unu, con tudus estus trastus desparramadus. ¿Piensa vivir nel patiu, ahura?
Don Pasquale: Eso depende. ¿Cuánto me cobra l'alquilere?
Casero [*Agarrando uno de los relojes de la mesa, y señalándolo*]: Le doy una hora para sacar tudus sus bártulos, si nu se lus tiramus a la calle.
Don Pasquale: Ese reloggio no le conviene. Está parado. Si vuole uno que ande puedo oferirle este. Tre peso.
Casero: Ah, estamus de bruma hoy. [*Levanta la escoba, la apoya sobre la mesa*]. Mire que eu también tenju sentidu del humor. ¿Le causa jracia si le barru tudus estas purquerías de la mesa?

Don Pasquale agarra el mango de la escoba, lo mira desafiante. Levísimo forcejeo. No suelta. Don Segundo posa una mano calma sobre el brazo del Casero. Este baja la escoba al piso.

Casero: Una hora.

Don Pasquale vuelve a su trabajo. La mano le tiembla un poco.

De la habitación superior delantera derecha han salido Apellídez, Jodiola y Vesre para acodarse en la baranda a contemplar la escena. Tipo de galanes porteños: trajes ajustados, gorra ladeada, pañuelito de seda solferino que asomado y caído por el bolsillo es una puñalada abierta en el corazón. Los tres intercambiables, salvo en el habla.

VESRE: Che, yoyega, no seás tombo, dale unos días más al tano para garpar que es un tipo chodere.
CASERO: ¿Ah, sí? ¿Y pur qué no le presta osté, ya que es tan gueneroso cun el dinero agueno?
VESRE: ¿Yo? Colgame zabiola ajoba y mazarreame a ver si cae un sope.
CASERO: Entonce megor váyanse a trabagar, vajos, en lujar de meterse en asuntus aguenos.
JODIOLA: ¿Hoy? Trabajariola. Es domingo de carnaval.
CASERO: Hoy es duminju de carnaval y mañana es lunes de paju, mire osté.
JODIOLA: ¿Mañana? Pagariola. ¿De dónde sacamo veinte mango pa mañana?
CASERO: Veintiséis.
JODIOLA, APELLÍDEZ, VESRE: ¿Cómo veintiséis? ¿Desde cuándo?
CASERO: Desde hoy. Aumentó el alqueler.
APELLÍDEZ: Parera la Manzoni, don José. ¿El treinta por Centeno así de Gol Parés? ¿Está Pirovano? ¿Recién ahora nos da el D'Annunzio?
CASERO: Ricién ayer mi avisó el propietariu a mí. Y oju cun hacerme el pagadiós que los tenju bien viguilados.
APELLÍDEZ: No se me ponga Alsina, don José, que acá ninguno se tomó el Rajoy sin Paganini.
CASERO: ¿Sin jarpar? Rajariola. Más les Valerga, si nu quieren que lus Echagüe a patadas en menus de lu que canta un Jallardo. [*Ufano*]. Nu, a ver si se creen que sun lus únicus que poeden hablar cun juejitos acá.

De la habitación superior delantera izquierda asoman Luz Azul, Ana Marga y Eva Angélica. Tipo de papusas porteñas: ojos picarescos, pinta maleva y boca pecadora color carmín; tres flores de percal nacidas del barro del suburbio. Las tres intercambiables, salvo en el habla.

Luz Azul [*A Apellídez*]: Amigo, no gima. Sometamos o matemos.
Ana Marga [*A Casero*]: Don José, nos dejó aleladas y heladas. ¿Cuánto dijo?
Casero [*Meloso*]: Ya me oíste, bumbunciña. Veintiséis.
Eva Angélica [*Irónica*]: ¿Nada más? Ya mismo mis amigas van corriendo al banco riendo.
Casero: Pero a ostedes les puedu hacer un preciu si sun buenitas cunmigo.
Luz Azul: Se es o no se es. Yo soy. La moral, claro, mal.

Las muchachas cuchichean entre ellas.

Ana Marga: Hay que acotar el atraco. Aun temo otro aumento.
Eva Angélica: A trabajo sucio, servilleta limpia.
Ana Marga: Deteniendo que no te entiendo.
Eva Angélica: Ser vil, letal, impía.
Ana Marga: Modosa soy, mas ya somos dos.
Luz Azul: Mejor ser tres.

Decididas, bajan por la escalera. Rodean al Casero haciéndole mimos y zalamerías. Los cuatro caen entreverados sobre la cama de don Pasquale.

Ana Marga: No abuse, eh. Sea bueno. O me voy a afincar en Francia y a usted le van a pagar en Praga.
Don José: ¿Y si lo discutimus en un lugar más privadu? Aquí nos ve tuda la guente.

Ana Marga: Al catre no. Recta soy. Y terca.
Don José: Ostedes son una luz.
Luz Azul: Nos ideó Edison.
Eva Angélica: Vamos, don José. Portesé como el caballero que es. Dicen que su padre es conde…
Casero: ¿Conde? Yu no diría tantu, peru era hombre de buena cuna…
Eva Angélica [*A sus amigas*]: Esconde los cuernos bajo la boina.
Ana Marga: ¿No nos va a dar amparo en este páramo?
Casero: Yo nu poedo. Tendrían que hablarlu cun don Marcelu, el prupietariu…
Ana Marga: Almorcé con Marcelo, una vez. Con él no hay reclamo que valga. Vamos, rebájenos usted.
Casero: Nu, perdería mi trabaju. Don Marcelu es inflexible.
Luz Azul: Adán no cede con Eva y Yavé no cede con nada.
Ana Marga: Piérdalo pues. ¡Grite, tigre! Conejo soy si me encojo. Don José, don José… Yo lo veo para cosas más importantes…
Casero: Buenu, sí, mi sueñu es poner un nejocio de venta de quesos finos… Los megores quesus de España, de Francia, de Italia, cada unu bien estaciunadu, con sus cartelitus que indiquen el lujar de procedencia, la historia, el tiempu de maduraciún… En fin, una quesería de lu más paqueta, en la parroquia del Socorro o del Pilar…
Eva Angélica: Qué seria quesería que sería.
Casero [*Algo mosqueado*]: Muy jraciosa. ¿Qué quieres, que te aplauda?
Eva Angélica: No. Que se ría.
Casero: Te estás brulandu de mí.
Ana Marga: No se ponga así, don José. Sea mi adorable Abelardo. Y yo seré su Eloísa.
Luz Azul [*Cuchicheando*]: Asióle Eloísa.

ANA MARGA [*Ídem*]: Mas no encontrole. Contenerlo no pudo. ¿Y qué imploró Abelardo al ver el cuchillo?
EVA ANGÉLICA [*Ídem*]: A velar, ¿do voy?
LUZ AZUL [*Ídem*]: Otro coito, tío, corto.
CASERO [*A Ana Marga*]: Ya te dije que no poedu. [*A Luz Azul*]: Peru si tú, bunitiña, me dieras tu amor, otru jallu cantaría.
LUZ AZUL: Amor, ¿broma? Yo dono rosas, oro no doy.
CASERO: Lu sé. Pur esu te pidu solu un besitu.

Le roba un beso.

LUZ AZUL [*Apartándolo con recato*]: Son robos, no son sobornos.
CASERO: Qué bien que sabe jogar cun la lengüita osté.
LUZ AZUL: Sé verla al revés.

Entran desde la calle el gaucho MARTÍN FIERRO, seguido del INDIO, el ANARQUISTA, el RADICAL y el SOCIALISTA. Martín Fierro como Moreira de Picadero: cabellera de largos rizos negros, barba entera magnífica y sedosa, nariz aguileña, ojos negros y brillantes. Viste con rumboso lujo campero: chiripá de casimir negro, tirador cubierto de vistosas monedas, rica bota granadera de cuero de lobo adornada con desmesuradas espuelas, saco de paño negro, camisa blanca y calzoncillo cribado; sobre el vacío, al alcance de la mano, y tan larga que asoman ambos extremos, la famosa daga en vaina de plata con la U de oro cincelado. El Socialista, traje barato aunque decente, moño, cuello palomita; el Radical, traje de mejor corte, corbata, zapatos finos; el Anarquista, traje de saco azul marino, pantalón negro, botines de becerro, sombrero chambergo negro y una corbata verde; el Indio, zapatones, pantalón suelto, gorra ladeada, blusón obrero. Martín Fierro abraza ceremoniosamente a don Segundo, ocupa el centro de la escena, adelante, apoya un pie en una de las sillas de don Pasquale, templa las cuerdas y canta. Atraídos por el canto se van sumando mujeres, hombres y niños de este y los otros patios.

MARTÍN FIERRO:
Grato auditorio que escuchas,
grato auditorio que escuchas al payador anarquista,
no hagas a un lao la vista
con cierta expresión de horror,
y si al decirte quién somos
vuelve a tu faz la alegría,
en nombre de la anarquía
te saludo con amo-or.

Somos los que defendemos,
somos los que defendemos un ideal de justicia
que no encierra en sí codicia
ni egoísmo ni ambición,
el ideal tan cantado
por los Reclus y los Grave,
los Salvochea y los Faure
los Kropotkin y Proudho-on.

Somos los que despreciamos,
somos los que despreciamos las religiones farsantes,
por ser ellas las causantes
de la inorancia mundial,
sus ministros son ladrones,
sus dioses una mentira,
y todos comen de arriba
en nombre de la mora-al.

Somos esos anarquistas,
somos esos anarquistas que nos llaman asesinos

porque al obrero inducimos
a buscar la libertá,
porque cuando nos oprimen
golpeamos a los tiranos
y siempre nos rebelamos
contra toda autoridá-á.

Aplausos de todos, menos del Casero.

Don Segundo [*Socarrón*]: ¿Así q'aura te m'has hecho anarquista, che? ¿No es cosa de gringos, esa?
Martín Fierro: Estoy ampliando el repertorio, tata.

Entran desde el pasillo derecho Marianne y Sofía, cargando pesados canastos de ropa lavada, y suben por la escalera. Las siguen como tres pollitos la Niña y los Niños Manrique #1 y #2, de diez, ocho y seis años de edad respectivamente. Las dos mujeres comienzan a colgar la ropa que les van alcanzando los pequeños, sábanas mayormente, sobre las sogas tendidas entre los balcones; las más largas cuelgan entre los muebles y van dividiendo el patio en sectores. La mesa de don Pasquale queda virtualmente aislada del resto del patio por las sábanas tendidas.

Apellídez: Doña Marianne, ¿qué Acevedo? ¿Juan B. Justo hoy se le da por Lavagna? Es Carnevale. Tenemos que preparar el patio para el Bailoretto.
Marianne: ¿Qué te piensás, que estamos paga danzag, con las cosas que andan pasand? Miga estos pequeñós con sus padgues en la cagcél. ¿Qué pasa si los expulsan del país? ¡Es una maldad sin nombr!
Anarquista: Nombre tiene. Se liama Ley de resitencia.
Sofía: ¡Ojalá marido está narguista! ¡Mandan todos de noevo Durquía!

Marianne: Ellos son muy capaz de séparer las familiás, de enviar tu marí a Turquí y ustedes restar acá.
Sofía: Donce me hago narguista yo, durco se gueda acá en Jintina y mato dos bájaros dun diro.

Riendo, las dos bajan y desaparecen tras las sábanas, seguidas de los chiquillos. Luz Azul, Ana Marga y Eva Angélica suben a su cuarto llevándose al Casero de los tiradores, ante la desazón de Apellídez, Jodiola y Vesre que vuelven al suyo desconsolados.

Apellídez: Miranda, se lo llevan pal Cuartucci. ¡Qué trago Camargo!
Vesre: Gilifradad, tu nombre es jermu.
Jodiola: Y yo que andaba soñando con el casorio. ¡Casariola!

Martín Fierro, el Socialista, el Radical y el Anarquista acercan sillas a la mesa. El Indio se sienta en el banco, al lado de don Pasquale que sigue trabajando.

Martín Fierro: Es lo que yo digo, amigo Samuel. ¿Hasta cuándo vamos a aguantar este estado de cosas?
Socialista [*cauto*]: ¿Quí coisas?
Martín Fierro: ¿Tenemos la lista actualizada?
Anarquista: Manuel Fázquez, siete hijos, tieciséis años en país; Calietano Criato, cinco hijos, siete de resitencia; José Ciolli, tiecisiete años en país; Antonio Marzofilio, tieciocho de resitencia, dos hijos; Constantino López, quince de resitencia, casato con argentina...
Martín Fierro: Pare ahí.
Anarquista: Me falta más de cuarenta.
Martín Fierro: Por eso. Pa muestra basta un botón. [*Al Socialista*] ¿Y ustedes?

ANARQUISTA: ¿Quién es un potón?
DON SEGUNDO [*Pone una mano sobre su brazo*]: No se me ofusque, amigo, que m'hijo solo le hablaba de los botones de la ropa.
SOCIALISTA: Nosotros, por ahora dos: Antonio Zacanine y José Telechea, de la Confederación Ferrocarrilere. Los está defendiende el doctor Del Valle Ibarlucea.
MARTÍN FIERRO: A ustedes no les deportaron a ninguno, ¿no?
RADICAL: Los nuestros son todos argentinos.
ANARQUISTA: A anarquistas ni eso los salfa. Cipriano López y Francisco Alpigni están argentinos y los teportan igual. Y toctor Ghiraldo sigue en parco en río...
RADICAL: No se quejen tanto, amigo. A ustedes les tocará Génova, Barcelona o Montevideo. A nosotros, Ushuaia.
SOCIALISTA: Ahí vamos a terminar todos si nu nos coidamos.
ANARQUISTA [*Al Indio*]: A Kalapakte no molesta ir allá. ¿No, Kalapakte?
SOCIALISTA: ¿Nu le molestaría ir a presidie?
ANARQUISTA: No molesta ir en Ushuaia. Él es de allá, y está con mucha ganas de folfer. Hace más quince años que espera.
MARTÍN FIERRO: ¿Y por qué no se toma el barco?
ANARQUISTA: Es un largo historia. Yo le tigo a él siempre, antate, yo te pago pasaje, pero me tice no, quiere que vamos juntos, porque los dos tenemos que ser lo mismo.
MARTÍN FIERRO: ¿Qué, también es anarquista?
ANARQUISTA: Él está anarquista por naturaleza. Ellos no tiene jefe, no tiene cura, no tiene patrón. No hay tinero, son totos igual, no hay propietat prifata, comparten toto.
MARTÍN FIERRO: ¿Hasta las mujeres, che?
ANARQUISTA: Las mujeres no es un fien. Y no están atatas al hombre, si quiere se queda y si quiere se fa.
MARTÍN FIERRO [*Con un guiño cómplice a don Segundo*]: Nosotros también tenemos. Se llaman putas. Y si tan bien le caen, che, ¿por qué no va y se hace indio de una buena vez?

Anarquista: Ese es lo que tice él. Yo tengo que ir con él a la Tierra del Fuego. Allá hacemos indio los tos.
Don Segundo: A mí ya me parece bastante indio, su amigo.
Anarquista: Falta ceremonia. Hain.
Don Segundo: ¿Y qué esperan para dirse?
Anarquista: Cuanto toto esto termina y compañeros libres. Es fertat, Kalapakte. *I know that in New York I said the same thing ofer and ofer again, but now it's true. I'm only asking you for a little more patience.*
Martín Fierro: Qué rara la lengua de estos indios, che. Parece inglés.
Anarquista: Es inglés. Fifimos mucho años en los Estatos Unitos, y nos acostumbramos hablar en ese lengua.
Martín Fierro: Jua jua jua. Un indio que habla inglés. Esa sí que es buena. A ver, ¿cómo se dice "guitarra" en inglés?

Le muestra la guitarra. El Indio no contesta.

Martín Fierro: Parece que esta no la sabe. Probemos otra. ¿Sombrero?

Le sacude el sombrero en la cara. El Indio no contesta.

Martín Fierro: Esta tampoco. ¿Y facón?

Le muestra el facón, acercando la punta a su rostro. El Indio no contesta.

Martín Fierro: Che, y "indio iñorante", ¿cómo se dice?

El Indio no contesta.

Martín Fierro [*Al Anarquista*]: Me parece que ya se olvidó. ¿Y usté va a querer vivir como los indios?
Anarquista: Y como fertatero anarquistas.
Martín Fierro: Mi padre le puede decir cómo viven los indios. Los conoció bien de cerca. ¿Quiere contarles, viejo?
Don Segundo: Y qué les puedo contar. Yo no viví entre los indios, como el amigo Fierro [*señala a su hijo con jocoso gesto*] aunque los vi bien de cerquita. Eso sí, indio que vi de cerca no contó el cuento. Pero tuve el honor de conocer personalmente a don José Hernández cuando entuavía andaba componiendo su *Martín Fierro,* y de su mesma boca escuché los versos que aura andan en la de todos. ¿Usté sabe qué es el *Martín Fierro*?
Anarquista: Esa es la refista que nos clausura el gofierno, ¿no? La de toctor Ghiraldo.
Don Segundo: Pero qué doctor Giraldo ni Gilardo, hombre. Le hablo de *El gaucho Martín Fierro*, que es el poema nuestro. [*A Martín Fierro*]. A ver, cantale lo que ya sabés.
Martín Fierro: Prefiero que lo haga usté, padre, que sabe mejor la letra.
Don Segundo: No te hagás rogar, che, que parecés chinita. Mostrale a este gringuerío que no sos gaucho de carnaval apenas.

Martín Fierro toma la guitarra. Canta con la vista fija en el Indio.

Martín Fierro:
El indio pasa la vida
robando o echao de panza;
su única ley es la lanza
a que se ha de someter,
lo que le falta en saber
lo suple con desconfianza.

Es tenaz en su barbarie,
no esperen verlo cambiar;
el deseo de mejorar
en su rudeza no cabe:
que el bárbaro solo sabe
emborracharse y peliar.

Y son, ¡por Cristo bendito!,
lo más desasiao del mundo;
esos indios vagabundos,
con repunancia me acuerdo
viven lo mesmo que el cerdo
en esos toldos inmundos.

Es pa él como juguete
escupir un crucifijo;
pienso que Dios los maldijo
y ansina el nudo desato;
el indio, el cerdo y el gato
redaman sangre del hijo.

Todos aplauden, menos el Socialista, el Anarquista, el Indio y don Pasquale que ajeno a todo sigue con su trabajo.

RADICAL: ¿Se lo tiene bien aprendido, eh?
MARTÍN FIERRO: Tuve el mejor maistro.
DON SEGUNDO: Cada vez que se equivocaba, un coscorrón. [*Al Anarquista*]. ¿Qué pasa, amigazo, no l'han gustao los versos?
ANARQUISTA: No entientí toto, y lo que entientí no está fertat. Kalapakte no es como tice ese canción.
DON SEGUNDO: Puede que en los Estados Unidos su amigo haya aprendío modales, pero devuelvaló a la toldería y endispué me cuenta. Los indios son todos iguales, creameló.

Martín Fierro: Igual no me vine pa hablar de esto, viejo. [*Rasga las cuerdas*].
Mas ya con cuentos de pampas
no ocuparé su atención;
debo pedirles perdón,
pues sin querer me distraje,
por hablar de los salvajes,
me olvidé de la junción.

Risas y aplausos de algunos.

Radical: ¿Y de qué "junción" estaríamos hablando, entonces?
Socialista: Tenemos problemes con los alquileres. Don Pasquale ya fue desalojado, come ve. Y pronto seguimes todos nosotros. Es imposible este trenta per cente.
Don Segundo: Yo le ofrecí al amigo pasarse a la pieza que estoy dejando, que es más barata, pero el casero no quiere saber nada. Dice que está cansao de sus desplantes.
Don Pasquale: Yo le doy la gracia, don Segundo, ma por ahora no tengo gana de ire al baño.
Martín Fierro: ¿Y si lo aprietan un poco?
Socialista: El casere es tan enquelino como nosotros. Le dan la mejor pieze, le cobran más barate, pero a principie de mes tiene qui ponerse con lo suyo y lo de todos nosotros o se queda en la calle.
Anarquista: El problemo no es lo casero, es lo propietario. Está pasanto en totos los confentillo. El gobierno sube impuesto y propietario sube alquiler. Y con estato de sitio y clausura de tiarios y las teportaciones totos tienen mieto de protestar. [*Al Radical*]. Es culpa de ustetes esto.
Radical: Los radicales nos levantamos en armas para remediar esos males de los que usted habla, amigo. Si nos hubieran apoyado, como les pedimos, otro gallo cantaría.

Anarquista: ¿Y si confencemos a los inquilinos totos de no pagar el alquiler?
Socialista: ¿Qué, come una goelga?
Anarquista: Sí, algo parecita.
Socialista: ¿Une goelga de iniquilinos? Mi parece qui ustedes están confundidos. Las goelgas las hacen los productores, no los consumidores.
Anarquista: Es pien. Llamalo *boycott* si querés, como en Estatos Unitos. La nombre es la de menos.
Socialista: El doctor Justo quiere formar cooperativas. Para construir viviendas dignes para los obreros. Casa amplia, barata, higiénica, llena de aire y sol, no este pocilgue húmeda, oscure, infestada de cucarache y ratone. ¿Quién quiere criar a sus hijos en una pocilgue como esta?
Don Segundo: Yo a mi hijo lo crié en un conventillo no mejor que este y tan malo no me salió.
Don Pasquale [*Levantando la vista de su trabajo*]: Yo también crié a mi hijo en uno conventillo come questo. Y también me salió bien. Bien muerto. [*Al Socialista*]. ¿Osté quiere terminare con lo conventillo? ¿Ma antunce de dove va salire la nuova raza aryentina? ¿No sai que questo conventillo sporcachone é lo crisole de la raza? Perque este ese no paise hospitalario que te agarra tutta la migracione, te la encájano a lo conventillo, viene la mescolanza e te sáleno a la calle todo esto lindo muchacho e muchacha ladrone, ventajero, asaltante e puttana de la madona. ¡E tu quiere arreglare lo conventillo! [*Agarra un reloj despertador de la mesa*]. Guarda questo reloje. ¿Lo vedi bene? [*El Socialista asiente perplejo*]. Senti. [*El Socialista se lo pone al oído*]. ¿Eh? ¿Senti qualcosa? [*El Socialista niega*]. No anda, ¿vero? [*Le saca la tapa para exhibir su mecanismo*]. ¿Me diche come se arregla?
Socialista: No sé, don Pasquale, nu soy relojero.
Don Pasquale: Ah, non é relojero. Quiere arreglare un conventillo, quiere arreglare la societá, quiere arreglare il mondo

ma non sai como arreglare uno sémpliche reloje. ¿E ostedes? ¿Qui me dichen? [*Uno a uno van negando*]. Yo les voy a esplicare. É fácile. [*Agarra el martillo de la mesa, lo descarga con furia sobre el reloj, vuelan las piezas*]. Cosí se arregla. Va y se compra otro.

Silencio general. Don Pasquale se calza la lupa y vuelve a su cucú. El Radical aprovecha para tomar la palabra.

RADICAL: Es lo mismo que decimos nosotros. El Régimen no se va a ir porque se lo pidamos de buenas maneras, y mientras las elecciones se diriman con concursos de canto y entreveros de cuchillero no nos quedan más que las armas... [*Acordándose de don Segundo*]. Conste que no lo digo por usted, don Segundo.
DON SEGUNDO: No se preocupe, mocito. Que haya sido caudillo eletoral no quiere decir que me gusten los chanchullos.
SOCIALISTA: La vía parlamentarie será lente pero es pacifique...
RADICAL: A ustedes los compraron con un diputado. El gobierno acaba de prorrogar el estado de sitio por dos meses más. Nos están cazando como ratones, a nosotros, a ustedes [*alude al Anarquista*] y, mal que le pese, también a ustedes [*alude al Socialista*]. Y mientras tanto, ¿qué hace el doctor Palacios? Da discursos en el Congreso.
SOCIALISTA: Nosotros nu creemos en la violencia.
RADICAL: Pero el gobierno sí, parece.
ANARQUISTA: Nosotros tampién creemos en fiolencia, cuanto es de fíctimas contra ferdugos.
RADICAL: Por fin nos estamos entendiendo. ¿Persona o edificio?
MARTÍN FIERRO: Edificio da más garantías. Siempre cai alguno.

Anarquista: Pero puete ser uno inocente. Etificio no es fueno.
Socialista: Yo mi ritiro.
Martín Fierro: Usted ya escuchó demasiado para dirse, amiguito.
Socialista: ¿Qué, mi está amenazando?
Martín Fierro [*Saca el facón del cinto. Se lo alarga a su padre*]: Fijesé, tata, qué bien que quedó el filo. Le corta un pelo a lo largo.

Don Segundo, sonriendo bajo el mostacho, toma el facón de manos de su hijo, lo examina, se lo devuelve. El Socialista hace mutis.

Y si es persona, ¿de quién hablamos?
Radical: Lo ideal sería alguien directamente implicado en la represión. El jefe de policía, o más arriba, el ministro del interior...
Martín Fierro: ¿Y más arriba?
Anarquista: Más arripa, el presitente.
Martín Fierro: ¿Y más arriba?
Radical: Roca.
Socialista [*A Martín Fierro*]: Lo que yo no comprende —discúlpeme si soy sincero— es por qué vamos a confiar en usted. Apenas lo conocemes.
Don Segundo: Es mi hijo y eso basta.
Anarquista [*Al Socialista*]: Don Segunto está hombre de palabra.
Radical: Además, no vamos a desconfiar de la palabra del gaucho Martín Fierro, ¿no?

Risas distendidas.

MARTÍN FIERRO: ¿Quintana o Roca, entonces?
RADICAL: Quintana. Me parece, ¿cómo decirle?, más institucional.
MARTÍN FIERRO [*Al Anarquista*]: ¿Revólver, bomba o cuchillo?
ANARQUISTA: Ya safe.
MARTÍN FIERRO: ¿Para cuándo la van a tener lista?
ANARQUISTA: Para cuanto es el momento. ¿Y tespués?
RADICAL: Eso corre por cuenta nuestra. Tenemos gente en todo el país esperando la señal de largada. Si los agarran, pueden contar con el indulto. Cuando seamos gobierno.
ANARQUISTA: Mejor que no agarran, entonces.
RADICAL: ¿Tan poca fe nos tiene, amigo?
ANARQUISTA: No fe, confianza.
SOCIALISTA: ¿Y antonce, por qué va tirar ese bombe por ellos?
ANARQUISTA: No es por ellos. Yo tiro pompa para ton Pasquale, para su hijo que mata la policía y su señora que muere de la pena. Para totos los que ahora son presos y teportatos por nada, por ningún crimen, por tener ideas. Para los hijos de Manrique que son sin papá ni mamá, y para el papá y la mamá que son presos en parco y sufren tanto por ellos. Para Kalapakte y totos intios que cazan como los animales y fenden como los esclafos, para mujeres que fienen a buscar trabajo y terminan de prostituta. Yo tiro la pompa porque para anarquismo somos totos hermanos y el que hiere a mi hermano está mi enemigo. Y tiro pomba tampién por presitente. Para salfarlo de hacer más crímenes.

Interrumpe su discurso el pajarito del cucú que sale para dar la hora: Cu-cu, cu-cu, cu-cu, cu-cu, cu-cu.

ANARQUISTA: ¿Funciona?

Don Pasquale: Funciona.

Don Pasquale toma el reloj y sube por la escalera hasta la habitación superior foro derecha. En simultáneo con las últimas frases se escucha un tumulto de golpes y voces que surge de la puerta superior izquierda, por la cual recula el corpachón desnudo del Casero, perseguido a escobazos por Ana Marga, Luz Azul y Eva Angélica; rompe la baranda y cae sobre la cama de don Pasquale envuelto en las sábanas tendidas.

Luz Azul: ¡Severo revés!
Ana Marga: ¡Ácida caída!
Eva Angélica: ¡Eh, gallego, llegó la huelga, llegó!
Casero: ¡Ya van a ver coando les punja la manu encima!
Luz Azul: ¡Abusón, acá no suba!
Casero: ¡Estu es un atropellu a la autoridá!
Luz Azul: Adán no calla con nada.
Eva Angélica: Cuando más turbado está más se queda hablando.

Entran Marianne y Sofía desde el patio de la derecha, seguidas de otras vecinas, blandiendo sus escobas.

Marianne: ¡Pues antóns lo haguemos callag a escobazós!

Marianne, Sofía y las otras mujeres golpean con sus escobas al Casero, que huye por la puerta que da a la calle envuelto en una de las sábanas. Las mujeres, arriba y abajo, festejan enarbolando sus escobas. Con el tumulto salen de su cuarto Apellídez, Jodiola y Vesre, y bajan por la escalera derecha.

Apellídez: No Cantilo Victorica que Segurola Volta.
Jodiola: ¿Ese? Voltariola.

VESRE: Te togaran que el ortiba del dogor fue a llamar a los cobanis.
MARIANNE: ¡A prepagagse entonces! ¡A vég, acá, la baguícad! ¡Allons, enfants! ¡Las chicás de aguiba, prepaguen pelél y palangán! ¡Pongan a hervig el aceite y el agua! ¡Y como último recurs, el quegosén! ¡Antes de entregag el conventíll le metemos fuego!

Marianne y Sofía toman la iniciativa agarrando el carromato de don Alí y empotrándolo en la entrada, ante la desesperación de su dueño.

DON ALÍ: ¡Qué hace, Sofía! ¿Si ronben carro qué hacemos?
SOFÍA: ¡Nos volvemos a Durquía!
DON ALÍ: ¿Y con qué blata, durca con qué blata?
SOFÍA: ¡Drabajo de brosdiduda! ¡Vamos de bolizonte! ¡Cualquier gosa es mejor que esdo!

Mientras los demás recogen las sábanas y empiezan a apilar los muebles para bloquear los pasillos laterales, Jodiola, Apellídez y Vesre se sientan junto a Martín Fierro y el Indio.

MARTÍN FIERRO: No me gusta nada esto.
VESRE: Mirá el bolonqui que armaron las namis.
MARTÍN FIERRO: A mí me hablás derecho. Hay que frenar esto cuanto antes. Puede complicarnos los planes.
APELLÍDEZ [*Aludiendo al Indio*]: Che, ¿y no será Battilana el Indalecio?
MARTÍN FIERRO: Sí, pero juega para nosotros. ¿No, Calafate? ¡Che, te estoy hablando! ¿Querés ir a Ushuaia, sí o no? Entonces despabilate. A ver, repasamos. [*A Jodiola*]. Cuando te haga la seña vos salís a traer a los milicos; vos [*al Indio*] descubrís la bomba; y ustedes dos [*señala a Vesre y Apellídez*] me salen

de testigos. Yo me dejo arriar con los demás, no quiero que el viejo sospeche, y después en la comisaría arreglamos.

Lo interrumpe una visión paradisíaca: Ana Marga, Eva Angélica y Luz Azul, enmascaradas, vistiendo sendos dominós, rosado, blanco y celeste, respectivamente, descienden por las escaleras. Se acercan, irresistibles y sinuosas, a la mesa, y trazan seductores arabescos tangueros, Ana Marga alrededor de Apellídez, Eva Angélica de Jodiola, Luz Azul de Vesre. Don Segundo toma la guitarra. Se la pasa a Martín Fierro.

DON SEGUNDO: A ver, m'hijo.
MARTÍN FIERRO: No estoy pa tangos, viejo.
DON SEGUNDO: Pero yo sí, así que agarrá la viola y metele.

Martín Fierro accede de mal grado, templa las cuerdas. Las tres parejas bailan el tango.

MARTÍN FIERRO [*Canta*]:
Te conozco,
te conozco mascarita,
che sacate la careta,
vos a mí no me engañás.

Te embarcaste,
con tus sueños de inmigrante:
"Soy un ruso laburante,
nadie me puede parar".

Te metiste,
en el corso "La Argentina",
persiguiendo a Colombina
en tu traje de Pierrot;

y era tanta tu alegría,
que saltabas sin avivarte
que la bella bailarina
al verte cara de otario
te enroscó la serpentina,
y que el tano Cocoliche,
Moreira y el Presidiario,
Polichinela, Arlequín,
y hasta el Oso Carolina,
estaban en el complot:
te fundieron el boliche,
te manotiaron la mina,
te espiantaron el bulín.

Entendiste,
que apenas pisás el puerto,
o te avivás o vas muerto,
de nada sirve yugar.

Afilaste,
con la jermu del portero,
y con la guita que ahorraste,
del alquiler te lo debo,
te hiciste luego usurero,
grupí, timador, fullero,
y por último macró.

Ya que todo es carnaval,
entraste en la Zwi Migdal;
al fin no te fue tan mal,
mirá que flor de reló.

Te conozco,
te conozco mascarita,

che sacate la careta,
vos a mí no me engañás.

Aplausos. El cantor y los bailarines saludan. Por detrás de la barricada asoman tres cabezas: el Casero, el PROPIETARIO, *el* AMIGO *del Propietario. Ambos visten ropas livianas y elegantes, adecuadas al bochorno del día: sombrero rancho de paja, blazer, pantalones claros, zapato bicolor. El Casero sigue envuelto en su sábana como un senador romano que huye de un alzamiento plebeyo.*

PROPIETARIO: ¿Se puede saber qué carajo pasa acá?
DON SEGUNDO: ¿Y usté quién viene a ser, mocito?
PROPIETARIO: ¡Yo soy el que los va a poner de patitas en la calle si no despejan la entrada! ¡Soy el dueño de esta casa!

Un ¡Oooooh! sorprendido recorre el patio.

DON SEGUNDO: En buena hora ha llegao. Ya empezábamos a creer que no esistía. Pase nomás. Esta es su casa.
PROPIETARIO: ¿Y cómo quiere que pase con todas estas porquerías en el camino?
DON SEGUNDO: Pase por arriba, pues.
AMIGO: Él es lisiado, no puede andar trepando por encima de toda esta basura.
PROPIETARIO: No les des explicaciones querés. Lo único que falta es que piensen que les quiero dar lástima. Ni por arriba ni por abajo. Saquen todo esto ya mismo o vuelvo con los bomberos.
DON SEGUNDO: Tá bien, en atención a su defeto físico le vamos a dar paso. Digo, si todos están de acuerdo.

El Anarquista, el Socialista, Jodiola, Apellídez y Vesre tiran del carro. No pasa. Empujan. Se atasca más firmemente. Todos miran a don Alí. Resignado, este va andando hasta su pieza, vuelve con el pan de jabón, le escupe encima, se frota las palmas, esparce la espuma. En algún momento intenta pasarle el jabón al Amigo del propietario, que lo rechaza asqueado. Mientras, el diálogo continúa:

PROPIETARIO: Pregunté qué pasa. Estoy esperando.
MARIANNE: Pasa que no pagamós el aumént. Estamos hartos de vivig en esta pocilg.
PROPIETARIO: ¿Pocilga? ¿Pocilga? ¡Esta era la casa más elegante del vecindario hasta que entraron ustedes! ¡Miren esta mugre! ¡Se meten de a diez en las habitaciones como lauchas, y después se quejan del hacinamiento! ¡El cien por ciento debería aumentarles, para reparar los destrozos que han hecho! ¿No pagan? Denuncio la casa a la Comisión de Higiene como infestada, digo que se han producido casos de bubónica, y la mandan desalojar en el acto.

Finalmente logran hacer pasar el carro hacia afuera. El Propietario camina apoyándose en un bastón, la pierna izquierda tiesa. Su amigo procura ayudarlo y él se lo sacude, irritado. El Casero se escurre hacia su pieza.

MARTÍN FIERRO: Tranquilicesé, amigo.
PROPIETARIO: ¡No me tranquilizo nada! ¡Me devuelven todas estas porquerías al cuarto de donde salieron!
DON PASQUALE: Le porquerie sono mie, m'hanno desalocato… Ma si osté me devuelve la camera…
PROPIETARIO: ¡A la calle entonces! ¡Y todos los demás a buscar la plata! ¡El que no paga hoy se va mañana!

Los hombres y las mujeres empiezan a rodearlos, en plan de pocos amigos. El Amigo lo toma del brazo y lo lleva hacia la derecha del proscenio, para alejarlo de ellos.

AMIGO [*Aparte, al Propietario*]: Marcelo, calmate que nos linchan.
PROPIETARIO [*Aparte, al Amigo*]: ¿Te das cuenta? ¿Te das cuenta? ¡Malditos sean mi padre que en paz no descanse y toda mi parentela, mirá con quiénes tengo que discutir! ¡Yo, un López Eguren!
AMIGO: Marcelo, ya te dije que no necesitás hacer esto. Todo lo mío es tuyo.
PROPIETARIO: Sí, claro, y así me convierto en tu mantenida. Lo único que me faltaba.
AMIGO: No seas cruel. Vámonos al sur, a la estancia de Santa Cruz. Allá nadie nos conoce. Podemos empezar una nueva vida.
PROPIETARIO: Pero qué buena idea, Jorgito. ¿Por qué no lo decís más alto así se entera todo el conventillo?
AMIGO: Cuando te ponés así no se puede hablar con vos.
MARTÍN FIERRO [*Acercándose, aparte a los dos*]: ¿Me permite una palabra, don?
PROPIETARIO: Qué quiere ahora.
MARTÍN FIERRO: Lo que le quería decir es que ahora lo mejor va a ser que usted y su amigo se retiren, porque acá están pasando cosas más importantes de las que usted sabe... Está en juego la seguridad nacional. Usted deje todo en mis manos y no se preocupe, que yo se lo soluciono, le doy mi palabra.
PROPIETARIO: Ah, pero hubiera hablado antes, hombre. Así es otra cosa, ahora tengo la palabra de... Disculpe, no hemos sido presentados, ¿Juan Moreira?
MARTÍN FIERRO [*Sonriendo con modestia*]: A decir verdad, m'he intentado caraterizar como Martín Fierro.
PROPIETARIO: Mejor aún, eso lo cambia todo. Moreira era medio matrero, pero Fierro es un gaucho 'e ley. [*Se vuelve hacia el grupo. Señala a don Segundo*]. ¿Y este quién vendría a ser? ¿El Viejo Vizcacha?

Don Segundo: Escuche, mocito…
Propietario: ¡Mocito las pelotas! ¡Se van de mi casa! ¡Vuélvanse al corso! [*Repara en el Indio*]. Ah, pero ahora veo que se lo tomaron bien en serio. Es con indios y todo la cosa. [*Lo observa con mayor detenimiento. Palidece. Se lleva la mano a la garganta*]. No puede ser…
Amigo: ¿Qué pasa, Marcelo?
Propietario: Es él… es él…
Amigo: ¿Él quién?
Propietario: El de París… El que me echó el gualicho…
Amigo: Pero, Marcelo, ¿cómo va a ser el mismo?
Propietario: ¡Te digo que sí!
Amigo: Pero pasaron más de quince años… Y los indios son todos iguales…
Propietario: Es el del maleficio, estoy seguro.
Amigo: Está bien, ¿querés que le pregunte?
Propietario: ¡No! ¡No te le acerques! ¡No sabés lo que te puede hacer!
Amigo: ¿Qué me va a hacer ese indio rotoso?
Propietario: ¡Todo! A mí me hizo confundirme las cartas, y después, meterme en ese duelo, y después…
Amigo: ¿Y después qué? ¿Qué ibas a decir? ¿Meterte conmigo? ¿Lo nuestro es parte de la maldición también? ¡A las cartas las cambié yo, ya te lo dije! ¿Y sabés qué? ¡No me arrepiento! ¡No me arrepiento de nada!
Propietario: Shhhhh. ¿No ves? ¿No ves? Todo esto lo decís porque él está ahí. No sos vos. Es él. Miralo. Él es el foco infeccioso. La peste bubónica, la fiebre amarilla, la tifoidea, el cólera y el tifus. [*Girando, abarca el conventillo con la vista, desencajado*]. Hay que acabar con todo. [*Al Casero, que acaba de reaparecer vestido*]. ¡Traiga ya mismo a los bomberos! ¡Vamos a evacuar el conventillo!

Como respuesta Marianne, Sofía, don Alí (suspirando, resignado), el Anarquista y el Socialista vuelven a empujar el carro, bloqueando la salida.

Martín Fierro [*Aparte*]: Amigo...
Propietario: ¿Otra vez vos? ¿Se puede saber qué querés ahora?
Martín Fierro: Con todo respeto le pido que se calme y que se vaya, y deje todo en mis manos. [*Secreteando*]. Soy policía.
Propietario [*A los gritos*]: ¿Policía vos? [*Se hace un súbito silencio*]. ¿Me estás tomando el pelo? [*Toma nota de los rostros atónitos*]. ¿Pero qué pasa acá? ¿Se volvieron todos locos?
Don Segundo: ¿Qué dice este mocito?
Martín Fierro: Nada, tata, ¿no ve que es un desequilibrado?
Propietario: ¿Desequilibrado yo? ¡Viene Juan Moreira, perdón, perdón, viene Martín Fierro a pedirme que deje todo en sus manos porque es policía, y resulta que el loco soy yo!
Don Segundo: ¿Es verdá eso?
Martín Fierro [*Balbuceando*]: Cómo va a ser verdá, tata, usté me conoce...
Don Segundo: Eso creía. A ver, mirame a los ojos y decime que es mentira lo que dice este puto rengo.
Propietario: ¿Qué dijiste? ¡¿Qué dijiste?!
Don Segundo [*Se abre el saco para mostrar el fiyingo*]: Hablo de usté, no con usté. [*A Martín Fierro*]. Entonces es verdá.
Martín Fierro [*Súbitamente desafiante*]: Sí, es verdad.

Martín Fierro saca un silbato de policía y lo hace sonar prolongada, interminablemente. Mientras dura el sonido aparecen dos agentes y tres bomberos armados con máuseres tras las barricadas de la puerta de entrada y las galerías laterales, pugnando por abrirse paso. Batahola. Algunas mujeres los detienen a escobazos en las barricadas, otras desde la galería arrojan sobre los que logran pasar el agua sucia de las palanganas y las pelelas, una de las cuales vuelcan entera sobre el Propietario. Todos los hombres del conventillo, excepto Martín Fierro, que no las tiene todas consigo, y el Radical, que intenta huir trepando sobre la barricada y es repelido por los atacantes, participan de la defensa entusiastas. Las fuerzas rebeldes van llevando la mejor parte cuando Martín Fierro extrae un revólver debajo del chaleco y hace cuatro tiros al aire. Todos se congelan en sus lugares. Los soldados y bomberos logran entrar, apuntando a todos con sus máuseres.

MARTÍN FIERRO: ¡Basta! ¡Al que se mueva lo quemamos!
MARIANNE: ¿Van a matagnos pog discutig los alquilegues?
MARTÍN FIERRO: ¡Qué alquileres ni alquileres! Acá se estaba gestando un complot para asesinar al presidente de la república. ¡Arresten a estos!

Señala al Radical, al Anarquista, al Indio y al Socialista. Los prenden. Le hace una seña a don Alí, que resignado acude con el jabón y una vez más empieza a maniobrar para despejar la entrada.

DON SEGUNDO: Pero si los juntaste vos. Y usando mi nombre...
MARTÍN FIERRO: Sí, y así cayeron como chorlitos. [*Al Indio*]. A ver, dónde está la bomba.

Ante la mirada incrédula del Anarquista, el Indio señala la habitación superior trasera derecha. Martín Fierro hace un gesto a uno de los agentes, que se lanza escaleras arriba, pero cuando está a mitad de camino se asoma don Pasquale, con el reloj cucú en las manos.

DON PASQUALE: ¡Eh! ¿É questo lo que búscano? [*En el silencio, todos escuchan el audible tictac del reloj*]. É programata per explotare en cinque minuti, má si siete impaciente la tiro y reventamo tutti ahora.

Pánico. Todos corren hacia las salidas menos Marianne, el Socialista, el Anarquista, el Indio y don Segundo.

Amigo [*Intentando ayudar al Propietario a trepar sobre la barricada*]: ¡Denle paso, tiene prioridad, es un inválido!

El Anarquista se sienta en una de las sillas, la cabeza entre las manos, como si ya nada le importara.

Don Pasquale: Váyase también ostedes, ¿o quieren reventare con me?
Don Segundo [*Casi inaudible*]: Por mí no hay problema.
Socialista: Don Pasquale, piensa lo que hace. Acá es el hogar de muchas persones.
Don Pasquale: ¿Hogare? ¿Questo? ¡Ni por sueño si puó fare uno hogare in questa madriguera de ratone! ¡Non puede habere speranza, dignitá, ideale in un chiquere! ¡Non é possibile amare la moglie, criare figli sani e felice si morano tutti insieme in una habitacione de cuatre per cinque, senza bagno ni cucina! ¿Quiere hogare? ¡Tira una bomba in cada conventillo de la cittá, préndele fuoco a tutti!
Socialista: Su hijo fue un boino muchacho, y creció en un conventillo como este, ¿o no?
Don Pasquale: ¡Il mio figlio! ¡Al mio figlio lo matanno per crumiro!
Don Segundo: ¿Cómo dice?
Don Pasquale: ¡Lo mattano su compañero! Io sono stato enfermo, non pó lavorare, non podiamo pagare l'alquilere, ne mangiare, allora él dice io procuro lavoro, doppo torno a la lutta, e io no, credo que lo convinzo, ma al altro giorno senza dire nulla va in panaderia, llegano l'anarchiste, intentano convincere a li crumiri de non lavorare, discuteno, comincia il forcejeo, aparece uno revólver, sale un tiro. Como era hijo

mio, aceptano ponerlo como martire de l'Idea. Ma non l'ho ammazzatto li anarquisti. Ho stato questo paese generoso, l'Aryentina! ¡Venite tutti a l'Aryentina, per sicurare il futuro de voi figli! ¡Pum, pum, pum! ¡Il futuro garantito in un minuto! [*Volviendo en sí, mira hacia abajo*]. ¿Qué esperano? Le quédano due minute.
Don Segundo: Voy a aprovecharlos, entonces.

Empieza a subir las escaleras.

Don Pasquale: ¡Resta qui! ¡O la tiro!
Don Segundo: Reventamos los dos entonces. Usté haga lo que tiene que hacer, pero yo no voy a consentir que un hombre de valía se vaya de esta vida así, tan amargao. Desarme ese artefacto del demonio, amigo, y vámonos.
Don Pasquale: Osté lo que quiere é salvare la sua habitazione.
Don Segundo: No. Me voy.
Don Pasquale: ¿Del conventillo?
Don Segundo: Del conventillo y de esta ciudá que no me ha traido más que sinsabores: me ha convertío a mí en matón y a mi hijo en tira. Así que me güelvo pal campo. Me quedan un par de leguas entuavía; no serán gran cosa pero pa dos viejos alcanza. Si quiere venga conmigo. Pero antes apaguemé ese cachivache, que estoy empezando a inquietarme, ¿vio?

Don Pasquale asiente. Mueve un tornillo, desenchufa unos cables. Don Segundo alarga las manos en su dirección. Don Pasquale pone el cucú en ellas. Generalizado suspiro de alivio. Van bajando. Marianne se asoma a la puerta del foro y hace señas hacia fuera. Cautelosos, curiosos, van regresando Jodiola, Vesre, Apellídez, Luz Azul, Eva Angélica, Ana Marga y los tres bomberos.

Don Segundo: Después mandamos a buscar las cosas. Pero ahora salgamos de acá.

Antes de que logren salir les cierran el paso Martín Fierro y los tres bomberos, que bloquean las salidas apuntando con sus armas.

Martín Fierro: Momentito. Este hombre queda bajo arresto. Es uno de los conspiradores. [*Señala a Jodiola, Apellídez y Vesre*]. Ustedes son testigos.
Jodiola: ¿Yo? Testigariola.
Apellídez: Andrade a la mierda, Canaletto.
Vesre: Congomi no contás. Si querés gotestis andá buscalos a la chacón de tu madre [*Con un gesto de deferencia a don Segundo*]. Sin ofensa, eh.
Don Segundo: Era bien puta, no se preocupe. M'hice cargo 'el gurisito porque andaba queriendo ver cómo era esto de ser padre. [*Escupe*]. Una mierda. [*A don Pasquale*]. Vamos, amigo.

Luz Azul, Eva Angélica y Ana Marga han empezado a mirar con un nuevo respeto a —respectivamente— Vesre, Jodiola y Apellídez. Se les acercan, apoyan discretas manos, mentones y brazos sobre sus codos, hombros y cuellos.

Vesre: ¿Odiosa, has oído? Yo de ortiba no la voy. ¿Te venís congomi a la zapie, mamita?
Luz Azul: Si Edipo lo pide... Perdón. Si Ipedo lo depi...
Ana Marga: ¿Y? ¿Qué Talcahuano? ¿Benítez?
Apellídez: Segurola Salguero hecho un ascua por tu causa.
Eva Angélica: ¿Y usted, qué espera?
Jodiola: Perariola. Yo soy tu manzana, mi Eva.

Martín Fierro se interpone entre los dos hombres que salen y la puerta. A su padre.

MARTÍN FIERRO [*Con un hilo de voz*]: Dije que se queda.
DON SEGUNDO: Entonces dales a tus milicos la orden de tirar, porque me lo estoy llevando.
MARTÍN FIERRO: ¿Adónde se va?
DON SEGUNDO: Me vuelvo pa'l pago.
MARTÍN FIERRO: ¿Y la pieza?
DON SEGUNDO: Quedatelá vos si querés.
MARTÍN FIERRO: Pero yo se la conseguí para usté.
DON SEGUNDO: ¿Cómo me la conseguiste?
MARTÍN FIERRO: Le alvertí al Casero que no le renovara el alquiler [*señala a don Pasquale*] aunque juntara la plata.
DON SEGUNDO: Aura menos que nunca la quiero.
MARTÍN FIERRO [*Como un chico*]: Todo lo hice por usté, tata. Fue usté el que me inculcó el odio al gringo, y ahora...
DON SEGUNDO: Antes que criollo botón prefiero gringo anarquista. Vamos, don Pascual. [*Antes de salir pone el cucú en manos de su hijo*]. ¿Vos querías esto, no? [*A don Pasquale, mientras van saliendo*]. La Argentina no es un país tan malo, creamé. Bueh, es verdá que no conozco ningún otro, pero quiero creerlo. El problema es que a ustedes no los dejaron llegar al campo. Aura va a ver lo lindo que es...

Ante la inercia de Martín Fierro los bomberos se apartan para dejarlos pasar. Salen. Los dos policías vuelven arrastrando al Radical.

RADICAL: Esto es un atropello... No tienen ningún derecho...
MARTÍN FIERRO [*Recuperando la ferocidad y el sadismo*]: Cayesé y digalé a su señora que le vaya empacando las tricotas,

que en Ushuaia los inviernos son fresquitos. [*Señala al Socialista y al Anarquista, que sigue sin reaccionar*]. Ustedes van con él. [*Señala a Apellídez, Jodiola y Vesre*]. Y ustedes tres también. Me tomariolan por Gilardi a mí. Vamos a ver, en el beyompa, cómo hacen jueguitos de palabras con una garompa en la garganta.

Los milicos empiezan a arriar a los seis señalados. El Indio se suma espontáneamente al grupo.

MARTÍN FIERRO: Pará. Vos no.

El Indio lo mira extrañado.

MARTÍN FIERRO: Vos sos el batidor. ¿Cómo te vamos a mandar a Ushuaia? Pecaríamos de desagradecidos. Andá. Podés irte. ¿Qué te pasa? ¿Qué me mirás? El presidio es para criminales peligrosos, no para indios piojosos como vos.

Por toda respuesta el Indio toma de la mesa el martillo de don Pasquale y asesta a Martín Fierro un golpe seco en medio de la frente. Este cae hacia atrás, golpeando el suelo con la nuca. Antes de que nadie atine a reaccionar, el Indio le saca el facón del cinto y le asesta varias puñaladas en el vientre.

TELÓN

Capítulo 13
El penal

Una conversación entre Lucas Bridges y Karl Bauer. Harberton, abril de 1906

LB: La historia que me está contando, señor Bauer, es realmente increíble, una verdadera odisea, con perdón de la obviedad; y es sin duda encomiable que haya recorrido medio planeta para acompañar a Kalapakte hasta acá, no teniendo obligación alguna de hacerlo. También es cierto que los dos son fugitivos de la justicia, y yo estaría obligado a dar aviso a la policía. Pero como uno de ustedes es ona, y han involucrado a los otros onas en su fuga, me pone en una posición difícil. Todos mis esfuerzos siempre se han encaminado a mantenerlos lo más lejos posible de las autoridades.
KB: Sé muy bien que podrían tener problemas si se enteraran que nos ayudó, por eso nos quedamos acá en el bosque en lugar de acercarnos a las casas. De todos modos partimos mañana antes del alba, así que si va a mandar a su mensajero mejor apúrese, porque si no para cuando vuelva con la partida ya vamos a estar lejos. Igual, dudo que se atrevan a intentar el cruce de las montañas con el invierno que se nos viene encima.
LB: Salvo que yo les haga de guía.
KB: Sí, salvo que usted los guíe.
LB: Si se tratara solo de usted, señor Bauer, no veo por qué no hacerlo. Estuvo envuelto en un complot para asesinar al

doctor Quintana, el presidente de la república, como usted mismo ha admitido, y entre usted y Kalapakte, repártanse la responsabilidad como más les guste, asesinaron al policía que trató de detenerlos.

KB: De instigarnos mejor dicho. Y su presidente dio la orden de masacrar a trabajadores inocentes, y deportar a cientos sin juicio, separando las parejas, destrozando las familias. Usted, que ha visto cómo hicieron lo mismo con los indios, y ha hecho lo posible para protegerlos, ¿aprueba que lo hagan con los trabajadores, solo porque son extranjeros? Y no solo estuve "envuelto" en el complot, como usted dice: estaba dispuesto a tirarle la bomba yo mismo. No tenía por qué habérselo dicho, y sin embargo lo hice. Podría excusarme argumentando que fue todo un engaño de la policía, y que hoy no lo haría, sin mentirle, pero también es cierto que mordí el anzuelo, y en ese momento quería hacerlo. No sé si hubiera podido. Como ya le conté, era mi segundo intento; se ve que Kalapakte tiene razón, los atentados no son lo mío. En fin. Tenemos, si no me fallan los cálculos, dos o tres horas hasta las primeras luces; si va a encabezar la partida que nos dé caza, lo mejor es que se vaya a descansar, para estar bien fresquito cuando lleguen; pero si todavía lo está pensando, quizás quiera escuchar el resto de nuestra historia. Yo me comprometo a contarle toda la verdad, sin ocultar ni mitigar infamia alguna, para que, decida lo que decida, sea sin engaño de parte nuestra. ¿De acuerdo?

LB: Cuando le hablé de mi deber, señor Bauer, hablaba de usted únicamente. Nunca los ayudaría a capturar a Kalapakte, ni a ninguno de los suyos. Lo que han sufrido, colectivamente, a manos de los blancos, pesa más en la balanza que cualquier crimen que puedan haber cometido. Si alguno de ellos atacara a algún miembro de nuestra familia, tampoco lo

denunciaría. Podría a lo sumo tomar venganza directamente sobre el culpable, y los demás no solo lo aprobarían: perdería crédito ante ellos si no lo hiciera. Pero entregar a uno de ellos a la justicia blanca, eso nunca.
KB: Bueno, si es por eso así pintado y con este atuendo, si no me miran de cerca, podría pasar bastante bien por ona, ¿o no?
LB: No quiero desanimarlo, pero cuando los vi del otro lado de la bahía me di cuenta enseguida.
KB: Debe tener una vista muy aguda.
LB: La agudeza no está en los ojos, sino en la mente. Los onas pueden ver un guanaco donde uno de nosotros apenas vería un manchón de pasto, un yagán distinguir un lobo marino entre las rocas indistintas. Pero eso es porque tienen la vista entrenada, no porque sus ojos vean mejor que los nuestros. Quien está familiarizado con las aves de un lugar puede reconocerlas por el vuelo, aunque no sean más que un punto lejano en el cielo. Su manera de llevar el cuerpo, de moverse, es de *koliot*, no de ona, por más pieles y pintura que se ponga encima.
KB: Por suerte ni los policías ni los guardias saben distinguir una gaviota de un ganso. Ni siquiera creo que se tomen el trabajo, antes de encontrarnos se perderían ellos. Como mucho mandarán un piquete de policías y vecinos para el lado de Lapataia, pensando que trataremos de cruzar a Chile, pero lo más probable es que se sienten a esperar que volvamos solos, obligados por el hambre y el frío, que es lo que sucedió en los anteriores intentos: tarde o temprano los fugados deben arriesgarse a hacer un fuego y los descubren, o vuelven solos, después de haberse dado el gusto de sacudirse las cadenas por un par de días. La mayoría de las fugas son el resultado del impulso de un momento: el guardia se distrae un segundo y el convicto se escabulle entre los

árboles, sin ropa para cambiarse, ni armas, ni comida; los más preparados se llevan algún abrigo, fósforos y tabaco, con el único objetivo de pasarla más o menos bien, fumando a sus anchas, mientras los buscan, y vuelven cuando se les acaban los cigarrillos: una rateada, más que una fuga. Hubo uno que se escondió en el aserradero, algún compañero le pasaba comida y por dos semanas vivió libre dentro del presidio; otro se pasó un par de días en el campanario de la iglesia, viendo pasar la vida del pueblo, hasta que lo tentó el olor de un asadito. También se dio el caso de uno que saltó desde el muelle, con los grilletes puestos: había sido un preso modelo, obedecía todas las reglas, no contestaba los insultos, ni siquiera paraba las patadas y las piñas. Estuvieron dragando una semana hasta encontrarlo, perfectamente conservado, nada hinchado, por el frío del agua, claro; y dicen que hasta se dibujaba en su rostro una leve sonrisa. La vida del presidio es tan intolerable que hay momentos en que uno daría cualquier cosa por tomarse un respiro. El cálculo no entra en la cuenta: es eso o la locura. Uno sabe que le aumentarán la pena, ¿qué importa? Igual lo más probable es que se muera antes de cumplirla. Uno, en la cárcel, aprende a vivir minuto a minuto. La liberación es tan inconcebible como la llegada del Mesías, aunque uno viva solo para eso. Si está en celda de aislamiento, cuenta los días que faltan para que lo devuelvan a la celda común; si está en la celda común, sin dormir por el frío, las horas hasta la llegada del día; si estuvo toda la mañana volteando árboles en el monte, o rompiendo rocas en la cantera, su Milenio es el puchero del mediodía. A la mayoría no le cuesta nada acostumbrarse: ya vivían así antes, una vida crónicamente imprevisible, de concurrir cada mañana a los portones de la fábrica, al puerto, al frigorífico, para ver si los conchaban por el día; aun los que tienen puesto fijo nunca saben si el capataz les va a dar algo que hacer o los va a tener todo el día esperando y al final mandarlos de vuelta a casa sin haber ganado un peso para darle de comer a sus familias. No sorprende que la mayoría de sus crímenes los cometan de la misma manera: estaban bajando las canastas de panes del carro y el olorcito le resultó irresistible; el joyero se dio vuelta y él manoteó el reloj y salió corriendo; pasaba una prostituta, sus hijos tenían hambre, a ella nadie la extrañaría; después resultó que era oficinista y madre de cinco. Les resulta mucho más fácil entender el crimen de Kalapakte, que acuchilló al hombre que lo había engañado y ofendido, que el que a mí me achacan. ¿El presidente? ¿Qué te hizo a vos el presidente? ¿Te espiantó la mina?, se reían. Yo trataba de explicarles, no es a mí, es a todos, lo que nos hizo. ¿Ah, entonces lo hiciste por mí? Pero si no me conocías. Me exasperaba que no entendieran, después me cansé y soportaba las bromas en silencio, al tiempo empecé a pensar si no tendrán un poco de razón en lo que dicen. Al principio pensaba que a Kalapakte le pasaba lo mismo, que era incapaz de ver más allá de lo inmediato, pero una vez más me di cuenta de que estaba equivocado. Desde el día en que lo conocí, Kalapakte tenía un objetivo: volver a su tierra. Es como un ave migratoria, le van surgiendo obstáculos por el camino y va lidiando con ellos a medida que se presentan, pero nunca pierde de vista la meta. Yo soy al revés, me parece: cualquier obstáculo que aparece lo convierto en meta. Cuando estábamos en Buenos Aires, y solo nos faltaba un tramo para llegar a destino, y yo empecé de nuevo a dar vueltas, perdió la paciencia. Él no mató al policía en un acceso de rabia, o por el impulso del momento. Habían acordado que si él revelaba dónde estaba la bomba nos mandaban a los dos a Ushuaia juntos; el otro no cumplió el trato y Kalapakte lo mató, no para castigarlo, sino para que se cumpliera a pesar suyo: y acá nos tiene. Encima me la cargaron a mí también, esa muerte: les venía como anillo al dedo. Un indio y un anarquista, conspirando juntos contra las autoridades legítimas. ¿Cómo iban a perdérselo? Y el policía quedó como el héroe que dio su vida para salvar la de su presidente. Seguro que le ponen su nombre a una calle o una plaza, cualquier día de estos. Yo estaba furioso con Kalapakte, en ese tiempo, más aún porque no podíamos vernos, en la Penitenciaría de Las Heras, recién nos reencontramos en el juicio. ¿Vio cómo las peleas con amigos son siempre peores en la mente? Ya ni me acuerdo la mitad de las cosas que pensé de él, en ese tiempo: que lo único que le importaba era llegar hasta acá a cualquier precio, que solo con ese fin se había hecho mi amigo, que ante la promesa de ser devuelto a su tierra me había entregado sin miramientos, como antes la había entregado a Vera. A veces me parece que nos entienden mucho mejor de lo que nosotros jamás los vamos a entender a ellos. O por lo menos, que no se toman el trabajo de entender lo que no vale la pena entender. Con lo del atentado, por ejemplo: cuando yo le iba con todos mis embrollos mentales, mis dudas, mis reparos éticos, él me escuchaba en silencio y después decía: "Ella quiere hacerlo, vos no. Sin ganas es muy difícil matar una persona". Pero a mí su explicación no me convencía, más aún, me resultaba cínica. O insensible. Si solo le hubiera hecho caso, tal vez Vera estaría viva. Me llevó diez años, allá, sumados a los del presidio, acá, darme cuenta de que tenía razón él, y también ella: en el fondo de lo que se trataba era de que yo me creía superior a ella por ser hombre, y a él por ser europeo, y no me tomé en serio lo que me decían. Como caballero no podía permitir que una dama hiciera el trabajo de un hombre, pero como el caballero en cuestión no quería hacerlo, hice todo lo posible

por esquivar el bulto. Si de entrada hubiera reconocido su derecho a cometer ella misma el atentado, habría puesto todas mis energías en ayudarla a planearlo hasta en sus mínimos detalles, jamás la hubiera dejado entrar en la boca del lobo con una pistola que disparaba torcido.
LB: Cuando habla del atentado, se refiere a...
KB: El de mister Pullman, sí. Y yo me impuse la tarea de salvar a Vera incansablemente, porque no podía soportar que estuviera encerrada ella, justamente ella, la persona más libre que había conocido en mi vida —junto con Kalapakte, ahora que lo pienso, se ve que me tira el tipo—, pero también desesperadamente, con angustia, cargando con mi culpa y de paso con la de él, que por lo que yo veía no se hacía cargo en absoluto. Usted que los conoce mejor que yo, ¿son inmunes a la culpa, o qué?
LB: Los hay de todas clases. Como nosotros. Pero sí, diría que en general se atormentan menos. Tal vez porque raramente hacen lo que no quieren.
KB: Bueno, yo no, no soy nada inmune. Me culpaba de la cárcel de Vera, de cada golpe, de cada humillación, de los castigos, de su gradual descenso en la locura. Durante diez años dediqué todos mis esfuerzos a luchar por su liberación, y en todo ese tiempo no hubo un solo día en que no pensara en ella. Pensar no es la palabra. Cada día era dos días, cada lugar dos lugares: si yo leía un libro junto a la ventana, ella enloquecía de aburrimiento en una celda con las ventanas tapiadas; si yo disfrutaba de una buena cena, a ella la tenían hace días a pan y agua; si yo pasaba un rato con amigos, ella en la celda de aislamiento cantaba y hablaba en voz alta para escuchar una voz humana. Eso en los días tranquilos, cuando no me llegaban sus cartas. Las había de dos clases: las oficiales que podía escribir una vez al mes y debían pasar la censura de la cárcel, en las que preguntaba por los avances

de su caso o pedía que le mandáramos algo de abrigo o comida, lo habitual en esos casos; y las secretas que nos llegaban a través de alguna presa liberada o guardia sobornada y detallaban en letra microscópica la última paliza o violación o la próxima huelga de hambre o intento de suicidio, o daban instrucciones precisas para planes de evasión cada vez más descabellados, como meternos de contrabando vestidos de guardias o volar los tres muros perimetrales con dinamita. Su prisión era como esos dolores crónicos que están ahí todo el tiempo y afectan todo lo que hacemos y pensamos y hasta cuando dormimos y creemos olvidarlos impregnan nuestros sueños. Lo único que podría haberme dado paz era cambiar de lugar con ella; y como eso era imposible me consolaba diciéndome que cuando la liberaran dedicaría el resto de mis días a cuidarla, a reparar el daño que le habían hecho, como si unas tontas caricias pudieran devolver el brillo a sus ojos, los dientes a su boca, limpiar las cenizas de su cabello. Discúlpeme. Estoy hablando demasiado, y contándole cosas que no vienen al caso. Es que en el presidio casi no nos dejan hablar, y en el último tiempo estuve abonado a la celda de aislamiento. Digo todos mis esfuerzos y usted pensará que exagero, porque en esos diez años también tuve que trabajar para ganarme la vida, y estudiar, y convertirme en lo que dicen que soy, un peligroso agitador anarquista; pero todo eso también fue por ella. Yo no era un pensador ni un orador ni un líder de hombres cuando la conocí y de no ser por ella nunca lo hubiera sido. Pasó que a poco de empezar la campaña por su liberación descubrí que no era nada fácil reclutar adherentes —

LB: Imagino que nadie querría verse implicado en el atentado a una figura tan prominente.

KB: No, para nada, si le hubiera acertado más no fuera un balazo hubieran formado fila para estrecharle la diestra, quienes no odiaban a Pullman lo despreciaban y cuando murió, habrá sido dos o tres años después —

LB: ¿Otro atentado?

KB: No, síncope, tal vez haya sido el efecto demorado del susto, como le pasó al doctor Quintana, al menos eso le gustaba pensar a ella; cuando murió, le decía, la familia hizo sumergir el féretro en una profunda fosa llena de concreto, arriba del cual cruzaron vías de ferrocarril, llenándola luego hasta el borde con más concreto, creyendo quizás que intentaríamos desenterrarlo para profanarlo, como si no tuviéramos nada mejor que hacer; aunque hay quienes dicen que era de miedo a que volviera. El problema no fue el atentado en sí sino que hubiera fallado, y peor, hiriendo a un sirviente. En todos los casos de atentados resonantes era frecuente que algún abogado de prestigio, por sus ideas avanzadas o apenas por promocionar su bufete, asumiera en forma gratuita la defensa del acusado, ¿pero qué podría ganar cualquiera de ellos defendiendo a una loca que había irrumpido en una recepción privada para pegarle dos tiros al mayordomo? Entonces decidió asumir ella misma su defensa: una verdadera anarquista, decía, no debía avalar instituciones burguesas como los abogados y la justicia; sería una excelente oportunidad para exponer ante el mundo la iniquidad de Pullman y los dueños de los ferrocarriles, los crímenes del ejército de los Estados Unidos, la pusilanimidad de los sindicatos y las bondades del ideario anarquista. El problema, claro, era que su inglés era muy deficiente, y para ridiculizarla le pusieron un intérprete tartamudo. Apenas empezó a traducir las ardientes frases de su apasionada arenga el público estalló en carcajadas y cuando el juez enjugándose las lágrimas amenazó con hacer desalojar la sala siguieron riéndose pero bajito, hasta que ella, exasperada, se largó a hablar directamente en inglés, trabándose, atropellándose, diciendo una palabra por otra y provocando nuevas risas, y a los cinco minutos el juez la cortó diciendo que ya había hablado lo suficiente...

LB: ¿Usted estuvo presente?

KB: No, yo me enteré de todo, de la realización del juicio que duró un día, y del veredicto que fue el mismo día, por los diarios del día siguiente. Le dieron dieciséis años, cuando la pena máxima por un delito como el suyo eran siete: habían sumado los distintos cargos, intento de homicidio, portación de arma de fuego, violación de domicilio, resistencia a la autoridad como si se tratase de hechos separados y no de los componentes necesarios de un acto único. Si la hubiera defendido un abogado, por más chambón que fuese, jamás lo hubiera permitido. Una vez más me lancé a la lucha, primero para apelar el fallo, pero resultó que al renunciar al abogado Vera había renunciado también a ese derecho; después para conseguir un perdón, o una reducción de la sentencia, pero eso requeriría de alguna clase de aprobación por parte de Pullman y del mayordomo herido. Apenas pudimos nos mudamos a Nueva York para estar más cerca de ella y visitarla cuando nos dieran permiso: la primera vez me hice pasar por un hermano venido especialmente desde Rusia para verla; perdí la cuenta de los pasillos que atravesé, las puertas de rejas que se cerraban a mis espaldas —tantas que llegué a pensar que sabían exactamente quién era y que la última sería la de mi celda— hasta llegar a una habitación sin ventanas, cuyo único mobiliario además de un guardia tan inmóvil que parecía un maniquí de tienda eran una mesa y dos sillas, en una de las cuales estaba sentada ella. La habían rapado, por supuesto, aunque ya le empezaba a brotar una pelusa rojiza, y tenía el rostro como fuera de escuadra, por los golpes, y le habían volado un diente. Empezó a hablar en ruso, atropellándose, olvidándose que yo apenas lo entendía; le pedí que pasara al alemán pero en ese punto fuimos interrumpidos por el guardia. "Nada de lenguas extranjeras aquí. Inglés o silencio". Elegimos el silencio: permanecimos tomados de la mano; yo buscaba sus ojos pero su mirada iba y venía; jugaba, en cambio, con la cadena de mi reloj, como un niño muy pequeño o un anciano decrépito. Así pasaron nuestros veinte minutos. Nos despedimos con un beso, y junto con su lengua sentí un objeto blando, pastoso, que guardé en un costado de la boca y solo saqué cuando estuve afuera. Era una hoja de papel doblada varias veces, en la cual había escrito con lápiz una carta o una serie de instrucciones, no pude descubrirlo, porque había permanecido tanto tiempo en su boca y luego en la mía que se había fundido en una indescifrable bola de celulosa y saliva que apenas intenté desplegarla se me deshizo entre los dedos. Era, me enteré después, una carta de despedida: al día siguiente hizo su primer intento de suicidio, rasgando las sábanas en tiras para trenzar una cuerda que ató a las rejas de la puerta. Ahorcarse de costado es todo un desafío: la mayoría de los presos que lo intentan apenas logran desmayarse. Por eso la pusieron en camisa de fuerza y la dejaron ocho días en aislamiento, cociéndose en sus propios excrementos, poniéndole el pan y el agua en platos en el suelo, como a un perro. No sé cómo se enteraron de que yo no era su hermano; como sea, por dos años le sacaron todas las visitas, excepto los familiares directos, y como el único que tenía en América era su tía de Chicago, que no podía afrontar el gasto, permaneció en virtual aislamiento. Nosotros le mandábamos lo que nos permitían, leche condensada, jabón, ropa interior, medias, y libros. Los libros no iban directo a sus manos, porque nunca se los habrían entregado, sino a las del capellán de la prisión, un buen hombre que lejos de ofrecer la Biblia como única lectura, como la mayoría de sus colegas —a mí me pasó acá en Ushuaia, y más allá de la cuestión de principios, por la cual protesté y pataleé, tanto que me dieron días de calabozo para desesperación de Kalapakte, que una vez más debió postergar sus planes de fuga, resultó ser bastante entretenida, sobre todo el Antiguo Testamento con sus grandes batallas, desviaciones sexuales y ciudades destruidas. Creo que me fui de tema. ¿Dónde estaba? Ah, sí, los libros de Vera. A ella cuando le fueron con la Biblia se la tiró por la cabeza a la celadora, gritándole "¡Guardate tus mentiras religiosas!", pero este capellán del que le hablaba, que era un sacerdote católico porque la cárcel estaba llena de italianas, polacas e irlandesas, decía que la Biblia solo puede ser comprendida por quien la lee con amor y que imponer su lectura es pervertir su mensaje; a través suyo le hice llegar a Vera obras de George Sand y Zola, *Resurrección* de Tolstói, *Los hermanos Karamázov*, de Dostoievski, algo de Nietzsche y Hauptmann; luego, cuando su inglés fue mejorando, y para ayudarla en su estudio, los poemas de Walt Whitman, *Walden*, ese libro de Thoreau sobre la vida en la naturaleza, *La letra escarlata*, de Hawthorne, que le gustó especialmente —creo que se identificaba con la heroína, una mujer adúltera obligada a llevar la letra "A" bordada en el vestido y que lo hace con orgullo y casi insolencia, como una cucarda, enriqueciéndola con bordados y encajes. Durante ese tiempo yo también hice mi vida, no vaya a creer, hasta llegué a enamorarme, y tener una pareja: no había ninguna contradicción, ni mucho menos traición; mi dedicación a Vera ocupaba un lugar, cómo decirle, no quiero recurrir a la palabra "sagrado" que me viene a la mente, pero un lugar como el que supongo ocupan los hijos, compatible con otro amor, imborrable por cualquiera. Eso no quería decir que cuando ella saliera yo abandonaría a mi pareja para "volver" con ella —como si en algún momento me hubiera ido—; yo podía vivir con otra, formar una familia incluso, ella nunca quiso tener hijos así que era algo que no podía ofrecerme, pero fue justamente ahí que dije que no, y se terminó la pareja. Pero eso no fue tanto por Vera sino por Kalapakte. Porque siempre sabía que a pesar de todas las postergaciones y desvíos tarde o temprano me tocaba acompañarlo hasta acá, y cualquier proyecto personal debería quedar para después: después de la liberación de Vera, después de devolver a Kalapakte a su mundo. Él también hizo su vida, mujeres nunca le faltaron, y trabajó de diferentes cosas, un tiempo de ascensorista, otro conduciendo un carruaje —no es muy diferente de manejar trineos de perros, dice—, finalmente, cuando hubo completado el reconocimiento de las calles —tienen un sentido de la orientación infalible, ¿no? Recorre un barrio una vez y ya nunca se pierde— repartiendo telegramas para la Western Union. Le gusta estar en movimiento. Imagínese lo que fue la cárcel para él. Todo el día encerrado en una celda, en el mejor de los casos dos veces al día salir al patio cubierto, dar unos pasitos de viejo, sentarse alrededor de la estufa. Por suerte nunca le tocó la celda de castigo, creo que habría enloquecido. Él lo único que quería era que lo dejaran salir, a picar piedras a la cantera, a manejar los bueyes del xilocarril, sobre todo a cortar leña. Cuando entraba en el bosque se transfiguraba, su cuerpo se alineaba con los troncos de los árboles, su rostro se ponía radiante como una hoja atravesada por la luz del sol. Y pensar que en cualquier instante tenía la posibilidad de arrancarse el uniforme de presidiario y volar desnudo por la espesura hacia el punto prefijado donde los suyos habían escondido las ropas, las armas, el calzado, y desaparecer para siempre.

LB: ¿No lo tenían vigilado?

KB: Hubiera podido escaparse en cualquier momento. Se quedó a esperarme, hasta que yo estuviera en condiciones de seguirlo. Hay que decir que paciencia no le falta. Diez años tuvo que esperar en Nueva York, y en ese tiempo ni una queja, ni una pregunta siquiera. Se mostró un tanto decepcionado, es verdad, cuando le expliqué que con Vera presa yo no tenía posibilidad de acompañarlo; él podía irse cuando le viniera en gana, por supuesto, pero mi deber era quedarme a encabezar la campaña por la liberación de nuestra amiga; le habré hablado, también, de solidaridad, de sacrificio, de la Causa y de la Idea, pero no fueron mis explicaciones las que lo convencieron. Percibió mi determinación y eso fue suficiente. También debe haber percibido, me duele decirlo, mi resentimiento: "¿Ves lo que pasa, por querer apurarme? Ahora jodete" era el mensaje que subyacía en todos mis dichos. En aquella época estaba enojadísimo con él, eso está claro. Y es verdad que no tenía cabeza para ocuparme de sus asuntos. Yo había comprendido que un simple mecánico no podía encabezar una campaña como esa, así que por fuera del horario de trabajo me ofrecí para colaborar en una de nuestras publicaciones, *Die Freiheit*, al principio de tipógrafo, después de corrector —en alemán, claro, en esa época mi inglés dejaba bastante que desear— y eventualmente de redactor, todo con el único propósito de insertar, cada tanto, alguna noticia sobre ella, y mantener vivo el interés en su caso; los contactos que iba haciendo me dieron acceso a otras publicaciones, en ídish que también hablaba y escribía, en italiano cuando encontré alguien que tradujera, en inglés, finamente. Y acompañaba a nuestros oradores a todos sus mitines y conferencias, en la esperanza de que aceptaran decir algo en su favor, o me permitieran subir a la tarima para decirlo. Por aquella época me aterraba la idea de hablar en público, por mí jamás lo hubiera hecho, pero como era por ella pude sobreponerme. Y debo decir que tan mal no me fue, al principio hablaba solo en alemán o en ídish pero después también en inglés, a medida que fui agarrando confianza, y hasta salí un par de veces de gira. También estuve en la cárcel, no mucho, seis meses, pero fue solo por resistirme al arresto —el eufemismo que usan cuando disuelven una conferencia perfectamente legal a bastonazo limpio y uno trata de detenerlos—, así que en ese tiempo no pude verla ni hacer mucho por ella. Me preocupé más por Kalapakte, que no pudiera pagar el alquiler y quedara en la calle, pero por suerte los compañeros lo ayudaron en mi ausencia.

Las noticias que nos llegaban de Vera no eran nada alentadoras. Por lo que le conté de ella se imagina que no se llevaba muy bien con el encierro. ¿Conoce esos versos de Blake? "Un petirrojo enjaulado / al Cielo deja indignado". Hay animales que se adaptan al cautiverio, como yo; otros desmejoran y languidecen, como le pasó a Kalapakte, sobre todo en Buenos Aires, por suerte revivió al llegar acá, solamente ver sus bosques y sus montañas, así fuera a través de las rejas, le devolvió el alma al cuerpo; pero también están las fieras que se lanzan contra los barrotes hasta destrozarse, o dejan de comer y pierden todo interés en la vida: Vera era de esas. Lo único que la sostenía era la posibilidad de fugarse, y aunque sabíamos que era prácticamente imposible alimentábamos cada una de sus fantasías y hasta pusimos en marcha un par de intentos, solo para evitar que se hundiera sin remedio en la melancolía o se hiciera matar a golpes por sus carceleros. Uno de ellos fue encabezado por, llamémosla Masha, una joven rusa de la que se hizo amiga en la cárcel, amiga es un término aproximado, no se hacen amistades en la cárcel, se establecen alianzas, se arman equipos, generalmente de dos, para apoyarse mutuamente; los deberes de los miembros de esta pareja van de atenderse si están enfermos, hacerse las curaciones cuando los golpean, llevar y traer mensajes si uno de los dos está incomunicado, compartir provisiones cuando a uno le falta y el otro tiene. Esta Masha cuando salió se arrogó el derecho de ser su portavoz e intérprete: para que nadie pudiera interceptar sus comunicaciones Vera había ideado un lenguaje cifrado basado en el ruso que solo podía leer su compañera. Después que la soltaron tardó como un mes en aparecer; lo cual es comprensible porque los presos en vísperas de su liberación se ponen muy sentimentales y dedican sus últimos días a tomar encargos y deshacerse en promesas de ayuda y juramentos de lealtad eterna a los que se quedan, y apenas pisan la calle se les borra todo y solo piensan en darse la gran vida, que fue exactamente lo que hizo nuestra mensajera hasta que se le acabó el dinero, imagino, y se presentó ante nosotros pretendiendo que le entregáramos el de la colecta y dejáramos todo en sus manos, cosa que nos negamos a hacer, claro; finalmente terminamos pagándole para que nos dejara hacer y nos tradujera los mensajes, que incluían planos detallados de la cárcel y del túnel que debíamos cavar desde el exterior hasta los excusados del patio de recreo, por donde sería la fuga. Pero de esto solo nos enteraríamos más tarde, ya que Masha decidió por su cuenta que sería mejor cavar hasta el área donde estaban construyendo un nuevo pabellón, porque la distancia era más corta, pero en lugar de decirnos que era idea suya pretendió que estaba traduciendo las instrucciones de Vera. Para poner el plan en marcha tuvimos que recaudar mucho dinero, más de doscientos dólares, y como no podíamos andar contando por ahí para qué era dijimos que era para abogados y sobornos. Alquilamos una casa que estaba frente a las puertas de la penitenciaría, para cavar el túnel; como la policía me tenía vigilado recurrí a Justus, un compañero que no estaba fichado porque acababa de llegar de Alemania y además había trabajado de minero, y puse en sus manos la ejecución del proyecto. El túnel debía pasar bajo la calle y los muros de la cárcel, de la profundidad de cuyos cimientos poco y nada sabíamos; como el terreno era en partes rocoso el progreso fue muy lento, había que realizar constantes desvíos, y construir tabiques para detener las filtraciones de agua; para avanzar más rápido lo hicieron muy estrecho, tanto que ni siquiera se podía andar en cuatro patas, apenas reptando sobre el vientre, cavando o taladrando con una sola mano: lo máximo que se aguantaba eran turnos de media hora —se turnaban entre tres, Justus y otros dos zapadores; Masha no levantaba un dedo, ella era "el cerebro" —y para peor empezaron a aparecer filtraciones de gas que nadie supo de dónde venían, y hubo que instalar un complejo sistema de ventilación para que el que cavaba no se asfixiara— más de una vez tuvieron que sacarlo los otros, tirando de los pies; a Justus se le declaró una septicemia y se le llenó el cuerpo de pústulas. Finalmente llegaron al punto elegido, que cubrieron con unas tablas que Vera podría retirar con facilidad, y depositaron a la salida, que estaba en el sótano de la casa, un paquete con vestidos, comida e instrucciones escritas por Masha en la clave que compartían; pero cuando Vera quiso entrar en el túnel descubrió que sobre las tablas habían descargado una enorme montaña de ladrillos para la construcción en curso. Desesperada hizo llegar a Masha una nota explicándole lo que había pasado y rogándole que prolongaran el túnel hasta el punto que había determinado ella, pero el dinero se había terminado y Justus estaba en el hospital y para cuando logramos reunir la suma adicional el túnel había sido descubierto por unos niños que se metieron a jugar en la casa vacía y dieron aviso a sus padres, uno de los cuales resultó ser guardián de la penitenciaría. Por suerte nunca pudieron probar que era para ella, para eso al menos sirvió la clave secreta de las dos rusas, aunque lo sospecharon y trataron de arrancarle una confesión poniéndola en solitario a pan y agua durante tres semanas, cuando cuarenta y ocho horas es el máximo legalmente permitido. A los pocos días de volver a su celda trató de suicidarse con un tenedor que consiguió robar y al que le sacó los dos dientes laterales y juntó los dos centrales para fabricarse un estilete que se torció para cualquier lado apenas trató de clavárselo en el pecho.

Estábamos, una vez más, en punto muerto, cuando un día que estaba en las oficinas del *Freiheit* me avisaron que alguien preguntaba por mí; se había presentado un par de veces antes, parece, pidiendo hablar conmigo personalmente, y siempre se había retirado sin dar su nombre ni los motivos de su visita, limitándose a decir que volvería. Su comportamiento era compatible con el de un policía o detective, así que estaba en guardia cuando lo hice pasar a la oficina y le pregunté a qué debía el honor de su visita. Mi nombre es Samuel Philipps; con una ele y dos pes, aclaró con puntillosa pedantería; el nombre me sonaba de algún lado, aunque era un nombre común y repetido salvo por el detalle de las letras, que sin duda especificaba con la intención de distinguirlo. Se trata de su amiga, la rusa, continuó y en ese punto se quedó callado, como masticando el resto de la frase por dentro. Su inglés era estudiadamente correcto, como si hubiera practicado la pronunciación de cada palabra antes de decirla, su acento el de un neoyorquino de clase alta, aunque con una cierta falta de soltura que denota el esfuerzo consciente, pero la voz se ahuecaba en el inconfundible sonido que delata al plato cascado cuando se lo apoya sobre la mesa. Su atuendo iba con su verba: imitaba el de los magnates de la Quinta Avenida, pero con materiales de calidad inferior y hechura imperfecta; se veía, sobre todo, fatigado y desvaído por incontables lavados y planchados, como abrumado por el empeño en conservarse irreprochablemente limpio. Una barba poblada, extrañamente descolorida del lado derecho, y como hundida en la mejilla, completaba el cuadro de incongruencias: diríase adherida a un rostro cuya acostumbrada gestualidad parecía demandar la afeitada perfecta. ¿Ya ha adivinado de quién se trataba?

LB: No, la verdad es que no tengo ni idea.

KB: Del mayordomo del señor Pullman. Cuando me lo dijo, mi primera reacción, más que la aprensión, fue la sorpresa, una sorpresa, cómo decirlo, casi metafísica. Las veces que había pensado en él, y bien poco lo había hecho, había sido apenas como la encarnación de una ironía de mal gusto, un individuo cuya única razón de existir era la de cubrir de ridículo al acto de Vera y a los ideales que encarnaba; y ahora tenía ante mí a un hombre de carne y hueso, con sus botines agrietados, su sombrero hongo brilloso sobre las rodillas, la voz cascada por dentro que sobreponiéndose a su inicial trepidación detallaba ahora, como quien recorre un inventario, el metódico catálogo de las penurias sufridas desde aquella noche fatídica: el horror quemante de las balas, el prolijo suplicio de las curaciones, la humillante convalecencia: la bala le había astillado la mandíbula y atravesado las raíces de varias muelas, que tuvieron que extraerle, cuando hasta ese momento uno de sus mayores motivos de orgullo había sido la perfección de su dentadura y la plenitud de su sonrisa; la cicatriz resultante le había desfigurado el rostro y el estrago de su boca afectado su dicción hasta entonces irreprochable, y la combinación de ambos factores determinó que perdiera su puesto, pues no podía recibir a los invitados ni presidir sobre las recepciones o cenas un individuo incapaz de decir "permítame su abrigo, madame" o "la cena está servida" con la debida gravedad sonora, y para peor con el rostro cruzado por una cicatriz de avería, o cubierto de una barba hirsuta que obligara a permanentes explicaciones. Mientras detallaba su inexorable descenso en la escala laboral y social, y las consiguientes penurias para su mujer y sus dos hijos pequeños, y hasta su hermana y su suegra que vivían con ellos —había mantenido a su familia escondida del señor Pullman, que no admitía a los casados dentro de su personal doméstico, y la visitaba cada quince días— su lucha con el alcohol y la morfina —se le hacía por momentos intolerable, el dolor en sus dientes, y como se le había vuelto imposible costearse un tratamiento adecuado, tras varias noches de desesperado insomnio había optado por hacerse arrancar todos los que le quedaban del lado herido— la falla en su voz adquiría a mis oídos una nueva sonoridad, la de la indignación moral, la protesta de un hombre que ha sido no solo lastimado sino afrentado, y cuando ya empezaba a preguntarme qué iba a hacer con esta nueva víctima de mi incompetencia —a esa altura ya lo había sumado a la lista, como podrá imaginarse si empieza a conocerme— me di cuenta, como despertando de un cierto ensimismamiento, el que suele producirnos la culpa, de que el blanco principal de su indignación y de su ira no éramos ni Vera, ni yo, ni los anarquistas en su conjunto, sino su antiguo empleador, el señor Pullman: "Ni siquiera tuvo el coraje de asumir la responsabilidad de despedirme", dijo el ex mayordomo, "sino que intentó cargarla sobre su esposa, que es una perra insensible que le tenía las pelotas agarradas en una morsa, nadie discute eso salvo tal vez que hubiera allí algo para apretar, o meramente llorase de dolor por el pellizco en la pielcita", decía sin rastro de humor o ironía, ni siquiera cuando impostó la voz chillona con que su jefe simulaba deshacerse en disculpas: "'Créeme, Sam, que si por mí fuera te mantendría con gusto a mi servicio, relevándote de tus funciones públicas como mucho, pero la señora Pullman quedó muy impresionada por lo sucedido, está como bien sabes muy delicada de salud y los médicos le han prescripto reposo absoluto, y cada vez que te ve es como si reviviera aquel penoso episodio…'. No me ofreció ningún otro empleo, seguramente tenía un par de alternativas en la manga, de capataz en uno de sus talleres o de casero en alguna de sus muchas residencias, por si yo me ponía difícil, pero se tiró el lance de despedirme con una indemnización de lástima 'pero eso sí, Sam, con las mejores referencias, no te quepa la menor duda' y la anémica promesa de puertas siempre abiertas para lo que necesitara en el futuro; eso al hombre que se interpuso entre él y las balas que le estaban destinadas. Sí, escuchó bien, no fue un accidente, al menos no enteramente, es difícil, en una situación así, saber con exactitud lo que sucedió, incluso para mí, que recibí las balas en el cuerpo; probablemente la pistola no tiraba derecho, es posible que su amiga no la sujetara con la suficiente firmeza al apretar el gatillo; lo que sí sé con certeza es que en el momento en que la vi apuntar al señor Pullman me poseyó la fantasía heroica de hacerle de escudo. Hay que entender que como casi todos los de mi profesión yo admiraba a mi señor, es difícil ser un buen mayordomo sin ese sentimiento, tanto que uno se entrena para recalcar sus virtudes y disimular sus pequeñeces, como una esposa complaciente, y me identificaba con él al punto de copiarle la manera de hablar y los modismos, disimuladamente para que no pareciera burla; hasta me había dejado un esbozo de chivita, una sombra apenas: cada vez que me acuerdo, ahora mismo que se lo confieso, me estremezco de vergüenza. Pullman también lo supo, gracias, Sam, te debo la vida, nunca olvidaré esto, fueron las palabras que me susurró al oído cuando me llevaban en la camilla, pero después hizo como que se había olvidado de lo que había dicho. 'Tu desafortunado accidente', se cuidaba siempre de decir esquivándome la vista, y eso es lo que no puedo perdonarle: no que me haya despedido, no que se haya hecho negar cuando me di cuenta del infierno de desocupación en que había caído y fui a pedirle ayuda, sino que no haya sido capaz de reconocer que yo había al menos tenido la intención de arriesgar mi vida para salvar la suya. Tengo entendido que necesita mi aval para pedir una reducción en la condena de su amiga: vine a decirle que estoy dispuesto a firmar esos papeles. Ni se le ocurra agradecerme, o salgo por donde entré y no volverá a verme un pelo. No crea que lo hago por esa ménade inepta que me destruyó la vida, ni mucho menos por ningún respeto por sus criminales ideas; aunque también tengo claro que esas mismas ideas jamás los llevarían a insultar mi dignidad de persona o a descartarme como una pieza defectuosa. Bueno, tampoco vayan a creerse tan especiales, en el campo de batalla mi acción me habría hecho acreedor de un ascenso, de una condecoración al menos; hasta en el mundo del hampa mi gesto habría merecido mayor reconocimiento; solo sé que cuando leí en el diario la noticia del fracaso de la fuga de su amiga sentí decepción en lugar de alivio, y cuando leí de su intento de suicidio sentí pena —yo mismo estuve a punto de hacerlo, una noche en la que enloquecí por carencia de morfina— y al hombre que soy hoy le urge actuar en consonancia con eso inexplicable que siento".

LB: ¿Y la liberaron entonces?

KB: No fue tan rápido. La Junta de Indultos ya había rechazado dos peticiones; ni siquiera consintieron en recibir el escrito. Exigían un aval de la señora Pullman para los cargos que la involucraban, lo cual era manifiestamente absurdo;

pero al año siguiente cambió la composición de la Junta y los nuevos miembros hicieron lugar a la presentación; exigiendo, eso sí, un compromiso formal por parte de Vera de que en el futuro se abstendría de nuevos actos de violencia. Conociéndola, estábamos seguros de que rechazaría indignada la exigencia, pero para nuestra sorpresa dio su consentimiento. El día en que la liberaron, fue a comienzos de la primavera, entendimos los motivos. Tengo que aclararle que hacía más de dos años que nadie la veía, todas estas deliberaciones se realizaban por carta, porque por tratar de matarse una vez más le habían suspendido las visitas. Hubo que esperar otros diez meses, después del indulto, pues la condena incluía una accesoria a un año de trabajos forzados, a cumplir en los talleres textiles de otra penitenciaría, y la Junta apenas se la redujo en dos meses, a pesar de su estado de salud cada vez más delicado —en el presidio había contraído tuberculosis, no sé si ya se lo dije, aunque las autoridades se negaban a admitirlo y recién al tercer o cuarto escrito de su abogado permitieron que la revisara un especialista, que nos vino con la noticia de que su estado era crítico. Incluimos su diagnóstico en una nueva petición a la Junta, pero claro, en promedio un cuarenta por ciento de los reclusos están tísicos, los que no lo estaban antes se contagian en la cárcel y si los soltaran a todos se despoblarían los presidios, acá en Ushuaia es lo mismo y como usted bien sabe ni siquiera tenemos una enfermería, ni en el penal ni en el pueblo; en los talleres la hacían trabajar horas largas en los telares mecánicos, en una sala sin iluminación ni ventilación adecuadas, y el polvillo de los textiles terminó de socavarle los pulmones y la constante penumbra de arruinarle la vista. La esperábamos con un ramo de flores, frente a la penitenciaría, pero lo que salió por esas puertas merecía más bien una corona de muerto. Le habían devuelto su vestido de diez años atrás, el mismo que llevaba al ser arrestada, sin darle tiempo a reparar las roturas y colgajos que presumo databan de los forcejeos de aquel día, pero ahora le bailaba encima como buscando un punto de apoyo en un armazón de espantapájaros, y como para subrayar el grotesco habían vuelto a afeitarle la cabeza: me acordé en ese momento de unos grabados mejicanos que muestran esqueletos engalanados con vestidos de fiesta y sombreros con plumas que me habían mostrado los hermanos Flores Magón en Tejas, dudo que los conozca, no importa, son de los nuestros; lo único vivo de su cuerpo eran los ojos, si se quiere más grandes y brillantes que nunca, aunque el conjunto hacía el efecto incongruente de una calavera con mirada de persona viva. La abracé, sin soltar el ramo de flores que por suerte alguien me sacó de las manos, y después incapaz de sobreponerme al horror de estrechar ese saco de huesos se la pasé a Kalapakte, que la sostuvo para que no cayera y la llevó andando hasta el coche que nos esperaba; en el camino la dobló un acceso de tos, una tos cavernosa y profunda que parecía salir de un cuerpo enteramente hueco, y como ni siquiera le habían dado un pañuelo y ninguno de nosotros atinó a alcanzárselo a tiempo tuvo que toser sobre el encaje de la manga que quedó hecha una colgajo de sangre y después por suerte su respiración se aquietó y recostó la nuca en el respaldo del asiento. Disculpe si me voy en detalles, es que sin los detalles me resulta difícil creer en lo que cuento. En el camino miraba a su alrededor con aire perplejo, a nosotros y a las calles, las casas, los árboles y los carruajes que pasaban, y tuvo un momento de especial sobresalto al ver su primer automóvil. Pensé que ese extrañamiento era el de su largo encierro, y sin duda así era, aunque siempre tienen esa expresión de incomprensión y azoramiento los ojos de los que se están muriendo. Le habíamos preparado una fiesta de bienvenida esa misma noche, que cancelamos por supuesto.

La llevamos directamente a nuestro apartamento, e hicimos venir al médico, que dijo que era cuestión de días y recetó morfina, para los ahogos: sus pulmones estaban aún en peor estado que los encajes de su vestido y respirar con esos jirones era como tratar de hacerlo a través de una pajita estrujada; más que el dolor la desesperaba la angustia de no poder llevar el aire a su pecho y se incorporaba en la cama y se debatía y aferraba a todos y a todo lo que tuviera a su alcance como si eso pudiera ayudarla en sus esfuerzos. Ni siquiera le habían permitido bañarse antes de soltarla; urgía lavarla y cambiarla pero yo no me sentía capaz de tocarla y pensé que le daría pudor que la vieran desnuda en ese estado, pero el pudor era mío y apenas una máscara de mi espanto y de mi pena; así que fue Kalapakte el que se encargó de todo, mientras yo me escapaba a la escalera de incendios a fumar y contemplar la inextinguible ebullición de vida en las calles, exacerbada por la llegada de la primavera —vivíamos en la Calle 13 Este, un hervidero de inmigrantes de todos los países de Europa. Los primeros días estuvo muy animada, demasiado diría; preguntaba por todo y por todos, pedía que la dejáramos salir y se enfurecía cuando le pedíamos que esperara, no me habrán sacado de la cárcel para tenerme encerrada todo el día, se exasperaba y tosía escabrosamente, así que la llevamos al Battery a ver el mar y la Estatua de la Libertad pero a la vuelta estaba tan débil que tuvimos que cargarla por turnos. Pidió su violín, que le habían devuelto al salir de la cárcel, casi tan descalabrado como ella, van a ver cómo ahora saco "El trino del diablo", dijo con su horadada sonrisa, estuve practicándolo todos estos años en mi cabeza; no sé si usted lo escuchó alguna vez, es una pieza famosamente enrevesada de Giuseppe Tartini, que según la leyenda tocó el diablo para él mientras dormía y él dedicaría el resto de sus días a perseguir, inútilmente. Yo no sé qué sonidos escuchaba Vera en su cabeza, por su sonrisa beatífica se veía que había alcanzado al menos la perfección de su recuerdo, solo sé que a mí se me cerró la garganta de pena y dolor y tuve que salir de la habitación para que los sollozos no me rasgaran el pecho; Kalapakte se quedó hasta el final, como siempre. Para su entierro conseguimos que viniera un compañero a interpretarla, y ahí pude comprobar que Vera en su última ejecución había logrado acercarse bastante, más que nunca antes al menos: en el *larghetto* sentimos que el arco nos rasgaba las cuerdas del corazón, pero en el *allegro* final Vera volvió a bailar como la primera noche, descalza sobre la losa de su tumba. Hablaba sin parar, como si quisiera desquitarse de los años de silencio, o quizás ya sentía la garra que se cerraba en su garganta y quería aprovechar el tiempo que le quedaba; no tanto sobre los años de cárcel, sino sobre la suerte del movimiento y de los compañeros, de mi desarrollo como orador y propagandista, que la llenaba de orgullo, pero sobre todo de nuestro viaje a Tierra del Fuego; porque una de las cosas que más la había atormentado en su cautiverio era haber demorado el regreso de Kalapakte, y es verdad que más de una vez me había instado a acompañarlo y luego volver por ella; total, solía decirme, aunque tardes uno o dos años acá me vas a encontrar a tu vuelta. Hablaba y tomaba té, todo el tiempo, tanto que tuve que alquilarle un samovar a los vecinos, y comía, también, cosas fáciles de tragar, blintzes, que son como unos panqueques con queso suave, o tarta de manzana con crema; diez años soñando con desquitarme de la bazofia del presidio, y ahora me cuesta tanto pasar la comida, decía, pero me voy a poner mejor, ya van a ver, no se hizo Roma en un día. Cuando la tuberculosis le tomó la laringe ya no pudo comer, y apenas lograba pasar unos sorbos de caldo y de té con mucho esfuerzo; enseguida perdió la voz, y ya solo podía hablar en un susu-

rro. Yo era el que iba y venía con los encargos, los remedios, el médico, o simplemente por salir un rato; Kalapakte en cambio podía quedarse el día entero, sentado donde ella pudiera verlo sin tener que mover la cabeza. No hacía nada en particular, le daba de beber el té a cucharadas, le mojaba los labios, le secaba la frente, la ayudaba a ponerse de un lado, o del otro, algo que a ella la hacía sufrir mucho: su espalda era una masa de escaras y moverla era como manipular una bolsa de papel mojado llena de herramientas. Había días en que se ponía especialmente difícil, pedía cosas y luego se desentendía de ellas, té que no tomaba, un cobertor que a los dos minutos se arrancaba de encima como si la quemara, más almohadas, menos; pedía todo de mala manera y se enojaba si uno tardaba más de dos minutos en satisfacerla; uno de esos días estaba tratando de girarla y ella se retorcía de dolor y cuando a través de las llagas de su omóplato de golpe entreví algo blanco que me pareció que era el hueso ya no pude soportarlo y salí sin despedirme, dejándolo a Kalapakte que se las arreglara como fuera. Caminé, no sé por dónde ni cuánto tiempo; mis pasos me llevaron al Battery, donde me senté en un banco a mirar el agua, y recién regresé cuando el sol había caído. Ya en la escalera sentí los gemidos, que tenían algo de acompasado y rítmico; uu-oo-aa, hacían. Subí corriendo el último tramo, mintiéndome con la prisa: era evidente que me había pasado todo ese tiempo afuera con la esperanza de encontrarla muerta cuando volviera y así fue: estaba tendida en la cama con los dientes asomados y los ojos abiertos, y Kalapakte estaba en cuclillas al lado suyo, desnudo y haciendo ese lamento; se había hecho un corte profundo debajo de la rodilla con un pedazo de vidrio y con la sangre que manaba se dibujaba líneas onduladas hasta el tobillo. ¿Siempre hacen eso?
LB: Nosotros nos laceramos por dentro, ellos por fuera.

KB: Y esa misma noche, con un cuchillo de cocina, se hizo una tonsura como de fraile, y durante días y días, al amanecer y el atardecer hacía sus lamentos; la tonsura la mantuvo como un año, que yo sepa; cuando nos reencontramos en el presidio de Buenos Aires había vuelto a crecerle el pelo. Quiso que la enterráramos en su manto de guanaco, él mismo la acomodó encima y cosió los bordes; entró sin problema, solo hubo que doblarle un poco las piernas. El mismo día hizo un atado con todas sus cosas; las llevamos al Battery y les prendimos fuego: el violín fue lo que más tardó en consumirse. Supongo que esa también es su costumbre.
LB: No conservan nada que les recuerde al muerto. Y procuran olvidar el lugar de su entierro.
KB: Sí, tampoco volvió a hablar de ella, ni siquiera en el período de los lamentos. Para mí fue difícil, porque ¿con quién más podría haberlo hecho? Bueno, ahora hablo con usted. Puede que le cueste creerme, pero la paz que buscaba la terminé encontrando acá, en Ushuaia, en el presidio. Por fin estaba donde ella había estado, donde nunca debería haber estado de no ser por mi culpa; ahora ya no tenía que imaginar los días y semanas de ventanas cegadas, el encierro en calabozos de castigo de ochenta por ochenta centímetros, los golpes con boleadoras de alambre de púa, las noches de diez o quince grados bajo cero sin abrigo alguno; ahora ella estaba en paz y era yo el que sufría. Esto es algo que nunca pude hablar con él, es decir, nunca pude lograr que lo entendiera. Pobre Kalapakte. La peor idea que tuvo en su vida fue convencerse de que solo podía volver a su tierra si era conmigo. Pero no hubo forma de sacárselo de la cabeza.
LB: Algo de razón tenía. Acá están.
KB: Bueno, sí. Acá estamos. Yo le insisto en que sin mí hubiera llegado mucho antes, y él me dice que no, que no hubiera llegado nunca. Seré como una especie de amuleto.

No sé de dónde saca estas certezas, pero son invencibles. A mí, al menos, siempre terminan imponiéndoseme. Igual pataleo, eh, no vaya a creer que se la hago fácil, me voy por las ramas, le pongo palos en la rueda. En Buenos Aires, apenas llegamos, en lugar de buscar el primer barco que viniera para acá, no voy y me enredo en una conspiración absurda, que encima era una trampa de la policía. Y acá, en el presidio, él tenía pensado evadirse a la primera oportunidad, apenas hiciera contacto con su gente; le llevó un tiempo, igual, porque los selk'nam rara vez bajan a Ushuaia, como usted sabe; tuvo que mandar un mensaje con una de las mujeres que vive en el pueblo; pero a principios del verano ya tenía todo organizado. Pero entonces volví a complicarle los planes: nos daban de comer carne de guanaco podrida, escribí una carta al director del presidio y me dieron quince días de calabozo; por hablar con un menor que había tratado de suicidarse el mismo día de su llegada, después de las violaciones y las palizas, diez días en celda oscura; por reclamar los sueldos adeudados, los veinte centavos por día que nos pagan cuando trabajamos, salidas canceladas; por una paliza de los celadores, ya ni recuerdo por qué tema, veinte días a la enfermería, y el resto del tiempo casi ninguna salida, porque el trabajo en el bosque o la cantera se considera un premio por buen comportamiento; cuando finalmente me dejaron salir fue atado a una bola de hierro con una cadena que apenas me permitía moverme. Y así pasaban los meses, y Kalapakte se exasperaba, y no era para menos: había llegado, después de casi veinte años de postergaciones y desvíos, casi todos por mi causa, a su tierra; a no más de dos horas de marcha se elevaban las cumbres nevadas de las montañas, y por culpa de un meterete que no sabía quedarse en el molde debía limitarse a mirarlas a través de las rejas.

LB: ¿Y cómo lograron fugarse, finalmente?

KB: Va a ser mejor que no le cuente, ¿verdad? Así no tiene que mentir cuando las autoridades le pregunten. Una idea general, eso sí puedo darle. Como bien sabe, lo difícil no es salir del penal, sino de esta región que es como una isla dentro de otra isla. Sin un barco, sin un guía que conozca la zona, sin provisiones o armas de caza, es imposible: nadie lo ha logrado hasta ahora, que yo sepa. Pero ese problema lo tenemos solucionado: los selk'nam conocen todos los caminos. Lo único que hacía falta era que nos mandaran a trabajar al bosque a los dos juntos. Una vez que sucedió, nada más fácil que alejarnos un poco, desprendernos de nuestras ropas de presidiarios, envolvernos en las pieles de los selk'nam y desaparecer entre los árboles.
LB: ¿Y qué piensa hacer, una vez que Kalapakte vuelva con su gente?
KB: No sé, va a ser raro esto de haber, no sé qué palabras usar que no suenen rimbombantes, cumplido mi misión, después de quince años. Al menos con Kalapakte tuve mejor suerte que con Vera. Es extraño. Uno hace una elección, sin pensarlo demasiado, casi como un capricho, y después se da cuenta de que ese capricho era su destino. Quizás yo no vine al mundo más que para esto, para acompañar a Kalapakte de regreso a su tierra y a su gente. Bueno, todavía tenemos que cruzar las montañas, pero lo fundamental ya está hecho. Pasaré un tiempo entre ellos, me imagino, hasta que se realice la ceremonia, el hain, que por lo que me han dicho puede durar varios meses. Está bien para mí, nadie me espera. ¿Usted lo hizo, verdad? Debe haber sido el primero. El primer hombre blanco, quiero decir.
LB: No, al parecer me precedió un jovencito, un tal Jack, supe de él por Otrhshoölh y Aneki, que fueron sus hermanos, era un náufrago que fue adoptado por los onas de cabo San Diego, pero de eso hace mucho tiempo ya. Así

que usted, si resiste las pruebas, tendrá el honor de ser el tercero.
KB: ¿Tan difíciles son? ¿Aparecen realmente los espíritus?
LB: Los espíritus eran Talimeoat y Minkiyolh pintados con puntos, rayas, círculos y unas máscaras de corteza sobre las cabezas, para asustar a las mujeres y los niños. Uno se la pasa más que bien, se lo aseguro, tiene menos de ceremonia religiosa que de encuentro deportivo; los hombres andan entre hombres, sin tener que ocuparse de las mujeres y los pequeños, cantan, bailan, cuentan historias, hacen chistes, salen a cazar, luchan, se disfrazan y se pintan. Los novicios tienen que salir de cacería y no volver hasta que hayan cobrado alguna pieza, dormir solos en el bosque para que los adultos agiten las ramas, ululen y hagan otras monerías, soportar el dolor del fuego y las espinas; y para terminar deben luchar con alguno de esos "espíritus" que pretenden destrozarlos y devorarlos, y sobreponerse a la parálisis del terror, y defenderse. La ceremonia en sí puede ser tonta, pero vale la pena. Ser aceptado por ellos fue lo más importante que me pasó en la vida... Era como si mucho antes de encontrarlos ya los conociera. Había escuchado las historias de chico, claro; había percibido el temor reverencial con que los yaganes hablaban de ellos, los gigantescos guerreros envueltos en pieles del interior de la isla, que casi nunca descendían a la costa, al menos acá en el canal de Beagle; cuando tenía ocho años quedamos varados con mi padre y unos expedicionarios italianos en bahía Sloggett y conocí a los primeros haush, que se parecen mucho a los onas aunque no son tan bravos, y quedé tan impresionado por su porte altivo, sus rostros pintados, sus mantos de guanaco, sus largos arcos y carcajes llenos de flechas, que deseé fervientemente que me llevaran con ellos, y quedé muy decepcionado cuando me desperté una mañana y descubrí que

se habían marchado sin aviso. En lo alto de las montañas que se divisaban desde las casas de la misión, del otro lado de la bahía, había un claro en el bosque marcado por un manchón verde brillante que se destacaba contra el follaje oscuro, es probable que no fuera más que un mallín rico en pastos y musgo, pero para mí era un paso, una brecha, y yo soñaba con atravesarla y vivir la vida plena de aventuras que sin duda me esperaba del otro lado. Cuando nos vinimos a Harberton fue como si las señales nos siguieran: hacia fines del verano, cuando soplaba el viento norte, nos llegaba el aroma de sus fuegos, y subiendo estas colinas veíamos surgir a veces desde el corazón de los valles boscosos delgadas columnas de humo que ascendían en el aire quieto. Llegué a verlos en sueños, parados sobre el horizonte de las colinas, sus siluetas altas como ninguna que yo hubiera visto proyectando unas sombras larguísimas, haciéndome gestos para que los siguiera más allá de las montañas nevadas, hasta la frontera donde los árboles se dispersan en la planicie. Una tarde de principios del verano, yo acababa de cumplir los veinte, aparecieron, finalmente, en mi cabaña de Cambaceres; eran Chalshoat y Kaushel, por aquel entonces el más renombrado de sus guerreros. Un par de parlamentos, en los cuales nos comunicamos más que nada por gestos, bastaron para convencerlos de que no tenían nada que temer de nosotros, y tras ellos vinieron más guerreros, y trajeron a sus familias, y acamparon por un tiempo entre nosotros, hasta que un día se hundieron en el bosque como se hunde el agua en la tierra, sin previo aviso como es su costumbre. En aquella época yo soñaba con unirme a ellos, liderarlos en su lucha contra el blanco invasor, como si yo no lo fuera, como si ese sueño de liderazgo no fuera, también, un sueño europeo. No se deje tentar por ese sueño, usted que parece tener debilidad por las causas perdidas. Lo que terminé haciendo fue menos romántico, pero más útil. Hice la paz entre los grupos del sur y los del norte, que se estaban matando entre ellos porque el avance de los estancieros los empujaba unos sobre otros; establecí dos estancias donde puedan estar a salvo, no solo de la persecución de los ovejeros sino de la benevolencia de los misioneros, les enseñé a hacer algunos trabajos que no difieran demasiado de los que realizan desde siempre, como cortar árboles o manejar animales —les gusta andar a caballo, y no dudo que con el tiempo se adaptarán a la vida ecuestre, como sus primos del norte, los tehuelches, y en la esquila han demostrado ser más rápidos y sobre todo más cuidadosos que todos los irlandeses, escoceses, croatas y vascos que han pasado por nuestros galpones. Y no lo hicimos, como murmuran algunos, por tener mano de obra barata o aun gratuita, les pagamos lo mismo que a nuestros trabajadores blancos, y en metálico, nunca con vales. Seguramente usted pensará que les pagamos poco, y que los explotamos a todos, y así será según su punto de vista; pero una estancia que dé ganancia es la única que les garantiza un refugio. Decían, y supongo que siguen diciendo, aunque todavía nadie se atrevió a decírnoslo en la cara, que mi padre abandonó la misión y sus indios solo para enriquecerse, pero lo cierto es que fue al revés. Él hubiera querido seguir con la misión, era su vocación y su llamado, somos nosotros, en todo caso, los materialistas; pero se dio cuenta de que en la misión los indios se morían, y se decidió a fundar Harberton para que hubiera al menos un lugar donde pudieran no solo sobrevivir, sino vivir según lo que ellos consideran es vida. No creo que lo logremos con los yaganes, quedan muy pocos y están muy dispersos, pero por los onas, si conseguimos mantener libre de estancieros el corredor entre Harberton y Viamonte, incluyendo todos los bosques que rodean el lago Kami, todavía podemos dar

batalla. Así que lo único que le pido, amigo anarquista, es que no lo arruine todo incitando a los indios a la sublevación, el robo y la violencia, aunque les dé nombres bonitos como resistencia, expropiación y justicia. No les dé armas de fuego, ni les enseñe a usarlas, porque o van a empuñarlas contra los blancos, y entonces los estancieros van a pedir la intervención de la policía o aun del ejército y ese va a ser el fin definitivo de los onas en Tierra del Fuego, o van a usarlas para matarse entre ellos; a mí ya me pasó, y no soy capaz de describirle lo que me pesan esas muertes. Y no caiga en la tentación de apoyar un grupo contra otro, los onas son un pueblo guerrero dado a atesorar agravios y ofensas, poco importa si reales o imaginarios, solo por tener una excusa para entrar en batalla, y lo presionarán para que tome partido, y saben ser muy convincentes. Antes, cuando cubrían la isla de punta a punta, poco daño hacían: las peleas eran locales, incursiones para robarse las mujeres o para vengarse de alguna muerte causada por el hechicero del clan vecino; pero ahora que apenas son el diez por ciento de lo que eran hace veinte años, cada ona que muere es una sangría del conjunto y una amenaza para su supervivencia. Si me entero de que los incita contra los blancos, o se mezcla en sus luchas, tampoco voy a denunciarlo: yo mismo lo buscaré y le meteré una bala en la cabeza.
KB: Le agradezco. Espero no causarle esa molestia.
LB: Confío en que no hará falta, ahora que empiezo a conocerlo. Lo que no entiendo es cómo un hombre como usted estuvo a punto de cometer dos crímenes tan horrendos.
KB: ¿Como yo?
LB: Nunca creí que iría a decir esto de un anarquista convicto y confeso, pero usted no parece tan mala gente.
KB: La mayoría de los que yo conocí tampoco. León Czolgosz era un ingenuo que quería ser anarquista como otros

quieren ser cowboys o piratas, hacía tantas preguntas que pensamos que era policía y le esquivamos el bulto; asesinar al presidente de los Estados Unidos fue su manera de probarnos que podíamos confiar en él. Y a Salvador Planas lo conocí en el penal de Las Heras; ninguno de los dos odiábamos al doctor Quintana, me parece. ¿Conoce a los hermanos Karamázov?

LB: No, ¿quiénes son, otros buenos anarquistas?

KB: Sí, es una definición posible, aunque su creador, Dostoievski, no nos tenía demasiada simpatía. A los anarquistas, digo.

LB: Ah, una novela. No la he leído. Tardan en llegar las últimas novedades acá a Tierra del Fuego.

KB: Yo tampoco la leí, no está traducida por lo que sé, pero Vera me hablaba mucho de ella, en los últimos días. Se le había dado por llamarme Aliosha, por uno de los hermanos, eran tres, no, cuatro si contamos al bastardo, y el padre era un bufón grotesco, un viejo borracho y putañero que de nada disfrutaba más en la vida que de provocar a sus hijos y avergonzarlos en público, burlándose por ejemplo del guía espiritual de Aliosha en sus narices, las del monje y las del hijo —Aliosha es un novicio— o tratando de corromper a una muchacha solo porque otro de sus hijos la pretende; pues bien, Aliosha intenta honrar a este padre infame, y disculparlo, y en otro momento, cuando un niño feroz le muerde la mano en plena calle en lugar de enojarse o castigarlo se preocupa de averiguar por qué lo hizo y se convierte en su protector y amigo. En fin, para no hacerle la historia muy larga este Aliosha es una de las personas más cándidas y bondadosas jamás imaginadas, rebosa de piedad y compasión no solo por los que sufren sino también por los que hacen sufrir, por los que son incapaces de refrenarse a la hora de atormentar al prójimo y así manchan su alma y se envilecen.

LB: ¿Y usted es como él? ¿Eso quiere decirme?
KB: No, no, la que lo decía era Vera. Yo nunca estuve de acuerdo, creo que no hace falta que le explique por qué, por lo que ha escuchado sabe que tengo el corazón manchado de toda clase de egoísmos y cobardías. No hablo de mí, sino de Aliosha Karamázov.
LB: ¿Qué hay con él?
KB: *Los hermanos Karamázov* es una novela larga, no sé, como mil páginas, pero el autor, me contó Vera, había aclarado que era apenas el prólogo de otra, que nunca llegó a escribir. En esa segunda novela, el bueno de Aliosha asesinaba al zar de todas las Rusias. Me apuro a aclararle que Dostoievski abominaba los anarquistas, los nihilistas y los socialistas, hasta a los pacíficos tolstoianos les tenía tirria, nos denostaba y se burlaba de nosotros y veneraba al zar como a Dios mismo; y aun así, para él, que un joven como Aliosha terminara asesinando al zar no era una aberración, o sí lo era, era una aberración, cómo decirlo, inevitable y lógica. Ese misterio era la clave de su época.
LB: ¿Y por qué no la escribió?
KB: Le ganaron de mano; no a él sino a su personaje. El zar, Alejandro segundo, voló por los aires por aquellos días. No sé si Dostoievski vivió para verlo, esa parte no llegó a contármela Vera... La mató él, ¿verdad?
LB: Quién.
KB: Kalapakte. A Vera.
LB: ¿Por qué no se lo pregunta a él?
KB: Tengo miedo de que me diga que sí, y que fue a pedido mío. Y tendría razón, ¿para qué si no los dejé solos, ese día? ¿Suelen hacerlo?
LB: Es probable, aunque yo nunca lo he visto, ni los he oído hablar del tema. Lo hacen los yaganes, únicamente en casos muy extremos, cuando el moribundo está sufriendo mucho,

nunca si la muerte es plácida, así que es probable que los onas tengan la misma costumbre. "Tabacana", lo llaman si no me falla la memoria, figurará sin duda en el diccionario de mi padre, aunque no podemos comprobarlo, porque temo que se haya perdido para siempre.
KB: ¿Qué pasó con él?
LB: Se lo presté a su amigo el doctor Cook.
KB: Ah, Cook. Hace años que no tengo noticias. Me pregunto si habrá llegado al polo, finalmente. Espero que sí, y que le haya ganado la carrera a Peary. ¿Cómo fue que se conocieron?

Capítulo 14
Carta a París

Buenos Aires, 14 de marzo de 1908

Mon cher Maneco,

Muy agradecido por tu carta del pasado mes, y porque te hayas acordado de mi natalicio, aunque haber alcanzado los cuarenta tal vez merezca un sentido pésame antes que una calurosa felicitación. Se cumplió también por estos días el primer aniversario del fallecimiento de mi padre así que cual príncipe Hamlet me arropé en las nubes del luto para opacar el sol de la celebración.

¿Qué contarte de la ciudad donde nunca pasa nada que valga la pena contar? Al menos públicamente. Entre nos, la gran novedad de los últimos tiempos fue el tantas veces postergado enlace de Marcelo y Jorgito, que tuvo lugar en la *garçonniere* de Pérez y Flórez, elegantemente engalanada para la ocasión (dicho sea de paso, esos dos van a terminar mal si no se cuidan un poco —Clara será medio dormida pero si le siguen gritando en la oreja tarde o temprano se va a despabilar). Jorgito no reparó en gastos y hacía meses que no hablaba de otra cosa; el vestido se lo había mandado hacer en su último viaje a París, no me acuerdo si lo ayudaste con el tema, hacía dos años que lo tenía guardado y nos lo mostraba a todas menos a su Marcelito, porque es mala suerte, claro; y aunque no paraba de parlotear de la boda y la luna de miel en París cuando más le brillaban los ojitos es cuando hablaba de cómo sería la vida de ambos en el lejano sur, en una de las tantas estancias que tiene su familia por allá, sobre las márgenes del lago Argentino, el paisaje más bello del mundo a decir suyo, y si en los años dorados de nuestra juventud la frase de marras hubiera bastado para hacerme comprar pasaje en el primer barco que navegara en sentido contrario, debo confesarte que el idílico cuadro de felicidad doméstica que nos pintó, los dos solos en su cabaña —así le dice, aunque me consta que el casco es bien respetable— con vista al lago, con un mínimo de servidumbre por lo de la discreción pero sobre todo porque quiere dedicar su día a cocinarle sus platos preferidos y tejer y coser ella misma los almohadones, cortinas y cubrecamas y plancharle sus camisas como a él le gusta, agitó en el más lejano fondo de mi alma, allí donde solo una momentánea relajación de la vigilancia puede franquearnos el paso, un dejo de envidia al escucharla... No creas que me quejo, no; Blanca es la mejor esposa que hubiera podido pedir, aunque como bien sabes nunca pedí nada y fue mi padre quien lo hizo por mí, había que salvar o mejor dicho resucitar las apariencias y en su descargo debo decir que eligió con bastante buen tino y la cosa salió mejor de lo que todos esperábamos, sobre todo por los niños que día a día contemplo con decreciente incredulidad y creciente deleite, pero a veces, no sé... El día de la boda tuve que hacer un esfuerzo para tolerar la sonrisa radiante de Jorgito en su traje de novia, era insoportable su felicidad, no le importaba nada, ni siquiera la cara de masticar limones de Marcelito, pero bueno, su último conato de fuga había terminado en las mesas de juego del Tigre Hotel, él que de joven alardeaba que un verdadero *gentleman* solo podía arruinarse en Montecarlo, y sin siquiera el *argent de poche* de su inquilinato tuvo que bajar las dos o tres plumas que le quedaban en el copete y dar el sí. Jorgito a primera vista parece todo miel y margaritas pero no conozco nadie más inflexible a la hora de conseguir lo que quiere. Bueno, ya están en camino hacia allá; si bien ha estado varias veces en París el sueño de Jorgito siempre fue recorrerla de la mano de su amor; Marcelo en cambio no ha regresado en todos estos años y se sometió a la fatalidad del retorno como en su primera estadía a las curaciones de la amputación. Yo también siento cada tanto con una intensidad que me duele en todo el cuerpo el llamado de París; pero puede ser que me equivoque y sea apenas el de mi juventud; volver he vuelto, claro está, pero por más que uno quiera engañarse con alguna que otra escapada, París en familia ya no es París; como sea, uno nunca debería volver a los lugares donde alguna vez fue feliz. A veces pienso que fue un error haberme marchado; en aquel momento me dejé llevar por el personaje o mejor dicho la pose, confesarme hastiado de París me parecía la cumbre de la sofisticación, una especie de *à rebours* de *À rebours*: y aquí me tienes. El paso fatal es siempre el primero y cuando acepté la oferta de regresar y reformarme a cambio de ver restaurados mis derechos al trono me embarqué en Bordeaux cual penitente y cínico prince Hal, solo para pisar las arenas de la patria metamorfoseado en prematuramente vencido y suplicante Richard II. A los pocos días el permanente rictus de desaprobación de mi padre, cuyo recuerdo en París las diminutas burbujas del Roederer bastaban para disipar, me fue aplastando más y más hasta triturarme contra los adoquines de la gran aldea; hubiera hecho cualquier cosa por levantarlo de mi espalda y así fue. Te cuento algo gracioso, hará poco más de un año el padre de Blanquita, que como te acordarás se las da de eugenista y librepensador y en la estancia le da por el nudismo y hay que andar preguntando siempre por dónde anda antes de sacar a los chicos al jardín —la verdad que el viejo me cae la mar de bien, fue otro de los beneficios secundarios de los Acuerdos de París—, nos pidió permiso para explicarles a los niños "el maravilloso milagro del origen de la vida", lo cual le fue graciosamente concedido por *moi* y no sin cierta trepidación por su hija y cuando hubo terminado Julito boquiabierto y con los ojos desorbitados nos miró primero a nosotros y después a la hermana, que jugaba absorta con su muñeca, y exclamó "¡Y dos veces!" provocando las risas de todos los adultos presentes incluyendo las algo forzadas de un servidor. Pero bueno, el sacrificio si no fue incruento al menos valió la pena no solo por estos dos regalos del cielo —sabrás disculpar la cursilería que no tengo ironía a mano para mitigar— sino además por la mirada agradecida que en su lecho de muerte me dedicó papá. En fin, *je ne puis regretter une faute dont le fruit est si beau* (qué shakesperiano que ando hoy, ¿por qué será?). ¿Te conté cuáles fueron las últimas palabras que me dirigió, mientras yo tomaba su consumida mano de gigante entre las mías y lloraba —y te juro que lloré como pocas veces, casi tanto como cuando dejé París? "Gracias, hijo. Yo sé que te esforzaste mucho", a lo que le respondí en un susurro "Y dos veces, papá", pero creo que ya no me escuchó.

Te recomiendo a la feliz pareja, sobre todo a Jorgito, esperó tanto y trabajó tanto para realizar su sueño que se merece un poco de felicidad.

Tuyo siempre,

Pedro Manuel

Capítulo 15
La misión

—Adelante hijo, adelante, sin tanta ceremonia; vos sos el que me manda el padre Beláustegui, ¿verdad? Y tu nombre era... El padre Beláustegui me habló muy bien de vos, Agustín, me dice que sos un joven piadoso y dedicado al estudio. ¿Es así, o no?... Me alegro, me alegro, y solo espero que no lo descuides por esta ingrata labor que te han encomendado. Si es así, le ponemos punto final, ¿de acuerdo? Es cabeza dura, el padre Beláustegui, como buen vasco; se ha empeñado en que redacte una breve memoria de mi tiempo en la misión fueguina, ahora que se van a cumplir cincuenta años de la fundación, y de nada me valieron mis reparos y mis súplicas. ¿Qué podría agregar yo a las páginas ardientes y conmovedoras que nos han legado monseñor Fagnano, el padre De Agostini, o mismo el padre Beauvoir? Pero es verdad que yo fui, si no el primero, ni el más importante, ciertamente el último en atender las necesidades espirituales de los desdichados indígenas de nuestro sur. El último de los salesianos, podría decirse, el que apagó la luz... Era un chiste, se ve que no me salió muy bien, quería hacer una broma con *El último de los mohicanos*, no sé si los jóvenes de hoy lo siguen leyendo, en mis tiempos todos lo hacíamos, y soñábamos con aventuras entre los indios, en las lejanas tierras de América. Algunos soñaban con matarlos y otros con salvarlos, pero en esencia el sueño era el mismo. Quiero decir, a todos nos movía el ansia de aventuras, de ver tierras exóticas, que no se entienda mal, no estoy diciendo que sea lo mismo una cosa que otra. Eso no lo vamos a poner en mi memoria, claro, espero que no hayas empezado a tomar apuntes. Porque antes de comenzar con el dictado quiero que me vayas leyendo de mis cuadernos, para refrescarme la memoria. Tengo recuerdos muy vivos de aquel tiempo, imágenes sobre todo, algunas escenas; pero las fechas, el orden en que sucedieron las cosas, todo eso no está acá, está ahí... ¿No los ves sobre la mesa?... No quiero ni pensar lo ajados y amarillentos que deben estar. Como yo, sin duda. Deberían estar numerados, uno, dos, tres, aunque debe haber algún que otro salto, porque varios se perdieron en el incendio de la misión. Cada día, cuando terminemos de usarlos, vamos a guardarlos en el cajón superior de la cómoda, del lado izquierdo... Tu izquierda si estás parado frente al mueble. Pero antes, lo más importante. El mate. ¿Te gusta el mate, Agustín?... Me acuerdo de que la primera vez que lo probé me pareció un brebaje inmundo, pero ya ves, a todo se acostumbra uno, hasta a la vejez y a la ceguera. Deberías encontrar todo en la alacena, apenas abrís, a la derecha, si Francisca no me dejó las cosas en cualquier lado como siempre. Es inútil que le insista, lo importante que es para un hombre de mi condición, que cada cosa esté exactamente donde yo la pueda encontrar... Ah, a mí me gusta con un poco de azúcar. Como a los indios; "achúcar", decían, siempre me pedían que les pusiera un poco de "achúcar" al mate, sobre todo los niños, y los viejos. Como yo. Ahora agarrá, si querés, el primer cuaderno, abrilo en la primera página y empezá, yo te voy diciendo si seguimos o salteamos. Y ojo que no se te hierva el agua, eh.

* * *

Dos de julio de mil ochocientos ochenta y nueve. *Hace dos días he desembarcato a Punta Arenas. Prima impresione: un paesito de cabañas de madera gris, a una playa de arena gris, al borde de una mar gris, debajo del cielo gris.* Vas a tener que tenerle paciencia a mi español de entonces, Agustín, acababa de llegar de Italia; aun así todos hacíamos el esfuerzo de escribir en nuestra nueva lengua, para dominarla mejor. Es verdad que la impresión que nos daba Punta Arenas a los que bajábamos del barco era más bien penosa; los misioneros anglicanos la tenían más fácil, porque venían de tierras igualmente grises y lluviosas, pero nosotros llegábamos de la cálida y colorida Italia. ¿Conocés Italia, Agustín?... Tenés que ir algún día, no ahora, por cierto, pero cuando termine la guerra. Me ofrecieron, cuando terminó mi trabajo en la misión, si quería volver, pero para qué. Mi pueblo está en la zona ocupada por los alemanes, ahora, sufro mucho pensando en eso. Me voy del tema. Te contaba de Punta Arenas, cuando llegué. Eso fue antes de que las grandes familias levantaran sus palacios: el de don José Menéndez, que le decían el rey de la Patagonia; el de don José Nogueira, aunque si no recuerdo mal la mansión la levantó la viuda, doña Sara Braun, porque el portugués era más bien tacaño; y el más fastuoso de todos, el que se hizo don Mauricio Braun, que era el hermano, cuando se casó con la hija de Menéndez. Parecían espejismos, esos palacios europeos en medio de las casas de lata y madera; y el cementerio, no te imaginás, dicen que es el más lindo del mundo, no sé, habría que ver, al de la Recoleta al menos le pasa el trapo creo yo. Eran fastuosos en vida y también en la muerte: con decirte que doña Sara donó el majestuoso pórtico central a condición de que nadie pasara por él antes que ella, y también que tras su paso fuera sellado para siempre. Y así sigue, que yo sepa, todos los demás mortales entramos, y con suerte salimos, por una puertita del costado. Ay, ay, me lees dos líneas y yo te hablo media hora, a este paso no vamos a terminar ni para el centésimo aniversario, mejor seguí adelante. *Visito el Colegio San José y la Casa de las Hijas de María Auxiliadora, a la orilla de un río marrón donde se terminan el pueblo; veo los primeros indios, tehuelches principalmente, algún alacalufe, un par de niños onas que debieron de señalarme, porque vestían ropas europeas e iban de criados de las familias criollas. Coloquio con monseñor: expedición Lista. Su primero encuentro con los onas.* Ese, te imaginarás, es nada menos que monseñor Fagnano, y ese primer contacto con los onas lo tuvo siendo capellán de una expedición comandada por ese señor Lista que aparece ahí, Ramón Lista, creo que se llamaba, no sé si habrás oído hablar de él... No, claro, a quién podría importarle hoy. ¿Sabés lo que hizo, el señor Lista, cuando se encontraron con el primer grupo de indios amigables? Les ordenó a sus hombres que cargaran contra ellos a tiros y a sablazos: ese fue el primer contacto entre los onas y las autoridades argentinas. El resultado, treinta indios muertos de un lado y un herido leve del otro. ¿Te das cuenta, por qué éramos imprescindibles? Monseñor, apenas escuchó los disparos, corrió al lugar y trató de detener la masacre, y no tuvo empacho en cantarle las cuarenta al señor comandante —había marchado en las filas de Garibaldi, monseñor Fagnano, no iba a achicarse ante semejante fantoche, y el fantoche, escuchá esto, amenazó con hacerlo fusilar si no se callaba. Después, para justificarse, dijo que él apenas pretendía tomar algunos indios para que les sirvieran de guías y portadores, pero se vio obligado a dar la orden de fuego cuando estos se negaron y adoptaron actitudes hostiles. Como si los indios hubieran podido entender lo que quería, y como si estuvieran obligados a ponerse a su servicio, si lo hubieran entendido. Los sobrevivientes, mayormente mujeres, niños y ancianos, fueron tomados prisioneros —imaginate, prisioneros— y remitidos a Buenos Aires en un transporte de la armada. Nunca más se supo de ellos. Esa fue la última vez que acompañamos una expedición de militares. Don Bosco, cuando se enteró, fue terminante: a partir de ahí teníamos que ir solos, sin custodia armada; de otro modo, decía, toda nuestra prédica sería inútil; mejor morir a manos de los indios que consentir a que los maten. Monseñor le arrancó al señor Lista la promesa de que en nuevos encuentros lo dejarían adelantarse para parlamentar, y no volvieron a repetirse incidentes como aquel, salvo cuando al inquieto señor Lista se le daba por dejarlo afuera de sus nuevas exploraciones. Por estas y otras gloriosas acciones fue nombrado gobernador del Territorio de Santa Cruz, y ahí parece que se juntó con una india tehuelche y se fue a vivir a las tolderías, como Martín Fierro, y gobernaba desde ahí, con su india, y cuando tuvieron una hija le dio su apellido, considerando tal vez que era el proceder más honorable. La que no lo vio tan así fue su legítima esposa acá en Buenos Aires, porque cuando se enteró se encerró en su casa durante varios meses sin ver a nadie y al final se pegó un tiro. A la gente en este país le pasan cosas raras con los indios. A ver, seguí leyendo. *Tenemos la obligación de sacrificarnos y sacrificar cuanto sea necesario para salvar al mayor número de estos infelices, que al presente son objeto de cruel caza por parte de una sociedad que adquirió del gobierno de Chile gran extensión de terreno para dedicarlo al pastoreo. Nos han llegado noticias de que en las estancias se está ofreciendo una libra esterlina por cabeza de indio. Y pensar que esta barbarie es obra de gente civilizada, para salvar los ganados. La Misión de San Rafael y la otra que proyectamos del lado argentino de la isla nos costarán muchos sudores y muchísimo dinero. Pero si no actuamos, cuántos po-*

bres salvajes morirán todavía bajo el cuchillo. El Señor nos conceda la gracia para ocuparnos pronto de ellos y hacerlos buenos cristianos. Esas deben ser las palabras de monseñor, ¿no?... Sí, claro. Yo nunca tuve su facilidad de palabra. Y su convicción. Era como un fuego: te tocaba y te encendía. Por algo lo eligió Don Bosco para cumplir su sueño. Ya sabrás que la evangelización de la Patagonia empezó por uno de los famosos sueños proféticos de Don Bosco: tuvo una visión de salvajes pintados y cubiertos de pieles que habitaban una planicie desolada, circundada de lejanas montañas, que luchaban con los hombres blancos, y martirizaban a los misioneros, supongo que a algunos de la competencia, a los jesuitas digamos, y después se mataban entre ellos, hasta que llegábamos nosotros, y nos acercábamos riendo, con rostros radiantes, y entonces los indios también reían, y caían de rodillas, y todos juntos entonábamos un himno a la Virgen. Durante mucho tiempo Don Bosco se preguntó de dónde le venía la visión, pensó que de Asia, o del África, hasta que le mostraron una enciclopedia con imágenes de la Patagonia y sus habitantes, y ahí los reconoció, y supo adónde tenía que enviarnos. Tomá... Podés ponerle un poco más de azúcar, si querés. ¿Vos no tomás?... Mirá que no transmito enfermedades... Era un chiste. Así es: vos sos argentino y no te gusta el mate, yo debo haberme puesto verde de tanto tomarlo... ¿Qué?... Ah, sí, las anotaciones deben estar muy salteadas, habrá a veces una por mes, o ni siquiera. Al final del día, con todo el trabajo que había, a uno no le quedaban fuerzas más que para desplomarse en la cama. Menos mal, por otra parte, porque si no no terminamos más. Imaginate. Fueron más de treinta años. ***Quince de agosto. Solemnidad de la Asunción.*** *Visito a la Misión de San Rafael a la isla Dawson, que nos cedió el gobierno chileno para refugio de indios a veinte años. Instalaciones aún preca-*

rias: un cobertizo para los misioneros, seis casitas a las cuales los indios arrancaron las puertas y ventanas. Esas eran las cosas que nos sacaban de quicio: les hacías una casa limpia y decente y al punto te la convertían en una choza, para seguir viviendo como antes. Encendían un fuego en el medio y se acurrucaban alrededor como perros. Deben haber pensado que éramos bastante inútiles, por olvidarnos de hacer un agujero en el techo para que saliera el humo. A ver qué más. *Los maestros carpinteros trabajan incansable a la construcción de más casas, los aserraderos, el galpón y corrales, mientras que el padre Pistone y el coadjutor Silvestro se ocupan de los indios: todos han recibido el sagrado bautismo, van vestidos, comen con cubiertos y duermen en camas; y aunque ninguno habla el español, lo entienden medianamente bien y no es difícil comunicarse en cuestiones básicas.* Pobre padre Pistone, algo debe haber fallado en la comunicación, porque un par de meses después los indios de la misión trataron de degollarlo, y de decapitar al coadjutor Silvestro, que se corrió a tiempo y ligó el hachazo en el hombro; se salvaron de milagro. Bueno, el padre Pistone, porque el pobre Silvestro se ahogó cuando lo llevaban a Punta Arenas, el barco zozobró en alguna de aquellas continuas borrascas y debido a sus heridas no pudo ganar la costa a nado. Nuestro primer mártir. Los indios sublevados huyeron al monte, después algunos se arrepintieron y volvieron a la misión a pedir disculpas, y el padre Pistone los recibió con los brazos abiertos: nunca logró que le explicaran por qué lo habían atacado, o quizás trataron de explicarle y no entendió ni jota; ninguno de nosotros hablaba el alacalufe por aquel entonces. Como podrás ver, no eran ningunos niños de pecho esos indiecitos, había que andarse con cuidado y no bajar nunca la guardia. No es que fueran malos, no vayas a creer, pero sabían ser ingratos. E impredecibles. Creías conocerlos, creías haber visto hasta el fondo de sus corazones, y de pronto te salían con una salvajada como esa. Y sin ningún fin claro. ¿Qué pretendían, matando al bueno de Pistone? ¿Robarle? Si era casi tan pobre como ellos. ¿Escapar de la misión? Nadie los retenía a la fuerza, eran libres de irse y de volver cuando quisieran. Más adelante, uno de los arrepentidos intentó acuchillar al director de la misión, el padre Ferrero, porque lo sorprendió robando. Cuando le preguntamos por qué lo hizo dijo que nosotros le habíamos enseñado que robar estaba mal y que cuando el padre Ferrero lo descubrió le dio tanta vergüenza que no pudo soportarlo. Eran tan candorosos que a veces te preguntabas si no te estaban tomando el pelo. ***Primero de noviembre. Solemnidad de Todos los Santos.*** *Parto a la Misión de San Rafael, esta vez para quedarme. Monseñor me despide con estas palabras: "Tendrás mucho trabajo y no te faltarán las penas, mitigadas por cierto con grandes consuelos. Procura que tu nombre sea olvidado".* Bueno, al menos en eso no lo defraudé, ¿no?... Era un chiste, no me hagas caso, sigue, sigue. *Me recibe el padre Pistone, muy amable y al parecer aliviado. Me mostró las cicatrices de sus heridas, por debajo de la barba que se dejó crecer para taparlas. Casi no habla de otra cosa, y del triste fin de Silvestro. Luego me dejó en manos del coadjutor Scarpa, que me condujo al dormitorio de los indios y me dijo: este va a ser su campo de trabajo. No más entré me acometió un olor salvaje y hediondo: el propio de la raza, el de la sarna, el de los que se mojaban en la cama. Sentí tantas náuseas que tuve que salir a vomitar, mientras Scarpa me daba palmaditas hipócritas en la espalda.* Sí, esa era la bienvenida que le daban a todos los novatos, como un rito de iniciación. Baldeábamos con querosén, quemábamos cada tanto los colchones, las veces que los indios iban a la iglesia dejábamos abiertas todo el día puertas y ventanas, pero aun así no se conseguía hacer desaparecer el olor, porque impregnaba los muebles y las tablas del piso y las paredes. Cuando yo, a tu edad, miraba el mapa y soñaba con viajar al África o la Patagonia, y me estremecía imaginando gloriosos combates contra las terribles borrascas, los crueles piratas y los feroces antropófagos, jamás imaginé que lo más difícil sería esa batalla incesante y nada heroica contra las sórdidas minucias que corroen la base de las empresas más altas: la sarna, la piojera y los meados. Pero estoy seguro de que ni vos, ni el padre Beláustegui ni los feligreses quieren oírme hablar de esas cosas, así que pasemos adelante. ***Ocho de diciembre. Solemnidad de la Inmaculada.*** *Hoy lloviznó todo el santo día y neblina hacia la noche. Continúa la esquila. El padre Pistone hizo pan. Scarpa atendió a las huertas.* ***Veinte de diciembre.*** *Día malo como ayer, y el mar en estos días con sus terribles bramidos y espumantes olas parece que quiera salir de sus límites. Hoy no se pudo esquilar: los indios en sus casas. Con Scarpa nos ocupamos de la limpieza del galpón. Nada más.* ***Veinticinco de diciembre. Navidad.*** *El día se presentó, como quieren los vientos acá en Magallanes, todo nublado y con baja temperatura, muy parecido a uno de otoño en Italia.* Vamos a hacer una cosa, Agustín, porque si seguimos así nos vamos a quedar los dos dormidos. Vos hojeá así por encima, hasta que encuentres algo interesante, y ahí me leés, ¿de acuerdo?... Te tengo confianza, a fin de cuentas todo esto es para tus compañeros, y sus familias, lo que te interese a vos les interesará a ellos. ***Veinticinco de marzo de mil ochocientos noventa. Solemnidad de la Anunciación.*** *Llegan a la misión los cuatro onas que nos remite el cónsul chileno desde Liverpool.* Ahí está, ¿ves? Eso sí que fue todo un acontecimiento, yo sabía que podía confiar en tu criterio. Seguí leyendo, vamos. *Estos son los únicos sobrevivientes de los once llevados a Europa para ser exhibidos en circos y zoológicos: una mujer joven, le pusimos*

María Ana Bruselas; una niña de unos diez años, Rosa de París; un niño, José Fueguino, y un joven al que llamamos José María Arco puesto que traía uno consigo: de alguna manera durante su aventura europea logró conservarlo. Había dos mujeres más que murieron en el viaje de vuelta. Ese José María Arco era manso como un cordero, sonreía a todo y a todos y era, más que dócil, sumiso, aunque algo corto de entendimiento; José Fueguino en cambio tenía una mirada inteligente, era vivaracho, le encantaba jugar con los otros niños, y rápidamente se convirtió en mi protegido. Era un muchacho luminoso, lo hubieras visto; tanto cariño me tenía que cuando no podía acompañarme en alguna misión se deshacía en lágrimas. Dos años después lo llevamos a Génova, junto con algunos alacalufes y tehuelches, para la Exposición de las Misiones Americanas, en el Cuarto centenario del Descubrimiento de América; al padre Beauvoir le pareció que era el indicado, pese a su corta edad, porque ya había hecho el viaje. A mí no me gustó nada que se lo llevara, pero qué iba a hacer, era mi superior y al niño no parecía molestarle la idea, así que tan mal no lo habría pasado en su primer viaje. Primero París, después Génova: fijate qué indiecito más viajado. Y en Roma recibieron la bendición del Santo Padre, nada menos; un privilegio que yo mismo no he tenido. Por ahí debe estar, el libro del padre Beauvoir, su diccionario, con las dos fotos, la del francés con los indios en París y la de él en Génova. ¿Lo ves?... Estaba en uno de los estantes de arriba, a la derecha, la última vez que lo vi, pero claro, eso fue hace más de diez años. Ahí está la foto de él con los indios en Génova, que dice que todos los de la foto volvieron sanos y salvos. Lo que se olvida de decir es que en la foto no están todos los que fueron, porque en el viaje de ida se murió una india alacalufe, y a su bebita se la quedó el doctor que la atendió en Montevideo. Un hombre optimista, el padre Beauvoir. Siempre veía el vaso medio lleno. No me hagas caso. Sigamos. ***Primero de junio. Ascensión de Nuestro Señor Jesucristo a los Cielos.*** *Frío a cero y nevó algo: nublado hasta noche. Llegan por fin las Hermanas Ruffino y Michetti* —sigamos, sigamos. ***Tres de junio.*** *Resplandeció el sol y se nubló todo el cielo entrando la noche, pero frío, frío y frío con terrible hielo por todas partes. Población estable: alrededor de ciento treinta indios, aunque no son siempre los mismos: van y vienen. Mayormente alacalufes, muy pocos onas.* Llegó a decirse por ahí que pagábamos una y hasta dos libras por indio, pero eso no es cierto; quienes lo hacían eran los estancieros: la prédica de monseñor había logrado ablandarlos y quienes antes pagaban una libra por indio muerto la pagaban, y a veces dos, por indio vivo: una para los que los cazaban y otra para nosotros, para ayudarnos con los gastos. Eso se decidió en una reunión que tuvo lugar en Punta Arenas, para darle una solución al problema indio; estaban monseñor, el gobernador, los representantes de los estancieros, del gobierno y la prensa, y llegaron a este acuerdo entre todos. Los que no lo respetaron, porque nunca habían acordado nada, claro, eran los indios: se escapaban todo el tiempo, y los estancieros y la policía nos lo echaban en cara: los policías porque les dábamos el doble de trabajo y los estancieros porque quién sabe los hacíamos pagar dos veces por el mismo indio. No sé qué pretendían: que les pusiéramos marcas, como a los ganados. Los indios ya reducidos nos ayudaban a retenerlos, pero a veces, sobre todo cuando llegaban muchos de golpe, nos salía el tiro por la culata: los de la misión sentían la nostalgia de sus viejos modos y se escapaban con los recién llegados. Los onas, es verdad, no sabían navegar, pero los alacalufes los cruzaban. ***Veinte de junio.*** *María Ana Bruselas da a luz a una criatura, de padre probable europeo.* Eso era más frecuente de lo que se piensa, las indias no hacían demasiados remilgos a la hora de juntarse con los peones y los mineros, matrimonios a la fueguina los llamábamos, después nosotros bendecíamos las uniones. ***Dos de julio.*** *Nieva, nieva y nieva. Hoy sepultamos a la pequeña hija de María Ana Bruselas.* ***Treinta de agosto. Santa Rosa de Lima.*** *Hoy hizo más frío y en todo el día no resplandeció el sol. Murió María Ana Bruselas.* No me acordaba que fue tan pronto, la pobre. Te voy a pedir otra cosa, Agustín, salteate el calendario eclesiástico, que ya me lo sé, y también el parte meteorológico, así ganamos tiempo. ***Cinco de septiembre.*** *Hace una semana volvió a fugarse Rosa de París. Pero no la echaremos en falta, porque en estos días nos mandarán nada menos que ciento sesenta y cinco onas desde Punta Arenas, los mismos que le causaron tantos dolores de cabeza al señor gobernador.* Y bien merecidos los tuvo. Al parecer unos peones de no me acuerdo qué estancia amanecieron degollados, vaya a saber por quién; pero como siempre, le echaron la culpa a los indios y el gobernador mandó una nave de la armada para arrestar a los culpables. Como no sabía cómo identificarlos, el comandante optó por traerse a todos los indios que encontró. El señor gobernador, porque ya estaba enemistado con monseñor por el tema de las denuncias... De las matanzas, claro. El gobernador, te decía, para hacerlo rabiar decidió distribuir a los indios entre los aserraderos de la zona y las viviendas del pueblo. Regalárselos a sus amigos. Y como le costaba colocar a los adultos, que se veían bastante feroces, empezó por regalar a los chiquitos primero. Y los indios, cuando entendieron que les estaban sacando a sus criaturas se ponían como locos, las mujeres gritaban como poseídas, se aferraban a sus hijos y no querían soltarlos, los hombres se tiraban sobre los policías o peones que querían quitárselos, golpeaban, arañaban, mordían. Los diarios opositores hablaron, no sin razón, de "reimplantación de la esclavitud" y "remate de indios", y la cuestión llegó a discutirse en el Parlamento chileno, así que al final el señor gobernador tuvo que bajar la cerviz —¿se dice la cerviz o la testuz?... Bueno, agachó la cabeza y nos rogó que se los sacáramos de encima. Imaginate: ciento sesenta y cinco indios de golpe, bueno, no, unos cuantos se le murieron al señor gobernador, aun así eran más de todos los que teníamos antes. Corríamos de acá para allá contando la cantidad de colchones, de prendas, dando instrucciones en la cocina: lo que más felicidad nos daba era la alegría de monseñor, que veía cada vez más cercano el sueño de disponer de un pueblo floreciente donde los indígenas pudieran vivir a salvo de las persecuciones, trabajar, prosperar y volverse cada día mejores cristianos. Bien, creo que vamos a dejar por hoy, no quiero abusar de tu tiempo. Y para mí, son tantos los recuerdos que se me vienen que te confieso que estoy un poco abrumado. ¿Qué pensás de todo lo que escuchaste? ¿Te parece que puede interesar a la gente? Hoy en día pareciera que lo único que importa son las noticias que llegan de Europa, ¿no? Al lado de eso, ¿qué importancia podrán tener las aventuras y desventuras de un grupito de misioneros entre un puñado de salvajes en el mismísimo fin del mundo?... Me alegro, me alegro. ¿Mañana, a la misma hora entonces?... Gracias, gracias, que descanses vos también. Dejá, dejalas ahí en la pileta de la cocina, mañana lava todo Francisca.

* * *

Hoy quiero que nos ocupemos de lo que nos pidió el padre Beláustegui, de la fundación de la misión argentina, La Candelaria, por el aniversario de noviembre. Así que tenemos que saltar al año mil ochocientos noventa y tres.

Debe ser otro cuaderno, el segundo, o el tercero, vos fijate... Ahí está, sí, empezá por ahí. ***Veintidós de marzo de mil ochocientos noventa y tres.*** *Monseñor y el padre Beauvoir regresan de su expedición a la isla Grande. Contactos con diversos grupos de onas, amigables. Han decidido el emplazamiento de la nueva misión: será en la boca del río Grande.* El padre Beauvoir fue el primer director de la nueva misión, murió aquí mismo, hará cosa de diez años, un hombre muy tesonero, muy emprendedor, y de mucha fe; más fe que luces, la verdad sea dicha. Nunca llegó a decir más de dos palabras seguidas en lengua ona sin equivocarse; aun así compuso un diccionario y una gramática. Y estaba convencido, y trataba de convencer a todos, de que la palabra ona para designar al ser supremo, "Jhow'n", era una corrupción de "Jehová", que los indios habrían escuchado de alguno de los primeros misioneros, los que vinieron con Magallanes pongamos, a la que después se le cayeron algunas vocales y consonantes y se le adosaron otras y así llegamos a "Jhow'n", que hoy en día suele escribirse jota-o-o-ene y que designa, mucho me temo, no al Ser supremo sino a los hechiceros. De la suprema divinidad yo nunca tuve noticias: mister Bridges, que vivió, vagó, cazó, luchó —te hablo de torneos de lucha, no de combates— e hizo quién sabe cuántas cosas más con ellos, mejor no preguntar demasiado, afirmaba que no tenían ninguna, lo cual al padre Beauvoir lo sacaba de quicio; el padre Martín Gusinde, que me visitó en Viamonte y llegó a aprender bastante bien su lengua, mejor que el padre Beauvoir al menos, me contó que sí, y que tras años de esfuerzos había llegado a averiguar su nombre, tan secreto que nunca había sido revelado a ningún europeo, y él tampoco quiso revelármelo. Para mí que se mandaba la parte. Tenía más de antropólogo que de misionero, el padre Gusinde. Allá en Viamonte me entró a preguntar del cementerio, si había muchos indios enterrados: quería llevárselos para algún museo. Si lo que quiere son huesos de indios, padre, vuélvase para Río Grande, le dije, que allá tenemos a carradas. Imaginate, un hombre de Dios profanando tumbas cristianas. Por lo mismo, ni se preocupaba de cristianizar a los indios, ni de civilizarlos. Más bien lo contrario: los paganizaba. Si era por él hubiera querido que volvieran a lo de antes; hasta llegó a pagarles para que hicieran sus brujerías y ceremonias, y les sacó esas fotos todos desnudos y pintarrajeados. Y él también se dejó iniciar, y capaz que anduvo bailoteando por ahí con una máscara de demonio y todo al aire y colgando. No era de los nuestros, eh, era verbita, te aclaro. El padre Gusinde, qué habrá sido de él. Capaz que se hizo nazi. Y esté ahora en mi pueblito del Piamonte de comandante. Poco probable, pero en estos tiempos nunca se sabe. Acá mismo hay varios hermanos que simpatizan con el fascismo. Y el mismo Mussolini estudió de chiquito en una de nuestras escuelas. Pero ojo que lo echamos, eh. ***Nueve de junio. Fiesta del Sagrado Corazón de Jesús.*** *Todo listo para iniciar la gran empresa. El Amadeo ya está cargado: diecinueve mil quinientos pies de madera, tres mil tablas, chapas de cinc ondulado, alimentos para quince personas por seis meses, doce buenos caballos...* Salteate las listas, a ver, un poco más adelante. ***Ocho de julio.*** *Llevamos treinta días de viaje. Vientos y borrascas. Sospechas. Llegamos al río Grande: negativa del capitán. Regreso. Desembarco en San Sebastián.* Ese capitán, ahora estoy convencido, actuaba bajo instrucciones precisas de su patrón, que no era otro que don José Menéndez. De entrada nos dijo que su barco solo navegaba durante las horas de luz, y como estas en invierno son muy escasas, y el pasaje se pagaba por día, todo parecía un truco para exprimirnos al máximo. Pero como los vientos y las borrascas eran incesantes, y nos obligaron a retirarnos varias veces a los pequeños puertos y ensenadas del Estrecho, mucho no podíamos patalear: si lo presionábamos para salir y nos hundíamos don José iba a exigirnos que le pagásemos el barco. Pero lo peor vino cuando llegamos a la boca del río Grande. Apenas dio un vistazo a los escollos el capitán se negó de plano a arriesgar su barco sin una garantía por escrito de que nos haríamos cargo de los eventuales daños. Estábamos a punto de firmársela pero conociendo al personaje, y a su patrón, consideramos que era bien capaz de hacernos encallar a propósito antes de que la tinta se secara, y con todo el dolor del alma el padre Beauvoir dio orden de pegar la vuelta. No podíamos dejar de pensar en la decepción que sentiría monseñor cuando tras casi dos meses nos viera regresar así como nos fuimos, sin haber iniciado la fundación y habiendo gastado una pequeña fortuna en inútiles viáticos, así que cuando pasábamos frente a la bahía de San Sebastián se le ocurrió al padre Beauvoir desembarcar allí mismo: si no podíamos fundar nuestra misión, al menos tomaríamos posesión de la isla y desde allí nos sería más fácil y menos oneroso trasladarnos al sitio elegido. Todos acogimos la idea con entusiasmo, pero las cosas no fueron tan simples. Hicimos una cantidad de balsas y las echamos al mar, confiando en que las olas las empujarían hacia la playa, pero justo en ese momento cambió el viento y se perdieron mar adentro con toda su carga; una chata cargada con chapas de cinc se fue a pique al lado del barco, con lo que no solo se perdió la carga sino que tendríamos que indemnizar a don José por la pérdida del bote; se ahogaron dos vacas y poco faltó para que las siguiera el catequista Bergese; antes de que pudiésemos terminar la descarga se desencadenó un temporal que arrojó la nave mar adentro; pensamos que se había hundido, y estuvimos varias semanas muy abatidos, creyendo que todos se habían ahogado: el padre Bernabé, que fue el arquitecto de todas nuestras construcciones, los peones, mi querido José Fueguino. Yo lloraba y rezaba por él día y noche. Al final por los policías y mineros que iban y venían nos enteramos de que el capitán había dado la orden de poner proa a Punta Arenas, que de nada habían valido los ruegos y las amenazas del padre Bernabé y mucho menos las lágrimas del querido Fueguino; a los peones, como les pagábamos por día, les daba lo mismo. Don José nos cobró también por el viaje de vuelta, sin descontarnos un centavo. Después tuvimos una larga disputa con él por tierras; así que sospecho que toda esta farsa del Amadeo fue un ardid, que finalmente frustraría la Divina providencia, para hacer fracasar nuestro proyecto. Bueno, finalmente no, por un tiempito. No es cosa fácil, ni siquiera para la Divina providencia, llevarle la contra a don José. Por el momento parecía que él iba ganando: estábamos varados en una playa desolada y desierta, habíamos pagado una pequeña fortuna en fletes, perdido meses de tiempo y la mayor parte de los materiales, y el barco estaba en Punta Arenas como si nunca hubiera zarpado. Mejor no te cuento lo que fueron esos meses. Éramos seis: el padre Beauvoir, los catequistas Ronchi y Bergese, dos campañistas y un servidor, todos apiñados en una cabañita que más bien parecía carpa, que conseguimos armar sobre los médanos, con tablones entre los cuales se colaban día y noche el viento, la lluvia, la nieve y la incesante arena; mañanas había, en ese crudo invierno en el que el termómetro bajó a veces a veinte o veinticinco bajo cero, en que nos despertábamos bajo un manto de nieve, que había entrado a la noche por las hendiduras. No pasamos hambre, porque nos habían quedado provisiones y algunas bestias, pero a estas no teníamos nada para darles y enflaquecían a ojos vistas, así que empezamos a sacrificarlas. Nos faltaban perros para cazar guanacos, porque los que traíamos quedaron en el Amadeo, pero teníamos abundantes municiones y los pájaros no faltaban. Aislados, lo que se dice aislados, no estábamos, ya que cada tanto nos caían de visita los policías y los mineros de El Páramo —ese era un lavadero de oro que había más al norte—, todos más muertos de hambre que nosotros, así que cuando venían teníamos que darles de comer también a ellos. Lo que no había, ni en estampita, eran indios: la cercanía de El Páramo y sus concupiscentes mineros los habían ahuyentado. Fueron meses muy duros, sin duda; yo había perdido todos mis libros en las operaciones de descarga y me mataba el aburrimiento; el encierro al que nos obligaba el mal clima en un espacio tan incómodo y exiguo era fuente de constante irritación, y las discusiones por nimiedades eran permanentes. Y al mismo tiempo, pensaba yo, o al menos así lo recuerdo ahora, era lo mejor que me había pasado en la vida: yo era un misionero en tierras salvajes e inexploradas, era un ermitaño en el desierto, alimentándome de langostas y miel silvestre. ¡Ah, la juventud! No sé si a vos te tienta la idea de ser misionero entre los salvajes, en nuestro sur ya no quedan, es cierto; pero en el norte todavía hay algunos. Y está el resto del mundo: África, Asia, Australia... Claro, claro, ahora con la guerra la cosa se ha puesto complicada. Yo perdí uno de mis sobrinos en África, nunca llegué a conocerlo, pero hace poco me escribió mi hermana. Estaba desolada, la pobre. Seguro que en esta parte del cuaderno hay anotaciones todos los días... ¿No te digo? Y claro, ahí sí tenía tiempo para escribir. Pero nada sobre lo cual escribir. Salteate entonces, digamos dos o tres meses, y seguimos. ***Veintinueve de septiembre.*** *Llevamos ya tres meses sin noticias de Punta Arenas, estamos casi sin víveres y agotados. Finalmente, el padre Beauvoir le pidió prestados dos caballos al encargado de El Páramo y se irá por* *tierra. Que Dios lo guíe.* Mi ruego fue escuchado; cuando empezábamos a creer que había muerto de sed, de hambre o por los salvajes, vimos aparecer dos velas en el horizonte: eran nuestra goleta María Auxiliadora y otra que había alquilado en Punta Arenas; en esta venían él y mi querido José Fueguino, que cuando me vio se arrojó al agua y si no entraba yo a sacarlo se ahogaba. Desarmamos la cabaña y cargamos todo en las goletas, lo que ahora se dice fácil pero nos llevó casi tres semanas por las continuas borrascas, y nos fuimos para el río Grande. Quedaba todavía por ver si podríamos penetrar en el río, y comprobar la malicia o la cobardía del capitán del Amadeo, que tantos disgustos y demoras nos había causado... Sí, adelante. ***Once de noviembre. Fiesta de San Martín.*** *Esperando la marea alta. Del cabo Sunday al norte al cabo Peñas al sur, un cordón espumoso: escollos sumergidos. Una brecha de trescientos metros; hacia allí pusimos proa. Todos en cubierta, preparados. El pito del capitán anuncia la profundidad del agua: seis metros, cinco y medio, cinco, cuatro... Casi sobre los escollos oímos gritar: ¡Cuatro y medio! ¡Cinco! Con lágrimas en los ojos exclamamos "¡Viva Dios! ¡Viva María Auxiliadora!". Estábamos fuera de peligro. Lloramos de consuelo: si nuestras naves pueden entrar en este río, están aseguradas la Misión de La Candelaria y con ello la conversión de los desventurados onas.* ***Trece de noviembre. Fiesta del Patrocinio de María.*** *Primera misa en la playa de Barrancos Negros que será centro de nuestra misión. Acá sí, estamos rodeados de indios: de todas partes se levantan inmensos castillos de fuego, tal vez para espantarnos. Varias tolderías cerca, pero sus habitantes a nuestra llegada se han alejado. No importa, pronto iremos a buscarlos.* ***Diecisiete de noviembre.*** *Salimos a perlustrar el campo en busca de indios* —"perlustrar", ¿se dice así?... Quiere decir revisar, rastrear; fijate tanto tiempo y todavía se me colaba el italiano— *pero* *apenas se apercibían que nos movíamos hacia ellos se escapaban.* ***Dos de enero de mil ochocientos noventa y cuatro.*** *Llegaron muchos indios, pero acamparon a cierta distancia. Pasamos por las chozas dando galletas para poderlos contar, pero como esconden a sus hijitos, no pudimos conocer el número exacto: eran ciento, más o menos. Veinticuatro toldos...* Seguí, seguí. ***Diecisiete de marzo.*** *Setenta y tres indios, contando hombres, mujeres y niños. El padre Beauvoir quiso bautizar a los niños pero apenas recibían las galletas escapaban todos a carrera tendida a sus chozas.* No había caso, nos tenían desconfianza, no querían que nos acercáramos a los niños. Mantenían a sus mujeres alejadas de los mineros y a sus hijos de los misioneros. Y eso era un verdadero problema, porque si bien no perdíamos la esperanza de convertir a algunos adultos, sabíamos por nuestra experiencia en la misión chilena lo difícil que era; toda nuestras expectativas estaban puestas en los niños. ***Ocho de julio.*** *Escaseaba la carne y enviamos a guanaquear a Zacarías y Chamorro. Chamorro volvió con las manos vacías; Zacarías regresó a pie, tirando del cabestro a su caballo sobre el cual venían tres chinitos, desnudos y tiritando. "Son los únicos guanaquitos que he conseguido", dijo sonriendo, a lo cual el padre Beauvoir replicó exaltado "esto vale más que mil guanacos". Son los primeros onas que recogemos desde la fundación. No bien llegados los bañamos, les cortamos el pelo y los vestimos decentemente. Los bautizamos respectivamente José Esteban Delmonte, Juan José Mata y José Simón Delfrío, en atención a la situación en que fueron hallados.* Ahí está, esa fue la verdadera fundación de la misión, no cuando levantamos el edificio. Y después siguieron llegando, ¿no? Seguí leyendo, vamos. ***Veintisiete de julio.*** *Se suma otro indiecito: José Tomás Ven.* Ah, eso sí que fue gracioso: un día en que la tribu había venido cerca, al visitarla vi a algunos niños, cosa rara, porque en general los escondían, como te conté. Entré en una choza, agarré a uno de la mano y lo invité a seguirme. Y te digo que venía de buena gana, pero un viejo que nos había visto lo agarró de la otra y me lo quitó. Decidí que por el momento lo mejor era una retirada estratégica pero me di en merodear las inmediaciones de su choza, y al primer descuido de sus guardianes lo llamé con un gesto y le dije "Ven". Riendo y muy contento el angelito vino a mí y me dio la mano. Lo llevé a casa, lo hice lavar, cortar el pelo y vestir. Quedó contentísimo. Era un niño muy inteligente, y despierto, manso como un cordero; tendría unos cinco años y lo llamé José Tomás Ven en memoria de la circunstancia. ***Dos de agosto.*** *Siguen llegando los niños: José Bartolo Horno.* Vos sabés, me he olvidado de tantísimas cosas, pero no de los niños: los vas nombrando y vienen a mí, es como si los estuviera viendo, yo que no puedo ver más nada. Ese José Bartolo tendría unos cinco años y era de venir de cuando en cuando al horno a pedir pan. Traté de detenerlo una vez y salió corriendo. Entonces le dije al encargado de la panadería, el coadjutor Ferrando, que la próxima lo detuviera, le cortara el pelo y lo lavara. A poco, volvió a entrar el niño y sin ninguna resistencia se dejó asear por Ferrando. Me lo trajo, lo vestimos y así transfigurado lo mandamos con los otros más contento que unas Pascuas. Sigamos. ***Ocho de agosto.*** *Finalmente agarramos a José Casa, de catorce años.* Ah, ese José Casa era el hijo menor de la vieja Catalina, llegaron juntos. Muchas veces habíamos procurado convencerla de que viniese con nosotros y que recibiese el bautismo, pero nunca nos había dejado; y ahora venía por propia iniciativa. Había algo sospechoso en su actitud, y pronto descubrimos qué: la mandaban los padres de las tres criaturitas que había encontrado el campañista que salió a cazar guanacos. Ella era la abuela de dos de ellos y había venido para robárselos, y con ese fin daba vueltas alrededor de la misión, les hacía señas en secreto y les hablaba en su lengua. Pero nosotros nunca relajamos la vigilancia, y al fin se tuvo que ir con las manos vacías. Seguí. *La circunstancia de procurar con tanto ahínco niños y niñas merece una explicación. A primera vista parece una crueldad, y lo sería en otros casos, el tomar una criatura de los brazos de su madre. Nuestra intención es evitar que sucedan mayores crueldades. Es preferible que caigan en nuestras manos antes que en las de los cazadores y traficantes de indios.* Y además, te aclaro que nunca separábamos a las familias cuando se refugiaban en la misión todos juntos: a ellas estaban destinadas las casitas individuales. Qué más hubiéramos querido, que todos los niños vivieran con su padre y su madre. Pero a veces estos se oponían de modo recalcitrante. Entonces no teníamos más remedio, ¿no? ¿Qué te parece?... Sí, claro. Disculpame que te pregunte, pero como no puedo verte la cara, y vos sos tan callado, nunca sé qué pensás: si estás admirado o espantado, si estás muerto de aburrimiento o interesado... Me alegro, me alegro. Entonces sigamos. ***Diez de agosto.*** *Primera visita de monseñor. Llega vapor Torino. Elige lugar definitivo de la misión, más cerca de la desembocadura, para que no encallen los barcos. Trazó una plaza de cien metros por cien, y en el medio marcó dónde iban la bandera y la cruz. Alrededor de la plaza dibujó con sus botas calles de veinte metros de ancho. En la manzana oeste señaló la ubicación de la futura capilla para mil personas; después en las otras manzanas los talleres, el hospital, y las casas de los indios. Para empezar tenemos que construir al menos cien, pero lo más probable es que no alcancen, nos decía, así que hay que dejar ya calculado el espacio para las que seguirán.* Hubieras visto la felicidad que irradiaba el rostro de ese hombre. En momentos así uno hubiera hecho cualquier cosa por él. Y no solo por las grandes cosas.

Mirá, te doy un ejemplo. En este viaje, lo vemos llegar con un hermoso par de zapatos nuevos, tanto que hasta te confieso que un poco me molestó, cuando los comparé con los míos; y al otro día lo vemos en la nieve, en unas zapatillas viejas. Cuando le pregunté por los zapatos me contestó que se los había regalado a un indiecito que se había acercado a confesarse con el calzado todo roto; no podía, nos dijo, dejarlo recibir la Santa Comunión en aquel estado. ¿Y a que no te imaginás quién resultó ser el indiecito? ¡Nada menos que mi José Fueguino! Muy orondo lo descubrí esa misma tarde, calzando los zapatos de monseñor, que le quedaban como tres números más grandes; le ofrecimos cambiárselos por otros pero él por nada del mundo se los quería sacar: los rellenó de pasto seco, como hacían con los mocasines de ellos; ya me van a crecer los pies, nos decía. Pero cuando lo enterramos todavía le bailaban. Seguí. ***Cuatro de octubre.*** *El día de la Fiesta de San Francisco de Asís comenzamos los trabajos en el sitio elegido por monseñor. Unos diez indios dirigidos por nuestro hermano Ferrando cavan la tierra para allanar* —avanzá, avanzá. ***Veintiocho de diciembre.*** *Abandonamos la casa del río. Desde el amanecer hasta la puesta del sol* —y ojo que en verano eso quería decir las cuatro de la mañana hasta los once de la noche, eh— *los indios trabajan —los que aprenden a cavar y levantar cercas con Ferrando, los aprendices de albañil con el padre Bernabé, los de carpintero con Bergese; los demás ayudan a Pablo Ronchi a preparar la sopa y el puchero para toda esta familia que va creciendo día a día. Estos pobres salvajes que pocos años ha infundían tanto temor y espanto son ahora dóciles y obedientes. Solamente, y esto lo anhelan, tienen necesidad de quien los sustraiga con mano amiga de las oscuras tinieblas de la ignorancia y del bárbaro salvajismo en que yacen, y los lleven paulatinamente a disfrutar del sol de la fe. El que ha visto hace apenas cinco* *años a estos pobres hijos de la naturaleza y ahora volviera para verlos de nuevo seguramente no los reconocería, tanto han cambiado. En aquella época erraban casi desnudos o cubiertos con algunos harapos por esta agreste soledad, sufriendo necesidades y penurias indecibles, sin saber nada de la Santa Fe, pero ahora andan bien vestidos, casi elegantes, y también se conducen ordenadamente.* La letra es la misma, ¿no? ¿No será la del padre Beauvoir?... Era un chiste. Es rara, la memoria. Ahora no sería capaz de recordar esas palabras, o más bien a la persona que fue capaz de escribirlas, pero ahí están, ¿no? Yo era el que escribió eso. Hace cincuenta años. Aunque ahora te resulte difícil de creer, algún día vas a descubrir que el pasado de un viejo puede estar tan lleno de sorpresas como el futuro de un joven. ***Dos de abril de mil ochocientos noventa y cinco.*** *Atraca el Torino con las tan esperadas Hermanas: ahora sí tenemos quien se ocupe de las niñas como corresponde. Había marea baja y el vapor se encontró completamente en seco, sobre la arena, así que fue un desembarco fácil. Indios maravillados. Kaste ciaci.* Ah, así les empezaron a decir a las Hermanas, apenas las vieron, kaste ciaci, quiere decir pingüinas. Las seguían por toda la misión y se maravillaban de verlas cantar y coser y lavar; incluso venían de las tolderías vecinas. Les exigimos, eso sí, que antes de acercarse cubrieran sus vergüenzas con un par de pantalones y se pusieran una camisa o un saco, imaginate si no, el susto de las Hermanas. Kaste ciaci. Me había olvidado completamente. ***Catorce de mayo.*** *Llega a la misión un grupo de indias. Primera victoria de las Hermanas: logran que la mujer de Capitán se ponga un delantal, se lave la cara y se deje cortar el cabello. Es la primera que se somete a esta ceremonia, las otras se ponen a gritar con solo ver las tijeras.* Qué Capitán sería ese, me pregunto. *Entre las mujeres está Rosa de París, desgreñada y desnuda como si nunca hubiera pasado por la*

Ciudad de la Luz, y muy enflaquecida. Gran contento de José Fueguino y José María Arco. ***Veinticuatro de mayo.*** *Cerca de San Sebastián se arenó una ballena y los indios de la misión fueron por ella, pese a nuestras advertencias. Dos cazadores de la Explotadora los capturaron y los arrearon a bahía Inútil. Aprovechando algún descuido los indios los matan y huyen liderados por Capitán.* Ese debe ser el que aparece antes, no me acuerdo cuál sería. ***Veinticinco de mayo.*** *Viene a la misión el jefe de policía con el sargento y seis vigilantes a prenderlos. El padre Beauvoir defiende a los indios y justifica que lo hicieron en defensa propia...* ¿Eh?... Disculpá, me ensimismé. ¿Así se dice?... Es muy buena, esa palabra. Hizo más que justificarlos: cuando el señor jefe de policía le pidió que se los entregara, el padre Beauvoir se negó, le dijo que los buscaran con sus hombres si quería. Todo para ganar tiempo, mientras los indios se rajaban. Uno se acuerda de las personas, pero solo de una parte. Es verdad que el padre Beauvoir carecía totalmente de imaginación y por lo tanto de duda, y nunca se cuestionó nada. Su lógica era infalible: si todo salía bien era señal de aprobación de la Divina Providencia, si todo mal era que el diablo procuraba sabotearnos, y esto, claro, también probaba la bondad de nuestra obra. Pero esta misma ausencia de duda lo convertía en un soldado formidable. Con los indios podía ser implacable y hasta injusto: eran unos ingratos que no sabían apreciar todos los sacrificios que habíamos hecho para venir a salvarlos, eran razas degeneradas y embrutecidas que se mataban entre ellos por vivir en la ignorancia de Dios y de sí mismos. Pero guay del que quisiera tocárselos. ***Tres de junio.*** *Se nos acercan unas treinta carpas: ciento cincuenta indígenas, algunos tan amarillos y flacos que apenas pueden tenerse en pie, y otros con una tos que da pena. Muchos con fiebre, especialmente José Abuelo, al que nunca pudimos bautizar. Aprovecho la ocasión* *para ofrecerles las casitas, en las que hasta entonces nadie había querido habitar. Yo mismo ayudado por otros llevé al pobre Abuelo a la que estaba más cerca. Le hice la cama con un poco de paja, lo acosté y lo cubrí con una manta. Su hijo, el capitán Pablo, so pretexto de cuidarlo, aceptó quedarse en otra de las casas, y lo mismo hicieron otros muchos. Y así, providencialmente, con unos enfermos, comienza nuestra población estable.* ***Siete de junio.*** *Murió José Abuelo. Nuestro primer entierro cristiano.* No fue tan fácil como suena; llegamos a administrarle los últimos sacramentos, es cierto, y a la noche pusimos de guardia a uno de los hermanos porque sospechábamos que lo querían robar para enterrarlo en algún lugar apartado del bosque, como era su costumbre. El coadjutor Bergese se pasó toda la noche haciendo el ataúd y al otro día le cantamos las exequias en presencia de sus hijos y lo hicimos llevar al sepulcro que ya teníamos preparado. Y así José Abuelo se convirtió en el primero de nuestros indios en recibir cristiana sepultura. Lamentablemente, y eso no lo habíamos calculado, la sepultura no es entre los onas ocasión de arraigo, como sucede entre cristianos, sino todo lo contrario: acostumbran abandonar prontamente el lugar donde uno de ellos haya muerto. Así que tan velozmente como había llegado se esfumó nuestro primer núcleo de pobladores, y fue con cierto esfuerzo que impedimos que también se hiciera humo la casita, pues tienen por costumbre quemar la choza del muerto; por esta vez se contentaron con quemar sus pertenencias. ***Veintiuno de julio.*** *Don José gana la partida: se va el padre Beauvoir. Lo reemplaza el padre Griffa.* Pobre padre Beauvoir, había decidido hacerle frente a don José, que no contento con las casi trescientas mil hectáreas que tenía a ambos lados del río Grande quería también las nuestras, que no pasaban de diez mil. Bueno, hay que ponerse en su lugar, ¿no? Éramos como una cuña metida en sus tierras, desde el aire debía vérsenos como una mácula estropeando la pureza de sus campos. Es verdad que no existían los aviones por aquel entonces, pero no dudo que don José fuera capaz de proyectar su vista al cielo, y fruncir el ceño desde allí. El padre Beauvoir se puso agresivo con él y sus administradores, luego con las autoridades locales, luego con las nacionales, y a final a monseñor no le quedó más remedio que sacarlo, a pesar de que le constaba que tenía razón. Qué más… ¿Ah, sí? Entonces ese debe ser el que se quemó en el incendio. ¿Y en qué cuaderno sigue?… ¿No te digo? Ese es el que empecé justo después. Hagamos una cosa: dejemos acá, y si no es problema seguimos mañana… Bueno, pasado entonces, no hay apuro, no tengo que irme a ningún lado, salvo a uno que no está en mis manos decidir cuándo… Quedamos para esa hora, si te parece.

* * *

Diecinueve de diciembre de mil ochocientos noventa y seis. *El día doce como a la una de la tarde se prendió fuego la casa de las Hermanas y en una hora ese edificio, la iglesia, nuestra casa y el asilo de los indios quedaron reducidos a cenizas y escombros. Fue indescriptible el pánico que se apoderó de todos nosotros y especialmente de los indios, que al presenciar el siniestro lloraban y gritaban como desesperados sin atinar a combatir el incendio, que rugía como cien mil fraguas avivado por el viento huracanado; aun así pudimos salvar una buena parte de las provisiones, las herramientas, los vestidos y yo algunos de mis diarios. Ahora nos encontramos de nuevo en pleno desierto, sin techo ni medios de subsistencia, rodeados de una muchedumbre de indios hambrientos que nos piden pan y abrigo. Con las planchas de cinc y las vigas que el fuego no ha consumido por completo hemos comenzado a construir dos cabañas: una para las Hermanas e in-*

dias y otra para los indios y nosotros. Pero si la Providencia no viene pronto en nuestro auxilio moriremos todos de hambre y de frío el próximo invierno. La Providencia vino, en efecto, del lado menos esperado, como siempre opera. Por aquellas fechas don José estaba construyendo una nueva estancia al norte del río, y unos días después del incendio llegó ese vaporcito que se había comido todos nuestros ahorros, el Amadeo, y pudimos dar aviso a Punta Arenas. ***Veintidós de diciembre.*** *Llegan decenas de indios, justo ahora que no tenemos donde alojarlos ni cómo alimentarlos, pero el padre Griffa ve en esto una señal de los cielos. Acaso teníamos, nos dijo, demasiadas comodidades, y el Señor nos quería más pobres. En el grandioso edificio que habitábamos nos faltaban los niños y las niñas, y los indios eran muy pocos. Ahora que vivimos en un pobre galpón con nuestros compañeros de pobreza, el Señor nos bendice y nos consuela enviándonos muchos indios, que después del incendio se han vuelto más buenos: nos entregan a nosotros los niños y a las Hermanas las niñas, como si quisieran mitigar con esto nuestra pena. Aun así, esta va a ser una Navidad más bien triste.* ***Ocho de enero de mil ochocientos noventa y siete.*** *Óptimo día, y pasó bien la fiesta. Hubo explicación del Evangelio y lo demás como de costumbre.* Salteamos, salteamos. ***Primero de julio.*** *Hoy recibimos la visita de monseñor, a los seis meses de la desgracia en la que se nos incendió la casa. Fuimos a la playa a recibirlo con los niños de la banda, que comenzó a tocar apenas avistamos el barco y siguió hasta que monseñor hubo desembarcado. Al principio se mostró triste, muy triste, y al ver a los pequeños tiritando de frío nos reprendió por haberlos llevado con esa temperatura. Llegados a la casa, casi no sabía qué decir, fue a la mísera capilla a saludar al Rey de los Reyes en aquella pobre gruta y se retiró después a su propio tugurio. Daba compasión lo miserable que era la capilla: llovía por todas partes, sobre el altar, sobre la balaustrada. Después de la misa desayunamos todos juntos.* ***Nueve de***

julio. *Ayer partió monseñor después de haber elegido el emplazamiento de la nueva misión: unos diez kilómetros hacia el norte, al sur del cabo Sunday, frente al mar y recostada sobre una barranca que repara del viento oeste.* Era en verdad un lugar delicioso, tenés que visitarlo algún día, allí funciona ahora una de nuestras escuelas, como quizás sepas. Levantamos la capilla en el centro, la casa de los Hermanos en el ángulo norte del predio cercado y la de las Hermanas en el sur, con la casa de los niños huérfanos y la de las niñas entre la capilla y estas, todo en el clásico estilo fueguino, con madera de nuestro aserradero en Dawson, revestida de chapa acanalada, blanco en las paredes y rojo ladrillo para los techos, y ese verde que le dicen inglés para las ventanas. Hacia atrás, alineadas sobre el rectángulo del cerco, fuimos levantando las demás edificaciones, todo bastante separado en precaución de nuevos incendios. Y plantamos árboles, porque no había ninguno, pinos sobre todo. Tardaron en agarrar, pero hoy deberías verlos. Bueno, yo la última vez que los vi fue hace veinte años, pero quiero creer que han seguido creciendo. Mi habitación estaba en el piso de arriba, y desde la ventana se veía el mar. No que tuviera mucho tiempo para quedarme mirándolo, con todo el trabajo que había, pero era lo primero que veía por la mañana al levantarme y de noche al acostarme, por lo menos en verano. Así era La Candelaria. Teníamos la sensación de que este era nuestro definitivo lugar de descanso. Hacia fin de año, calculo, nos mudamos… Ahí tenés, el nueve de noviembre. Y a poco de instalados empezaron a morirse los indios. ***Dos de mayo de mil ochocientos noventa y ocho.*** *Una peste nos arrebató en diez días a quince niños, tres niñas y diez adultos. Entre estos, me duele decir, estaba José María Arco, que el padre Beauvoir me había encomendado a su partida. Pude acompañarlo en sus últimos momentos y me consuela saber que tuvo la más cristiana de las muertes. No estaba extraordinariamente dotado, y* *aunque había avanzado bastante en el manejo de la lengua castellana, que hablaba con alguna mezcla del francés que debe haber aprendido en sus viajes, nunca pudimos enseñarle a leer ni a escribir: le parecía un castigo que le pusiéramos en las manos una cartilla o un cuaderno. Mientras todavía tenía conciencia lo insté a que rezáramos juntos, y como siempre estaba ávido de agradar verdaderamente hizo un esfuerzo, pero viendo que le causaba más pesar que consuelo lo dejé tranquilo y recé por él en silencio.* **Treinta de julio.** *La muerte sigue haciendo estragos entre los más pequeños, y creo que no nos dejará ya más mientras quede uno solo. Al presente tenemos dieciséis niñas y veintiún niños, siete de ellos enfermos y los demás con buena salud por ahora. Pero mucho me temo que de un año a esta parte nos quedemos sin ninguno. ¡Paciencia! En general la misión se va despoblando: en parte se mueren, en parte se vuelven al monte, huyendo de la peste. Si seguimos así de aquí a poco deberemos poner la llave bajo la puerta e irnos a otro sitio. Nos consuela grandemente ver la santa muerte de todos.* **Ocho de agosto.** *Muere un niño y enseguida se enferma otro; no se sabe cómo atacar esta epidemia, por una cosa de nada se enferman y ya no hay remedio ninguno para ellos; algunos mejoran momentáneamente, pero recaen y ya no se levantan más; otros se hinchan hasta causar espanto, algunos parece que enloquezcan, algo así como una meningitis. Hasta tal punto llegó el flagelo que hemos tenido que suspender la instrucción escolar para limitarnos a la religiosa, y tanto aprovechan que, debo decir, se han hecho maestros en el arte de morir cristianamente.* El padre Borgatello escribió un librito titulado *Florecillas silvestres*, en los que narraba las muertes santas de los niños onas y alacalufes para edificación de los niños europeos. En sus páginas, todos los indiecitos morían con un crucifijo en las manos, entre visiones de ángeles y querubines, ardiendo por echarse en los brazos de la Virgen que los llamaba dulcemente. Debe haber sido un hombre muy santo, el padre Borgatello, o habrá tenido mucha suerte, no sé; a mí se me morían entre toses y vómitos de sangre o como mucho en silencio, sin comunicarme sus visiones celestiales. Estoy siendo injusto. No era ningún estúpido, el padre Borgatello, ni mucho menos un cínico. Lo que sucedía era que estábamos desesperados. Los niños se nos escurrían como agua entre los dedos, y cada uno lidiaba con ello como podía: monseñor Fagnano pidiendo más y más tierras, persiguiendo siempre aquel inalcanzable vergel donde sus queridos onas pudieran retozar a sus anchas por los siglos de los siglos; el padre Beauvoir empeñándose en salvar una lengua que se había inventado en su cabeza; yo corriendo como un loco de acá para allá persiguiendo a los pocos indios sueltos que quedaban, matándome por llegar a bautizarlos antes de que se los tragara la tierra, al punto que disparaban cuando me veían venir con el agua bendita, gritando una palabra que no quiero acordarme, porque se les había metido en la cabeza que era eso lo que los mataba: indio bautizado era indio muerto. Allá en Italia nos habían preparado para morir a manos de los indios, pero no para verlos morir a las nuestras. Lo más difícil era aguantarles la mirada a los niños, con su rara mezcla de acusación y súplica. Ellos sabían que se morían porque los habíamos separado de sus familias, y metido ahí; pero ahora que se estaban muriendo éramos lo único que les quedaba, y se desvivían por complacernos. Día y noche los veías escrutando nuestros rostros, esforzándose por descubrir qué era exactamente lo que querían de ellos estas extrañas criaturas caídas del cielo: el desgaste que esta tensión constante les producía debe haber contribuido no poco a ponerlos enfermos. No eran inventadas, las muertes del padre Borgatello, al menos no completamente; sucedía que los indiecitos estaban tan ávidos de agradar, y se sentían tan mal de defraudarnos con su empecinamiento en morirse, que decían cualquier cosa con tal de tenernos contentos, y nos alimentaban diariamente con sus visiones de Jesús, los ángeles y la Virgen, como si fuera papilla. Sigamos. Prefiero terminar cuanto antes con esta parte. ***Veintidós de agosto.*** *Pasé al lado sur a visitar al administrador de la hacienda de Menéndez, al cual con motivo del festejo navideño que nos agarra mal preparados pude pedir prestadas diez bolsas de harina, una bolsa de sal gruesa, una bolsa de galleta, setenta libras de arroz, dos tarritos de pintura y cien tablas de media pulgada...* ¿No dice nada más?... No me extraña. Ni siquiera pongo el nombre del sujeto, ¿no? Pero me lo acuerdo perfectamente, McInch se llamaba, y le decían Chancho Colorado: era un escocés de cara ancha y bermeja, de pelo colorado también, y unos ojos de azul desvaído, casi glaucos, como de ahogado; y así todo si fijabas la vista en ellos durante mucho tiempo terminabas descubriendo, ardiendo en su fondo más recóndito, una llama como de gas, azulina y malvada. Y es que ese hombre era un verdadero diablo. ¿Les siguen hablando a ustedes del diablo? Porque me parece que ya ha pasado un poco de moda, ¿no es cierto? Cuando yo era chico, cómo nos asustaba el cura del pueblo con el diablo, y después cuando estaba oscuro lo veías en todas partes, agazapado entre las peñas, detrás de los árboles del bosque, listo para agarrarte del tobillo y arrastrarte. Don Bosco, también, estaba convencido de que los indios, debido a su ignorancia, eran presa fácil del diablo. Pero él nunca los vio de cerca, no convivió con ellos durante años, no desayunó, almorzó y cenó guanaco asado, desgarrando los pedazos con las manos y los dientes, nunca se volvió insensible a su hedor por haber comenzado a heder como ellos. Si hubo alguna vez pueblo en la tierra que vivió lejos del diablo, eran esos fueguinos. Don Bosco tenía razón, había que mantenerlos alejados del diablo, pero el diablo éramos nosotros. No te asustes, no digo nosotros los religiosos, sino los blancos en general. A veces pienso que la única manera de ayudarlos hubiera sido cercar la Tierra del Fuego, para que ninguno de nosotros pudiera entrar y ellos pudieran seguir como hasta entonces, por los siglos de los siglos. Con el tiempo, monseñor llegó a una conclusión parecida; más bien tuvo un sueño, a la manera de Don Bosco: en su sueño descubrió una región inexplorada, entre un brazo de mar del lado chileno, que se llama Seno del Almirantazgo, y la cabecera occidental del lago Fagnano: una sucesión de verdes praderas y valles que ni siquiera los onas habían descubierto en sus incesantes correrías: Dios le había dado la misión de conducirlos hasta ellas como Moisés, para que pudieran volver a su vida de antes, resguardados por las abruptas montañas del blanco y sus fusiles, y de sus todavía más letales gérmenes. Él estaba dispuesto a vaciar la misión, y trasladar a todos los onas que quedaban a esos verdes campos, junto con las vacas y ovejas que también vagarían libremente y ayudarían a alimentarlos. Envió una expedición, al mando del padre Carnino, en aquel entonces director de la misión chilena, y anduvieron perdidos como un mes y medio, yendo y viniendo entre bosques y ciénagas, buscando las verdes praderas que monseñor había visto en sueños. Desde lo alto de algún cerro, finalmente, llamémoslo monte Pisga, accedieron a una perspectiva más amplia de las tierras que monseñor les había mandado explorar. No había pasturas, no había arroyos de agua cristalina, no había fértiles valles, no había más que turbales y pantanos y bosques impenetrables, y alrededor cadena tras cadena de montañas que acunaban en su seno extensos campos de glaciares y nieve. Es irónico, y a la vez justo, que las verdes praderas de sus sueños se transmutaran en esos turbales que van del amarillo pus al naranja oxidado, esas llagas que supuran permanentemente un agua maligna y parda. Porque ese es el destino de todos nuestros sueños acá en la tierra, ¿no? Al menos para la mayoría de nosotros. Pero monseñor era un hombre excepcional, y merecía algo mejor que ese escarnio. Estábamos hablando de otra cosa, ¿verdad?... Sí, claro. De mister McInch. Debo decir que me recibió muy bien, en su propia casa, con bonhomía, esa es una palabra que ya no se usa, ¿verdad? ¿Vos la escuchaste alguna vez?... ¿Cómo se diría, ahora? ¿Bonachón? Pero no es lo mismo. Era cordial, hasta campechano, y me invitó a sentarme en un sillón junto al fuego, con nuestros vasos de whisky. Bebía, no, la palabra es débil, ¿cómo dicen ustedes?... ¡Eso! Chupaba que metía miedo, una vez desafió al capitán de un barco que había naufragado qué sé yo dónde, hay más chatarra que arena en esas playas, y al final el capitán terminó debajo de la mesa, yo no lo vi pero me lo contó mister Bridges, que le encantaba la anécdota; a mí no me hizo ningún desafío pero me llenaba el vaso siempre dos o tres dedos por encima de donde yo ponía el mío: sabía que me repugnaba, que solo nuestra extrema necesidad me había obligado a tragarme el orgullo y venir a pedirle limosna a ese asesino de indios, que había predispuesto a su patrón en nuestra contra, convenciéndolo de la ineficacia de nuestro sistema: desde su llegada nunca más nos habían remitido un indio, y no había que ser adivino para saber qué sucedía con los que agarraban. Y era con este personaje con quien debía mostrarme amigable y sumiso, mordiéndome la lengua y escuchando todo lo que tuviera que decirme. No recuerdo cuáles fueron exactamente sus palabras, claro, han pasado casi cincuenta años; pero recuerdo perfectamente al hombre, la expresión del hombre, la insolencia de su mal español, del que hacía ostentación, como la mayoría de los ingleses cuando nos hablan. Mirá que gracioso, digo "nosotros" y me enojo con los ingleses, como si hubiera nacido y vivido toda la vida acá. Es que a esta altura me siento más argentino que italiano. "Vea, padre, yo sé que en un principio don José apoyó la empresa de monseñor, sobre todo del lado chileno: allá los indios no pueden salir de la isla y se mueren a ritmo sostenido; pero los de ustedes van y vienen, mejor dicho vienen, a cortarnos los alambrados y robarnos las ovejas, y después van, a refugiarse en la misión, y la verdad es que para nosotros se han vuelto un quebradero de cabeza" —no dijo quebradero de cabeza, usó una expresión más vulgar, muy argentina— "desde el incendio, sobre todo. Así que yo con todo gusto le puedo facilitar algunas provisiones, pero por favor cocíneles rico, para que no se me tienten de cruzarse para este lado de los alambrados, porque todos sabemos cuáles son las reglas de este lado. Veo en su rostro que no le gusta lo que escucha, salvo que no le guste mi whisky. Pero el whisky es escocés del bueno. No soy un desalmado ni un cínico. Yo, a mi manera, también soy hombre de fe. ¿Sabe cuál es mi fe?", me dijo, y se desabrochó los botones superiores de la camisa, y empezó a tironear de una cadenita. Pensé que iba a mostrarme un crucifijo, pero lo que sacó fue una punta de flecha, de vidrio. "Me la sacaron de entre los omóplatos, con un cuchillo. De noche, cuando me acuesto, todavía me duele. La flecha me la disparó Taäpelht, uno de los más bravos guerreros onas, el que acabó con mi compadre Dancing Dan y también le metió un flechazo al jefe de policía. Un poco más y acababa con todos nosotros él solo. No quiero decir que no sea un combate desigual, nosotros peleamos a caballo, armados de winchesters, y ellos van a pie y tiran con arco y flecha. Pero al menos les damos la oportunidad de morir peleando. Matándolos realizamos una labor humanitaria, aunque no todos tengan el coraje de decirlo y mucho menos de hacerlo. Yo puse una vez el rifle en manos de don José y él me lo devolvió sin una palabra y se volvió al galope para el puesto. No, al galope no, más bien al trotecito. Nunca fueron muy baqueanos, los Menéndez. Y de los Braun ni hablemos. Para ellos, el campo es como un almacén grande, con mucho pasto y sin techo. Meses después en Punta Arenas me dejé enredar en una pelea de bar y cuando salí a la calle me agarraron entre varios, no sé cuántos eran, y aunque tumbé a más de uno me mandaron al hospital. Fue su manera de decirme que me había pasado de vivo. Pero seguí en mi puesto, y se aprobaron mis métodos. Estos indios nunca van a poder convivir con los blancos, y mucho menos con las ovejas; y cuanto antes acabemos con ellos mejor para todos. ¿Le parece cruel lo que digo? A mí me parece mucho más cruel tenerlos cautivos, aunque sea con el pretexto de civilizarlos y salvar sus almas, vestirlos con ropas que los degradan y humillan, convertirlos en payasos y en linyeras. Yo nunca odié a los indios, padre, a pesar de este flechazo que no me deja dormir, a pesar de que cuando quise ponerme por mi cuenta en el Estrecho me mataron todas las ovejas. Si ahora trabajo para don José, es culpa de ellos. Está bien. Un poco los odio. Pero ustedes con su amor ya mataron más indios que nosotros con nuestro odio. Yo sé que usted se considera diferente de mí, tal vez hasta opuesto. Pero en el fondo servimos al mismo señor. No me ponga esa cara, padre, que no le hablo del diablo sino de don José. Él lo que más quiere en la vida es ver a sus ovejitas pastando en paz en campos bien limpitos, y los dos lo ayudamos a cumplir su sueño. El método de ustedes es más caro que el mío, y a mi entender menos eficiente, pero don José, a pesar de que muchos lo acusan de tacaño, es generoso con su conciencia y no duda en tirarle cada tanto unos pesitos para tenerla tranquila. Además, a monseñor le ha tomado cariño y hasta lo admira: "ese curita italiano monta mejor que mis gauchos", le escuché decir alguna vez, así que haría lo que sea por tenerlo contento, y eso a pesar de las cosas que monseñor escribió sobre él en los diarios. Cuando todo se les hizo humo podría haber aprovechado para reclamar sus tierras, en Buenos Aires ya tenían listos todos los papeles, pero viendo cuánto empeño ponían en levantar de nuevo su iglesia y todo el resto le dio pena, y como usted bien sabe hasta les dio una manito con lo de los fletes. A fin de cuentas es solo cuestión de tiempo. Hasta que se les acaben los indios, digo". Hablaba, y me servía más whisky, sabiendo que por el bienestar de nuestros pobres indios yo estaba obligado a tolerar sus dichos. Yo estaba cada vez más ofuscado; el whisky puro, al que no estaba acostumbrado, y el esfuerzo de contener mi cólera me obnubilaban el pensamiento; él en cambio se volvía cada vez más afilado y nítido, como si se le fuera trasvasando su misma cualidad ambarina y traslúcida. "Yo que ustedes, padre, tomaría lo que ha sucedido como un mensaje de la Providencia, liaría mis petates y me volvería a Punta Arenas. Al ritmo que se mueren los indios, con una misión alcanza. En eso, al menos, el sistema de monseñor resultó ser casi tan expeditivo como el nuestro. Pero es incalculablemente más caro. No sé si han sacado las cuentas, ¿pero a cuánto más o menos nos está saliendo el indio muerto? Mucho más que una libra, sin duda. Digo "nos" porque una buena parte del dinero está saliendo de nuestras arcas, como bien sabe". Te preguntarás cómo pude sufrir que me dijera esas cosas, sin responderle, sin levantarme e irme. En parte, ya te dije, se debió a las necesidades de nuestros indios; en parte al alcohol que me entorpecía los movimientos y me embotaba la mente. Pero creo que la razón principal fue que estaba fascinado, como un pobre pajarito hipnotizado por una serpiente. Porque a veces el diablo puede decir la verdad, si es para perdernos. Pero no vamos a hablar de eso, en el aniversario, así que seguí leyendo. ***Dos de septiembre.*** *Hoy nos llegaron diez indiecitos, seis varones y cuatro niñas, lo cual fue una fuente de general regocijo, pues ya no nos quedaban sino cinco. Fue como si de pronto se abriesen las nubes y un rayo de luz descendiese desde el cielo: todos a un tiempo empezamos a correr de aquí para allá, a bañarlos, cortarles el pelo y vestirlos con ropas de las que ¡ay! no nos faltan, chocándonos en los corredores y riéndonos por cualquier motivo.* ***Veintiuno***

de septiembre. *El padre director administró la extrema unción a una de las niñas del Colegio de las Hermanas. El koliot kwáke vuelve por sus fueros. Cae nieve hasta las siete de la tarde.* Ahí está, esa era. Kwáke. La palabra maldita. Yo sabía que tarde o temprano iba a aparecer. Qué cosa rara, la cabeza de uno. Las veces que la habré escuchado entonces, a veces parecía que no escuchaba otra cosa. Y después no voy y me la olvido. Hubiera preferido que no me la recordaras nunca... No, no me tomes al pie de la letra, no lo digo por vos, fui yo el que me la recordó a mí mismo. El yo que yo era... Sí, perdoname. Kwáke, así le decían al daño que causaba el hechicero, para matar a alguien. Y koliot éramos nosotros. Los europeos. Koliot kwáke. Esa era nuestra magia. Magia muy poderosa sin duda. ***Veinticinco de septiembre.*** *Frío, nieve que dura dos horas. Nace niña Catalina, hija de Tobías y Zenobia Lago.* ***Dos de octubre.*** *Murió niñita Rosalía.* ***Doce de octubre.*** *Por la tarde pinto la iglesia. Sepultamos al niño José, de cuatro años.* ***Dos de noviembre.*** *Hermoso día de primavera, casi como los de mayo en Italia. Se dio sepultura a una niñita de Tobías.* Seguí, vamos, que ya no quedan muchos. Y no te duermas con el mate. ***Seis de noviembre.*** *De los diez niños llegados hace dos meses solo quedan cinco, dos niños y tres niñas. Nos miran con sus expresiones confiadas, con sus grandes ojos inquisidores, como preguntándonos cuánto tiempo les queda. Saben que están aquí para morir, pero parecen aceptarlo con resignación: al menos ninguno expresa el deseo de irse. Soy yo el que no se resigna.* ***Veintidós de noviembre.*** *Trabajo todo el día preparando la carne del chancho...* Te pedí que no perdiéramos el tiempo con pavadas, leeme las partes que digan algo. ***Treinta de noviembre.*** *Sepultura de Josecito, hijo de Tobías. El último.* ***Veintidós de diciembre.*** *Los hombres se van al sur, a Harberton, a trabajar en la esquila. Mister Bridges mandó uno a invitarlos. Como si nos sobraran.* ***Diez de enero de mil ochocientos noventa y nueve.*** *Sacra-*

mento de la extrema unción a Zenobia Lago. ***Once de enero.*** *Fallece Zenobia Lago.* ***Veinticinco de enero.*** *Enterramos a Clarita Andariego.* ***Dos de febrero.*** *Llevamos el Santo Viático a las niñas Benjamina Roncal y Teresita Horno.* ***Tres de febrero.*** *Sacramento de la extrema unción a Benjamina Roncal.* ***Once de febrero.*** *Muere Benjamina Roncal de once años.* ***Cinco de marzo.*** *Fallece Teresita Horno.* Nos ardían las palmas de tanto manejar la pala. Te digo, no es trabajo descansado enterrar a tantos. Aunque sean chiquitos. ***Ocho de abril.*** No hace falta que me digas qué pasó, lo recuerdo perfectamente. Fue el día en que murió José Fueguino. Fue algo bastante curioso, además de triste, claro. Unos días antes había pasado por la carpintería y vio al coadjutor Bergese haciendo dos ataúdes para dos indios que habían muerto, y le dijo "hágame uno también para mí". El hermano no se dio por enterado, y José insistió, diciendo que al otro día él estaría también muerto. "Solo Dios sabe cuándo vas a morir", lo corrigió el hermano, pero tanto porfiaba el bueno de José que al final para sacárselo de encima le tomó las medidas junto a unos tablones; por la tarde volvió para ver si estaba listo y el hermano le mostró uno de los que había hecho; quiso meterse adentro para ver si estaría cómodo y por suerte era más o menos de su medida. "Muy bien", dijo sonriendo desde adentro, "está muy bien". No se murió al otro día: le llevó una semana. Lo enterramos en ese ataúd, claro; apenas cayó enfermo Bergese lo separó para él e hizo otro para el muerto. No daba abasto, el pobre Bergese. Con los hermanos lo llevamos al cementerio que está frente al mar y que ya nos estaba quedando chico; en el novecientos, que fue el peor año, tuvimos que empezar a cavar extramuros. Después pedí que me dejaran solo, para caminar un poco. Me acuerdo de las florcitas entre los coirones, que son unos pastos duros como crin de potro que es lo que comen las ovejas en invierno, había unas que eran de capullo rojo, y blancas cuando se abrían, nunca pude averiguar el nombre, temblando en el viento helado, y otras como margaritas —no, las flores no tiemblan, las sacude el viento. Florecillas silvestres. Llegué a la playa y me senté: estaba bajando la marea, lo que allá quiere decir kilómetros y kilómetros de tosca, de piletones, de arena ondulada surcada de canalitos por los que el agua se escurre a una velocidad asombrosa, hacia un horizonte que no sabés si es de agua o de tierra. Soplaba furioso y ensordecedor el ventarrón del oeste, como siempre, barriendo los campos de don José antes de caer sobre los nuestros; a los edificios de la misión como los habíamos levantado pegados al barranco el viento un poco los pasaba por encima; pero al cementerio que está frente al mar le caía con toda su fuerza, así que no me pude quedar mucho. Yo hubiera querido que creciera sano y fuerte, y se hiciera seminarista. Ese era otro de los sueños de Don Bosco: "que los indios conviertan a los indios". Lo más cerca que estuvimos fue con Ceferino Namuncurá, aunque él era mapuche, que son más aguantadores. Los nuestros se morían demasiado rápido. Igual, si alguno llegaba a sacerdote se hubiera quedado sin feligreses. Así que tal vez fue mejor así. La Providencia divina, diría el padre Beauvoir. Está bien, Agustín, hasta acá llegamos por hoy, te agradezco una vez más por tu atención y tu paciencia… Dejá las cosas, mañana acomoda todo Francisca. ¿Cuándo te espero de nuevo? Me estoy acostumbrando a estas tardes juntos, las voy a extrañar cuando se terminen.

* * *

Treinta de mayo de mil novecientos siete. *En compañía de mi fiel Dalmasso visito por primera vez el establecimiento de los señores Bridges en Río Fuego, donde se han congregado la mayoría de los onas que quedan. La primera impresión fue pe-*

nosa en extremo: en lugar del ordenado cuadrángulo de nuestra misión, un desparramo de chozas tan precarias como las originales, pero con el agregado de toda clase de basuras europeas: chapa acanalada, tablones, retazos de arpillera... Más que una toldería ona parece un acampe de gitanos o una congregación de pordioseros. Algunos visten ropas occidentales, pero la mayoría llevan todavía sus cuerpos y rostros pintarrajeados y visten —cuando visten— sus bárbaras pieles. Serán unos trescientos; durante los meses de invierno, cuando no hay mucho que hacer en la estancia, la mayoría vuelve a vagar por las selvas y solo permanecen algunos niños, los ancianos, los enfermos. ¡Con razón se juntan acá todos los indios que se nos escapan! Son más vivos que nosotros estos ingleses. No me sorprende que el reverendo Bridges haya cambiado el pastoreo de almas por el de ovejas, una vez que se ganó la confianza de los indios: protestantes al fin, lo único que pretenden es mano de obra barata para los meses de la esquila, y un puñado de indios, que van rotando a lo largo del año, para las demás tareas; y en tanto puedan cumplirles este servicio, los dejan librados a su propia suerte. Ni instrucción escolar ni religiosa reciben los pobres indígenas, y esto de los hijos de quien supo ser el primer misionero en establecerse en estas tierras. Han cumplido con su deber de ingleses, eso sí, enseñándoles a jugar al fútbol, pero tan mal que son contadas las veces en que le dan a la pelota en lugar de al aire o a las canillas de sus compañeros. Me había olvidado lo enojado que estaba con Lucas Bridges en aquel tiempo. Claro, me daba envidia: nuestros indios se morían como moscas y los suyos andaban más contentos que perro con dos colas. Bueno, hay que decir que al final se le terminaron muriendo a él también, solo que le duraron un poco más. Mister Bridges no tenía en mucho su alma indestructible e imperecedera, es verdad; pero aprendió a cuidar bastante bien de la destructible y perecedera, algo en lo que nosotros anduvimos un poco flojos. Porque esa es la que nos mantiene vivos acá en la tierra, y el alma de los indios necesitaba del aire libre y el perpetuo movimiento, y cuando la encerrábamos y la obligábamos a estarse quieta languidecía y se secaba, y los indios se morían. Él les enseñó a hacer los trabajos del campo, a cortar árboles, a cercar, a trabajar con animales; se dio cuenta, y en eso estuvo más lúcido que nosotros, que era más fácil transformar un pueblo de cazadores en ganaderos que en agricultores. Nosotros, ¿qué íbamos a saber? Veníamos todos del Piamonte. Y no lo hizo para tener mano de obra barata, como yo digo ahí, sino para que pudieran sobrevivir en el nuevo mundo que les había caído encima. Porque les pagaba lo mismo que a sus peones criollos o europeos. Llegué a discutir con él por eso, le dije que los indios no conocían el manejo del dinero, que eran como niños, que al pagarle con dinero los corrompía, que se lo gastaban en bebida. ¿Por eso ustedes los hacen trabajar gratis, padre?, me contestó con una media sonrisa. Igual, a él lo que más le gustaba era envolverse en una piel de guanaco y salir a cazar con ellos, caminar días y días por la montaña, sentarse alrededor del fuego a escuchar sus historias y participar de los torneos de luchas, para los cuales se desnudaba como un salvaje más. No quería tanto enseñarle a los selk'nam, sino aprender de ellos… ¿Eh? Los selk'nam, los selk'nam eran los onas, así se llamaban a ellos mismos. Tratamos de aprender nosotros también, lo que pudimos, y a mi regreso instauramos la costumbre de los paseos: salíamos de excursión por varios días, un grupito de indios acompañados por uno de nosotros, a vagar por los campos y los bosques, y así se sacaban un poco la inquietud del cuerpo. Y debo confesarte que se me contagió a mí también el hábito andariego, con mi fiel Dalmasso hicimos un viaje como de tres meses, eso debe haber sido a principios de mil novecientos nueve, cruzamos las montañas y llegamos a Harberton, ese edén fundado por los Bridges para los selk'nam, y conocimos a otro de los hermanos, Guillermo, quien a poco de llegar nos ofreció una casa para la capilla: como no tenemos pastor de nuestro credo pueden quedarse todo lo que quieran, padre, nos dijo, me gusta cómo trata a los indios y puedo ver que ellos también lo aprecian. Vos fijate. De ahí subimos a la cabecera este del lago Fagnano, ahí todavía había grupitos de selk'nam viviendo como antes, y celebré la primera misa a orillas del lago, mirando las aguas azules, en una playa de grandes guijarros gris claro, todos iguales como fabricados por un tornero, me acuerdo que agarré uno para examinarlo y estaba caliente por el sol, y me lo metí en el bolsillo de la sotana, de recuerdo. Supo andar de estante en estante, hasta hace un tiempo, después como a todo lo demás lo perdí de vista. De ahí remontamos el río Grande hasta sus orígenes; llegamos a bahía Inútil del lado chileno, y volvimos por San Sebastián, que fuera nuestro desierto, y apenas llegamos a La Candelaria le escribí a monseñor, para que pusiéramos en marcha el proyecto de las misiones volantes, como él mismo había hecho en el sur de la Patagonia en sus comienzos: si los indios no venían a la misión, ahora la misión iría a los indios. Y decidí —a esa altura yo era el director de la misión, ¿podés creerlo?— que la primera de estas casas sucursales, como monseñor las llamaba, estaría en estancia Viamonte. Los Bridges nos dieron permiso para quedarnos, y nos ayudaron con materiales y trabajo a construir una casa para nosotros, una capilla y una escuela, y casitas para los indios, que por supuesto no quisieron habitar pero les vinieron bastante bien para apoyar sus chozas, para guardar cosas al resguardo de la lluvia o encerrar algún perro molesto. Dios bendiga y consuele a los Bridges por su bondad, y a todos sus descendientes; no sé qué hubiera sido de nosotros sin ellos. Monseñor acogió mi proyecto con el entusiasmo de siempre. Ya se olfateaba lo que se venía: en dos años vencía la concesión de Dawson y tal como suponíamos el gobierno chileno decidió revocarla, argumentando que la exigua cantidad de indios no justificaba la cesión de tierras, y así tuvimos que abandonar la misión chilena. Cuentan que en su última visita, mientras atravesaba la plaza, monseñor recordó los tiempos en que corrían a su encuentro los niños y niñas, que lo tomaban de la mano llamándolo por el título que más apreciaba, el de "Capitán bueno"; pero ahora nadie salía a recibirlo, la iglesia estaba vacía, la plaza estaba vacía, casi todas las casas estaban vacías; el único lugar que no estaba vacío era el camposanto; y viendo en qué habían parado sus esperanzas y sus desvelos comenzó a sollozar, inconsolable. Los pocos que quedaban —unos cuarenta, entre grandes y chicos— pasaron a La Candelaria, que por un tiempito cobró nueva vida. Pero mantener viva a la misión llevándole indios era como mantener un fuego echándole leña. Poco a poco se fueron muriendo y los buitres que nos sobrevolaban llevaban la cuenta. Cumplido el trabajo sucio que nos habían encomendado, que era el de sacárselos de encima, ya no tenían necesidad de nosotros y lanzaron una campaña de difamación. Piden tierras para los indios, dejan morir a los indios, se quedan con las tierras: negocio redondo, clamaba la prensa fogoneada por los billetes de don José. Refugio de asesinos y de ladrones, nos había llamado años atrás, y en aquel momento monseñor había dado batalla, refutando sus acusaciones y denunciando que todo era para sacarnos nuestras tierras, pero ahora había decidido parlamentar. Era un hacedor, monseñor Fagnano, y los que quieren hacer cosas en este mundo deben pactar con los poderes terrenales. Le terminó vendiendo la mayor parte de nuestras tierras, eso habrá sido en mil novecientos trece o catorce. Nosotros nos declaramos en abierta rebelión y nos negamos a firmar, yo mismo me corrí hasta Punta Arenas para pelearla y no fue poco lo que logré: de las trescientas hectáreas que pensaban dejarnos se pasó a cinco mil; en arriendo, es verdad, pero más adelante logramos recomprar como la mitad, y esa tierra sigue siendo nuestra hasta hoy día. Lamentablemente, en el transcurso de la polémica se dijeron y se escribieron cosas que todos preferimos olvidar y que ciertamente no mencionaremos en nuestra breve memoria; llegamos a acusar a monseñor de faltar a la verdad, de querer enriquecerse él y su familia a costa de las penas y sacrificios de los hermanos, en fin. Pero una vez más lo había juzgado apresuradamente. Secundó con entusiasmo nuestro último intento, el de establecer un puesto misional en la cabecera del lago que lleva su nombre, y allá fuimos: arreando los animales que nos vendían los Bridges, a precio módico y a crédito, desde Harberton o Río Fuego, trasladando en carreta de bueyes los materiales que descargaban los barcos en cabo San Pablo, por trochas y huellas porque no había caminos; el hermano Vigne y el coadjutor Zirotti pasaron ese primer invierno en carpas, sin víveres y sin comunión ni misa por casi tres meses —porque yo no daba abasto yendo y viniendo entre Río Grande, Harberton y Río Fuego. Y monseñor se murió tratando de asegurarnos la cesión de las tierras del lago; y cuando se murió todo eso quedó en la nada, ya no teníamos quién nos defendiera, ni hacia afuera ni hacia adentro. Igual nos quedamos todo lo que pudimos, acompañando a los selk'nam, y poco a poco el puesto de San José, como lo llamamos en su honor, fue creciendo y un buen día se apareció por ahí, no te imaginás quién, Rosa de París, aquella ona tan andariega. A ella también le había llegado el fin de la vida inquieta. Se instaló en lo de Garibaldi, que era de madre ona y padre italiano, de ahí el nombre; no supe más de ella, ya no nos llegan noticias, espero que siga ahí y en buena salud. Yo, de noviembre a marzo enseñaba en la escuelita de Viamonte, y en los meses restantes salía a misionar, recorrimos la isla de este a oeste y de norte a sur —no, al norte ya no íbamos, ahí los habían matado a todos— pero íbamos con Dalmasso de acá para allá, en verano y en invierno, bautizando, bendiciendo las uniones, administrando los últimos sacramentos; la misa la celebrábamos en el galpón de esquila, cuando había, o en un cobertizo cualquiera, o bajo una lona en el bosque, si nevaba o llovía, y bajo esa misma lona dormíamos. Y les hacíamos regalos, les dábamos todo lo que teníamos. Pero mi hogar estaba en la estancia Viamonte, entre el bosque y el océano. Los domingos de tardecita me acercaba a la casa de los Bridges, que siempre tenían un lugar para mí en su mesa, y antes de comer nos sentábamos en la amplia galería vidriada, llena de plantas, y de flores cuando era la estación propicia, a tomarnos unos whiskies y conversar, con Lucas, o Despard, y quien estuviera presente, con la luz del sol atravesando los ventanales en las noches de verano, mirando caer los copos de nieve a la luz de los faroles en pleno invierno. Porque también bebí el whisky de los Bridges, y a mucha honra: volvería a beber con cualquiera de ellos, donde fuera y como fuera. La verdad es que no siento nostalgia de Italia. ¿Sabés de dónde siento nostalgia, Agustín? De allá. De mi pequeña misión en la estancia de los señores Bridges. Ahí seguí hasta mil novecientos veintitrés, si no me acuerdo mal, cuando el padre Borgatello dio la orden de cerrar las últimas misiones. No más florecillas silvestres. Yo me volví a Punta Arenas, o más bien me mandaron; Dalmasso, desencantado, vendió los últimos animales del lago a algún estanciero y se fue para Fortín Mercedes. Cuando tuve que dejar Río Fuego supe que mi vida, lo que podemos llamar vida sin atragantarnos con la palabreja, se quedaba ahí con ellos. Como para refrendarlo, a los pocos años llegó la ceguera. Pero eso fue acá, en Buenos Aires. Lo que más lamento es no haber estado hasta el final, para acompañarlos. Al año de mi partida, una epidemia de sarampión arrasó con los indios de Viamonte y San Pablo como un incendio. Uno de los hermanos Bridges, habrá sido Despard o Guillermo, porque Lucas se había ido a pelear por su país en la guerra —no se destetan nunca, estos hijos de ingleses— dejando a sus queridos onas, como yo, librados a su suerte, uno de los Bridges, como te decía, les dijo que se dispersaran por el bosque, para no contagiarse, y así se salvaron algunos, solo para sucumbir en la epidemia siguiente. Me acuerdo de que el día en que dejé Punta Arenas, a medida que el barco se alejaba de la costa, contra el fondo de las colinas se había formado un arco iris partido: tenía principio y fin pero le faltaba el medio, como un puente cortado. Me pregunté entonces si el que vieron Noé y sus hijos no habrá sido como ese; si la promesa de Dios a los hombres, de que nunca volvería a enviar un Diluvio para aniquilarlos, solo valía para algunos. Una pregunta blasfema, sin duda, que no sé si hago bien en repetirte, y que habrá brotado de alguna de las semillas que ese diablo de McInch sembró en mi mente. ¿Sabés qué fue lo que entendí esa noche, mientras bebía el whisky de McInch? Entendí en ese momento quién era, y qué era, el diablo. El diablo no es quien te tienta con mujeres desnudas, te incita a mentir a tus padres o a robar a tus compañeros; para impulsarnos al pecado se bastan solas nuestras propias debilidades e impulsos. El diablo es algo mucho más serio: es el que logra hacerte dudar de tus buenas cualidades e intenciones, el que te convence de que el bien al que dedicaste tu vida era en realidad el mal, que tus mejores acciones solo causaron sufrimiento y dolor, que cuando creías sacrificarte estabas, en realidad, sacrificando a otros; que creyendo servir a Dios no hacías sino servirlo a él mismo. Dicen que el diablo trata de confundirnos, pero esa noche yo entendí que es más bien al revés. Es Dios el que nos confunde. ¿Qué se proponía, al enviarnos a salvar a los selk'nam, solo para matarlos en nuestras manos como pollitos enfermos? A no ser que hubiera decidido jugar otra apuesta con el diablo, como en los tiempos del paciente Job, yo no podía entender lo que se proponía. El diablo es clarísimo —lo que te dice siempre tiene sentido. Así es como te convence. Los caminos del Señor, en cambio, son inescrutables; lo bien que hacía el padre Beauvoir en no preguntarse por ellos. Así pudo llegar al final de sus días con el mismo brillo sereno en sus ojos azules con el que llegó a Tierra del Fuego. Los míos, en cambio... Su funeral fue todo un acontecimiento, no sabés la de gente que había. Capaz que esta es una oportunidad que me da el padre Beláustegui de enmendar mi reputación, para ver si al mío viene alguno. No te preocupes, eh, que no te lo estoy pidiendo... Era un chiste. Así que creo que llegó el momento de poner manos a la obra. A escribir se ha dicho. ¿Estás listo? Si voy muy rápido avisame. *Llegué a Punta Arenas un...* ¿Me recordás la fecha?... *un treinta de junio de mil ochocientos ochenta y nueve. Punta Arenas era por aquel entonces un pintoresco pueblecito...* ¿Te parece pueblecito, o es demasiado afectado?... Sí, coincido. *Un pintoresco pueblito de casas de madera y chapa, recostado sobre las aguas azules del Estrecho...* Sí, tenés razón. *Recostado sobre las colinas que bordean las aguas azules de Estrecho...*

Capítulo 16
Hain

Una vida nueva lo esperaba del otro lado de las montañas, una vida de largas marchas en fila india a través de vastos bosques silenciosos, ciénagas de musgo anaranjado, la nieve recién caída de los valles; los hombres adelante, sosteniendo con la mano izquierda el arco, las flechas y la capa, prontos a dejarla caer y dispersarse sobre el páramo o entre los árboles a la caza del guanaco que la ocasión pusiera a su alcance; las mujeres detrás, cargando los pesados fardos, de los que muchas veces un bebé o un infante asomaba; los niños apurándose para seguir el paso, correteando en los días apacibles, en manojos apiñados cuando la lluvia se abatía sobre ellos o soplaba el viento helado. Antes de que oscureciera buscaban un lugar seco para acampar, se procuraban troncos del largo adecuado o los cortaban con sus hachas para levantar los armazones de las tiendas, los revestían luego con los cueros que cargaban las mujeres y rellenaban los intersticios con musgo o pasto, encendían fuegos para asar la carne y sentarse en ronda a comentar los hechos de la jornada, y considerar las perspectivas de la siguiente. Si el paraje elegido era agradable, con agua fresca a mano y caza abundante, podían permanecer en él días y hasta semanas, sobre todo en invierno cuando la marcha era penosa y los guanacos abundaban en los valles; si no, la reemprendían al alba. Le costaba seguirles el paso, en un principio, porque su cuerpo se había debilitado durante su larga permanencia en la cárcel (le venían a la mente dos imágenes: la de una planta subsistiendo en la penumbra, amarilla y alargada; la de un cadáver sumergido en un estanque); hubo momentos en que solo lo sostenía la determinación de seguir poniendo un pie delante del otro hasta desmayarse, lo que sucedía cada tanto; lo consolaba en algo la comprobación de que se trataba de mera falta de hábito, antes que de ninguna flaqueza racial insuperable, porque lo mismo le pasaba a Kalapakte. Poco a poco se le fueron redondeando las pantorrillas, el pecho se le ensanchó, sus omóplatos se abrieron como alas; la transformación se afirmaba día a día en las poderosas sensaciones que atravesaban su cuerpo suelto bajo la capa de guanaco, en el aire nuevo que le llenaba los pulmones, en los huesos que se iban afirmando; su vida antigua había quedado en el suelo del bosque junto con sus ropas de presidiario, y como a esta no había traído más que su cuerpo desnudo, la transición tuvo pocos obstáculos. En las primeras noches lo asaltaban todavía las pesadillas del encierro, y no era raro que se despertara gritando, pero el paso de los días y las continuas marchas las fueron dejando atrás y sus sueños se fueron purificando. Pronto le costó recordar que había otro vestido que los mocasines y la capa de pieles, otro alimento que la recia carne de guanaco que sus dientes desgarraban con tirones bruscos y ávidos, o la suculenta de los tucu tucus que se desprendía de los huesos con solo chuparla; para cuando llegó el verano ya se le había hecho hábito soltar la capa al primer gruñido de los perros y volar por el bosque raudo como un pájaro carpintero esquivando troncos y ramas; la primera vez que una flecha suya se hundió hasta las plumas en el flanco del guanaco sintió en el plexo solar el coletazo del impacto, evidencia indudable de que el proyectil había dado en el blanco, y mientras corría desnudo tras el animal aterrado, de cuyo pescuezo y patas colgaban los perros arracimados, conoció un júbilo que lo desbordaba, porque no era solo suyo sino de la raza: el hombre, supo su cuerpo en ese momento, había venido al mundo cazador y nómade; esa felicidad había llegado a su fin cuando el primer agricultor plantó la primera semilla en la tierra y se sentó (tuvo que sentarse) a esperar que creciera; todo lo que nació de esa semilla (la previsión, el cálculo, los excedentes, la ambición por ellos despertada, el simétrico poder de distribuirlos y atesorarlos) los había ido alejando de aquella felicidad primera, que todavía podía encontrarse entre gentes como los inuit y los selk'nam. No la había sentido con la misma intensidad entre los primeros, seguramente porque entonces había permanecido aferrado a la facción de los blancos; y se preguntaba ahora si el encarnizamiento con que se perseguía a estos pueblos no se debía a la necesidad de borrar todo rastro de este paraíso más que perdido abandonado; con parecida saña, sintió, se perseguía a los anarquistas, que entreveían en el futuro un edén análogo. A poco de vivir entre ellos sus ilusiones se habían visto en gran medida confirmadas: no conocían jefe ni cacique, y aunque era verdad que la cacería podía ser encabezada por el rastreador más avezado y la batalla por el guerrero más bravo, su mando duraba lo que la actividad y variaba con cada jornada; el producto de la caza se repartía equitativamente entre todos, pues dependía de la habilidad y el empeño del cazador pero también de los caprichos de la suerte; ni el sabio ni el hechicero tenían poder de mando y en su palabra no cabía más autoridad que en la de cualquier otro varón crecido. Ni siquiera hacía falta votar, como en las asambleas obreras; la discusión podía seguir horas y horas hasta que un ánimo común se instalaba en el conjunto; cuando esto no sucedía el grupo se dividía y listo. Solo lo había decepcionado (porque habría decepcionado a Vera, de quien no quería desprenderse) el lugar reservado a las mujeres: contra lo que había sostenido ante aquel policía muerto por Kalapakte, la mujer no participaba en la toma de decisiones, se subordinaba generalmente al esposo y podía ser tratada como botín de guerra —no habían sido infrecuentes, en el pasado, las incursiones "para procurarse mujeres", lo que implicaba matar a sus esposos, padres o hermanos; a la cautiva solo le quedaba someterse a su nuevo amo y señor o tratar de escapar para ponerse bajo la protección de su familia, arriesgándose a recibir una paliza o aun la muerte si no lo lograba. "Entre nosotros todos los hombres somos capitán y todas las mujeres son marinero", le resumió una vez Minkiyolh, que hablaba algo de español porque había vivido un tiempo entre los blancos.

Por las tardes, cuando el tiempo estaba bueno y las urgencias del hambre no los obligaban a salir de caza, los hombres se dedicaban a la práctica del tiro con arco y flecha, a las carreras y, sobre todo, a la lucha cuerpo a cuerpo. Dejando caer su manto, el desafiante se dirigía al rival de su elección, extendiendo el brazo izquierdo para que este lo tomara con el derecho, si aceptaba —estaba muy mal visto no hacerlo, aunque sí estaba permitido que otro se le adelantara, lo que Kalapakte hizo las primeras veces para protegerlo, aunque tampoco fuera muy ducho y terminara en el suelo al primer asalto; pero a la tercera o cuarta vez Karl le ganó de mano y tomó la de Aneki, quien tras abrazarlo del modo establecido y afirmarse sobre sus piernas lo tumbó casi sin tocarlo. Para un observador poco entendido la lucha selk'nam podía parecer un brutal vale todo, pero pronto se hacía evidente que había reglas y sobre todo restricciones claras: no estaba permitido golpear con los puños, arañar ni morder, ni agarrar del pelo o la garganta, y el que infringía estos principios era censurado a viva voz por todos los presentes. Karl se levantó y cayó, se levantó y cayó, tantas veces como Aneki alargó su brazo, hasta que este lo hizo para ayudarlo a levantarse y dio por concluido el ejercicio (en un ramalazo le volvieron la paliza de Pullman Town y las muchas de las tres cárceles:

su cuerpo no estaba hecho quizás para castigar, pero sí para soportar el castigo). Todo el grupo, incluyendo las mujeres y los niños, asistía a las prácticas, y comentaba con fervor las alternativas de cada encuentro; su desempeño, si bien había dejado mucho que desear desde el punto de vista deportivo, fue comentado favorablemente por todos los circunstantes. "¡Haik ni chohn!" era la frase más repetida, que le fue traducida por Kalapakte: "¡Es todo un hombre!". Las peleas eran más violentas cuando se trataba de torneos entre grupos rivales, o desafíos individuales entre partes ofendidas o enemistadas; eran, con todo, una manera mucho menos peligrosa de zanjar las diferencias que los duelos a sablazos o pistoletazos, y aun las riñas a puñetazos, de los supuestos civilizados, y lo más frecuente era que desafiante y desafiado terminaran, si no amigos, al menos formalmente reconciliados. Pero para Karl, al menos, el enfrentamiento era la excusa y la coartada para lo que verdaderamente importaba: la cálida comunión de los cuerpos desnudos en contacto, el abrazo sin luz, la fricción y luego la fluidez de la piel lubricada por la pintura primero y enseguida el sudor y a veces también la sangre. (Así habían luchado tantas veces los tres, sobre el raído tapete del apartamento de Pullman Town, para darle el gusto (una vez más) a Vera, siempre empecinada en derrotar a los varones en todo terreno del que pretendieran apropiarse; esas tardes eran distintas de las del sexo y Karl las recordaba a veces con mayor nostalgia). El mismo Aneki tomó a su cargo la tarea de entrenarlos y pronto aprendieron, si no a tirar, al menos a caer con elegancia —no los dejaba luchar entre ellos porque lo único que lograrían, decía, sería pasarse sus taras.

A la par que sus huesos y músculos se fueron entrenando también sus sentidos: aprendió a reconocer las aves por el grito, y por la vista aun a grandes distancias; también lo ayudaba a diferenciarlas saber sus nombres y sus historias: k'tétu, la gran lechuza blanca que estaba entre los siete xo'on que dieron origen al hain de los hombres; kerrhprrh, la cotorra que pintó con las plumas de su pecho los árboles otoñales; kohmen, el cisne de cuello negro que fue hija de la luna; ko'oklol, el somorgujo que se sumergió en las aguas para huir de la furia del sol; sinu k-tam, el colibrí que lleva en la frente un kócel de rubíes y es hija del viento y pronto pudo distinguir unos de otros a los grandes árboles de hojas menudas que al principio le parecían todos iguales: el majestuoso kicharrn del bosque profundo; el kualchink, que en otoño pinta los valles de fuego y oro; el siempreverde yinyohn, que en los meses fríos campea soberbio y solo en el laberinto de ramas peladas. No había tenido ocasión, en sus jornadas de hachero, de aprender cómo se llamaban en español, porque tampoco lo sabían los prisioneros ni los guardias, lo cual había terminado siendo una ventaja, porque ahora podía trabar conocimiento con ellos en la lengua de quienes les habían dado sus primeros nombres.

Que fue lo que más trabajo le dio sin duda: si bien en los años de convivencia con Kalapakte había aprendido palabras sueltas, y su oído se había amoldado a sus sonidos, pronunciarlas era una lucha (aunque gozosa, como la de su cuerpo con el de Aneki): las ásperas consonantes se apiñaban contra sus dientes, asfixiando casi a las vocales, o se agolpaban, pugnando por salir, en su garganta; su lengua corría una carrera de obstáculos —y mejor ni hablar de la gramática y la sintaxis: por eso al principio no decía palabra, y por eso le pusieron Kástèle, que quiere decir mudo; de todos modos ninguno esperaba que hablara el selk'nam a la perfección, dándose por satisfechos de que pusiera tanto empeño en practicarlo (tan pocos blancos lo habían hecho, antes: podían contarse con los dedos de una mano). El vocabulario era a la vez minucioso y vasto, y se desplegaba en una inusitada variedad de matices en aquellas parcelas de la realidad más transitadas por los selk'nam en su vida cotidiana; el guanaco, por ejemplo, requería para sí de un pequeño diccionario: yóhwen era el macho adulto, kaiakan el viejo, klatwin el joven, y la hembra era mamsa; t'as era el recién nacido, que al año pasaba a llamarse áhne y a los dos áhmte; t'aspai era la hembra con su cría, máme un macho con varias hembras, simien el rebaño de hembras, klatue el de machos e ímel el mezclado; hubiera podido hacerse entender con el genérico yóhwen, que los abarcaba, pero puso especial empeño en aprenderlos todos: cada palabra que incorporaba parcelaba más atentamente la realidad, agudizaba sus poderes de observación, hacía de su nuevo mundo un lugar más rico y variado.

El clan que los había adoptado era un rejunte de los sobrevivientes de los distintos háruwen o territorios de caza en que los selk'nam habían parcelado la isla desde tiempos inmemoriales: del que bordeaba la margen septentrional del lago Kami y llegaba hasta Najmishk, donde estaba emplazada la segunda estancia de los Bridges, provenían los hermanos Shijyolh y Shishkolh, que a veces, sentía Karl, no veían su presencia con buenos ojos, sobre todo el primero, que solía escrutarlo desde la altura moral que le otorgaba su suntuosa capa de piel de zorro (los blancos codiciaban esas capas, y a más de un indio el lujo le había costado caro; conservarlas se había convertido en estos nuevos malos tiempos en signo adicional de astucia y aptitud guerrera). Sus dos pequeños hijos habían sido flechados por los hombres del norte en la masacre de Kal, cuando los selk'nam habían empezado a matarse entre ellos, arrinconados y empujados unos sobre otros por la pérdida de sus territorios a manos de los koliot, y Shijyolh se dio a la fuga confiando en que las leyes de la guerra los ampararían; para muchos este hecho sin precedentes había señalado que el orden del mundo se desmoronaba y fue tras asomarse a ese abismo que accedieron a realizar la ceremonia de paz impulsada por Lucas Bridges. El igualmente severo Shishkolh era siempre el primero en desprenderse de la capa en los desafíos, equivalente selk'nam de arrojar el guante; fue él quien llevó al bosque a la indefensa Ahli, que era de la gente del norte, para ultimarla a flechazos en venganza por la muerte de sus dos sobrinos. Del háruwen que se extiende entre las montañas y la margen septentrional del lago Kami venía Halimink, guerrero y cazador tan sigiloso que se decía que andaba siempre en puntas de pie, que había participado con aquel Capelo de temible memoria en las primeras emboscadas contra los blancos, cuando todavía creían que podrían detener por la fuerza a los invasores, y junto a Ahnikin, con los rifles que Bridges les había incautamente prestado, del ataque contra los norteños, donde murieron Ohtumn y el gran xo'on Houshken, que habría usado sus poderes para matar a Jalhmolh y Teëoöriolh; de allí también eran Talimeoat, el cazador de cormoranes, oficio peligroso que implicaba descolgarse de los acantilados en las noches de viento y lluvia con una antorcha en la mano para deslumbrar a las aves, y su hijo Kaichin, que aprendía el oficio de su padre; y Ahnikin, a cuyo paso las mujeres de su propio clan se cubrían el rostro, por las siete del clan rival que había matado a balazos en la masacre del lago Hyewihn, tras descubrirlas alimentando a los perros con tajadas de su tío Yoknolpe, que había sido ultimado por Kautempklh (aunque justo es decir que el artero ataque había sido iniciado por Halimink, Ahnikin y Yoknolpe, y que las mujeres estaban vengando a sus esposos, padres y hermanos). Kal-éluly, el padre de Kalapakte, había sido del norteño háruwen de K'ósher, donde él y su familia habían sido capturados; pero su madre, Orrayen, venía de las montañas, y era hermana o prima de Talimeoat y quizás también de Halimink (Karl nunca terminó de entenderlo, los parentescos selk'nam parecían dibujar, más que árboles genealógicos, redes enmarañadas). Ambos solían bajar, en el verano y el otoño, hasta Ushuaia o Harberton, y habían delegado en sus respectivos hijos, el infalible rastreador Kaichin y el siempre inquieto Nana, la tarea de rondar los bosques que rodean el presidio hasta hacer contacto con Kalapakte, de cuya presencia allí los habían alertado las mujeres que vivían en el poblado amancebadas con blancos; fueron ellos los que escondieron las armas y los vestidos en el bosque y luego los guiaron hasta Harberton. El háruwen de Kal arrancaba en la margen este del lago Kami y abarcaba el extremo oriental de la isla, adentrándose en los territorios que habían sido de los haush; de allí venía Tenenesk, el hechicero de perfil de águila, que además de xo'on era lailuka-ain o padre de las historias y no se quería bien con Halimink (en una sociedad sin jefes, la suya era una rivalidad virtual; *ambos podrían haber sido el jefe* y por eso se recelaban); su mujer Leluwachin era una de las pocas mujeres xo'on, muy respetada como sanadora (las hechiceras tenían el poder de curar pero no el de matar, prerrogativa esta de sus colegas varones). Del mismo grupo era Minkiyohl el loco, hijo de Kaushel, que fue enviado a un manicomio en Buenos Aires tras atacar a Lucas Bridges con un hacha y volvió leyendo los diarios al revés y alardeando de su amistad con el presidente; lo acompañaban sus dos esposas, las hermanas Yohmsh y Ohmchen. También de Kal eran Shilchan (voz suave) y su hermano Aneki, quien les había enseñado a luchar, sus dos hijos Doihei y Metet, y su esposa Shemiken, que había sido bautizada como Rosa de París en la misión salesiana y era la hermana de Kalapakte. El reencuentro tuvo lugar cerca del lago Kami, donde habían confluido las columnas de los distintos clanes. No habían tenido noticias el uno del otro desde su fuga de la jaula.

—Hermano, creí que estabas muerto.

—No, no, estoy vivo, como ves.

—¿Y dónde estuviste todo este tiempo?

—Allá. Y después, en otros lugares.

—Creí que estabas muerto.

—Estoy vivo.

A pesar de su aparente sequedad, el encuentro fue muy emotivo, y Karl tuvo que hacer un esfuerzo para contener las lágrimas. La rígida etiqueta de los selk'nam, había descubierto a poco de empezar a convivir con ellos, mandaba aparentar indiferencia ante los hechos más conmovedores: los favores y los regalos no se agradecían (pero se devolvían siempre); la alegría y la satisfacción debían en lo posible disimularse; la ira podía expresarse más libremente, aunque estaba muy mal visto perder el control, siendo las formas reglamentadas la ofendida dignidad y la cólera contenida, y los insultos debían recitarse de modo ceremonioso y severo; para el dolor había aullidos prescritos a horas determinadas y laceraciones lícitas.

Ese verano la mayoría de los hombres se fueron a Viamonte y Harberton acompañados de sus familias, a trabajar en la esquila; Karl y Kalapakte se mantuvieron alejados, pues la primera distaba pocos kilómetros del pequeño destacamento policial de Río Fuego y a fácil distancia de cabalgata del mejor equipado de Río Grande; Harberton a su vez estaba en la zona de influencia de Ushuaia y su presidio, y era fácilmente accesible por barco. Aunque Karl confiaba en que los Bridges, sobre todo Lucas, no los denunciarían sin motivo, no querían comprometerlos ni toparse con alguno de los policías que sabían acercarse a las estancias en busca de comida y compañía, ni alertar a los trabajadores criollos o europeos de la presencia de un selk'nam blanco, noticia que en estos parajes despoblados no tardaría en correr de una punta a la otra de la isla y poner sobre alerta a las autoridades. Pero aun cuando pusiera el mayor cuidado en evitar los encuentros cercanos, quedaba el riesgo de algún avistamiento inesperado: procurando velar la palidez de su piel Karl se untaba escrupulosamente con ákel, la arcilla roja tan preciada por los selk'nam, y para disimular sus rasgos europeos se cruzaba el rostro verticalmente o de lado a lado con rayas de carbón y arcilla blanca. Lo más riesgoso, claro, era la barba, que podría delatarlo aún a grandes distancias; afeitarse con una valva de almeja afilada, o depilarse usando las de un mejillón de pinza, como hacían los indígenas, le resultaba dolorosísimo y le dejaba la piel hecha una lástima; tuvo mejor suerte con los cuchillos que le iban prestando, frotándolos incansablemente sobre piedras de arenisca para darles filo; finalmente Shilchan logró que el carpintero de los Bridges le diera a cambio de unas pieles un cascote de óxido con mango del que Karl tras pacientes raspados y fregados logró extraer una hoja de navaja, lisa y reluciente aunque algo menguada.

Ambos habían tomado mujer, Karl a Apelchen y Kalapakte a Semitaren; Apelchen tenía una sonrisa irresistible y era muy conversadora, lo cual le venía muy bien, ya que al principio apenas lograba articular palabra; los dos se reían mucho todo el tiempo y hacían del amor un juego divertido antes que una pasión arrolladora, para la cual Karl no estaba preparado ni tenía demasiadas ganas. La costumbre dictaba que los varones que no habían cumplido con los ritos del hain debían permanecer célibes, pero en atención a su edad les habían otorgado esta dispensa papal que les permitía cohabitar con sus mujeres en una choza común, a resguardo del clima y las miradas. Si bien solían coincidir los cuatro, Kalapakte parecía haber dicho adiós a las licencias de su vida entre los koliot y se abocaba exclusivamente a su amada, aunque Karl y la suya estuvieran haciendo lo propio al alcance de la mano. Su amigo se había vuelto mucho más pudoroso desde que estaba entre los suyos, y Karl se dio cuenta de que una vez más había entendido todo mal: lo que había tomado por inocencia edénica y amoralidad del hombre natural no había sido más que indiferencia supina de su amigo al juicio de los koliot; pero ahora que estaba entre los suyos la cosa cambiaba.

El último hain había concluido a fines de la primavera; no podría, por lo tanto, hacerse otro hasta el otoño siguiente, que era la estación más propicia: el clima no era tan severo, los guanacos estaban gordos y había pichones de ganso y tucu tucus en abundancia —actualmente el verano estaba vedado, por el trabajo en las estancias. Kalapakte estaba impaciente por ver realizada la ceremonia que lo iniciaría formalmente en la vida adulta, incorporándolo a la cofradía de guerreros y cazadores y autorizándolo a llevar el cónico kócel de piel gris arrancada de la frente del guanaco; el que llevaba cuando se conocieron, le explicó, había sido el de su padre, que él se avino a usar porque los koliot lo consideraban pintoresco y no conocían su significado.

Como era costumbre entre los selk'nam, no hubo una asamblea formal, ni discusiones ni debates: alguien comentaba así al pasar, una tarde mientras volvían al campamento cargando un guanaco trozado, que hacía mucho que no se realizaba un hain, los demás asentían y el tema era al punto olvidado; días después un anciano podía reconvenir a un muchachito alocado con las palabras: "espera a que te conviertas en klóketen; en el hain te quitarán de una vez por todas tus travesuras y tus caprichos" y el joven palidecía visiblemente y se alejaba mudo y cabizbajo, y enteradas las madres de los candidatos empezaban a andar inquietas y apesadumbradas, pensando en todas las penurias que los aguardaban. ¡Haremos el hain, haremos el hain! podía despertarse una mañana el campamento entero exclamando, la frase pasaba de boca en boca y parecía electrizarlos, pero enseguida los hombres tenían que salir a cazar y las mujeres a buscar hongos y bayas y la efervescencia se evaporaba; aun así, cada vez era mayor la excitación y menores los intervalos; el sentido de inminencia crecía con el otoño y bastaba una leve nevada que espolvoreara las hojas ya rojas de los árboles para que todos miraran hacia arriba, chasqueando la lengua como diciendo "si no nos apuramos, quizás pronto sea demasiado tarde". Kalapakte se cuidaba mucho de hacer ninguna pregunta y no se mostraba ansioso y ni siquiera interesado, como si la realización del hain fuera asunto que no lo concerniera en absoluto; pero paraba la oreja y siempre se las arreglaba para estar allí donde el tema anduviera en el aire. La noticia de que se celebraría el hain atrajo a algunos hombres del norte, que habían permanecido en las inmediaciones de Viamonte una vez terminada la esquila; llegaron Koniyolh, el afamado corredor, a cuyo nombre Karl se había acostumbrado a adosar el epíteto "pies ligeros", su hijo K-Wamen, iniciado en el hain anterior, y tres hermanos, que eran los selk'nam más menguados que había conocido: el panzón y cabezón Hechelash, que le recordaba las gárgolas de Notre Dame y que solía hacer de mensajero entre los grupos, porque no tenía enemigos en ninguno; el afamado xo'on Yoiyolh, cuyo alerta constante lo había hecho merecedor del apodo de Oklholh (pato del torrente), y el diminuto A-yaäh, que no llegaba al metro cuarenta; con ellos vinieron sus mujeres y algunos hijos pequeños.

Una mañana se presentó con un cielo rojo sangre, prometiendo un día límpido y crujiente, y sin que mediara al parecer orden alguna todos comenzaron a desarmar las chozas, apagar los fuegos, enrollar los cueros y recoger sus bártulos. El punto al que se trasladarían, utilizado para ese fin varias veces antes, era una pampa escondida en las cercanías de la laguna de los Pescados, a unas tres horas de marcha hacia el este. Instalaron el nuevo campamento bajo los árboles, casi al borde del prado: cada hombre eligió un frondoso yinyohn, cuya copa siempreverde los resguardaría de la lluvia y de la nieve, y luego fue a buscar troncos para armar las chozas, mientras las mujeres limpiaban el suelo de raíces y ramas. Para el mediodía estaban cocinando, y tras un breve descanso Tenenesk se levantó y sin decir palabra cruzó el claro y comenzó a inspeccionar el terreno, y uno a uno los demás hombres se fueron levantando para acompañarlo. Eligió un punto del lado opuesto, casi en la linde del bosque; allí se levantaría la choza del hain, no bajo los árboles sino a cielo abierto; volvieron al campamento a buscar las hachas y se internaron entre los árboles para seleccionar siete derechos y lo suficientemente altos para suministrar los siete postes principales o pilares, que Tenenesk hizo emplazar en semicírculo según un orden prefijado.

Esa noche los hombres se reunieron alrededor del fuego para discutir la idoneidad de los candidatos, e invitaron a Karl y a Kalapakte a sumarse: los selk'nam debatían todo abiertamente, así no había sospechas ni suspicacias. La de Kalapakte no era puesta en duda por nadie; era selk'nam y había cruzado medio mundo solo para ello. El caso de Karl era más peliagudo, y dio lugar a una larga polémica que se prolongó hasta bien entrada la noche. Los severos hermanos Shishkolh y Shijyolh, quienes abrigaban una invencible desconfianza contra los koliot (totalmente justificada, por otra parte), estaban en contra; Shishkolh en particular estaba convencido, vaya uno a saber por qué, de que revelaría el secreto a las mujeres y eso, como todos sabían, traería aparejado el fin del mundo de los selk'nam; a Ahnikin le daba más o menos lo mismo; Shilchan, Aneki y Talimeoat parecían ver su incorporación con buenos ojos, pero tampoco se mostraron especialmente vehementes, porque sabían que la cuestión sería zanjada por Halimink y Tenenesk, los ai-orien o maestros del hain, que por una vez estuvieron de acuerdo, el primero alabando sus dotes de cazador (para ser koliot, se entiende) y el segundo porque en tanto xo'on había tenido ocasión de asomarse a su corazón y había podido comprobar que este no era de koliot sino de selk'nam (Karl tuvo que esforzarse por disimular, al modo selk'nam, el arrobamiento que su frase le produjo; desde su bar mitzvah que no se sentía tan orgulloso).

Junto con ellos serían iniciados Nana, hijo de Halimink, y Toin, sobrino de Tenenesk; el primero sabía ser un muchacho alocado y bastante revoltoso, el segundo era simpático y hablador y había sostenido con Karl largas conversaciones que este entendía al principio solo en parte, pero ambos estaban ahora mudos como postes y miraban a su alrededor con ojos agrandados, y hasta su piel cobriza había adquirido un tono ceniciento pronunciado. Desde niños habían vivido bajo la amenaza de la vengativa Kreeh, que acechaba desde el cielo y crecía con cada víctima que alcanzaba, de Xalpen la devoradora, que emergía de los fuegos del abismo y destripaba a sus víctimas con su largo dedo índice terminado en una uña afilada, de los siete shoort principales y sus ayudantes, que se abalanzaban sobre el campamento derribando las chozas y dispersando las pertenencias, arrastrando hasta el bosque para estrangular a la mujer o al niño que osara mirarlos, de Halaháches, capaz de matar a los más valientes guerreros con solo tocarlos; pero ahora no podrían correr ni esconderse ni buscar la protección de sus madres, sino que tendrían que enfrentarse a ellos cara a cara, en el interior de la choza ritual o en lo profundo del bosque. A Karl naturalmente le parecían cuentos para asustar a los niños pero se preguntaba si su actitud no sería demasiado despreocupada; Kalapakte tampoco demostraba miedo alguno pero su expresión era seria y hasta solemne, como la de quien se encuentra en el umbral de un hecho de trascendencia casi inimaginable.

Al día siguiente lo despertaron en la oscuridad las voces de las mujeres que cantaban el háichula que trae el amanecer, un aullido lastimero entre el lamento y la súplica, que parecía haber venido a buscarlo desde muy lejos; del otro lado del mundo, entendió mientras se sentaba envuelto en sus pieles a escucharlo (Kalapakte ya estaba despierto en cuclillas junto al fuego, al parecer desde mucho antes): eran las voces de las mujeres esquimales recibiendo al sol recién nacido tras tres meses de gestación helada, y con las primeras luces oyeron el coro del yóroheu que lo saludaba. Cuando salieron de la choza vieron que las mujeres se habían apostado fuera de las suyas y cantaban el k'méyu, para pedir a los espíritus del hain que los trataran con indulgencia; cada una hacía un canto distinto y el efecto era vagamente polifónico sin cálculo, como el murmullo del viento y los gritos de los pájaros en lo profundo del bosque, pero recién cuando surgió de la choza grande el ¡hohohohohohoho! de los hombres vinieron a buscarlos Shilchan, que sería su k'pin o guía, y Aneki, el de Kalapakte, mientras de chozas vecinas emergían Toin y Nana, conducidos por los jóvenes Doihei y K-Wamen y escoltados por un cortejo de plañideras liderado por sus madres. Los condujeron a dos chozas vecinas, a él con Toin y a Kalapakte con Nana; allí los despojaron de sus capas y los pusieron de cara contra la pared con los brazos alzados, para frotar sus cuerpos con líquenes ásperos mientras las mujeres afuera cantaban el sha wrekain, y el hoshócherikó cuando los k'pin comenzaron a pintarlos. Cuando las manos heladas de Shilchan empezaron a esparcir sobre su piel la arcilla roja mezclada con agua Karl temió que sus temblores se volvieran incontrolables, pero a medida que las sensibles yemas de Shilchan, tan suaves como su voz, recorrían su cuerpo desde los tobillos a los hombros, deslizándose por sus pantorrillas, glúteos y omóplatos, rodeándolo luego para alcanzar su pecho, vientre, muslos y genitales —podía entregarse entero a esta caricia, el cuerpo entre los selk'nam no estaba parcelado en zonas morales—, sintió una tibieza agradable que le subía del vientre a las extremidades y que sumada al baño de calor de la fogata hizo que se olvidara del frío y hasta de su frágil condición humana. En París, en la Feria, había entrado una vez al Café des Arts para encontrarse con cuadros que le abrieron ventanas a un mundo casi tan nuevo como este, en especial los de un tal Gauguin que representaban mujeres de la Martinica y de Bretaña sin una sola pincelada francesa que las aburguesara (se acordaba sobre todo de una mujer de pelo colorado que se internaba desnuda y sin miedo en las olas verdes de un mar agitado); ahora sabía qué se sentía ser la tela de esos cuadros. En ese momento Shilchan concluyó su trabajo y lo giró para que todos lo vieran; entonces Eyah, la madre de Toin, alargó la mano untada de blanco para atigrarle el rostro con tres y el cuerpo con dos rayas verticales, al igual que ya había hecho con el cuerpo de su hijo y su propio rostro, y afuera las demás mujeres prorrumpieron en el gozoso kot te hepé que daba por concluida la ceremonia de la pintura.

Los k'pin volvieron a colocarles sus capas, pero ahora, extrañamente, con el pelo vuelto hacia adentro; al asomarse vieron que Tenenesk, que estaba parado frente a la choza ritual, llevaba la suya de la misma manera. A ambos lados del hain, los cuerpos tiesos, los brazos rígidos, los puños cerrados, los esperaban dos apariciones pintadas de rojo y blanco en particiones de escudo de armas, en guantes y medias hasta los codos y rodillas, en nebulosas aglomeraciones estelares; enteramente desnudas salvo por las cabezas enfundadas en capuchas de cuero con tres orificios como de lezna que les daban un aire inhumano y siniestro. Apenas posaron sus ojos en ellas, los dos jóvenes klóketen comenzaron a temblar incontrolablemente: eran los temibles shoort que tantas veces los habían asustado cuando criaturas. Sus madres se hicieron eco de su terror, elevando al cielo el más lúgubre de sus lamentos, como si fueran a perderlos para siempre (no dejaba de ser cierto: estaban por incorporarse al mundo de los hombres, de convertirse en guardianes del secreto), aunque un grupo de muchachas, también pintadas y con el torso desnudo, entre las que estaban Apelchen y Semitaren, corrían alrededor de ellos con gritos de júbilo, trazando círculos con los brazos y balanceando el cuerpo como árboles en un vendaval. Karl creyó entender el sentido de tan marcada discordia: las madres despedían a sus hijos, las jóvenes casaderas daban la bienvenida a sus futuros esposos.

Se detuvieron en el centro del campo. Allí se quedaron las mujeres; ese sería de ahí en más su límite: franquearlo podía costarles la vida. Los shoort les dirigieron una mirada con sus ojos de insecto, como diciendo "los esperamos adentro" y desaparecieron tras la choza. Los cuatro klóketen los siguieron y guiados por sus k'pin rodearon el hain para buscar la entrada, que estaba del lado del bosque para que ni las mujeres ni los niños pudiesen ni aun de lejos atisbar lo que pasaba adentro. El suelo del hain estaba atravesado por una grieta que lo dividía en dos hemisferios, y en el centro ardía el fuego que nunca se apagaba, porque surgía de las entrañas de la tierra. La grieta debía rodearse, nunca cruzarse; quien lo hiciera se arriesgaba a caer en ella y perderse para siempre. Alrededor del fuego los esperaban, rígidos como una segunda fila de pilares, Tenenesk y Halimink, Shijyolh, Ahnikin y los tres hermanos Yoiyolh, A-yaäh y Hechelash. Sus guías los condujeron al fondo de la choza, acomodándolos de cara al fuego y poniéndose a sus espaldas; volvieron a sacarles las capas y les ordenaron mirar hacia arriba.

De pronto hubo un shoort ante Nana, agazapado y jadeante, pronto para saltar sobre el aterrado muchacho, y uno a uno fueron brincando tres más desde el corazón de la hoguera, quedando en cuclillas frente a ellos, girando la cabeza como lechuzas para uno y otro lado; Karl supuso que los habían esperado escondidos detrás de los hombres y sus capas; aun así, no había logrado ver cuándo salieron. Se acercaron resoplando, las máscaras hundiéndose e inflándose con sus jadeos, cada vez más rítmicos y pronunciados; Karl hubiera querido apartar la cabeza del shoort que sin pudor alguno le husmeaba como un perro las partes, pero les habían ordenado poner las manos tras la nuca y levantar los codos; aun así pensó que si se propasaba le daría una buena patada, sobre todo cuando dos de los otros asieron los genitales de Toin y Nana y comenzaron a sobarlos y apretarlos, lanzando bufidos de gozo mientras los jóvenes gritaban de dolor y miedo. El de Kalapakte y el suyo no se atrevieron a tanto, pero abrazaron sus piernas y comenzaron a zarandearlos y un par de veces estuvieron a punto de tumbarlos; Karl percibía en los embates una animosidad real, enmascarada bajo las formas de la farsa, y comenzó a sentir cómo el enojo lo embargaba: no se había fugado del presidio de máxima seguridad de Ushuaia para someterse a las manipulaciones de este monigote pintarrajeado. En eso la profunda voz de Tenenesk llenó la choza con un perentorio "¡Bajen los brazos, luchen con el shoort!" y no terminó de decirlo que Karl tenía asido al suyo en una llave; igual este se zafó sin esfuerzo y en un segundo lo tenía de cara al suelo, dándole caderazos en las nalgas (era puro teatro, por suerte: la excitación era fingida, el pene seguía blando); Karl logró darse vuelta pero no sacudirse al íncubo que ahora se le había montado a horcajadas, aplastando su vientre con sus nalgas y sus hombros con ambas manos y sonriendo, estaba seguro, detrás de la obscena boca en forma de ano; enfurecido le aporreó la espalda con las rodillas y llevó sus manos a la ajustada máscara de cuero, tratando de arrancársela. "¡Eso es, sáquenles las máscaras!", lo animó la voz de Tenenesk y Karl tiró y tiró hasta sentir que cedía, y cuando la tuvo en sus manos descubrió que la sonrisa era la de Shishkolh, pero no era una sonrisa de burla sino de bienvenida, y cuando este se hizo a un lado y lo ayudó a incorporarse pudo ver que también sonreían los guías, y que sus tres compañeros habían desenmascarado a sus shoort: Kalapakte, canchero y confianzudo, al bueno de Talimeoat; Toin con temor reverencial, como si no terminara de creer que el demonio que había poblado sus pesadillas no era otro que el afable Koniyolh; el caso más divertido fue el de Nana: su indignación al ver ante sí al rostro jovial del universalmente aborrecido Minkiyolh fue tal que volvió a atacarlo con fiereza, dándole puñetazos con toda su fuerza mientras la choza reverberaba con la carcajada homérica de los demás guerreros. Al final bajó los brazos, agotado, y al advertir las miradas de aprobación de todos, y la de inocultable orgullo de su padre Halimink, esbozó él también una sonrisa, primero con timidez, luego con orgullo, finalmente con un principio de camaradería: ya era, aunque algo menos que un hombre, algo más que un muchacho. Cada uno de los k'pin enrolló la máscara del shoort respectivo y la alargó a su pupilo, indicándoles que se la pasaran en vaivén por la entrepierna mientras decían en voz alta "Ya no tengo miedo, ya sé quién es shoort, ahora estoy contento". Karl lo hizo sonriendo para sus adentros, por acordarse de la frase que tantas veces había escuchado de boca de los convictos argentinos para expresar menoscabo o desprecio: "Me lo paso por los huevos". Los k'pin volvieron a colocarles sus mantos, mientras Tenenesk se adelantaba y ataba sobre la frente de cada uno el kócel triangular de piel de guanaco que señalaba a todos su ingreso formal en la edad adulta. Kalapakte sonreía con todo el rostro, y no era para menos: había recorrido medio mundo, y esperado casi veinte años, para llegar a este momento.

"Ahora ya son hombres, ahora están listos para recibir el secreto", anunció Tenenesk con voz solemne. "Cuídense bien de no revelarlo nunca a las mujeres o a los niños, o de darles alguna pista que les permita descubrirlo, porque si lo hacen morirán, junto con la persona a quien se lo hayan revelado, y nadie podrá salvarlos: el padre matará al hijo y el hermano al hermano. El último varón selk'nam deberá llevarse el secreto a la tumba, porque el secreto durará más que nosotros y abarcará todas nuestras transformaciones, como abarcó las de nuestros antepasados los hówenh, e involucra a todos los seres de este mundo y también a los astros del cielo.

"En el tiempo de los hówenh", comenzó Tenenesk su relato, "las mujeres mandaban sobre los hombres, como nosotros ahora sobre las mujeres: ellas se pasaban todo el tiempo en la gran choza, a la cual los hombres tenían prohibido acercarse, hablando y comiendo mientras ellos se ocupaban de la caza y el cuidado de los niños y la limpieza del campamento: los hombres hacían todo el trabajo, no como las mujeres ahora, que hacen solo su parte. Todo lo decidían las mujeres en su consejo y los hombres no podían opinar, solo obedecer lo que las mujeres mandaban. Ellas vivían todas juntas y como mucho alguna podía visitar el campamento para cohabitar con su esposo pero después volvía a la choza común con las otras. No había xo'on varones en aquel tiempo, solo las mujeres podían practicar la magia, y atraer la desgracia o las enfermedades sobre quienes las desafiaran. Pero aun así no se sentían seguras: después de todo, ni siquiera el xo'on más poderoso es inmune a las flechas, y eran los hombres quienes las manejaban.

"Lideradas por Kreeh, la luna, que era la más astuta y despiadada de todas, idearon entonces un ritual o ceremonia, el hain de las mujeres, en el cual invocarían a los terribles espíritus de los abismos de la tierra y el cielo: Xalpen la devoradora; los shoort que como el viento o las inundaciones arrasan todo a su paso; Halaháches, el de los largos cuernos que puede matar a los hombres con solo tocarlos, Kulan la insaciable, que arrebata a los hombres y se los lleva al cielo para satisfacer su lujuria; la enigmática Tanu que se presenta siempre de espaldas porque mirarla de frente puede causar la muerte. '¿Pero cómo haremos para que los espíritus suban a la tierra o bajen del cielo y nos ayuden a mantener sojuzgados a los hombres?', preguntaron a coro las demás mujeres. 'Eso no hará ninguna falta', contestó muy oronda Kreeh, la luna. 'Nosotras nos pintaremos el cuerpo, y nos pondremos máscaras para que no nos reconozcan, y los hombres creerán que somos de verdad los espíritus, y quedarán aterrados, y ya ni siquiera pensarán en desobedecernos, y mucho menos en rebelarse, porque creerán que tenemos de nuestro lado a las fuerzas del cielo y de los abismos'.

"Así lo hicieron, y así quedó instaurado el hain de las mujeres, y los hombres, que antes obedecían bajo protesta, y cada tanto se empacaban, ahora ocultaban el descontento en sus corazones y vivían presos del terror más abyecto.

"Pero un día Krren, el sol, cargando un guanaco que había cazado, tan grande que no le permitía ver bien por dónde iba, pasó sin darse cuenta cerca de la choza del hain, y escuchó las voces de dos muchachas que cuchicheaban y se reían mientras se sacaban la pintura en el lago. Intrigado soltó su carga y se acercó a escuchar lo que decían; así descubrió que se burlaban de la credulidad de los hombres, que ni siquiera sospechaban que los 'espíritus' que los mantenían subyugados y en terror constante eran ellas mismas disfrazadas. Gritando '¡Pérfidas mujeres, ahora conozco su secreto!' se abalanzó sobre ellas; las muchachas aterradas se echaron al agua, convirtiéndose en dos somorgujos que desde entonces andan siempre de a dos en las partes más recónditas de las lagunas y los lagos y se zambullen a la menor alarma.

"Cuando los hombres supieron del engaño de las mujeres, el miedo y el abatimiento en que habían transcurrido sus vidas se trocaron en indignación y furia. ¡Vivir obligado por la fuerza es una cosa, pero ser sometido con engaños es otra muy distinta! Algunos proponían dirigirse ya mismo al hain y masacrar a las mujeres; otros tomarse un tiempo para planear mejor el ataque, y también estaban los que querían cerciorarse de que Krren no se hubiera engañado y los condujera a todos a una muerte segura. Entonces enviaron a sus mejores corredores, que por ser muy pequeños podían asomarse al hain sin ser advertidos: Káxken volvió con la noticia de que en la choza solo había visto a las mujeres y sus máscaras, y ningún espíritu; Tornéceren para decir que las mujeres se estaban comiendo toda la carne destinada a Xalpen, haciendo burla de la simplicidad de sus esposos; Cháchun para anunciar que, intranquilas por el silencio de los hombres, preparaban una nueva incursión de los 'espíritus' al campamento. Shat el ostrero, que había quedado apostado junto a la choza, dio la señal con su estridente silbido, y cada uno tomó un arma y marchó sobre el hain. Cuando vieron que los hombres se acercaban en actitud tan inédita, las mujeres salieron lideradas por Kreeh, que se plantó en medio del campo y los increpó con voz de trueno: '¡Ni un paso más, hombres! ¿Y qué esperan para traer la carne? ¿Acaso quieren que Xalpen nos destruya a todas por su culpa? ¡Vuélvanse por donde vinieron, y no osen regresar con las manos vacías!'. 'Mis manos no están vacías', respondió Krren a su esposa, y sin otra palabra descargó sobre ella un terrible garrotazo, que hizo temblar el cielo sobre sus cabezas. Ante esto las mujeres se dispersaron gritando en todas direcciones, perseguidas por los hombres con palos, flechas y cuchillos. Ese día el esposo no perdonó a la esposa, ni el hermano a la hermana, ni el padre a la hija: todas las mujeres perecieron en la gran venganza, excepto las niñas, que eran inocentes del secreto y necesarias para garantizar la continuidad de la raza, y Kreeh, que se arrastró hasta el hain tratando de escapar de los furibundos garrotazos de su esposo, que así se vengaba de todas sus humillaciones y engaños. A cada golpe la bóveda del cielo reverberaba como si estos también la alcanzaran; temeroso de que pudiera desplomarse, Krren soltó el bastón y arrastró a su mujer hasta las brasas, hundiendo su rostro en ellas para ahogarla, pero las estrellas empezaron a sacudirse en el cielo como las hojas de los árboles cuando las agita el viento oeste, y al levantar este los brazos para sujetarlas Kreeh escapó al cielo de un salto y allí está desde entonces, ocultando siempre su lado quemado; desde aquel día el sol la persigue de una parte a la otra del cielo, sin poder alcanzarla, y Luna cada vez que puede se venga en los hombres de las heridas sufridas y de la destrucción del hain de las mujeres.

"Era el turno de los hombres de sentarse a deliberar, alrededor del fuego del hain, que ahora era suyo, para determinar cómo sería gobernado de allí en más el pueblo de los selk'nam, y cómo prevenir hasta el fin de los tiempos la posibilidad de que volvieran a tomar el poder las mujeres. Determinaron entonces volver sus engaños en contra de ellas, haciendo suya la ceremonia del hain y poniéndose los disfraces que habían abandonado: lanzarían contra ellas a Xalpen, al ejército de los shoort, a Tanu, Kulan y Halaháches, pero encarnados en cuerpos de varones; ellos tendrían la fuerza *y* las armas *y* la magia de su lado: su poder sería omnímodo. Pero era necesario borrar todo recuerdo del hain de las mujeres: ellas nunca debían saber, ni siquiera sospechar, que hubo un tiempo en que los hombres vivían sometidos a sus despóticos caprichos, porque aun cuando ya no pudieran recuperar el pasado dominio, la memoria del tiempo de mando, la mera sospecha de que era posible, podía volverlas menos blandas y complacientes para con sus esposos: de ahí la instauración del secreto y la obligación de todos los hombres de custodiarlo".

A medida que se desplegaba el relato de Tenenesk, Karl había ido sintiendo un desasosiego creciente que paso a paso se fue trocando en estupor, en desazón, y finalmente en muda indignación ante la enormidad de la estafa. ¿A esto se reducía, entonces, el tan cacareado secreto? ¿A este sórdido ardid de tahúres para mantener en la esclavitud a las mujeres? ¿Sin siquiera hacer el mínimo esfuerzo por inventar un cuento, más no fuera un personaje nuevo, sino robándoselo todo hecho a las mujeres por el uso de la fuerza y la violencia y haciendo los mismos monigotes pero ahora con un pene colgando? Al menos ellas se habían sentado cinco minutos a pensar en algo; y siendo físicamente más débiles, el subterfugio estaba de alguna manera justificado. ¡Pero sumar a la fuerza el engaño, y palmearse unos a otros las espaldas para felicitarse por su viveza, haciendo solemnes juramentos de proteger sus truquitos de fulleros como si se tratase de verdades trascendentales! (¿No eran eso todas las religiones, acaso? Sí, pero él había pensado que los selk'nam eran mejores. Y hete aquí que su dichosa sociedad sin jefes no era más que otra putísima trinidad de militares, burgueses y curas. Al final Vera tenía razón, era lo mismo en todas partes: qué buen salvaje ni ocho cuartos, al mundo nuevo había que inventarlo).

"¿Te pasa algo?", le preguntó Kalapakte, que de tan contento se mordía las orejas a cada lado. Claro, ahora es uno de ellos, pensó Karl rencoroso; todo lo que habían aprendido juntos los tres, todo lo que le habían enseñado, le importaba un rábano. Aun así, no quiso hacerle el aguafiestas: imaginate si por su culpa hubieras tenido que hacer el bar mitzvah a los treinta y encima en la fiesta te pusiera mala cara, se dijo para calmarse. Así que sonrió lo mejor que pudo, dijo que no, que no, que la lucha con los shoort (unas buenas patadas en el culo les daría a todos) lo había agotado, y trató de hacer como que la estaba pasando fenómeno.

Por suerte esa misma noche pudo sacarse la bronca, al menos del cuerpo: apenas el brujo terminó de decir pavadas los llevaron a dar una vuelta y los tuvieron toda la noche caminando de acá para allá, subiendo y bajando lomas impenetrables, atravesando arroyos helados, metiéndolos a propósito en pegajosos pantanos; para cuando volvieron al campamento estaba tan rendido que se desplomó sobre el piso de ramas y se quedó dormido al instante. La rutina siguió más o menos igual en los días siguientes, menos la lucha con los shoort que por suerte no se repitió porque ya no estaba para monadas; Tenenesk y a veces Halimink agregaban al cuento una plumita aquí, una pinceladita allá, y se ponían a discutir por nimiedades (Káxken había sido el primer pajarito en ir a espiar el hain de las mujeres, no, no, había sido Tornéceren, ¿y eso a quién carajo le importaba?); después los hacían correr, o luchar, o tirar con el arco, y marchar, marchar siempre, de la mañana a la noche y de la noche a la mañana: al final no era muy distinto del servicio militar, para salvarlo del cual lo habían mandado a América sus padres, aunque en este al menos se evitaba la cuota adicional de insultos y humillaciones por ser judío. Bueno, para ser justo ni los ai-orien ni los k'pin ni los demás hombres insultaban o humillaban a los klóketen; pero claro, ahora eran hombres, es decir, cómplices de la engañifa; aunque era verdad que tampoco insultaban a las mujeres: solamente les pegaban y las explotaban; Karl maldecía el día en que se le había ocurrido hacerse selk'nam.

El otoño avanzaba: las noches se hacían más largas, las nevadas más frecuentes, las golondrinas se habían ido y comenzaban a escasear los gansos. Con el paso de los días su ánimo se fue, si no dulcificando, al menos desamargando de a poquito: cada vez eran más los momentos en que podía olvidarse, o al menos poner entre paréntesis, el sentido y la finalidad de la ceremonia, y dejarse llevar por la belleza de su carnaval y su teatro. Lo ayudaba el talante general del campamento: todos sin excepción se habían vuelto más habladores y afables, andaban más animados y sonrientes que de costumbre; las mujeres y los niños seguían huyendo aterrados del ataque de los shoort, es cierto, pero lo hacían con más deleite que miedo genuino, como si se tratara de un juego. Cada noche los varones se reunían alrededor del fuego para comentar los números del día y determinar los del siguiente, asignar roles y personajes dependiendo del clima, el público y los caprichos del momento. El ceremonial no parecía tener orden fijo y por momentos evocaba más un espectáculo de vodevil que la dignidad del rito; lo solemne alternaba con lo bufo y lo refinado con lo grotesco.

Los shoort eran los más asiduos: había siete, uno por cada poste del hain, y marcaban el paso de las horas como los autómatas de un reloj de iglesia: el primero aparecía antes de la salida del sol, el segundo con la primera claridad del alba, un tercero cuando asomaba, otro cuando brillaba sobre el horizonte y así hasta el crepúsculo y las primeras sombras; estaban asociados también (le parecía entender) con los cuatro vientos y los cuatro cielos; las mujeres disfrutaban mucho de verlos, porque solo los hombres mejor formados podían interpretarlos; y entonaban el k'meyu para convocarlos. En algún momento se consideró la posibilidad de que Karl encarnara a alguno, y participara de las incursiones y los desfiles, pero su cuerpo sería reconocido por estas por más pintura que le pusieran encima, hasta la forma de sus pisadas en la nieve podría delatarlo. Recibió con frialdad la mala noticia: poca gana tenía de hacer el mamarracho y ser cómplice del burdo engaño.

Por ser espectáculo de hombres y no de espíritus, y realizarse a cara descubierta, sí le permitieron unirse a la danza kulpush en la cual los varones, pintados al través con líneas blancas y bandas rojizas, se abrazaban hombro con hombro formando entre todos un friso vivo y dando un salto el primero, luego el de al lado y el siguiente y así hasta el último, avanzaban remedando las ondulaciones de una anguila, o las del agua quieta cuando pasa nadando un ave o la surca una canoa. También lo invitaron a participar de la pantomima en la que los klóketen eran rescatados de las garras de Kulan la insaciable, que se los llevaba al cielo para montárselos una y otra vez mientras su esposo, Koshménk el cornudo, la buscaba desesperado por todo el campamento. Los dos actores que interpretaban a la desavenida pareja iban pintados de rojo, blanco y negro y ocultaban sus rostros en las alargadas máscaras tolon, y el que hacía de Kulan, el pene entre los muslos, por lo que solo podía avanzar dando saltitos. Los cuatro klóketen volvieron agotados por el esfuerzo de complacerla y cubiertos de excremento de pingüino (cómo habían volado al cielo los pingüinos era para Karl un misterio, a no ser que se tratara de alcas, nuevamente); después de limpiarlos los pintaron con ákel rojo, con las zonas más apetecibles realzadas en blanco, y les entretejieron plumas de cormorán en la cabeza para exhibirlos ante las mujeres. A estas no se les movía un pelo por ver un hombre desnudo, pero el tenor de este desfile era decididamente erótico y Karl temió en varios momentos que la excitación de las mujeres tomara en su persona estado visible (lo cual quizás fuera parte del numerito, pero prefirió controlarse, por las dudas: siempre andaba con miedo de meter la pata, entre los indios). Esa noche, la multiplicación de los gemidos y gruñidos en distintos puntos del campamento le hizo saber que los fantasmas de los cuatro klóketen andaban de ronda por varias de las chozas, incluyendo la suya, donde Apelchen le jadeaba al oído "A que Kulan no te coge tan bien como yo, ¿eh? ¿A que no?". Desde que tenían la choza para ellos solos se había vuelto bastante más desfachatada.

Kalapakte se había mudado a la de Yoiyolh, el poderoso xo'on del norte, que era al parecer hermano o primo de su padre; aquel le había recordado que desde pequeño siempre le había gustado jugar a ser xo'on, imitando los cantos de su abuelo Chonkayayá, el que había escapado del barco y regresado a la isla en el vientre de la ballena, y que muchas veces lo habían escuchado cantar en sueños, señal indudable de una vocación en ciernes. Kalapakte escuchaba absorto de boca de su pariente estos relatos sobre su propia infancia como quien recupera algo perdido hace tanto que estaba no solo perdido, sino del todo olvidado. Atento a estas señales, Yoiyolh lo había tomado bajo su ala desde el día en que había llegado; todavía era muy pronto para saber si sería xo'on, chain-ain o lailuka-ain; en todo caso, la decisión no era suya: en un sueño, tras un sinfín de trabajos que podían durar años, el espíritu de un antepasado vendría a él para legarle su wáiyuwen o espíritu visitante. Kalapakte ahora dedicaba casi todo su tiempo libre a cantar, para atraer el que le estuviera destinado, tal vez el de su abuelo, tal vez el de aquel Yenijoom que los koliot habían matado para robarle el esqueleto y con el cual también estaba emparentado, y Karl sentía la tristeza agridulce de ver que el ser querido encuentra el camino que lo alejará irremediablemente de uno: esta primera separación sería el preludio de otras, hasta llegar a la definitiva; él había cumplido su misión, Kalapakte estaba entre su gente, y al permanecer entre ellos Karl no hacía más que demorar la despedida.

Mientras tanto podía seguir disfrutando de las danzas y los desfiles de los espíritus: una noche de luna llena bajó del cielo Matan la bailarina, que también era el cisne de cuello negro, pintada como este de anchas bandas blancas y negras; era una verdadera delicia contemplar su cuerpo coronado por la ahusada máscara tolon ondulando con elegancia sobre la nieve recién caída, desperdigando sombras elongadas cada vez que pasaba delante de la choza del hain, iluminada como una lámpara de ramas por el fuego que ardía en su centro. Los háyilan aportaban el elemento grotesco: encapuchado y pintado a la manera de los shoort, pero con menor esmero, salió al campo uno que hacía de viejito, tan encorvado que apenas podía tenerse con la ayuda de su bastón, cargando sobre su cabeza a otro más pequeño y joven, cuyos genitales colgaban sobre la frente del primero impidiéndole ver por dónde iba, y así chocaba con todo lo que encontraba a su paso hasta desplomarse agotado, pero el más joven, lejos de dejarlo, lo tomaba al punto de las caderas y acomodándolo en cuatro patas lo montaba en pantomima, provocando exclamaciones de asco y desaprobación de las mujeres y toda clase de burlas e insultos, hasta que los dos se retiraban mascullando, y Karl volvió a preguntarse cómo podían los varones selk'nam ser tan puntillosos respecto del secreto en algunos casos y tan descuidados en otros, porque había que hacer un gran esfuerzo para no reconocer al contrahecho Hechelash y a su hermano el diminuto A-yaäh bajo la capucha y las pinturas. También el hóshtan-tien les daba a las mujeres oportunidad de reírse de los hombres y vengarse de lo que supuestamente nada sabían, la destrucción de su hain y de su imperio: pintados de blanco y negro y caminando como pingüinos, los varones salían de la choza en tandas, hasta que estaban todos en reunidos el campo; entonces se ponían en cuclillas y empezaban a saltar de un lado al otro en total desparramo, mientras las mujeres se lanzaban sobre ellos con gritos de júbilo, cada una sobre una "víctima" determinada, generalmente el esposo o candidato a serlo, empujándolos o tirándoles del pelo hasta que caían al suelo y quedaban "muertos", y tras acabar con todos regresaban en procesión triunfal al campamento; Apelchen naturalmente lo persiguió por todo el campo hasta tumbarlo y esa noche enardecida por su triunfo tornó a tumbarlo repetidas veces, hasta "matarlo" de nuevo. Era indudable que las mujeres disfrutaban enormemente de estos juegos compensatorios en los cuales los hombres les daban el gusto de dejarlas sostener en las manos, por un ratito, astillas del perdido cetro; y Karl, viendo cómo una y otra vez tocaban la esquina del velo con la punta con los dedos, se preguntaba cómo resistían la tentación de correrlo enteramente.

Fue recién una o dos semanas después, cuando tanto el otoño como el hain estaban bien avanzados, y casi no había hojas en las ramas de los kualchnik, que tuvo su respuesta. Hacía tres días que la niebla envolvía el prado y también el campamento, y las representaciones del hain habían sido temporariamente reemplazadas por excursiones de caza; habían tenido la suerte de abatir una hembra joven y todavía bastante gorda en un valle cercano y a los cuatro klóketen les tocaba llevar las partes de regreso al campamento. Le había encargado la compuesta de cuello, cabeza y espinazo, una de las más pesadas, y se perdió en la niebla, y maldiciendo su suerte y a todos los selk'nam erró hasta que hacia la tarde se disipó lo suficiente para dejarlo adivinar el rumbo del sol y corregir el suyo, hasta que escuchó lo que parecían ser voces de mujeres y guiándose por ellas llegó a un sector poco frecuentado del bosque, al oeste del campamento. Una cautela instintiva lo llevó a abandonar el guanaco y aproximarse sigilosamente. En un pequeño claro las mujeres, algunas desnudas, los cuerpos enteramente surcados de rayas y puntos, otras con faldas, o envueltas en sus capas por el frío, se habían dispuesto en semicírculo, llevando todas el kócel reservado a los varones, aunque los suyos no parecían estar hechos del pelaje gris y denso de la frente del guanaco sino del más lanudo y suelto del vientre. En el medio del claro una muchachita llamada Alukan, pintada a la manera de los klóketen, luchaba con una mujer caracterizada como un shoort y las demás mujeres la azuzaban y gritaban ¡She-un, she-un! ¡Mata mae kisé! y otras frases por el estilo, las mismas que él había escuchado cuando luchaba en la choza del hain con el suyo, hasta que Leluwachin gritó las también prescritas palabras ¡Desenmascará al shoort! ¡Mirale la cara! y Alukan tiró con todas sus fuerzas hasta quedarse con la máscara en la mano frente al rostro risueño de Shemiken, y acto seguido se la pasó varias veces por la entrepierna, arriba y abajo, mientras las demás la alentaban entre risas.

No le hizo falta nada más para entenderlo todo, aunque como suele suceder, la revelación se dio en su cuerpo de una vez y completa, y su traducción en palabras en sucesivas oleadas, en efecto dominó o en cascada: las mujeres *sabían*. Un número de indicios ínfimos y dispersos se unieron para formar en su mente un dibujo preciso: el ojo de una niña asomado bajo la capa que la cubría, escudriñando los inconfundibles pies del shoort más cercano (era su padre); la entonación levemente irónica con que Apelchen le había preguntado por sus noches con Kulan; las palabras de Shemiken a su esposo cuando le pidió más carne para Xalpen, "¡Qué hambrienta debe estar! ¡Come más que todos los hombres juntos!". Sabían, entonces, que los pretendidos espíritus eran hombres disfrazados, que se trataba todo de una superchería y una fantochada, y les seguían el juego. Pero ¿por qué? ¿Para complacerlos? ¿Por lástima, como adultos que fingen asustarse del niño que hace de fantasma con una servilleta en la cabeza? ¿O era por miedo a que las mataran? Y esta especie de aquelarre en medio del bosque ¿era el cónclave de un poder secreto, más secreto aun que el de los hombres, el poder verdadero que nunca habían entregado? (Estás cayendo en una trampa, se dijo, los dominadores son siempre paranoicos y se inventan que el poder lo tienen las mujeres, los negros o los judíos, y todo termina en caza de brujas, Ku Klux Klan y pogroms; quizás el hain de las mujeres nunca había existido, quizás se lo inventaron los hombres para tenerlas carpiendo, y los cuentos de Tenenesk eran una especie de *Protocolos de los sabios de Sion* al uso selk'nam. Bueno, estás exagerando, pero es muy raro todo esto). Fuera como fuera, demostraba que eran más astutas que los hombres, que ni siquiera sospechaban este engaño al cuadrado. ¿O sería al cubo, o a la enésima potencia? ¿Las mujeres les hacían creer a los hombres que ellas no sabían, y los hombres a las mujeres que ellos no sabían que ellas sí sabían, y así hasta el infinito? Se acordó de la vehemencia con que Tenenesk, que pasaba por avispado, los exhortaba a guardar el secreto a costa de sus vidas; de las risas bobas de Ahnikin y Minkiyolh cuando planeaban alguna de sus fechorías; de Hechelash el mensajero volviendo del campamento con noticias del terror abyecto de las mujeres: no, no les daba la cabeza, estos no la veían ni cuadrada. Pero si las mujeres eran tan astutas, ¿por qué no se rebelaban? Vamos, Karl, despabilate, volvió a decirse, como anarquista la respuesta la tenés cantada: en el combate entre la astucia y la fuerza, casi siempre gana la segunda; los fuertes suelen ser bastante estúpidos (miralo si no a Pullman) y la astucia es el arma invisible de los débiles, como el campesino que le roba grano a su señor o la esposa que le mete los cuernos al marido; invisible y por lo tanto inútil. Solo las armas visibles meten miedo y ganan batallas. ¿Y si se acercara a ellas y les contara lo que había visto, aleccionándolas sobre las bondades de la acción conjunta, instándolas a encarar una rebelión a lo Lisístrata o Fuenteovejuna? Lo más probable es que siendo hombre creyeran que se trataba de una trampa y se hicieran las sotas (otra frase argentina que se le había pegado). Y además, Bridges le había advertido que no se metiera en las internas de los selk'nam; mejor se quedaba en el molde, a ver si todavía se salvaba de que los hombres lo mataran por traidor y pollerudo y venía el inglés a pegarle el prometido balazo.

Esa noche, aprovechando que una vez más los habían mandado solos al bosque, quiso compartir su descubrimiento con Kalapakte. En poco menos de veinte años de convivencia casi continua creía haber llegado a conocerlo a fondo, y por eso se sorprendió bastante cuando saltó sobre él y le tapó la boca con la mano:

—Pero ¿qué decís? ¿Estás loco? ¿Querés que nos maten?

—¿Cómo ellos enterando? —logró decir entre los dedos de su amigo—. Nosotros estando en medio bosque.

—Los shoort pueden seguirnos, y están los háyilan que pueden ir a avisarles. Cualquiera de ellos te estrangularía en un segundo.

—Pero no existiendo shoort. Siendo nosotros, para asustados mujeres y niños.

Esta vez creyó que Kalapakte iría a matarlo él mismo. Le soltó la cabeza y comenzó a dar vueltas al fuego, casi llorando.

—¿Qué decís? ¿Cómo que no existen los shoort? —lanzaba a su alrededor miradas de pánico genuino, como si en verdad esperara que en cualquier momento saltara un par de la espesura y los estrangularan ipso facto— ¿No los viste en el hain todos los días?

—Solo viendo Shishkolh, Minkiyolh y demás hombres pintados.

—Pero claro. ¿Cómo querés que suba un shoort a la tierra si no hay un selk'nam que le preste su cuerpo?

—Pero entonces, ¿siendo ellos reales?

—¡Claro que son reales! ¿Qué estás preguntando?

—¿Y pudiendo matar nosotros? No selk'nam que presta cuerpo; ¿shoort mismo matando?

—¿Cuál es la diferencia?

—Siendo diferencia de concepto.

—Pero qué concepto ni concepto. ¿No entendés nada vos? ¿Siempre hay que explicártelo todo? A ver, cuando fuimos al teatro en París, ¿te acordás que llorabas cuando murió Margarita Gautier?

—Sí...

—¿Era Margarita Gautier?

—No. Era Sarah Bernhardt.

—¿Se murió Sarah Bernhardt?

—No...

—¿Y entonces por qué llorabas?

Karl se sintió muy estúpido, desde luego. Una vez más, había caído en la trampa blanca: quería entender a los selk'nam a partir de una supuesta simplicidad de sus mentalidades, sin siquiera plantearse que podían ser más sofisticadas o retorcidas que la suya. Hacía semanas que estaba asistiendo a una representación teatral y recién ahora se daba cuenta. Pero al menos su estupidez había tenido una consecuencia afortunada: a Kalapakte se le pasaba el enojo y empezaba a reírse. Semejante estúpido, debe de haber pensado, no podía representar un peligro demasiado grande.

Pero se equivocaba. La noche siguiente estaba disfrutando de un momento de paz secándose la pintura junto al fuego de su choza, después de que Halimink y Tenenesk lo habían tenido al trote todo el día (se aprovechaban, a veces: explotaban a los klóketen, aparte de engañar a las mujeres), cuando empezó a escuchar voces airadas que llegaban desde el hain; supuso que sería otra de las peleas de esos dos y no prestó atención a lo que decían hasta que Kalapakte irrumpió con la mirada más severa que jamás le hubiera visto. Estaba menos agitado y vacilante que la víspera, y le metió mucho más miedo.

—Agarrá tus cosas. Nos vamos.

—¿Adónde?

—No sé todavía. A lo de los Bridges, supongo. Viamonte o Harberton, todavía no me decido. No conozco bien el camino.

—No entendiendo. ¿Qué pasando?

—Los hombres están discutiendo cuándo matarte. Vamos, que no hay tiempo.

—Pero por qué.

—Sabés muy bien por qué. Revelaste el secreto a las mujeres.

—¿Yo? ¿Cuándo?

—Lo hablamos de camino, ¿puede ser?

—No, Kalapakte esperando. Yo no moviendo por, por… ¿*Accusation*?

—Acusación.

—Acusación no verdad.

—No es falsa. Yo mismo te escuché decir ayer que todo en el hain era mentira, y que engañábamos a las mujeres. Seguro que fuiste y les preguntaste algo. Te conozco, Karl, seguro que lo hiciste de puro meterete anarquista. ¿Por qué, Karl? Tantas veces te lo dijo el maestro, y también los guías. ¡Solo tenías que mantener la boca cerrada! ¡Ahora todo está perdido! —decía con los ojos llenos de lágrimas.

Karl estaba boquiabierto, no solo por la acusación en sí, sino porque Kalapakte nunca le había hecho reproches antes. Y eso que motivos no le habían faltado.

—Pero a quién diciendo. A quién —atinó a balbucear.

—A Shulinen. A ella también van a matarla. Shijyolh está furioso, por tu culpa tiene que matar a su esposa y es la única que tiene.

A pesar del absurdo creciente, una débil lucecita comenzó a parpadear en el fondo de su cerebro. Shijyolh.

—Yendo ahora a hain a hacer todo claro.

—¿Estás loco? ¿No oís los gritos? Van a matarte apenas entres. Por qué, Karl, por qué. ¿Por qué me hiciste esto?

—¿Y si preguntando Shulinen?

—No puede hablar, está desmayada.

—¿Cómo pasando?

—Apenas empezó a hablar de lo que le contaste Shijyolh la durmió de un garrotazo.

El nudo en su estómago se iba ajustando de a poco, como si lo tiraran de las puntas. Quizás Kalapakte tuviera razón, y lo más sabio fuera emprender la retirada.

—¿Y cómo sabiendo que ella hablar de hain si no dejando?

—Si la dejaba hablar hubiera tenido que matarla.

—¿Y cuándo yo contando eso?

—Hoy fue, hoy mismo, la mujer empezó a decirle algo y él se dio cuenta de que iba a hablarle del hain y para no darle tiempo la bajó de un garrotazo.

Lógica selk'nam, claro. Por suerte a esta altura tenía idea de con qué bueyes araba.

—Pero hoy día estando yo tiempo todo con Tenenesk y Halimink.

—Tenenesk y Halimink son los que más insisten en que hay que matarte. Dicen que traicionaste la confianza que depositaron en vos.

—Yendo y llamando.

Agregó que no se movería de ahí hasta que vinieran, y se tapó los oídos con los dedos para no seguir escuchando los ruegos y amenazas de su amigo, que se vio obligado a ir en busca de los dos maestros, maldiciéndolo y maldiciendo su suerte. Que se joda, pensó Karl, si ellos querían ponerse caprichosos e irracionales él también podía hacerlo. No debió serle fácil convencerlos, no de venir, pues era lo que planeaban, sino de hacerlo solos y desarmados en lugar de a la cabeza del piquete enardecido y sediento de sangre. Karl sabía cómo se ponían cuando se les metía una idea en la cabezota conjunta;

su única esperanza era tratar de sacársela de a uno por vez, taladrar un par de agujeros en el blindaje para hacer entrar un poco de razón en sus cerebros sobreexcitados. Realmente debían haberla pasado bastante mal sus antepasados a manos de las mujeres, para legarles semejante pánico.

No fue menor el suyo cuando los vio entrar a la choza. Venían sacudiendo la cabeza, evitando mirarlo a los ojos, no como quien tiene algo que ocultar sino como quien teme fulminar con la mirada. Realmente estaban muy decepcionados, aunque en el fondo él siempre había dicho que era un error revelarle el secreto a un koliot, dijo Halimink mirando fijamente a Tenenesk, y el otro ni lerdo ni perezoso ¿lo decís por mí? Y el primero ¿y por quién si no? Corazón de selk'nam, haceme reír, mirá el lío en que nos metiste, y ahí Tenenesk pero si fuiste vos el que me convenció de que había que admitirlo, y Halimink no, no, fuiste vos, fuiste vos, como dos chicos; Karl vio en ese momento la puerta de salvación: si lograba que se trenzaran entre ellos estaba salvado, así que los dejó correr, mechando cada tanto una palabrita aquí o allá si veía que la disputa flaqueaba: pero, Halimink, si yo estando mañana toda con vos, ¿no acordando? Solo yendo para traer agua, y Tenenesk ¿Ves? ¿Ves? Se suponía que tenías que vigilarlo, y Halimink eso no fue más que un momento, en cambio vos te echaste a roncar después de hartarte de guanaco, ahí le diste tiempo de hablar con todas las mujeres del campamento, una por una les debe haber contado y así siguieron hasta bien entrada la noche, mientras los demás se aburrían en el hain esperando la señal de ataque. Al final se retiraron, menos convencidos que hartos, mascullando entre dientes que la seguían al otro día porque ahora estaban demasiado cansados para matar un pichón de ganso; todavía desde afuera Tenenesk volvió a asomarse para decirle "Estoy seguro de que algo le dijiste, ¿si no por qué tanto alboroto?". Karl no pegó un ojo en toda la noche, como tampoco Kalapakte, pero a la mañana los mandaron con Talimeoat y Shilchan y los otros dos klóketen en una excursión de caza que duró cuatro días, y aunque Karl temió por momentos ser la presa señalada, se tranquilizó pensando que en ese caso los habrían hecho acompañar por los letales Ahnikin y Minkiyolh, y no por dos de los selk'nam más buenazos. Para cuando volvieron doblados bajo la carga de los cuartos de guanaco los ánimos se habían aquietado bastante, aunque todavía había miradas torvas y reproches velados del tipo "Algo le debe haber dicho, si no por qué Shijyolh la habría golpeado" y "Kástèle debería hacer honor a su nombre".

Quedaba, lo sabía, un asunto por resolver si quería vivir más o menos tranquilo por la duración del hain y de su vida entre los selk'nam, pero tuvo que esperar a que pasara una racha de mal tiempo con vientos huracanados y lluvia incesante; el día en que se reanudaron los torneos de lucha Karl se levantó el primero y despojándose de su manto alargó la zurda en dirección a Shijyolh. Este primero lo miró azorado, al igual que todos los presentes; enseguida asomó a sus ojos un brillo malévolo y se incorporó para aceptar el reto. Karl había tomado la precaución de revisar ese sector del campo minuciosamente, para asegurarse de que no fuera a desnucarlo contra alguna roca saliente, porque sabía lo que le esperaba. Su cuerpo se tensó cuando las uñas de su rival se le clavaron en la espalda, pero como estaba preparado para eso y mucho más pudo disimular el dolor tras un semblante impasible. Sintió el odio del hombre en cada tirada, en las tomas que por momentos parecía que irían a arrancarle los brazos y una vez hasta a romperle el cuello, pero pudo soportarlo, porque se había hecho cargo no solo de la inevitabilidad del castigo sino de su justicia: Shijyolh hacía lo que tantas veces Karl le había reclamado a los obreros en sus arengas, responder a la estructura profunda del ultraje, antes que a las manifestaciones de superficie: aunque los koliot no habían matado directamente a sus hijos, habían hecho algo peor, habían convertido a un selk'nam en alguien capaz de hacerlo, y Karl entregaba su cuerpo al dolor del padre y se dejaba vapulear para absorberlo. Sabía que en cualquier momento podía romperle un brazo o una pierna, o causarle una lesión interna; pero en la cárcel había recibido castigos iguales o peores, en los que no había odio ni dolor sino apenas el goce bestial de pisotear la humanidad de la víctima hasta hacerla desaparecer bajo las suelas, así que no se comparaba. Cuando ya estaba llegando al límite sintió que el odio de Shijyolh cedía ante el dolor, que este ya no lo aplastaba sino que se apoyaba en él, que se confundían la toma y el abrazo; en ese momento sus ojos se encontraron por primera vez desde que se habían conocido y supo que Shijyolh había entendido, porque con un gruñido de fastidio volvió a su lugar y se envolvió en su manto de piel de zorro, y mientras Toin y Kalapakte lo ayudaban a incorporarse Karl supo que de ahí en más ya no tendría problemas.

Tras ese breve respiro volvieron el mal tiempo y la lluvia, y como no podían hacerse los números del hain porque ésta lavaría la pintura y el secreto se haría visible a los ojos de las mujeres (¡qué secreto ni secreto, cuándo se darán cuenta de que las mujeres no son tan pelotudas como ustedes, mascullaba Karl para sus adentros) se vieron obligados a permanecer en las chozas la mayor parte del tiempo, acurrucados alrededor del fuego, escuchando las historias de Tenenesk, Halimink y Yohiyolh; así supo de Kenós, que creó al hombre y a la mujer del mismo barro y los juntó para que procrearan; del tiempo en que los hówenh morían apenas como quien duerme, para despertar renovados en sus capullos de pieles; del héroe Kwányip que como Ulises cegó al gigante antropófago, y por yacer con su hermana trajo la muerte al mundo; y una y otra vez, claro, de la disputa de Sol y Luna, de la perfidia de las mujeres y la gloriosa victoria de los hombres sobre éstas, pero con el correr de las horas los mayores se quedaban sin leyendas y se daban en rememorar los viejos buenos tiempos en que un hain podía congregar a cientos de selk'nam y los klóketen eran tantos que no cabían en la choza, y para cada espíritu había un actor avezado que había dedicado toda su vida a perfeccionarse, y los selk'nam acudían de los más lejanos háruwen solo para verlos, no como ahora que el mismo podía hacer por la mañana del temible shoort, a la tarde del grotesco háyilan y esa misma noche de la delicada Matan, y todo se volvía improvisado y chapucero.

Cada tanto, como para no perder la costumbre y que la fuerza del hain no se disipara, realizaban alguna representación compatible con las inclemencias del tiempo; una de las más repetidas era la de Xalpen arrastrando a los hombres a su morada subterránea, porque no hacía falta mostrarla, bastaba con escuchar sus gritos y el wa wa wa de los hombres debatiéndose en sus garras; las mujeres trataban de incidir sobre ella de dos maneras contrapuestas: cantando sus alabanzas, para aplacarla, o gritándole insultos como chiteré (glotona) y, algo incomprensiblemente para Karl, hoshr k'lich choucha (frente de mejillón) y también, sobre todo cuando le tocó a él hacer de secuestrado, pullas del tipo "Eh, dejalo ya al blanquito, se ve que te gusta, ¿eh? ¿Tan grande la tiene, que no querés largarlo?" y otras guarangadas por el estilo; cuando la feroz ninfómana los soltaba los hombres salían a dar vueltas alrededor del hain como marionetas cansadas, tal vez con una gran vejiga inflada colgando entre las piernas, para mostrar cómo los había dejado la hinchapelotas de Xalpen; aun así había muchos que alardeaban luego de sus hazañas subterráneas, describiéndola como una mujer joven y hermosa, sobre todo si había mujeres cerca; Karl supuso que la imaginaban como una especie de súcubo proteico, capaz de pasar sin esfuerzo de la silueta de sirena a la de ballena y de la seducción al asesinato.

Cuando regresó el buen tiempo todos estuvieron de acuerdo en que había llegado el momento de mostrarla, en todo su esplendor: harían la gran escena de la masacre de los klóketen y el nacimiento del bebé K'terrnen. Al punto los mejores artesanos se abocaron a construir el elaborado andamiaje de arcos reforzado con varas y amarrados con tendones de guanaco, y sobre él echaron los grandes cueros, con el pellejo hacia afuera para poder pintarlos con los colores consuetudinarios: gruesas líneas transversales aplicadas sobre un fondo rojo oscuro de ákel y grasa de guanaco, adosándole al conjunto un bulto más pequeño, como un paquete, que representaba un rostro sin ojos en el que se abría apenas un enorme agujero redondo, de cuyos bordes colgaban como ávidos tentáculos ristras de lana apelmazada y piltrafas secas de carne y grasa; el resultado era una voluminosa masa amorfa de más o menos seis metros de largo por dos de ancho, movida a ciegas, con la guía de los ai-orien, por un hombre oculto en su interior, aplastado por el peso y sofocado por la falta de aire, Minkiyolh en este caso, porque en los últimos días había estado insoportable y cargarle la Xalpen encima era lo más parecido a matarlo. Inmóvil y a la luz del día resultaba un verdadero adefesio, y al verla estacionada junto a la entrada del hain Karl volvió a sentir uno de esos ramalazos de desazón que lo asaltaban cada vez que derrapaba alguna de sus idealizaciones del mundo selk'nam; pero esa misma noche, anunciada por el lastimero wa wa wa de los hombres desde el interior de la choza grande, iluminada a la vez por la gran hoguera en su centro y por la luz de la luna que se reflejaba en la nieve, y recibida por parte de los niños con ese silencio aterrado que viene de la certeza de saberse ante un peligro del cual ni los padres podrán salvarlos, su aparición no dejaba de resultar sobrecogedora, como si se tratase de la gran bestia primordial, madre y origen de todos los terrores, *eso* que no puede verse aunque fijemos en ello los ojos, y mucho menos nombrarse. Xalpen se volvió hacia un lado y hacia el otro, deliberadamente, como quien ha sentido la proximidad de una presa, y meneando la cabeza como una anciana que asiente fue "marcando" uno a uno a los cuatro klóketen, que la aguardaban en el centro del prado desnudos y temblando, no solo de frío, aun en su caso. Karl no hubiera sabido decir qué era ese miedo sin forma ni causa que lo embargaba, y se acordó en ese momento de la calle frente a su casa de Frankfurt, el juego con sus compañeros, su madre asomándose a la puerta para llamarlo con voz angustiada, tal vez porque había escuchado el rumor de que un grupo de muchachotes goyim armados con garrotes se acercaba por las calles del barrio, y lo asaltó en ese momento una sensación de lejanía, como si estuviera diciendo adiós para siempre a todo lo que había conocido. Miró de reojo a Kalapakte, que caminaba a su lado ensimismado y ajeno: también de él se sentía irremediablemente lejos en ese momento, lejos de todo; pocas veces en su vida, tal vez nada más en la celda de aislamiento, se había sentido tan solo.

En la choza tenían que gritar como si Xalpen efectivamente estuviera violentándolos con su omnisuccionadora boca o ano o vagina (al parecer usaba el mismo orificio para todo) abriéndolos luego en canal con la uña de su largo y delgado dedo índice para sorberles las tripas; sabiéndose preñada de los klóketen, y estirada en el potro de las contracciones, así se vengaba de quienes le habían metido ese intruso que le laceraba las entrañas. Por una vez no le costó ningún esfuerzo fingir, porque todos los presentes gritaban con pavor genuino y hacían temblar la choza sacudiéndola de lado a lado, y el suelo golpeándolo con los cueros enrollados; no había en el hain ni risas, ni jolgorio, ni chistes; diríase que los hombres habían decidido engañarse también a sí mismos, para que el secreto se presentara sin fisuras: así era al menos en su caso, no había nada fingido en ese wa wa wa que le subía de las tripas —las tripas en las cuales Xalpen se cebaba ávida— y se elevaba hacia las estrellas trenzado con el de sus compañeros junto con las llamas y el humo.

Entonces estuvo muerto. No entendió cómo había sucedido, su cuerpo yacía sobre el suelo de ramas, cubierto de sangre (¿de dónde había salido?) pero él estaba afuera, mirándolo (¿mirándose?) yacer junto al de Kalapakte y los dos jovencitos, igualmente desnudos y ensangrentados y contemplando el vacío con ojos de carnero degollado. Dos hombres, los hermanos Shijyolh y Shishkolh, lo tomaron con infinito cuidado, uno de la cabeza y el cuello y el otro de las piernas, y salieron del hain con porte solemne; Karl se decidió a seguirlos, conmovido por la solicitud con que trataban a su cadáver. Afuera ardía una gran hoguera y a prudente distancia se habían dispuesto las mujeres, llorando, abriéndose los vestidos para arañarse pechos, brazos y muslos con trozos de pedernal, valvas de mejillón o las propias uñas, y entonando el lamento hain kojn hórosho cuando encontraban la voz para hacerlo, y a Karl se le llenaron los ojos de lágrimas (¿qué ojos? ¿Qué lágrimas? Bien secos estaban los ojos ciegos del cadáver) al comprender que ese llanto era por él, el blanco invasor, el eterno extranjero; y en medio de la enorme tristeza de saberse muerto lo consoló que fuera al menos en un lugar donde lo lloraban con tanto sentimiento. ¿Pero qué decía? ¿No se trataba de una farsa acaso, no le correspondía soltarse de sus portadores y señalar a las mujeres diciendo “No crean nada de esto, las están engañando”? Pero si se trataba de una farsa, ¿por qué no estaba cómodamente instalado en su cuerpo, fastidiado por el papel que lo obligaban a representar, o por el contrario compenetrado con él y riéndose para sus adentros? ¿Qué diablos estaba pasando?

Shijyolh y Shishkolh habían completado la vuelta a la fogata y se dirigieron a la choza del hain con el mismo paso mesurado, seguidos por el lamento de las mujeres y la conciencia descarnada de Karl, cruzándose en el camino con Yoiyolh y Hechelash que salían portando a Kalapakte. Una vez adentro lo depositaron sobre su capa junto al fuego y lo envolvieron en ella. A sus pies y a su cabeza, formando entre los tres los lados de un cuadrado incompleto, yacían Toin y Nana, dos eviscerados cuencos de sangre, aguardando su turno para ser expuestos ante las lloronas y dolientes que esperaban en el prado. Cuando el ritual estuvo concluido, y el cuadrado completo, los hombres se sentaron, siete contra los pilares, los demás entre ellos, en completo silencio. Esta vez no hubo felicitaciones mutuas, risas cómplices, burlas a la simplicidad de las mujeres. En lugar de todo eso, Tenenesk empezó su hoyoiyoiyoiyo, la monótona, machacona letanía de siempre, y todos se entregaron a su embrujo, cerrando los ojos, respirando audiblemente, balbuceando las sílabas como un eco idiotizado. ¿Había, pues, detrás del engaño, un secreto genuino? ¿Era todo verdad entonces? ¿Los grotescos espíritus del hain, la grieta que comunica con el centro de la tierra, el techo que conduce a las estrellas, su propia muerte?

No, era todo mentira. *Todo*: Xalpen, Matan y Tanu, los shoort, Koshménk y Kulan no acudían para imponer su realidad, sino para sustraerles la propia; para susurrarles que ellos, Karl, Kalapakte, Toin, Nana y todos los selk'nam, que tan sólidos parecían, eran igualmente fantásticos. La lucha del shoort con el klóketen era la lucha de dos sombras, y al final del encuentro eran dos las máscaras que caían: si el espíritu no era más que un hombre, el hombre no era más que un ensueño. En esto se equivocaba Bridges, que tan bien había comprendido —mejor que ningún otro blanco, sin duda— el mundo físico de los selk'nam, como quien se había hecho uno con ellos en la errancia, la caza y la lucha: en descartar su mundo mágico como superchería y engañifa. Hijo de un pastor protestante al fin, su devoción a las supersticiones de su padre le había impedido tomar seriamente las de los indios.

Karl estuvo comprendiendo hasta la llegada del alba; alivianada del lastre del cuerpo, su conciencia discurría sin obstáculos. Los selk'nam habían entendido, no en su discurrir cotidiano, no en su mitología, que como todo lo hecho con palabras apenas arañaba la superficie, sino en el teatro del hain, que era el compendio en acto de su filosofía, que nada existe salvo los seres y las historias fantasmales con que poblamos el vacío. Si sus historias afirmaban la realidad del mundo, el hain las desmentía: la gran choza era su theatrum mundi, el lugar donde creaban la realidad, y por lo mismo allí se revelaba su carácter espurio, de cosa fabricada, de escenografía. Ahora entendía por qué los oficiantes llevaban sus mantos de guanaco a contrapelo del uso cotidiano: el hain era el mundo dado vuelta, el hain revelaba el revés de la trama; era el telar donde se tejía y destejía, noche y día, el entramado de la vida. Allí, el xo'on convocaba al mundo con su canto; si el canto era bueno y el xo'on poderoso, el mundo acudía. Hechizaba el mundo con su canto y después se hechizaba a sí mismo, para borrar todo recuerdo del conjuro: al resultado de ese enrevesado encantamiento llamaban realidad los selk'nam. El recuerdo nunca se borraba del todo y en el hain, bajo la excusa de burlarse de la credulidad de las mujeres, los varones selk'nam se burlaban de sí mismos y de esa realidad tan sólida en la que creían que creían. El abismo que se abría a la vez bajo sus pies y sobre sus cabezas eran las grietas o fisuras por las que se colaba el principio de irrealidad que hacía posible la libertad del hombre; y lo mismo sucedía en el furtivo hain de las mujeres, tan secreto que los hombres ni siquiera sospechaban su existencia. El engaño recíproco de hombres y mujeres era en realidad una iluminación mutua: su carácter reversible, la demostración de que al menos en el plano mágico su poder y su saber eran análogos. Lejos de cimentar una dominación natural o divinamente ordenada, el hain les recordaba constantemente a los hombres el carácter contingente de su dominio, que este tenía origen en un descubrimiento fortuito y un acto de astucia, y que al menor descuido ese orden tan tenue podía derrumbarse sobre sus cabezas. Su misma machacona insistencia, "así lo hacían las mujeres", "como las mujeres antes, ahora lo hacemos nosotros", no era un mero ojo por ojo, una justificación infantil de la injusticia, como Karl había creído en un principio: era un reconocimiento de que la fuente de toda legitimidad en el mundo selk'nam radicaba en ese acto de creación originario de las mujeres y que todo lo que hacían los hombres debía remitirse, para tener validez y justificación, a lo hecho antes por ellas; como todo usurpador, vivían en temor constante de ser descubiertos.

Al alba, Tenenesk se dio por vencido. Su canto no lograba enlazar el káspi o alma de los klóketen y traerlo de vuelta hasta sus cuerpos. Debía darse la mala nueva a todo el campamento. Karl sintió un tremendo desconsuelo, y su káspi se llenó de piedad por ese cuerpo al que había estado tan unido. ¿Debía decirle adiós entonces, después de todo lo que habían pasado juntos? ¿Y qué sería de él a partir de ahora? Andaría por ahí descarnado y suelto, como los espíritus de los inuit por la gran planicie de hielo, o iría apagándose de a poco, tan solo como ahora (no había podido ver el káspi de los otros, aunque podía suponerse que allí estaba, cada uno flotando sobre su cuerpo como el abejorro a punto de posarse sobre la flor pero sin terminar de posarse). Resignados, los hombres dieron comienzo a los ritos fúnebres: fueron hasta los rincones de la choza donde se apilaban las posesiones de los cuatro klóketen muertos y tras revolver un poco volvieron con mocasines inservibles, algún trozo de piel, los arcos y las flechas: a estos les quitaron las cuerdas y luego los partieron al medio, no sin esfuerzo, para arrojarlos al fuego, luego hicieron lo mismo con algunas flechas, una por una, pero conservando las puntas; se asombró, eso sí, de que eligieran su arco de repuesto, y las flechas menos rectas; supuso que preferían no desperdiciar los mejores. Lo distrajo de sus cavilaciones una voz nueva y decidida: era Talimeoat, que nunca hablaba si no tenía algo significativo que decir: ¿Y si llamamos a Olum? ¡Sin duda él podrá salvarlos! ¡Sí, sí, llamemos a Olum, el xo'on más poderoso, si alguien puede salvarlos será él sin duda!, repitieron a coro todos, y en minutos la noticia corría por todo el campamento: ¡Vendrá Olum, vendrá Olum, él volverá a la vida a los klóketen! Y Olum entró, como si hubiera estado esperando entre bambalinas, escoltado por Halimink y Tenenesk, y aunque cualquiera podría reconocer, bajo la máscara y la pintura, a Yoiyolh el xo'on del norte, Karl a esta altura estaba despabilado y no cayó en la trampa: era Yoiyolh, que había recibido el apodo de pato del torrente porque salía a flote aun en las aguas más turbulentas, y era Olum, de todos los espíritus del hain el más benévolo. Olum dio comienzo a su canto, un monocorde hoiyoiyoi que a veces se modulaba a yeiyeiyei y otras a lolololo, y en esa letanía Karl se fue arrullando hasta dormirse. Dormido, soñó con Vera: los tres habían llegado a Tierra del Fuego y eran klóketen, los primeros del hain unificado de mujeres y hombres, y estaban en la choza pero también afuera, ella envuelta en su capa de pieles y con el kócel lanudo sobre la frente, y cuando se abrió la capa su cuerpo joven y rebosante de salud estaba pintado a lo selk'nam y con tremenda pija colgándole del triángulo color de fuego, y ya despierto Karl emergió del manto que cayó a sus pies como una cáscara vacía para descubrir que ese cuerpo era el suyo, y examinándolo a la luz de las brasas y a la del amanecer que filtraban los troncos del techo lo descubrió limpio y entero, sin rastro de sangre, y a su lado hacían lo propio sus tres compañeros, mientras los hombres que los rodeaban exclamaban ¡Olum los ha sanado! ¡Los ha vuelto a la vida! Olum, fuera de sí de contento, porque era un espíritu muy jocoso además de benéfico, los hizo volar uno a uno fuera de la choza, con fuerza portentosa (era proverbial la fuerza de Yoiholh, que a pesar de su corta estatura era uno de los mejores luchadores, pero ni un gigante como Kushalimink podría haberlos arrojado tan lejos). Fueron cayendo sobre unos cueros dispuestos sobre la nieve, primero los klóketen y luego el resto de los hombres, apilándose en una maraña de cuerpos de la que fueron desligándose magullados y sonrientes, alentados por los gritos de júbilo de niños y mujeres.

Quedaba por representar ahora la escena más esperada de todo el hain, el nacimiento del bebé K'terrnen, engendrado en Xalpen por los klóketen. Lo habitual era elegir a uno de los más jóvenes, y de formas más agraciadas; pero Toin se había levantado bastante maltrecho de su sueño de muerte, y la representación requería de un esfuerzo físico considerable, mientras que Nana tiraba a retacón y tenía las piernas demasiado separadas para hacer del K'terrnen femenino, que era lo que tocaba en este hain; así que esa noche durante las deliberaciones todos los ojos se posaron en Karl, y las cabezas comenzaron a asentir sesudamente: daba el tipo físico, y cubierto de plumón del cuello a los pies y con la cabeza embutida en un capuchón de corteza ninguna de las mujeres lo reconocería. No era lo más ortodoxo, sin duda, pero tantas cosas estaban cambiando que una más no podía hacer mucho daño. El bebé K'terrnen era la criatura más delicada del hain, y su creación estaba reservada a los artífices más cuidadosos: Talimeoat, Shilchan y Yoiyolh comenzaron su trabajo con la primera luz, pintando su cuerpo en bandas verticales rojas y marrones, y sobre éstas un sinnúmero de líneas muy finas de color blanco, desde el cuello y los hombros hasta la punta de los pies, y otra más ancha a lo largo de su pecho hasta el bajo vientre; sus genitales fueron cuidadosamente liados con tendones de guanaco y tirados hacia atrás, y le enseñaron a caminar con las piernas muy juntas para que se viera como un sexo de mujer; luego lo cubrieron de punta a punta de cientos de pompones de plumón blanco, lo suficientemente separados para que no taparan los colores debajo, excepto en manos, pies y pubis donde se adensaban hasta cubrirlos por completo. Se sentía como en uno de esos cuentos selk'nam en que un hombre se convierte en cisne, cormorán o lechuza; hubiera podido volar si se lo proponía, estaba seguro, pero por ahora debía salir a mostrarse ante todo el campamento, porque ya escuchaba el héj ká rak de las mujeres que lo llamaban y a Halimink anunciando "Prepárense para ver algo hermoso" y Yoiyolh y Tenenesk con sus mantos dados vuelta lo tenían uno de cada lado, animándolo a caminar, con pasos muy cortitos porque era un bebé y podía caerse y además estaba ciego, las ranuras de la máscara que repetía la forma del hain filtraban algo de luz pero no dejaban ver hacia afuera, y cuando estuvo parado frente a todo el campamento sus exclamaciones de júbilo y la súbita elevación de su canto le dijeron del arrobamiento con que lo contemplaban, conociéndolo y desconociéndolo porque era a la vez adulto y bebé, Karl y K'terrnen, hombre y mujer, koliot y selk'nam.

Entonces sucedió. No hubiera sabido decir qué, ni cómo. Esta vez su conciencia no se separó de su cuerpo sino que se elevó con cuerpo y todo, al principio tentativamente, sus plantas separándose apenas de la apretada malla de pastos y musgos; con más confianza enseguida, una vez que entendió que las plumas lo sostendrían y también el canto de los selk'nam, deslumbrados por la aparición radiante que había surgido de su seno, un ángel de suave plumaje blanco que ascendía entre los copos de nieve y las hojas de los kicharrn y a medida que subía giraba como un huso, enrollando sobre el eje del que era a todos los que alguna vez había sido y sería, porque entendió que allí concluía el periplo iniciado aquella otra fría madrugada en la cual encaramado en lo alto de la torre desde la cual se veía el mundo se había encontrado con un salvaje envuelto en pieles sin sospechar que se estaba viendo a sí mismo a diecisiete o dieciocho vueltas de la tierra alrededor del sol; había llegado al final del camino, como miles de años antes los selk'nam, cuando pusieron fin a la migración más pertinaz que el planeta hubiera conocido, iniciada tal vez en algún punto de África o Asia por parte de la única especie dispuesta a habitar las praderas y las selvas, las montañas y las ciénagas, los desiertos de hielo y los de arena, avanzando siempre, sufriendo metamorfosis más extremas que las que luego adjudicaría a sus dioses y héroes, hasta arribar un día a la costa de un canal de aguas heladas y tan quietas que el mundo parecía duplicarse en ellas; pero era tan solo una ilusión, el mundo se terminaba ahí, ese era el confín último. De todos los hombres, los selk'nam eran los que habían llegado más lejos, y si se habían detenido no había sido por falta de ganas de seguir andando sino simplemente porque se les acabó la tierra. El hain era el resumen de su viaje, el compendio de todo lo que habían recogido por el camino: abarcaba los cuatro puntos cardinales, los cuatro vientos y los cuatro cielos; sus siete pilares sostenían una morada de tres puertas abierta al cielo, la tierra y el inframundo, y en el círculo perfecto de su planta giraban el sol y la luna, hombres y guanacos, varones y mujeres, la muerte del klóketen y el nacimiento de K'terrnen, el terror de shoort y la burla de háyilan, Xalpen la que devora y la que engendra; allí dentro el viento podía acoplarse con la ballena y engendrar el colibrí, y el sur podía viajar al norte y vencerlo en un torneo de lucha; en él mujeres y hombres morían y renacían cuantas veces fuera necesario, hasta estar listos para convertirse en lluvia, en el incansable viento del oeste, en la nieve que cabalga en el viento sur, en el mar que trae la ballena, en el arcoíris que Karl vio su primera tarde de libertad en Harberton, como un puente entre una y otra península, en las montañas blancas que les franquearon el paso a las tierras de los selk'nam, en el azul del lago Kami entrevisto entre las ramas desnudas, en el curso impetuoso del río Ewan, que los condujo hasta el océano, en las estrellas que acompañaron su tránsito del mundo viejo al nuevo. Había sido necesario que la vida entre los selk'nam fuera desprendiendo las costras que se le habían ido adhiriendo a la piel, frotándola y rasqueteándola hasta dejarla lista para recibir la pintura que la aunara con la piel del mundo, para hacerlo merecedor del secreto, porque este, lo entendía ahora, no era una búsqueda hacia adentro, atravesando capas y descorriendo velos hasta alcanzar algún núcleo profundo y recóndito de inimaginable pureza, sino movimiento de un centro que se expande sobre las aguas de un lago, en sucesivos círculos concéntricos, hasta tocarse con el bosque de la orilla, las nubes que en él se reflejan, la profundidad que se vislumbra: el secreto no era nada que pudiera verse u oírse, no estaba hecho de palabras ni de imágenes ni ideas; el secreto era estar en el hain, donde cada cosa encontraba su lugar, porque el hain era la morada del mundo; y estando allí entendió que veinte años de postergaciones y desvíos habían sido la ruta más directa, la única posible, y que no era él quien había acompañado a Kalapakte hasta aquí sino que había sido Kalapakte quien lo había traído, esperando con paciencia infinita a que estuviera listo, para que pudieran entrar los dos juntos en la tierra prometida, y supo en ese momento que no había otra vida para él que la vida entre los selk'nam, ni otro mundo posible que el de ellos.

"Kalapakte", dijo en voz alta, y su nombre reverberó como un eco dentro del apretado cono de madera, y tuvo que refrenar el impulso de arrancárselo para buscarlo con la vista (sabía que estaba entre los espectadores, podía sentir su presencia). Karl persistió en una suerte de éxtasis fuera del tiempo, su cabeza encerrada en la máscara cónica que al igual que el hain, cuya forma remedaba, se abría al espacio infinito, sin otra sensación que la del calor cuando lo ponían al fuego y el frío cuando volvían a exhibirlo, hasta que la voz chillona de Tenenesk anunció "¡Ahora vuelvan todos a sus chozas!" y se dejó conducir al hain, donde lo colocaron cerca de la hoguera y tiraron con ganas ¡Vamos de nuevo! ¡Fuerza, Kástèle, que ya viene! hasta sacarlo con festivo ruido de descorchamiento, y apenas estuvo afuera Karl rompió a llorar como un recién nacido. Recorrió el interior de la choza con la vista nublada, pero no lo encontró; hubiera querido salir a buscarlo así como estaba, pero la aparición de un K'terrnen con cabeza de Karl en pleno campamento hubiera traído aparejado el fin del mundo selk'nam, y ya se había curado de sus veleidades de anarco iluminado venido a traerles la luz de la verdad y la igualdad a los salvajes; si había injusticias en su mundo (y sin duda las había) el remedio debía surgir de ellos mismos; ahora entendía —antes había entendido, pero con la cabeza apenas— lo que había tratado de explicarle Lucas Bridges aquella madrugada en Harberton: lo único que podía meter era la pata el blanco metido, si algo tenían que cambiar los selk'nam lo cambiarían ellos; así que esperó pacientemente a que le despegaran uno a uno todos los pompones de plumas, que iban guardando en una bolsita de cuero para el hain siguiente, y que lo lavaran, con agua helada primero, frotándolo después con ásperas esponjas de liquen hasta sacarle los últimos restos de pintura y devolverle el calor a su cuerpo aterido.

No quiso esperar más: así desnudo como estaba salió corriendo al exterior, llamando a su amigo, quien como si lo hubiera adivinado venía a su encuentro.

—¡Kalapakte! ¡Eh, Kalapakte! —le gritó, como si en esa palabra se condensara todo lo que había descubierto.

La fuerza de su visión no había mermado en lo más mínimo; sobre su cabeza se desplegaban nubes de las formas más variadas, como si hubieran querido agotar todos los diseños posibles en una sola tela: en el cielo del este hileras de vellones redondeados que evocaban las manchas de los shoort, en el del norte las vigorosas estrías paralelas de la pintura para la danza kulpush; sobre las cumbres nevadas, una ancha banda gris ceniza tachada por ondulaciones como las que había trazado sobre sus rostros Eyah; en el del oeste alternaban bandas encarnadas de ákel desleído en agua o mezclado con grasa de guanaco; el cielo entero se había pintado para el hain, y sus colores estaban también en el contraste de la nieve con el follaje amarillo y bermejo, y su poder de visión era tal que distinguía cada copo y cada rama y dentro de cada copo cada cristal, un perfecto hexágono simétrico con otros hexágonos adentro huyendo vertiginosamente en regresión infinita, y en cada rama cada hoja diminuta, las regulares y delgadas del altivo kicharrn con sus nervaduras hundidas y sus lóbulos simétricos, las más anárquicas de los kualchink que iban tan bien con sus troncos y ramas achaparrados y retorcidas, las igualmente pequeñas pero gruesas y relucientes de los imperturbables yinyohn, con sus prolijos bordes serrados, de un verde tan oscuro que se veía negro a la luz contrastada del crepúsculo; y creciendo sobre sus cortezas otro bosque más pequeño, de grisverdes barbas de profeta colgando de las ramas contrahechas; cojines de musgo del mismo verde casi fosforescente que en los crepúsculos de Ushuaia había hipnotizado al pequeño Lucas Bridges, llamándolo a cruzar las montañas para conocer un mundo nuevo; alfombras de espeso terciopelo de las que se elevaban tenues inflorescencias como pequeños árboles en miniatura, completos con sus troncos, ramas y hojas minúsculas; serrados helechos que apenas levantaban las hojas del suelo, proteicos líquenes que sugerían una delicada decoración de orfebrería realizada en cobre y trabajada luego por los elementos; y tal vez dentro de estos hubiera bosques aún más pequeños, así como las vastas selvas de la isla Grande quizás no fueran más que las hojas de bosques invisibles de tan gigantescos, y la tierra entera un fruto maduro en el árbol del universo. Se sentía vinculado por lazos indestructibles a todo lo que existía, como si formara parte de su propio cuerpo, todo conectado por una vibrante cuerda invisible al ritmo de cuya música, la misma que sin duda había escuchado Giuseppe Tartini en sueños, bailaba como un fuego que no se apaga el mundo entero. Estaba por encarar el desafío de poner en palabras todo lo que ahora sabía para siempre, en la lengua que apenas manejaba pero que era la única en que tal vez podría decirlo, cuando una vez más se le adelantó su amigo:

—Tuve mi sueño anoche, Karl. El wáiyuwen respondió a mi canto. Soy un chan-ain. Pude ver el futuro.

Se quedaron parados uno frente al otro, en la franja de pastos entre el hain y el borde de los árboles.

—¿Y qué viendo?

—Nos iremos los dos, Karl, cuando termine el hain. Seguiremos viajando.

—¿Cómo?

—Los koliot no van a parar, no pueden parar, y se quedarán con todo. Y a vos te pondrán en la cárcel.

—Pero... Yo tardando casi veinte años trayendo vos acá, ¿y ahora queriendo irte? ¿Siendo chiste?

—Lo que yo quería es ser selk'nam, Karl. Ahora que soy selk'nam, puedo ir a cualquier lado.

—No, no y no. Yo teniendo iluminación maravillosa y vos arruinando. Siempre lo mismo. No habiendo lugar más bueno que este. Si vos yendo yo quedando —dijo como un chico.

—Lo que vi, Karl, es la ruina y la dispersión de mi gente. Dentro de diez años, veinte años, se celebrará el último hain y después los selk'nam ya seremos distintos. Los que quedemos, los pocos que el kwáke de los koliot perdone, vestiremos la ropa de ellos, ya no cazaremos con arco y flecha, y dejaremos de pintarnos el cuerpo. De todo esto solo quedará el recuerdo.

—No... No siendo posible... No perdiendo tanta belleza. Todo esto... Nosotros luchando. Conservando. Hain, todo.

—No estés tan triste por nosotros, Karl. También tu mundo va a desaparecer algún día.

—Quién. Quién mostrando esto —insistió tozudo. Algún jodido antepasado, seguro. Tal vez hubiera algún modo de rebatir al maldito viejo muerto.

—Vos.

—¿Cómo yo?

—Vos te me apareciste en mi sueño. Me diste tu wáiyuwen. Es muy sabio, abarca todas las cosas que hay en la tierra, todo lo que hay y lo que habrá y lo que hubo. No podía ser un ancestro, porque su saber no alcanza lo que vendrá, que será tan diferente de lo que fue con ellos. Yo ya lo había presentido en la Torre, el día en que nos conocimos, pero por fin en mi sueño de anoche lo vi claramente.

Karl tiritaba, sin saber qué decir. Shijyolh se acercó por detrás y le puso la capa sobre los hombros. En un movimiento reflejo, Karl la sujetó con la mano izquierda.

—Qué viendo.

—¿Te acordás que te dije que había subido para ver si encontraba el camino a casa? Tenía razón.

—¿Cómo?

—Te encontré a vos.

Capítulo 17
La huelga

"Al principio nos dejaban más o menos andar por ahí, bien vigilados eso sí, los rehenes seríamos como ochenta entre estancieros, capataces y administradores y algún policía, los huelguistas serían unos seiscientos, con decirle que nos dejaban asistir a las asambleas que hacían todos los días, hasta para decidir si le ponían azúcar al mate tenían que hacer una asamblea porque eran anarquistas y los anarquistas no tienen jefes decían ellos y así les fue digo yo, después de la biaba que les dio el Diez de Caballería no volvieron a joder. ¿Es para una revista me dijo?... Ah, sí, cierto, bueno, yo no sé si *todo* es historia, hay cosas de las que mejor ni acordarse, ¿no?... En las asambleas hablaban siempre los mismos, el Gallego Soto que era el que había empezado todo y un alemán que no me acuerdo el nombre que andaba siempre con un indio al lado... No sé, tehuelche había de ser por lo grandote y lo más curioso es que sabía idiomas, con los señores Bond y Dickie lo escuché hablar en perfecto inglés, bueh, al menos para mis oídos, a mí del "Gud mórnin" y el "Tenkiu" no me sacás, y una vez hasta en francés con don Jorge Menéndez que era el dueño de la Bel ami, los Menéndez ya sabe eran dueños de casi todo por acá y todavía son, a don Jorge se lo habían llevado con su amigo que decía que era el administrador... No, no, eran bien argentinos los dos, pero entre ellos hablaban en francés para que los huelguistas no los entendieran, ¡y no va y justo les toca un indio que habla francés! ¡Chupate esa mandarín! Esos dos se habían venido, no sé, habrá sido para mil novecientos siete u ocho, y ahí le cambiaron el nombre a la estancia que sabía llamarse El Cóndor, y se trajeron también de Buenos Aires un mucamo español que ahora no me viene el nombre imaginesé estamos hablando del año veintiuno hará más de cincuenta años ya... Sí, sí, según dicen se lo habían traído para que no se ventilara lo que pasaba puertas adentro pero si fue así les salió el tiro por la culata hablaba hasta por los codos el gallego, sobre todo con los peones, hay que entenderlos eran todos muchachos sanos pero a veces pasaban meses sin ver mujer y entonces se les aparecía el manflora revoleando los plumeros y... No, a él no se lo llevaron, lo habrán dejado para plumerear digo yo, o para entretenerlos también a los huelguistas que se quedaron ahí custodiando, la Bel ami fue una de las últimas estancias que asaltaron, dos meses ya llevábamos cruzando el territorio de un lado al otro siempre a campo traviesa, evitando los caminos, cortando los alambrados, con el ejército pisándonos los talones pero en La Anita se les acabaron las ganas de yirar: llegaban rumores de que el Diez de Caballería venía fusilando duro y parejo y en la última asamblea el Gallego Soto proponía seguir esquivándoles el bulto, el alemán que andaba siempre con el indio —no era mal tipo, ese alemán, un par de veces hablé con él, cuando los demás rehenes me mandaron a parlamentar... No sé, más abrigo para cuando nos tocaba dormir al sereno que eran casi todas las noches, o que nos dieran algo más que carne de capón asada que ya nos salía por las orejas, y el que más se quejaba era don Jorge Menéndez, no por él sino por su amigo, hay que decir que el pobre hombre quiero decir el amigo o mejor dicho amiguito vamos a decir lo que es era rengo pero rengo-rengo eh, con una pata de menos, y le costaba mucho andar todo el día a caballo; bueno al principio tenía una pierna cómo es que se llama... Eso ortopédica toda torneada y con articulaciones que se movían pero se ve que estaba pensada para las calles de Buenos Aires y no para los caminos de la Patagonia, porque a poco de andar se le salió el pie; uno que se daba maña como carpintero le fabricó cuando llegamos a La Anita como un tocón y con eso iba y venía por el galpón toc-toc-toc, de noche cuando se desvelaba se ponía a andar y no nos dejaba dormir, tanto le insistimos que a la final don Jorge se lo envolvió en unos retazos de cuero de oveja y ahí le empezamos a decir el pata 'e lana; y don Jorge pidiendo a cada rato de hacer paradas para que su amigo pudiera descansar y para masajearlo porque se acalambraba —así decía él— y que un té o un café porque le faltaban fuerzas mejor le hubiera venido un trago de algo fuerte pero los jefes porque eran anarquistas cada vez que llegábamos a una estancia o un puesto mandaban romper todas las botellas, eso sí por toda la mercadería que destruían o se llevaban el Gallego Soto le firmaba unos vales a nombre de la Sociedad Obrera de Río Gallegos, claro después andá cobrales después que pasó el teniente coronel Varela por Río Gallegos ni la sombra de la Sociedad Obrera quedó... Sí, entonces en la asamblea el alemán decía que no, que había llegado la hora de plantarse y dar pelea, porque en Río Chico se habían entregado casi sin pelear y el ejército fusiló igual, entonces lo mismo iba a pasar acá, debían resistir hasta el último hombre imaginesé los chilotes, por poco no salieron corriendo, ahí mismo ahí aprovechó el que hablaba por ellos, chileno, claro... No, no me acuerdo el nombre, y dijo que el compañero tenía razón, que ya no podían seguir huyendo, que lo mejor era deponer las armas y llegar a algún arreglo, que en las otras peloteras, así les dijo, por haberse resistido les habían tirado pero si se entregaban pacíficamente al menos las vidas se las iban a respetar, ya habría otra ocasión de pelear las condiciones de trabajo, un poco se les había ido la mano con esto de asaltar las estancias y llevarse a los patrones dijo aludiendo con un gesto al Gallego y al alemán, si hubieran sabido pedir las cosas de buena manera otro gallo les cantaba, pero ellos mismos se habían cavado la fosa y ahora lo mejor era desensillar hasta que aclare como se suele decir, la verdad que hablaba bien lindo para ser chilote y él mismo lo recibió al capitán Viñas Ibarra agitando una banderita blanca aunque con él la labia de mucho no le sirvió porque fue el primero que mandó fusilar. Para ese entonces Soto se había rajado con unos cuantos, dijo si es para pelear me quedo pero para dejarme matar no y se pasó para Chile y hasta no hace tanto entre la peonada cuando había alboroto o descontento se corría la bola vuelve el Gallego Soto vuelve el Gallego Soto qué va a volver, a Galicia se habrá vuelto digo yo porque lo que es por acá la nariz no la volvió a asomar. A nosotros nos habían metido a todos en el galpón de la esquila y ahí medio que nos empezamos a preocupar, sobre todo cuando sacaron a dos chicos que eran los sobrinos del señor Cayetano D'Hunval; che, estos son capaces de prenderle fuego al galpón con nosotros adentro cuando ataquen los milicos decíamos, pero al final no pasó nada llegaron las tropas los chilenos los esperaban cada uno con su atadito frente a los pies y las armas todas en una parva al costado y también estaba el alemán, había decidido acatar la decisión de la mayoría aunque estaba en desacuerdo, yo lo que creo es que se quedó de puro cabeza dura para poder decirles a los demás cuando empezaran con los fusilamientos "¿Ven? ¿No les dije yo?" aunque esa tarde fusilaron a seis o siete nomás porque habían llegado pasadas las ocho y entre una cosa y otra se les hizo de noche aunque acá en diciembre hasta las diez al menos hay buena luz. Esa noche los que durmieron en el galpón fueron los huelguistas, bueno mucho no durmieron serían las cuatro o las cinco que entró a clarear y los milicos a repartir palas y picos y los sacaban en tandas a cavar... Detrás de unas lomas como a cuatrocientos metros de las casas, pensamos que los fusilaban ahí nomás pero no, al rato los trajeron de vuelta y recién a eso de las once empezó la función... No sé, capaz porque necesitaban que estemos todos levantados para hacer la selección... La verdad es que no fue tan así como dicen, no es que los estancieros o administradores marcábamos a los que había que fusilar, más bien fue al revés, a los que separábamos era a los que queríamos salvar... Bueno, sí, pero qué quería que hiciéramos, ¿llevarnos a todos los chilotes a casa? Yo a todos los que conocía me los llevé, incluso a uno o dos que el trabajo dejaba bastante que desear; a los únicos que sí los marcaron fueron al indio y el alemán, en general a cualquier extranjero menos a los chilenos lo fusilaban por las dudas así que al alemán no lo salvaba nadie pero al indio se lo había reservado mister Bond porque tenía fama de gran esquilador, de hecho me ganó de mano porque yo también le había echado el ojo pero ahí el diablo metió la cola o más bien la pata 'e lana porque el administrador de la Bel ami el amiguito de don Jorge entró a pedir a los gritos que lo fusilaran al indio también... Verá desde que los levantaron en la estancia se había puesto como loco cuando los vio a los dos sobre todo al indio se le había metido en la cabeza que se habían cruzado en París figuresé un indio en París aunque con esto de los idiomas vaya uno a saber, pasan más cosas raras en el mundo de las que uno puede llegar a imaginar, y ahora quería convencernos de que la huelga que había paralizado todas las ciudades y las estancias de Santa Cruz era cosa del indio imaginesé, y tanto porfió e incordió que al final nomás para que se callara se lo llevaron con el alemán... Y yo no sé, lo hacían ahí nomás pero detrás de una loma así que uno podía escuchar pero no ver, escuchábamos la descarga cerrada y después tiros sueltos que eran los tiros de gracia, claro que si uno pedía lo dejaban ir a ver, como el rengo que se había levantado al alba y le daba vueltas al galpón con su pata 'e lana, yo me había levantado también para asegurarme que no me los fueran a fusilar a los míos pero este lo que quería era que no se le escapara el indio y cuando se los llevaron a los dos ahí se fue detrás para verlo con su pata de palo apoyándose en don Jorge... La verdad que un poco se les fue la mano al final le fuimos a pedir a Viñas Ibarra y después al mismo teniente coronel Varela cuando llegó que pararan un poco la mano porque nos iban a dejar sin brazos para la esquila íbamos a tener que traer gente del norte pagandolés el doble o el triple a la final si lo que querían era arreglarles el entuerto a los estancieros les estaba saliendo el tiro por la culata típico de milico pero bueno al final se alcanzó digamos el justo medio quedaron suficientes trabajadores para la esquila y quedaron bien mansitos los que quedaron y eso sí ya no hubo más rencores ni represalias como quien dice señores acá no ha pasado nada cada uno se volvió a su estancia con sus peones y sanseacabó".

Capítulo 18
Lo apropiado

"A primera vista, hijo, estoy de acuerdo en que pueda no parecer apropiado, y no lo sería en otras circunstancias, el arrancar a una criatura de los brazos de su madre, separarla de su familia originaria. ¿Pero qué opción tenemos, si los padres no pueden criarla? Su madre la expuso a infinitos peligros, y la habría abandonado para salvarse, si hubiera podido, sabés que esa es la directiva que les imparten. Quienes así se portan no merecen el nombre de madres. ¿No sería mucho mejor si esta niña fuera criada por una mujer que, como la tuya, le ha rogado a Dios toda su vida por una criatura, criatura que ahora Él pone finalmente en sus brazos? ¿Quiénes somos nosotros para oponernos a la voluntad de Dios, tan cabalmente manifestada? ¿Serías capaz de negarle a tu esposa esta felicidad, cuando dársela está en tus manos? Los regalos no se devuelven, menos cuando son regalos de Dios. En otras guerras los hombres se enfrentan por el color de la piel, por la raza y por la sangre, y como estos no pueden cambiarse, también los niños caen bajo el cuchillo o las balas. Pero nosotros batallamos por las almas, y las almas siempre pueden salvarse. Criada con amor genuino, en el seno de una familia cristiana, educada en los verdaderos valores, esta niña crecerá libre de mancha, y no caerán sobre ella los pecados de sus padres. Pero todo será más fácil si nunca sabe de su origen. ¿Qué sentido tendría atormentarla con una culpa que apenas podrá entender, y de la que no es responsable?... Sí, es verdad que así se ha actuado en otros casos. Pero tené en cuenta que esos abuelos fueron los que criaron a esos padres, y si tan inhábiles fueron en la crianza de los hijos, ¿quién nos garantiza que sabrán criar mejor a los nietos?... Mirá, voy a contarte algo. Hace muchos años, cuando era muy joven, ni siquiera seminarista todavía, apenas estudiante de secundario, conocí al padre Forcina, Andrea Forcina, y tuve el honor de ayudarlo a redactar sus memorias. El padre Forcina fue misionero entre los salvajes de Tierra del Fuego, y director de la misión que allá levantamos, con enormes esfuerzos, los salesianos. Tené en cuenta que los salvajes de Tierra del Fuego, hoy extinguidos, eran el pueblo más bárbaro de la tierra, entregado a la poligamia, la hechicería y, según afirman muchos historiadores dignos de crédito, incluso al canibalismo. ¡Imaginate! Aun así, los salesianos, impulsados por el celo de Don Bosco y del benemérito monseñor Fagnano, del que habrás oído hablar sin duda, hicimos todo lo que estaba en nuestro poder para apartarlos de sus bárbaras costumbres, a costa de nuestra salud y de nuestra vida en muchos casos —nosotros también tenemos nuestros mártires— pero todo fue en vano: los adultos solo se acercaban a la misión en busca de abrigo, y para llenarse la barriga, o tras cometer sus fechorías en las estancias —se creían que los estancieros criaban las ovejas solo para alimentarlos, los señores indios, y siempre mataban muchas más de las que necesitaban, y después venían a esconderse detrás de nuestras sotanas, y nosotros teníamos que dar la cara por ellos, enemistándonos con nuestros propios fieles, poniéndoles a veces el pecho a las balas, y una vez que había pasado el peligro se las tomaban con todos sus regalos y si te he visto no me acuerdo, ni las gracias nos daban. A la larga, me confesó el padre Forcina, tuvieron que aceptar que los adultos eran irrecuperables, y poner sus esperanzas solo en los niños: pero para educarlos, y salvarlos, se hacía necesario separarlos de los padres, de su ejemplo pernicioso, de su pública promiscuidad y sus crueldades deliberadas, de su violencia desatada —no era raro que un padre borracho, en un acceso de furia, hiciera saltar los sesos de su hijito por hacer demasiado barullo o meterse en su camino. Los pequeños al principio lloraban, es verdad, pero como dice el refrán, panza llena corazón contento, y al poco tiempo de estar con nosotros lloraban si queríamos llevarlos de vuelta con sus padres, que a esa altura también los habían olvidado. El padre Forcina ha dejado en mí una impresión imborrable: emanaba de él cierta tristeza, es verdad, la de no haber podido cumplir cabalmente la misión que Dios le había encomendado, pero también la fortaleza del que obró según sus convicciones, de quien hizo lo que había que hacer, por más doloroso que fuera. Me habló, además, varias veces a lo largo de nuestros encuentros, del diablo... Sí, como escuchás. ¿Querés saber lo que me decía?... El diablo es el que siembra en nosotros la semilla de la duda, es el que hace que vacilemos en el cumplimiento de nuestra misión, en la ejecución de nuestros deberes más sagrados. Tus deberes, ahora, son dos: criar con amor a esa niña que Dios ha puesto en tus manos y ganar la batalla que estás librando por todos nosotros, y también por ella. Volvé, entonces, a tu casa, que ya es tarde y tu mujer debe estar preocupada. No quiero ni pensar las angustias que debe vivir cada noche cuando salís; al menos ahora va a tener quien le haga compañía, ¿no? A que no habías pensado en eso, ¿o sí?... Sí, sí, claro. Ah, y contame, ¿ya decidieron qué nombre le van a poner?

Capítulo 19
Rosa Shemiken

—Yo la invité a venirse, a quedarse conmigo, porque los inviernos saben ser muy crudos allá por el lago, pero ella no quiso saber nada, no le gustaba acá. Y fue un invierno bien bravo, largo, no terminaba más, con mucha mucha nieve. Yo no salí en casi todo el tiempo, y eso que acá en la ciudad se puede, pero ella de su cabaña casi no se podía mover, por la nieve. Antes ella andaba sola en su caballo de acá para allá, ese caballito blanco, vos no lo conociste, bien lindo era, ella iba y se compraba sus cosas en lo del cacique Leguizamón, cacique se puso él nomás, para algún koliot despistado que no se enteró que nunca tuvimos cacique nosotros, pero después Rosa tuvo un par de caídas y Garibaldi le sacó el caballo, hubieras visto lo enojada que estaba, no le habló en no sé cuánto tiempo, pero de eso hará una punta de años ya. Garibaldi y el puestero le llevaban siempre de todo, le dejaban para que tuviera la comida, hasta su licorcito que tanto le gustaba, y la manteca, y cada vez que carneaban, para que tuviera carne fresca, de guanaco cuando cazaban alguno, a mí la carne de guanaco nunca llegó a gustarme tanto, será porque me acostumbraron a la de oveja de chiquita. Ella se las arreglaba bastante bien, viste, pero con tanta nieve no podía ni salir a caminar, y eso la habrá debilitado. De golpe Garibaldi se dio cuenta de que ya no hacía fuego, ni salía de la cama, y la comida seguía donde él se la había dejado. Fue difícil sacarla, porque hasta ahí no se podía llegar en auto, así que Garibaldi se fue a caballo hasta la policía y la fueron a buscar con un tractor, y después hasta acá en ambulancia. Yo la iba a visitar todos los días, no me queda muy lejos; ella no estaba contenta, no le gustaba nada que le sacaron su ropa y le pusieron esa bata blanca que no tenía bolsillos, viste que a ella siempre le gustaba todo con muchos bolsillos, y tampoco la dejaban fumar, claro. Y no comía. Decía que no le gustaba la comida del hospital, pero no era eso... Se acordaba mucho de aquel tiempo que pasamos las tres acá, y después cuando las dos la fuimos a visitar en el lago. Después que vos te fuiste yo me quedé varios días parando en lo de Garibaldi, y pasaba que a veces cuando la iba a ver en la mañana a su cabaña, o si no a la choza que se había hecho al lado, viste que a ella cuando el tiempo estaba bueno le gustaba más estar ahí, se hacía su fueguito y tejía sus canastos, nunca se terminó de acostumbrar a las casas Rosa, bueno, muchas veces lo primero que me decía, antes de saludarme capaz, era "¡Encontré otro!" y era un canto nuevo que se había acordado, en un sueño casi siempre, y ahí nomás me lo cantaba, y después me decía "¿Te parece que a Mary le va a gustar?" y se preocupaba mucho de no acordárselo cuando volvieras con el grabador. Entonces me lo cantaba a mí, y después me pedía que lo repitiera, como si fuera tan fácil, ¿no? Qué me viste, cara de grabador, le decía yo, y ella se mataba de risa, pero después me pedía que se lo repitiera igual, y me corregía hasta que me salía más o menos bien. Yo creo que ella ya sabía que no iba a durar hasta que volvieras, Garibaldi me contó que cuando el tiempo estaba todavía bueno iba a sentarse sobre el camino por el que siempre venías y por más que le explicaban que faltaba mucho, que recién ibas a volver en el verano, ella contestaba que ya sabía pero que igual le gustaba sentarse ahí, hasta con nieve era capaz de ir y Garibaldi la retaba pero no había caso, vos sabés lo cabeza dura que podía ser.

—¿Garibaldi ya se volvió para allá?

—Sí, se quedó hasta el entierro y después ya se fue.

—¿Y vino alguien más?

—Vino también Pancho Minkiol, pobre, lo trajo don Efraín en la silla. Y nadie más. Bueno, el padre Miguel, claro. Estamos todos desparramados por ahí.

—¿Cómo anda Pancho? Todavía no lo pude ir a ver.

—Por ahora va tirando con sus trabajos de zapatería, y cada tanto insiste con lo del quiosco, hará una punta de años que empezó el trámite en la gobernación, como diez hará, y nunca se lo terminan de dar. Al que también lo veo cada tanto es a Segundo, cuando no está trabajando en las estancias, viene de visita y me pide que le cuente las historias que me acuerdo, en ona quiere que se las cuente, para no olvidárselo, pero después de las cosas de acá hablamos en castellano, ya no se nos da tanto de hablar en selk'nam; con Rosa sí, porque no hablaba otra cosa, pero ahora los que quedamos quedamos pocos y nos fuimos desacostumbrando.

—¿Y a quién más viste en el último tiempo? ¿Has tenido noticias de Enriqueta?

—Con ella ya no me veo, ahora que se fue a Ushuaia, se le murió el marido allá, pero eso ya lo sabías, ¿no? Por suerte digo yo, malo malo era ese Jesús Varela, yo los veía cuando todavía vivían en el lago, Enriqueta ya había empezado a hacer sus animalitos, a escondidas del marido los hacía, porque le decía en qué perdés el tiempo, loca, no tenés nada mejor que hacer, después cuando vio que se vendían y podía sacar unos pesitos la dejó: el guanaco te sabe hacer, bien lindo le sale, igualito, y el lobo marino, y el biguá.

—Sí, son realmente muy bonitas sus tallas, yo me llevé un par para Estados Unidos cuando me fui, y le dejé encargadas otras dos. Ahora la veré cuando pase por Ushuaia. ¿Y de Pacheco has tenido noticias?

—A él no lo vi más, se fue para Santa Cruz y ya no quiso volver, tengo cada tanto noticias por Segundo.

—¿Él era el hijo o el nieto de P'aácheck? Eso nunca lo tuve claro.

—Ni una cosa ni la otra. P'aácheck fue su padrino del hain. De ahí le quedó el nombre. Pacheco.

—¿Y qué hain fue ese?

—Y, dejame pensar, habrá sido hace más de treinta años, capaz que fue el último, ¿no? Debe haber sido medio tristón, porque no quedaba casi nadie ya, a todos se los había llevado la última peste, a Tenenesk, a Leluwachin, a Kauxia, a Kankoat que era el papá de mi Nelson, a Halimink, a Aneki, Talimeoat, Kaichin, Taäpelht... Rosa estuvo, porque un hijo fue klóketen, y Doihei y Metet, que eran hijos de Aneki y que después se pelearon andá a saber por qué, polleras capaz, y se mataron, bueno Metet lo mató a Doihei y después alguno le metió bala a Metet, pero eso fue un koliot.

—¿Aneki era el mató a todas las mujeres en el lago Hyewihn?

—No, ese era Ahnikin, Aneki era más bueno que el pan. A Ahnikin también le pegaron un balazo, una noche que estaba en su campamento con sus dos esposas, Werkeeo y Otretelay, y se cayó de cara en el fuego, después nunca se recuperó... Nadie lo vio, pero todos sabían que fue Minkiyolh, así que los hombres se reunieron a discutir qué hacer y un tiempo después Minkiyolh salió a cazar con otros dos como tantas otras veces pero esta vez fue él el que no volvió. El problema es que ya no había quién hiciera de ai-orien, los xo'on, los lailuka-ain, ya no estaban. El último hain lo hizo Chaplé, que trabajaba en Viamonte y fue klóketen pero nada más, así que lo hizo con lo que se acordaba nomás. Igual a los jovencitos ya no les interesaba, qué era eso del hain, a qué jorobar a las mujeres si andábamos todos desperdigados ya, ni qué pintura ni nada, ellos ya vestían de paisano y andaban a caballo y cazaban con carabina y lo único que les importaba era cuándo les daban permiso en las estancias para venirse para acá o para Porvenir a beberse sus tragos y afilar con las chicas. A mi hijo le pidieron de hacerlo, Víctor que fue el primero de los de Nelson, pero no quiso saber nada, a Segundo Arteaga también, y también dijo que no, yo creo que después se arrepintió, ahora de grande le anda siempre rondando a los que hicieron el hain, a Garibaldi, a Pacheco, a Echeuline, haciéndoles preguntas, quiere hacerse selk'nam ahora de grande, tarde se acordó. El que sí agarró viaje fue Karl, un hijo de Rosa, que así le puso por ese amigo de su hermano Kalapakte; así que él fue uno de los últimos klóketen, estudiaba en la escuelita de la misión, era muy estudioso, siempre decía "a mí me gusta estudiar. Me gusta aprender todo" y ya sabía leer cuando se murió. Rosa compuso un canto para él, que dice cómo está sola, y lo lindo que era estar acompañada de él.

—¿Y tú estuviste en ese hain, Felisa?

—No, el último que fui yo fue el del padre Martín, cuándo habrá sido eso, seguro que sabés mejor que yo...

—Mil novecientos veintitrés.

—¿No te digo? Y antes estuve en uno más, cuando fueron klóketen Esteban Ishtón y Federico Echeuline, y la mamá que se llamaba Atl jugaba con él al hané, ¿te acordás, Mary?

—Ese es el juego de las madres de los klóketen, ¿verdad?

—Sí, en ese juego la madre tenía que hacer del hijo, mientras el hijo estaba en el hain, y como Federico era muy bueno imitando el canto de los pájaros, y a veces se trepaba a un árbol y te hacía creer que ahí estaba la lechuza o la la cómo es que le dicen, kokpomets, la bandurria, Atl que era flaquita y bien ágil se trepaba también y te hacía todos los pájaros igualito que el hijo, y de ahí arriba la llamaba a la gorda Nicolasa que subiera con ella, y la gorda que ni a un banquito podía subirse imaginate a un árbol se mataba de risa y nosotras también, Rosa, Tial y qué sé yo cuántas más. Éramos felices en aquel tiempo. Hacíamos tantas bromas...

—Y cuéntame, Felisa, ¿es verdad lo que me dijo Rosa, que ustedes sabían perfectamente que los espíritus del hain eran los hombres disfrazados?

—Claro que sabíamos, qué te pensás, que somos tontas. Pero los hombres no lo tienen que saber, vos no lo podés poner en tu libro, ni decir que yo te dije nada, porque si no no sabés la que se arma. Aunque todo se terminó, todos estos, Federico, Pancho, Garibaldi, Santiago, fueron klóketen y juraron mantener el secreto y así tiene que ser hasta que ya no estemos más.

—El canto de Rosa para su hijo creo que nunca lo escuché. ¿Crees que podrás recordarlo?

—Algo, vamos a ver qué sale. Y también hizo un canto para vos.

—¿Para mí?

—Sí, después que te fuiste, y se lo cantaba para acompañarse cuando te esperaba en el camino. A mí me lo cantó en el hospital, y me lo hizo repetir no sé cuántas veces para ver si me lo aprendía bien, lo cantábamos bajito para que no nos retara la enfermera, igual a ella le quedaba poca voz.

—¿Quieres que prepare una cinta?

—No, mejor ahora no porque tengo miedo de equivocarme, después si sale bien lo hacemos con el grabador. Bueno. Te lo voy a cantar. Este es el canto que hizo para vos:

Aclaraciones y agradecimientos

Me topé por primera vez con la historia de los selk'nam[1] de la Exposición Universal de París a mis tempranos veinte años, leyendo *La Patagonia trágica* (1928), de José María Borrero. El abogado y periodista español narra una versión de los hechos que muchos siguen repitiendo hoy día: los selk'nam cautivos fueron descubiertos en París por el padre José María Beauvoir, quien indignado acudió al representante diplomático chileno, quien "horrorizado y lleno de santa indignación" tomó cartas en el asunto, ante lo cual el "protervo traficante de carne humana" Maurice Maître emprendió la huida, no sin antes dejar abierta la puerta de la jaula: de los nueve selk'nam que se dispersaron por el predio de la Feria, ocho fueron eventualmente recapturados y enviados de vuelta al hogar, y uno de ellos, el apodado "Calafate", vagó por "Francia, Inglaterra y otros países" y luego regresó a la Patagonia por sus propios medios.

Ya comenzada mi investigación descubrí, en el mejor documentado *Zoológicos humanos*, de Christian Báez y Peter Mason, que Maître pasó con sus selk'nam de París a Inglaterra, luego a Bélgica; que no fueron los misioneros católicos

[1] Este es el nombre que los selk'nam se dan a sí mismos; 'ona' es el que les dieron históricamente los blancos (y antes de ellos, sus vecinos los yámanas). En el curso de esta novela se utiliza uno u otro según la situación y los hablantes. Si bien en la actualidad suele preferirse el término 'selk'nam', la denominación 'ona' no es necesariamente incorrecta o despectiva: 'onas' los llama en su libro Lucas Bridges, que tanto los amaba y admiraba; la organización que los nuclea actualmente en Chile, Comunidad Selk'nam Covadonga Ona, incorpora ambas.

sino los anglicanos de la South American Missionary Society quienes obtuvieron la liberación de estos; que la legación chilena actuó a regañadientes, cuando se probó que los selk'nam habían sido embarcados en Punta Arenas, aparentemente con permiso del gobernador interino. Pero para cuando descubrí todo esto hacía ya treinta años que los selk'nam fugados vagaban azorados por la París de mi mente, y Calafate por toda Europa y por qué no el resto del mundo, y ya era demasiado tarde para hacerlos volver a la jaula de la historia: esta novela es así una síntesis de las versiones que me fueron develando mis investigaciones y de las que ya habían cobrado vida en la matriz de mi imaginación.

Para reconstruir el mundo de la París de fin de siglo y de la Exposición Universal vistas con ojos latinoamericanos, me fue de gran utilidad *Latin America at Fin-de-siècle Universal Exhibitions: Modern Cultures of Visuality*, de Alejandra Uslenghi. Alejandra me ayudó también con sus consejos y me permitió acceder al informe oficial sobre la participación argentina en la Exposición. Agradezco a Ian Barnett, Sabine Schlickers y Victoria Noorthoorn el haber revisado todas las citas en francés.

Agradezco a Vivian Scheinsohn por haberme guiado a través del laberinto de la antropología decimonónica, y suministrado materiales que por mí mismo nunca hubiera hallado. Su lectura atenta de los capítulos pertinentes me salvó de cometer varios errores, tanto científicos como literarios.

Agradezco a Ira Jacknis el envío de sus textos "Northwest Coast Indian Culture and the World's Columbian Exposition" y "Refracting Images: Anthropological Display at the Chicago World's Fair, 1893", que me ayudaron a reconstruir la participación de Franz Boas en la Exposición Colombina de Chicago.

Agradezco a Pablo Ottonello su compañía durante mi visita a Pullman Town en una muy inclemente tarde de otoño.

Agradezco a Lila Caimari su orientación para el capítulo "Te conozco mascarita", y a Gonzalo Feijó por la corrección de los textos en cocoliche.

Agradezco a María Andrea Nicoletti por el envío de sus numerosos trabajos sobre las misiones salesianas de la Patagonia, y a Laura Horlent y Maristella Svampa por sus atentas lecturas del capítulo "La misión".

Agradezco a Joaquín Bascopé Julio el envío de su *En un área de tránsito polar (1872-1914),* obra fundamental sobre la historia de Tierra del Fuego y Magallanes en el período en que transcurre mi novela, en la que además realiza el rescate y desclasificación del vocabulario selk'nam enviado por Lucas Bridges a Bartolomé Mitre, uno de los testimonios más fiables que tenemos sobre la lengua de los selk'nam.

Agradezco a Miguel Cáceres por sus atenciones en Punta Arenas. También a Alejandro Winograd, Karen Braun, Martín Vázquez, Santiago Courault y Lilian Harrington por su tiempo, consejos y apoyo, y a Víctor Hurtado, Ian Barnett, Ben Bollig, Claudia Hammerschmidt, Sabine Schlickers y Rolando Bompadre por su lectura atenta de la novela.

Agradezco a Alejandro Fernández Mouján el haberme facilitado el acceso a su film *Damiana Kryygi,* sobre la muchacha de la etnia aché cuya historia tiene tantos puntos de contacto con esta.

Cristina Ayerza y Adrián Goodall tuvieron la amabilidad de recibirme en Estancia Viamonte, y el grato recuerdo de esa visita me ayudó a encontrar el tono de la nostalgia del padre Forcina.

Agradezco por último a Christopher Merrill, Natasa Durovicova y Hugh Ferrer por su invitación a participar por segunda vez en el International Writing Program de la Universidad de Iowa, y a todos mis compañeras y compañeros de residencia; la intensa comunión intelectual y espiritual surgida en esos dos meses de convivencia me dio la fuerza necesaria para encarar el decisivo capítulo "Hain" y completar la escritura de esta novela.

Los interesados en seguir las actividades de los actuales integrantes del pueblo selk'nam pueden consultar *El genocidio selk'nam*, de Miguel Pantoja, y *Entre dos mundos*, de Margarita Maldonado, o interiorizarse de las actividades de la Comunidad Indígena Rafaela Ishton, en Argentina, y la Comunidad Indígena Selk'nam Covadonga Ona, en Chile.

Índice

MAPA DE LAS LENGUAS UN MAPA SIN FRONTERAS 2022

ALFAGUARA / ESPAÑA
Feria
Ana Iris Simón

ALFAGUARA / URUGUAY
Las cenizas del Cóndor
Fernando Butazzoni

LITERATURA RANDOM HOUSE / ESPAÑA
Los años extraordinarios
Rodrigo Cortés

ALFAGUARA / PERÚ
El Espía del Inca
Rafael Dumett

LITERATURA RANDOM HOUSE / MÉXICO
El libro de Aisha
Sylvia Aguilar Zéleny

ALFAGUARA / CHILE
Pelusa Baby
Constanza Gutiérrez

LITERATURA RANDOM HOUSE / ARGENTINA
La estirpe
Carla Maliandi

ALFAGUARA / MÉXICO
Niebla ardiente
Laura Baeza

LITERATURA RANDOM HOUSE / URUGUAY
El resto del mundo rima
Carolina Bello

ALFAGUARA / COLOMBIA
Zoológico humano
Ricardo Silva Romero

ALFAGUARA / ARGENTINA
La jaula de los onas
Carlos Gamerro

LITERATURA RANDOM HOUSE / COLOMBIA
Absolutamente todo
Rubén Orozco

ALFAGUARA / PERÚ
El miedo del lobo
Carlos Enrique Freyre